Nelson DeMille

Goldküste

Nelson DeMille

Goldküste

Roman

Deutsch von Wulf Bergner

C. Bertelsmann

Die Originalausgabe erschien 1997 unter dem Titel
»Plum Island« bei Warner Books, New York

Umwelthinweis:
Dieses Buch und der Schutzumschlag wurden
auf chlorfrei gebleichtem Papier gedruckt.
Die Einschrumpffolie (zum Schutz vor Verschmutzung)
ist aus umweltschonender und recyclingfähiger PE-Folie.

1. Auflage

Satz: Uhl & Massopust, Aalen
Druck und Bindung: Wiener Verlag
Printed in Austria
ISBN 3-570-00183-0

Für Larry Kirshbaum

Freund, Lektor
und Glücksspielpartner

Drei können ein Geheimnis bewahren,
wenn zwei von ihnen tot sind.

BENJAMIN FRANKLIN
Poor Richard's Almanac (1735)

1. Kapitel

Durch mein Fernglas konnte ich einen etwa zwölf Meter langen schönen Kabinenkreuzer beobachten, der wenige hundert Meter vor der Küste ankerte. An Bord waren zwei Paare um die Dreißig, die sich köstlich amüsierten, in der Sonne lagen, Biere kippten und weiß der Teufel was alles machten. Die Frauen waren lediglich mit winzigen Bikinihöschen bekleidet, und einer der Kerle, der jetzt am Bug stand, zog seine Badehose aus, stellte sich einige Augenblicke so zur Schau, sprang dann ins Wasser und schwamm eine Runde um das Boot. Was für ein großartiges Land. Ich setzte mein Fernglas ab und riß ein Budweiser auf.

Es war Spätsommer, aber nicht Ende August, sondern September vor der Herbst-Tagundnachtgleiche. Das Labor-Day-Wochenende lag hinter uns, und der Altweibersommer – was immer das ist – stand ins Haus.

Ich, ein Cop names John Corey, zur Zeit auf Genesungsurlaub, saß auf der Veranda hinter dem Haus meines Onkels in einem Korbstuhl, während mir seichte Gedanken durch den Kopf gingen. Zum Beispiel fiel mir ein, daß das Problem beim Nichtstun ist, daß man nicht weiß, wann man damit fertig ist.

Die Veranda ist eine altmodische umlaufende Holzkonstruktion, die ein viktorianisches Farmhaus mit Schindeln, Erkern und Türmchen im Zuckerbäckerstil der neunziger Jahre des vorigen Jahrhunderts auf drei Seiten umgibt. Von meinem Platz aus konnte ich über den sanft abfallenden grünen Rasen nach Süden über die Great Peconic Bay hinaussehen. Die Sonne stand tief am westlichen Himmel, wo sie um 18.45 Uhr auch hingehörte. Ich bin ein Städter, aber hier draußen hatte ich wirklich angefangen, mich mit der Natur, dem Himmel und so weiter anzufreunden, und vor einigen Wochen endlich den Großen Bären am Nachthimmel entdeckt.

Ich trug ein weißes T-Shirt ohne Aufdruck und abgeschnittene Jeans, die gepaßt hatten, bevor ich soviel abgenommen hatte. Meine nackten Füße lagen auf dem Geländer, und die beiden großen Zehen rahmten den zuvor erwähnten Kabinenkreuzer ein.

Um diese Zeit fangen Grillen, Heuschrecken und andere Insekten allmählich zu zirpen an, aber da ich kein großer Fan von Naturlauten bin, hatte ich auf dem Tischchen neben mir einen Kassettenrecorder stehen, der *Der große Frust* spielte. In der linken Hand hielt ich das Budweiser, das Fernglas hatte ich im Schoß liegen, und in Griffweite der rechten Hand lag auf den Holzdielen meine private Kanone: ein Revolver Smith & Wesson Kaliber 38 mit fünf Zentimeter langem Lauf, der gut in meine Handtasche paßt. Bloß ein Scherz.

Irgendwann in den zwei Sekunden Pause zwischen »When a Man Loves a Woman« und »Dancing in the Street« hörte ich Schritte auf den knarrenden alten Verandadielen. Da ich allein lebe und keinen Besuch erwartete, griff ich nach dem Revolver und legte ihn auf meinen Schoß. Damit niemand mich für paranoid hält, sollte ich erwähnen, daß ich mich hier nicht von Mumps, sondern von drei Schußwunden erholte. Wie bei Immobilien kommt's bei solchen Wunden auf Lage, Lage und nochmals Lage an. Im meinem Fall war die Lage dieser Löcher offenbar richtig, denn ich genas, statt zu verwesen.

Ich sah nach rechts, wo die Veranda um die Westecke des Hauses führte. Dort erschien ein Mann, der ungefähr fünf Meter von mir entfernt stehenblieb und die von der untergehenden Sonne geworfenen langen Schatten absuchte. Tatsächlich warf er selbst einen langen Schatten, der über mich fiel, so daß er mich anscheinend nicht sah. Da die Sonne hinter ihm stand, war es für mich schwierig, sein Gesicht zu erkennen und seine Absichten auszumachen. Also fragte ich: »Was kann ich für Sie tun?«

Er sah zu mir herüber. »Oh… hey, John. Hab' dich dort nicht gesehen.«

»Setz dich, Chief.« Ich steckte den Revolver unter meinem T-Shirt in den Hosenbund und stellte »Dancing in the Street« leiser.

Sylvester Maxwell, alias Max, der hiesige Polizeichef, kam herbeigeschlendert und hockte sich mir gegenüber aufs Verandageländer. Er trug einen blauen Blazer, ein weißes Hemd, eine beige Baumwollhose und Seglerschuhe ohne Socken. Ob er sich im Dienst befand oder nicht, konnte ich nicht beurteilen. »In der Kühlbox liegen ein paar Dosen Limonade«, sagte ich.

»Danke.« Er griff nach unten und angelte sich ein Budweiser aus dem Eis. Max sagt zu Bier gern Limonade.

Er trank einen Schluck und starrte danach stumm vor sich hin. Ich sah wieder auf die Bay hinaus und konzentrierte mich auf »Too Many Fish in the Sea« von The Marvelettes. An diesem Montag waren die Wochenendtouristen Gott sei Dank wieder fort, und da die meisten Sommerhäuser ohnehin nur bis zum Labor Day vermietet gewesen waren, wurde es allmählich wieder richtig einsam. Max ist ein Einheimischer, der nie gleich zur Sache kommt, deshalb muß man warten können. Schließlich fragte er mich: »Gehört dieser Schuppen dir?«

»Nein, meinem Onkel. Er möchte, daß ich ihn kaufe.«

»Kauf lieber nichts. Meine Philosophie lautet: Was sich fahren, fliegen oder vögeln läßt, wird gemietet.«

»Vielen Dank.«

»Bleibst du noch 'ne Weile hier?«

»Bis der Wind aufhört, durch meine Brust zu pfeifen.«

Er grinste, dann wurde er wieder nachdenklich. Max ist ein großer Mann, ungefähr in meinem Alter, was Mitte Vierzig bedeutet, mit blonden Locken, gesundem Teint und blauen Augen. Frauen scheinen ihn gutaussehend zu finden – was Chief Maxwell, ledig und hetero, sehr genehm ist.

»Also, wie fühlst du dich?« fragte er.

»Nicht schlecht.«

»Hast du Lust, dich ein bißchen geistig zu betätigen?«

Ich gab keine Antwort. Ich kenne Max seit etwa zehn Jahren, aber da ich nicht hier wohne, sehe ich ihn nur selten. An dieser Stelle sollte ich einfügen, daß ich als New Yorker Kriminalbeamter in der Mordkommission Manhattan North gearbeitet habe, bis ich niedergeschossen wurde. Das war am 12. April. Da seit fast zwanzig Jahren kein Angehöriger der Mordkommission mehr angeschossen worden war, wurde mein Fall von den Medien mit Hilfe der NYPD-Pressestelle ziemlich aufgebauscht.

Trotzdem laufen die beiden Kerle, die mich durchlöchert haben, noch immer frei herum. Nachdem ich vier Wochen lang im Columbia Presbyterian Hospital gelegen und ein paar Wochen in meiner Eigentumswohnung in Manhattan verbracht hatte, meinte mein Onkel Harry, sein Sommerhaus sei der richtige Aufenthaltsort für einen Helden. Warum nicht? So kam ich Ende Mai hier an.

»Soviel ich weiß, hast du Tom und Judy Gordon gekannt«, sagte Max.

Unsere Blicke begegneten sich. Ich verstand. »Beide?« erkundigte ich mich.

Max nickte. »Beide.« Nach kurzem respektvollen Schweigen sagte er: »Ich möchte, daß du dir den Tatort ansiehst.«

»Warum?«

»Warum nicht? Um mir einen Gefallen zu tun. Bevor andere Leute ihre Finger drinhaben. Ich hab' nicht genügend Mordermittler.«

Tatsächlich hat das Southold Town Police Department überhaupt keinen Mordermittler, was weiter nicht schadet, weil hier draußen nur sehr selten jemand umgelegt wird. Kommt's doch mal vor, schickt die Suffolk County Police ein Ermittlerteam, und Max tritt beiseite. Das gefällt ihm nicht.

Eine Anmerkung zur Geographie: Wir befinden uns hier auf der North Fork von Long Island, Bundesstaat New York, in der Gemeinde Southold. Die South Fork von Long Island – jenseits der Peconic Bay – umfaßt die schicken Hamptons mit Schriftstellern, Künstlern, Verlagsmenschen und sonstigen Armleuchtern. Hier auf der North Fork leben Farmer, Fischer und dergleichen. Und vielleicht ein Mörder.

Die Gemeinde Southold, die den größten Teil der North Fork umfaßt, besteht aus acht kleineren Ortschaften – eine davon heißt Mattituck, wo Onkel Harrys Haus steht – sowie dem Dorf Greenport und hat eine Polizei mit ungefähr vierzig Beamten, deren Chef Sylvester Maxwell ist.

»Mal ansehen kann nicht schaden«, sagte Max.

»Vielleicht doch. Was ist, wenn ich zu irgendeinem unpassenden Termin als Zeuge vorgeladen werde? Schließlich werde ich nicht dafür bezahlt.«

»Hör zu, ich habe den Stadtkämmerer angerufen, und er hat genehmigt, daß ich dich offiziell als Berater engagiere. Für hundert Dollar pro Tag.«

»Wow! Das klingt wie 'n Job, für den man erst mal Geld zusammensparen muß.«

Max gestattete sich ein Lächeln. »Hey, das reicht für Benzin und Telefonspesen. Du tust ja ohnehin nichts.«

»Ich versuche, das Loch in meiner rechten Lunge zuwachsen zu lassen.«

»Diese Sache ist nicht anstrengend.«

»Woher weißt du das?«

»Damit kannst du dich als guter Bürger von Southold beweisen.«

»Ich bin New Yorker. Ich brauche hier nicht den guten Bürger zu spielen.«

»Hey, hast du die Gordons gut gekannt? Seid ihr befreundet gewesen?«

»Gewissermaßen.«

»Aha! Dann ist das deine Motivation. Los, John! Wir haben's eilig. Dafür schulde ich dir einen Gefallen. Ruf mich an, wenn du nächstes Mal 'nen Strafzettel kriegst.«

In Wahrheit langweilte ich mich, und Tom und Judy Gordon waren nette Leute gewesen… Ich stand auf und stellte mein Bier weg. »Ich nehme den Job für einen Dollar die Woche, damit die Sache amtlich ist.«

»Gut. Du wirst's nicht bereuen.«

»Natürlich werde ich's bereuen.« Ich stellte »Jeremiah Was a Bullfrog« ab und fragte Max: »Gibt's viel Blut?«

»Es geht. Kopfschüsse.«

»Glaubst du, daß ich meine Clogs brauche?«

»Na, ja… aus den Hinterköpfen ist etwas Gehirnmasse ausgetreten…«

»Okay.« Ich schlüpfte in meine Clogs und ging mit Max auf der Veranda zu der kreisförmigen Einfahrt vor dem Haus. Ich stieg in sein Zivilfahrzeug, einen weißen Jeep Cherokee mit krächzendem Polizeifunk.

Wir folgten der langen Einfahrt, die mit Austern- und Venusmuschelschalen bedeckt war, weil Onkel Harry und alle früheren

Bewohner des Hauses die Asche und Schlacke des kohlebefeuerten Zentralheizungskessels mit diesen Schalen vermischt und auf die Einfahrt geworfen hatten, um den Staub und Schlamm zu binden. Das Haus, früher ein sogenanntes Bay Farm Estate, lag noch immer an der Bay, aber das Farmland war inzwischen größtenteils verkauft. Das Haus selbst war beige-grün gestrichen und hatte ein grünes Dach. Es war wirklich sehr hübsch, und ich spielte mit dem Gedanken, es wirklich zu kaufen, falls die Polizeiärzte mir Dienstunfähigkeit bescheinigten. Vielleicht sollte ich schon mal üben, Blut zu husten.

Was meine Dienstunfähigkeit betraf, hatte ich gute Chancen, mit drei Viertel meines letzten Gehalts pensioniert zu werden. Nach NYPD-Begriffen war das etwa so, als führe man nach Atlantic City, stolpere in Trump's Castle vor den Augen eines auf Schadenersatzklagen spezialisierten Anwalts über einen Riß im Teppich und knalle mit dem Kopf gegen einen Spielautomaten. Jackpot!

»Hast du gehört, was ich gesagt habe?«

»Was?«

»Ich habe gesagt, daß ein Nachbar sie um Viertel vor sechs gefunden hat ...«

»Bin ich jetzt offiziell angestellt?«

»Klar. Beide sind durch Kopfschuß getötet worden, und dieser Nachbar hat sie auf ihrer Holzterrasse aufgefunden, wo sie ...«

»Max, das sehe ich dann alles selbst. Erzähl mir von dem Nachbarn.«

»Okay. Der alte Knabe heißt Edgar Murphy. Er hat das Boot der Gordons gegen halb sechs gehört, ist ungefähr eine Viertelstunde später rübergegangen und hat sie ermordet aufgefunden. Schüsse hat er keine gehört.«

»Hörgerät?«

»Nein. Ich hab' danach gefragt. Auch seine Frau hört noch gut, behauptet Edgar. Vielleicht hat der Täter einen Schalldämpfer benutzt. Oder die beiden Alten hören schlechter, als sie glauben.«

»Aber sie haben das Boot gehört. Ist Edgar sich in bezug auf die Zeit sicher?«

»Ziemlich sicher. Er hat uns um siebzehn Uhr einundfünfzig angerufen, was seine Angaben bestätigt.«

»Genau.« Ich sah auf meine Armbanduhr. Es war jetzt neunzehn Uhr zehn, was bedeutete, daß Max sehr bald nach der Besichtigung des Tatorts die clevere Idee gehabt haben mußte, mich als Berater hinzuzuziehen. Vermutlich waren inzwischen die Beamten der Mordkommission der Suffolk County Police eingetroffen. Sie kamen aus der Kleinstadt Yaphank, in der die County Police ihre Zentrale hat, und hatten bis zu den Gordons ungefähr eine Stunde zu fahren.

Max erzählte mir dieses und jenes, und ich versuchte, meinen Verstand in die Gänge zu bekommen, aber es war fünf Monate her, daß ich über solche Dinge hatte nachdenken müssen. Ich war versucht zu knurren: »Nur die Tatsachen, Max!«, aber dann ließ ich ihn doch weiterschwatzen. Außerdem glaubte ich noch immer, »Jeremiah Was a Bullfrog« zu hören, und es kann verdammt lästig sein, wenn einem ein Song nicht aus dem Kopf gehen will. Vor allem dieser.

Ich sah aus dem offenen Wagenfenster. Wir waren auf der von Ost nach West verlaufenden Hauptstraße, die passenderweise Main Road heißt, in Richtung Nassau Point unterwegs, wo die Gordons lebten – oder gelebt hatten. Die North Fork hat viel Ähnlichkeit mit Cape Cod: eine windumtoste Landzunge, deren geschichtsträchtiger Boden auf drei Seiten von Wasser umgeben ist.

Die hiesige Bevölkerung beläuft sich auf gerade mal zwanzigtausend Seelen, zu denen jedoch viele Wochenend- und Sommergäste kommen, und die neuen Weinkellereien ziehen zusätzlich Tagesausflügler an. Man braucht nur eine Weinkellerei aufzumachen, um sofort zehntausend weinschlürfende Yuppies aus der nächsten Großstadt anzulocken. Das klappt einfach immer.

Jedenfalls bogen wir nach Süden Richtung Nassau Point ab, einer zwei Meilen langen sichelförmigen Landzunge, die in die Great Peconic Bay hinausragt. Von meinem Bootssteg bis zu dem der Gordons waren es etwa vier Meilen.

Auf Nassau Point sind seit den zwanziger Jahren zahllose Sommerhäuser entstanden, die von einfachen Bungalows bis zu prächtigen Villen reichen. Albert Einstein ist dort Sommergast gewesen, und dort hat er an Präsident Roosevelt Ende der dreißiger Jahre seinen berühmten »Nassau Point Letter« geschrieben und ihn aufgefordert, die Entwicklung der Atombombe voranzutreiben. Der Rest ist, wie man so schön sagt, Geschichte.

Interessanterweise wohnen auf Nassau Point auch heute noch Wissenschaftler; einige von ihnen arbeiten im Brookhaven National Laboratory, einem geheimen nuklearen Forschungszentrum etwa fünfunddreißig Meilen westlich von hier, während andere auf Plum Island in einem streng geheimen biologischen Forschungszentrum arbeiten, das so unheimlich ist, daß es auf einer Insel untergebracht werden mußte. Plum Island liegt ungefähr zwei Meilen vor Orient Point, der äußersten Spitze der North Fork – der nächste Halt ist Europa.

Wie es der Zufall wollte, hatten Tom und Judy Gordon als Biologen auf Plum Island gearbeitet, und so war es kein Wunder, daß Sylvester Maxwell und John Corey über diese Tatsache nachdachten. Ich fragte Max: »Hast du die Feds schon benachrichtigt?«

Er schüttelte den Kopf.

»Warum nicht?«

»Für Mord ist das FBI nicht zuständig.«

»Du weißt genau, was ich meine, Max.«

Chief Maxwell gab keine Antwort.

nur hoffen, daß der Au
zu entscheiden hatte,
umzulegen versucht
war.

In der Einfahrt st
einem Schreibblock –
nannte ihm meinen N
offiziell mit von der
tuellen Verteidigern
werden konnte. Gen
war eben zu Hause
hatte.

Wir gingen die ki
durch einen Torbog
Zedernholzterrassen
hinunterzogen und
das Motorboot der
lich, und ich wünsch
ihn sehen zu können

Mein Blick fiel au
wie drei uniformier
superschicken, nich
mit weißer Bluse, j
erst für eine Angeh
ten zu identifiziere
und Kugelschreibe

Auf der schönen
und Judy nebeneina
Haus, ihre Köpfe
breitet, als spielten
Aufnahmen von b
die Terrasse und
erscheinen – wie i

Ich starrte auf d
Dreißig, gutausse
chen attraktives
Berühmtheiten ge
staurants gegesse

Wir näher
küste von
modernisie
dons, die i
nicht wußte
das Haus m
hatten. Wär
arbeiteten,
gemacht. Te

Ich konzen
tigen Straße
mit ihren Fa
Haus der Gor
wagen der So
wagen der Sp
weismaterial
befahren, und
liche Polizei ih

Auf der Stra
von einer Fern
News, und ich
ten und jedem,
Nase hielten. D
der stand bevor,
sammenhang mi

Gelbes Tatort
und riegelte das
Fahrzeug der Spu
lichter flammten
an, und wir wurde

sschuß, der über meine Dienstunfähigkeit mich nicht sah – oder die Kerle, die mich atten und jetzt wußten, wo ich zu finden

nd ein uniformierter Polizeibeamter mit der Protokollführer am Tatort –, und Max amen, Dienstgrad und so weiter, womit ich artie war und vom Staatsanwalt und even- nter Strafandrohung als Zeuge vorgeladen u das hatte ich vermeiden wollen, aber ich ewesen, als das Schicksal mich aufgesucht

sbestreute Einfahrt entlang und erreichten n den Garten hinter dem Haus mit seinen , die sich in mehreren Stufen zum Wasser n den langen Bootssteg übergingen, an dem ordons lag. Dieser Abend war wirklich herr- te mir, Tom und Judy hätten noch gelebt, um .

f das übliche Kontingent Spurensicherer so- e Cops aus Southold und eine Frau in einem t recht hierher passenden hellbeigen Kostüm doch vernünftigen Schuhen. Ich hielt sie zu- rige, die verständigt worden war, um die To- , aber dann sah ich, daß sie mit Notizblock ausgerüstet war und amtlich wirkte.

silbergrauen Zedernholzterrasse lagen Tom nder auf dem Rücken – ihre Füße in Richtung n Richtung Bay, ihre Arme und Beine ausge- sie Schnee-Engel. Ein Polizeifotograf machte eiden, und sein aufflammender Blitz erhellte eß die Leichen für einen Augenblick gruselig *Die Nacht der lebenden Toten.*

e Leichen. Tom und Judy Gordon waren Mitte nend und selbst im Tod noch ein ausgespro- Paar – so attraktiv, daß sie manchmal für halten worden waren, wenn sie in teuren Re- hatten.

Beide trugen Jeans, Turnschuhe und Polohemden. Toms Hemd war schwarz und verziert mit dem Markenzeichen irgendeines Schiffsausrüsters, während Judy ein eleganteres mintgrünes Hemd mit einem kleinen gelben Segelboot auf der linken Brust trug.

Max sah im Laufe eines Jahres vermutlich nicht viele Ermordete, aber dafür so viele an natürlichen Ursachen gestorbene Tote, Selbstmörder, Verkehrsopfer und dergleichen, daß ihm bestimmt nicht übel werden würde. Er wirkte grimmig, besorgt, nachdenklich und professionell, sah aber immer wieder zu den Leichen hinüber, als könne er kaum glauben, daß auf dieser schönen Terrasse tatsächlich zwei Mordopfer lagen.

Ich ging über die Terrasse und blieb vor Tom Gordon stehen. Tom hatte eine Einschußwunde über der Nasenwurzel; bei Judy befand sich die Einschußstelle an der linken Schläfe.

Vorausgesetzt, daß hier ein Einzeltäter geschossen hatte, hatte er zuerst Tom, der groß und athletisch war, mit einem Kopfschuß erledigt. Dann hatte Judy, die ungläubig zu ihrem Mann hinübergesehen hatte, die zweite Kugel in die Schläfe bekommen. In beiden Fällen hatten die Geschosse die Schädel durchgeschlagen und waren vermutlich in der Bay gelandet. Pech für die Ballistiker.

Ich sah mich um, ohne in der näheren Umgebung eine Stelle zu erkennen, wo der Schütze sich hätte verstecken können. Die Glasschiebetür des Hauses stand offen, und der Täter konnte drinnen gewesen sein, aber dort wäre er sechs bis sieben Meter von den Gordons entfernt gewesen, und es gibt nicht viele Leute, die aus dieser Entfernung mit einer Pistole zielsicher schießen können. Aus sechs bis sieben Metern zielt man in der Regel erst auf den Körper, erst dann tritt man näher heran und erledigt das Opfer mit einem Kopfschuß.

Es gab also zwei Möglichkeiten: Der Täter hatte keine Pistole, sondern ein Gewehr benutzt – oder er war imstande gewesen, auf die beiden zuzugehen, ohne daß sie Verdacht geschöpft hatten. Irgend jemand, der normal aussah und in keiner Weise bedrohlich wirkte; vielleicht sogar jemand, den sie kannten. Die Gordons waren aus ihrem Boot gestiegen und über die Holzterrasse nach oben gekommen, hatten irgendwann den Täter oder die Täterin gesehen und waren weiter auf ihn oder sie zugegangen. Als die Entfernung auf eineinhalb Meter zusammengeschrumpft war, hatte der oder die Unbekannte eine Pistole gezogen und die beiden umgelegt.

Ich betrachtete die Umgebung der Toten und sah mehrere farbige Fähnchen im Zedernholz der Terrasse stecken. »Rot bedeutet Blut?«

Max nickte. »Weiß bedeutet Knochen, grau bedeutet…«

»Schon kapiert.« Ich war froh, daß ich meine Clogs trug.

»Die Austrittswunden sind so riesig, daß beiden der ganze Hinterkopf fehlt«, erklärte Max. »Und wie du siehst, sind auch die Einschußwunden so groß, daß wir auf Kaliber 45 tippen. Die Geschosse haben wir noch nicht gefunden. Liegen vermutlich in der Bay.«

Ich äußerte mich nicht dazu.

Max deutete auf die Glasschiebetür. »Diese Tür ist aufgebrochen, das Haus durchsucht worden. Allerdings fehlen keine größeren Gegenstände – Fernseher, Computer, Stereoanlage und so weiter stehen noch da. Aber vielleicht sind Schmuckstücke und andere kleine Dinge entwendet worden.«

Ich dachte einen Augenblick darüber nach. Wie die meisten Eierköpfe, die mit einem staatlichen Gehalt auskommen müssen, besaßen die Gordons nicht viel Schmuck, Kunstwerke oder sonstige Wertgegenstände. Ein Junkie hätte sich ihre teure HiFi-Anlage geschnappt und wäre damit abgehauen.

»Ich stelle mir den Ablauf folgendermaßen vor«, sagte Max. »Ein oder mehrere Einbrecher sind auf der Suche nach Beute; er oder sie sehen die Gordons vom Steg heraufkommen; er oder sie treten auf die Terrasse, schießen und flüchten.« Er sah mich fragend an. »Richtig?«

»Wenn du meinst.«

»Ja, das meine ich.«

»Ja, ich verstehe.« Das klang besser als *Einbruch im Haus von Experten für biologische Kriegführung* oder *Wissenschaftler ermordet aufgefunden.*

Max trat näher an mich heran und erkundigte sich halblaut: »Was denkst du, John?«

»Wie war das gleich wieder – hundert Dollar pro Stunde?«

»Laß den Scheiß, Mann! Vielleicht haben wir's hier mit einem sensationellen Doppelmord zu tun.«

»Aber du hast doch eben gesagt«, wandte ich ein, »die Hausbesitzer könnten von auf frischer Tat ertappten Einbrechern umgelegt worden sein.«

»Yeah, aber in diesem Fall sind die Hausbesitzer ... was immer sie gewesen sind.« Dann sah er mich an und meinte: »Erzähl mir, wie du dir den Ablauf vorstellst.«

»Okay. Eines steht fest: Der Täter hat nicht von dieser Schiebetür aus geschossen, sondern hat dicht vor den beiden gestanden. Die Tür, die du dann offen vorgefunden hast, ist geschlossen gewesen, so daß den Gordons, als sie nach Hause kamen, nichts Ungewöhnliches aufgefallen ist. Der Mörder hat vermutlich in einem dieser Korbstühle gesessen und dürfte mit einem Boot gekommen sein, um sein Auto nicht für alle sichtbar auf der Straße parken zu müssen. Oder er ist hier abgesetzt worden. Jedenfalls haben die Gordons ihn gekannt oder sich durch seine Anwesenheit nicht bedroht gefühlt – zum Beispiel deshalb nicht, weil hier eine nette, freundliche *Frau* auf sie gewartet hat. Die drei haben vielleicht ein paar Worte miteinander gewechselt, aber wenig später hat der Täter eine Pistole gezogen und sie weggepustet.«

Chief Maxwell nickte.

»Sollte der Mörder dort drinnen etwas gesucht haben, hatte er's nicht auf Schmuck oder Bargeld, sondern auf Papiere abgesehen. Du weißt schon – irgendwelche Geheimunterlagen. Er hat die Gordons nicht erschossen, weil er sie ermorden wollte. Er hat ihnen *aufgelauert*. Aber das weißt du ohnehin.«

Er nickte erneut.

»Andererseits, Max«, fuhr ich fort, »habe ich schon mehrere verpatzte Einbrüche gesehen, bei denen der Hausbesitzer erschossen wurde und der Täter ohne Beute abgehauen ist. Ist der Täter ein Junkie, können die verrücktesten Dinge passieren.«

Chief Maxwell rieb sich das Kinn, während er sich einerseits einen bewaffneten Rauschgiftsüchtigen, andererseits einen eiskalten Killer und die dazwischen möglichen Abstufungen vorstellte.

Während er das tat, kniete ich neben Judy nieder. Ihre Augen standen weit offen, sie wirkte überrascht. Auch Toms Augen waren offen, aber er sah friedlicher aus als seine Frau. Ich untersuchte die beiden, ohne sie anzufassen, denn das hätte die Spurensicherer gegen mich aufgebracht, besah mir Haare, Fingernägel, Haut, Kleidung, Schuhe und so weiter. Als ich damit fertig war, tätschelte ich Judys Wange und stand wieder auf.

»Wie lange hast du sie gekannt?« erkundigte sich Max.

»Seit Juni dieses Jahres.«

»Bist du schon mal in diesem Haus gewesen?«

»Ja. Eine Frage hast du noch frei.«

»Nun… Ich muß dich fragen… Wo bist du um halb sechs gewesen?«

»Bei deiner Freundin.«

Er lächelte, aber er fand die Antwort nicht wirklich komisch.

»Wie gut hast *du* sie gekannt?« fragte ich Max.

Er zögerte kurz, dann antwortete er: »Wir sind uns ein paarmal begegnet. Meine Freundin schleppt mich zu Weinproben und solchem Scheiß mit.«

»Tatsächlich. Und woher weißt du, daß ich die beiden gekannt habe?«

»Sie haben erwähnt, daß sie einen New Yorker Cop im Genesungsurlaub kennengelernt haben. Ich habe ihnen gesagt, daß ich dich kenne.«

»Die Welt ist klein«, murmelte ich.

Er gab darauf keine Antwort.

Ich sah mich auf dem Grundstück um. Im Osten stand das Haus, und im Süden erhob sich eine hohe Hecke, hinter der Edgar Murphy wohnte, der die Leichen gefunden hatte. Nach Norden erstreckte sich sumpfiges Marschland bis zum nächsten Haus, das, einige hundert Meter entfernt, kaum sichtbar war. Im Westen führte die Holzterrasse in drei Ebenen zur Bay hinunter, wo der Bootssteg etwa dreißig Meter weit in tieferes Wasser hinausragte. Dort lag das Formula 303 der Gordons: ein gut zehn Meter langes, schnittiges weißes GFK-Motorboot. Es hieß *Treponema* wie das als Syphiliserreger bekannte Stäbchenbakterium. Die Gordons hatten Sinn für Humor gehabt.

»Edgar Murphy hat ausgesagt«, berichtete Max, »daß die Gordons manchmal mit ihrem Boot nach Plum Island zur Arbeit gefahren sind. Nur bei schlechtem Wetter und im Winter haben sie die staatliche Fähre benutzt.«

Ich nickte. Das wußte ich bereits.

»Ich rufe auf der Insel an«, fuhr Max fort, »und sehe zu, ob rauszukriegen ist, wann sie abgefahren sind. Bei ruhiger See, hereinkommender Flut und Ostwind müßten sie schneller als sonst rübergekommen sein.«

»Ich bin kein Seemann.«

»Aber ich. Ihre Überfahrt hat heute vielleicht nur eine Stunde gedauert; normalerweise rechnet man eineinhalb, höchstens aber zwei. Die Murphys haben das Boot gegen halb sechs gehört, und wenn wir wüßten, wann die Gordons weggefahren sind, wüßten wir auch, ob das um halb sechs ihr Boot gewesen ist.«

»Richtig.« Ich sah mich auf der Holzterrasse um, auf der die üblichen Gartenmöbel standen – Tisch, Korbsessel, Sonnenschirm, dazu kleine Büsche und Stauden; trotzdem gab es nirgendwo ein Versteck, in dem der Täter den Gordons hier im Freien hätte auflauern können.

»Woran denkst du?« erkundigte sich Max.

»Nun, ich denke an eine Holzterrasse wie die hier – großzügig, über mehrere Ebenen reichend, wartungsfrei. Nicht wie meine altmodische Veranda, die ständig gestrichen werden muß. Wenn ich das Haus meines Onkels kaufen würde, könnte ich auch eine Terrasse bis zur Bay hinunter anlegen. Aber dann hätte ich natürlich weniger Rasen.«

Max ließ einige Sekunden verstreichen, bevor er ungläubig fragte: »*Daran* denkst du?«

»Yeah. Woran denkst *du*?«

»Ich denke an einen Doppelmord.«

»Gut. Erzähl mir, was du noch festgestellt hast.«

»Okay. Ich habe die Motoren angefaßt… « Er wies mit dem Daumen auf das Boot. »Als ich hergekommen bin, waren sie noch warm – wie übrigens die Leichen auch.«

Ich nickte. Die Sonne berührte bereits das Wasser der Bay: Der Abend wurde merklich dunkler und kühler, so daß ich in T-Shirt und Shorts zu frösteln begann.

»Und noch was«, fügte Max hinzu. »Die Vorleine ist nur mit einem Slipstek festgemacht.«

»Oh, das ist natürlich ein wichtiger Hinweis. Was zum Teufel ist ein Slipstek?«

»Ein Knoten, der sich schnell lösen läßt. Daraus schließe ich, daß die Gordons bald wieder wegfahren wollten.«

»Gut beobachtet.«

»Richtig. Hast du irgendeine Idee?«

»Nö.«

»Eigene Beobachtungen?«

»Die hast du alle vorweggenommen, Chief.«

»Theorien, Gedanken, Vermutungen? Irgendwas?«

»Nö.«

Chief Maxwell zögerte, als wollte er sagen: »Du bist entlassen!« Aber statt dessen murmelte er: »Ich muß mal telefonieren.« Er ließ mich stehen und verschwand im Haus.

Ich sah mich wieder nach den Leichen um. Die Frau in dem hellbeigen Kostüm war dabei, Judys Umrisse mit Kreide nachzuziehen. In New York City ist es Vorschrift, daß der leitende Ermittler das tut, und ich vermutete, daß es auch hier üblich war. Daraus schloß ich, daß die Lady in Beige eine Kriminalbeamtin war, die den Auftrag hatte, im Falle dieses Doppelmords zu ermitteln. Und ich wußte, daß ich mit ihr zu tun haben würde, falls ich mich dazu entschloß, Max bei dieser Sache beizustehen.

Der Tatort eines Verbrechens kann sehr interessant sein, wenn man weiß, wonach man Ausschau zu halten hat. In diesem Fall kannte ich die Ermordeten, was für jeden Ermittler von Vorteil ist. Ich wußte beispielsweise, daß die Gordons auf Fahrten nach Plum Island immer T-Shrits, Shorts und Bootsschuhe getragen hatten, um erst am Arbeitsplatz ihren Labormantel, Schutzanzug und so weiter anzuziehen. Außerdem sah Tom in dem schwarzen Polohemd gar nicht wie Tom aus, und Judy hatte eine Vorliebe für Pastelltöne gehabt. Diese Aufmachung hatte offenbar zur Tarnung gedient, die Turnschuhe der schnellen Fortbewegung.

Aber wo kam die rote Erde in den Rillen ihrer Schuhsohlen her? Nicht aus dem Labor, vermutlich auch nicht vom Fährhafen auf Plum Island, genausowenig wie aus ihrem Boot oder dem Steg dort unten. Die beiden schienen heute woanders gewesen zu sein, sie waren heute anders angezogen als sonst, allerdings hatte dieser Tag auch völlig anders geendet. Hier war etwas im Gange, was mir vorläufig noch ein Rätsel war.

Andererseits war es *trotzdem* möglich, daß die Gordons nur einen Einbrecher überrascht hatten. Ich meine, diese Sache mußte nichts mit ihren Jobs zu tun haben. Aber Max, der einen Zusammenhang vermutete, hatte mich mit seiner Nervosität angesteckt. Und noch vor Mitternacht würden hier Leute von FBI und CIA aufkreuzen – außer Max schnappte bis dahin einen rauschgiftsüchtigen Einbrecher.

»Entschuldigung.«

Ich drehte mich nach der Stimme um. Sie gehörte der Lady in dem hellbeigen Kostüm. »Schon gut«, sagte ich, »Sie brauchen sich nicht zu entschuldigen.«

»Entschuldigung, welche Funktion haben Sie hier? Sind Sie ein Polizeibeamter?«

In T-Shirt und Shorts wirkte ich anscheinend nicht wie eine Autoritätsperson. »Ich bin mit Chief Maxwell hergekommen«, erklärte ich ihr.

»Das habe ich gesehen. Haben Sie sich eingetragen?«

»Warum überprüfen Sie's nicht selbst?« Ich wandte mich ab und ging um die Fähnchen herum zur nächsttieferen Terrassenebene, um zum Bootssteg zu kommen. Sie folgte mir.

»Ich bin Detective Penrose von der Mordkommission der Suffolk County Police und leite die Ermittlungen in diesem Mordfall.«

»Glückwunsch.«

»Und wenn Sie nicht dienstlich hier sind…«

»Das müssen Sie mit dem Chief besprechen.« Ich erreichte den Steg und ging zum Boot der Gordons hinaus. Nach Sonnenuntergang war es auf dem langen Bootssteg verdammt zugig. Im Südosten war ein Dreiviertelmond aufgegangen, der das leicht bewegte Wasser glitzern ließ. Ich sprang aufs Deck der *Treponema*, das sich bei Flut fast auf gleicher Höhe mit dem Steg befand.

»Was machen Sie da? Das dürfen Sie nicht!«

Sie war natürlich sehr attraktiv; wäre sie häßlich gewesen, hätte ich sie viel netter behandelt. Sie kleidete sich, wie schon erwähnt, ziemlich streng, aber der Körper unter ihrem strengen Kostüm war eine Sinfonie aus Kurven. Außerdem hatte ich festgestellt, daß sie keinen Ehering trug. Der Rest ihrer Personenbeschreibung: Anfang Dreißig, mittellanges kupferrotes Haar, blaugrüne Augen, für die Jahreszeit eher blasser Teint, wenig Make-up, Schmollmund, keine Ohrringe, kein Nagellack, wütender Gesichtsausdruck.

Jetzt fauchte sie: »Haben Sie nicht gehört?«

Trotz dieses scharfen Tons hatte sie eine nette Stimme. Ich vermutete, daß Detective Penrose wegen ihres hübschen Gesichts, ihrer klasse Figur und ihrer sanften Stimme Mühe hatte, für voll genommen zu werden, was sie durch herrisches Auftreten kompensierte.

»Klar doch. Aber haben *Sie* nicht gehört? Ich habe gesagt, Sie sollen mit dem Chief reden.«

»*Ich* leite hier die Ermittlungen. Für Mordsachen ist die County Police ...«

»Okay, wir gehen gemeinsam zu Chief Maxwell. Augenblick noch.«

Ich sah mich rasch an Bord um, aber inzwischen war es so dunkel, daß ich kaum etwas erkennen konnte. Ich versuchte, eine Taschenlampe zu finden. Zu Detective Penrose sagte ich: »Sie sollten das Boot heute nacht bewachen lassen.«

»Vielen Dank für den Hinweis. Verlassen Sie jetzt bitte das Boot.«

»Haben Sie zufällig eine Taschenlampe?«

»Raus aus dem Boot! Sofort!«

»Okay, okay.« Ich stieg aufs Seitendeck, und zu meiner Überraschung streckte sie mir ihre Hand hin, die ich ergriff. Während sie mich auf den Steg hochzog, griff ihre rechte Hand katzengleich unter mein T-Shirt und riß den Revolver aus meinem Hosenbund. *Wow!*

Sie trat mit meiner Kanone in der Hand zurück. »Halt, stehenbleiben.«

»Ja. Ma'am.«

»Wer sind Sie?«

»Detective John Corey, NYPD, Mordkommission, Ma'am.«

»Haben Sie hier eine offizielle Funktion?«

»Ja. Ma'am. Ich bin als Berater hinzugezogen worden.«

»*Berater?* In einer Mordsache? So was hab' ich ja noch nie gehört.«

»Ich auch nicht.«

»Und wer hat Sie hinzugezogen?«

»Die Gemeinde Southold.«

»Idiotisch.«

»Richtig.« Da sie unschlüssig wirkte, schlug ich hilfsbereit vor: »Wie wär's mit einer Leibesvisitation?«

Ich bildete mir ein, im Mondschein ein flüchtiges Lächeln zu sehen, bevor sie fragte: »Wie heißen Sie gleich wieder?«

»John Corey.«

Sie strengte ihr Gedächtnis an. »Oh... Sie sind der Mann, der...«

»Der bin ich. Der große Glückspilz.«

Sie wirkte nicht mehr ganz so streng, als sie meinen Revolver umdrehte und ihn mir mit dem Griff voraus zurückreichte. Dann drehte sie sich um und ließ mich stehen. Ich folgte ihr über den Bootssteg und die drei Terrassenebenen bis zum Haus hinauf, wo jetzt Außenleuchten die Fläche vor der Glasschiebetür erhellten.

Max sprach mit einem der Spurensicherer, dann drehte er sich zu Detective Penrose und mir um. »Ihr habt euch schon kennengelernt?« fragte er.

»Warum ist dieser Mann mit diesem Fall befaßt?« erkundigte sich Detective Penrose.

»Weil ich's für richtig halte«, antwortete Chief Maxwell.

»Darüber haben nicht Sie zu entscheiden, Chief.«

»*Sie* aber auch nicht!«

»Sie hat recht, Chief«, warf ich ein. »Ich verschwinde lieber. Laß mich von einem deiner Leute heimfahren.« Ich machte kehrt, ging durch den Torbogen davon, drehte mich dann bewußt nonchalant zu Maxwell und Penrose um und fragte: »Hat übrigens jemand die Aluminiumkiste aus dem Bootsheck geholt?«

»Welche Aluminiumkiste?« fragte Max.

»Die Gordons hatten dort eine große Aluminiumkiste stehen, in der sie alle möglichen Kleinigkeiten verstauten. Manchmal haben sie darin auch Bier und Köder auf Eis gelagert.«

»Wo ist sie?«

»Das frage ich *dich*.«

»Ich lasse sie suchen.«

»Gute Idee.« Ich wandte mich ab und spazierte über die Rasenfläche vor dem Haus davon. Blitzlichter flammten auf, dann wurden Videoleuchten eingeschaltet und auf mich gerichtet. Kameras liefen, und Reporter riefen mir etwas zu. Wie in früheren Zeiten. Ich hustete demonstrativ – für den Fall, daß der Gutachterausschuß zusah, von meiner Exfrau ganz zu schweigen.

Ein uniformierter Cop, den Max mir nachgeschickt hatte, holte mich ein. Wir stiegen in seinen Streifenwagen und fuhren los. Er sagte, er heiße Bob Johnson, dann fragte er mich: »Was halten Sie davon, Detective?«

»Sie sind ermordet worden.«

»Was Sie nicht sagen.« Er zögerte, dann erkundigte er sich: »Hey, glauben Sie, daß das mit Plum Island zusammenhängt oder nicht?«

»Nicht.«

»Ich will Ihnen was sagen – ich kenne mich mit Einbrüchen aus, und das hier ist kein Einbruch gewesen. Es sollte wie'n Einbruch aussehen, aber es ist 'ne Durchsuchung gewesen, verstehen Sie? Die Täter haben irgendwas gesucht.«

»Ich bin nicht im Haus gewesen.«

»Bakterien.« Er sah zu mir hinüber. »Bakterien für biologische Kriegführung. Das steckt dahinter. Richtig?«

Ich gab keine Antwort.

»Darum ist der Eiskasten verschwunden«, fuhr Johnson fort. »Ich hab' gehört, wie Sie davon geredet haben.«

Ich schwieg weiter.

»In der Kiste waren Reagenzgläser oder so was Ähnliches. Richtig? Ich meine, verdammt, dieses Zeug würde ausreichen, um Long Island zu entvölkern … New York City.«

Wahrscheinlich unseren ganzen Planeten, Bob, je nachdem, um welche Bakterien es sich handelt und wie gut sie sich vermehren lassen.

Ich beugte mich zu Officer Johnson hinüber und packte ihn am Arm, damit er richtig zuhörte. Dann sagte ich: »Erzählen Sie keinem Menschen auch nur ein Scheißwort von dieser Sache. *Haben Sie verstanden?*«

Er nickte.

Den Rest der Strecke zu meinem Haus legten wir schweigend zurück.

3. Kapitel

Meine Stammkneipe hier draußen ist die Olde Towne Taverne, obwohl ich Lokale mit mehr als einem stummen e sonst lieber meide. Jedenfalls liegt die Olde Towne Taverne im Zentrum von Mattituck, das ungefähr einen Straßenblock lang und echt malerisch ist. Die OTT mit ihrem Segelschiffdekor ist soweit in Ordnung – auch wenn die Kneipe eine Meile vom Wasser entfernt mitten im Ort liegt. Das Holz ist sehr dunkel gebeizt, der Fußboden besteht aus Eichenbohlen, und am besten gefallen mir die bernsteingelben Glaslaternen, die den ganzen Raum in wirklich weiches, stimmungsvolles Licht tauchen.

Ich saß also in der OTT, und es war kurz vor zehn Uhr, und die Gäste verfolgten an diesem Montag abend *das* Footballereignis: Dallas gegen New York in den Meadowlands. Meine Gedanken rasten zwischen dem Spiel, dem Doppelmord, meinem Essen und der Bedienung mit dem NordicTrack-Hintern hin und her.

Im Gegensatz zu meiner früheren Aufmachung hatte ich mich für den Abend umgezogen und war jetzt in beigen Levi's Jeans, einem blauen Polohemd von Ralph und echten Sperry Seglerschuhen geradezu elegant gekleidet. Ich saß auf einem Hocker an einem der brusthohen Tische in der Nähe der Theke mit Blick auf den Fernseher, und vor mir stand mein Lieblingsessen: Cheeseburger, Fritten, gefüllte Folienkartoffeln, Nachos, Hähnchenschenkel und ein Budweiser – eine gute Mischung aus braunen und gelben Sachen.

Detective Penrose vom County Police Department schlängelte sich unbemerkt an mich heran, und bevor ich's mich versah, saß sie mir gegenüber auf dem Hocker, hielt ein Bier in der Hand und verdeckte mit ihrem Kopf den Bildschirm. Sie begutachtete mein Abendessen, und ich sah, wie sie die Augenbrauen hochzog.

»Max hat gemeint, Sie wären hier zu finden«, sagte sie schließlich.

»Möchten Sie ein paar Fritten?«

»Nein, danke.« Sie zögerte, dann fuhr sie fort: »Ich glaube, unsere erste Begegnung stand unter einem ungünstigen Stern.«

»Unsinn. Mir macht's nichts aus, mit meiner eigenen Waffe bedroht zu werden.«

»Hören Sie, ich habe mit Max gesprochen und mir die Sache durch den Kopf gehen lassen … Will die Gemeinde Sie als Berater haben, soll mir das recht sein, und falls Sie mir etwas erzählen möchten, das Sie für nützlich halten, können Sie mich jederzeit anrufen.« Sie reichte mir ihre Karte, auf der ich *Detective Elizabeth Penrose* las. Darunter stand *Mordkommission*, dann kamen Dienstanschrift, Telefon, Fax und so weiter. Links war das Wappen des Suffolk County abgebildet – ein furchterregender Stier mit der Umschrift »Free and Independent«. Ich stellte fest: »Kein sehr gutes Bild von Ihnen.«

Sie starrte mich an, wobei sie mit zusammengebissenen Zähnen und bebenden Nasenflügeln tief durchatmete. Aber sie blieb ruhig, was bewundernswert war. Ich kann echt widerlich sein.

Ich beugte mich über den Tisch. »Hören Sie, Elizabeth«, sagte ich, »diesen Scheiß können Sie sich sparen. Sie wissen, daß ich die Gordons gekannt habe, in ihrem Haus gewesen und auf ihrem Boot mitgefahren bin, und vielleicht habe ich einige ihrer Freunde und Kollegen kennengelernt, und vielleicht haben sie mir ein bißchen von ihrer Arbeit erzählt, weil ich ein Cop bin, und vielleicht weiß ich mehr als Max und Sie zusammen, und vielleicht haben Sie damit recht. Sie haben gemerkt, daß ich sauer auf Sie bin, und Max ist sauer auf Sie, und jetzt kreuzen Sie hier auf und erlauben mir, Sie anzurufen und Ihnen zu erzählen, was ich weiß. Wow! Das ist meine große Chance. Aber wenn ich in ein, zwei Tagen nicht anrufe, bestellen Sie mich zur Vernehmung in Ihr Büro. Tun wir also nicht so, als sei ich ein Berater, Ihr Partner, Ihr Kumpel oder ein bereitwilliger Informant. Sagen Sie mir einfach, wann und wo ich meine Aussage machen soll.« Ich lehnte mich zurück und konzentrierte mich wieder auf die gefüllten Folienkartoffeln.

Detective Penrose schwieg eine Zeitlang, bevor sie sagte: »Morgen in meinem Büro …« Sie tippte auf ihre Karte. »… um neun Uhr. Seien Sie pünktlich.« Sie stand auf, stellte ihr Glas ab und verschwand.

New York hatte den Ball im dritten Versuch an der eigenen Dreißigyardlinie, und dieser Idiot von Quarterback wirft La Bomba fünfzig Meter weit gegen den beschissenen Wind, und der Ball hängt wie das Goodyear-Luftschiff am Himmel, und die drei Paßempfänger und drei Dallas-Spieler drängeln sich darunter zusammen und wedeln hüpfend mit den Armen, als wollten sie um Regen flehen oder dergleichen.

»Also dann …«

»Hinsetzen!«

Sie setzte sich hin, aber zu spät – ich bekam nicht mehr mit, wie der Ball abgefangen wurde. Die Zuschauer im Stadion und in der OTT drehten fast durch, und die Jungs an der Bar brüllten: »Behinderung!«, obwohl keine gelbe Karte gezeigt wurde, und der Dallas-Spieler lief mit dem Ball zur Fünfzigyardlinie zurück. Ich sah mir die Wiederholung in Zeitlupe an. Nein, der Paßempfänger war nicht behindert worden. Manchmal wünsche ich mir, ich könnte auch Teile meines Lebens in Zeitlupe wiederholen. Wie meine Ehe, die eine Kette von Fehlentscheidungen gewesen ist.

»Ich fahre jetzt zum Tatort zurück«, sagte sie. »Gegen elf Uhr will ich mich dort mit jemandem vom Landwirtschaftsministerium treffen. Er kommt aus Manhattan herüber. Möchten Sie dabeisein?«

»Haben Sie keinen Partner, den Sie piesacken können?«

»Der ist im Urlaub. Kommen Sie, Detective, wir machen einen neuen Anfang.« Sie streckte ihre Hand aus.

»Unser letzter Händedruck hat mich meinen Revolver und meine Mannesehre gekostet«, wandte ich ein.

Sie lächelte. »Los, geben Sie mir die Hand!«

Ich schüttelte ihr die Hand. Ihre Haut war warm. Mein Herz stand in Flammen. Oder vielleicht hatte ich Sodbrennen von den Nachos. Wenn man erst mal über Vierzig ist, ist das schwierig zu beurteilen.

Ich hielt ihre Hand sekundenlang in der meinen und betrachtete ihr perfektes Gesicht. Unsere Blicke begegneten sich, und wir hatten beide denselben unkeuschen Gedanken. Sie sah als erste weg. Jemand muß wegsehen, sonst wird's peinlich.

Die niedliche Bedienung kam zu uns, und ich bestellte zwei Bier. Dabei fragte sie: »Wollen Sie den Teller Chili noch?«

»Mehr denn je.«

Sie nahm einen Teil des Geschirrs mit und ging, um Bier und Chili zu holen. Ich liebe dieses Land.

»Sie müssen einen gußeisernen Magen haben«, meinte Detective Penrose.

»Drehen Sie sich um, und sehen Sie sich das Spiel an.«

Sie drehte sich um; wir sahen uns das Spiel an und tranken unser Bier. In der Halbzeitpause, beim Spielstand von sieben zu sieben, sah sie auf ihre Uhr und sagte: »Ich muß mich mit diesem Mann vom Landwirtschaftsministerium treffen.«

Falls sich jemand wundert, daß ständig vom Landwirtschaftsministerium die Rede ist: Plum Island und alles, was dazugehört, untersteht offiziell dem Landwirtschaftsministerium; dort werden Viehseuchen wie Milzbrand und dergleichen erforscht. Gerüchteweise verlautet jedoch, daß noch viel mehr erforscht wird. Sehr viel mehr. »Lassen Sie das Landwirtschaftsministerium nicht warten«, sagte ich.

»Wollen Sie nicht mitkommen?«

Ich dachte über ihre Einladung nach. Fuhr ich jetzt mit, wurde ich unweigerlich tiefer in diese Sache hineingezogen. Einerseits klärte ich gern Morde auf – in zehn Dienstjahren bei der Mordkommission hatte ich sechsundzwanzig Mörder hinter Gitter gebracht –, und ich hatte die Gordons gern gehabt. Andererseits bewegte ich mich hier außerhalb meines Zuständigkeitsbereichs. Und da kein echter Beamter des Landwirtschaftsministeriums zu so nachtschlafender Zeit noch gearbeitet hätte, kam dieser Kerl vermutlich von der CIA, vom FBI oder einer ähnlichen Behörde. Nein, diesen Fall konnte ich weder für einen Dollar pro Woche noch für tausend Dollar pro Tag brauchen.

»Detective? Hallo?«

Ich sah sie an. Wie schlägt man einer so vollkommenen Erscheinung etwas ab? »Ich komme später nach«, murmelte ich.

»Also gut. Was bin ich Ihnen für die Biere schuldig?«

»Die gehen auf mich.«

»Danke. Also dann bis später.« Sie ging zur Tür, und weil, wie gesagt, gerade Halbzeitpause war, merkten die etwa fünfzig Gäste in der OTT endlich, was für eine tolle Mieze im Lokal war. Einige pfiffen hinter ihr her, andere forderten sie auf, doch noch zu bleiben.

Was sich in der Pause auf dem Bildschirm abspielte, verfolgte ich nur mit halbem Auge. Ich wünschte mir, ich *hätte* einen gußeisernen Magen, denn meine Magengeschwüre machten sich wieder bemerkbar. Als der Teller Chili kam, schaffte ich ihn kaum. Ich warf zwei Zantac und danach ein Maalox ein, obwohl der Magenspezialist gemeint hatte, man dürfe die Tabletten nicht gleichzeitig nehmen.

Tatsächlich hatte sich mein Gesundheitszustand, der eigentlich immer recht gut gewesen war, seit dem Vorfall am 12. April merklich verschlechtert. Meine Eß-, Trink- und Schlafgewohnheiten waren nie die besten gewesen, außerdem hatten Job und Scheidung ihren Tribut gefordert. Ich fühlte mich wie ein Mann über Vierzig, das heißt, ich begann meine Vergänglichkeit zu spüren. Andererseits fielen mir wieder Dinge wie die Bedienung mit dem NordicTrack-Hintern auf, und als Elizabeth Penrose mir die Hand gegeben hatte, war mein kleiner Freund aufgewacht und hatte sich gestreckt. Ich war dabei, wieder gesund zu werden, und zweifellos in weit besserer Verfassung als die Gordons.

Ich dachte einen Augenblick über die beiden nach. Tom war Doktor der Naturwissenschaften gewesen, dem es nichts ausmachte, seine Gehirnzellen mit Wein und Bier abzutöten, und der erstklassige Steaks grillte. Er war ein vernünftiger Bursche aus Indiana oder Illinois oder sonstwo dort draußen, wo sie alle näseln. Er sprach zurückhaltend über seine Arbeit und spielte ihre Gefahren scherzhaft herunter – wie letzte Woche, als er über einen heranziehenden Wirbelsturm gesagt hatte: »Wenn der Plum Island erfaßt, können wir ihn Hurrikan Anthrax nennen und uns einsargen lassen.« Hahaha.

Judy war wie ihr Mann Doktor der Naturwissenschaften aus dem Mittleren Westen: unprätentiös, freundlich, lebhaft, witzig und schön. Wie jeder andere Mann, der sie kannte, war auch John Corey in sie verliebt gewesen.

Tom und Judy schienen sich in den zwei Jahren ihres hiesigen Aufenthalts gut in dieser maritimen Provinz eingelebt zu haben: Sie hatten viel Spaß an ihrem Motorboot und engagierten sich in der Peconic Historical Society. Außerdem hatten sie sich zu Kennern der auf Long Island angebauten Weine entwickelt. Sie waren sogar mit einigen hiesigen Winzern befreundet – so auch mit Fredric Tobin, der in seinem Château üppige Abendgesellschaften gab, von denen ich eine als Gast der Gordons miterlebt hatte.

Als Ehepaar schienen die Gordons glücklich und liebevoll zusammengelebt zu haben, was aber trotzdem nicht bedeutete, daß sie perfekte Menschen oder das perfekte Ehepaar waren. Ich suchte mein Gedächtnis nach etwas wie der einen Schwäche ab, die manchmal dazu führt, daß Leute ermordet werden. Drogen? Unwahrscheinlich. Ehebruch? Möglich, aber nicht wahrscheinlich. Geld? Viel war bei ihnen nicht zu holen gewesen. Damit war ich wieder bei ihrem Job angelangt.

Ich sann darüber nach. Alles schien darauf hinzudeuten, daß die Gordons versucht hatten, Superbakterien zu verkaufen, wobei etwas schiefgegangen war, weshalb sie dann liquidiert worden waren. Ich versuchte, mir das Unvorstellbare vorzustellen – wie der gutaussehende, herzliche Tom und die schöne, temperamentvolle Judy irgendwelchen Verrückten tödliche Bakterienstämme verkauften; wie Trinkwasserspeicher damit infiziert, wie New York oder Washington von Sprühflugzeugen überflogen wurden; wie Millionen von Menschen erkrankten, im Sterben lagen oder schon tot waren…

Ich grübelte darüber nach, so gut das in der OTT mit dem Lärm, dem Fernsehscheiß in der Halbzeitpause, dem Alkoholdunst in meinem Gehirn und dem Säureüberschuß in meinem Magen ging. Ich genehmigte mir ein weiteres Bier und ein weiteres Maalox. Der Magenspezialist hatte nie gesagt, *warum* ich die Tabletten nicht gleichzeitig nehmen sollte.

Ich konnte nicht glauben, daß die Gordons so etwas getan hatten. Andererseits hat jeder seinen Preis. Ich hatte mich oft gefragt, wie sie es sich leisten konnten, dieses Haus am Wasser zu mieten und sich ein teures Boot zu kaufen. Vielleicht wußte ich nicht, woher das Geld dafür gekommen war – und wozu sie ein

Rennboot und ein Haus mit privatem Bootssteg gebraucht hatten. Die Sache klang logisch, aber mein Instinkt warnte mich trotzdem davor, das scheinbar Offensichtliche zu glauben.

Ich gab Ms. NordicTrack ein zu hohes Trinkgeld und fuhr an den Tatort zurück.

4. Kapitel

Es war nach elf Uhr, als ich die zum Haus der Gordons führende schmale Straße entlangfuhr. Am Nachthimmel stand ein hübscher Dreiviertelmond, und eine angenehme Brise führte Salzwasserduft durch die offenen Fenster meines neuen moosgrünen Jeeps Grand Cherokee Limited – ein vierzigtausend Dollar teurer Luxus, den der fast umgekommene John Corey haben zu müssen glaubte.

Ich hielt fünfzig Meter vor dem Haus, stellte die Automatik auf »P« und hörte mir noch ein paar Minuten Giants gegen Dallas an, bevor ich den Motor abstellte. Eine Stimme sagte: »Ihre Lichter sind an.«

»Halt die Klappe«, sagte ich, »halt einfach die Klappe.« Ich schaltete die Scheinwerfer aus.

Das Leben bietet mancherlei Wahl, aber eine, für die man sich nie entscheiden sollte, ist die Wahl »Gesprochene Warnungen und Hinweise«.

Ich öffnete die Tür. »Ihr Zündschlüssel steckt. Ihre Handbremse ist nicht angezogen.« Die Frauenstimme klang exakt wie die meiner Ehemaligen. »Danke, Liebste.« Ich zog den Schlüssel ab, stieg aus und knallte die Tür zu.

Auf der kleinen Straße waren jetzt viel weniger Fahrzeuge und Neugierige zu sehen als am frühen Abend, was vermutlich damit zusammenhing, daß die Leichen abtransportiert worden waren. Tatsache ist, daß die Ankunft des Leichenwagens die meisten Gaffer zufriedenstellt und im allgemeinen den Schluß des ersten Akts anzeigt. Außerdem wollten sich alle in den Elfuhrnachrichten sehen.

Seit meinem ersten Besuch war ein neues Polizeifahrzeug hinzugekommen: Die mobile Einsatzzentrale der Suffolk County Police stand vor dem Haus in der Nähe des Wagens der Spurensicherer. In diesem Fahrzeug standen den Ermittlern Funk- und Faxgeräte, Mobiltelefone, eine Videoausrüstung und alle sonstigen technischen Spielsachen zur Verfügung, die unser Arsenal in einen niemals endenden Kampf gegen das Verbrechen bilden.

Ich drängte mich durch die letzten Versprengten und wich jedem aus, der nach Pressemensch aussah. Ich stieg über das gelbe Absperrband, was sofort einen Cop aus Southold anlockte. Ich wies meine Polizeimarke vor, worauf er halbherzig salutierte.

Der uniformierte Protokollführer am Tatort kam mit seinem Schreibblock auf mich zu, und ich gab nochmals meinen Namen, den Zweck meines Besuchs und so weiter an. Bei Ermittlungen in Mordfällen beginnen die Aufzeichnungen mit dem ersten Beamten am Tatort und werden fortgeführt, bis der letzte Beamte ihn verläßt. Da ich nun schon zweimal auf der Liste stand, saß der Haken jetzt tiefer.

»Haben Sie jemanden aus dem Landwirtschaftsministerium eingetragen?« fragte ich den Uniformierten.

Er sah nicht mal auf seine Liste, bevor er sagte: »Nein.«

»Aber jemand aus dem Landwirtschaftsministerium ist hier. Richtig?«

»Das müssen Sie Chief Maxwell fragen.«

»Ich möchte von Ihnen wissen, warum Sie diesen Kerl nicht eingetragen haben.«

»Das müssen Sie Chief Maxwell fragen.«

»Wird gemacht.« In Wirklichkeit wußte ich die Antwort bereits. Diese Kerle werden nicht umsonst Gespenster genannt.

Ich ging ums Haus herum und trat auf die Holzterrasse. Von den Gordons, die hier gelegen hatten, waren nur noch die mit Kreide nachgezeichneten Umrisse ihrer Körper zu sehen, die im Mondschein sehr gespenstisch wirkten. Eine große durchsichtige Plastikplane deckte die weißen, grauen und dunkelroten Spritzer hinter ihnen ab.

Zwei uniformierte Cops aus Southold saßen am Terrassentisch und tranken aus dampfenden Styroporbechern. In einem von ihnen erkannte ich Officer Johnson, für dessen Freundlichkeit, mich nach Hause zu fahren, ich mich revanchiert hatte, indem ich ihn etwas hart angefaßt hatte. Aber das Leben ist hart, und ich gehöre zu den Leuten, die daran schuld sind. Officer Johnson warf mir einen unfreundlichen Blick zu.

Unten am Bootssteg sah ich die Silhouette eines weiteren Uniformierten. Ich war froh, daß jemand meinen Rat befolgt und einen Wachposten aufgestellt hatte.

Da sonst niemand zu sehen war, betrat ich das Haus durch die Glasschiebetür, die in ein geräumiges Wohnzimmer mit abgeteilter Eßecke führte. Ich war natürlich nicht zum erstenmal hier. Jetzt fiel mir wieder ein, daß Judy mir erzählt hatte, die meisten Möbel seien mitgemietet. Skandinavisches Design aus Taiwan, hatte sie zur Beschreibung gesagt.

Einige Spurensicherer waren noch bei der Arbeit, und ich fragte eine niedliche Lady, die nach Fingerabdrücken fahndete: »Chief Maxwell?«

Sie wies mit dem Daumen über die Schulter. »Küche«, sagte sie. »Aber unterwegs nichts anfassen.«

»Ja, Ma'am.« Ich schwebte über den Berber und landete in der Küche, in der anscheinend eine Besprechung stattfand. Anwesend waren Max als Vertreter der selbständigen Township of Southold, Elizabeth Penrose, die das freie und unabhängige County of Suffolk vertrat, ein Gentleman in dunklem Anzug, der kein Schild brauchte, auf dem FBI stand, und ein weiterer Gentleman in Jeans, Jeansjacke, blutrotem Hemd und Stiefeln – eine Art Parodie darauf, wie ein Bürokrat des Landwirtschaftsministeriums aussehen könnte, wenn er jemals sein Büro verließe, um eine Farm zu besuchen.

Das Quartett besprach sich im Stehen. Auf dem Küchentisch stand ein Pappkarton mit Kaffee in Styroporbechern, und alle vier hielten einen Kaffeebecher in der Hand. Ich fand es interessant und bedeutsam, daß die Gruppe nicht in der mobilen Einsatzzentrale versammelt war, sondern gewissermaßen unter Ausschluß der Öffentlichkeit in der Küche tagte.

Auf der Küchentheke stand ein kleiner Schwarzweißfernseher, in dem Nachrichten liefen – jedoch ohne Ton. Der Aufmacher war der Staatsbesuch unseres Präsidenten in einem exotischen Land, dessen Bewohner alle klein waren.

Max sagte zu den beiden Neuen: »Das ist Detective John Corey von der Mordkommission.« Dabei ließ er es bewenden, ohne zu erwähnen, daß mein Zuständigkeitsbereich etwa hundert Meilen westlich von hier endete. Er nickte zu dem dunklen Anzug hinüber und sagte: »John, das ist George Foster vom FBI…« Dann richtete er den Blick auf Mr. Bluejeans und sagte: »… und das ist Ted Nash vom Landwirtschaftsministerium.«

»Die Giants haben in der ersten Minute des dritten Viertels einen Touchdown erzielt«, teilte ich Penrose mit.

Sie gab keine Antwort.

Max deutete auf den Pappkarton. »Kaffee?« fragte er.

»Nein, danke.«

Ms. Penrose, die in der Nähe des Fernsehers stand, stellte die Nachrichten lauter. Wir starrten alle auf den Bildschirm.

Eine Reporterin stand vor dem Haus der Gordons. Wir hatten ihre Einleitung verpaßt und hörten nun: »Die Opfer dieses Doppelmordes sind als Wissenschaftler identifiziert worden, die in einem streng geheimen Labor auf Plum Island, nur wenige Minuten von hier, gearbeitet haben. Ihre Arbeit bestand in der Erforschung von Tierseuchen.«

Eine Luftaufnahme zeigte Plum Island aus ungefähr sechshundert Metern Höhe. Da die Insel in hellem Sonnenschein lag, mußte es sich um eine Archivaufnahme handeln. Aus der Luft sah sie fast wie ein Schweinekotelett aus, und wer dabei an Schweinepest dachte… Jedenfalls ist Plum Island etwa drei Meilen lang und eine Meile breit. Aus dem Off sagte die Reporterin: »So hat Plum Island letztes Jahr im Sommer ausgesehen, als wir über die hartnäckigen Gerüchte berichtet haben, die besagten, auf der Insel würden biologische Kampfstoffe entwickelt.«

Was die Gerüchte betraf, hatte sie allerdings recht. Und Gerüchte konnten zu Panik führen. Schon deshalb mußte dieser Fall so rasch wie möglich aufgeklärt werden.

Die Reporterin stand wieder vor dem Haus der Gordons und teilte uns mit: »Es gibt keine konkreten Hinweise darauf, daß die Ermordung der Gordons mit ihrer Arbeit auf Plum Island zusammenhängt, aber die Polizei ermittelt.«

Zurück ins Nachrichtenstudio.

Ms. Penrose stellte den Ton wieder ab und fragte Mr. Foster: »Will das FBI öffentlich mit diesem Fall in Verbindung gebracht werden?«

»Vorerst nicht«, antwortete Mr. Foster und fügte hinzu: »Die Bevölkerung könnte sonst meinen, es gäbe tatsächlich ein Problem.«

»Auch das Landwirtschaftsministerium hat kein amtliches Interesse an diesem Fall«, sagte Mr. Nash, »weil es keinen Zusammenhang zwischen der Arbeit der Gordons und ihrem Tod gibt. Das Ministerium gibt keine öffentlichen Erklärungen ab, sondern bedauert in seiner Pressemitteilung nur die Ermordung zweier beliebter und pflichtbewußter Mitarbeiter.«

Amen. Ich sagte zu Mr. Nash: »Sie haben übrigens vergessen, sich einzutragen.«

Er sah mich erstaunt und etwas verärgert an. »Ich... danke, daß Sie mich darauf aufmerksam gemacht haben«, antwortete er.

»Keine Ursache.«

Max erklärte den Herren Foster und Nash: »Detective Corey hat die Verstorbenen gekannt.«

Das interessierte Mr. FBI sofort. »Wie gut haben Sie sie gekannt?« wollte er wissen.

Es ist keine gute Idee, damit anzufangen, Fragen zu beantworten – sonst halten die Leute einen für kooperativ, was ich nicht bin. Ich gab keine Antwort.

Max antwortete an meiner Stelle. »Detective Corey hat die Gordons erst seit etwa einem Vierteljahr gekannt«, sagte er hastig. »Ich kenne John – alles in allem – seit ungefähr zehn Jahren.«

Foster nickte. Er hatte offenbar weitere Fragen, aber bevor er sie stellen konnte, sagte Detective Penrose: »Detective Corey schreibt einen detaillierten Bericht über alles, was er über die Gordons weiß, den ich an alle mit dieser Sache befaßten Stellen weitergebe.«

Das war mir neu.

Mr. Nash lehnte an der Küchentheke und musterte mich von oben bis unten. Wir starrten uns an – zwei in einem winzigen Raum zusammengesperrte dominante Männchen, wenn man so will – und gelangten wortlos zu dem Schluß, einander nicht ausstehen zu können. Einer von uns beiden mußte verschwinden. Ich meine, die Luft war so testosterongeschwängert, daß die Tapete matschig wurde.

Ich sah Max und Penrose an. »Steht inzwischen fest, daß es um mehr als nur einen Doppelmord geht? Sind diese Gentlemen deshalb hier?«

Niemand antwortete mir.

»Oder *vermuten* wir nur, daß mehr dahintersteckt?« fragte ich weiter. »Habe ich vielleicht eine Besprechung verpaßt?«

»Wir sind lediglich vorsichtig, Detective«, antwortete Mr. Ted Nash schließlich kühl. »Wir haben keinen konkreten Hinweis darauf, daß diese Morde ... nun, um es offen zu sagen, Fragen der nationalen Sicherheit berühren.«

»Ich hätte nie geglaubt, das Landwirtschaftsministerium könnte mit Fragen der nationalen Sicherheit befaßt sein. Sie haben wohl verdeckt ermittelnde Kühe?«

Mr. Nash bedachte mich mit einem netten Fuck-you-Lächeln und sagte: »Wir haben Wölfe im Schafspelz.«

»Touché!« Arsch.

Mr. Foster mischte sich ein, um Streit zu vermeiden, und sagte: »Unsere Anwesenheit ist eine reine Vorsichtsmaßnahme, Detective. Es wäre grob fahrlässig, diesen Fall nicht zu überprüfen. Wir hoffen jedoch alle, daß die Morde keinen Zusammenhang mit Plum Island aufweisen.«

Ich betrachtete George Foster einen Augenblick. Er war um die Dreißig, geradezu der Prototyp eines adretten, aufgeweckten FBI-Agenten, der zu seinem dunklen FBI-Anzug ein weißes Hemd, eine gedeckte Krawatte, feste schwarze Schuhe und einen Heiligenschein trug.

Ich konzentrierte mich wieder auf Ted Nash in den bereits erwähnten Jeansklamotten; er war etwa in meinem Alter, braungebrannt, mit graumelierten Locken, blaugrauen Augen und athletischem Körperbau. Also jemand, den die Ladys als Prachtkerl bezeichnen würden, was vermutlich mit dazu beitrug, daß ich ihn nicht leiden konnte. Ich meine, wie viele Prachtkerle kann man in einer winzigen Küche brauchen?

Max unterbrach meine Überlegungen, indem er sagte: »John, wir haben die beiden Geschosse noch nicht gefunden, aber wir nehmen an, daß sie in der Bay gelandet sind. Morgen früh fangen wir an, sie mit Schleppnetzen und Tauchern zu suchen.« Abschließend fügte er hinzu: »Patronenhülsen sind keine gefunden worden.«

Ich nickte. Eine Pistole warf die Hülsen aus, ein Revolver jedoch nicht. Falls der Mörder eine Pistole benutzt hatte, war er cool genug gewesen, sich zu bücken und die beiden Patronenhülsen aufzuheben.

Bisher hatten wir also praktisch gar nichts. Zwei Kopfschüsse, keine Kugeln, keine Patronenhülsen, keine Geräusche, die nebenan gehört worden waren.

Ich wandte mich wieder Mr. Nash zu. Er wirkte sorgenvoll, und zu meiner Freude sah ich, daß er – während er sich vorstellte, Ms. Penrose zu bumsen – zwischendurch darüber nachdachte, wie er den Planeten retten könnte. Tatsächlich schienen alle in der Küche über etwas nachzudenken, vermutlich über Bakterien, und sich zu fragen, ob sie morgen vielleicht mit roten Flecken oder ähnlichem aufwachen würden.

Ted Nash griff in den Pappkarton und fragte Detective Penrose: »Noch einen Kaffee, Beth?«

Beth? Was zum Teufel…?

Sie lächelte. »Nein, danke.«

»Bitte weiter!« forderte ich Max auf.

»Wir haben das Haus auf den Kopf gestellt«, berichtete er, »haben aber nichts Auffälliges oder Wichtiges gefunden. Andererseits sind viele Schubladen intakt gewesen, die meisten Schränke sind anscheinend nicht durchsucht worden, und die Bücher stehen noch in den Regalen. Ein recht amateurhafter Versuch, einen Einbruch vorzutäuschen.«

»Trotzdem kann's ein zugekiffter, echt benebelter Junkie gewesen sein«, gab ich zu bedenken und fügte hinzu: »Oder vielleicht ist der Täter gestört worden – oder er hat etwas Bestimmtes gesucht und auch gefunden.«

Max nickte. »Schon möglich.«

Alle sahen nachdenklich aus, was eine gute Tarnung für Ahnungslosigkeit ist.

Das Verblüffende an diesem Doppelmord, fand ich, war weiterhin, daß der Täter die Gordons ohne lange Vorreden draußen auf ihrer Terrasse erschossen hatte. Er hatte nichts von ihnen gewollt oder gebraucht, außer daß sie tot sein sollten. Also hatte er sich das Gewünschte bereits aus dem Haus geholt – oder die Gordons hatten es unübersehbar mit heraufgebracht, beispielsweise den Eiskasten. Damit war ich wieder bei der verschwundenen Aluminiumkiste.

Und der Killer kannte die Gordons, und sie kannten ihn. Davon war ich überzeugt. *Hi, Tom. Hi, Judy. Peng, peng.* Sie fallen, der Eiskasten fällt … nein, er enthält Phiolen mit dem tödlichen Virus. *Hi, Tom. Hi, Judy. Stellt den Kasten hin. Peng, peng.* Sie fallen. Die Geschosse durchschlagen ihre Köpfe und klatschen in die Bay.

Außerdem *mußte* er einen Schalldämpfer gehabt haben. Kein Profi hätte zwei großkalibrige Schüsse im Freien abgefeuert. Und er hatte vermutlich eine Pistole benutzt, weil Revolver sich schlecht für Schalldämpfer eignen.

»Wie du dir vermutlich denken kannst«, sagte Max, »haben wir den Eiskasten bisher nicht gefunden. Weißt du bestimmt, daß er immer an Bord war?«

Ich nickte.

Mr. Foster äußerte seine wohlüberlegte Meinung. »Wir denken, daß die Gordons den Kasten getragen haben, daß der oder die Mörder auf seinen Inhalt scharf waren und daß er Sie-wissen-schon-was enthalten hat.« Er fuhr fort: »Ich denke, die Gordons wollten das Zeug verkaufen, und der Deal ist schiefgegangen.«

Ich betrachtete die Mitglieder dieses Küchenkabinetts. Es ist schwierig, in den Gesichtern von Leuten zu lesen, deren Job es ist, in den Gesichtern von Leuten zu lesen. Trotzdem hatte ich das Gefühl, George Foster habe die allgemeine Überzeugung wiedergegeben.

Damit diese Leute recht hatten, mußten zwei Voraussetzungen erfüllt sein: Erstens mußten die Gordons dumm gewesen sein, wenn sie nicht daran gedacht haben, daß jemand, der tödliche Viren oder Bakterien kaufen wollte, um zahllose Menschen umzubringen, nicht zögern würde, sie als Mitwisser zu beseitigen, und zweitens hätten den Gordons die Konsequenzen ihres Tauschhandels Tod gegen Gold völlig gleichgültig sein müssen. Andererseits wußte ich bestimmt, daß Tom und Judy weder dumm noch herzlos gewesen waren.

Ja? Nein? Ich stellte mir verschiedene Szenarien vor: mit und ohne Eiskasten, mit und ohne eine Person oder Personen, die den Gordons bekannt gewesen sein mußten, und so weiter. Und wie waren der oder die Täter hierhergekommen? Boot? Auto? Ich fragte Max: »Fremde Fahrzeuge?«

»Keiner der befragten Nachbarn hat irgendein fremdes Fahrzeug gesehen«, antwortete Max. »Beide Wagen der Gordons stehen in der Garage.« Dann fügte er hinzu: »Die Spurensicherung holt sie und das Boot morgen zur Untersuchung ab.«

Ms. Penrose sprach mich zum erstenmal direkt an. »Der oder die Täter können mit dem Boot gekommen sein«, meinte sie. »Das ist meine Theorie.«

»Möglich ist aber auch, Elizabeth«, erklärte ich ihr, »daß der oder die Mörder mit einem von den Gordons ausgeliehenen Auto gekommen sind. Ich glaube, daß sie sich wirklich *gekannt* haben.«

Sie starrte mich an, dann sagte sie knapp: »Ich denke, es ist ein *Boot* gewesen, Detective Corey.«

»Der Täter könnte auch zu Fuß, mit dem Fahrrad oder mit einem Motorrad gekommen sein. Oder«, fuhr ich fort, »er ist hergeschwommen oder mit dem Auto abgesetzt worden. Vielleicht haben wir es auch mit einem Windsurfer oder Gleitschirmflieger zu tun. Vielleicht sind Edgar Murphy und seine Frau die Täter.«

Max mischte sich in unsere Diskussion ein, indem er sagte: »Noch etwas Interessantes, John – nach Auskunft des Sicherheitsdienstes auf Plum Island haben die Gordons ihren Arbeitsplatz um zwölf Uhr verlassen und sind mit dem Boot weggefahren.«

Danach war eine Zeitlang nur das Summen des Kühlschranks zu hören.

»Was die Gordons verkaufen wollten«, erklärte Mr. Foster uns, »könnte in einer kleinen Bucht auf Plum Island versteckt gewesen sein, aus der sie's mit dem Boot geholt haben. Danach haben sie sich mit ihren Kunden draußen in der Bay getroffen und die Ware auf See übergeben, so daß sie bei ihrer Rückkehr anstatt der Aluminiumkiste das Geld bei sich hatten. Der Mörder hat ihnen hier aufgelauert, sie erschossen und sich das Geld zurückgeholt.«

Wir dachten alle über dieses Szenario nach. Natürlich mußte man sich fragen, warum der Übergabe auf See nicht auch ein Mord auf See gefolgt war. Wenn Kriminalbeamte vom perfekten

Mord sprechen, meinen sie einen Mord auf hoher See – kaum verwertbare Spuren, kein verräterischer Schuß, keine Augenzeugen und meistens keine Leiche. Und wenn man's ganz gut macht, sieht das Ganze nach einem Unfall aus.

Und was war mit den fünfeinhalb Stunden zwischen Mittag, als die Gordons Plum Island verlassen hatten, und halb sechs, als Mr. Murphy ihr Boot gehört hatte? Wo hatten sie diese Stunden verbracht?

»Das ist so ziemlich alles, was wir im Augenblick haben, John«, schloß Max. »Morgen bekommen wir die Laborbefunde und fahren mit den Befragungen fort. Kannst du jemanden nennen, mit dem wir reden sollten? Freunde der Gordons?«

»Ich weiß nicht, mit wem die Gordons befreundet waren, und meines Wissens hatten sie keine Feinde.« Zu Mr. Nash sagte ich: »Ich würde ganz gern mit den Leuten auf Plum Island sprechen.«

»Ich werde dafür sorgen, daß Sie mit ein paar Leuten reden können, die auf Plum Island arbeiten«, antwortete Mr. Nash und fügte sogleich hinzu: »Aber im Interesse der nationalen Sicherheit muß ich bei allen Gesprächen anwesend sein.«

Ich antwortete in meinem besten unausstehlichen New Yorker Tonfall: »Hier geht's um Ermittlungen wegen Mordes, kapiert? Kommen Sie mir nicht mit diesem Scheiß.«

Max, der vermitteln wollte, sagte rasch: »Ich hab' damit keine Probleme, wenn Ted Nash bei Befragungen oder Vernehmungen dabei ist.« Er sah zu Penrose hinüber.

Mein Kumpel Beth musterte mich flüchtig und sagte dann zu Nash, der sie mit Blicken bereits ausgezogen hatte: »Ich hab' damit keine Probleme.«

George Foster erklärte: »Bei allen Besprechungen, Befragungen, Vernehmungen oder Arbeitssitzungen, an denen Ted teilnimmt, nimmt auch das FBI teil.«

Ich mußte wirklich eine Menge einstecken und fragte mich schon, ob Max mich vielleicht abservieren würde.

Der vernünftige Mr. Foster sprach weiter: »Ich bin für inländischen Terrorismus zuständig. Ted Nash befaßt sich mit internationaler Spionage.« Er sah Max, Penrose und mich an und sagte: »Sie ermitteln nach den Gesetzen des Staates New York wegen Mordes. Wenn wir einander nicht ins Gehege kommen, läuft alles bestens. Ich spiele nicht Mordermittler, wenn Sie darauf verzichten, Verteidiger der freien Welt zu spielen. Fair? Logisch? Praktikabel? Absolut.«

Ich sah zu Nash hinüber. »Und für wen arbeiten Sie?« fragte ich ihn geradeheraus.

»Das darf ich vorerst nicht sagen«, antwortete er und fügte hinzu, »aber bestimmt nicht fürs Landwirtschaftsministerium.«

»Was Sie nicht sagen.« Ich schüttelte den Kopf. »So kann man sich täuschen.«

»Detective Corey, könnten wir vielleicht draußen kurz miteinander reden?« bat Penrose.

Ich ignorierte die Bitte. »Wir möchten gleich jetzt nach Plum Island rüberfahren«, erklärte ich Nash.

Er wirkte überrascht. »Heute nacht? Um diese Zeit verkehrt keine Fähre mehr, und ...«

»Wir brauchen keine staatliche Fähre. Max hat ein Polizeiboot.«

Nash schüttelte den Kopf. »Ausgeschlossen!«

»Warum?«

»Die Insel ist Sperrgebiet.«

»Hier geht's um Mordermittlungen. Sind wir uns nicht darüber einig gewesen, daß Chief Maxwell, Detective Penrose und ich wegen zwei Morden ermitteln?«

»Aber nicht auf Plum Island.«

»Natürlich auch dort.« Diese Diskussion machte mir richtig Spaß. Hoffentlich merkte Penrose, was für ein Arsch der Kerl war.

»Auf Plum ist jetzt niemand«, behauptete Mr. Nash.

»Die Leute vom Sicherheitsdienst sind immer dort«, widersprach ich, »und ich will mit ihnen reden. Jetzt gleich.«

»Morgen früh, und nicht auf der Insel.«

»Jetzt und auf der Insel, sonst hole ich einen Richter aus dem Bett, damit er mir einen Durchsuchungsbefehl ausstellt.«

Mr. Nash starrte mich an. »Kein hiesiger Richter würde Ihnen einen Durchsuchungsbefehl für staatseigenes Gelände ausstellen«, belehrte er mich. »Dazu bräuchten Sie einen Bundesrichter, und wie Sie sich denken können, zögern auch Bundesrichter, Durchsuchungsbefehle auszustellen, wenn nationale Sicherheitsbelange auf dem Spiel stehen.« Abschließend sagte er: »Hören Sie also auf, sich so aufzublasen und zu bluffen.«

»Was ist, wenn ich Ihnen drohe?«

Auch Max hatte endlich genug von Mr. Nash, dessen Schafspelz verrutscht war, und erklärte ihm: »Plum Island mag staatliches Versuchsgelände sein, aber es gehört zur Gemeinde Southold, dem County of Suffolk und dem Staat New York. Ich möchte, daß Sie uns die Genehmigung verschaffen, morgen auf die Insel hinüberzufahren, sonst erwirke ich eine richterliche Anordnung.«

Mr. Nash versuchte es jetzt mit der freundlichen Masche. »Ich möchte Ihnen nur die Mühe ersparen rüberzufahren, Chief.«

Detective Penrose fand sich zwangsläufig auf meiner Seite wieder und sagte zu ihrem neuen Freund: »Wir müssen aber darauf bestehen, Ted.«

Ted? Wow, in der lächerlichen Stunde, die ich zu spät gekommen war, mußte ich einiges verpaßt haben.

Ted und Beth starrten einander an – gequälte Seelen, hin und her gerissen zwischen Geilheit und Rivalität. Schließlich murmelte Mr. Ted Nash widerstrebend: »Also gut … ich frage mal nach, was sich machen läßt.«

»Morgen vormittag«, sagte ich. »Nicht später.«

Mr. Foster nutzte die Gelegenheit, Mr. Nash ein bißchen zu triezen. »Ich glaube, wir sind uns alle einig«, sagte er, »daß wir morgen vormittag rüberfahren, Ted.«

Mr. Nash nickte. Er hatte aufgehört, Beth Penrose schöne Augen zu machen, und richtete seine Leidenschaft jetzt auf mich. »Sollten wir feststellen, Detective Corey, daß ein nach Bundesgesetzen strafbares Verbrechen vorliegt, benötigen wir Ihre Dienste wahrscheinlich ohnehin nicht länger.«

Ich ignorierte diese Spitze. »Mit was für Sachen wird auf Plum Island herumgespielt?« fragte ich ihn. »Ich meine, warum sollte irgendwer, vielleicht eine ausländische Macht, Erreger von Maul- und Klauenseuche oder Rinderwahnsinn kaufen wollen? Sagen Sie mir, Mr. Nash, worüber ich mir Sorgen machen sollte, damit ich, wenn ich heute nacht nicht schlafen kann, den Grund mit einem Namen benennen kann.«

Mr. Nash überlegte ziemlich lange, dann räusperte er sich und sagte: »Na ja, eigentlich sollten Sie wissen, wie hoch der Einsatz in diesem Spiel ist…« Nash sah zu Foster hinüber, der ihm zunickte, und fuhr dann fort: »Die Vereinigten Staaten haben bekanntlich alle Forschungsarbeiten auf dem Gebiet der biologischen Kriegführung eingestellt. Dazu haben wir uns vertraglich verpflichtet.«

»Deshalb liebe ich unser Land, Mr. Nash. Hier gibt's keine Bakterienbomben.«

»Richtig. Es gibt jedoch bestimmte Krankheitserreger, bei denen die Grenze zwischen legitimer Forschung und illegaler Kampfmittelherstellung fließend ist. Dazu gehört beispielsweise der Milzbranderreger. Wie Sie alle wissen…«, er sah Max, Penrose und mich an, »… hat es schon immer Gerüchte gegeben, Plum Island sei nicht nur eine Forschungsstätte für Tierseuchen, sondern auch etwas anderes.«

Niemand äußerte sich dazu.

»Tatsächlich ist es kein Zentrum für biologische Kriegführung«, fuhr Nash fort. »In den Vereinigten Staaten gibt es keine derartige Einrichtung. Andererseits will ich nicht bestreiten, daß manchmal Fachleute für biologische Kriegführung die Insel besuchen, um sich über die dortigen Experimente zu informieren. Mit anderen Worten, es gibt fließende Übergänge zwischen Tier- und Menschenkrankheiten, genauso wie zwischen offensiver biologischer Kriegführung und defensiver biologischer Kriegführung.«

Sehr praktische Übergänge, dachte ich.

Mr. Nash trank einen Schluck Kaffee, überlegte einen Moment und sprach dann weiter: »Beispielsweise ist das afrikanische Schweinefieber mit Aids in Verbindung gebracht worden. Wir studieren es auf Plum, und die Medien erfinden sensationelle Geschichten über… was auch immer. Das passiert auch mit dem Rift-Valley-Fieber, dem Hanta-Virus, weiteren Retroviren und Filoviren wie Ebola Zaire und Ebola Marburg…«

In der Küche war es totenstill, als seien sich alle darüber im klaren, daß dies das beängstigendste Thema des Universums war.

Mr. Nash sprach zögernd und doch stolz auf sein Insiderwissen weiter: »Also… diese Krankheiten können Tiere befallen, deshalb ist für ihre legitime Erforschung das Landwirtschaftsministerium zuständig … Das Ministerium forscht nach Mitteln gegen diese Krankheiten, um den amerikanischen Viehbestand und im weiteren Sinne auch die amerikanische Bevölkerung zu schützen, denn obwohl Tierseuchen im allgemeinen keine Menschen befallen, hat sich gezeigt, daß manche Krankheiten die Artenschranke überspringen … So besteht bei dem in letzter Zeit in Großbritannien aufgetretenen Rinderwahnsinn der begründete Verdacht, daß sich auch Menschen mit BSE infiziert haben könnten …«

Vielleicht hatte meine Exfrau in bezug auf Fleisch recht. Ich versuchte, mir ein Leben mit Hamburgern aus Sojabohnen, Chili *sin* carne und Hot dogs aus Seetang vorzustellen. Lieber gleich sterben! Plötzlich empfand ich Liebe und Mitgefühl für das Landwirtschaftsministerium.

Andererseits war mir auch klar, daß Mr. Nash uns den amtlichen Scheiß vorsetzte, wenn er davon sprach, Tierkrankheiten könnten die Artenschranke überspringen. Stimmten die Gerüchte, war Plum Island auch keine Forschungsstätte, die im Rahmen eines Programms zur biologischen Kriegführung, das offiziell nicht mehr existierte, gezielt ansteckende Menschenkrankheiten studierte. Aber vielleicht stimmten die Gerüchte ja auch nicht; vielleicht wurde auf Plum Island tatsächlich nicht offensiv, sondern nur defensiv geforscht. Und wenn ich mir diesen Scheiß lange genug anhörte, würde ich zuletzt noch glauben, Plum Island entwickle aufregende neue Joghurtkulturen.

Mr. Nash starrte in den Styroporbecher, als sei sein Kaffee schon mit BSE verseucht, und fuhr fort: »Das Problem ist natürlich, daß diese Virus- und Bakterienkulturen sich … Ich meine, falls jemand solche Mikroorganismen in die Hände bekommt und sie zu züchten versteht, nun, dann würden sie sich sehr rasch vermehren, und wenn sie irgendwie freigesetzt würden … dann stünde man vor einem potentiellen Gesundheitsproblem größeren Ausmaßes.«

»Sie meinen eine unkontrollierte Seuche mit Leichenbergen auf den Straßen?« fragte ich ihn.

»Ja, ein Gesundheitsproblem dieses Ausmaßes.«

Schweigen.

Mr. Nash sprach ernst weiter. »Obwohl wir alles unternehmen

werden, um den oder die Täter aufzuspüren, die Mr. und Mrs. Gordon ermordet haben, liegt uns mehr daran, möglichst rasch festzustellen, ob die Gordons etwas von der Insel mitgenommen und an unbefugte Personen weitergegeben haben.«

Alle schwiegen, bis Detective Penrose fragte: »Können Sie … kann jemand auf der Insel feststellen, ob wirklich etwas aus den Labors fehlt?«

Ted Nash sah Beth Penrose an wie ein Professor eine Lieblingsstudentin, die eine brillante Frage gestellt hat. Tatsächlich war ihre Frage nicht *so* gut – aber jedes Mittel ist recht, um diesen Slip herunterzukriegen, stimmt's, Ted?

»Wie Sie wahrscheinlich vermuten, Beth«, erklärte Mr. Cool seinem neuen Schützling, »läßt sich das nicht mit absoluter Sicherheit feststellen. Das Problem ist, daß jeder Mikroorganismen im Labor oder irgendwo auf Plum Island züchten und wegbringen kann, ohne aufzufallen. Hier geht's nicht um spaltbares Material, von dem jedes Zehntelgramm nachgewiesen wird. Viren und Bakterien sind ausgesprochen vermehrungsfreudig.«

Ms. Penrose, die auf ihre letzte Frage stolz war, fragte Mr. Allwissend: »Können wir davon ausgehen, daß die auf Plum Island studierten Organismen besonders gefährlich sind? Ich meine, werden die Organismen gentechnisch verändert, um sie tödlicher als im Naturzustand zu machen?«

Mr. Nash gefiel diese Frage nicht. »Nein«, antwortete er knapp. Dann fügte er hinzu: »Ja, das Labor auf Plum Island verfügt über gentechnische Kapazitäten, die aber nur eingesetzt werden, um Viren und Bakterien zu schwächen, nicht um ihre Wirkung als Krankheitserreger zu verstärken.«

»Natürlich nicht«, stimmte ich zu. »Aber gentechnisch wäre auch das möglich.«

»Richtig. Aber nicht auf Plum Island.«

Ich hatte diesen pseudowissenschaftlichen Scheiß satt und wandte mich an Mr. Foster. »Was tun Ihre Leute, um die Verbreitung gefährlicher Viren zu stoppen? Werden Fernstraßen, Flughäfen und so weiter überwacht?«

»Unsere Leute sind *alle* im Einsatz«, antwortete Mr. Foster, »und fahnden nach … wonach auch immer. Häfen, Bahnhöfe und Flugplätze werden von uns, der örtlichen Polizei und Zollbeamten überwacht. Die Küstenwache durchsucht Schiffe, und sogar die Drug Enforcement Agency setzt ihre Schiffe und Flugzeuge ein. Das Dumme ist nur, daß die Täter etwa drei Stunden Vorsprung haben, weil wir offen gesagt nicht rechtzeitig benachrichtigt wurden…«

Bei der Erwähnung von Küstenwache und DEA mußte ich plötzlich an das Formula 303 der Gordons mit seinen starken Motoren denken. Da die bekannten Tatsachen nicht zu dem Verdacht zu passen schienen, die Gordons hätten Krankheitserreger, die das Ende der Menschheit bedeuten konnten, gegen Geld verkauft, *paßten* sie vielleicht zu Drogenschmuggel. Vielleicht war ich auf etwas gestoßen. Vielleicht würde ich allen anderen davon erzählen, sobald ich länger darüber nachgedacht hatte. Vielleicht aber auch nicht.

Der FBI-Agent starrte Chief Maxwell an, der mit verschränkten Armen dastand und eine Grimasse schnitt.

»Als mir der Mord gemeldet wurde«, erklärte Max, »habe ich binnen zehn Minuten die Mordkommission der County Police verständigt. Danach bin ich für nichts mehr zuständig gewesen. Mir kann niemand was anhängen.«

Ms. Penrose, die plötzlich vier Augenpaare auf sich fühlte, sagte abwehrend: »Ich hab' keine Ahnung gehabt, daß die Ermordeten auf Plum Island gearbeitet haben.«

»Das habe ich Ihrem Mann am Telefon gemeldet, Beth«, sagte Max freundlich, aber bestimmt. »Ein Sergeant Soundso… Hören Sie sich das Tonband an.«

»Das werde ich«, versicherte Detective Penrose und fügte hinzu: »Vielleicht haben Sie recht, Max, aber das wollen wir jetzt nicht vertiefen.« Sie wandte sich an Foster: »Konzentrieren wir uns lieber darauf, das Verbrechen aufzuklären.«

»Ganz meine Meinung«, antwortete Mr. Foster. Er sah sich um und bemerkte: »Eine weitere Möglichkeit ist, daß die Täter, denen das Zeug in die Hände gefallen ist, gar nicht versuchen, es außer Landes zu bringen. Schlimmstenfalls könnten sie weitere Organismen züchten und auf verschiedene Weise unter die Leute bringen. Manche dieser Organismen lassen sich im Trinkwasser verbreiten, andere schweben in der Luft, wieder andere können durch Menschen und Tiere übertragen werden. Ich bin kein

Fachmann, aber ich habe mit einigen Stellen in Washington telefoniert und erfahren, daß das Infektions- und Sterblichkeitsrisiko sehr hoch ist.« Er fuhr fort: »In einer Fernsehdokumentation wurde einmal die Vermutung geäußert, daß eine Kaffeebüchse voller Milzbranderreger, die ein einzelner Terrorist auf einer Bootsfahrt um Manhatten freisetzt, mindestens zweihunderttausend Menschen das Leben kosten würde.«

In dem kleinen Raum wurde es wieder still.

Mr. Foster schien unsere Aufmerksamkeit zu genießen. »Es könnte sogar noch schlimmer kommen«, fuhr er fort. »Das ist schwer zu beurteilen. Milzbranderreger sind Bakterien. Viren könnten gefährlicher sein.«

»Soll das heißen«, fragte ich, »daß wir damit rechnen müssen, daß mehr als nur ein Viren- oder Bakterientyp gestohlen wurde?«

»Wer Milzbranderreger stehlen will, kann genausogut auch Ebola-Viren und alles andere mitnehmen, was ihm sonst in die Hände fällt«, antwortete George Foster. »Daraus könnte jemand eine vielschichtige Bedrohung zusammenbasteln, die in der Natur nie vorkommt und deshalb fast unmöglich einzudämmen oder unter Kontrolle zu bringen wäre.«

Die Kaminuhr im Wohnzimmer schlug Mitternacht, und Mr. Ted Nash, der Sinn für dramatische Effekte hatte und uns mit seiner zweifellos an einer Eliteuniversität erworbenen Bildung imponieren wollte, wartete mit einem Zitat von Shakespeare auf: »Nun ist die wahre Spükezeit der Nacht, wo Grüfte gähnen und die Hölle selbst Pest haucht in diese Welt.«

Auf diese heitere Note hin sagte ich: »Ich muß mal raus, ein bißchen Luft schnappen.«

5. Kapitel

Ich ging nicht gleich hinaus, sondern machte einen Umweg über den Westflügel des Hauses, in dem Tom und Judy in einem der ehemaligen Schlafzimmer ihr Büro eingerichtet hatten.

Dort saß ein Compu-Trottel an dem PC, an den ich mich hatte setzen wollen. Ich machte mich mit dem Jüngling bekannt, der sich als Detective Mike Resnick, Spezialist für Computerkriminalität beim County Police Department, erwies.

Der Drucker summte vor sich hin, und auf dem Schreibtisch lagen bereits ganze Stapel von Ausdrucken.

»Haben Sie den Mörder schon ermittelt?« fragte ich Mike.

»Klar, und jetzt spiele ich Jeopardy.«

Mike war ein richtiger Witzbold. »Was haben wir bisher?« erkundigte ich mich.

»Oh… hauptsächlich… Augenblick, was ist das? Nichts Besonderes… was haben wir… was…?«

»Haben wir bisher.« Der Kerl war echt ein Trottel. *»Haben wir bisher?«*

»Oh… vor allem Briefe… persönliche Briefe an Freunde und Verwandte, ein paar Geschäftsbriefe… was ist das? Nichts…«

»Irgendwas über Plum Island?«

»Nein.«

»Irgendwas, das interessant oder verdächtig aussieht?«

»Nein.«

»Wissenschaftliche Arbeiten…«

»Nein. Sobald ich der Meinung bin, fündig geworden zu sein, melde ich's sofort der Mordkommission.«

Mike wirkte leicht gereizt, als sitze er schon seit Stunden hier und gehöre um diese Zeit längst ins Bett. Ich fragte ihn: »Was ist mit ihren Gelddingen, Bankauszügen, Scheckbuch, Einnahmen- und Ausgabenaufstellung…?«

Er sah vom Monitor auf. »Yeah. Das Zeug habe ich als erstes geladen. Sie haben Ihre Schecks mit dem Computer geschrieben. Da liegen die Kopien sämtlicher Schecks der letzten fünfundzwanzig Monate – seit sie das Konto eröffnet haben.« Er deutete auf einen Papierstapel neben dem Drucker.

Ich nahm den Stapel an mich. »Kann ich mir die mal ansehen?« fragte ich.

»Klar, aber gehen Sie nicht zu weit weg. Ich muß alles an meinen Bericht anheften.«

»Ich nehme sie nur ins Wohnzimmer mit, wo das Licht besser ist.«

»Yeah...« Er spielte wieder mit dem Computer, den er interessanter fand als mich. Ich verließ den Raum.

Im Wohnzimmer war die Fingerabdruckspezialistin noch immer dabei, Abdrücke einzupudern und abzunehmen. Sie sah mich an und fragte: »Haben Sie irgendwas angefaßt?«

»Nein, Ma'am.«

Ich trat an die Bücherregale auf beiden Seiten des offenen Kamins. Auf der linken Seite standen Romane, überwiegend Taschenbücher, eine originelle Mischung aus Schund und Weltliteratur. Auf der rechten standen Sachbücher, die von Nachschlagewerken bis zu dem üblichen Gesundheits- und Fitneßscheiß reichten. Ein ganzes Regalfach war für Bücher über Long Island reserviert: Flora, Fauna, Geschichte und so weiter.

Ganz unten standen in langer Reihe Seefahrtsbücher, Motorbootführer, Bände mit Seekarten und dergleichen. Für Landgänger aus dem Mittleren Westen hatten die Gordons wie schon erwähnt eine große Begeisterung für den Motorbootsport entwickelt. Andererseits war ich ein paarmal mit ihnen unterwegs gewesen und hatte selbst als Laie bemerkt, daß sie keine großen Wasserratten waren. Sie waren weder Angler noch Muschelsucher oder Krabbenfischer, ja nicht einmal Schwimmer gewesen, sondern hatten nur Spaß an ihrem schnellen Boot. Das brachte mich wieder auf die Idee, hinter ihrer Ermordung könnte eine Drogensache stecken.

Mit diesem Gedanken im Hinterkopf legte ich die Computerausdrucke beiseite, wickelte mein Taschentuch um meine rechte Hand, zog einen Großband mit Seekarten aus dem Regal und blätterte ihn auf dem Kaminsims durch. Ich war auf der Suche nach Funkfrequenzen, Mobiltelefonnummern und sonstigen Vermerken eines Drogenschmugglers auf seinen Seekarten. Die einzige Eintragung war jedoch ein gelber Markerstrich vom Bootssteg der Gordons zur Anlegestelle auf Plum Island. Ihre Route auf der Fahrt zur Arbeit – zwischen der Südküste der North Fork und Shelter Island hindurch – verlief ständig in tiefem, sicherem Fahrwasser. Damit war wenig anzufangen.

Mir fiel auf, daß Plum Island gelb dargestellt und mit einer roten Warnung bedruckt war: *Sperrgebiet – Staatsbesitz – Kein Zutritt für Unbefugte.*

Ich wollte das Kartenwerk schon wieder zuklappen, als mir etwas auffiel, das unter meinem Taschentuch verborgen gewesen war. Ganz unten auf der Seite hatte jemand in den Gewässern südlich von Plum Island mit Bleistift die Zahlenfolge »44106818« notiert. Dahinter stand ein Fragezeichen, das ich in Gedanken sofort durch zwei Fragezeichen und ein Ausrufezeichen ersetzte: *44106818?!?*

War das eine wie üblich in acht Ziffern angegebene Koordinate? Eine Funkfrequenz? Eine Telefonnummer? Ein Hinweis auf Drogen? Auf tödliche Bakterien? Was?

Ich faßte den Großband wieder nur mit dem Taschentuch an, ging damit zu der Fingerabdruck-Lady und fragte sie: »Könnten Sie mir einen Gefallen tun und dieses Buch genau unter die Lupe nehmen?« Ich lächelte gewinnend.

Sie musterte mich prüfend, faßte den Band mit Latexhandschuhen an und blätterte ihn durch. »Dieses Kartenpapier ist schwierig... aber dafür ist der Einband hochglanzkaschiert... mal sehen, was sich machen läßt.« Erklärend fügte sie hinzu: »Silbernitrat oder Ninhydrin. Das geht nur im Labor.«

»Danke, beruflich kompetente Fachfrau.«

Sie bedachte mich mit einem Lächeln. »Wer hat die meisten Fingerabdrücke?« fragte sie. »FBI, CIA oder EPA?«

»Was bedeutet EPA? Sie meinen die Environmental Protection Agency?«

»Nein. Elizabeth Penroses Arsch.« Sie lachte. »Der macht bei uns die Runde.« Sie streckte mir die Hand hin. »Ich bin Sally Hines.«

»Ich bin John Corey.« Ich schüttelte ihr die Hand und bemerkte dabei: »Ich liebe das Gefühl von Latex auf der nackten Haut. Geht's Ihnen auch so?«

»Kein Kommentar.« Sie machte eine kurze Pause. »Sind Sie der Mann vom NYPD, der in dieser Sache mit unserer Mordkommission zusammenarbeitet?«

»Richtig.«

»Dann vergessen Sie den Witz über Penrose.«

»Wird gemacht«, versprach ich und fragte dann: »Wie kommen Sie mit der Spurensuche voran, Sally?«

»Nun, hier ist vor kurzem geputzt worden, folglich haben wir saubere, unberührte Oberflächen. Ich vergleiche die Abdrücke nur flüchtig, aber ich sehe fast ausschließlich zwei Sätze von Fingerabdrücken – wahrscheinlich die der Gordons. Fremde Abdrücke gibt's kaum, und wenn Sie meine Meinung hören wollen, Detective, hat der Mörder Handschuhe getragen. Er ist kein Junkie gewesen, der an der Hausbar fünf perfekte Abdrücke hinterlassen hat.«

Ich nickte, dann sagte ich: »Geben Sie sich Mühe mit diesem Buch, ja?«

»Ich liefere nur perfekte Arbeit ab. Sie auch?« Sie holte einen Plastikbeutel aus ihrer Ledertasche und ließ das Kartenwerk hineingleiten. Danach erklärte sie mir: »Ich brauche Ihre Fingerabdrücke, damit ich sie eliminieren kann.«

»Die finden Sie später auf Elizabeth Penroses Arsch.«

Sie lachte. »Drücken Sie Ihre Finger einfach auf die Glasplatte des Couchtischs«, forderte sie mich auf.

Ich tat, was sie verlangte. »Haben Sie den beiden Kerlen, die Maxwell mitgebracht hat, auch Fingerabdrücke abgenommen?«

»Mir ist gesagt worden, das würde später erledigt.«

»Yeah. Hören Sie, Sally, eine Menge Leute wie die beiden Kerle in der Küche werden alle möglichen tollen Dienstausweise vorzeigen. Aber Ihr Bericht geht nur an die Mordkommission, am besten nur an Penrose.«

»Hab' schon verstanden.« Sie sah mich an, dann fragte sie: »Hey, was ist mit den Bazillen?«

»Diese Sache hat nichts mit Bazillen zu tun. Das Ehepaar Gordon hat auf Plum Island gearbeitet, aber das ist purer Zufall.«

»Yeah, natürlich.«

Ich holte mir meinen Stapel Computerausdrucke und ging zur Glasschiebetür.

Sally rief mir nach: »Mir gefällt's nicht, wie die Ermittlungen am Tatort geführt werden.«

Ich gab keine Antwort.

Ich ging zur Bay hinunter, wo eine hübsche Bank am Wasser stand. Ich warf die entwendeten Ausdrucke auf die Bank, setzte mich und starrte aufs Wasser hinaus. An den Strand schlugen kleine Wellen, auf denen das Boot der Gordons am Anlegesteg schaukelte. Weiße Wolken segelten vor dem hellen Mond vorbei, und die Nachtluft roch wieder mehr nach Land, weil der schwache Wind auf Nord gedreht hatte.

Irgendwie, vermutlich durch Osmose, hatte ich angefangen, die Wechselwirkungen der Elemente um mich herum zu begreifen. Zählte man die vielen Sommerferien und meine vielen Herbstwochenenden in Onkel Harrys Haus zusammen, war es vielleicht kein Wunder, daß etwas davon in mein Städtergehirn eingesickert war. Und wenn ich das Leben in der Großstadt wieder einmal satt hatte, spielte ich manchmal mit dem Gedanken, wirklich nach Long Island zu ziehen.

Der Gedanke an meine Rückkehr in den Dienst löste, ganz im Gegensatz zu sonst, zwiespältige Gefühle aus. Ich war bereit, etwas Neues anzufangen, aber das sollte meine eigene Entscheidung, nicht die der Ärzte sein. Stuften sie mich als dienstunfähig ein, konnte ich nicht mehr nach den Kerlen fahnden, die mich niedergeschossen hatten. Aber diese Sache mußte ich unbedingt noch erledigen. Mein Partner Dominic Fanelli, in dessen Adern sizilianisches Blut floß, hatte mich die ungeschriebenen Gesetze der Blutrache gelehrt. Die beiden hispanischen Brüder mußten liquidiert werden. Dominic bemühte sich, sie zu finden. Ich wartete darauf, daß er mich anrufen würde, weil er sie aufgespürt hatte.

Ich lehnte mich auf der Bank zurück und betrachtete meine Umgebung. Auf der kleinen Rasenfläche links neben dem Bootssteg stand ein hoher weißer Signalmast. In einem Schrank in ihrer Garage hatten die Gordons eine ganze Sammlung von Wimpeln und Signalflaggen entdeckt, die sie aus Spaß manchmal am

Signalmast setzten – zum Beispiel das Signal »Prisenkommando kommt an Bord« oder »Der Kapitän ist an Land«.

Mir war schon früher aufgefallen, daß die Gordons oben am Mast eine Piratenflagge gesetzt hatten, und ich hielt es für Ironie des Schicksals, daß ihre letzte Flagge einen Totenschädel mit gekreuzten Knochen gezeigt hatte.

Ich sah auch, daß am Mast zwei Signalflaggen gesetzt waren. Sie waren nachts kaum zu erkennen, aber das spielte keine Rolle, denn ich wußte ohnehin nicht, was sie bedeuteten.

Beth Penrose setzte sich ans linke Ende meiner Bank. Sie schlang ihre Arme um den Oberkörper, als friere sie. Frauen frieren immer. Sie streifte wortlos die Schuhe ab, rieb ihre Füße im Gras und wackelte mit den Zehen. Sie tragen auch unbequeme Schuhe.

Nach einigen Minuten geselligen Schweigens – oder frostiger Stille? – brach ich das Eis und sagte: »Vielleicht haben Sie recht. Es könnte ein Boot gewesen sein.«

»Sind Sie bewaffnet?«

»Nein.«

»Gut. Ich blase Ihnen Ihr beschissenes Gehirn raus.«

»Hören Sie, Beth...«

»Für Sie, Freundchen, Detective Penrose.«

»Nur nicht aufregen.«

»Warum sind Sie zu Ted Nash so eklig gewesen?«

»Welcher ist das?«

»Sie wissen genau, wer das ist! Sie haben sich zum Narren gemacht; alle halten Sie für einen arroganten, völlig unfähigen Idioten. *Und* ich habe keinen Respekt mehr vor Ihnen.«

»Dann kommt Sex wohl nicht in Frage?«

»*Sex?* Ich will nicht mal die gleiche Luft atmen wie Sie.«

»Das tut weh, Beth.«

»Sie sollten mich *nicht* Beth nennen!«

»Ted Nash hat Sie...«

»Hören Sie, Corey, ich habe diesen Fall nur bekommen, weil ich den Chef der Mordkommission darum gebeten habe. Dies ist mein erster richtiger Mordfall. Bisher hab' ich nur beschissene Fälle gehabt – Junkies, die sich gegenseitig abknallen, Mamas und Papas, die Ehekräche mit Küchenmessern austragen, Scheiß dieser Art. Und auch davon nur wenig. Die Mordrate in diesem County ist niedrig.«

»Tut mir leid, das zu hören.«

»Yeah. Für Sie ist das alltäglich, darum sind Sie gelangweilt, zynisch und wissen alles besser.«

»Nun, ich würde niemals …«

»Wenn Sie's darauf anlegen, mich zu blamieren – *fuck off!«* Sie stand auf.

Ich stand ebenfalls auf. »Langsam! Ich bin hier, um Ihnen zu helfen.«

»Dann helfen Sie mir.«

»Okay. Als erstes ein Rat: Reden Sie nicht zuviel mit Foster oder Ihrem Kumpel Ted.«

»Das weiß ich selbst, und Schluß mit diesem ›Kumpel-Ted‹-Scheiß.«

»Hören Sie … darf ich Beth zu Ihnen sagen?«

»Nein.«

»Hören Sie, Detective Penrose, ich weiß, daß Sie glauben, ich fühle mich zu Ihnen hingezogen, und Sie denken vermutlich, daß ich mich an Sie ranmachen will … und Sie denken, daß das peinlich werden könnte …«

Sie wandte sich ab und sah auf die Bay hinaus.

Ich bedeckte eine Gesichtshälfte mit der rechten Hand und rieb mir die Stirn, während ich improvisierte. »Sehen Sie … eine der Kugeln, die mich getroffen hat … Gott, wie soll ich's Ihnen sagen …? Nun, sie hat mich an einer komischen Stelle getroffen, okay? So, jetzt wissen Sie Bescheid. Vielleicht können wir irgendwie Freunde, Partner sein … Bruder und Schwester … eigentlich Schwester und Schwester …«

Sie starrte mich an. »Ich dachte, Sie hätten einen Bauchschuß abbekommen.«

»Das auch.«

»Max sagt, daß Sie eine schwere Lungenverletzung haben.«

»Die auch.«

»Irgendwelche Hirnschäden?«

»Vielleicht.«

»Und jetzt soll ich Ihnen glauben, daß eine weitere Kugel Sie kastriert hat.«

»Das ist nichts, was ein Mann freiwillig behaupten würde.«
»Warum ist Ihr Blick noch feurig, wenn der Ofen aus ist?«
»Nur eine Erinnerung, Beth ... Darf ich Sie Beth nennen? Eine schöne Erinnerung an Zeiten, in denen ich als Stabhochspringer über mein Auto setzen konnte.«
Sie bedeckte ihr Gesicht mit den Händen, aber ich konnte nicht erkennen, ob sie weinte oder lachte.
»Erzählen Sie's bitte nicht weiter«, sagte ich.
Sie fand ihre Selbstbeherrschung wieder und versprach mir: »Ich will versuchen, es aus der Zeitung rauszuhalten.«
»Danke.« Nach einigen Sekunden Pause fragte ich sie: »Wohnen Sie irgendwo in der Nähe?«
»Nein, im westlichen Suffolk County.«
»Das ist weit weg. Fahren Sie nach Hause, oder übernachten Sie irgendwo in der Nähe?«
»Wir sind alle im Southview Inn in Greenport einquartiert.«
»Wer ist ›wir alle‹?«
»Ich, George, Ted, ein paar Leute von der DEA, verschiedene Leute, die früher mal hiergewesen sind ... Leute aus dem Landwirtschaftsministerium. Wir sollen Tag und Nacht durcharbeiten – sieben Tage in der Woche. Das imponiert der Presse und der Öffentlichkeit ... falls die Scheiße in den Ventilator gerät. Sie wissen schon, falls die Bevölkerung wegen der Infektionsgefahr ...«
»Sie meinen, falls wegen der Seuche eine Massenpanik ausbricht.«
»Oder so ähnlich.«
»Hey, ich habe hier draußen ein schönes Haus, in dem Sie gern übernachten können.«
»Trotzdem vielen Dank.«
»Ein imposantes viktorianisches Landhaus am Wasser.«
»Spielt keine Rolle.«
»Dort hätten Sie's bequemer. Ich bin völlig ungefährlich. Hey, unsere Personalabteilung sagt, daß ich im Präsidium die Damentoilette benutzen darf.«
»Schluß damit!«
»Im Ernst, Beth, ich habe hier Computerausdrucke – sämtliche finanziellen Transaktionen der letzten zwei Jahre. Die könnten wir gemeinsam durcharbeiten.«

»Wer hat genehmigt, daß Sie sie mitnehmen?«

»Natürlich Sie. Richtig?«

Sie zögerte, dann nickte sie und sagte: »Aber ich bekomme sie morgen früh zurück.«

»Okay. Ich arbeite das Zeug heute nacht durch. Wollen Sie mir nicht dabei helfen?«

Beth schien darüber nachzudenken, dann forderte sie mich auf: »Geben Sie mir Ihre Telefonnummer und Ihre Adresse.«

Ich suchte in meinen Taschen nach Papier und Kugelschreiber, aber sie hatte bereits ihr kleines Notizbuch aufgeschlagen. »Schießen Sie los«, sagte sie.

Ich gab ihr die gewünschten Informationen.

»Falls ich komme, rufe ich vorher an«, versprach sie.

»Okay.«

Ich setzte mich wieder auf die Bank, und sie nahm am anderen Ende Platz, so daß die Ausdrucke zwischen uns lagen. Wir schwiegen beide, wahrscheinlich versuchten wir, uns mental zu sortieren.

»Hoffentlich sind Sie schlauer, als Sie aussehen oder reden«, meinte Beth schließlich.

»Ich will's mal so ausdrücken: Chief Maxwell hat in seiner ganzen Laufbahn nie etwas Klügeres getan, als mich in diesem Fall hineinzuziehen.«

»Ach, wie bescheiden! Hören Sie... Darf ich Sie John nennen?«

»Bitte.«

»John, was geht hier vor? Mit diesem Fall, meine ich. Sie wissen etwas, was Sie für sich behalten.«

»Was ist Ihr gegenwärtiger Status?«

»Wie bitte?«

»Verlobt, geschieden, getrennt lebend?«

»Geschieden. Also, was wissen oder vermuten Sie in bezug auf diesen Fall, das Sie bisher verschwiegen haben?«

»Kein fester Freund?«

»Kein fester Freund, keine Kinder, elf Verehrer, fünf davon verheiratet, drei herrschsüchtig, zwei immerhin passabel, einer ein Idiot.«

»Sind meine Fragen zu persönlich?«

»Ja.«

»Hätte ich einen Partner und würde ihm diese Fragen stellen, wäre das völlig normal und okay.«

»Nun ... wir sind keine Partner.«

»Sie wollen beides haben. Typisch!«

»Hören Sie ... also gut, erzählen Sie mir von sich. Aber machen Sie's kurz.«

»Okay. Geschieden, keine Kinder, Dutzende von Verehrerinnen, aber keine feste Freundin.« Zum Schluß sagte ich: »Und keine Geschlechtskrankheiten.«

»Und keine Geschlechtsteile.«

»Richtig.«

»Okay, John, was ist mit diesem Fall?«

Ich lehnte mich zurück. »Nun, Beth«, antwortete ich, »bei diesem Fall führt das Offensichtliche zum Unwahrscheinlichen, deshalb versuchen alle, das Unwahrscheinliche dem Offensichtlichen anzupassen. Aber so funktioniert's nicht, Partner.«

Beth nickte. »Sie glauben also«, fragte sie, »daß diese Sache nichts mit dem zu tun hat, wovon wir bisher ausgehen? Wie kommen Sie darauf?«

»Nun ... das Beweismaterial scheint teilweise nicht recht zu passen.«

»Vielleicht paßt es in ein paar Tagen, wenn die Laborbefunde vorliegen und die Vernehmungen abgeschlossen sind. Wir haben noch nicht mal mit den Leuten auf Plum Island gesprochen.«

Ich stand auf. »Kommen Sie, wir gehen zum Steg hinunter«, schlug ich vor.

Sie schlüpfte in ihre Schuhe und begleitete mich. Unterwegs sagte ich: »Nur ein paar hundert Meter von hier entfernt hat Albert Einstein sich mit der moralischen Frage der Atombombe auseinandergesetzt und ihren Bau befürwortet. Die Guten hatten keine andere Wahl, weil die Bösen sich bereits für den Bau der Atombombe entschieden hatten – ohne moralische Skrupel.« Langsam fügte ich hinzu: »Ich habe die Gordons gekannt.«

Sie überlegte einen Augenblick. »Das soll heißen«, meinte sie dann, »daß die Gordons Ihrer Meinung nach außerstande – moralisch außerstande – gewesen wären, tödliche Mikroorganismen zu verkaufen.«

»Nein, das sage ich nicht. Genauso wie Atomwissenschaftler haben auch sie die Macht des Geistes in der Flasche akzeptiert. Ich weiß nicht genau, woran sie auf Plum Island gearbeitet haben, und wir werden's vielleicht nie erfahren, aber ich habe sie gut genug gekannt, um zu behaupten, daß sie niemals den Geist in der Flasche verkauft hätten.«

Sie äußerte sich nicht dazu.

»Ich weiß noch gut«, fuhr ich fort, »wie Tom mir mal erzählt hat, Judy sei deprimiert, weil ein Kalb, das sie kannte, als Versuchstier endete. Solche Leute wollen keine Kinder an Seuchen sterben sehen. Aber das werden Sie selbst hören, wenn Sie mit ihren Kollegen auf Plum Island reden.«

»Menschen haben manchmal eine dunklere andere Seite.«

»Ich habe in den Persönlichkeiten der Gordons niemals den geringsten Hinweis darauf entdeckt, daß sie imstande wären, mit tödlichen Krankheitserregern zu handeln.«

»Manche Menschen legen sich eine rationale Erklärung für ihr Verhalten zurecht. Was ist mit den Amerikanern, die Atomgeheimnisse an die Russen verraten haben? Sie haben aus der Überzeugung heraus gehandelt, es sei schädlich, wenn nur eine Seite Macht besitzt.«

»Was diese Atomspione betrifft«, widersprach ich, »haben sie in einer anderen Zeit gelebt und andere Geheimnisse verraten. Ich meine, wozu sollten die Gordons Viren oder Bakterien verkaufen, denen auch sie selbst und ihre Angehörigen im Mittleren Westen hätten zum Opfer fallen können?«

Beth Penrose überlegte kurz, dann antwortete sie: »Vielleicht haben sie zehn Millionen kassiert, und das Geld liegt in der Schweiz, und sie haben ein Château in den Bergen mit Champagner und Konserven ausgestattet und ihre Freunde und Verwandten dorthin eingeladen. Möglich ist alles, John. Warum tun Menschen verrückte Dinge? Sie reden sich etwas ein, sie basteln sich Erklärungen zurecht. Zehn Millionen Dollar. Zwanzig Millionen. Zweihundert Dollar. Jeder Mensch hat seinen Preis.«

Wir gingen auf den Steg hinaus, wo ein uniformierter Polizeibeamter aus Southold in einem Gartensessel saß. »Zeit für eine Pause«, sagte Detective Penrose zu ihm.

Der Mann stand auf und ging in Richtung Haus davon.

Mein Blick fiel auf den Schriftzug »Formula 303«, der nach Toms Auskunft die Gesamtlänge bezeichnete: dreißig Fuß und drei Zoll.

»Im Bücherregal der Gordons habe ich einen Band mit Seekarten entdeckt«, erzählte ich Beth, »und auf einer Seite eine mit Bleistift geschriebene achtstellige Zahl. Ich habe Sally Hines gebeten, das Kartenwerk genau unter die Lupe zu nehmen und ihren Befund Ihnen mitzuteilen. Sie sollten den Band in Verwahrung nehmen, damit wir ihn gemeinsam durchsehen können. Vielleicht sind darin noch weitere Anmerkungen zu finden.«

Sie sah mich durchdringend an. »Okay, was vermuten Sie hinter dieser Sache?«

»Nun … schraubt man die Moralansprüche um etwa die Hälfte herunter, kommt man vom Virenverkauf für Geld auf Drogenverkauf für Geld.«

»Drogen?«

»Yeah. Nach Ansicht vieler Leute anrüchig, nach Überzeugung aller sehr lukrativ. Was halten Sie davon? Drogenschmuggel.«

Beth betrachtete das Rennboot, nickte langsam und sagte: »Vielleicht haben wir aus dieser Verbindung mit Plum Island voreilige Schlüsse gezogen.«

»Das wäre möglich.«

»Darüber sollten wir mit Max und den anderen reden.«

»Das sollten wir nicht.«

»Warum nicht?«

»Weil wir vorerst nur spekulieren. Wir lassen sie die Virentheorie weiterverfolgen. Erweist sie sich doch als richtig, ist sie auf jeden Fall abgedeckt.«

»Okay, aber das ist kein Grund, Max und die anderen nicht auf dem laufenden zu halten.«

»Vertrauen Sie mir.«

»Nein. Überzeugen Sie mich.«

»Ich bin selbst noch nicht ganz überzeugt. Hier ergeben sich zwei gleichwertige Möglichkeiten: Viren gegen Geld oder Drogen gegen Geld. Ich bin dafür, daß wir abwarten, zu welchen Schlußfolgerungen Max, Foster und Nash gelangen – und ob sie uns umfassend informieren.«

»Okay … machen wir, was Sie für richtig halten.«

Ich zeigte auf das Boot. »Wieviel mag dieser Renner gekostet haben?«

Sie zuckte mit den Schultern. »Na ja, die Formula ist ein Luxusboot… man rechnet pro laufenden Fuß dreitausend Dollar… also muß es neu ungefähr hunderttausend Dollar gekostet haben.«

»Und die Miete für dieses Haus? Ungefähr zweitausend?«

»Das könnte hinkommen – plus Nebenkosten.« Sie fügte hinzu: »Das läßt sich alles noch feststellen.«

»Und was halten Sie von den Bootsfahrten zur Arbeit? Die einfache Fahrt dauert fast zwei Stunden und kostet ein kleines Vermögen an Treibstoff. Richtig?«

»Richtig.«

»Andererseits ist man mit dem Auto in ungefähr einer halben Stunde an der staatlichen Fähre in Orient Point. Und wie lange dauert die Überfahrt? Vielleicht zwanzig Minuten – auf Onkel Sams Kosten. Von Haustür zu Haustür ungefähr eine Stunde, während die Bootsfahrt fast zwei Stunden dauert. Trotzdem sind die Gordons oft mit dem Boot gefahren, und ich weiß, daß sie an Tagen mit plötzlicher Wetterverschlechterung nicht selbst zurückfahren konnten, sondern die Fähre benutzen und per Anhalter heimfahren mußten. Das hab' ich nie kapiert, aber ich gebe zu, daß ich nicht darüber nachgedacht habe. Vielleicht kapier' ich's jetzt.«

Ich sprang ins Boot hinunter, drehte mich um und hob die Arme. Sie faßte meine Hände und sprang ebenfalls. Irgendwie landeten wir an Deck – ich auf dem Rücken, Beth Penrose auf mir. Wir blieben einen Augenblick länger liegen als unbedingt nötig und rappelten uns dann verlegen lächelnd auf.

Sie fragte mich: »Alles in Ordnung?«

»Yeah…« Tatsächlich hatte ihr Gewicht mir die Luft aus der verletzten Lunge gedrückt, und ich vermutete, daß sie das merkte.

Sobald ich wieder zu Atem gekommen war, ging ich nach achtern, wo das Formula 303 eine Hecksitzbank hatte. Dort zeigte ich aufs Deck und erklärte Beth: »Hier hat die Aluminiumkiste immer gestanden: ein großer Kasten mit Innenisolierung, einen Meter zwanzig lang, nicht ganz einen Meter hoch und einen Meter breit. Ich habe oft hier gesessen, die Füße auf den Kasten gelegt und Bier getrunken.«

»Und?«

»An bestimmten Tagen verlassen die Gordons nach der Arbeit zur festgelegten Zeit Plum Island und rasen mit Vollgas auf den Atlantik hinaus. Dort treffen sie sich mit einem Schiff, vielleicht einem südamerikanischen Frachter, nehmen ungefähr hundert Kilo Kokain an Bord und fahren mit Höchstgeschwindigkeit an Land zurück. Werden sie von DEA oder Küstenwache beobachtet, sehen sie wie Mr. und Mrs. Clean aus, die zu ihrem Vergnügen unterwegs sind. Und wie viele Boote werden tatsächlich angehalten und durchsucht? Dort draußen sind jeden Tag Tausende von Freizeit- und Fischerbooten unterwegs. Solange die Leute von DEA, Zollbehörde oder Küstenwache keinen heißen Tip haben oder sich jemand auffällig benimmt, halten sie kein Boot an, um es zu kontrollieren. Richtig?«

»Im allgemeinen schon. Zollboote sind dazu berechtigt und nehmen gelegentlich Verdachtskontrollen vor. Ich frage mal nach, ob die *Treponema* irgendwann bei DEA, Zoll oder Küstenwache aufgefallen ist.«

»Gut.« Ich überlegte kurz. »Okay, sobald die Gordons das Zeug an Bord haben, treffen sie sich mit einem kleinen Boot oder legen an einer vereinbarten Stelle an und übergeben den Eiskasten einem hiesigen Dealer, der ihnen eine gleich große Kiste mit Scheinchen übergibt. Anschließend fährt der Dealer nach Manhattan zurück, womit wieder mal ein zollfreier Import geklappt hat. Das kommt jeden Tag vor. Die große Frage ist nun: Sind die Gordons Drogenschmuggler gewesen und deshalb ermordet worden? Hoffentlich, denn diese andere Sache macht mir angst, auch wenn ich sonst kein ängstlicher Mensch bin.«

Beth dachte darüber nach, während sie sich an Bord umsah, und meinte schließlich: »Das *könnte* stimmen. Aber es könnte auch Wunschdenken sein.« Ich gab keine Antwort.

»Läßt sich nachweisen, daß Drogen im Spiel waren«, fuhr sie fort, »können wir aufatmen. Aber bis dahin müssen wir ihnen zutrauen, mit tödlichen Viren gehandelt zu haben, denn falls sich dieser Verdacht bewahrheitet und wir nicht reichtzeitig handeln, sind wir vielleicht bald alle tot.«

6. Kapitel

Es war nach zwei Uhr morgens, und ich fing langsam zu schielen an, während ich die Computerausdrucke der Gordons durcharbeitete. Die Kaffeemaschine in Onkel Harrys riesiger alter Küche lief, und ich saß an dem runden Tisch am Erkerfenster, das wegen der Morgensonne nach Osten zeigte. Ich lehnte mich zurück und dachte darüber nach, was ich bisher festgestellt hatte.

Die Gehälter der Gordons wurden auf ihr Bankkonto überwiesen, und nachdem die Steuerbehörde und der Staat New York ihren Anteil kassiert hatten, blieb ihnen ein gemeinsames Jahreseinkommen von etwa neunzigtausend Dollar. Nicht schlecht, aber für zwei promovierte Forscher, die mit gefährlichen Substanzen arbeiteten, nicht gerade üppig. Als Baseballspieler in der zweiten Liga hätte Tom mehr verdient, und Judy hätte in einer Oben-ohne-Bar in meinem alten Revier arbeiten und ebensoviel verdienen können. Ein seltsames Land.

Jedenfalls sah ich bald, daß die Gordons über ihre Verhältnisse gelebt hatten. Das Leben an der Ostküste ist nicht billig, wie sie sicher schnell gemerkt hatten. Zu den Ratenzahlungen für zwei Autos und das Boot kamen Miete, Nebenkosten, Versicherungen, fünf Kreditkarten, hohe Treibstoffrechnungen – vor allem für das Rennboot – und der tägliche Lebensunterhalt. Und sie hatten im April vor einem Jahr eine nette Anzahlung von zehntausend Dollar für das Formula 303 geleistet.

Außerdem spendeten die Gordons für alle möglichen wohltätigen Zwecke, was mir prompt ein schlechtes Gewissen bescherte. Sie gehörten einem Buch- und Musikclub an, gingen oft in Konzerte, schickten Nichten und Neffen Schecks zum Geburtstag und waren Mitglieder der Peconic Historical Society. Sie schienen noch keine ernsten finanziellen Schwierigkeiten zu haben, aber sie standen kurz davor. Falls sie aus dem Drogenschmuggel ein hübsches Nebeneinkommen bezogen, waren sie clever genug, das viele Geld zu bunkern und sich wie jeder anständige Amerikaner bis über beide Ohren zu verschulden. Daraus ergab sich die Frage: Wo war ihr unrechtmäßig erworbenes Vermögen?

Ich bin kein Rechnungsprüfer, aber ich hatte genügend Erfahrung auf dem Gebiet, um dies zu finden, was überprüft werden mußte. Es handelte sich um einen Scheck über immerhin fünfundzwanzigtausend Dollar, ausgestellt auf eine Margaret Wiley. Dieser Scheck war für zehn Dollar von der Bank bestätigt worden, nachdem die Gordons den Betrag, der fast ihre gesamten Ersparnisse darstellte, von ihrem Sparkonto hatten abbuchen lassen.

Der Scheck war am 7. März dieses Jahres ausgestellt worden, aber in den Ausdrucken fand sich kein Hinweis auf seinen Verwendungszweck. Wer war also diese Margaret Wiley? Warum hatten die Gordons ihr einen von ihrer Bank bestätigten Scheck über fünfundzwanzig Riesen gegeben? Die Antworten würde ich hoffentlich bald haben.

Ich trank meinen Kaffee in kleinen Schlucken, klopfte im Takt mit der Uhr an der Wand mit meinem Bleistift auf den Küchentisch und dachte über die Sache nach.

Dann trat ich an den Hängeschrank neben dem Wandtelefon, zog zwischen Kochbüchern das hiesige Telefonbuch heraus und schlug unter »W« nach. Ich fand eine Margaret Wiley, die in Southold in der Lighthouse Road wohnte. Ich wußte sogar, wo diese Straße lag, denn wie ihr Name verhieß, führte sie zu einem Leuchtturm – genauer gesagt zum Horton Point Lighthouse.

Ich hätte Margaret am liebsten gleich angerufen, aber ein Anruf um zwei Uhr morgens hätte sie verärgern können. Dieser Anruf hatte Zeit bis Tagesanbruch. Aber Geduld gehört nicht zu meinen Tugenden. Soviel ich weiß, habe ich überhaupt keine Tugenden. Außerdem hatte ich das Gefühl, FBI und CIA wachten ebenfalls und seien dabei, sich einen Ermittlungsvorsprung zu erarbeiten. Und schließlich war dies kein gewöhnlicher Mord; ich mußte Margaret Wiley wecken, denn wenn ich zögerte, konnte sich eine grauenhafte Seuche über ganz Amerika ausbreiten. Ich kann's nicht leiden, wenn so was passiert.

Ich wählte die Nummer. Das Telefon klingelte, dann schaltete sich ein Anrufbeantworter ein. Ich legte auf und wählte noch einmal. Diesmal wachte die Dame des Hauses auf und meldete sich mit: »Hallo?«

»Kann ich bitte Margaret Wiley sprechen?«

»Am Apparat.« Die verschlafene ältliche Stimme erkundigte sich: »Wer sind Sie?«

»Detective Corey, Ma'am. Polizei.« Ich ließ sie einige Sekunden lang das Schlimmste befürchten. Das macht die Leute im allgemeinen hellwach.

»*Polizei?* Was ist passiert?«

»Mrs. Wiley, Sie haben vermutlich von dem Doppelmord auf Nassau Point gehört?«

»Oh ... ja, natürlich. Eine schreckliche ...«

»Sie haben die Gordons gekannt?«

Sie räusperte sich. »Nein ... nun, ich habe sie flüchtig kennengelernt«, antwortete sie. »Ich habe ihnen ein Grundstück verkauft.«

»Im März dieses Jahres?«

»Ja.«

»Für fünfundzwanzigtausend Dollar?«

»Ja ... aber was hat das mit ...«

»Wo liegt das Grundstück, Ma'am?«

»Oh ... es ist ein schönes Stück Land auf den Klippen mit Blick über die Meerenge.«

»Aha. Die beiden wollten dort bauen?«

»Nein. Dort kann niemand bauen. Ich habe das Baurecht Suffolk County verkauft.«

»Und das bedeutet?«

»Das bedeutet ... man verkauft aus Naturschutzgründen das Baurecht, bleibt aber Grundstückseigentümer. Das Land bleibt unbebaut, kann aber landwirtschaftlich genutzt werden.«

»Ach so, ich verstehe. Die Gordons hätten dort also kein Haus bauen können?«

»Himmel, nein! Als Bauland wäre mein Grundstück über hunderttausend Dollar wert gewesen. Aber das County hat mir das Baurecht abgekauft. Diese Beschränkung ist ins Grundbuch eingetragen. Das ist eine gute Naturschutzmaßnahme.«

»Aber Sie können das Grundstück verkaufen?«

»Richtig, und das habe ich getan. Für fünfundzwanzigtausend Dollar. Die Gordons haben gewußt, daß sie kein Bauland erwerben.«

»Könnten sie das Baurecht nicht vom County zurückkaufen?«

»Nein, ein Rückkauf ist ausgeschlossen. Das ist der Zweck dieser Maßnahme.«

»Okay...« Ich glaubte zu verstehen, was die Gordons getan hatten: Sie hatten ein hübsches Grundstück über der Meerenge gekauft, das ohne Baurecht relativ billig gewesen war. Aber es durfte landwirtschaftlich genutzt werden, und ich wußte, daß Tom davon geträumt hatte, eines Tages selbst Wein anzubauen – auf dem Weingut Gordon Vineyards. Offenbar bestand kein Zusammenhang zwischen diesem Grundstückskauf und ihrer Ermordung. »Tut mir leid, daß ich Sie geweckt habe, Mrs. Wiley«, sagte ich. »Vielen Dank für Ihre Auskunft.«

»Bitte, nichts zu danken. Hoffentlich finden Sie den Mörder.«

»Wir fassen ihn bestimmt.« Ich legte auf, wandte mich ab, griff dann wieder nach dem Hörer und wählte erneut ihre Nummer. Als Mrs. Wiley sich meldete, sagte ich: »Sorry, noch eine Frage. Könnte man auf dem Grundstück Wein anbauen?«

»Himmel, nein! Es liegt direkt an der Meerenge, ist viel zu klein, und das Klima dort ist viel zu rauh. Ein halber Hektar, der fünfzehn Meter tief zum Strand abfällt. Ein schönes Fleckchen Erde, auf dem aber nicht viel wächst.«

»Ja, ich verstehe... Haben die beiden Ihnen erzählt, warum sie das Grundstück kaufen wollten?«

»Ja. Sie wollten ihren eigenen Hügel über dem Wasser. Einen Ort, an dem man sitzen und aufs Meer hinausschauen kann. Schrecklich nette junge Leute. Daß sie so enden mußten...«

»Ja, Ma'am. Nochmals vielen Dank.« Ich legte auf.

Aha. Die Gordons hatten ein Plätzchen mit Meeresblick besitzen wollen. Für fünfundzwanzigtausend Dollar hätten sie fünftausendmal den Eintritt für den Orient Beach State Park zahlen, acht Jahre lang jeden Tag ausgiebig das Meer betrachten können und noch Geld für Hot dogs und Bier übrig gehabt. Das war einfach unverständlich.

Ich grübelte darüber nach. Nun, vielleicht war es doch verständlich. Die beiden waren ein romantisches Paar. *Aber fünfundzwanzig Riesen?* Das waren praktisch ihre gesamten Ersparnisse. Und wie wären sie im Fall einer Versetzung ein landwirtschaftlich kaum nutzbares Grundstück ohne Baurecht wieder losgeworden? Wer außer ihnen wäre so verrückt gewesen, dafür fünfundzwanzigtausend Dollar zu zahlen?

Hmmm. Vielleicht hatte der Kauf mit Drogenschmuggel auf See zu tun. Das war immerhin denkbar. Ich würde mir dieses Grundstück ansehen müssen. Ich fragte mich, ob jemand unter den Papieren der Gordons schon den Kaufvertrag entdeckt hatte. Weiterhin fragte ich mich, ob die Gordons ein Bankschließfach gehabt hatten und was es enthalten mochte. Es ist lästig, um zwei Uhr morgens Fragen zu haben, wenn man von Koffein high ist und kein Mensch mit einem reden will.

Das Wandtelefon klingelte, und ich dachte eine irrationale Sekunde lang, Margaret Wiley rufe zurück. Aber dann fiel mir ein, daß Max versprochen hatte, mich wegen unseres Ausflugs nach Plum Island anzurufen. Ich nahm den Hörer ab und meldete mich: »Pizza Hut.«

»Hallo...«, sagte Beth Penrose nach kurzer Verwirrung.

»Hallo.«

»Habe ich Sie geweckt?«

»Macht nichts, ich hab' sowieso aufstehen müssen, um ans Telefon zu gehen.«

»Der Witz ist uralt. Max hat mich gebeten, Sie anzurufen. Wir fahren mit der Fähre um acht Uhr.«

»Gibt's eine, die früher verkehrt?«

»Ja, aber...«

»Wozu sollen wir das Verschleierungsteam vor uns hinüberfahren lassen?«

Sie äußerte sich nicht dazu, sondern sagte: »Dort begleitet uns der Sicherheitsdirektor der Insel, ein Mr. Paul Stevens.«

»Wer benutzt die frühere Fähre?«

»Das weiß ich nicht... Hören Sie, John, wenn dort etwas verschleiert werden soll, können wir ohnehin nichts dagegen machen. Dort drüben hat's schon früher Probleme gegeben, die erstklassig vertuscht worden sind. Sie bekommen nur zu sehen, was Sie sehen sollen, hören nur, was Sie hören sollen, und reden nur mit ausgesuchten Personen. Am besten nehmen Sie diesen Ausflug nicht allzu ernst.«

»Wer fährt alles mit?«

»Ich, Sie, Chief Maxwell, George Foster und Ted Nash.« Sie fragte: »Wissen Sie, wo die Fähre ablegt?«

»Ich finde sie. Was machen Sie im Augenblick?«

»Ich telefoniere mit Ihnen.«

»Kommen Sie doch rüber. Ich bin gerade dabei, mir Tapetenmuster anzusehen. Ich brauche Ihren Rat.«

»Es ist schon spät.«

Das klang fast zustimmend, was mich überraschte. Ich faßte nach: »Sie können bei mir übernachten, und wir fahren gemeinsam zur Fähre.«

»Das würde auffallen.«

»Dann hätten wir's hinter uns.«

»Ich überleg's mir noch. Hey, sind Sie in den Computerausdrucken fündig geworden?«

»Kommen Sie rüber, dann zeige ich Ihnen meine Festplatte.«

Beth holte tief Luft. »Ich hätte gedacht, in den Kontoauszügen müßte irgendein Hinweis zu finden sein«, sagte sie enttäuscht. »Vielleicht haben Sie nicht genau genug hingesehen. Oder vielleicht haben Sie keine Ahnung von solchen Dingen.«

»Wahrscheinlich.«

»Ich dachte, wir wollten uns gegenseitig auf dem laufenden halten«, beschwerte sie sich.

»Ja, gegenseitig. Nicht die ganze Welt.«

»Was …? Oh … ich verstehe.«

Wir wußten beide, daß die Feds, mit denen man zusammenarbeitet, einen schon fünf Minuten nach dem ersten Kennenlernen am Telefon abhören. Sie machen sich nicht mal die Mühe, einen richterlichen Beschluß zu erwirken, wenn sie Leute der eigenen Seite abhören wollen. Ich bedauerte schon, Margaret Wiley angerufen zu haben.

»Wo ist Ted?« fragte ich sie.

»Woher soll ich das wissen?«

»Halten Sie Ihre Tür verriegelt. Die Personenbeschreibung eines gemeingefährlichen Triebtäters, nach dem wir fahnden, paßt haarscharf auf ihn.«

»Schon gut, John.« Sie legte auf.

Ich gähnte. Ich war einerseits enttäuscht, weil Detective Penrose nicht rüberkommen wollte, aber andererseits auch ein bißchen erleichtert. Ich glaube wirklich, daß im Krankenhaus tatsächlich mit Salpeter versetztes Jell-O oder dergleichen als Nachtisch serviert wird. Vielleicht brauchte ich mehr Fleisch, um wieder zu Kräften zu kommen.

Ich stellte die Kaffeemaschine ab, knipste das Licht aus und verließ die Küche. Dann ging ich in der Dunkelheit durch das große alte Haus, durchquerte das in polierter Eiche gehaltene Vestibül, stieg die knarzende Treppe hinauf und folgte dem langen Korridor zu dem Zimmer mit der hohen Decke, in dem ich schon als Junge geschlafen hatte.

Während ich mich auszog, dachte ich über den vergangenen Tag nach und überlegte, ob ich die Achtuhrfähre nach Plum Island wirklich erreichen wollte.

Dafür sprach, daß ich Max mochte und er mich um einen Gefallen gebeten hatte. Außerdem hatte ich die Gordons gemocht und wollte mich gewissermaßen für ihre Gesellschaft und den Wein und die Steaks revanchieren, die mich in einer für mich schwierigen Zeit aufgerichtet hatten. Drittens konnte ich Ted Nash nicht ausstehen und hatte den kindischen Wunsch, ihn ordentlich aufs Kreuz zu legen. Viertens *mochte* ich Beth Penrose und hatte den erwachsenen Wunsch, sie… was auch immer. Fünftens langweilte ich mich… Nein, das war's nicht. Ich wollte nur beweisen, daß ich nichts verlernt hatte. Und sechstens gab es dieses kleine Problem mit einer todbringenden Seuche, die bewirken konnte, daß dies der letzte Herbst war, den die Menschheit erleben würde.

Ich wußte, daß ich aus all diesen Gründen auf der Achtuhrfähre nach Plum Island sein sollte, statt im Bett liegenzubleiben und mir die Decke über den Kopf zu ziehen, wie ich's als kleiner Junge getan hatte, um mich vor unangenehmen Dingen zu verkriechen… Ich stand nackt an dem großen Fenster und sah zu, wie der im Mondschein gespenstisch weiße Nebel von der Bay heraufzog und über den dunklen Rasen aufs Haus zukroch. Früher hatte mich das geängstigt. Unheimlich war es noch immer. Ich fühlte, daß ich eine Gänsehaut bekam.

Meine rechte Hand berührte unwillkürlich meine Brust und ertastete die Einschußwunde der ersten Kugel; danach glitt sie zu meinem Unterleib hinunter, den die zweite oder dritte Kugel durchschossen hatte. Die andere Kugel war durch meine linke Wade gegangen, ohne viel Schaden anzurichten. Der Chirurg hatte gemeint, ich hätte Glück gehabt. Das stimmte auch. Mein Partner Dom Fanelli und ich hatten ein Geldstück hochgeworfen, um zu sehen, wer von uns beiden Kaffee und Donuts holen mußte, und er hatte verloren. Das hatte ihn vier Dollar gekostet. Mein Glückstag.

Irgendwo draußen in der Bay ertönte ein Nebelhorn, und ich fragte mich, wer um diese Zeit bei solchem Wetter unterwegs sein mochte.

Ich wandte mich vom Fenster ab, überzeugte mich davon, daß mein Wecker gestellt und die Pistole Kaliber 45 auf meinem Nachttisch durchgeladen war.

Ich fiel ins Bett und starrte wie Beth Penrose, Sylvester Maxwell, Ted Nash, George Foster und viele andere in dieser Nacht zur Zimmerdecke hinauf und dachte an Mord, Tod, Plum Island und tödliche Viren. Vor meinem inneren Auge stand die im Nachtwind wehende Piratenflagge, auf der ein weißer Totenkopf grinste.

Mir fiel ein, daß die einzigen Leute, die heute nacht in Frieden ruhten, Tom und Judy Gordon waren.

7. Kapitel

Ich stand um sechs Uhr auf, duschte und zog Shorts, T-Shirt und Seglerschuhe an: genau die richtigen Klamotten für den raschen Wechsel in einen Bio-Schutzanzug oder wie immer diese Dinger hießen.

Was meinen Revolver anging, imitierte ich Hamlet – tragen oder nicht tragen, das war hier die Frage. Schließlich nahm ich ihn doch mit. Man wußte schließlich nie, wie der Tag sich entwickeln würde. Vielleicht bot sich eine Chance, Ted Nash eine Abreibung zu verpassen.

Um Viertel vor sieben fuhr ich auf der Main Road Richtung Osten – mitten durchs Weinland.

Unterwegs überlegte ich mir, daß es nicht leicht war, seinen Lebensunterhalt dem Meer oder dem Land abzuringen, wie es viele der Einheimischen taten. Trotz allem waren die Weingüter überraschend erfolgreich. Als ich durch die Ortschaft Peconic fuhr, lag links von mir das erfolgreichste hiesige Weingut: Tobin Vineyards. Sein Besitzer war Fredric Tobin, ein Freund der Gordons, den ich einmal kurz kennengelernt hatte. Ich nahm mir vor, den Gentleman aufzusuchen, um zu sehen, ob er irgend etwas zur Aufklärung dieses Falls beitragen konnte.

Die Sonne stand rechts vor mir über den Bäumen, und mein Außenthermometer zeigte sechzehn Grad Celsius an, was mir nichts sagte. Irgendwie hatte ich den Computer vermurkst und war ins metrische System geraten. Sechzehn Grad klang kalt, aber ich wußte, daß das nicht stimmte. Jedenfalls löste die Sonne den Nebel auf, und heller Sonnenschein fiel in meinen überteuerten Geländewagen.

Ich stellte mein Radio auf einen New Yorker Nachrichtensender ein, hörte mir eine Zeitlang den Routinescheiß an und wartete auf eine Meldung über den Ausbruch einer rätselhaften

Seuche. Aber dafür war es wohl noch zu früh. Ich stellte auf den einzigen hiesigen Sender um und erwischte die Siebenuhrnachrichten. Der Moderator sagte gerade: »... und wir haben heute morgen mit Chief Maxwell telefoniert und folgendes von ihm erfahren.«

»Was den Tod des Ehepaars Tom und Judy Gordon aus Nassau Point betrifft«, sagte Max mit brummiger Stimme, »ermitteln wir wegen Einbruch, Raub und Doppelmord. Der Fall hat nichts damit zu tun, daß die Opfer auf Plum Island gearbeitet haben. Wir bitten alle Mitbürger, wachsam zu sein, auf Fremde zu achten und verdächtige Personen der Polizei zu melden. Es besteht zwar kein Grund zur Panik, aber wir müssen uns vor Augen halten, daß ein Bewaffneter unter uns ist, der Einbruch, Raub und Mord verübt hat. Wir arbeiten eng mit der County Police zusammen und verfolgen die ersten Spuren. Das ist vorläufig alles. Ich rufe Sie im Laufe des Tages noch mal an, Don.«

»Danke, Chief«, sagte der Moderator.

Ich stellte das Radio ab. Chief Maxwell hatte zu erwähnen vergessen, daß er nach Plum Island unterwegs war, das nichts mit diesem Doppelmord zu tun hatte. Und er hatte zweckmäßigerweise auch »vergessen«, die CIA und das FBI zu erwähnen. Was wäre passiert, wenn Max gesagt hätte: »Die Chancen stehen fünfzig zu fünfzig, daß das Ehepaar Gordon tödliche Viren an Terroristen verkauft hat?« Das hätte den Dow-Jones-Index vermutlich ein bißchen absacken lassen – von einem Run auf die Flughäfen und dem plötzlichen Drang nach Urlaub in Südamerika ganz zu schweigen.

Die nächste Ortschaft hinter Peconic ist Southold, nach dem die ganze Gemeinde benannt ist. Etwa ab dort hören die Weinberge auf, das Land zwischen Meerenge und Bay wird schmaler, und alles sieht etwas wilder und rauher aus. Die Gleise der Long Island Rail Road, die in Manhattan auf dem Bahnhof Penn Station beginnen, führten eine Zeitlang links neben mir her, irgendwann kreuzten sich Bahnlinie und Straße und schließlich liefen sie wieder auseinander. Um diese Tageszeit waren auf der Straße nur ein paar Farmer mit ihren Fahrzeugen unterwegs. Ich kam zu dem Schluß, daß ich bald meine Mitreisenden nach Plum Island sehen müßte, weil sie doch die gleiche Strecke fahren würden.

Ich erreichte Greenport Village, das mit seinen gut zweitausend Einwohnern, die auf dem Schild am Ortseingang verzeichnet sind, die Metropole der North Fork ist. Im Vergleich dazu ist Manhattan Island, wo ich arbeite, lebe und fast gestorben wäre, kleiner als die North Fork und trägt zwei Millionen Menschen auf seinem Rücken. Mit dreißigtausend Männern und Frauen ist die Polizei, bei der ich arbeite, größer als die Gesamtbevölkerung der Gemeinde Southold. Greenport Village hatte früher eine eigene Polizei, etwa ein halbes Dutzend Leute, aber die Bürger waren aus irgendeinem Grund sauer auf sie und stimmten für ihre Abschaffung. In New York City wäre das vermutlich nicht möglich, aber die Idee ist nicht schlecht.

Zurück zur Realität. Ich hatte Hunger. Hier draußen gibt es buchstäblich keine Schnellrestaurants, was mit zum Charme dieser Gegend beiträgt, aber auch verdammt lästig ist. Wenigstens gibt's ein paar kleine Läden, und ich hielt an einem davon am Ortsrand von Greenport an und kaufte mir einen Becher Kaffee und ein Sandwich in Folie mit einer Art Kunstfleisch zwischen labberigen Käsescheiben. Ich nahm noch eine kostenlose Wochenzeitung mit und frühstückte auf dem Fahrersitz.

In der Wochenzeitung stand zufällig ein Artikel über Plum Island. Das war nicht verwunderlich, denn die Einheimischen schienen sich sehr für diese nebelverhangene geheimnisvolle Insel zu interessieren. Meine Informationen über Plum Island stammten alle aus hiesigen Quellen. Obwohl die Insel manchmal landesweit Schlagzeilen macht, ist sie vermutlich neunundneunzig Prozent aller Amerikaner unbekannt. Aber das konnte sich sehr bald ändern.

Der Zeitungsartikel handelte auch von der Lyme-Borreliose, einem weiteren heißen Thema im Osten Long Islands und im benachbarten Connecticut. Diese von Zecken übertragene Krankheit hatte epidemische Ausmaße angenommen, und die Einheimischen waren überzeugt, sie sei durch ein mißglücktes Experiment in biologischer Kriegführung von Plum Island herübergekommen. Schon deshalb hätte man ohne Übertreibung behaupten können, den Einheimischen wäre es am liebsten, Plum Island wäre im Meer versunken.

Nachdem ich mich gestärkt hatte, machte ich mich wieder auf

den Weg und hielt weiterhin Ausschau nach meinen neuen Kollegen.

Die Insel verengte sich zu einer langen Brücke mit Salzwasser auf beiden Seiten: links der Long Island Sound, rechts Orient Harbor. Danach wurde das Land wieder breiter, und ich fuhr durch die supermalerische, unglaublich altertümliche Ortschaft Orient. Zehn Minuten später näherte ich mich endlich Orient Point.

Ich fuhr an der Einfahrt zum Orient Beach State Park vorbei und verlangsamte das Tempo.

Rechts vor mir sah ich einen Fahnenmast, an dem das Sternenbanner auf Halbmast gesetzt war. Ich vermutete, daß diese Trauerbeflaggung mit den Gordons zu tun habe und der Mast deshalb auf staatlichem Gelände stand, zweifellos an der Anlegestelle der Fähre nach Plum Island. Das zeigt, wie der Verstand eines großen Detektivs arbeitet – selbst um sieben Uhr morgens nach einer Nacht mit wenig Schlaf.

Ich hielt am Straßenrand vor einem Restaurant mit Jachthafen, holte mein Fernglas aus dem Handschuhfach und stellte es auf ein großes schwarzweißes Schild unter dem Fahnenmast ein. Auf dem Schild stand *Plum Island Animal Disease Center.* Von einer Fähre stand nichts darauf, aber aus der Tatsache, daß gleich dahinter das Wasser begann, schloß ich, daß dies tatsächlich die Anlegestelle war. Zivilisten nehmen an, Detektive schlußfolgern.

Rechts neben Schild und Fahnenmast stand ein ebenerdiger Klinkerbau, offenbar das Empfangs- und Verwaltungsgebäude. Dahinter lag ein großer asphaltierter Parkplatz, der bis zum Wasser hinunterführte. Der Parkplatz war durch einen hohen Maschendrahtzaun mit einer Krone aus Bandstacheldraht gesichert.

Wo der Parkplatz aufhörte, standen unmittelbar am Wasser mehrere große Schuppen und Lagerhäuser mit eigener Pier. In der Nähe der Ladebuchten waren ein paar Lastwagen geparkt. Offenbar wurden hier die Tiere verladen, die Plum Island nie mehr verlassen würden.

Der Parkplatz war etwa hundert Meter lang, und am äußersten Ende konnte ich durch leichten Nebel ungefähr dreißig Personenwagen sehen, die vor der Anlegestelle parkten. Menschen waren keine zu sehen.

Ich setzte das Fernglas ab und sah auf meine Borduhr, die sieben Uhr neunundzwanzig anzeigte. Die Außentemperatur betrug jetzt siebzehn Grad Celsius. Ich mußte wirklich versuchen, diesem Wagen das metrische System wieder abzugewöhnen. Ich meine, der Scheißcomputer zeigte jetzt komische französische Wörter wie *kilomètres, litres* und dergleichen an. Ich hatte schon Angst, die Sitzheizung einzuschalten.

Für die Fähre nach Plum Island war ich eine halbe Stunde zu früh dran, aber dafür konnte ich wie geplant das Anlegen der von der Insel herüberkommenden Fähre beobachten. Aus dem Nebel tauchte eine weiß-blaue Fähre auf, die auf die Anlegestelle zuglitt. Am Schiffsbug sah ich ein Wappen – vermutlich das des Landwirtschaftsministeriums – und den Schiffsnamen *The Plum Runner,* mit dem irgend jemand ein wenig Humor bewiesen hatte.

Ich mußte näher heran, deshalb ließ ich den Motor meines Jeeps wieder an und fuhr auf Schild, Fahnenmast und Klinkerbau zu. Das Tor rechts neben dem Gebäude stand offen. Da ich nirgends einen Wachposten sah, fuhr ich auf den Parkplatz und zu den Lagerhäusern hinüber. Dort parkte ich zwischen Lastwagen und Containern, weil ich hoffte, mein Geländewagen werde zwischen ihnen nicht auffallen. Nun war ich nur etwa fünfzig Meter von der Anlegestelle entfernt und konnte durch mein Fernglas beobachten, wie die Fähre in tieferem Wasser wendete, um rückwärts anzulegen. Die *Plum Runner* sah noch verhältnismäßig neu aus und war ein rankes, gut zwanzig Meter langes Schiff mit einem Sonnendeck. Sie legte mit dem Heck voraus an, und der Kapitän ließ die Motoren im Leerlauf arbeiten, während ein Bootsmann auf den Kai sprang und die Leinen an den Pollern festmachte. Mir fiel auf, daß auf dem Kai niemand wartete.

Während ich das Schiff durchs Fernglas beobachtete, kam eine Gruppe von Männern aus der Kabine aufs Achterdeck, von dem aus eine Gangway direkt zum Parkplatz hinunterführte. Ich zählte zehn Männer in blauen Uniformen, die entweder das vom Landwirtschaftsministerium entsandte Empfangskomitee für mich oder die Wachmänner der Nachtschicht waren, die von ihren Kollegen auf der Siebenuhrfähre abgelöst worden waren.

Als nächster ging ein großer Mann in einem blauen Blazer und

Krawatte von Bord. Ich sah, daß er sich mit den Wachmännern unterhielt, als kenne er sie. Ich konnte mir denken, wer er war: Paul Stevens, der Sicherheitsdirektor der Insel.

Dann kamen vier Männer in dunklen Anzügen, was mir etwas ungewöhnlich erschien. Da nicht anzunehmen war, daß sie auf Plum Island übernachtet hatten, mußten sie mit der Siebenuhrfähre hinübergefahren sein. Aber zwischen An- und Ablegen hätten sie sich nur wenige Minuten auf der Insel aufhalten können. Folglich waren sie schon zu früher Stunde gefahren – mit einer Sonderfahrt der Fähre, einem anderen Boot oder einem Hubschrauber.

Zuletzt kamen noch zwei Männer, deren Auftauchen mich nicht gänzlich überraschte, in legerer Freizeitkleidung von Bord geschlendert: Mr. George Foster und Mr. Ted Nash. Diese Schweinehunde! Aber ich hatte schon damit gerechnet, daß sie versuchen würden, mich auszutricksen.

Ich beobachtete, wie Nash, Foster und die vier Männer in Anzügen angelegentlich miteinander sprachen, während der Mann im blauen Blazer respektvoll Abstand hielt. Aus der Körpersprache aller Beteiligten ging deutlich hervor, daß Ted Nash hier das Sagen hatte. Die anderen vier kamen vermutlich aus Washington, aber woher sollte ich wissen, wer zum Teufel sie hergeschickt hatte? Es war nicht leicht zu erraten, weil FBI, CIA, Landwirtschaftsministerium und vermutlich auch die Army und das Verteidigungsministerium in diesen Fall verwickelt waren. Aus meiner Sicht waren sie alle Feds, während sie mich ihrerseits vermutlich für einen lästigen kleinen Cop hielten – falls sie mich überhaupt eines Gedankens würdigten.

Ich legte mein Fernglas weg und griff nach dem Wochenblatt und dem leeren Kaffeebecher, um vorbereitet zu sein, falls ich mein Gesicht verbergen mußte. Dort drüben standen diese cleveren Jungs, die glaubten, mich ausgetrickst zu haben, und hielten es nicht mal für nötig, sich kurz umzusehen, um festzustellen, ob sie beobachtet wurden. Sie verachteten kleine Cops wie mich, und das machte mich sauer.

Der Mann im blauen Blazer sprach mit den zehn Wachmännern und schickte sie offenbar weg, denn sie gingen zu ihren jeweiligen Autos, stiegen ein und fuhren an mir vorbei davon. Mr.

Blue Blazer wandte sich ab, ging wieder an Bord und verschwand im Bauch des Schiffs.

Als nächstes verabschiedeten sich die vier Männer in Anzügen, stiegen in einen schwarzen Chevrolet Caprice und fuhren auf mich zu. Auf meiner Höhe wurde der Caprice plötzlich langsamer und kam beinahe zum Stehen, bevor der Fahrer wieder Gas gab und durchs Tor hinausfuhr.

Da Nash und Foster offenbar auf meinen Jeep aufmerksam geworden waren, gab ich Gas und fuhr auf die Fähre zu, als sei ich gerade angekommen. Ich parkte in der ersten Reihe an der Pier, nahm einen Schluck aus meinem leeren Kaffeebecher und las den Artikel über die Rückkehr der Makrelen. Die Herren Nash und Foster, die am Heck der Fähre standen, ignorierte ich geflissentlich.

Etwa um zehn vor acht hielt ein alter Kombi neben mir, und Max stieg aus. Er trug Jeans, eine Windjacke und eine tief in die Stirn gezogene Fischermütze. Ich ließ mein Fenster herunter und fragte: »Soll das eine Tarnung sein, oder hast du dich im Dunkeln angezogen?«

Er runzelte die Stirn. »Nash und Foster haben gemeint, es wäre besser, wenn niemand sieht, daß ich nach Plum fahre.«

»Ich habe dich heute morgen im Radio gehört.«

»Wie habe ich geklungen?«

»Völlig unglaubwürdig. Seit heute morgen verlassen Boote, Autos und Flugzeuge Long Island. Totale Panik entlang der gesamten Ostküste.«

»Red keinen Scheiß.«

»Okay.« Ich stellte den Motor ab und wartete darauf, daß mein Jeep mir etwas sagte, aber diesmal hatte ich anscheinend nichts falsch gemacht. Als ich den Zündschlüssel abzog, sagte eine Frauenstimme: »Votre fenêtre est ouverte.« Warum sollte ein echtes amerikanisches Auto so was sagen? Bei dem Versuch, die warnende Stimme abzustellen, mußte ich sie irgendwie auf französisch umgestellt haben – diese Autos werden nach Quebec exportiert, was auch die Erklärung für das metrische System war. »Votre fenêtre est ouverte.«

»Merde alors«, antwortete ich in meinem besten High-School-Französisch und stieg aus.

»Sitzt da noch jemand im Auto?« fragte Max mich.

»Nein.«

»Aber ich habe eine Stimme gehört…«

»Ignorier sie einfach.«

Ich wollte Max erzählen, daß ich gesehen hatte, wie Nash und Foster von Bord der *Plum Runner* gegangen waren, aber da Max nicht daran gedacht hatte, selbst früh genug herzukommen oder mich zu bitten, an seiner Stelle dazusein, hatte er keinen Anspruch darauf, an meinem Wissen teilzuhaben.

Weitere Autos fuhren vor, und die erfahrenen Pendler nach Plum Island erreichten die Pier genau in dem Augenblick, in dem das Horn der Fähre ertönte.

»Hey, alles an Bord!« rief Ted Nash uns zu.

Ich sah mich nach Beth Penrose um und machte eine gehässige kleine Bemerkung darüber, daß Frauen nie pünktlich sein können.

»Da ist sie schon«, bemerkte Max.

Tatsächlich stieg sie eben aus einem schwarzen Ford aus, vermutlich ihrem Zivilfahrzeug, der schon vor meiner Ankunft zwischen den parkenden Autos gestanden hatte. Konnte es sein, daß andere Leute ebenso clever waren wie ich? Eigentlich nicht. Tatsächlich hatte ich sie auf die Idee gebracht, etwas früher zu kommen.

Max und ich schlenderten über den in leichtem Nebel liegenden Parkplatz, während das Horn der Fähre erneut ertönte. Detective Penrose hatte sich zu Mr. Nash und Mr. Foster gesellt, die sich angeregt mit ihr unterhielten. Nash sah zu Max und mir herüber und winkte uns ungeduldig zu, wir sollten uns beeilen. Ich habe Leute schon für weniger umgelegt.

Als wir die Pier erreichten, fragte Nash, ohne auch nur guten Morgen zu sagen, mit einem Blick auf meine Shorts: »Ist Ihnen nicht ein bißchen kalt, John?«

Fuck you, Ted. Er sprach in dem gönnerhaften Ton, den Vorgesetzte im Gespräch mit Untergebenen gebrauchen, und ich mußte den Kerl zurechtstutzen. Deshalb antwortete ich, indem ich auf seine dämliche rosafarbene Golfhose zeigte: »Die gibt's wohl gleich mit Windeleinlagen?«

George Foster lachte, und Ted Nashs Gesicht nahm die Farbe

seiner Hose an. Max gab vor, nichts gehört zu haben, und Beth verdrehte die Augen.

»Guten Morgen allerseits«, sagte Mr. Foster etwas verspätet. »Sind alle bereit zum Ablegen?«

Als wir fünf uns nach der Fähre umdrehten, kam der Gentleman im blauen Blazer über die Gangway auf uns zu. »Guten Morgen«, sagte er, »ich bin Paul Stevens, der Sicherheitsdirektor von Plum Island.« Seine Stimme klang wie ein Computer.

»Ich bin Ted Nash vom Landwirtschaftsministerium«, antwortete Mr. Rosa Hose.

Alles lauter Scheiß. Nicht nur waren die drei Clowns eben erst gemeinsam von Plum Island herübergekommen, sondern Nash erzählte noch immer diesen landwirtschaftlichen Mist.

Stevens, der ein Klemmbrett in der Hand hielt, sah wie einer dieser Typen mit Klemmbrett und Trillerpfeife aus – kurzes blondes Haar, kalte blaue Augen, ein Macher, ehemaliger Düsenjägerpilot, schlank und sportgestählt, stets bereit, einen Wettkampf zu organisieren oder Menschen auf Güterwagen zu laden – je nachdem, was gerade gefordert wurde.

Beth trug übrigens wieder ihr beiges Kostüm von gestern, woraus ich schloß, daß sie nicht geahnt hatte, daß sie hier würde übernachten müssen, als sie diesen Fall übernommen hatte.

Nach einem Blick auf sein Klemmbrett sagte Mr. Stevens zu Max: »Und Sie sind George Foster?«

»Nein, ich bin Chief Maxwell.«

»Ich bin Beth Penrose«, erklärte ich Stevens.

Er schüttelte den Kopf. »Nein, Sie sind John Corey.«

»Richtig. Kann ich jetzt an Bord gehen?«

»Nein, Sir. Erst muß ich Sie alle auf der Liste abhaken.« Er sah Beth an und sagte: »Guten Morgen, Detective Penrose.« Danach wandte er sich an George Foster. »Guten Morgen – Mr. Foster vom FBI. Richtig?«

»Richtig.«

»Willkommen an Bord. Bitte folgen Sie mir.«

Wir gingen an Bord der *Plum Runner,* die kaum eine Minute später ablegte, und folgten Mr. Stevens in die große, behagliche, holzgetäfelte Kabine, in der ungefähr dreißig Männer und Frauen in Flugzeugsesseln plauderten, lasen oder dösten. Da hier Platz für etwa hundert Fahrgäste war, vermutete ich, daß die Mehrzahl der auf Plum Island Arbeitenden die nächste Fähre benutzen würde.

Wir setzten uns nicht zu den übrigen Fahrgästen, sondern folgten Mr. Stevens einen Niedergang hinunter in einen kleinen Salon. In der Raummitte stand ein runder Tisch mit einer Thermoskanne. Mr. Stevens bot uns Stühle und Kaffee an, aber niemand ging darauf ein. Unter Deck war es stickig, und Motorenlärm füllte den kleinen Salon.

Stevens öffnete die Klammer seines Klemmbretts, gab jedem von uns einen auf der Vorderseite bedruckten Selbstdurchschreibesatz und erklärte: »Dies ist ein Haftungsverzicht, den Sie unterschreiben müssen, bevor Sie auf Plum Island an Land gehen. Ich weiß, daß Sie im weitesten Sinne alle Polizeibeamte sind, aber unsere Vorschriften müssen eingehalten werden. Bitte lesen Sie den Text durch, und unterschreiben Sie ihn.«

Ich studierte den Vordruck mit der Überschrift *Visitor Affidavit.* Er gehörte zu den seltenen amtlichen Schriftstücken, die in verständlichem Englisch abgefaßt sind. Im Prinzip verpflichtete ich mich darin, stets bei der Gruppe zu bleiben, mit den anderen Händchen zu halten und mich überallhin von einem Angestellten von Plum Island begleiten zu lassen. Außerdem versprach ich, alle Sicherheitsbestimmungen zu beachten, nach dem Verlassen der Insel mindestens sieben Tage lang jeglichen Kontakt mit Nutztieren wie Rindern, Schafen, Schweinen, Pferden und dergleichen zu meiden und keine Farm, keinen Zoo, keine Tierschau oder auch nur einen öffentlichen Park zu besuchen. Wow! Das engte meine Freizeitgestaltung in den kommenden sieben Tagen erheblich ein.

Und um meinen Besuch auf Plum Island noch erfreulicher zu machen, stimmte ich einer etwa notwendig werdenden Quarantäne im voraus zu. »Das hier ist wohl nicht die Fähre nach Connecticut?« fragte ich Stevens.

»Nein, Sir, das ist sie nicht.«

Der tüchtige Mr. Stevens gab ein paar staatseigene Kugelschreiber aus. Wir legten seine Vordrucke auf den Tisch, setzten uns und kritzelten oder schmierten unsere Unterschriften darunter. Nachdem Stevens sie eingesammelt hatte, gab er uns die

Durchschläge als Andenken zurück. »Ist jemand von Ihnen bewaffnet?« fragte er danach.

»Das sind wir vermutlich alle«, antwortete ich, »aber Sie wären gut beraten, nicht zu verlangen, daß wir unsere Waffen abliefern sollen.«

»Genau darum werde ich Sie bitten«, erklärte Stevens mir. »Auf der Insel herrscht strengstes Schußwaffenverbot. Ich habe hier eine Stahlkassette, in der Ihre Pistolen sicher sind.«

»Mein Revolver ist dort sicher, wo er ist«, sagte ich.

»Plum Island gehört zur Gemeinde Southold«, stellte Max fest. »Auf der Insel bin *ich* das Gesetz.«

Stevens überlegte einen langen Augenblick. »Wahrscheinlich gilt das Verbot nicht für Polizeibeamte«, meinte er dann.

»Worauf Sie sich verlassen können!« sagte Beth.

Stevens, dessen kleine Machtdemonstration fehlgeschlagen war, nahm die Niederlage mit Anstand hin und lächelte sogar. Sein Lächeln war jedoch das eines unheimlichen Filmschurken, bevor er sagte: »Sie haben dieses Gefecht gewonnen, Sir, aber seien Sie versichert, daß wir erneut aufeinandertreffen werden.« Hackenschlagen, kehrtmachen, davonstürmen.

Aber Mr. Stevens mußte es vorerst mit uns aushalten. »Wollen wir nicht aufs Oberdeck gehen?« schlug er vor.

Wir folgten unserem Gastgeber die Treppe hinauf, durch die Kabine und draußen zu einem weiteren Aufgang, der zum Sonnendeck führte, das wir für uns allein hatten.

Mr. Stevens deutete auf eine Reihe von freien Sitzplätzen. Hier oben war es etwas zugig, aber dafür viel leiser. Der Nebel lichtete sich allmählich, und plötzlich brach die Sonne durch.

Ich saß in Fahrtrichtung zwischen Beth auf meiner rechten und Max auf meiner linken Seite, während Stevens mir zwischen Nash und Foster gegenübersaß. »Außer bei wirklich schlechtem Wetter fahren die im Laborkomplex arbeitenden Wissenschaftler immer hier oben«, erklärte Mr. Stevens uns. »Sie bekommen acht bis zehn Stunden lang keine Sonne zu sehen, wissen Sie.« Nach kurzer Pause fügte er hinzu: »Ich habe veranlaßt, daß wir heute morgen nicht gestört werden.«

Backbord sah ich den Leuchtturm Orient Point, der kein altmodischer Leuchtturm auf einer Landzunge, sondern eine moderne Stahlkonstruktion auf Felsen ist. Er hat den Spitznamen »Kaffeekanne«, weil er angeblich wie eine aussieht, aber ich konnte keine Ähnlichkeit entdecken. Aber Seeleute halten Seekühe für Meerjungfrauen, Tümmler für Seeschlangen, Wolken für Geisterschiffe und so weiter. Fährt man lange genug zur See, spinnt man ein bißchen, glaube ich.

Ich sah zu Stevens hinüber, und unsere Blicke begegneten sich. Der Mann hatte wirklich eines dieser seltenen, unvergeßlichen Wachsgesichter. Ich meine, außer seinem Mund bewegte sich nichts darin, und sein Blick schien einen durchbohren zu wollen.

Paul Stevens wandte sich an seine Gäste. »Einleitend möchte ich sagen«, begann er, »daß ich Tom und Judy Gordon gekannt habe. Sie sind auf Plum allgemein beliebt gewesen – beim Verwaltungspersonal, bei Wissenschaftlern und Tierpflegern, beim Labor- und Wartungspersonal und beim Sicherheitsdienst, bei allen. Sie haben ihre Kollegen stets höflich und respektvoll behandelt.« Sein Mund verzog sich zu einem falschen Lächeln. »Sie werden uns sehr fehlen.«

Ich hatte plötzlich den Verdacht, dieser Kerl könnte ein staatlicher Killer sein. *Yeah*. Waren Tom und Judy etwa von Staats wegen umgebracht worden? Hatten die Gordons vielleicht etwas gewußt oder gesehen, hatten sie mit irgend etwas an die Öffentlichkeit gehen wollen? »Mama mia!« wie mein Partner Dom Fanelli gesagt hätte. Das war eine gänzlich neue Möglichkeit. Ich beobachtete Stevens und versuchte, in seinem eisigen Blick etwas zu lesen, aber er war, wie er auf der Pier bewiesen hatte, ein guter Schauspieler.

»Sobald ich gestern abend von den Morden erfahren hatte«, fuhr Stevens fort, »habe ich meinen Sergeant auf der Insel angerufen, um feststellen zu lassen, ob etwas aus den Labors fehlt. Nicht daß ich die Gordons irgendwie verdächtigt hätte, aber die bekanntgewordenen Umstände ihres Todes... nun, für solche Fälle haben wir unsere Vorschriften.«

Ich sah rasch zu Beth hinüber, und unsere Blicke begegneten sich. Ich hatte heute morgen noch nicht ungestört mit ihr reden können, deshalb blinzelte ich ihr jetzt zu. Sie schien ihren Gefühlen nicht zu trauen, denn sie wandte sich ab, ohne wenigstens zu lächeln.

»Ich habe mich heute morgen schon sehr früh von einem unserer Patrouillenboote abholen lassen und auf Plum vorläufige Ermittlungen angestellt«, fuhr Mr. Stevens fort. »Soviel sich gegenwärtig sagen läßt, fehlt nichts von den gelagerten Mikroorganismen, den Blut- und Gewebeproben und dem sonstigen organischen oder biologischen Material.«

Diese Feststellung war so nichtssagend und idiotisch, daß niemand auch nur darüber lachte. Aber Max sah zu mir herüber und schüttelte den Kopf. Nur Nash und Foster nickten, als nähmen sie Stevens diesen Mist ab. Mr. Stevens, der sich von seinen ebenfalls im Staatsdienst stehenden Freunden ermutigt fühlen konnte, fuhr also fort mit dem amtlichen Scheiß.

Ich hörte eine Zeitlang zu, wie Mr. Paul Stevens uns erklärte, warum niemand auch nur ein einziges Virus, ein einziges Bakterium von Plum Island mitnehmen konnte – nicht mal einen Fall von Intertrigo, wenn man Pinocchio Stevens glauben wollte.

Ich zupfte an meinem rechten Ohrläppchen, was jedesmal unfehlbar wirkt, wenn ich Idioten ausblenden will. Während Stevens' Stimme jetzt aus weiter Ferne kam, genoß ich den sonnigen Herbstmorgen. Die entgegenkommende Fähre aus New London passierte uns auf der linken Seite – an Backbord, wie die Seeleute sagen. Die eineinhalb Meilen breite Wasserstraße zwischen Orient Point und Plum Island heißt Plum Gut, was ebenfalls ein nautischer Fachausdruck ist. Hier draußen gibt's jede Menge solcher Ausdrücke, von denen ich manchmal Kopfschmerzen bekomme. Ich meine, was ist mit normalem Englisch nicht in Ordnung?

Jedenfalls weiß ich, daß im Plum Gut schwierige Strömungsverhältnisse herrschen, weil dort der Long Island Sound mit dem offenen Atlantik zusammentrifft. Ich war einmal mit den Gordons in ihrem Boot unterwegs, als wir hier draußen im Gatt beinahe in Seenot geraten wären, weil Wind, Flut und Strömungen gemeinsam versucht hatten, uns vom Kurs abzubringen. Auf solche Tage auf dem Wasser kann ich gut verzichten, wenn Sie wissen, was ich meine.

Aber heute war das Wetter okay, die See ruhig und die *Plum Runner* beruhigend groß. Natürlich stampfte sie etwas, aber das ist auf dem Meer anscheinend unvermeidlich, nachdem Wasser im Prinzip flüssig und nicht entfernt so stabil wie Asphalt ist.

Wir waren ungefähr noch eine Viertelmeile von Plum Island entfernt, als ein merkwürdiges, aber vertrautes Geräusch unsere Aufmerksamkeit auf sich zog. Dann sahen wir, woher es kam: ein großer weißer Hubschrauber mit den roten Abzeichen der Küstenwache flog an Steuerbord an uns vorbei. Der Pilot flog langsam und niedrig, und aus der Seitentür der Maschine beugte sich ein mit Gurtzeug gesicherter Mann. Er trug eine Uniform, hatte einen Helm mit Kopfhörer auf und hielt ein Gewehr in der Hand.

»Das ist unsere Hirschpatrouille«, sagte Mr. Stevens. Erklärend fügte er hinzu: »Rein präventiv halten wir nach Hirschen Ausschau, die nach Plum Island schwimmen oder von dort herkommen.«

Niemand äußerte sich dazu.

Stevens schien eine umfassendere Erklärung für angebracht zu halten. »Hirsche sind unglaublich gute Schwimmer«, fuhr er fort. »Einzelne Tiere sind schon von Orient Point, Gardiners Island und sogar sieben Meilen weit von Shelter Island herübergekommen. Wir bemühen uns, die Hirsche daran zu hindern, auf Plum Island seßhaft zu werden oder die Insel auch nur zu besuchen.«

»Außer sie unterschreiben den Vordruck«, warf ich ein.

Mr. Stevens lächelte wieder. Er mochte mich. Er hatte auch die Gordons gemocht – und was war ihnen zugestoßen?

»Warum wollen Sie nicht, daß Hirsche zu Ihnen rüberschwimmen?« fragte Beth ihn.

»Nun … unser Grundsatz lautet: ›Nichts verläßt die Insel.‹ Das heißt, daß alles, was auf Plum Island gebracht wird, die Insel erst wieder verlassen kann, wenn es entkontaminiert worden ist. Das gilt übrigens auch für uns, bevor wir wieder zurückfahren. Große Gegenstände, die nicht ohne weiteres entkontaminiert werden können – Autos, Lastwagen, Laborgeräte, Bauschutt, Müll und dergleichen –, bleiben für immer auf der Insel.«

Auch dazu äußerte sich niemand.

Mr. Stevens, der anscheinend merkte, daß er die Touristen erschreckt hatte, fügte hinzu: »Damit will ich keineswegs sagen, daß die Insel verseucht ist.«

»Das hätte ich um ein Haar geglaubt«, gab ich zu.

»Nun, ich sollte vielleicht erläutern, daß es auf der Insel fünf Gefahrenbereiche gibt – oder besser gesagt fünf Zonen. Zone eins ist die Umgebungsluft außerhalb unserer abgeschlossenen Forschungslabors, die ungefährlich ist. Zone zwei umfaßt den Duschbereich zwischen Umkleideräumen und Labors sowie einige Arbeitsplätze mit geringer Gefährdung, die Sie später besichtigen können. Zone drei besteht aus abgeschlossenen Labors, in denen ansteckende Krankheiten erforscht werden. Zone vier liegt im Gebäudeinneren und umfaßt die Ställe für infizierte Tiere, aber auch die Sezierräume und Verbrennungsöfen.«

Stevens sah uns nacheinander an, als wolle er sicherstellen, daß wir auch zuhörten, was wir natürlich taten, dann fuhr er fort: »Erst vor kurzem haben wir Zone fünf eingerichtet, die höchsten Ansprüchen an Keimfreiheit und Abgeschlossenheit genügt. Weltweit gibt es nur wenige solche Labors. Wir haben es einrichten müssen, weil bestimmte Mikroorganismen, die wir aus Afrika und dem Amazonasgebiet erhalten haben, virulenter als erwartet waren.« Stevens sah uns nochmals an und fügte *sotto voce* hinzu: »Mit anderen Worten: Wir haben mit Ebola infizierte Blut- und Gewebeproben erhalten.«

»Wir können jetzt umkehren, denke ich«, sagte ich.

Alle lächelten und versuchten, sich ein Lachen abzuringen. Haha. Sehr witzig.

»Das neue Labor ist eine hochmoderne abgeschlossene Forschungseinrichtung«, fuhr Mr. Stevens fort, »aber früher hat es nur das alte Labor aus der Zeit nach dem Zweiten Weltkrieg gegeben, das leider weniger sicher war. Deshalb ist damals die Nichts-verläßt-die-Insel-Richtlinie erlassen worden, um eine Verschleppung von Infektionen aufs Festland zu verhindern. Offiziell gilt diese Regelung weiter, auch wenn sie nicht mehr so strikt eingehalten wird. Trotzdem wollen wir nicht, daß Menschen oder Gegenstände Plum Island verlassen, ohne entkontaminiert zu sein. Das gilt natürlich auch für die Hirsche.«

»Aber *warum*?« fragte Beth nochmals.

»*Warum*? Weil sie sich auf der Insel irgendwas holen könnten.«

»Erschießen Sie die Hirsche?« wollte Beth wissen.

»Ja.«

Danach entstand eine längere Pause, bis ich fragte: »Was ist mit den Vögeln?«

»Auch Vögel können ein Problem sein«, bestätigte Mr. Stevens.

Ich stellte meine Anschlußfrage: »Und Mücken?«

»O ja, auch Mücken könnten ein Problem sein. Aber Sie müssen bedenken, daß alle Versuchstiere in geschlossenen Räumen gehalten werden und alle Experimente in Labors stattfinden, in denen Unterdruck herrscht. Das garantiert, daß nichts in die Umgebung entweichen kann.«

»Welchen Beweis haben Sie dafür?« fragte Max.

»Daß Sie noch leben«, antwortete Mr. Stevens.

Mit dieser optimistischen Note und während Sylvester Maxwell darüber nachgrübelte, daß er mit einem Kanarienvogel in einem Bergwerk verglichen worden war, sagte Mr. Stevens mahnend: »Bleiben Sie an Land bitte stets in meiner Nähe.«

Hey, Paul, das versteht sich doch von selbst.

8. Kapitel

Als wir uns der Insel näherten, verlangsamte die *Plum Runner* ihre Fahrt. Ich stand auf, ging zur Backbordseite und lehnte mich an die Reling. Linker Hand kam ein alter Leuchtturm in Sicht, den ich erkannte, weil er ein Lieblingsmotiv vieler schlechter Aquarellmaler aus der näheren Umgebung war. Am Strand rechts unterhalb des Leuchtturms verkündete eine riesige Warntafel: VORSICHT, UNTERWASSERKABEL! SCHLEPPANGELFISCHEN VERBOTEN! SCHLEPPNETZFISCHEN VERBOTEN!

Sollten Terroristen also die Stromversorgung und sämtliche Nachrichtenverbindungen der Insel kappen wollen, lieferten die Behörden ihnen so einen kleinen Hinweis. Fairerweise war jedoch anzunehmen, daß es auf Plum Island eine Notstromversorgung und Mobiltelefone sowie Funkgeräte gab.

Die *Plum Runner* lief durch den engen Kanal in eine kleine Bucht ein, die irgendwie künstlich aussah, als verdanke sie ihr Entstehen nicht dem lieben Gott, sondern dem Pionierkorps der U.S. Army, das seine Aufgabe darin sah, der Schöpfung den letzten Schliff zu geben.

Um die Bucht herum standen nur wenige Gebäude – vor allem Lagerschuppen aus Wellblech, die vermutlich aus Militärzeiten zurückgeblieben waren.

Beth stellte sich neben mich. »Bevor Sie zur Fähre gekommen sind«, sagte sie leise, »habe ich gesehen, wie…«

»Ich bin selbst dagewesen. Ich habe sie gesehen. Danke.«

Die Fähre wendete und legte mit dem Heck voraus an.

Meine Kollegen standen jetzt an der Reling, und Mr. Stevens sagte: »Wir warten, bis die hier Beschäftigten von Bord gegangen sind.«

»Ist das ein künstlicher Hafen?« fragte ich ihn.

»Ja, den hat die Army gebaut«, bestätigte er, »als sie hier vor dem Spanisch-Amerikanischen Krieg Küstenbatterien aufgestellt hat.«

»An Ihrer Stelle würde ich diese Warntafel mit dem Hinweis auf ein Unterwasserkabel abbauen«, schlug ich vor.

»Wir haben keine andere Wahl«, erklärte er mir. »Die Bootsführer müssen gewarnt werden. Außerdem ist das Kabel auf Seekarten verzeichnet.«

»Aber auf dieser Tafel könnte ›Wasserleitung‹ stehen. Sie brauchen nicht gleich alles zu verraten.«

»Stimmt.« Er sah mich an, schien etwas sagen zu wollen und hielt dann doch den Mund. Vielleicht hatte er mir einen Job anbieten wollen.

Sobald die Angestellten von Bord gegangen waren, folgten wir Stevens den Niedergang hinunter und verließen die Fähre durch eine Öffnung in der Heckreling. Und damit betraten wir Plum Island, diese geheimnisvolle Insel. Auf der Pier war es sonnig, aber windig und kühl. Enten watschelten den Strand entlang, und ich sah erleichtert, daß sie weder Reißzähne noch rotglühende Augen hatten.

An der Pier war nur ein Boot festgemacht, ein gut zehn Meter langes Motorboot mit Kabine, Suchscheinwerfer und Innenbordmotor. Am Bug stand der Bootsname: *The Prune*. Irgend jemand hatte seinen Spaß daran gehabt, Namen für die Fähre und dieses Boot zu erfinden, aber das war sicher nicht Paul Stevens gewesen, der unter Seemannshumor vermutlich die Torpedierung von Lazarettschiffen durch U-Boote verstand.

Ich sah eine verwitterte Holztafel mit der Aufschrift *Plum Island Animal Disease Center*. Dahinter stand ein Fahnenmast, an dem ebenfalls das Sternenbanner auf Halbmast gesetzt war.

Die Angestellten, die vor uns an Land gegangen waren, bestiegen einen weißen Bus, der mit ihnen wegfuhr, und die Fähre ließ ihr Horn ertönen, aber ich sah niemanden zur Rückfahrt nach Orient Point an Bord gehen.

»Bleiben Sie bitte hier«, sagte Mr. Stevens. Er ging davon und blieb dann stehen, um mit einem Mann in einem orangefarbenen Overall zu sprechen.

Irgendwie war mir das alles unheimlich – orangefarbene Overalls, blaue Uniformen, weiße Busse und ständig dieser Scheiß mit »Hierbleiben« und »Zusammenbleiben«. Ich meine, ich befand mich auf einer als Sperrgebiet ausgewiesenen Insel mit diesem blonden SS-Verschnitt, einem Überwachungshubschrauber, der seine Runden flog, und bewaffneten Wachposten und hatte langsam das Gefühl, in einen James-Bond-Film geraten zu sein – mit dem kleinen Unterschied, daß hier alles echt war. Ich fragte Max: »Wann lernen wir Dr. No kennen?«

Max lachte, und sogar Beth und die Herren Nash und Foster lächelten.

Beth wandte sich an Max. »Wie kommt's eigentlich, daß Sie Paul Stevens bisher nicht gekannt haben?«

»Zu unseren Besprechungen mit DEA und Küstenwache haben wir aus Höflichkeit jeweils auch den Sicherheitsdirektor von Plum Island eingeladen«, antwortete Max. »Allerdings ist er nie gekommen, hat auch keinen Vertreter geschickt. Ich habe einmal mit Stevens telefoniert, aber persönlich kennengelernt habe ich ihn erst heute morgen.«

Ted Nash erklärte: »Übrigens weiß ich jetzt, Detective Corey, daß Sie kein Kriminalbeamter aus dem Suffolk County sind.«

»Ich habe nie behauptet, einer zu sein.«

»Kommen Sie mir nicht mit Spitzfindigkeiten! Chief Maxwell und Sie haben George Foster und mich in dem Glauben gelassen, Sie seien einer.«

»Detective Corey ist von der Gemeinde Southold als Berater hinzugezogen worden«, sagte Max.

»Tatsächlich?« fragte Mr. Nash. Er sah mich an und meinte: »Sie sind New Yorker Kriminalbeamter und Angehöriger der Mordkommission, der am zwölften April im Dienst verwundet wurde. Im Augenblick befinden Sie sich im Genesungsurlaub.«

»Wer hat Sie danach gefragt?«

Mr. Foster, immer der Friedensstifter, warf ein: »Uns ist das egal, John. Wir wollen nur die Aufgaben und Zuständigkeiten klären.«

»Okay, für die Ermittlungen in diesem Mordfall bin *ich* zuständig«, erklärte Beth den Herren Nash und Foster, »und ich habe nichts dagegen, daß John Corey daran mitwirkt.«

»Schön«, sagte Mr. Foster.

Mr. Nash stimmte nicht zu, so daß ich vermutete, er habe Probleme damit, was ebenfalls schön war.

Beth wandte sich an Ted Nash. »Jetzt wissen wir also, für wen John Corey arbeitet – und für wen arbeiten *Sie*?«

Nash zögerte, dann sagte er: »CIA.«

»Danke.« Sie starrte George Foster und Ted Nash an. »Sollte einer von Ihnen nochmals den Tatort besuchen, ohne sich in die Liste eintragen zu lassen, benachrichtige ich den Staatsanwalt. Sie halten sich an sämtliche Vorschriften wie wir anderen auch, verstanden?«

Die beiden nickten. Natürlich war das nicht ihr Ernst.

Paul Stevens kam zurück. »Der Direktor ist vorläufig noch verhindert. Da ich von Chief Maxwell weiß, daß Sie die Insel sehen möchten, machen wir erst eine Rundfahrt. Bitte folgen …«

»Augenblick.« Ich zeigte auf *The Prune* und fragte: »Gehört die Ihnen?«

»Ja. Das ist ein Patrouillenboot.«

»Es ist aber nicht auf Patrouille.«

»Wir haben ein weiteres Boot im Einsatz.«

»Haben die Gordons hier mit ihrem Boot angelegt?«

»Ja. Also, kommen Sie bitte …«

»Gibt's auf der Insel auch Streifenfahrzeuge?« erkundigte ich mich.

Diese Ausfragerei war ihm offensichtlich unangenehm, aber er antwortete: »Ja, wir setzen auch Streifenfahrzeuge ein.« Dann fügte er ungeduldig hinzu: »Noch Fragen, Detective?«

»Ja. Ist es ungewöhnlich, daß Mitarbeiter mit dem eigenen Boot zur Arbeit kommen?«

Mr. Stevens ließ mehrere Sekunden verstreichen, bevor er sagte: »Solange nichts die Insel verlassen durfte, ist das verboten gewesen. Jetzt haben wir die Vorschriften etwas gelockert, so daß manche Angestellten gelegentlich mit dem eigenen Boot zur Arbeit kommen. Hauptsächlich im Sommer.«

»Haben Sie den Gordons erlaubt, mit ihrem Boot zur Arbeit zu kommen?«

»Die Gordons sind in verantwortlicher Position tätig und gewissenhafte Wissenschaftler gewesen«, antwortete er. »Solange sie sich an die Entkontaminierungsvorschriften gehalten und unsere Sicherheitsbestimmungen beachtet haben, hat's mich nicht gestört, daß sie mit dem eigenen Boot zur Arbeit kamen.«

»Ich verstehe. Sind Sie nie auf die Idee gekommen, die Gordons könnten ihr Boot dazu benutzen, tödliche Mikroorganismen hinauszuschmuggeln?«

Auch diesmal entstand eine kurze Pause, bevor er ausweichend antwortete: »Dies ist eine Forschungsstätte, kein Gefängnis. Meine Arbeit konzentriert sich vor allem darauf, Unbefugte von der Insel fernzuhalten. Wir haben Vertrauen zu unseren Leuten, aber um ganz sicherzugehen, sind sie vor der Einstellung alle vom FBI untersucht worden.« Mr. Stevens sah auf seine Uhr und fügte hinzu: »Wir wollen keine Zeit vergeuden. Folgen Sie mir.«

Wir folgten dem zeitbewußten Mr. Stevens zu einem weißen Kleinbus und stiegen ein. Der Fahrer trug die hellblaue Uniform der Wachmänner, und ich stellte fest, daß er mit einer Pistole bewaffnet war.

Ich setzte mich hinter den Fahrer und schlug mit der flachen Hand auf den Sitz neben mir, um Beth anzudeuten, er sei für sie bestimmt. Aber sie mußte meine Geste übersehen haben, denn sie setzte sich auf die andere Seite des Mittelgangs. Max saß direkt hinter mir, und die Herren Nash und Foster hatten weiter hinten je einen Doppelsitz.

Mr. Stevens blieb stehen. »Bevor wir das Hauptgebäude besuchen«, sagte er, »machen wir eine kleine Rundfahrt, damit Sie ein Gefühl für Plum Island bekommen und besser würdigen können, was es bedeutet, eine Insel dieser Größe mit ungefähr zehn Meilen Küstenlänge auch ohne Schutzzäune zu überwachen. Seit der Errichtung dieses Sperrgebiets ist es keinem Unbefugten gelungen, die Insel zu betreten.«

»Was für Waffen sehe ich in den Halftern Ihrer Wachleute?« fragte ich ihn.

»Das Heeresmodell der Colt-Pistole Kaliber fünfundvierzig«, antwortete Mr. Stevens. Er sah sich im Bus um und fragte: »Habe ich etwas Interessantes gesagt?«

»Wir glauben, daß die Tatwaffe eine Pistole Kaliber fünfundvierzig gewesen ist«, informierte Max ihn.

»Ich möchte Ihre Waffen kontrollieren und einzeln ballistisch untersuchen lassen«, sagte Beth.

Paul Stevens äußerte keine begeisterte Zustimmung.

»Wie viele dieser Pistolen gibt es hier?« fragte Beth.

»Zwanzig«, antwortete er.

»Tragen Sie selbst eine?« erkundigte Max sich.

Stevens tätschelte seinen blauen Blazer und nickte.

»Tragen Sie immer dieselbe Waffe?« fragte Beth weiter.

»Nein. Ich hole mir jeweils morgens eine aus der Waffenkammer.« Er starrte Beth an und sagte: »Das klingt wie eine Vernehmung.«

»Nein, Sie werden lediglich als Zeuge in eigener Sache befragt«, widersprach Beth. »Würden Sie vernommen, wären Sie darüber belehrt worden.«

»Vielleicht sollten wir Mr. Stevens weiterreden lassen«, schlug Mr. Nash vor. »Für Vernehmungen ist später noch Zeit.«

»Bitte weiter«, sagte Beth.

Mr. Stevens, der noch immer stand, fuhr fort: »Gut, dann hören Sie jetzt meinen kleinen Vortrag für Wissenschaftler, Würdenträger und Pressevertreter, die Plum Island besuchen.« Er warf einen Blick auf sein dämliches Schreibbrett und begann in leierndem Tonfall: »Plum Island ist rund dreihundertvierzig Hektar groß und besteht hauptsächlich aus Wald, Weideland und einem Exerzierplatz, den wir später sehen werden. Die Insel wird schon in den Logbüchern alter englischer und holländischer Segelschiffe erwähnt. Sie hat den Montauk-Indianern gehört, bis ein gewisser Samuel Wyllys sie im Jahr sechzehnhundertvierundfünfzig dem Häuptling Wyandanch abkaufte. Wyllys und andere Siedler nach ihm haben hier Rinder und Schafe weiden lassen, was eine Ironie des Schicksals ist, wenn man unsere heutige Nutzung der Insel bedenkt.«

Ich gähnte.

»Damals«, fuhr Stevens fort, »war die Insel nicht ständig bewohnt. Wie konnten die Siedler also dort ihr Vieh weiden? fragen Sie sich vielleicht. Nun, im sechzehnten und siebzehnten Jahrhundert war das Gatt zwischen Orient Point und Plum Island so seicht, daß das Vieh bei Niedrigwasser herübergetrieben werden konnte. Erst gegen Ende des siebzehnten Jahrhunderts hat ein Wirbelsturm das Gatt so vertieft, daß damit Schluß war. Aber seit Beginn der englischen Präsenz ist die Insel häufig von Piraten und Freibeutern besucht worden, die ihre Abgelegenheit zu schätzen wußten.«

Ich fühlte plötzlich Panik in mir aufsteigen. Ich war in diesem kleinen Bus mit einem monoton leiernden Schwachkopf gefangen, der erst im Jahre siebzehnhundert angelangt war, und der Scheißbus hatte sich noch nicht mal in Bewegung gesetzt, und ich kam hier nur raus, wenn ich mir den Weg freischoß. Was hatte ich verbrochen, daß ich das verdiente? Meine Tante June blickte vom Himmel auf mich herab und lachte sich schief. Ich glaubte, ihre Stimme zu hören: »Also, Johnny, wenn du noch weißt, was ich dir gestern über die Montauk-Indianer erzählt habe, kaufe ich dir ein Eis.« *Nein, nein, nein! AUFHÖREN!*

»Während der Revolution haben amerikanische Patrioten aus Connecticut von der Insel aus Überfälle auf die Tory-Hochburgen in Southold verübt«, fuhr Mr. Stevens fort. »Später hat George Washington, der die North Fork besucht hat ...«

Ich hielt mir die Ohren zu, aber ein leises Summen blieb trotzdem hörbar.

Schließlich hob ich meine Hand und fragte ihn: »Sind Sie Mitglied der Peconic Historical Society?«

»Nein, aber sie hat mir geholfen, diese kurze Geschichte der Insel zusammenzustellen.«

»Gibt's nicht eine Broschüre, die wir später lesen können, damit Sie sich den Vortrag für einen Kongreßabgeordneten aufheben können?«

»Ich finde das alles faszinierend«, sagte Beth Penrose.

Die Herren Nash und Foster murmelten zustimmend.

»Du bist überstimmt, John«, erklärte Max lachend.

Stevens lächelte mich erneut an. Was brachte mich auf die Idee, er hätte lieber seine Pistole gezogen und mich niedergeschossen? »Bitte noch etwas Geduld, Detective«, sagte er. »Wir müssen ohnehin noch ein bißchen Zeit totschlagen.« Als er weiterredete, merkte ich, daß er etwas rascher sprach. »Am Vorabend des Spanisch-Amerikanischen Krieges kaufte der Staat also rund fünfzig Hektar der Insel für Küstenbefestigungen, und Fort Terry wurde erbaut. Das verlassene Fort werden wir später besichtigen.«

Ich sah zu Beth hinüber, die wie gebannt an Stevens' Lippen

hing. Während ich Beth Penrose anstarrte, die wiederum Paul Stevens anstarrte, sah sie zu mir herüber, und unsere Blicke begegneten sich. Beth schien peinlich berührt, daß ich sie dabei ertappt hatte, wie sie zu mir herübersah; sie lächelte flüchtig und wandte sich erneut Stevens zu. Mein Herz setzte kurz aus. Ich war verliebt. Wieder einmal.

»Ich möchte darauf hinweisen«, dozierte Mr. Stevens weiter, »daß es auf der Insel praktisch unberührte historische Artefakte aus drei Jahrhunderten gibt. Wir sind im Augenblick mit der Peconic Historical Society im Gespräch, um eine Probegrabung durchzuführen. Übrigens«, fuhr er fort, »sind die Gordons Mitglieder dieser Gesellschaft gewesen, und es hat Kontakte zwischen PHS, Landwirtschaftsministerium und Archäologen der Stony Brook State University gegeben. Die Gordons und ich hatten bereits Grabungsstätten festgelegt, die unter Sicherheitsaspekten unbedenklich gewesen wären.«

Plötzlich interessierte mich dieser Vortrag. Seine Erwähnung der Peconic Historical Society hatte mich nachdenklich gemacht. Schon meine Tante war Mitglied der PHS gewesen, deren Handzettel und Broschüren überall auflagen; die Gesellschaft veranstaltete außerdem Lesungen, Vorträge, Cocktailpartys und dergleichen, um Geld zu sammeln – alles ganz normal. Dann treten die Gordons, die Plymouth Rock nicht von Scotch on the rocks unterscheiden können, in die PHS ein, und jetzt erwähnt Oberführer Stevens sie in seinem Vortrag. Interessant.

Mr. Stevens schwatzte weiter: »Als die Vereinigten Staaten im Jahre neunzehnhundertneunundzwanzig von einem verheerenden Ausbruch der Maul- und Klauenseuche heimgesucht wurden, hat das Landwirtschaftsministerium seine erste Station auf der Insel eingerichtet. Damit beginnt die moderne Geschichte von Plum Island in bezug auf seine gegenwärtige Nutzung. Noch Fragen?«

Ich hätte einige Fragen zur Herumschnüffelei der Gordons in einsamen Gebieten der Insel gehabt. Die beiden waren clever gewesen. Das Motorboot, dann die Peconic Historical Society, dann ihr Interesse für archäologische Grabungen, damit sie die Insel erkunden konnten. Natürlich konnte das alles Zufall sein, aber ich glaube nicht an Zufälle. Ich konnte nicht glauben, daß unterbezahlte Wissenschaftler aus dem Mittleren Westen sich oft für teure Rennboote, Ausgrabungen und einheimische Geschichte interessieren. Diese Dinge paßten nicht zu den finanziellen Mitteln, der Persönlichkeit, dem Temperament oder den früheren Interessen von Tom und Judy Gordon. Leider konnte ich Mr. Stevens keine direkten Fragen stellen, ohne mehr preiszugeben, als ich vermutlich erfahren würde.

Mr. Stevens sprach jetzt über das Landwirtschaftsministerium, so daß ich mich unbesorgt ausblenden und in Ruhe nachdenken konnte. Bevor das archäologische Interesse der Gordons erwähnt worden war, hatte Stevens etwas gesagt, das in meinem Gehirn ein *Ping!* ausgelöst hatte – als würde ein Sonarimpuls von einem Unterwasserziel zurückgeworfen. *Ping!* Irgend etwas hatte diese Rückmeldung ausgelöst, aber ich hatte mich so entsetzlich gelangweilt, daß ich sie überhört hatte. Und jetzt konnte ich mich nicht daran erinnern, was dieses *Ping!* ausgelöst hatte.

»Gut, dann fahren wir jetzt ein bißchen auf der Insel spazieren«, kündigte Mr. Stevens an.

Der Fahrer wachte auf und ließ den Kleinbus anrollen. Die Straße war tadellos instand gehalten, aber mir fiel auf, daß außer uns niemand darauf unterwegs war.

Wir machten eine Rundfahrt um das riesige Hauptgebäude, und Mr. Stevens zeigte uns den Wasserturm, die Kläranlage, das Kraftwerk und die Werkstätten. Außer dem neuen Laborkomplex waren fast alle hiesigen Bauten, von denen die meisten leerstanden, ehemalige Militärgebäude in Klinker oder Stahlbeton. Insgesamt mußte Plum Island ein großer Standort gewesen sein – eine der Festungen, die New York City vor einer feindlichen Flotte hatte schützen sollen, die dann nie aufgekreuzt war.

Wir erreichten eine Gruppe von Stahlbetonbauten, zwischen denen betonierte Gehwege verliefen, in deren Ritzen bereits Gras wucherte. »Das große Gebäude heißt zweihundertsiebenundfünfzig – nach seiner Gebäudenummer bei der Army«, erklärte Stevens. »Bis vor wenigen Jahren ist es unser Hauptlabor gewesen. Nach dem Umzug haben wir es mit Giftgas entkontaminiert und dann für den Fall, daß doch noch etwas darin lebt, für immer versiegelt.«

Es herrschte sekundenlang Schweigen, bis Max sich erkundigte: »Sind dort nicht mal irgendwelche Krankheitskeime ausgetreten?«

»Das ist vor meiner Zeit gewesen.« Stevens sah mich an und lächelte sein wächsernes Lächeln. »Falls Sie sich darin umsehen möchten, Detective, kann ich Ihnen den Schlüssel besorgen?«

Ich erwiderte sein Lächeln und fragte: »Darf ich denn allein hinein?«

»Zweihundertsiebenundfünfzig können Sie *nur* allein betreten. Sie werden niemanden finden, der mit Ihnen hineingeht.«

Als der Bus etwas näher an 257 heranfuhr, sah ich, daß jemand mit schwarzer Farbe einen riesigen Totenkopf mit gekreuzten Knochen an die Wand neben den Eingang gemalt hatte. Mir fiel ein, daß dieses Symbol zwei Bedeutungen hatte: Es befand sich auf der Piratenflagge, die ich am Fahnenmast der Gordons gesehen hatte, außerdem war es das Zeichen für Gift und Verseuchung. Ich starrte den Totenkopf an der weißen Wand an, und als ich mich abwandte und wieder zu Stevens hinübersah, war sein Gesicht von dem Totenkopf überlagert – und beide schienen höhnisch zu grinsen. Ich rieb mir die Augen, bis diese optische Täuschung verschwand. Himmel, das war echt unheimlich gewesen!

»Im Jahre neunzehnhundertsechsundvierzig hat der Kongreß die Mittel für den Bau einer Forschungsstätte bewilligt«, fuhr Stevens fort. »Gesetzlich ist festgelegt, daß bestimmte ansteckende Krankheiten nicht auf dem amerikanischen Festland erforscht werden dürfen. Diese Bestimmung stammt aus einer Zeit, als die technischen Abschottungsmöglichkeiten noch nicht auf dem heutigen Stand waren. Deshalb war Plum Island, das schon damals Staatsbesitz war, der logische Standort für ein Labor zur Erforschung seltener Tierkrankheiten.«

»Soll das heißen, daß hier nur Tierkrankheiten erforscht werden?« fragte ich ihn.

»Ganz richtig.«

»Mr. Stevens, obwohl wir entsetzt wären, wenn die Gordons Maul- und Klauenseucheviren gestohlen hätten, mit denen die Viehbestände der USA, Kanadas und Mexikos ausgerottet werden könnten, sind wir alle aus einem anderen Grund hier. Existieren im Forschungslabor Plum Island übertragbare Krankheiten, mit denen sich Menschen infizieren könnten?«

Er sah mich an und antwortete: »Das müssen Sie unseren Direktor Dr. Zollner fragen.«

»Ich frage aber Sie.«

Stevens überlegte kurz. »Dazu will ich nur folgendes sagen: Weil sich das Landwirtschaftsministerium die Insel eine Zeitlang mit der Army geteilt hat, hat es immer wieder Spekulationen und Gerüchte gegeben, Plum Island sei Zentrum für biologische Kriegführung. Aber das wissen Sie vermutlich alle.«

»Es gibt mehr als genug Beweise dafür, daß das Army Chemical Corps hier auf dem Höhepunkt des kalten Krieges biologische Waffen entwickelt hat, um die gesamte Bevölkerung der Sowjetunion auszurotten«, erklärte Max. »Sogar ich weiß, daß Milzbrand und andere Tierseuchen als biologische Waffen gegen Menschen eingesetzt werden können. Und Sie wissen das natürlich erst recht.«

Paul Stevens räusperte sich. »Damit wollte ich nicht behaupten, hier sei *niemals* auf dem Gebiet der biologischen Kriegführung geforscht worden«, erklärte er. »Anfang der fünfziger Jahre hat es hier solche Projekte gegeben, aber im Jahre vierundfünfzig ist von Offensiv- auf Defensivmaßnahmen umgestellt worden. Das bedeutet, daß die Army nur noch Abwehrmittel gegen eine bewußte Infizierung unserer Viehbestände durch die andere Seite erforscht hat. Die Russen haben erst vor ein paar Jahren ein Team aus Fachleuten für biologische Kriegführung zu uns geschickt, das absolut nichts Beunruhigendes gefunden hat.«

Ich hatte schon immer den Verdacht, solche Inspektionsbesuche hätten Ähnlichkeit mit einer Tatortbesichtigung unter Führung des Mordverdächtigen. *Nein, Detective, dieser Einbauschrank enthält nichts Interessantes. Kommen Sie, ich zeige Ihnen jetzt meine Veranda.*

Der Bus bog auf eine schmale Schotterstraße ab, und Mr. Stevens beendete seine Ausführungen mit den Worten: »Seit Mitte der fünfziger Jahre ist Plum Island zweifellos die bedeutendste Forschungsstätte der Welt zur Erforschung, Bekämpfung und Prävention von Tierkrankheiten.« Er sah mich an. »Na, so schlimm war's doch wohl nicht, Detective Corey?«

»Ich habe schon Schlimmeres überlebt.«

»Gut. Dann wollen wir jetzt die Geschichte hinter uns lassen und einige Sehenswürdigkeiten besichtigen. Vor uns steht der alte Leuchtturm, dessen noch älterer Vorgänger auf George Washington zurückgeht. Das jetzige Bauwerk stammt aus der Mitte des neunzehnten Jahrhunderts. Der Leuchtturm ist nicht mehr in Betrieb und steht unter Denkmalschutz.«

Ich betrachtete das auf einer Wiese stehende alte Steingebäude. Der Leuchtturm war eher ein einstöckiges Haus mit einem Turm auf dem Dach. »Wird er zu Beobachtungszwecken genutzt?« erkundigte ich mich.

Stevens sah mich an und sagte: »Immer im Dienst, was? Nun, ich schicke manchmal Leute mit Fernrohren oder Nachtsichtgeräten hinauf, wenn das Wetter keine Hubschrauber- oder Bootspatrouillen zuläßt. Dann ist eine lückenlose Überwachung nur von dort oben möglich. Möchten Sie noch mehr über den Leuchtturm wissen?«

»Danke, das wär's vorläufig.«

Der Bus bog auf eine weitere Schotterstraße ab. Wir fuhren jetzt in östlicher Richtung entlang der Nordküste der Insel, so daß wir links von uns den Long Island Sound und rechts von uns knorrige Bäume hatten. Der schöne Sandstrand zwischen den Felsen wirkte geradezu jungfräulich; wären unser Bus und die Straße nicht gewesen, hätte man sich vorstellen können, man sei im frühen siebzehnten Jahrhundert als Engländer oder Holländer als erster an dieser Küste gelandet, schreite nun den Strand ab und überlege sich dabei, wie man die Indianer um die Insel bescheißen könnte. *Ping!*

Da war es wieder. Aber was steckte dahinter? Manchmal war es besser, sein Unterbewußtsein arbeiten zu lassen, ohne zu grübeln.

Stevens schwatzte über Ökologie und das Bestreben, die Insel möglichst unberührt und wild zu erhalten, und während er bei diesem Thema war, überflog uns der Hubschrauber, um Hirsche aufzuspüren und abzuknallen.

Die Straße verlief weiterhin entlang der Küste, und obwohl es nicht viel zu sehen gab, beeindruckte mich die Einsamkeit dieser Landschaft. Ich stellte mir vor, daß hier niemand lebte und man weder am Strand noch auf den Straßen, die anscheinend ins Nichts führten und außer der Verbindung zwischen Fähre und

Hauptgebäude keinen erkennbaren Zweck hatten, wahrscheinlich keiner Menschenseele begegnet wäre.

Als sei er Gedankenleser, sagte Mr. Stevens: »Diese Straßen sind alle von der Army gebaut worden, um Fort Terry mit den Küstenbatterien zu verbinden. Heute werden sie nur noch von den Hirschpatrouillen benutzt. Seit wir die Forschungseinrichtungen in einem einzigen Gebäude konzentriert haben, ist die Insel weitgehend menschenleer.«

Mir war klar, daß die Hirschpatrouillen natürlich mit den Sicherheitspatrouillen identisch waren. Auch die Hubschrauber und Patrouillenboote suchten nicht nur schwimmende Hirsche, sondern hielten Ausschau nach Terroristen und anderen finsteren Gestalten. Ich hatte das beunruhigende Gefühl, die hiesigen Sicherheitsmaßnahmen seien keineswegs perfekt. Aber das ging mich nichts an, denn ich war aus anderen Gründen hier.

Bisher hatte Plum Island sich als weniger unheimlich erwiesen, als ich erwartet hatte. Ich hatte nicht recht gewußt, *was* ich erwarten sollte, aber wie viele Orte, denen ein bedrohlicher Ruf vorangeht, wirkte die Insel nicht so schlimm, wenn man sie erst einmal genauer betrachtete.

»Woher wissen Segler und Motorbootfahrer, daß sie hier nicht anlegen dürfen?« fragte Beth.

»Auf allen Karten und Seekarten ist die Insel als Sperrgebiet ausgewiesen«, erklärte Mr. Stevens ihr. »Außerdem stehen an allen Stränden Warntafeln. Und die Patrouillen kümmern sich um ankernde oder am Strand liegende Boote.«

»Was machen Sie mit Leuten, die trotzdem unbefugt auf die Insel kommen?« fragte Beth weiter.

»Sie werden nachdrücklich verwarnt und aufgefordert, die Insel und ihre nähere Umgebung in Zukunft zu meiden«, antwortete Stevens. »Wiederholungstäter werden festgenommen und Chief Maxwell übergeben.« Er sah zu Max hinüber. »Richtig?«

»Richtig. Das sind jedes Jahr ein bis zwei Leute.«

Paul Stevens versuchte, einen Scherz zu machen, indem er sagte: »Nur Hirsche werden ohne Anruf erschossen.« Dann fügte er ernsthaft hinzu: »Selbst wenn Unbefugte auf die Insel kommen, liegt nicht gleich ein schwerer Verstoß gegen Sicherheitsvorschriften oder eine Gefährdung unserer Forschungseinrichtungen vor. Wie ich schon sagte, möchte ich nicht den Eindruck erwecken, die Insel sei verseucht. Zum Beispiel ist dieser Bus kein speziell gesichertes Fahrzeug. Aber allein wegen der räumlichen Nähe zu den abgeschlossenen Labors sind wir bestrebt, Unbefugte und Tiere fernzuhalten.«

Das weckte meinen Widerspruchsgeist. »Soviel ich sehe, Mr. Stevens«, sagte ich, »könnte jeder Terrorist nachts mit einem Boot auf die Insel kommen, ihre paar Wachmänner ausschalten und alle möglichen schlimmen Dinge aus den Labors erbeuten oder den ganzen Laden in die Luft jagen und tödliche Krankheitserreger freisetzen. Ist die Bay im Winter zugefroren, brauchte er nicht mal ein Boot – dann sind Sie mit dem Festland verbunden.«

»Ich kann Ihnen nur sagen«, antwortete Mr. Stevens, »daß unsere Sicherheitsvorkehrungen umfassender sind, als man auf den ersten Blick sieht.«

»Das will ich hoffen.«

»Darauf können Sie Gift nehmen.« Er sah mich an und schlug vor: »Wollen Sie's nicht irgendwann bei Nacht versuchen?«

»Ich wette hundert Dollar, daß ich unbemerkt in Ihr Büro eindringen und Ihr High-School-Diplom von der Wand klauen könnte«, antwortete ich sofort.

Mr. Stevens, dessen wächsernes Gesicht völlig ausdruckslos blieb, starrte mich bloß an. *Gruselig.*

»Hören Sie, ich will Ihnen die Frage stellen, die wir alle gern beantwortet haben möchten: Hätten Tom und Judy Gordon Gelegenheit gehabt, aus ihrem Labor entwendete Mikroorganismen von der Insel zu schmuggeln?«

»Theoretisch ja«, antwortete Paul Stevens.

Niemand sagte ein Wort, aber ich sah, daß unser Busfahrer sich kurz umsah und trocken schluckte.

»Aber weshalb hätten sie das tun sollen?« fragte Mr. Stevens.

»Geld«, sagte ich lakonisch.

Er schüttelte den Kopf. »Das wäre ganz gegen ihre sonstige Art gewesen. Sie haben Tiere gern gehabt. Warum hätten sie Tiere ausrotten sollen?«

»Vielleicht wollten Sie die *Menschheit* ausrotten, damit die Tiere in Frieden leben können.«

Mr. Stevens schüttelte nochmals den Kopf. »Lächerlich! Die Gordons haben von hier nichts mitgenommen, was irgendeinem Lebewesen hätte schaden können. Darauf würde ich meinen Job verwetten.«

»Das haben Sie bereits getan. Und Ihr Leben dazu.«

Mir fiel auf, daß Ted Nash und George Foster sich ziemlich still verhielten. Offenbar waren sie lange vor uns eingehend informiert worden und fürchteten jetzt, sich durch Insiderwissen zu verraten.

Mr. Stevens richtete den Blick wieder nach vorn. »Gleich erreichen wir Fort Terry«, kündigte er an. »Hier können wir aussteigen und uns ein bißchen umsehen.«

Der Bus hielt, und wir stiegen alle aus.

9. Kapitel

Der Morgen war schön, und hier in der Mitte der Insel schien die Sonne wärmer. Paul Stevens führte uns durch das Fort.

Fort Terry, das keine Wälle hatte, erinnerte an eine Geisterstadt. Mit dem Klinkerbau des ehemaligen Gefängnisses, seinem alten Kasino, einem weitläufigen einstöckigen Gebäude mit Veranda, der Kommandantenvilla, mehreren weiteren Bauten aus der Zeit um die Jahrhundertwende und seiner weißen Holzkapelle auf einem Hügel war es unerwartet malerisch.

Mr. Stevens zeigte auf einen weiteren Klinkerbau. »Das ist das einzige jetzt noch benutzte Gebäude – das Feuerwehrhaus«, sagte er.

»Ziemlich weit vom Labor entfernt«, stellte Max fest.

»Ja, aber das neue Labor ist praktisch feuerfest und hat ein sehr wirkungsvolles Löschsystem. Die hier stationierten Löschfahrzeuge werden hauptsächlich gegen Buschbrände und zur Brandbekämpfung in Gebäuden außerhalb der geschlossenen Anlage eingesetzt.«

Max, der sein ganzes bisheriges Leben in Luv oder Lee dieser Insel verbracht hatte, sagte zu Stevens: »Aber ein Brand oder ein Hurrikan könnte die Stromversorgung der Filteranlagen des Labors unterbrechen. Richtig?«

»Möglich ist alles«, antwortete Mr. Stevens und fügte dann hinzu: »Viele Leute leben in der Nähe von Kernkraftwerken. Das ist die moderne Welt – voller unvorstellbarer Schrecken, voller atomarer, biologischer und chemischer Alpträume, die nur darauf warten, für die nächste dominierende Art reinen Tisch zu machen.«

Ich betrachtete Paul Stevens mit neuem Interesse. Anscheinend war er nicht ganz richtig im Kopf.

Vor den Kasernengebäuden erstreckte sich eine frischgemähte

Rasenfläche bis fast hinunter zum Meer. »Das ist der frühere Exerzierplatz«, erklärte Mr. Stevens. »Wir mähen das Gras, damit die in den Rasen eingelassenen großen Betonbuchstaben aus der Luft sichtbar sind. Dort steht ›Plum Island – Sperrgebiet‹. Wir wollen nicht, daß hier Sportflugzeuge landen.« Er machte wieder einen kleinen Scherz. »Diese Warnung hält uns fliegende Terroristen vom Hals.«

Wir setzten unseren Rundgang fort. »Vor dem Bau des neuen Gebäudes sind viele Verwaltungsstellen hier in Fort Terry untergebracht gewesen«, sagte Mr. Stevens. »Jetzt befindet sich praktisch alles – Labors, Sicherheitszentrale, Lagerräume, Verwaltung und Stallungen – unter einem Dach, was aus Sicherheitsgründen vorteilhaft ist.« Er wandte sich an mich und fügte hinzu: »Selbst wenn Unbefugte auf die Insel kämen, ist das Hauptgebäude buchstäblich uneinnehmbar.«

»Sie führen mich echt in Versuchung«, witzelte ich.

Mr. Stevens lächelte nochmals. Ich liebte es, wenn er mich anlächelte. »Zu Ihrer Information«, sagte er, »ich habe ein Abschlußdiplom der Michigan State University, das in meinem Büro an der Wand hinter dem Schreibtisch hängt. Aber Sie werden es nie zu sehen bekommen.«

Ich erwiderte sein Lächeln. Es macht richtig Spaß, Leute zu ärgern, die ich nicht leiden kann. Ich mochte Max, ich mochte George Foster, ich liebte Beth, aber Ted Nash und Paul Stevens konnte ich nicht ausstehen. An sich nicht übel, drei von fünf Anwesenden zu mögen – oder vier von sechs, wenn ich mich selbst mitzählte. Jedenfalls werde ich Lügnern, Dummköpfen, Verbohrten und Machtbesessenen gegenüber immer intoleranter. Irgendwie kam es mir so vor, als sei ich vor meiner Verwundung toleranter gewesen. Irgendwann muß ich Dom Fanelli danach fragen.

Der ehemalige Exerzierplatz endete an einem steilen Abhang über einem felsigen Strand, und wir blieben dort stehen, um aufs Meer zu schauen. Die Aussicht war atemberaubend, aber sie unterstrich nur die Einsamkeit der Insel. Dies mußte ein sehr abgelegener Dienstort gewesen sein, ein äußerst langweiliger Vorposten, auf dem man kaum etwas anderes tun konnte, als die See zu beobachten. Vermutlich hätten die hier stationierten Artilleristen den Anblick einer feindlichen Armada begrüßt.

»Dort unten am Strand versammeln sich jedes Jahr im Spätherbst die Seehunde«, berichtete Stevens.

»Erschießen Sie die auch?« fragte ich ihn.

»Natürlich nicht. Solange sie am Strand bleiben.«

Auf dem Rückweg vom Strand machte Stevens uns auf einen am Rand des Exerzierplatzes stehenden Felsblock aufmerksam. In einem Spalt des Felsblocks steckte eine rostige Kanonenkugel. »Die stammt aus dem Unabhängigkeitskrieg – britisch oder amerikanisch«, erklärte er uns. »Sie gehört zu den hiesigen Funden der Gordons.«

»Wo haben die beiden sie entdeckt?«

»Vermutlich irgendwo in der Nähe. Sie haben viel am Seehundstrand und auf dem Exerzierplatz gegraben.«

»Tatsächlich?«

»Sie hatten eine Art sechsten Sinn für die richtigen Stellen. Sie haben genügend Musketenkugeln ausgegraben, um ein ganzes Regiment zu bewaffnen.«

»Ach, wirklich?« Nur weiter so, Mr. Stevens.

»Sie haben dazu einen dieser Metalldetektoren benutzt.«

»Gute Idee.«

»Jedenfalls ein interessantes Hobby.«

»Ja, das stimmt. Meine Tante hat oft nach Altertümern gegraben. Ich habe gar nicht gewußt, daß die Gordons auch Grabungen unternommen haben. Sie haben mir ihre Funde nie gezeigt.«

»Nun, sie haben alle auf der Insel lassen müssen.«

»Wegen der Verseuchung?«

»Nein, weil die Insel dem Staat gehört.«

Das war interessant, und ich merkte, daß Nash und Foster ebenfalls zuhörten, was mir nicht recht war. Deshalb wechselte ich rasch das Thema. »Unser Busfahrer versucht Ihre Aufmerksamkeit zu erregen, glaube ich«, teilte ich Mr. Stevens mit.

Mr. Stevens sah zu dem Kleinbus hinüber, aber der Fahrer beobachtete nur eine über ihn hinwegfliegende Schar Graugänse. Nach einem Blick auf seine Uhr sagte Stevens: »Gut, wir wollen uns den Rest der Insel ansehen, bevor Sie Dr. Zollner treffen.«

Wir stiegen in den Bus und fuhren der aufgehenden Sonne entgegen auf die Landzunge zu, die den vorstehenden Knochen des Schweinekoteletts bildete, dem Plum Island glich. Der Strand war herrlich: ein etwa zwei Meilen langer, makellos sauberer, von keinem Menschen betretener Sandstreifen am blauen Long Island Sound. Keiner von uns sprach angesichts dieses majestätischen Naturschauspiels. Nicht mal ich.

Stevens, der wie zuvor stand, sah mehrmals zu mir herüber, und ich lächelte ihn an. Er erwiderte mein Lächeln. Aber wir lächelten nicht richtig freundlich.

Dann hielt der Bus am schmal auslaufenden Ende der Insel. »Weiter können wir nicht fahren«, ließ Mr. Stevens uns wissen. »Ab hier gehen wir zu Fuß.«

Wir stiegen aus und fanden uns mitten in einer höchst erstaunlichen Ruine wieder. Wohin ich auch blickte, sah ich mit Ranken und Buschwerk überwucherte massive Festungsbauten aus Stahlbeton: MG-Nester, Bunker, Geschützstellungen, Munitionsmagazine, Tunnels, gemauerte und betonierte Verbindungsgänge und gewaltige, meterdicke Wälle mit rostigen Eisentüren.

»Einer dieser Tunnels führt zu einem Geheimlabor«, sagte Mr. Stevens, »in dem internierte Nazi-Wissenschaftler noch immer daran arbeiten, ein unzerstörbares Supervirus zu entwickeln, das die gesamte Menschheit ausrotten kann.«

Er ließ das Gesagte einige Sekunden lang einwirken, bevor er hinzufügte: »In einem weiteren unterirdischen Labor bewahren wir die sterblichen Überreste der vier Außerirdischen auf, die beim Absturz ihres UFOs in Roswell, New Mexico, ums Leben kamen.«

Danach herrschte erneut Schweigen, bis ich fragte: »Können wir die Nazi-Wissenschaftler zuerst sehen?«

Alle lachten – gewissermaßen.

Mr. Stevens lächelte sein gewinnendes Lächeln. »Das sind nur zwei der völlig absurden Mythen, die sich um Plum Island ranken«, erklärte er uns. »Immer wieder melden angebliche Augenzeugen, auf unserem Exerzierplatz seien nach Mitternacht rätselhafte Flugobjekte gestartet oder gelandet. Andere Leute behaupten, Aids und auch die Lyme-Borreliose stammten von hier.« Er sah sich um, dann fuhr er fort: »Wahrscheinlich regen diese alten Festungsanlagen mit ihren unterirdischen Gängen und Kasematten die Phantasie an. Wenn Sie wollen, dürfen Sie sich ruhig darin umsehen. Gehen Sie, wohin Sie wollen. Sollten Sie auf Außerirdische stoßen, sagen Sie's mir bitte.« Er lächelte wieder. Sein Lächeln war wirklich so unheimlich, daß ich mich fragte, ob vielleicht er ein Außerirdischer war. Mr. Stevens gab eine letzte Anweisung: »Aber wir müssen natürlich trotzdem zusammenbleiben. Ich muß Sie alle ständig im Auge haben.«

Das paßte zwar nicht recht zu »Gehen Sie, wohin Sie wollen«, aber es war immerhin eine Art Freibrief. Also verwandelten John, Max, Beth, Ted und George sich wieder in Jugendliche, die Spaß daran hatten, über Ruinen zu klettern, Treppen hinaufzusteigen und durch Schießscharten zu schauen, während Mr. Stevens sie überall beaufsichtigte. An einer Stelle führte eine lange gepflasterte Schräge zu Eisentoren hinunter. Die Tore standen offen, und wir traten vorsichtig ein. Drinnen war es dunkel, kühl und muffig feucht – wahrscheinlich ein ideales Klima für allerhand Ungeziefer.

»Von hier aus gelangt man in ein riesiges Munitionslager«, erklärte Mr. Stevens. Seine Stimme hallte in dem schwarzen Nichts wider. »Hier auf der Insel hat es eine Schmalspurbahn zum Transport von Pulver und Granaten vom Hafen zu diesen unterirdischen Magazinen gegeben. Ein sehr komplexes und weitverzweigtes System. Aber wie Sie selbst sehen, ist es längst außer Betrieb. Diese Katakomben enthalten keine Geheimnisse. Hätte ich eine Taschenlampe mitgebracht, könnten wir weiter hineingehen, damit Sie selbst sehen, daß hier niemand arbeitet, spielt oder gefangengehalten wird.«

»Wo sind dann die Nazis und die Außerirdischen?« erkundigte ich mich.

»Die habe ich vorübergehend im Leuchtturm untergebracht«, antwortete Mr. Stevens.

Ich fragte weiter: »Aber Sie verstehen unsere Sorge, die Gordons könnten in dieser Umgebung heimlich ein Labor eingerichtet haben?«

»Wie ich bereits sagte, verdächtige ich die Gordons in keiner Weise«, erwiderte Mr. Stevens. »Aber seit ihrer Ermordung durchsuchen meine Leute den gesamten Komplex. Außerdem stehen auf der Insel etwa neunzig verlassene ehemalige Militärgebäude. Wir haben also viel zu durchsuchen.«

»Lassen Sie den Busfahrer ein paar Taschenlampen holen«, schlug ich vor. »Ich möchte mich hier unten umsehen.«

Nach kurzer Pause antwortete Stevens: »Nach Ihrer Besprechung mit Dr. Zollner können wir, wenn Sie wollen, gern zurückkommen und die Kasematten besichtigen.«

Wir gingen wieder in die Sonne hinaus. »Folgen Sie mir«, forderte Stevens uns auf.

Wir folgten ihm und erreichten eine zur Ostspitze der Insel führende schmale Straße. »Wenn Sie sich umsehen, sehen Sie weitere Geschützstellungen«, sagte Stevens unterwegs. »Früher haben wir die Räume innerhalb dieser kreisrunden Wälle als Viehstallungen benutzt, aber jetzt sind alle Tiere im Hauptkomplex untergebracht.«

»Das klingt grausam«, warf Beth ein.

»Es ist sicherer«, antwortete Mr. Stevens.

Schließlich erreichten wir die Ostspitze der Insel, wo die Klippen zwölf bis fünfzehn Meter hoch über einem Felsstrand aufragten. Die fortschreitende Erosion hatte einen Betonbunker zum Einsturz gebracht, dessen Trümmer nun teilweise im Wasser lagen.

Von dort aus hatte man eine prachtvolle Aussicht bis zur schwach sichtbaren Küste Connecticuts, während in etwa zwei Meilen Entfernung die Felseninsel Great Gull Island lag.

Stevens zeigte nach Süden. »Sehen Sie die Felsen dort drüben?« fragte er. »Die dienten früher als Artillerie- und Bombenziel. Wegen der vielen dort liegenden Blindgänger machen Boote lieber einen weiten Bogen um dieses Gebiet. Hinter den Felsen ist die Nordküste von Gardiners Island zu sehen, die der Familie Gardiner gehört und nicht öffentlich zugänglich ist. Hinter Great Gull Island liegt Fishers Island, das im siebzehnten Jahrhundert wie Plum Island ein Piratenschlupfwinkel war.«

Plötzlich sahen wir eines der Patrouillenboote um die Inselspitze biegen. Die dreiköpfige Besatzung erspähte uns, und einer der Männer hob sein Fernglas. Er winkte, weil er Paul Stevens erkannte, und Stevens erwiderte sein Winken.

Ich blickte auf den Strand hinunter und stellte fest, daß der Sand hier waagrechte rote Streifen aufwies – wie ein weißer Kuchen mit Erdbeerfüllung.

Hinter uns ertönte eine Stimme, und ich sah den Busfahrer die schmale Straße entlangkommen. Stevens forderte uns auf: »Bleiben Sie bitte hier.« Er ging dem Mann entgegen, der ihm ein Mobiltelefon übergab. Dies war der Augenblick, in dem der Führer verschwindet und wir den Bus wegfahren sehen, während Bond allein mit der jungen Frau zurückbleibt, aber dann kommen Froschmänner mit Maschinenpistolen aus dem Wasser und eröffnen das Feuer, während ein Hubschrauber …

»Detective Corey?«

Ich sah zu Beth hinüber. »Ja?«

»Welchen Eindruck haben Sie bisher?«

Ich sah Max, Nash und Foster über die Geschützstellungen klettern und hörte sie als echte Machos über Kaliber, Schußweiten und dergleichen diskutieren.

Ich war mit Beth allein. »Ich finde Sie umwerfend«, antwortete ich.

»Was halten Sie von Paul Stevens?«

»Spinner.«

»Was halten Sie davon, was wir bisher gehört und gesehen haben?«

»Standardtour. Aber zwischendurch erfährt man doch etwas Neues.«

Sie nickte, dann fragte sie: »Was ist mit diesen Ausgrabungen? Haben Sie davon gewußt?«

»Nein. Ich habe von der Peconic Historical Society gehört, aber nie von Ausgrabungen auf der Insel. Die Gordons haben mir übrigens auch nie erzählt, daß sie ein Stück wertloses Land mit Blick über die Meerenge gekauft hatten.«

»Was für ein Stück wertloses Land?«

»Das erzähle ich Ihnen später. Es gibt alle möglichen Hinweise, wissen Sie, die vielleicht auf Drogenschmuggel hindeuten – aber vielleicht auch nicht. Hier geht irgendwas anderes vor … Haben Sie schon mal ein *Ping!* in Ihrem Kopf gehört?«

»Nicht in letzter Zeit. Und Sie?«

»Yeah. Klingt wie ein Sonarsignal.«

»Klingt nach Dienstunfähigkeit, finde ich.«

»Nein, der Sonarstrahl hat irgend etwas getroffen, und das Echo kommt zurück, *Ping!*«

»Heben Sie die Hand, wenn Sie's wieder mal hören.«

»Wird gemacht. Ich soll mich hier erholen, und Sie lassen mir keine Ruhe mehr, seit ich Sie kennengelernt habe.«

»Gleichfalls.« Sie wechselte das Thema. »Wissen Sie, die Insel wird nicht so gut bewacht, wie ich wegen ihres Gefahrenpotentials gedacht hätte. Stünde hier ein Kernkraftwerk, wäre viel mehr Wachpersonal zu sehen.«

»Yeah. Die Abschirmung nach außen taugt nicht viel, aber vielleicht wird das Labor besser bewacht. Und vielleicht hat Stevens recht, wenn er behauptet, daß die Überwachung intensiver ist, als man auf den ersten Blick meint. Trotzdem habe ich das Gefühl, Tom und Judy hätten alles von hier fortschaffen können, wenn sie nur gewollt hätten. Wir können nur hoffen, daß sie nicht gewollt haben.«

»Nun, ich glaube, daß wir noch heute oder spätestens morgen erfahren werden, daß sie etwas gestohlen haben, und auch was.«

»Wie meinen Sie das?« erkundigte ich mich.

»Das erzähle ich Ihnen später«, antwortete sie.

»Erzählen Sie's mir heute beim Abendessen?«

»Irgendwann muß ich es wohl hinter mich bringen.«

»So schlimm ist's garantiert nicht.«

»Ich habe einen sechsten Sinn für scheußliche Verabredungen.«

»Ich bin wirklich harmlos. Ich habe noch bei keiner Verabredung die Pistole gezogen.«

»Es gibt also noch Kavaliere.«

Beth drehte sich um, machte ein paar Schritte, blieb am Rand der Klippe stehen und blickte aufs Meer hinaus. Der Wind zerzauste ihr Haar, und vor dem Himmel mit weißen Wolken und segelnden Möwen, mit Sonne, Wasser und allem übrigen sah sie wie eine Reklame für Plum Island aus. Ich stellte sie mir in dieser Pose nackt vor.

Mr. Stevens kehrte von seinem Telefongespräch zurück. »Wir können jetzt zum Bus zurückgehen«, sagte er.

Wir folgten der parallel zu den Klippen verlaufenden Straße. Nach wenigen Minuten befanden wir uns wieder zwischen den ehemaligen Befestigungsanlagen.

Mir fiel auf, daß an einem Steilhang unterhalb einer Geschützstellung ein kleiner Erdrutsch frisches Erdreich freigelegt hatte. Die oberste Lage bestand aus organischem Kompost, was normal war, und darunter kam weißer Sand zum Vorschein, was ebenfalls normal war. Aber die nächste Schicht war ein rostroter Streifen, und darunter folgte nochmals weißer Sand, der wie unten am Strand in einen weiteren rostroten Streifen überging. »Bin gleich wieder da.«

»Verlaufen Sie sich nicht«, ermahnte Mr. Stevens mich. Das klang nur halb scherzhaft.

Ich ging um den Hügel herum, hob ein Stück trockenes Holz auf und fing an, im grasbewachsenen Steilhang zu scharren. Unter der Erdschicht kamen auch hier weiße und rote Streifen zum Vorschein. Als ich hineingriff, erwies sich die rötlichbraune Schicht als eine Mischung aus Ton, Sand und vermutlich Eisenoxid. Sie sah dem Zeug in den Sohlenrillen von Tom und Judys Schuhen verdammt ähnlich. Interessant.

Ich steckte eine Handvoll in meine Hosentasche. Als ich mich umdrehte, stand Stevens hinter mir und beobachtete mich.

»Ich dachte, ich hätte erwähnt«, sagte er, »daß nichts die Insel verlassen darf.«

»Richtig, davon haben Sie gesprochen.«

»Was haben Sie in Ihre Tasche gesteckt?«

»Meinen Pimmel.«

Wir standen da und starrten uns an, bis er mir erklärte: »Auf dieser Insel, Detective Corey, bin *ich* das Gesetz. Nicht Sie, nicht Detective Penrose, nicht einmal Chief Maxwell und auch nicht die beiden Gentlemen in Ihrer Begleitung.« Er fixierte mich mit seinem eiskalten Blick. »Darf ich sehen, was Sie eingesteckt haben?«

»Ich kann's Ihnen zeigen, aber danach muß ich Sie erschießen.« Ich lächelte.

Er überlegte einen Augenblick, ging anscheinend die Möglichkeiten durch, die ihm offenstanden, gelangte zum richtigen Schluß und sagte: »Der Bus fährt gleich ab.«

Ich ging an ihm vorbei, und er folgte mir. Ich war auf eine Drahtschlinge um den Hals, einen Schlag auf den Schädel oder ein Stilett in den Rücken gefaßt, aber von solchen groben Methoden hielt Paul Stevens offenbar nichts. Wahrscheinlich würde er mir später einen mit Milzbranderregern versetzten Kaffee anbieten.

Wir stiegen wieder in den Bus und fuhren los.

Wir saßen auf unseren früheren Plätzen, und Stevens blieb wie zuvor stehen. Der Bus fuhr nach Westen in Richtung Fährhafen und Hauptlabor. Unterwegs begegneten wir einem Pickup, in dem zwei mit Gewehren bewaffnete Männer in blauen Uniformen saßen.

Insgesamt hatte ich mehr erfahren als gedacht, mehr gesehen als erwartet und genug gehört, um neugieriger und neugieriger zu werden. Ich war jetzt endgültig davon überzeugt, daß die Erklärung für den Mord an Tom und Judy Gordon auf dieser Insel zu finden war. Und sobald ich das Tatmotiv kannte, würde ich auch herausbekommen, wer die beiden ermordet hatte.

George Foster, der bisher ziemlich schweigsam gewesen war, fragte Stevens: »Wissen Sie bestimmt, daß die Gordons gestern mittag mit ihrem Boot weggefahren sind?«

»Hundertprozentig. Das Diensttagebuch zeigt, daß sie vormittags im Labor gearbeitet, sich dann ausgetragen, geduscht und einen Bus wie diesen zum Fährhafen genommen haben. Zwei meiner Leute haben dort beobachtet, wie sie ihr Boot bestiegen und ins Plum Gut hinausfuhren.«

»Hat jemand die Gordons danach vom Hubschrauber oder einem Patrouillenboot aus gesehen?« fragte Foster weiter.

Stevens schüttelte den Kopf. »Nein. Ich habe mich bereits erkundigt.«

»Gibt's an dieser Küste irgendwelche Stellen, an denen man ein Boot verstecken könnte?« warf Beth ein.

»Keine einzige. Plum Island hat keine Buchten, keine Einschnitte. Bis auf den künstlich angelegten Fährhafen ist die Inselküste vollkommen gerade.«

»Nehmen wir mal an«, fragte ich, »Ihr Patrouillenboot hätte das Boot der Gordons irgendwo vor der Insel vor Anker liegen sehen – hätten Ihre Leute die beiden dann verjagt?«

»Nein. Die Gordons haben oft vor Plum Island geankert, um zu angeln oder zu schwimmen. Unsere Patrouillen haben sie natürlich gekannt.«

Daß die Gordons begeisterte Angler gewesen sein sollten, war mir neu. »Haben Ihre Leute ihr Boot jemals nach Einbruch der Dunkelheit in Strandnähe vor Anker liegen sehen? Vielleicht sogar spät nachts?«

Stevens überlegte kurz, dann antwortete er: »Das ist mir nur einmal gemeldet worden. In einer Julinacht hat die Besatzung eines Patrouillenboots das Boot der Gordons gegen Mitternacht vor dem Südstrand liegen sehen. Da es unbenutzt war, haben meine Leute den Strand mit ihrem Scheinwerfer abgeleuchtet. Die Gordons sind am Strand gewesen und haben ...« Sein Räuspern deutete an, was die Gordons am Strand gemacht hatten. Mr. Stevens sagte: »Meine Männer sind weitergefahren.«

Ich dachte einen Augenblick darüber nach. Tom und Judy war durchaus zuzutrauen gewesen, daß sie sich überall lieben würden, deshalb war ein menschenleerer nächtlicher Strand nicht unwahrscheinlich. Aber ausgerechnet ein Strand auf Plum Island? Das konnte ich mir nun doch nicht recht vorstellen. Komischerweise hatte ich auch einmal davon geträumt, Judy im Brandungsrauschen an einem Strand zu lieben. Vielleicht mehr als nur einmal.

Unser Bus fuhr an der Anlegestelle der Fähre vorbei, bog nach Norden ab und hielt auf der ovalen Zufahrt vor dem Laborkomplex.

Die geschwungene Fassade des neuen einstöckigen postmodernen Empfangsgebäudes war mit rosa und braunem Naturstein verkleidet. Auf dem Rasen stand eine riesige Tafel mit der Aufschrift *Department of Agriculture,* dahinter ein Fahnenmast mit dem Sternenbanner auf Halbmast.

Nachdem wir ausgestiegen waren, sagte Paul Stevens: »Ich hoffe, daß Ihnen unsere Inselrundfahrt gefallen hat und Sie einen Eindruck von unseren Sicherheitsmaßnahmen bekommen haben.«

»Von welchen Sicherheitsmaßnahmen?« fragte ich.

Mr. Stevens warf mir einen bösen Blick zu. »Alle hier Beschäftigten sind sich darüber im klaren, welche Katastrophen passieren können. Wir sind alle sicherheitsbewußt, arbeiten gewissenhaft und fühlen uns den höchsten Sicherheitsstandards auf diesem Gebiet verpflichtet. Aber wissen Sie was? Scheiße passiert einfach.«

Diese derbe Frivolität aus dem Mund von Mr. Aufrecht verblüffte uns alle ein bißchen. »Stimmt«, sagte ich. »Aber auch gestern?«

»Das wird sich bald herausstellen.« Stevens sah auf seine Uhr. »Okay, wir können jetzt reingehen. Folgen Sie mir.«

10. Kapitel

Die halbkreisförmige Eingangshalle des Forschungslabors auf Plum Island war zwei Stockwerke hoch und wies einen umlaufenden Innenbalkon auf, der über die Mitteltreppe zu erreichen war. Es handelte sich um einen leichten, hellen, angenehm luftigen Bau, in dem man sich wohl fühlte. Die zum Tode verurteilten Versuchstiere wurden wahrscheinlich von hinten hereingebracht.

An der linken Wand hingen die in staatlichen Behörden üblichen Fotos von Vorgesetzten, die den Dienstweg illustrierten: Präsident, Landwirtschaftsminister und Dr. Karl Zollner. Ein ziemlich kurzer Dienstweg für eine Behörde, fand ich, der die Vermutung nahelegte, Dr. Zollner habe jederzeit Zutritt zum Oval Office.

Jedenfalls gab es hier einen Empfang, wo wir uns eintragen und unsere blauen Besucherausweise in weiße umtauschen mußten, die an einer Kette um den Hals getragen wurden. Eine gute Sicherheitsmaßnahme, fand ich, denn auf diese Weise war die Insel zwischen diesem Gebäude und allem anderen unterteilt. Und innerhalb des Gebäudes gab es noch Zonen. Vielleicht hatte ich Mr. Stevens unterschätzt.

Eine attraktive junge Dame in einem Minirock kam die Treppe herunter, bevor ich Gelegenheit hatte, ihre Beine zu bewundern, und stellte sich als Dr. Zollners Assistentin Donna Alba vor. »Dr. Zollner hat noch einen Augenblick zu tun«, sagte sie lächelnd. »Ich führe Sie inzwischen herum.«

»Ich möchte die Gelegenheit nutzen, um in meinem Büro zu fragen, ob sich etwas Neues ergeben hat«, erklärte Paul Stevens. Dann fügte er hinzu: »Donna wird sich solange um Sie kümmern.« Mit einem Blick in meine Richtung sagte er: »Bitte bleiben Sie unbedingt bei Ms. Alba.«

»Was ist, wenn ich aufs Klo muß?«

»Da sind Sie schon gewesen.« Er ging die Treppe hinauf und legte bestimmt einen Zwischenstopp bei Dr. Zollner ein, um ihm über die fünf Eindringlinge Bericht zu erstatten.

Ich betrachtete Donna Alba. Mitte Zwanzig, brünett, hübsches Gesicht, gute Figur, weiße Bluse, blauer Rock und Turnschuhe. Wer täglich die Fähre benutzte und manchmal auf der Insel unterwegs sein mußte, fand hochhackige Schuhe vermutlich unpraktisch. Aber für Leute, die auf regelmäßige Verkehrsverbindungen und geregelte Arbeitszeit Wert legten, war Plum Island ohnehin nichts.

Jedenfalls war Donna so attraktiv, daß ich mich daran erinnerte, sie heute morgen auf der Achtuhrfähre gesehen zu haben. Folglich kannte sie die Herren Nash und Foster noch nicht, woraus zu schließen war, daß sie nicht an irgendwelchen Vertuschungsversuchen beteiligt war.

Jetzt bat sie uns, wir möchten uns vorstellen, was wir taten, indem wir auf beunruhigende Berufsbezeichnungen wie »Kriminalbeamter«, »FBI-Agent« und »CIA-Agent« verzichteten.

Sie schüttelte uns allen die Hand und lächelte Nash besonders freundlich an. Frauen sind selten gute Menschenkenner.

»Willkommen im Animal Disease Center Plum Island«, begann sie danach. »Paul hat Ihnen sicher schon das Wichtigste über die Insel und ihre Geschichte erzählt und eine kleine Rundfahrt mit Ihnen gemacht.«

Sie bemühte sich tapfer, dabei zu lächeln, aber ich merkte ihr an, daß ihr Lächeln nur aufgesetzt war. Sie erklärte uns: »Ich bin sehr … wir alle finden schrecklich, was passiert ist. Ich habe die Gordons sehr gemocht. Sie sind allgemein beliebt gewesen.« Sie sah sich wie jemand um, der in einem Polizeistaat lebt, und fügte hinzu: »Ich soll mich nicht dazu äußern oder mit Ihnen darüber reden. Aber ich wollte Ihnen sagen, wie mir zumute ist.«

Beth wechselte einen Blick mit mir. Sie glaubte offenbar, eine schwache Stelle im Panzer der Insel entdeckt zu haben, denn sie erzählte Donna: »Max und John sind gut mit Tom und Judy befreundet gewesen.«

Ich sah Donna Alba in die Augen. »Wir sind allen hiesigen Mitarbeitern für ihre Hilfe und Unterstützung dankbar«, versicherte ich ihr. Wir hatten bisher zwar erst Stevens' Fünfzigcenttour durch Wildnis und Ruinen genossen, aber Ms. Alba sollte wissen, daß sie offen mit uns reden konnte – selbstverständlich nicht hier, sondern wenn wir sie zu Hause aufsuchten.

»Ich führe Sie ein bißchen herum«, wiederholte sie. »Kommen Sie bitte mit.«

Wir machten einen kleinen Rundgang durch die Eingangshalle, und Donna machte uns auf verschiedene Dinge an den Wänden aufmerksam: vergrößerte Zeitungsartikel und Horrorstorys aus aller Welt über BSE, Rinderpest, Schweinefieber und weitere grausige Tierseuchen. Landkarten, Tabellen und Graphiken ließen die Verbreitung der verschiedenen Krankheiten erkennen, und Fotos zeigten Rinder mit Blasen an den Mäulern, aus denen Speichelfäden troffen, und Schweine mit gräßlichen Geschwüren. Mit dem Eingangsbereich eines Steakhauses konnte man diese Halle bestimmt nicht verwechseln.

Als nächstes machte Donna uns auf zwei Türen in der Rückwand der Eingangshalle aufmerksam. Sie waren in dem eigenartigen Warngelb lackiert, mit dem Plum Island auf Seekarten leuchtete, und hoben sich auffällig von der sonst in dezenten Grautönen gehaltenen Einrichtung ab. Auf der linken Tür stand: *Umkleideraum – Frauen*, auf der rechten: *Umkleideraum – Männer*, auf beiden Türen darunter: *Kein Zutritt für Unbefugte*.

»Die Türen führen in den geschlossenen Laborbereich«, erklärte uns Donna. »Die Eingangshalle und der Verwaltungstrakt sind in Wirklichkeit ein separates Gebäude, auch wenn alles ein einziger Bau zu sein scheint. Die einzige Verbindung zum Laborbereich stellen diese Umkleideräume dar.«

»Hat der abgeschlossene Laborbereich noch weitere Ein- und Ausgänge?« wollte Max wissen.

»Man kann ihn auch durch ein Tor betreten, durch das Tiere, Futter, Laborbedarf und sonstige Lieferungen hereingebracht werden«, antwortete Donna. »Aber niemand gelangt auf diesem Weg nach draußen. Wer oder was diesen Bereich verläßt, muß entkontaminiert werden, was bei Menschen in den Duschräumen passiert.«

»Wie werden Abfälle und die Kadaver sezierter Tiere entsorgt?« fragte Mr. Foster.

»Durch den Verbrennungsofen und eigene Abwasserleitungen zur Entseuchungsanlage für feste und flüssige Abfälle«, antwortete Donna und fügte dann hinzu: »Das ist schon alles – diese beiden Türen, ein rückwärtiges Tor, Verbrennungsofen und Abwasserleitungen sowie auf dem Dach Lüftungsöffnungen mit Spezialfiltern für kleinste Viren. Aus diesem Gebäude gelangt nichts nach draußen.«

Wir alle überlegten, wie die Gordons hier etwas herausgeschmuggelt haben könnten.

»Wie die Eingangshalle gehören die Umkleideräume zur Zone eins«, fuhr Donna fort. »Sobald man sie verläßt, betritt man Zone zwei, in der weiße Laborkleidung vorgeschrieben ist. Bevor man aus den Zonen zwei, drei oder vier in Zone eins zurückkehrt, muß man duschen. Die Dusche gehört zur Zone zwei.«

»Ist das eine Gemeinschaftsdusche?« erkundigte ich mich.

»Natürlich nicht«, erwiderte sie lachend und erklärte dann: »Sie dürfen sich jetzt alle in den Zonen zwei, drei und vier umschauen.«

Ted Nash lächelte sein dämliches Lächeln. »Begleiten Sie uns?« fragte er.

Sie schüttelte den Kopf. »Dafür werde ich nicht bezahlt.«

Ich bei einem Dollar pro Woche eigentlich auch nicht. »Warum dürfen wir nicht in die Zone fünf?«

Sie sah mich verwundert an. »Fünf? Warum würden Sie dort hineinwollen?«

»Na ja. Weil sie da ist.«

Donna schüttelte den Kopf. »Es gibt insgesamt nur ungefähr zehn Personen, die Zugang zu Zone fünf haben. Man muß eine Art Raumfahreranzug tragen...«

»Hatten die Gordons Zugang zu Zone fünf?«

Sie nickte.

»Was passiert in Zone fünf?«

»Das sollten Sie Dr. Zollner fragen.« Donna sah auf ihre Uhr. »Folgen Sie mir bitte«, bat sie.

»Bleiben Sie zusammen«, ergänzte ich.

Wir gingen die Treppe hinauf; ich blieb etwas zurück, weil mein verletztes Bein schmerzte und weil ich Donnas Beine und ihren knackigen Hintern bewundern wollte. Ich weiß, ich bin ein

Schwein – wenn ich nicht aufpasse, könnte ich vielleicht sogar Schweinepest bekommen.

Wir machten also einen Rundgang durch die beiden Seitenflügel, die an die zweigeschossige Eingangshalle angrenzten. Hier war alles in den dezenten Grautönen gehalten, die anscheinend das Kotzegrün älterer staatlicher Gebäude ersetzt haben. An den Korridorwänden hingen Fotos ehemaliger Labordirektoren, Wissenschaftler und Forscher.

Mir fiel auf, daß alle Türen auf beiden Seiten der langen Flure geschlossen waren und nur Nummern, aber keine Namensschilder oder Funktionsbezeichnungen trugen. Auch das war eine gute Sicherheitsmaßnahme, fand ich und war wieder einmal von Paul Stevens' paranoider Denkweise beeindruckt.

Wir betraten die wissenschaftliche Bibliothek, in der ein paar Eierköpfe stehend in Büchern blätterten oder sitzend lasen. »Dies ist eine der besten Fachbibliotheken der Welt«, erklärte Donna.

Ich konnte mir nicht vorstellen, daß es im Universum allzu viele Fachbibliotheken über Tierkrankheiten gab, aber ich sagte trotzdem: »Wow!«

Donna nahm eine Handvoll Faltblätter, Pressemitteilungen und sonstiges Propagandamaterial von einem langen Tisch und verteilte es an uns. Die dreigeteilten Faltblätter trugen Titel wie *Schweinepest, Afrikanisches Schweinefieber, Afrikanische Pferdekrankheit* und so weiter. Ich konnte es kaum erwarten, sie daheim in aller Ruhe zu studieren, und fragte Donna sogar: »Kann ich bitte noch zwei Rinderpestfaltblätter haben?«

»Noch zwei …? Klar …« Sie holte sie mir. Sie war wirklich nett. Dann gab sie jedem von uns ein Exemplar der Zeitschrift *Agricultural Research* mit der auf dem Titel angepriesenen heißen Story »Sex-Hormon täuscht Preiselbeerwürmer«. Ich fragte Donna: »Kann ich einen braunen Umschlag haben, um das hier zu verdecken?«

»Äh … oh, das ist nur ein Scherz. Richtig?«

»Versuchen Sie, ihn nicht allzu ernst zu nehmen«, riet George Foster ihr.

Au contraire, Mr. Foster: Sie sollen mich sehr ernst nehmen. Aber wenn Sie meinen tölpelhaften Sinn für Humor mit Unaufmerksamkeit oder Unbedarftheit verwechseln, ist's mir um so lieber.

Dann ging es mit der Fünfzigcenttour, Teil zwei, weiter. Wir besichtigten den Vortragssaal und kamen zur Cafeteria im ersten Stock, einem großzügigen, sauberen, modernen Raum mit großen Fenstern und schöner Aussicht auf den Leuchtturm, Plum Gut und Orient Point. Donna bot uns Kaffee an, und wir setzten uns in dem fast leeren Speisesaal an einen runden Tisch.

Wir widmeten uns eine Zeitlang dem Small talk, bis Donna schließlich sagte: »Die Wissenschaftler in den Labors faxen ihre Essenwünsche in die Küche. Es lohnt sich nicht, fürs Mittagessen unter die Dusche zu gehen. Die bestellten Mahlzeiten werden von einem Mitarbeiter in die Zone zwei gebracht; dieser Mitarbeiter muß seinerseits duschen, bevor er sie wieder verlassen darf. Unsere Wissenschaftler sind sehr pflichtbewußt; sie arbeiten täglich acht bis zehn Stunden in den Labors. Ich weiß gar nicht, wie sie das schaffen.«

»Bestellen sie auch Hamburger?« fragte ich Donna.

»Wie bitte?«

»Ihre Wissenschaftler. Bestellen sie Rind und Schwein und Lamm und dergleichen aus der Küche?«

»Ich glaube schon … Ich bin mit einem der Wissenschaftler befreundet. Er ißt gern Steak.«

»Und er seziert jämmerlich verendete Rinder?«

»Ja. Wahrscheinlich gewöhnt man sich daran.«

Ich nickte. Auch die Gordons hatten Tiere seziert und waren trotzdem große Steakliebhaber gewesen. Eigentlich unbegreiflich.

Da ich wußte, daß dies möglicherweise die einzige Gelegenheit war, mich von der Herde abzusondern, stand ich mit einem Blick zu Max auf und kündigte an: »Toilette.«

»Dort drüben.« Donna zeigte auf eine Art Durchgang. »Bitte verlassen Sie die Cafeteria nicht.«

Ich betrat den Gang zwischen den beiden Toiletten. Max gesellte sich zu mir, und wir blieben auf dem Korridor stehen. Toiletten sind viel eher verwanzt als Flure. »Sie können behaupten, unsere Ermittlungen unterstützt und uns die gesamte Insel bis auf Zone fünf dieses Labors gezeigt zu haben«, sagte ich. »In

Wirklichkeit würde eine Durchsuchung dieses Gebäudes tagelang dauern – und die Vernehmung der hier Beschäftigten mindestens eine Woche.«

Max nickte. »Wir müssen davon ausgehen, daß diese Leute in ihrem eigenen Interesse feststellen wollen, ob etwas gestohlen wurde.«

»Auch wenn sie rauskriegen oder schon wissen, was die Gordons geklaut haben, sagen sie's nicht uns«, erwiderte ich. »Sie sagen's Foster und Nash.«

»In solchen Fällen, in denen es um nationale Sicherheitsbelange geht, hat man Glück, wenn sie einem überhaupt was sagen. Auf dieser Insel richten wir nichts aus. Sie kontrollieren das Labor, den Arbeitsplatz der Ermordeten. Wir kontrollieren den Tatort, das Haus der Ermordeten. Vielleicht können wir einen Kuhhandel mit Foster und Nash machen. Aber ich glaube, daß ihnen egal ist, wer die Gordons ermordet hat. Sie wollen sich vergewissern, daß die Gordons nicht das ganze Land auf dem Gewissen haben, verstehst du?«

»Yeah, Max, ich weiß. Aber vielleicht hat der Fall nichts mit Viren und Bakterien zu tun. Denk mal an Drogen.«

Er nickte. »Hab' ich schon getan. Die Idee gefällt mir.«

»Mir auch. Was hältst du von Stevens?«

Max blickte über meine Schulter. Ich drehte mich um und sah einen Wachmann in blauer Uniform auf uns zukommen. »Gentlemen, suchen Sie etwas? Kann ich Ihnen behilflich sein?« fragte er.

Max lehnte dankend ab, und wir gingen an den Tisch zurück. Schickt man jemanden los, um unser Gespräch zu unterbrechen, wurden wir mit Sicherheit nicht abgehört.

Kurze Zeit später sah Ms. Alba auf ihre Uhr und verkündete: »Wir können jetzt den Rest dieses Flügels besichtigen, und dann bringe ich Sie zu Dr. Zollners Büro.«

»Das haben Sie vor einer halben Stunde auch schon gesagt, Donna«, wandte ich freundlich ein.

»Er ist heute morgen sehr beschäftigt«, sagte sie. »Sein Telefon steht nicht still. Washington, Journalisten aus ganz *Amerika*.« Das klang ehrlich verblüfft. »Trotzdem glaube ich kein Wort von dem, was jetzt über die Gordons behauptet wird. Keine Sekunde lang. Ausgeschlossen!«

Wir verließen allesamt die Cafeteria und wanderten durch mattgraue Korridore. Als wir den Computerraum besichtigten, hatte ich genug und erklärte Donna: »Ich möchte das Labor sehen, in dem die Gordons gearbeitet haben.«

»Das liegt im Sicherheitstrakt. Vielleicht können Sie es später besichtigen.«

»Okay. Was ist mit Tom und Judys Büro hier im Verwaltungsgebäude?«

Sie zögerte. »Da müssen Sie Dr. Zollner fragen«, wich sie aus. »Ich habe keine Anweisung, Sie ins Büro der Gordons zu führen.«

Um Donna nicht zu hart anfassen zu müssen, warf ich Max einen Blick zu, den er als Cop verstand – Max, du spielst jetzt den bösen Cop.

Max sagte zu Ms. Alba: »Als Polizeichef der Southold Township, zu der diese Insel gehört, bestehe ich darauf, daß Sie uns sofort zu dem Büro von Tom und Judy Gordon führen, wegen deren Ermordung ich ermittle.«

Nicht schlecht, Max, trotz der sprachlichen Mängel.

Die arme Donna Alba schien kurz davor, in Ohnmacht zu fallen.

»Das ist schon in Ordnung«, erklärte Beth. »Tun Sie, was Chief Maxwell verlangt.«

Nun waren die Herren Foster und Nash an der Reihe. George Foster hatte den Sturen zu spielen. »Wegen der Projekte, an denen die Gordons gearbeitet haben«, sagte er, »und der Wahrscheinlichkeit, daß ihr Büro Unterlagen oder Dokumente enthält, die ...«

Ich warf hilfsbereit ein: »... die Fragen der nationalen Sicherheit berühren und so weiter und blablabla.«

Auch Teddy Boy fühlte sich verpflichtet, seinen Senf dazuzugeben. »Die Gordons haben Zugang zu Geheimmaterial gehabt, deshalb sind ihre Papiere als geheim eingestuft.«

»Bockmist.«

»Entschuldigung, Detective Corey – ich rede noch.« Er musterte mich aufgebracht. »Im Interesse einer guten Zusammenarbeit und um einen Zuständigkeitsstreit zu vermeiden, bin ich bereit, ein Telefongespräch zu führen, das uns bestimmt Zugang zum Büro der Gordons verschaffen wird.« Er sah Beth, Max und mich an und fragte: »Okay?«

Die beiden nickten.

Natürlich war das Büro der Gordons längst durchsucht und gesäubert worden. Wie Beth ganz richtig gesagt hatte, würden wir nur sehen, was wir sehen sollten. Aber ich mußte anerkennen, daß George und Ted daran gedacht hatten, richtig Stunk zu machen, als seien im Büro der Gordons wirklich interessante Dinge zu finden.

Donna Alba wirkte erleichtert. »Ich rufe Dr. Zollner an«, erklärte sie hastig. Sie trat an ein Telefon, nahm den Hörer ab und wählte. Ted Nash zog ein Mobiltelefon aus der Tasche, klappte es auf, entfernte sich einige Schritte von uns und sprach – oder tat jedenfalls so – mit den Göttern der Nationalen Sicherheit in der Großen Hauptstadt des Konfusen Imperiums.

Nach dieser Vorführung kehrte er zu uns Sterblichen zurück. In dem Moment beendete auch Ms. Alba ihr Gespräch mit Dr. Zollner. Donna nickte zustimmend, und Nash nickte ebenfalls.

»Bitte folgen Sie mir«, bat Donna.

Wir folgten ihr in den Ostflügel des Verwaltungsgebäudes und erreichten Zimmer 265, dessen Tür sie mit einem Generalschlüssel aufsperrte.

In dem Büro standen zwei Schreibtische, jeder mit PC und Modem ausgestattet, Bücherschränke und ein langer Arbeitstisch, auf dem sich Bücher und Schriftstücke türmten. Nirgendwo Laborgeräte oder ähnliches – nur Bürokram, zu dem auch ein Faxgerät gehörte.

Wir beschäftigten uns eine Zeitlang mit den Schreibtischen der Gordons, zogen Schubläden auf und blätterten in Unterlagen, aber dieses Büro war, wie schon gesagt, längst gründlich durchsucht worden. Nash spielte inzwischen mit Toms PC, und Foster hatte sich an den von Judy gesetzt. Vermutlich waren das die einzigen Dinge, die sie heute morgen nicht gründlich hatten überprüfen können.

Ich trat an die große Pinnwand, vor der Beth und Max standen und die wenigen angehefteten Notizen lasen, und sagte so leise, daß die Feds nichts mitbekamen: »Dieses Büro ist natürlich längst ausgeräumt worden.«

»Von wem?« fragte Max.

»John und ich haben beobachtet, wie unsere beiden Freunde heute morgen *von* Bord der Fähre gegangen sind«, erklärte Beth ihm. »Sie sind schon hiergewesen, haben mit Stevens gesprochen und haben dieses Büro besichtigt.«

Max wirkte erst überrascht, dann aufgebracht. »Verdammt, das ist illegal!«

»An deiner Stelle würde ich darüber hinwegsehen«, riet ich ihm. »Aber jetzt weißt du, weshalb ich heute nicht gerade in bester Laune bin.«

»Mir ist kein Unterschied aufgefallen, aber jetzt bin *ich* sauer!«

Donna unterbrach uns in ihrem liebenswürdigen Tonfall. »Wir sind leider etwas spät dran«, behauptete sie. »Vielleicht können Sie später noch mal zurückkommen.«

»Ich möchte, daß Sie veranlassen, daß diese Tür mit einem Vorhängeschloß gesichert wird«, erklärte Beth ihr. »Ich schicke ein paar Leute von der County Police herüber, die sich das Büro ansehen werden.«

»Vermute ich richtig, daß Sie auch Beweismaterial beschlagnahmen wollen?« warf Nash ein.

»Allerdings!«

»Da ich glaube, daß nach Bundesgesetzen strafbare Handlungen vorliegen, werde ich beschlagnahmen, was ich für richtig halte, Beth«, sagte Foster rasch. »Aber ich stelle das Material natürlich der Suffolk County Police zur Verfügung.«

»Nein, George, *ich* beschlagnahme dieses ganze Büro«, widersprach Beth, »und stelle Ihnen die Sachen zur Verfügung.«

Donna, die Streit ahnte, schlug hastig vor: »Kommen Sie, wir besichtigen jetzt die Sicherheitszentrale. Danach führe ich Sie zu Dr. Zollner.«

Wir gingen weiter auf den Korridor hinaus und folgten ihr zu Zimmer 237. Donna gab auf einem Tastenfeld einen Code ein und öffnete die Tür, hinter der ein großer fensterloser Raum lag. Wir traten ein. »Das ist die Sicherheitszentrale für die gesamte Insel«, sagte Ms. Alba. Sie zeigte auf einen jüngeren Mann, der mit dem Rücken zu uns telefonierte. »Und das ist Kenneth Gibbs, Paul Stevens' Assistent. Kenneth ist heute Offizier vom Dienst.«

Ich sah mich in der Zentrale um. Auf langen Arbeitstischen an den Wänden standen drei verschiedene Funkgeräte, ein Computer, Monitore von Überwachungskameras, ein Fernseh-, zwei Faxgeräte, Telefone, Mobiltelefone, ein Fernschreiber und weiteres elektronisches Spielzeug. An den Wänden hingen Land- und Seekarten, Funkfrequenzen, Memos, ein Dienstplan und so weiter. Dies war also Paul Stevens' Reich. Aber ich sah keine Innentür, die in Stevens' Privatbüro hätte führen können.

»Von hier aus stehen wir in direkter Verbindung mit Washington und Forschungseinrichtungen in aller Welt«, erklärte Donna uns. »Außerdem haben wir eine Standleitung zu unserer Feuerwehr und anderen wichtigen Stellen auf der Insel, dem Nationalen Wetterdienst und den vielen anderen Behörden und Organisationen, die Plum Island unterstützen.«

»Zum Beispiel das Militär?« fragte ich.

»Ja. Vor allem die Küstenwache.«

Kenneth Gibbs legte auf und kam zu uns. Wir nannten unsere Namen.

Gibbs war ein großer Mann Anfang Dreißig: blaue Augen und kurzes blondes Haar wie sein Boß, Hemd und Hose sorgsam gebügelt, blaue Krawatte. Über einer Stuhllehne hing ein blauer Blazer. Meiner Überzeugung nach war Kenneth Gibbs ein Produkt des hiesigen Labors, das ihn nach seinem Boß geklont hatte.

»Ich beantworte gern Ihre Fragen, die Sie in bezug auf unsere Zentrale haben«, sagte er.

Beth fragte Donna: »Würden Sie uns bitte ein paar Minuten mit Mr. Gibbs allein lassen?«

Sie sah Gibbs an, der ihr zunickte.

Ms. Alba verließ den Raum.

Max, der als einziger unserer Gruppe in der Nähe von Plum Island lebte, hatte seine eigenen Prioritäten. »Was tun Sie«, fragte er Gibbs, »wenn ein Nordoststurm oder ein Hurrikan aufkommt?«

»Während der Arbeitszeit evakuieren wir das Labor«, antwortete Gibbs.

»Vollständig?«

»Bestimmte Personen müssen hierbleiben und sich um den Laden kümmern. Das wären Mr. Stevens, ich, einige unserer Wachmänner, ein paar Feuerwehrmänner, mindestens zwei Wartungstechniker, um die Stromversorgung und die Luftfilter in Betrieb zu halten, und vielleicht ein bis zwei Wissenschaftler zur Überwachung der Kulturen in den Labors. Auch Dr. Zollner würde mit seinem Schiff untergehen wollen, nehme ich an.« Er lachte.

Vielleicht lag das nur an mir, aber ich konnte vom Winde verwehte tödliche Krankheitserreger nicht lustig finden.

»Außerhalb der Arbeitszeit«, fuhr Gibbs fort, »wenn Plum Island fast menschenleer ist, müßten wir diese Leute rüberholen. Dann würden wir unsere Boote und Fähren nach New London in die U-Bootbunker schicken, wo sie sicher sind. Die U-Boote laufen aus und tauchen so tief, daß *sie* in Sicherheit sind.«

Abschließend sagte er: »Sie sehen, wir sind auf Notfälle vorbereitet.«

»Wären Sie so nett, mich anzurufen, falls hier mal Krankheitserreger freigesetzt werden?« fragte Max.

»Sie würden's als einer der ersten erfahren, Chief«, versicherte Mr. Gibbs.

»Das weiß ich«, antwortete Max. »Aber ich möchte am Telefon oder über Funk davon erfahren – nicht erst durch Bluthusten oder sonst was.«

Gibbs wirkte leicht gekränkt. »Im Alarmplan steht, wen ich in welcher Reihenfolge anzurufen habe«, sagte er. »Sie gehören zu den ersten.«

»Ich habe darum gebeten, daß hier eine Sirene installiert wird, die auf dem Festland zu hören ist.«

»Wenn wir Sie anrufen, können ja *Sie* die Zivilbevölkerung durch Sirenensignale warnen. Da wir aber keinen derartigen Unfall erwarten, stellt sich diese Frage nicht.«

»Trotzdem ist mir dieser Komplex hier unheimlich, und die Besichtigung hat meine Ängste keineswegs beseitigt.«

»Sie haben nichts zu befürchten.«

Ich war erleichtert, das zu hören. »Was wäre, wenn bewaffnete Eindringlinge auf die Insel kämen?« fragte ich ihn.

Er starrte mich an. »Sie meinen Terroristen?«

»Yeah, ich meine Terroristen. Oder noch schlimmer – unzufriedene Postarbeiter.«

Gibbs antwortete leicht verschnupft: »Nun, wenn unser Sicherheitsdienst überfordert wäre, würden wir die Küstenwache alarmieren. Damit.« Er zeigte auf eines der Funkgeräte. »Aber ich dachte, Sie hätten einen Doppelmord aufzuklären?«

»Richtig. Wo sind Sie gestern abend um halb sechs Uhr gewesen?«

»Ich?«

»Sie.«

»Oh… lassen Sie mich nachdenken…«

»Wo ist Ihre Pistole Kaliber fünfundvierzig?«

»Äh… in der Schublade dort drüben.«

»Ist in letzter Zeit damit geschossen worden?«

»Nein… okay, manchmal übe ich auf dem Schießstand…«

»Wann haben Sie die Gordons zuletzt gesehen?«

»Lassen Sie mich nachdenken…«

»Wie gut haben Sie die Gordons gekannt?«

»Nicht wirklich gut.«

»Haben Sie jemals dienstlich mit ihnen zu tun gehabt?«

»Nein… nun…«

»Nun?«

»Ich habe ein paarmal wegen ihres Boots mit ihnen gesprochen. Die beiden hatten eine Vorliebe für die hiesigen Strände, an Sonn- und Feiertagen sind sie oft rübergekommen, haben ihr Boot irgendwo vor der menschenleeren Südküste verankert und sind mit einem Schlauchboot an Land gepaddelt, um zu baden und zu picknicken. Sie haben nie jemanden mitgebracht, was ein Verstoß gegen unsere Vorschriften gewesen wäre. Aber ihr Boot hat gewisse Probleme aufgeworfen.«

»Was für Probleme?«

»Nun, beispielsweise hat es tagsüber weitere Boote angelockt, deren Besatzungen geglaubt haben, die Insel sei allgemein frei zugänglich. Und nach Einbruch der Dunkelheit ist es für unsere Patrouillenboote ein Navigationshindernis gewesen. Aus diesem Grund mußte ich mit ihnen sprechen, und wir haben versucht, eine Lösung zu finden.«

»In welcher Form?«

»Die einfachste Lösung wäre gewesen, daß sie hier im Fährhafen anlegen und mit einem unserer Autos zu einem einsamen Strand fahren. Mr. Stevens wäre damit einverstanden gewesen, obwohl die Benutzung von Dienstwagen durch Privatpersonen eigentlich verboten ist. Aber die Gordons wollten mit ihrem Boot vor der Küste ankern, an Land paddeln und am Strand picknicken. Das mache mehr Spaß, haben sie gesagt. Irgendwie abenteuerlicher und spontaner.«

»Wer bestimmt, was auf dieser Insel gemacht wird? Stevens, Zollner oder die Gordons?«

»Wir müssen unsere Wissenschaftler mit Samthandschuhen anfassen, sonst sind sie gleich beleidigt«, antwortete Kenneth Gibbs und fuhr dann fort: »Jedenfalls haben wir uns darauf geeinigt, daß sie die Positionslichter brennen lassen, und ich habe dafür gesorgt, daß unsere Boots- und Hubschrauberbesatzungen ihr Boot kennen. Und sie haben uns versprochen, nur dort zu ankern, wo eine unserer großen Warntafeln das Betreten der Insel verbietet. Die schrecken die weniger Mutigen im allgemeinen ab.«

»Was haben die Gordons auf der Insel gemacht?«

Gibbs zuckte mit den Schultern. »Sie haben gebadet, nehme ich an, und Picknicks und Wanderungen gemacht. Nach der Arbeit und an freien Tagen haben sie fast dreihundertfünfzig Hektar unberührter Landschaft für sich allein gehabt.«

»Wie ich höre, sind die beiden Hobbyarchäologen gewesen.«

»Oh, richtig. Sie haben sich viel in den Ruinen herumgetrieben. Sie haben Ausstellungsstücke für ein Inselmuseum gesammelt.«

»Museum?«

»Bloß für eine Vitrine. Sie sollte hier in der Eingangshalle aufgestellt werden, glaube ich. Das Zeug lagert alles im Keller.«

»Was für Zeug?«

»Hauptsächlich Pfeilspitzen und Musketenkugeln. Eine Kuhglocke… ein Messingknopf von einer Uniform aus dem Unabhängigkeitskrieg… Erinnerungsstücke aus der Zeit des Spanisch-Amerikanischen Krieges… eine uralte Whiskeyflasche. Nichts wirklich Wertvolles. Die Funde sind katalogisiert und liegen hier im Keller. Sie können sie gern anschauen.«

»Vielleicht später«, sagte Beth. »Wie ich höre, haben sich die Gordons für Ausgrabungen eingesetzt. Haben Sie davon gewußt?«

»Yeah, aber wir sind dagegen, daß ganze Horden aus Stony Brook oder von der Peconic Historical Society auf der Insel herumbuddeln. Trotzdem haben die Gordons versucht, eine Erlaubnis des Landwirtschafts- und des Innenministeriums zu bekommen. Das Innenministerium ist für gefundene Artefakte und so weiter zuständig.«

»Sind Sie nie auf die Idee gekommen, die Gordons könnten etwas Unsauberes vorhaben?« fragte ich Gibbs. »Daß sie beispielsweise Zeug aus dem Labor schmuggeln, es bei diesen sogenannten archäologischen Ausgrabungen am Strand verstecken und später mit ihrem Boot abholen?«

Kenneth Gibbs gab keine Antwort.

Ich faßte nach. »Haben Sie den Verdacht gehabt, die Picknicks und dieser archäologische Scheiß könnten eine Tarnung für etwas anderes sein?«

»Ich... nachträglich gesehen... hey, alle meinen plötzlich, ich hätte Verdacht schöpfen müssen. Aber alle vergessen, daß die beiden unangreifbar gewesen sind. Solange sie Zollner nicht mit dem Gesicht in einen Kuhfladen drückten, konnten sie sich alles leisten. Auf Ihre Besserwisserei kann ich verzichten.« Abschließend beteuerte Mr. Gibbs: »Ich habe meine Pflicht getan.«

Vermutlich hatte er das wirklich. Interessant war, daß ich das *Ping!* wieder hörte.

»Haben Sie oder Ihre Leute das Boot der Gordons nochmals gesehen, nachdem es aus dem Fährhafen ausgelaufen war?« fragte Beth.

»Nein. Ich habe nachgefragt.«

»Mit anderen Worten: Sie können ausschließen, daß dieses Boot gestern nachmittag vor Plum Island geankert hat?«

»Nein, das kann ich nicht.«

»Wie oft fahren Ihre Boote um die Insel?« erkundigte Max sich.

»Im allgemeinen benutzen wir nur eines der beiden Boote«, antwortete Gibbs. »Die Strecke um die Insel ist acht bis neun Seemeilen lang, so daß die Umrundung bei zehn bis zwölf Knoten vierzig bis sechzig Minuten dauert, wenn nicht unterwegs irgendwelche Boote kontrolliert werden.«

Beth warf ein: »Von einem Boot aus, das ungefähr eine halbe

Meile vor der Insel liegt, könnte also jemand durchs Fernglas Ihr Patrouillenboot beobachten – *The Prune*, richtig?«

»Unsere Boote heißen *The Prune* und *The Plum Pudding.*«

»Okay, wenn jemand eines Ihrer Patrouillenboote sieht und seine Fahrtzeit kennt, weiß er, daß er vierzig bis sechzig Minuten Zeit hat, um die Küste anzusteuern, mit einem Schlauchboot an Land zu paddeln, dort etwas zu erledigen und zum eigenen Boot zurückzukehren, ohne befürchten zu müssen, dabei gesehen zu werden.«

Mr. Gibbs räusperte sich. »Das wäre denkbar«, gab er zu, »aber Sie vergessen die Überwachungsflüge und die Streifenfahrten entlang der Inselküste. Der Hubschrauber und die Wagen sind völlig willkürlich unterwegs.«

Beth nickte, meinte aber dann: »Wir kommen gerade von einer Inselbesichtigung zurück, und ich habe in fast zwei Stunden nur einen Hubschrauber, einen Pickup und ein Patrouillenboot gesehen.«

»Die können, wie gesagt, zufällig aufkreuzen. Würden Sie das riskieren?«

»Vielleicht«, antwortete Beth. »Hängt davon ab, um was es geht.«

»Außerdem schickt die Küstenwache in unregelmäßigen Abständen ihre Boote vorbei«, erklärte Gibbs. »Und wenn ich ganz offen sein soll, haben wir elektronische Geräte, die uns die meiste Arbeit abnehmen.«

»Wo sind die Monitore?« fragte ich und sah mich dabei in der Zentrale um.

»Unten im Keller.«

»Was haben Sie? Überwachungskameras? Bewegungsmelder? Geräuschmelder?«

»Das darf ich nicht sagen.«

»Schreiben Sie mir Ihren Namen mit Anschrift und Telefonnummer auf«, wies Beth ihn an. »Sie werden dann zur Befragung vorgeladen.«

Mr. Gibbs wirkte verärgert, aber auch erleichtert darüber, zunächst keine weiteren Fragen beantworten zu müssen. Außerdem hatte ich den starken Verdacht, die Herren Gibbs, Foster und Nash hätten schon frühmorgens miteinander gesprochen.

Ich trat an die große Wandkarte über den Funkgeräten. Auf dieser Karte des Ostteils von Long Island, der Meerenge und dem Süden Connecticuts waren um New London, Connecticut, konzentrische Kreise eingezeichnet. Das Ganze erinnerte an eine Darstellung des Wirkungskreises einer Atombombe, die anzeigt, wie schwer die Verbrennungen in verschiedenen Entfernungen vom Zentrum sind. Ich sah, daß Plum Island im äußersten Kreis lag, was je nach Zweck der Karte gut oder schlecht war. Da kein Zweck angegeben war, fragte ich Mr.Gibbs: »Was ist das?«

Als er sah, worauf ich zeigte, antwortete er: »Oh, in New London steht ein Kernkraftwerk. Diese Kreise bezeichnen die Gefahrenzonen für den Fall einer Explosion oder Kernschmelze.«

Ich dachte über die Ironie des Schicksals nach, daß in New London ein Kernreaktor stand, der Plum Island gefährden konnte, während die Insel je nach Windrichtung ganz Connecticut gefährden konnte. »Glauben Sie, daß die Kernspalter eine Karte haben, auf der die von Plum Island ausgehende Gefahr durch Freisetzung von Krankheitserregern dargestellt ist?« fragte ich Kenneth Gibbs.

Über diese Frage mußte sogar Mr. Gibbs lächeln – ein unheimliches Lächeln. »Die Kraftwerksbetreiber haben tatsächlich eine Karte dieser Art.« Nachdenklich fuhr er fort: »Ich frage mich manchmal, was passieren würde, wenn ein Erdbeben Krankheitserreger *und* Radioaktivität freisetzen würde. Würde die Strahlung die Krankheitserreger abtöten?« Er lächelte erneut. Unheimlich. Dann meinte er philosophisch: »Unsere heutige Welt ist voller unvorstellbarer Schrecken.«

Das schien das Mantra von Plum Island zu sein. »An Ihrer Stelle würde ich kräftigen Südwind abwarten und die Milzbranderreger freisetzen«, schlug ich hilfsbereit vor. »Angriff ist die beste Verteidigung.«

»Yeah. Gute Idee.«

»Wo liegt Mr. Stevens' Büro?« fragte ich.

»Zimmer zweihundertfünfzig.«

»Danke.«

Die Gegensprechanlage summte, und aus ihrem Lautsprecher drang eine Männerstimme: »Dr. Zollner möchte jetzt seine Gäste empfangen.«

Wir alle dankten Mr. Gibbs, daß er sich Zeit für uns genommen hatte, und er dankte uns für unser Kommen, was uns allesamt zu Lügnern machte. Beth erinnerte ihn daran, daß sie ihn vorladen lassen werde.

Ms. Alba erwartete uns auf dem Korridor. Während ich neben ihr herging, bemerkte ich: »An den Türen stehen weder Namen noch Titel.«

»Sicherheitsmaßnahme«, sagte sie knapp.

»Welches Büro hat Paul Stevens?«

»Zimmer zweihundertfünfundzwanzig«, antwortete sie.

Was wieder einmal bewies, daß die wirksamste Sicherheitsmaßnahme eine Lüge ist. Donna führte uns zum Ende des Korridors und öffnete die Tür von Zimmer 200.

11. Kapitel

»Bitte nehmen Sie Platz«, sagte Donna. »Dr. Zollners Sekretärin June kommt sofort.«

Wir nahmen alle Platz, nur Donna blieb stehen, um auf June zu warten.

Nach etwa einer Minute kam eine Fünfzigerin mit verkniffenem Gesicht aus einer Seitentür. »June, das sind Dr. Zollners Gäste«, erklärte Donna.

June würdigte uns kaum eines Blickes und setzte sich wortlos an ihren Schreibtisch.

Donna wünschte uns einen angenehmen Tag und ging. Mir fiel auf, daß wir keinen Augenblick allein gelassen wurden. Straffe Überwachung beeindruckt mich – außer sie gilt mir.

Jedenfalls tat mir bereits leid, daß Donna gegangen war. Sie war wirklich nett. Es gibt überhaupt viele nette Frauen, aber wegen meiner vor kurzem erfolgten Scheidung, meines Krankenhausaufenthalts und meiner langsamen Genesung war ich gar nicht richtig im Spiel gewesen.

Ich betrachtete Beth Penrose. Sie erwiderte meinen Blick, hätte fast gelächelt und sah dann weg.

Dann betrachtete ich George Foster. Er wirkte immer vorbildlich gelassen. Ich vermutete, daß sich hinter diesem ausdruckslosen Blick ein kluger Kopf verbarg. Ich hoffte es jedenfalls.

Chief Sylvester Maxwells Finger trommelten ungeduldig auf der Armlehne seines Sessels herum. Er schien damit zufrieden zu sein, mich engagiert zu haben, fragte sich aber wohl, wie er seinen unabhängigen Berater, der nur einen Dollar pro Woche bekam und sich ein Vergnügen daraus machte, jedermann gegen sich aufzubringen, besser in den Griff bekam.

Das Vorzimmer war mit grauem Teppichboden ausgelegt und ansonsten in demselben dunkelgrau abgesetzten Taubengrau gehalten wie alle übrigen Räume des Verwaltungsgebäudes. Hier konnte man wegen fehlender Sinneseindrücke Depressionen bekommen.

Was Zimmer 250 betraf, wußte ich nur, daß dort weder Paul Stevens noch sein Diplom zu finden waren. Vielleicht lauerten darin zwanzig tollwütige Hunde darauf, mir die *cajones* abbeißen zu können. Was Zimmer 225 anging, war ich mir meiner Sache weniger sicher… Nichts auf dieser Insel war so, wie es aussah, und niemand war ganz ehrlich.

Ich teilte der Sekretärin mit: »Meine Tante hat auch June geheißen.«

Sie sah von ihrem Schreibtisch auf und starrte mich an.

»Das ist ein hübscher Name«, fuhr ich fort. »Erinnert mich irgendwie an Spätfrühling und Frühsommer. Sommersonnenwende, wissen Sie?«

June starrte mich weiter an und kniff dabei die Augen zusammen. Unheimlich.

»Rufen Sie Dr. Zollner über die Gegensprechanlage«, forderte ich sie auf, »und sagen Sie ihm, daß er zehn Sekunden Zeit hat, uns zu empfangen, sonst beantragen wir einen Haftbefehl wegen Behinderung der Justiz. Neun Sekunden.«

Sie drückte auf die Taste der Gegensprechanlage und sagte: »Dr. Zollner, kommen Sie bitte. Schnell.«

»Fünf Sekunden.«

Die Tür zu unserer Rechten ging auf. Ein großer, stämmiger, bärtiger Mann in weißem Hemd und dunkelblauer Krawatte erschien auf der Schwelle. »Ja?« fragte er. »Wo liegt das Problem?«

June zeigte auf mich. »Bei dem da«, sagte sie.

Der Stämmige sah mich an. »Ja?«

Ich stand auf. Die anderen taten es mir nach. Ich erkannte Dr. Zollner nach den Fotos in der Eingangshalle und sagte: »Wir sind übers Meer gekommen und viele Meilen weit gereist, Doktor, und haben viele Hindernisse überwunden, um zu Ihnen zu gelangen, und Sie revanchieren sich dafür, indem Sie uns verarschen.«

»Wie bitte?«

»Soll ich den Sicherheitsdienst rufen, Doktor?« warf June ein.

»Nein, nein.« Er betrachtete seine Gäste und sagte: »Nun, treten Sie ein, treten Sie ein.«

Wir traten ein, traten ein.

Dr. Zollners Eckbüro war groß, aber Wände, Möbel und Teppichboden entsprachen dem örtlichen Einheitsstil. An der Wand hinter seinem Schreibtisch hing eine eindrucksvolle Sammlung gerahmter Urkunden. Die übrigen Wände zierten schundige abstrakte Gemälde: richtiger Schrott, wie man ihn heutzutage in den besten Museen sieht.

Bevor wir Platz nahmen, stellten wir uns alle vor – diesmal mit Titel und Funktionsbezeichnung. Ohne meinen Verdacht beweisen zu können, hatte ich den Eindruck, Zollner kenne Foster und Nash bereits.

Hände wurden geschüttelt, und Zollner lächelte freundlich. »Willkommen bei uns!« sagte er. »Stevens und Ms. Alba haben Ihnen hoffentlich weiterhelfen können?«

Er sprach mit leichtem Akzent, seinem Namen nach vermutlich mit deutschem Akzent. Wie schon gesagt, war er stämmig – fast fett –, hatte weißes Haar und trug einen Van-Dyke-Bart und eine Brille mit dicken Gläsern.

Dr. Zollner bot uns seine Besuchersessel an: »Setzen Sie sich, setzen Sie sich.« Und wir setzten uns, setzten uns. »Ich stehe wegen dieser Tragödie noch immer unter Schock. Ich habe letzte Nacht kaum geschlafen«, gestand er einleitend.

»Wer hat Sie gestern abend telefonisch benachrichtigt, Doktor?« erkundigte sich Beth.

»Mr. Stevens. Er sagte, die Polizei habe ihn angerufen. Die Gordons sind brillante Wissenschaftler und im Kollegenkreis sehr beliebt und geachtet gewesen.« Abschließend meinte er: »Ich hoffe, daß Sie diesen Fall rasch aufklären werden.«

»Das hoffen wir auch«, erwiderte Beth.

Zollner sprach weiter. »Ich muß mich auch dafür entschuldigen, daß ich Sie so lange habe warten lassen. Aber ich habe den ganzen Vormittag telefoniert.«

»Ich nehme an, Doktor, daß Ihnen geraten wurde, keine Interviews zu geben«, sagte Nash.

Zollner nickte. »Ja, ja. Natürlich. Nein, ich habe keine Auskünfte gegeben, sondern eine vorbereitete Pressemitteilung verlesen. Die ist aus Washington gekommen.«

»Dürfen wir die sehen?« warf Foster ein.

»Aber natürlich, natürlich.« Er wühlte in den Papieren auf seinem Schreibtisch, fand die Pressemitteilung, rückte seine Brille zurecht und las vor: »Der Landwirtschaftsminister ist bestürzt über den tragischen Tod von Dr. Judy Gordon und Dr. Thomas Gordon, beide Angestellte des Landwirtschaftsministeriums. Die Umstände ihres Todes sind bislang ungeklärt. Die Ermittlungen in diesem Fall leitet die örtliche Polizei; alle Fragen sind an sie zu richten.«

Dr. Zollner hatte etwas verlesen, das praktisch nichts besagte.

»Bitte faxen Sie die Pressemitteilung an die Southold Police«, verlangte Max, »damit wir es an die Presse geben können, aber ersetzen Sie bitte die örtliche Polizei durchs FBI.«

»Das FBI ist nicht mit diesem Fall befaßt, Chief«, widersprach Mr. Foster.

»Richtig. Hatte ich glatt vergessen. Die CIA auch nicht.« Er sah zu Beth hinüber. »Was ist mit der County Police? Seid ihr Jungs damit befaßt?«

»Befaßt und leitend«, bestätigte Beth. Sie forderte Dr. Zollner auf: »Können Sie uns das Tätigkeitsgebiet der Gordons beschreiben?«

»Ja… Die beiden haben sich hauptsächlich mit… genetischer Forschung beschäftigt. Mit genetischen Veränderungen von Viren, um genau zu sein, die keine Krankheiten mehr auslösen, aber trotzdem das Immunsystem des Körpers noch stimulieren können.«

»Sie haben also einen Impfstoff entwickelt?« fragte Beth.

»Ja, einen völlig neuartigen Impfstoff, der weitaus sicherer ist als herkömmliche Impfstoffe.«

»Und im Rahmen ihrer Arbeit hatten sie Zugang zu allen Arten von Viren und Bakterien?«

»Ja, natürlich. In erster Linie zu Viren.«

Beth fuhr fort und stellte nun die traditionellen Ermittlerfragen nach Freunden, Feinden, Schulden, Bedrohungen, Verhältnis zu Kollegen, Erinnerungen an Gespräche mit den Ermordeten, wie die Ermordeten sich in der Woche vor ihrem Tod verhalten hatten und so weiter. Gute Standardfragen, aber in diesem Fall vielleicht nicht ganz relevant. Trotzdem mußten sie gestellt werden, und zwar fast jedem, der das Ehepaar Gordon gekannt hatte, und vielleicht sogar ein zweites Mal, um eventuelle Unstimmigkeiten aufzudecken.

Ich betrachtete die Abstrakten an der Wand und erkannte plötzlich, daß es sich um Farbfotos handelte. Irgend etwas sagte mir, daß diese Vergrößerungen Krankheitserreger unter dem Mikroskop zeigten. Gruselig. Aber künstlerisch nicht mal schlecht.

Zollner sah meinen Bick und unterbrach sich, um zu sagen: »Selbst Krankheitserreger können schön sein.«

Ich nickte zustimmend. »Durchaus. Ich habe einen Anzug mit diesem Muster. Das Grün dort drüben.«

»Tatsächlich? Das sind Filoviridae – in diesem Fall Ebola-Viren. Das Präparat ist natürlich gefärbt. Eine Infektion mit diesen kleinen Dingern wäre binnen achtundvierzig Stunden tödlich. Gegenmittel gibt es keine.«

»Und die sind hier in diesem Gebäude?«

»Vielleicht.«

»Cops mögen dieses Wort nicht, Doktor. Ja oder nein?«

»Ja. Aber sicher aufbewahrt – eingefroren und unter Schloß und Riegel. Außerdem spielen wir hier nur mit Affen-Ebola, nicht mit Menschen-Ebola.«

»Und Sie haben bei Ihren Erregern Inventur gemacht?«

»Ja. Aber ich muß ehrlicherweise zugeben, daß wir unmöglich jeden einzelnen nachweisen können. Außerdem besteht die Möglichkeit, daß jemand bestimmte Organismen heimlich an einem dafür nicht vorgesehenen Ort vermehrt haben könnte. Ja, ja, ich weiß, worauf Sie hinauswollen. Sie glauben, die Gordons könnten seltene, absolut tödliche Organismen entwendet und an... nun, vielleicht an eine ausländische Macht verkauft haben. Aber ich versichere Ihnen, daß sie das nie getan hätten.«

»Warum nicht?«

»Weil das eine zu schreckliche Vorstellung wäre.«

Ich nickte. »Das ist natürlich sehr beruhigend. Hey, dann können wir jetzt alle heimgehen.«

Dr. Zollner beugte sich über seinen Schreibtisch. »Detective Corey«, sagte er mit seinem leichten Akzent, »würden Sie das Höllentor aufsperren, wenn Sie den Schlüssel dafür hätten? Täten Sie das, müßten Sie ein sehr schneller Läufer sein.«

Ich dachte einen Augenblick darüber nach. »Wozu brauchen Sie Schloß und Riegel, wenn es so undenkbar ist, das Höllentor aufzusperren?« fragte ich ihn.

»Um uns beispielsweise vor Verrückten zu schützen.« Nach einer kleinen Pause fügte er hinzu: »Selbstverständlich sind die Gordons nicht verrückt gewesen.«

Niemand äußerte sich dazu. Das alles hatten wir seit gestern abend unzählige Male durchdacht und besprochen.

Schließlich sagte Dr. Zollner: »Ich habe eine andere Theorie, die sich nach meiner Überzeugung noch heute als richtig erweisen wird. Die Gordons, die liebenswerte Menschen, aber ein bißchen leichtsinnig und in Geldnöten waren, haben einen der neuen Impfstoffe entwendet, an denen wir hier arbeiten. Ich glaube, daß sie bei der Entwicklung eines der Impfstoffe schon weiter gewesen sind, als sie uns mitgeteilt haben. Vermutlich haben sie separate Protokolle geführt und sogar eigene Sequenz-Gels hergestellt – durchsichtige Trägerplatten, auf denen sich gentechnisch erzeugte Mutationen, die in krankheitserregende Viren injiziert werden, als eine Art Strichkode abzeichnen.«

Als niemand sich dazu äußerte, fuhr er fort: »Stellen Sie sich also vor, die Gordons hätten einen wirksamen Impfstoff gegen eine schreckliche Viruskrankheit entdeckt, diese Entdeckung geheimgehalten und ihre Aufzeichnungen, die Kulturen und den Impfstoff selbst in einem Winkel ihres Labors oder einem leerstehenden Gebäude auf der Insel aufbewahrt. Ihre Absicht wäre es natürlich gewesen, alles an einen Pharmakonzern, vermutlich eine ausländische Firma, zu verkaufen. Vielleicht wollten sie auch kündigen, zu einem Pharmakonzern gehen und vorgeben, ihre Entdeckung erst dort gemacht zu haben. Dafür hätten sie einige Millionen Dollar bekommen. Und die Lizenzgebühren könnten je nach Impfstoff das Zehn- oder Zwanzigfache betragen.«

Wieder schwiegen alle. Ich sah zu Beth hinüber. Vorhin auf der Klippe hatte sie davon gesprochen, man werde uns so etwas als Erklärung vorsetzen.

Dr. Zollner fuhr fort: »Diese Version ist auch deshalb logisch, weil Menschen, die mit Leben und Tod arbeiten, lieber Leben verkaufen würden. Es ist sicherer – und finanziell lohnender. Der

Tod ist billig. Ich könnte Sie alle mit einer Prise Anthrax umbringen. Das Leben ist schwieriger zu schützen und zu bewahren. Sollte der Tod der Gordons also irgendwie mit ihrer Arbeit zusammenhängen, muß der Zusammenhang wie von mir beschrieben aussehen. Wie kommen Sie darauf, ausschließlich an Krankheitserreger zu denken? Aber das kann ich Ihnen nicht einmal verübeln. Sie müssen immer den schlimmsten Fall annehmen. Das ist schließlich Ihr Job.«

Wir schwiegen noch immer.

Zollner sah einen nach dem anderen an, bevor er fortfuhr: »Sollten die Gordons das getan haben, wäre es moralisch verwerflich und illegal gewesen. Und ihr Verbindungsmann nicht minder, und zu allem ist er auch noch ein Mörder.«

Der gute Dr. Zollner schien alles gründlich durchdacht zu haben.

Er sprach weiter. »Das wäre nicht das erste Mal, daß Wissenschaftler im Staatsdienst oder bei Großfirmen ihre eigenen Entwicklungsergebnisse stehlen, um reich zu werden. Für begabte Menschen ist es sehr frustrierend, zusehen zu müssen, wie andere mit ihrer Arbeit Millionen verdienen. Ich meine tatsächlich Millionen. Ließe dieser Impfstoff sich beispielsweise gegen eine weitverbreitete Infektionskrankheit wie Aids verwenden, wären damit nicht nur Millionen, sondern noch mehr Dollar zu verdienen. Die Entdecker könnten vielleicht sogar mit Milliarden rechnen.«

Wir sahen uns schweigend an. *Milliarden.*

»Da haben Sie's also. Die Gordons wollten reich, aber nach meiner Überzeugung noch lieber berühmt sein. Vielleicht wollten sie, daß der Impfstoff nach ihnen benannt wird – wie der Salk-Impfstoff. Das wäre hier nicht möglich gewesen. Die Ergebnisse unserer Arbeit werden praktisch nur in Fachkreisen bekanntgegeben. Die Gordons waren jung, sie hatten Wünsche, sie wollten sich den amerikanischen Traum erfüllen. Sie sind brillant, überarbeitet und unterbezahlt gewesen, also haben sie versucht, das zu ändern. Ich frage mich, was sie entdeckt haben und ob wir ihre Entdeckungen wiederholen können. Meine letzte Frage ist, wer sie ermordet hat, obwohl das Tatmotiv meiner Ansicht nach feststeht. Also, was halten Sie davon? Ja? Nein?«

Ted Nash ergriff als erster das Wort. »Ich glaube, daß es so gewesen ist, Doktor. Ich glaube, Sie haben recht.«

George Foster nickte. »Wir haben die richtige Idee, aber das falsche Virus gehabt. Ein Impfstoff. Natürlich.«

Auch Max nickte. »Klingt vollkommen logisch«, stimmte er zu. »Ich bin erleichtert. Yeah.«

Dann war Beth an der Reihe. »Ich muß noch immer den Mörder aufspüren. Aber ich glaube, wir können aufhören, nach Terroristen zu fahnden; statt dessen sollten wir uns auf einen oder mehrere Täter aus einem anderen Umfeld konzentrieren.«

Ich betrachtete Dr. Zollner, der meinen Blick gelassen erwiderte, bevor er fragte: »Detective Corey? Vielleicht sind Sie anderer Meinung?«

»Nein, nein, ich schließe mich der Mehrheit an. Ich habe die Gordons gekannt – und Sie offenbar auch, Doktor. Sie haben den Nagel auf den Kopf getroffen.« Ich sah meine Kollegen an und sagte: »Kaum zu glauben, daß wir nicht selbst darauf gekommen sind. Nicht Tod, sondern Leben. Keine Krankheit, sondern ein Heilmittel.«

»Ein Impfstoff«, verbesserte Dr. Zollner mich. »Ein Vorbeugungsmittel. Mit Impfstoffen ist mehr Geld zu verdienen. Sie brauchen nur an Grippeschutzimpfungen zu denken – allein in Amerika sind es hundert Millionen pro Jahr. Auf dem Gebiet der Virus-Impfstoffe haben die Gordons brillante Arbeit geleistet.«

»Richtig. Impfstoff.« Ich fragte Dr. Zollner: »Sie glauben also, daß die beiden ihren Coup von langer Hand vorbereitet haben?«

»O ja! Sobald sie gemerkt haben, daß ihre Arbeit erfolgversprechend war, müssen sie angefangen haben, falsche Aufzeichnungen und falsche Versuchsergebnisse festzuhalten, aber natürlich auch die richtigen. Das ist das wissenschaftliche Gegenstück einer doppelten Buchführung.«

»Und davon soll niemand etwas gemerkt haben? Gibt's hier keine Kontrollen oder Überprüfungen?«

»Doch, doch, die gibt es natürlich. Aber die Gordons sind als Forschungspartner selbständig und in unserer Hierarchie sehr hoch angesiedelt gewesen. Außerdem ist ihr Fachgebiet – die gentechnische Veränderung von Viren – etwas ungewöhnlich und von anderen nicht ohne weiteres kontrollierbar. Und wo ein Wille und ein genialischer Geist am Werk sind, ist auch ein Weg.«

Ich nickte. »Unglaublich. Und wie haben sie das Zeug rausgeschmuggelt? Ich meine, wie groß ist eine Jell-O-Platte?«

»Gel-Platte.«

»Richtig. Wie groß?«

»Oh … ungefähr vierzig mal siebzig Zentimeter.«

»Wie kriegt man die aus dem abgeschlossenen Laborbereich heraus?«

»Tut mir leid, das weiß ich nicht.«

»Und ihre Aufzeichnungen?«

»Fax. Das sehen Sie später.«

»Und den fertigen Impfstoff?«

»Das wäre einfacher. Anal und vaginal.«

»Ich will nicht ordinär sein, Doc, aber ich bezweifle, daß es möglich wäre, sich eine armlange Gel-Platte in den Hintern zu stecken, ohne ein bißchen Aufmerksamkeit zu erregen.«

Dr. Zollner räusperte sich. »Man kommt ohne die Gel-Platte aus«, sagte er, »wenn man sie fotokopiert oder mit einer dieser kleinen Spionagekameras knipst.«

»Unglaublich.« Ich dachte an das Faxgerät im Büro der Gordons.

»Ja. Schön, dann wollen wir mal sehen, ob wir rauskriegen, was passiert ist – und wie's passiert ist.« Er stand auf. »Wer nicht in den abgeschlossenen Labortrakt mitkommen will, kann solange in der Eingangshalle oder in der Cafeteria warten.« Er sah sich um, aber niemand hob die Hand. »Ah, dann sind also alle mutig. Bitte folgen Sie mir.«

Wir standen alle auf, und ich sagte: »Zusammenbleiben!«

Dr. Zollner lächelte mir zu. »Sind wir erst im Labortrakt, mein Freund, werden Sie von selbst versuchen, möglichst dicht in meiner Nähe zu bleiben.«

Mir kam plötzlich der Gedanke, daß ich meinen Genesungsurlaub in der Karibik hätte verbringen sollen.

12. Kapitel

Wir gingen in die Eingangshalle hinunter und blieben vor den beiden gelben Türen stehen.

Dr. Zollner wandte sich an Beth. »Donna wartet im Damenumkleideraum auf Sie. Halten Sie sich bitte an ihre Anweisungen. Wir treffen uns am rückwärtigen Ausgang.« Er beobachtete, wie sie durch die gelbe Tür ging, dann forderte er uns auf: »Gentlemen, bitte folgen Sie mir.«

Wir folgten dem guten Doktor in den Umkleideraum für Männer, der in einem gräßlichen Orangerot gehalten war, aber ansonsten wie jeder andere Umkleideraum aussah. Ein Angestellter gab offene Vorhängeschlösser ohne Schlüssel und frisch gebügelte weiße Hosen und weiße Kittel aus. Ein Klarsichtbeutel enthielt Papierunterwäsche, Socken und Baumwollpantoffeln.

Zollner führte uns zu eine Reihe leerer Spinde. »Bitte legen Sie alles ab – auch Unterwäsche sowie Uhren und dergleichen.«

Bald standen wir im Adamskostüm da, und ich konnte es kaum erwarten, Beth zu erzählen, daß Ted Nash eine 38er mit dreizölligem Lauf trug, der länger war als sein Pimmel.

George Foster sagte mit einem Blick auf meine Brustwunde: »Dicht am Herzen vorbei.«

»Ich habe kein Herz.«

Ich ließ das Vorhängeschloß an der Spindtür einschnappen und rückte meine Papierunterwäsche zurecht.

Dr. Zollner musterte uns prüfend. »Sind wir alle soweit? Dann folgen Sie mir bitte.«

»Augenblick!« protestierte Max. »Gibt's keine Gesichtsmasken oder Atemschutzgeräte oder dergleichen?«

»Nicht für Zone zwei, Mr. Maxwell. Nur in Zone vier, wenn Sie die auch besichtigen wollen. Kommen Sie. Folgen Sie mir.«

Wir gingen zur Rückwand des Umkleideraums, wo Zollner

eine rote Tür öffnete, die das merkwürdige Gefahrensymbol für ansteckende Substanzen und darunter die Aufschrift *Zone zwei* trug. Als ich das Rauschen einströmender Luft hörte, erklärte Dr. Zollner auch schon: »Was Sie hören, ist der zeitweilige Druckausgleich. Der Luftdruck im Labortrakt ist bis zu einem Zehntelbar geringer als draußen, um sicherzustellen, daß keine Krankheitserreger entweichen können.«

»Ich kann's nicht leiden, wenn das passiert.«

»Außerdem reinigen Partikelfilter auf dem Dach die gesamte Abluft aus dem Labortrakt.«

Max hatte die skeptische Miene eines Mannes aufgesetzt, der sich durch gute Nachrichten nicht von seiner langgehegten Überzeugung abbringen lassen will, Plum Island sei mindestens so gefährlich wie Three Mile Island und Tschernobyl zusammen.

Wir betraten einen Korridor aus Hohlblocksteinen, in dem Zollner sich umsah und fragte: »Wo ist Ms. Penrose?«

»Sind Sie verheiratet, Doc?« erkundigte ich mich.

»Ja. Oh… vielleicht braucht sie ein bißchen länger, um sich umzuziehen.«

»Worauf Sie Gift nehmen können!«

Endlich trat Lady Penrose in lockerer weißer Kleidung und mit Baumwollpantoffeln aus der Tür mit der Aufschrift *Frauen*. Sie sah noch immer sexy aus – in Weiß irgendwie engelhafter, fand ich.

Auch sie hörte die einströmende Luft rauschen, und Zollner erklärte ihr die Sache mit dem Druckunterschied, bevor er uns ermahnte, darauf zu achten, nicht gegen Wagen oder Reagenzglashalter oder Flaschen mit tödlichen Keimen, Chemikalien und dergleichen zu stoßen.

»Gut, folgen Sie mir bitte«, sagte Dr. Zollner, »und ich zeige Ihnen, was hier vorgeht, damit Sie Ihren Freunden und Kollegen erzählen können, daß wir keine Anthraxbomben bauen.« Er lachte, dann fuhr er ernsthaft fort: »Zone fünf dürfen Sie nicht betreten, weil Sie dafür spezielle Schutzimpfungen und eine Einweisung in den Gebrauch von Schutzanzügen, Atemmasken und so weiter bräuchten. Auch der Zutritt zum Keller ist verboten.«

»Warum dürfen wir nicht in den Keller?« fragte ich ihn.

»Weil wir dort die toten Außerirdischen und die Nazi-Wissenschaftler versteckt haben.« Er lachte wieder.

Mir macht's echt Spaß, als Stichwortgeber für einen fetten Komiker mit Doktortitel und Dr.-Seltsam-Akzent zu fungieren. Wirklich. Immerhin wußte ich jetzt, daß Stevens tatsächlich mit Zollner gesprochen hatte. Ich wäre gern eine Tsetsefliege an der Bürowand gewesen.

Mr. Foster wollte witzig sein und sagte: »Ich dachte, die Außerirdischen und die Nazis seien in den Bunkern.«

Zollner schüttelte den Kopf. »Nein, die toten Außerirdischen sind im Leuchtturm. Die Nazis haben wir aus den Bunkern verlegt, weil sie sich über die Vampire beschwert haben.«

Wir lachten alle – hahaha. Humor im Forschungslabor. Eigentlich etwas für *Reader's Digest*.

Als wir weitergingen, sagte Dr. Seltsam: »In dieser Zone sind Sie ungefährdet – hier befinden sich vor allem Labors für Gentechnik und Büros … ungefährliche Tätigkeiten, wenn ich mal so sagen darf.«

Wir folgten den Korridoren aus Hohlblocksteinen, und Zollner öffnete gelegentlich eine gelbe Stahltür, um jemanden in einem Büro oder Labor zu begrüßen und ihn nach seiner Arbeit zu fragen.

Hier gab es alle möglichen seltsamen fensterlosen Räume, darunter einen, der an einen Weinkeller erinnerte – nur enthielten die Flaschen nach Zollners Auskunft lebende Zellkulturen.

Irgendwann auf dem Weg durch die schlachtschiffgrauen Korridore erklärte Dr. Zollner: »Es gibt neue Viren, die Tiere oder Menschen oder auch beide befallen. Wir Menschen und die höher entwickelten Tiere besitzen keine Antikörper gegen viele dieser tödlichen Krankheiten. Die heutigen Medikamente gegen Viren sind nicht sehr effektiv, deshalb läßt eine zukünftige weltweite Katastrophe sich nur durch *Impfstoffe* verhindern, und der Schlüssel zu neuen Impfstoffen ist die Gentechnik.«

»*Welche* Katastrophe?« fragte Max sofort.

Dr. Zollner ging weiter und äußerte sich angesichts des Themas sehr nonchalant, wie ich fand.

»Was Viruserkrankungen angeht«, sagte er, »würde ein Ausbruch der Maul- und Klauenseuche einen großen Teil der Viehbestände Amerikas vernichten und Millionen von Menschen um ihren Lebensunterhalt bringen. Die Preise der anderen Nahrungsmittel würden sich wahrscheinlich vervierfachen. Das Maul- und Klauenseuche-Virus gehört zu den ansteckendsten und virulentesten Erregern überhaupt und hat deshalb die Spezialisten für biologische Kriegführung schon immer fasziniert. Diese Gentlemen warten nur auf den Tag, an dem es ihren Wissenschaftlern gelingt, das MKS-Virus gentechnisch so zu verändern, daß es auch Menschen infiziert. Aber noch schlimmer ist, daß manche dieser Viren selbständig mutieren und danach Menschen gefährlich werden.«

Diese Feststellungen lösten weder Fragen noch Kommentare aus. Wir warfen einen Blick in weitere Labors, und Dr. Zollner hatte immer ein paar aufmunternde Worte für die blassen Eierköpfe, die in einer Umgebung forschten, deren bloßer Anblick mich bereits nervös machte. »Was haben wir heute dazugelernt?« fragte er beispielsweise. »Haben wir was Neues entdeckt?« Und so weiter. Seine Wissenschaftler schienen ihn zu mögen oder wenigstens zu tolerieren.

Während wir einem weiteren der scheinbar unzähligen Korridore folgten, setzte Dr. Zollner seinen Vortrag fort. »Die letzte wirklich große Grippeepidemie hat es im Jahr neunzehnhundertachtzehn gegeben. Weltweit sind damals ungefähr zwanzig Millionen Menschen gestorben – etwa eine halbe Million davon in den Vereinigten Staaten. Rechnet man diese Zahl auf die heutige Bevölkerung um, wären das ungefähr eineinhalb Millionen Tote. Können Sie sich so etwas in der Gegenwart vorstellen? Dabei war das damalige Virus nicht einmal besonders virulent, und natürlich sind die Menschen weit weniger gereist als heute. Heute sorgt schon der Flugverkehr dafür, daß Virusinfektionen sich binnen weniger Tage über die ganze Welt ausbreiten. Das einzig Gute an hochgefährlichen Viren wie Ebola ist, daß sie so tödlich sind, daß sie kaum Zeit haben, ein afrikanisches Dorf zu verlassen, bevor alle Einwohner tot sind.«

»Gibt's eine Einuhrfähre?« fragte ich.

Dr. Zollner lachte. »Sie sind nervös, stimmt's? Aber hier ist nichts zu befürchten. Wir sind sehr vorsichtig. In diesem Gebäude haben wir großen Respekt vor den kleinen Organismen.«

»Das klingt wie der ›Mein-Hund-beißt-nicht‹-Scheiß.«

Dr. Zollner ging darüber hinweg. »Das Landwirtschaftsministerium hat den Auftrag, durch geeignete Maßnahmen sicherzustellen, daß keine Tierseuchen aus dem Ausland eingeschleppt werden. Damit sind wir das Gegenstück des für Menschen zuständigen Zentrums für Seuchenkontrolle in Atlanta, Georgia. Wie Sie sich vielleicht denken können, arbeiten wir wegen möglicher Crossover-Infektionen – vom Tier zum Menschen und umgekehrt – eng mit Atlanta zusammen.

In Newburgh, New York, befindet sich eine riesige Quarantänestation, in der alle in dieses Land eingeführten Tiere für eine bestimmte Zeit in Quarantäne bleiben müssen. Man fühlt sich an die Arche Noah erinnert, wissen Sie, wenn man die tagtäglich eintreffenden Tiere sieht: Rennpferde, Zoo- und Zirkustiere, Zuchtvieh, seltene Nutztiere wie Sträuße und Lamas, exotische Haustiere wie vietnamesische Hängebauchschweine und alle möglichen Urwaldvögel... insgesamt zweieinhalb Millionen Tiere pro Jahr.

Newburgh gilt als Ellis Island des Tierreichs«, fuhr er fort, »und Plum Island ist Alcatraz. Kein Tier, das zu uns kommt, verläßt die Insel lebend. Ich muß Ihnen sagen, daß die massenhaften Tierimporte zu Freizeit- und Vergnügungszwecken uns hier viel Arbeit und große Sorgen machen. Es ist lediglich eine Frage der Zeit, bis...« Nach einer kleinen Sprechpause fügte er hinzu: »Die Schlüsse vom Tierreich auf die menschliche Bevölkerung können Sie selbst ziehen.«

Das konnte ich allerdings.

Dr. Zollner machte wieder eine Pause, bevor er fortfuhr: »Früher haben die Kanonen von Plum Island die Küsten dieses Landes geschützt, jetzt tut es unsere Einrichtung.«

Für einen Wissenschaftler ziemlich poetisch, dachte ich, bis mir einfiel, daß ich das in einer der von Donna ausgegebenen Pressemitteilungen gelesen hatte.

Zollner redete gern, und ich bin ein berufsmäßiger Zuhörer, so daß wir uns gut ergänzten.

Als nächstes betraten wir einen Raum, der nach Dr. Zollners Aussage ein Labor für Röntgenkristallographie war, was ich ihm glauben mußte.

Dort saß eine Frau über ein Mikroskop gebeugt, und Zollner stellte sie uns als Dr. Chen vor – eine Kollegin und gute Freundin von Tom und Judy Gordon. Sie trug ihre üppige schwarze Mähne in einem gehäkelten Haarnetz zusammengefaßt, das tagsüber vermutlich für Feinarbeit über dem Mikroskop geeignet war und nachts, wenn sie ihr Haar herabließ, zu allen möglichen Zwecken dienen konnte. Benimm dich, Corey! Sie ist Wissenschaftlerin und viel intelligenter als du.

Dr. Chen begrüßte uns. Sie wirkte recht ernst, fand ich, aber das mochte daran liegen, daß sie wegen des Todes ihrer Freunde verstört und traurig war.

Beth erklärte erneut, daß ich ein Freund der Gordons gewesen sei, und zumindest dadurch verdiente ich mir meinen Dollar pro Woche. Ich meine, niemand mag von einer Horde Cops mit allen möglichen Fragen überfallen werden, aber wenn einer dieser Cops ebenfalls mit den Verstorbenen befreundet gewesen ist, hat er einen gewissen Vorteil. Jedenfalls stimmten wir alle darin überein, daß der Tod der Gordons eine Tragödie sei, und sprachen nur gut über die Toten.

Schließlich kamen wir auf Dr. Chens Arbeit zu sprechen, die sie uns in einfachen Worten erklärte. »Ich röntge Viruskristalle, um ihre Molekularstruktur zu analysieren. Im Anschluß daran verändern wir das Virus gentechnisch so, daß es keine Krankheit mehr verursachen kann. Injizieren wir das gleiche Virus jedoch Tieren, können sie Antikörper bilden, die dann hoffentlich die in der Natur vorkommende gefährliche Virusart angreifen.«

»Und daran haben die Gordons gearbeitet?« erkundigte Beth sich.

»Ja.«

»Woran haben sie *speziell* gearbeitet? An welchem Virus?«

Dr. Chen sah kurz zu Dr. Zollner hinüber. Ich mag's nicht, wenn Zeugen das tun. Ich meine, das ist so, als wenn der Pitcher von seinem Trainer ein Zeichen bekommt, einen Curveball, einen Slider oder was auch immer zu werfen. Dr. Zollner mußte einen Fastball signalisiert haben, denn Dr. Chen antwortete prompt: »Ebola.«

»Natürlich nur mit Affen-Ebola«, fügte Dr. Zollner hinzu. »Ich hätte ihnen schon früher davon erzählt, aber ich dachte, eine Kollegin der Gordons sollte es Ihnen ausführlicher erklären.« Er nickte Dr. Chen zu.

Dr. Chen sprach weiter. »Die Gordons haben versucht, das bei Affen vorkommende Ebola-Virus so abzuändern, daß es keine Krankheit, sondern nur noch eine Immunreaktion auslöst. Es gibt so viele verschiedene Ebola-Viren, daß wir nicht einmal genau wissen, welche die Artenschranke überwinden und …«

»Sie meinen«, unterbrach Max sie, »welche davon Menschen infizieren können?«

»Ja. Jedenfalls ist das ein wichtiger Schritt auf dem Weg zur Entwicklung eines Ebola-Impfstoffs für Menschen.«

»Der Schwerpunkt unserer Arbeit liegt traditionellerweise bei den sogenannten Nutztieren, die Milch, Fleisch, Wolle und Leder liefern«, erklärte Dr. Zollner. »Aber im Laufe der Jahre haben bestimmte Stellen auch andere Forschungsvorhaben finanziert.«

»Zum Beispiel das Militär, das biologische Kampfmittel erforscht hat?« fragte ich.

Zollner ging nicht direkt darauf ein. »Diese Insel bietet in vieler Beziehung einzigartige Voraussetzungen: Sie liegt isoliert, hat aber trotzdem beste Verbindungen zu wichtigen Transport- und Kommunikationszentren, zu den besten Universitäten Amerikas und zu vielen Wissenschaftlern unserer Fachgebiete. Außerdem ist unser Forschungslabor hochmodern. Daher arbeiten wir nicht nur mit dem Militär, sondern auch mit anderen in- und ausländischen Stellen zusammen, wenn es außergewöhnliche oder potentiell … für Menschen gefährliche Stoffe zu erforschen gibt. Zum Beispiel Ebola.«

»Mit anderen Worten«, sagte ich, »vermieten Sie hier gewissermaßen Zimmer?«

»Wir sind eine große Forschungseinrichtung«, antwortete er ausweichend.

»Haben die Gordons für das Landwirtschaftsministerium gearbeitet?« fragte ich.

»Das darf ich leider nicht sagen.«

»Von wem haben sie ihre Gehaltsscheck bekommen?«

»Alle unsere Gehaltsschecks kommen vom Landwirtschaftsministerium.«

»Aber nicht jeder Wissenschaftler, der seinen Scheck von dort bekommt, ist dort angestellt. Richtig?«

»Ich habe nicht vor, mich auf ein Wortgefecht mit Ihnen einzulassen, Mr. Corey.« Er nickte Dr. Chen zu. »Bitte fahren Sie fort.«

»Ein Forschungsvorhaben dieser Art besteht aus so vielen Einzelschritten, daß außer dem Projektleiter niemand den völligen Überblick hat«, erklärte sie. »Tom hat das Projekt geleitet, und Judy ist seine Stellvertreterin gewesen. Beide waren hervorragende Forscher. Nachträglich begreife ich, was die beiden gemacht haben: Sie haben des öfteren Untersuchungen verlangt, was aber gewissermaßen nichts als ein Ablenkungsmanöver war; außerdem hatten sie mitunter Kollegen gegenüber behauptet, sie seien in eine Sackgasse geraten. Sie haben die klinischen Tierversuche genau verfolgt, aber die Tierpfleger weitgehend im ungewissen gelassen. Daraus folgt, daß nur Tom und Judy im Besitz sämtlicher Informationen gewesen sind.«

Dr. Chen dachte einen Augenblick nach, dann fuhr sie fort: »Ich bezweifle, daß alles von Anfang an geplant war… Ich glaube, daß sie erst kurz vor der Entdeckung eines brauchbaren Impfstoffs gegen Affen-Ebola auf die Idee gekommen sind, diesen Impfstoff industriell auszuwerten. Der nächste logische Schritt wäre ein für Menschen geeigneter Impfstoff gewesen. Vielleicht haben sie geglaubt, der Menschheit damit einen Dienst zu erweisen. Oder sie waren der Meinung, den Impfstoff außerhalb dieses Labors – das wie jede Behörde langsam arbeitet – schneller und effektiver entwickeln zu können.«

»Bleiben wir lieber beim Gewinnstreben, Dr. Chen«, wandte Max ein. »Dieses humanitäre Motiv zieht bei mir nicht.«

Sie zuckte mit den Schultern.

Beth deutete auf das Mikroskop. »Darf ich mal reinsehen?«

»Das sind natürlich abgestorbene Ebola-Viren«, sagte Dr. Chen. »Lebende Ebola gibt's nur in Zone fünf. Aber ich kann Ihnen ohne Gefahr Videoaufnahmen von lebenden Viren zeigen.« Sie drehte sich nach einem Fernseher um und stellte den Videorecorder an. Auf dem Bildschirm erschienen vier schwachrosa gefärbte, fast durchsichtige dreidimensionale Kristalle in Prismenform. Falls sie lebten, stellten sie sich tot.

»Ich untersuche ihre Molekularstruktur«, erklärte Dr. Chen uns, »damit die Gentechniker das Virus verändern können. Das neue Virus wird vermehrt und Affen injiziert. Danach sind drei

Reaktionen möglich: Der Affe erkrankt und stirbt; er erkrankt nicht, bildet aber auch keine Ebola-Antikörper; er erkrankt und *bildet* Ebola-Antikörper. Das ist die Reaktion, die wir erhoffen. Sie bedeutet, daß wir einen Impfstoff gefunden haben. Wie effektiv dieser ist, stellt sich erst später heraus. Manchmal ist die Immunreaktion zu schwach, oder der Impfstoff schützt nicht vor allen Virusstämmen. Das macht unsere Arbeit so frustrierend. Viren sind genetisch und molekular sehr einfach, aber doch schwieriger als Bakterien, weil sie leicht zu mutieren, schwer zu verstehen und schwer abzutöten sind.«

Dr. Chen schaltete den Videorecorder aus.

Nun fragte Beth, wie die Gordons sich gestern vormittag verhalten hatten, und Dr. Chen antwortete, sie hätten etwas nervös gewirkt. Judy habe über Migräne geklagt, worauf sie beschlossen hätten, früher heimzufahren. Das überraschte keinen von uns.

»Glauben Sie, daß die beiden gestern etwas von hier mitgenommen haben?« fragte ich ganz direkt.

Dr. Chen überlegte kurz. »Keine Ahnung«, sagte sie dann. »Woher soll ich das wissen?«

»Wie schwierig ist es überhaupt, hier etwas rauszuschmuggeln?« fragte Beth weiter. »Wie würden *Sie* das anfangen?«

»Nun ... ich könnte hier oder in einem anderen Labor ein Reagenzglas mitnehmen, auf die Toilette gehen und es in einer meiner beiden Körperöffnungen verstecken. Das Fehlen eines einzigen Reagenzglases würde niemandem auffallen. Danach gehe ich in den Duschraum, werfe meine Laborkleidung in den Wäschekorb, dusche und trete an meinen Spind. Dort könnte ich das Reagenzglas herausnehmen und in meine Handtasche legen. Ich ziehe mich an, verlasse das Gebäude, nehme den Bus zur Fähre und fahre nach Hause. Unter der Dusche ist man unbeobachtet. Wie Sie später sehen werden, gibt's dort keine Überwachungskameras.«

»Und größere Gegenstände?« fragte ich. »Gegenstände, die zu groß sind, um ... nun, einfach zu groß?«

»Was unter die Laborkleidung paßt, kann man in den Duschraum mitnehmen. Dort muß man dann clever sein. Wollte ich zum Beispiel ein Sequenz-Gel mitnehmen, würde ich es mit meinem Handtuch tarnen.«

»Oder Sie könnten es im Wäschekorb für Laborkleidung verstecken«, sagte Beth.

»Nein, zurück darf man nicht mehr. Die Kleidung ist kontaminiert. Auch die benutzten Handtücher müssen in einen Wäschekorb geworfen werden. Im Duschraum würde jeder andere sehen, daß man etwas mitnimmt. Duscht man jedoch zu ungewöhnlicher Zeit, hat man gute Chancen, dort allein zu sein.«

Ich versuchte mir vorzustellen, wie Tom oder Judy gestern mittag, als außer ihnen niemand im Duschraum war, etwas aus dem Labor geschmuggelt hatten. Ich fragte Dr. Chen: »Wenn anzunehmen ist, daß hier alles kontaminiert ist, wäre es dann nicht sehr riskant, sich ein Reagenzglas irgendwo reinzustecken?«

»Zuerst nimmt man natürlich eine primitive Entkontaminierung vor«, antwortete sie. »Man wäscht sich die Hände mit der Spezialseife auf den Toiletten und steckt das Reagenzglas sicherheitshalber in ein Kondom. Man muß zwar vorsichtig sein, aber nicht paranoid.«

Dr. Chen fuhr fort: »Im Computer gespeicherte Informationen lassen sich elektronisch in die Büros im Verwaltungstrakt übermitteln. Man braucht also keine Disketten zu stehlen und hinauszuschmuggeln. Was Notizen, Graphiken, Tabellen und so weiter betrifft, ist es üblich, sie von hier ins eigene Büro zu faxen. Wie Sie sehen, stehen hier überall Faxgeräte, und draußen hat jedes Büro seinen eigenen Anschluß. Das ist die einzige Methode, seine Notizen hinauszubringen. Früher mußten wir ein Spezialpapier verwenden, das in ein Reinigungsbad gelegt wurde, so daß die Notizen erst am nächsten Tag benutzbar waren. Jetzt sind die gefaxten Notizen schon da, wenn man ins Büro zurückkommt.«

Erstaunlich, sagte ich mir. Daran hatten die Fax-Erfinder bestimmt nicht gedacht. Ich konnte mir einen Werbespot im Fernsehen vorstellen: »Mit Bakterien verseuchte Labornotizen? Faxen Sie sie in Ihr Büro. *Sie* müssen duschen, aber sie nicht.« Oder irgendwas in dieser Art.

Beth sah Dr. Chen an und fragte sie direkt: »Glauben Sie, daß die Gordons etwas hinausgeschmuggelt haben, das Lebewesen gefährlich werden könnte?«

»O nein! Nein, was sie mitgenommen haben – falls überhaupt etwas –, ist nicht krankheitserregend gewesen, ganz im Gegenteil. Es war jedenfalls nichts Schädliches. Darauf würde ich mein Leben verwetten.«

»Das haben wir alle schon getan«, sagte Beth.

Wir verabschiedeten uns von Dr. Chen und setzten unseren Rundgang fort.

»Wie ich schon sagte«, erklärte Dr. Zollner uns unterwegs, »und wie Dr. Chen bestätigt hat, haben die Gordons, wenn überhaupt, einen gentechnisch veränderten Impfstoff gestohlen. Wahrscheinlich einen Impfstoff gegen Ebola, nachdem das ihr Hauptarbeitsgebiet war.«

Alle schienen einer Meinung mit ihm zu sein. Aber ich fand, daß Dr. Chens Antworten etwas zu glatt und einstudiert geklungen hatten. Außerdem hatte sie die Gordons nicht so gut gekannt, wie ihr Chef und sie behaupteten.

Während wir weitergingen, informierte uns Dr. Zollner über weitere Forschungsprojekte. »Zu den Viruserkrankungen, die wir hier erforschen, gehören bösartige Katarrhe, hämorrhagisches Krim-Kongo-Fieber und das Lassafieber, außerdem verschiedene Arten von Pneumonien, Rickettsiosen wie Herzwassersucht, zahlreiche durch Bakterien hervorgerufene Krankheiten und schließlich parasitäre Erkrankungen.«

»Doc, ich habe in Biologie eine Drei gehabt – aber auch nur, weil ich gespickt habe. Ich habe schon bei diesem komischen Fieber abgehängt. Aber ich möchte Sie etwas fragen: Um dieses ganze Zeug studieren zu können, müssen Sie die Erreger in Massen produzieren, nicht wahr?«

»Ja, aber ich kann Ihnen versichern, daß unsere Kapazitäten nicht für eine Großproduktion für militärische Zwecke ausreichen, falls Sie darauf hinauswollen.«

»Ich will auf willkürliche Terrorakte hinaus«, sagte ich. »Würde Ihre Produktion dafür ausreichen?«

Er zuckte mit den Schultern. »Vielleicht.«

»Schon wieder dieses Wort, Doc.«

»Also gut, für einen Terroranschlag ausreichend.«

»Stimmt es«, fragte ich, »daß eine Kaffeebüchse voller Milzbranderreger, die um Manhattan Island herum in die Luft freigesetzt werden, ausreichen würde, um zweihunderttausend Menschen umzubringen?«

Zollner überlegte kurz, dann antwortete er. »Das wäre möglich. Wer weiß? Vieles hängt von der Windrichtung ab. Ist es Sommer? Ist es Mittagszeit?«

»Nehmen wir mal an, es wäre morgen im abendlichen Berufsverkehr.«

»Also gut … zweihunderttausend. Dreihunderttausend. Eine Million. Das spielt keine Rolle, weil niemand die Folgen abschätzen kann und niemand eine Kaffeebüchse voller Milzbranderreger hat. Das kann ich Ihnen versichern. Darauf ist bei unserer Inventur besonders geachtet worden.«

»Das ist erfreulich. Aber auf anderes ist wohl weniger geachtet worden?«

»Wie ich Ihnen schon erklärt habe, fehlt schlimmstenfalls ein Antivirus-Impfstoff. Daran haben die Gordons gearbeitet. Sie werden sehen, daß Sie morgen früh lebend aufwachen. Und übermorgen und am Tag danach auch. Aber in sechs bis sieben Monaten bringt irgendein Pharmakonzern einen Ebola-Impfstoff auf den Markt, von dem die Weltgesundheitsorganisation als Anfangsausstattung zweihundert Millionen Dosen kauft, und wenn Sie herausbekommen, wer daran am meisten verdient hat, haben Sie Ihren Mörder.«

Danach herrschte sekundenlanges Schweigen, bis Max sagte: »Sie sind eingestellt, Doktor.«

Alle lächelten oder schmunzelten. Tatsächlich wollten wir das glauben, wir *glaubten* es und waren so erleichtert, daß wir fast über dem Boden schwebten. Zollners frohe Botschaft hatte uns schwindlig gemacht, und wir waren so glücklich darüber, daß wir nun doch nicht mit Lassafieber oder dergleichen im Endstadium aufwachen würden, daß wir uns weniger auf unseren Fall konzentrierten als zuvor. Außer mir.

Jedenfalls zeigte der gute Doktor uns alle möglichen Räume und sprach über Diagnosen und Impfstoffproduktion, über die Erforschung von Antikörpern, Gentechnik, durch Zecken übertragene Viren und so weiter. Alles ziemlich verwirrend.

Man mußte schon ein bißchen komisch sein, um sich für diese Arbeit zu begeistern, sagte ich mir, und die Gordons, die ich für normale Leute gehalten hatte, mußten im Vergleich zu ihren Kollegen wie Paradiesvögel gewirkt haben. Als ich Zollner darauf ansprach, bestätigte er meine Vermutung: »Ja, meine Wissenschaftler sind ziemlich introvertiert – wie die meisten Wissenschaftler. Kennen Sie den Unterschied zwischen einem introvertierten Biologen und einem extrovertierten?«

»Nein.«

»Ein extrovertierter Biologe starrt *Ihre* Schuhe an, während er mit Ihnen redet.« Dr. Zollner lachte herzhaft über seinen kleinen Scherz, und auch ich rang mir ein Grinsen ab. Schließlich war das hier *sein* Laden.

Jedenfalls konnten wir die Räume besichtigen, in denen am Forschungsprojekt der Gordons gearbeitet worden war, und bekamen auch das Labor der beiden zu sehen.

Im kleinen Labor der Gordons sagte Dr. Zollner: »Als Projektleiter sind die Gordons hauptsächlich koordinierend tätig gewesen, aber sie haben hier auch selbst geforscht.«

»Außer ihnen hat hier niemand gearbeitet?« fragte Beth.

»Nun, sie haben natürlich Assistenten gehabt, aber dieses Labor ist das Privatreich der Doktores Gordon gewesen. Logischerweise bin ich heute morgen eine Stunde hier drinnen gewesen, um nach verdächtigem Material zu suchen, aber sie haben natürlich nichts Belastendes zurückgelassen.«

Ich nickte. Irgendwann mochte es hier Belastungsmaterial gegeben haben, aber falls die Gordons ihr Geheimprojekt gestern abgeschlossen und ihre Forschungsergebnisse hinausgeschmuggelt hatten, hatten sie dieses Labor gestern morgen oder vorgestern höchstwahrscheinlich auch gesäubert. Aber das setzte voraus, daß ich diese ganze Geschichte mit dem Ebola-Impfstoff glaubte, und da war ich mir nicht so sicher.

»Es ist *nicht* gestattet«, erklärte Beth Dr. Zollner, »den Arbeitsplatz von Ermordeten zu betreten, sich umzusehen, Gegenstände zu entfernen oder irgend etwas anzufassen.«

Zollner zuckte mit den Schultern, was unter diesen Umständen die einzig angemessene Reaktion war. »Woher hätte ich das wissen sollen? Verstehen Sie etwas von *meiner* Arbeit?«

»Ich wollte's Ihnen nur sagen, damit...«

»Damit ich nächstes Mal gewarnt bin? Also gut, wenn wieder einmal zwei meiner führenden Wissenschaftler ermordet werden, achte ich darauf, ihr Labor nicht zu betreten.«

Beth Penrose war klug genug, jetzt den Mund zu halten.

Meiner Ansicht nach wurde sie den einzigartigen Umständen dieses Falls durch ihr Beharren auf den Vorschriften für Ermittlungen in Mordsachen nicht ganz gerecht. Aber ich mußte anerkennen, daß sie alles richtig zu machen versuchte. Hätte sie zur Besatzung der *Titanic* gehört, hätte sie Schwimmwesten nur gegen Unterschrift ausgegeben.

Wir sahen uns im Labor um, aber hier gab es keine Notizbücher, keine Glasgefäße mit der Aufschrift *Heureka*, keine rätselhaften Notizen an der Pinnwand, keine Leichen im Geräteschrank und eigentlich nichts, was ein durchschnittlicher Laie hätte verstehen können. Falls es hier etwas Interessantes oder Belastendes gegeben hatte, war es verschwunden – dank Tom und Judy Gordon, dank Zollner oder vielleicht dank den Herren Foster und Nash, falls sie sich bei ihrem morgendlichen Besuch bis hierher vorgewagt hatten.

Ich stand also da und versuchte, mit den Geistern zu kommunizieren, die uns vielleicht noch unsichtbar umschwebten. *Judy, Tom… gebt mir einen Hinweis, ein Zeichen.*

Ich schloß die Augen und wartete. Fanelli sagt, daß die Toten mit ihm reden. Sie nennen ihre Mörder, aber sie sprechen immer polnisch oder spanisch, manchmal griechisch, so daß er sie nicht versteht. Ich glaube, daß er mich damit nur verarschen will. Er spinnt noch mehr als ich.

Bedauerlicherweise war das Labor der Gordons eine Pleite, und wir gingen weiter.

Wir sprachen mit einem Dutzend Wissenschaftler, die alle mit und für die Gordons gearbeitet hatten. Dabei zeigte sich, daß a) jeder Tom und Judy geliebt hatte, b) Tom und Judy brillant gewesen waren, c) Tom und Judy nicht imstande gewesen wären, einer Fliege etwas zuleide zu tun – außer zur Gewinnung wissenschaftlicher Erkenntnisse im Dienste von Mensch und Tier, d) die Gordons zwar beliebt und geachtet, aber doch anders gewesen waren, e) die im persönlichen Umgang sehr korrekten Gordons imstande gewesen wären, den Staat zu bescheißen und einen kostbaren Impfstoff zu stehlen. Ich hatte den Eindruck, als läsen alle aus dem gleichen Buch vor.

Wir gingen weiter und stiegen die Treppe zum ersten Stock

hinauf. Mein verletztes Bein wollte nicht mehr recht, und meine Lunge ächzte so laut, daß ich glaubte, jeder müsse ihr Pfeifen hören.

Dr. Zollner sprach über die Fortbildungsprogramme für Wissenschaftler, Graduierte und Veterinäre aus aller Welt, die hier lernten und lehrten. Er erwähnte auch die Austauschprogramme mit vergleichbaren Einrichtungen in Israel, Kenia, Mexiko, Kanada und England. »Tatsächlich«, sagte er, »sind die Gordons vor etwa einem Jahr in England gewesen. Im Pirbright Laboratory südlich von London. Das sind unsere britischen Kollegen.«

»Kommen auch Besucher vom Army Chemical Corps?« fragte ich.

Er starrte mich an. »Sie haben anscheinend zu allem, was ich sage, eine Frage. Freut mich, daß Sie so aufmerksam zuhören.«

»Ich würde gern eine Antwort auf meine Frage hören.«

»Meine Antwort lautet, daß Sie das nichts angeht, Mr. Corey.«

»Falsch, Doktor. Verdächtigen wir die Gordons, Organismen gestohlen zu haben, die für biologische Kriegführung verwendet werden können, und deswegen ermordet worden zu sein, müssen wir wissen, ob hier solche Organismen existieren. Mit anderen Worten: Gibt es hier in diesem Gebäude Spezialisten für biologische Kriegführung? Arbeiten sie hier? Experimentieren sie hier?«

Nach einem Blick in Richtung der Herren Foster und Nash antwortete Zollner: »Es wäre gelogen, wenn ich behaupten würde, daß niemand vom Army Chemical Corps zu uns kommt... Die Vereinigten Staaten haben auf Erforschung, Herstellung und Einsatz biologischer Kampfmittel verzichtet – aber es wäre nationaler Selbstmord, keine Abwehrmethoden zu entwickeln. Ich kann Ihnen jedoch versichern, daß die Gordons nichts mit den Militärs zu tun hatten, nicht in diesem Bereich tätig waren und keinen Zugang zu tödlichen ...«

»Außer zu Ebola.«

»Ah, Sie haben *aufgepaßt*! Aber wozu sollte man sich die Mühe machen, eine Ebola-Waffe zu entwickeln? Wir haben Milzbranderreger. Anthrax ist leicht herzustellen und aufzubewahren, verteilt sich gut in der Luft, tötet so langsam, daß die Infizierten Zeit haben, Gesunde anzustecken, und hinterläßt ebenso viele

Schwerkranke wie Tote, die das Gesundheitswesen des Feindes zusammenbrechen lassen. Der springende Punkt dabei ist, daß die Gordons sich nicht mit Ebola abgegeben hätten, wenn sie einer fremden Macht eine biologische Waffe hätten verkaufen wollen. Dafür sind sie zu intelligent gewesen. Dieser Verdacht ist absolut unbegründet.«

»Das freut mich. Wann sind die Gordons übrigens in England gewesen?«

»Hmmm… Letztes Jahr im Mai. Ich weiß noch, wie ich sie darum beneidet habe, im Mai nach London reisen zu dürfen.«

»Für die Reisekosten der Gordons ist vermutlich das Ministerium aufgekommen?«

»Natürlich – wie immer bei Dienstreisen.« Er dachte kurz nach, dann fügte er hinzu: »Tatsächlich haben sie auf eigene Kosten eine Woche in London angehängt. Ja, daran erinnere ich mich gut.«

Ich nickte. Woran *ich* mich nicht erinnerte, waren außergewöhnlich hohe Kreditkartenbelastungen im Mai oder Juni vergangenen Jahres. Ich fragte mich, wo die beiden diese Woche verbracht haben mochten. Nicht in einem Londoner Hotel, außer sie waren ohne zu zahlen durchgebrannt. Auch an größere Barabhebungen konnte ich mich nicht erinnern. Darüber würde ich noch nachdenken müssen.

Wir gingen schweigend einen endlosen Korridor entlang, als Zollner plötzlich fragte: »Hören Sie das?« Er blieb stehen und legte eine Hand hinters Ohr. »Hören Sie das?«

Wir standen alle still und horchten. »Was?« fragte Foster schließlich.

»Ein Rumpeln. Ein Rumpeln und Beben, als ob…«

Nash kniete sich hin und legte seine Hände flach auf den Boden. »Erdbeben?«

»Nein«, sagte Dr. Zollner, »das ist mein Magen. Ich habe Hunger.« Er tätschelte lachend seinen Wanst. Alle lächelten oder grinsten, nur Nash nicht, der sich steif erhob und sich die Hände abwischte.

Zollner ging zu einer grellroten Stahltür, die mit sechs standardisierten Gefahrensymbolen bepflastert war: *Ansteckungsgefährliche Substanzen, Radioaktive Stoffe, Chemische Abfälle,*

Hochspannung, Giftige Stoffe und *Unbehandelte Fäkalien*. Er riß die Tür auf und verkündete: »Kantine!«

Der schmucklose weiße Raum enthielt ein Dutzend leere Tische, eine Spüle, einen Kühlschrank, eine Mikrowelle, ein schwarzes Brett mit Notizen und Nachrichten, einen Trinkwasserspender und eine Kaffeemaschine, aber keine Verkaufsautomaten, weil niemand hier hereinkommen und sie warten wollte. Neben einem Faxgerät lagen die heutige Speisekarte, Bestellvordrucke und Bleistifte.

»Ich lade Sie alle zum Lunch ein«, sagte Dr. Zollner. Als er seine große Bestellung schrieb, sah ich, daß er unter anderem die Tagessuppe nahm: Kraftbrühe mit Ei. Ich mochte mir nicht mal vorstellen, woher das Rindfleisch für die Suppe stammte.

Zum erstenmal seit meiner Entlassung aus dem Krankenhaus bestellte ich Jell-O, und zum erstenmal in meinem Leben ließ ich das Fleisch weg.

Auch sonst schien niemand besonders hungrig; alle bestellten Salate.

Nachdem Dr. Zollner unsere Bestellungen nach draußen gefaxt hatte, schlug er vor, wir sollten uns die Hände waschen. Das taten wir an der Spüle mit einer komischen braunen Flüssigkeit, die nach Jod roch.

Wir holten uns Kaffee und nahmen Platz. Andere Leute kamen herein, holten sich Kaffee, nahmen Sachen aus dem Kühlschrank und faxten ihre Bestellungen durch. Ich wollte einen Blick auf meine Uhr werfen und sah mein leeres Handgelenk.

»Hätten Sie Ihre Uhr mitgebracht«, sagte Zollner, »müßte ich sie entkontaminieren und zehn Tage in Quarantäne behalten.«

»Meine Uhr würde keine Entkontaminierung überleben.« Ich sah auf die Wanduhr. Es war 12.55 Uhr.

Wir unterhielten uns ein Weilchen über Nichtigkeiten. Dann wurde die Tür geöffnet, und ein Mann in Weiß schob einen Essenswagen herein. Dieser Wagen aus Edelstahl sah wie jeder andere Essenswagen aus, aber er war mit Plastikfolie abgedeckt.

Dr. Zollner nahm die Folie weg, gab als perfekter Gastgeber jedem seinen Teller und schickte den Mann mit dem Wagen wieder hinaus.

»Muß der jetzt duschen?« erkundigte sich Max.

»Ja. Der Wagen wird erst entkontaminiert und später abgeholt.«

»Wäre es möglich, den Wagen zu benutzen, um große Gegenstände aus dem Labor zu schmuggeln?« fragte ich.

Dr. Zollner sah von seinem Mittagsmahl auf, das er mit dem Geschick eines echten Feinschmeckers vor sich arrangiert hatte.

»Wenn ich's mir recht überlege, ja. Dieser Wagen ist der einzige Gegenstand, der regelmäßig zwischen Verwaltungstrakt und Laborkomplex hin und her fährt. Aber wollte man damit etwas schmuggeln, müßte man zwei Komplizen haben: den Mann, der ihn hereinschiebt, und den Mann, der ihn abwäscht und in die Küche zurückbringt. Sehr clever gedacht, Mr. Corey.«

»Ich denke wie ein Krimineller.«

Er lachte und machte sich über seine Bouillon her. Igitt!

Während ich mein Jell-O mit Limonengeschmack löffelte, musterte ich Dr. Zollner. Ich mochte den Kerl. Er war liebenswürdig, gastfreundlich, witzig und clever. Natürlich log er wie gedruckt, aber dazu hatten ihn andere Leute gezwungen. Dr. Z. hatte seinerseits Dr. Chen präpariert, die ihre Rolle jedoch etwas zu gut gespielt hatte. Ich meine, von allen Leuten, die wir hätten befragen können, hatte Zollner uns Dr. Chen vorgesetzt, deren Arbeit nur am Rande mit dem Forschungsprojekt der Gordons zusammenzuhängen schien. Und sie war uns als gute Freundin der Gordons vorgestellt worden, was nicht stimmte, weil ich ihren Namen heute zum erstenmal gehört hatte.

Hier gab es jede Menge Täuschungsmanöver, aber das war bestimmt schon immer so gewesen. »Ich glaube die Geschichte mit dem Ebola-Impfstoff nicht«, erklärte ich Zollner. »Ich *weiß*, was Sie verbergen und was Sie zu tarnen versuchen.«

Dr. Zollner unterbrach sein Kauen, was ihm sicher schwerfiel. Er starrte mich an.

»Hier geht's um die Außerirdischen von Roswell, stimmt's, Doc?« fragte ich. »Die Gordons wollten die Sache mit den Außerirdischen verpfeifen.«

In der Kantine wurde es ganz still, und einige der anderen Wissenschaftler sahen zu uns herüber. »Das ist dieses grüne Jell-O-Zeug nämlich – ihre Gehirne«, behauptete ich grinsend. »Ich esse das Beweismaterial.«

Alle lächelten oder schmunzelten. Zollner mußte so lachen, daß er sich fast verschluckt hätte. Foster hatte besorgt gewirkt, als ich Zweifel an der Geschichte mit dem Ebola-Impfstoff geäußert hatte, aber jetzt hatte er sich von seinem Schock erholt. Nash hatte mich weniger besorgt, aber dafür mordlüstern angefunkelt. Beth und ich wechselten einen Blick, aber ich wußte wieder einmal nicht, ob sie sich über mich ärgerte oder amüsierte. Und Max aß seelenruhig seinen Dreibohnensalat, als ginge ihn das alles nichts an.

Unser Gespräch drehte sich wieder um den möglicherweise entwendeten Impfstoff. »Als vorhin jemand erwähnt hat, der Impfstoff sei nur mit Gold aufzuwiegen, ist mir etwas eingefallen«, sagte Dr. Z. »Einige der von den Gordons getesteten Impfstoffe waren schwach goldfarben, und ich weiß noch, daß die Gordons sie einmal als flüssiges Gold bezeichnet haben. Das ist mir etwas merkwürdig vorgekommen, weil wir hier nie von Geld oder Gewinn sprechen…«

»Natürlich nicht«, warf ich ein. »Als staatliche Einrichtung geben Sie nicht Ihr eigenes Geld aus und müssen nie Gewinn erzielen.«

Dr. Zollner lächelte. »Nicht anders als in Ihrer Branche, Sir.«

»Stimmt genau. Jedenfalls glauben wir jetzt, daß die Gordons zur Vernunft gekommen sind, keine Lust mehr hatten, für ein mageres staatliches Gehalt wissenschaftlich zu arbeiten, den Kapitalismus entdeckt haben und das Gold für sich behalten wollten.«

»Richtig«, pflichtete er bei und fügte hinzu: »Sie haben mit ihren Kollegen gesprochen, haben gesehen, woran die beiden gearbeitet haben, und können daraus nur diese eine Schlußfolgerung ziehen. Warum sind Sie weiterhin skeptisch?«

»Ich bin nicht skeptisch«, log ich. Natürlich war ich skeptisch – als New Yorker und als Cop. Aber ich wollte Dr. Zollner, Mr. Foster und Mr. Nash nicht beunruhigen, deshalb sagte ich: »Ich versuche nur, die Tatsachen richtig einzuordnen. Wie ich die Sache sehe, hat die Ermordung der Gordons entweder *nichts* mit ihrer Arbeit zu tun gehabt, was bedeuten würde, daß wir alle auf der falschen Spur sind, oder sie hängt doch mit ihrer Arbeit zusammen – dann wahrscheinlich mit dem Diebstahl eines Impfstoffs, der Millionen wert ist. Flüssiges Gold. Und die Gordons sind anscheinend reingelegt worden, oder sie haben versucht, ihren Partner reinzulegen, und sind ermordet worden ...« *Ping.*

Jesus. Da war es wieder! Was ...? Ich konnte es nicht sehen, aber ich konnte sein Echo hören und seine Gegenwart spüren. Aber was *war* es?

»Mr. Corey?«

»Ha?«

Dr. Zollners blaue Augen musterten mich mit freundlichem Blick durch seine Nickelbrille. »Wollten Sie noch etwas fragen?«

»Nein. Oder doch: Warum dürfen Sie Ihre Brille aufbehalten, wenn ich meine Uhr abnehmen mußte?«

»Brillen sind die einzige Ausnahme. Für die gibt's am Ausgang ein Reinigungsbad. Bringt Sie das auf eine weitere clevere Idee oder Theorie?«

»Als Brillengläser getarnte Sequenz-Gels.«

Er schüttelte den Kopf. »Idiotisch. Ich glaube, die Gelplatten sind mit dem Essenswagen rausgeschmuggelt worden.«

»Richtig.«

Dr. Z. sah auf die Wanduhr. »Wollen wir die Besichtigung fortsetzen?«

Wir standen auf und warfen unsere Papier- und Kunststoffabfälle in einen roten Treteimer, in dem ein roter Müllsack hing.

Draußen auf dem Korridor sagte Dr. Zollner: »Wir betreten jetzt Zone drei. Dort ist das Ansteckungsrisiko natürlich höher, und falls jemand nicht mitkommen möchte, veranlasse ich, daß Sie in den Duschraum zurückbegleitet werden.«

Aber alle schienen darauf versessen zu sein, noch tiefer in den Höllenschlund vorzudringen. Na ja, damit war unsere Reaktion vielleicht etwas übertrieben dargestellt. Als nächstes gingen wir durch eine rote Tür, auf der *Zone drei* stand. Hier, erklärte Dr. Zollner uns, arbeiteten seine Forscher mit lebenden Krankheitserregern – Parasiten, Viren, Bakterien, Pilzen und anderen Widerwärtigkeiten –, und er zeigte uns ein Labor, in dem eine Frau auf einem Hocker vor einer Wandnische saß. Sie trug eine Gesichtsmaske, und ihre Hände steckten in Latexhandschuhen. Vor ihrem Gesicht war ein durchsichtiger Schutzschild angebracht, der an die Abdeckung einer Salatbar erinnerte, aber sie ging nicht mit Kohlsalat um. »Aus der Nische, in der die Krankheitserreger sind, wird ständig Luft abgesaugt«, sagte Zollner, »so daß das Risiko, daß irgend etwas in den Raum gelangt, relativ gering ist.«

»Warum«, fragte Max, »hat sie eine Maske und wir keine?«

»Gute Frage«, pflichtete ich ihm bei.

»Weil sie den Erregern viel näher ist«, antwortete Zollner. »Wollen Sie näher heran, um sie bei der Arbeit zu beobachten, besorge ich Ihnen eine Maske.«

»Verzichte«, sagte ich.

»Verzichte«, bestätigten auch die anderen.

Wir verließen den Raum.

Dieser Teil des Gebäudes schien weniger bevölkert zu sein als Zone zwei, und die paar Leute, die uns begegneten, wirkten etwas weniger unbekümmert.

»Hier gibt's an sich nicht viel zu sehen«, sagte Dr. Zollner, »aber wenn ich das sage, besteht Mr. Corey darauf, die hintersten Winkel der Labors zu sehen.«

»Oh, Dr. Zollner«, sagte ich, »habe ich Ihnen Anlaß gegeben, so über mich zu reden?«

»Ja.«

»Schön, dann wollen wir uns die hintersten Winkel der Labors ansehen.«

Ich hörte die anderen vornehmlich ächzen, aber Dr. Z. sagte: »Also gut, folgen Sie mir bitte.«

Wir verbrachten die nächste halbe Stunde damit, die hintersten Winkel der Labors zu besichtigen. Ehrlich gesagt sah Zone drei nicht viel anders aus als Zone zwei: ein Raum nach dem anderen, in dem Männer oder Frauen über Mikroskope gebeugt saßen und Abstriche, Ausstriche und Blut- und Gewebeproben von lebenden oder verendeten Tieren untersuchten. Manche dieser Leute hatten ihr Mittagessen mitgebracht und aßen, während sie mit diesen widerlichen Sachen herumspielten.

»Die meisten dieser Viren und Bakterien können die Artenschranke nicht überwinden«, erklärte Zollner. »Zum Beispiel könnten Sie ein Reagenzglas mit Maul- und Klauensuche-Viren trinken, ohne mehr als eine Magenverstimmung zu bekommen, während eine Kuh von einer Dosis verenden würde, die auf einem Stecknadelkopf Platz hätte.«

»Warum?«

»Warum? Weil ein Virus seinem genetischen Aufbau nach imstande sein muß… nun, es muß mit einer Zelle kompatibel sein, um sie infizieren zu können. Mit menschlichen Zellen ist das MKS-Virus nicht kompatibel.«

»Aber es gibt Hinweise darauf, daß Menschen sich mit Rinderwahnsinn infiziert haben«, stellte Beth fest.

»Möglich ist alles«, bestätigte Dr. Z. »Deshalb sind wir sehr vorsichtig.«

Wir betraten einen weiteren hellerleuchteten Raum. »Hier arbeiten wir mit Parasiten«, sagte Zollner. »Der schlimmste ist die Larve der Schmeißfliege *Lucilia macellaria*. Zu ihrer Bekämpfung haben wir eine besondere Methode entwickelt. Da wir entdeckt haben, daß männliche und weibliche Larven sich nur einmal im Leben paaren, sterilisieren wir Millionen von Männchen mit Gammastrahlen und werfen sie über Mittelamerika aus Flugzeugen ab. Paart das Männchen sich dann mit einem Weibchen, bleibt der Nachwuchs aus. Clever, nicht wahr?«

»Aber wird das Weibchen befriedigt?« mußte ich fragen.

»Anscheinend«, antwortete Zollner. »Sie paart sich jedenfalls nie wieder.«

»Das könnte man auch anders sehen«, warf Beth ein.

Dr. Zollner lachte. »Ja. Da gibt's auch einen weiblichen Standpunkt.«

Nun durften wir uns alle solche Fliegenlarven unter einem Mikroskop ansehen. Widerwärtig.

Und dann besichtigten wir weitere Labors, aber auch Räume, in denen gräßliche Mikroben und Parasiten gezüchtet und aufbewahrt wurden, und alle möglichen Einrichtungen, deren Zweck und Funktion ich nur andeutungsweise verstand.

Ich dachte mehrmals daran, daß meine Freunde Tom und Judy tagtäglich auf diesen Korridoren unterwegs gewesen waren und viele dieser Räume betreten hatten. Und trotzdem hatten sie wegen ihrer Arbeit nie besorgt oder deprimiert gewirkt. Zumindest habe ich nichts bemerkt.

»So, das war Zone drei«, erklärte Dr. Z. uns schließlich. »Ich muß Sie jetzt nochmals fragen, ob Sie weitergehen möchten. In Zone vier ist die Ansteckungsgefahr am größten – sogar höher als in Zone fünf, wo man ständig Schutzanzug und Atemmaske trägt und die Räume häufig entkontaminiert werden. In Zone fünf gibt es sogar eigene Duschen. Aber in Zone vier können Sie die Stallungen, die kranken und verendeten Tiere, die Sezierräume und die Verbrennungsanlage besichtigen, wenn Sie wollen. Und obwohl wir hier klinisch nur mit Tierkrankheiten arbeiten, kann die Umgebungsluft auch andere Krankheitserreger enthalten.«

»Bekommen wir Gesichtsmasken?« fragte Max.

»Wenn Sie wollen.« Er sah sich um. »Also gut, folgen Sie mir.«

Wir gingen zu einer weiteren roten Tür mit dem Gefahrensymbol für ansteckende Substanzen und der Aufschrift *Zone vier*. Jemand hatte dort einen besonders gruseligen Aufkleber mit Totenkopf und gekreuzten Knochen angebracht – der Kopf war gespalten, und aus einer der Augenhöhlen ragte eine Schlange. Und aus dem grinsenden Mund kroch eine Spinne. »Soviel ich weiß, hat Tom dieses scheußliche Ding hingeklebt«, sagte Dr. Zollner. »Die Gordons haben immer versucht, hier eine heitere Note hereinzubringen.«

»Richtig.« Bis sie ermordet wurden.

Unser Gastgeber öffnete die rote Tür, und wir betraten eine Art Vorraum. Auf einem kleinen Edelstahlwagen standen zwei Schachteln mit Latexhandschuhen und Papiermasken. »Wer möchte, kann sich hier bedienen«, sagte Dr. Z., indem er auf die Schachteln deutete.

Das war ungefähr so, als hätte er gesagt, Fallschirme oder Schwimmwesten würden auf Wunsch ausgegeben. Ich meine, entweder braucht man die verdammten Dinger oder nicht.

Zollner verdeutlichte sein Angebot. »Vorgeschrieben sind Handschuhe und Masken nicht. Wir duschen ohnehin, bevor wir das Labor verlassen. Ich persönlich benutze das Zeug nie. Mir ist's zu lästig. Aber Ihnen ist damit vielleicht wohler.«

Ich wurde das Gefühl nicht los, daß er uns herausfordern wollte, so, als sage ein Junge zu einem Gleichaltrigen: »Ich nehme immer die Abkürzung über den Friedhof, aber wenn du lieber den weiten Umweg machst, ist's mir auch recht, Feigling.«

»Das Labor kann auch nicht unsauberer als mein Bad sein«, meinte ich.

Dr. Zollner lächelte. »Es ist bestimmt viel sauberer.«

Da offenbar niemand als Feigling gelten wollte, blieben die Handschuhe und Gesichtsmasken unbenutzt. Wir traten durch die zweite rote Tür und fanden uns wie in den Laborzonen eins bis drei in einem betongrauen Korridor wieder. Hier waren die Türen jedoch breiter und wiesen alle einen langen Schließhebel auf. »Das sind luftdichte Türen«, erklärte Zollner uns.

Mir fiel außerdem auf, daß jede Tür ein kleines Beobachtungsfenster aufwies und neben jeder ein Schreibbrett an der Wand hing.

Dr. Zollner führte uns zur nächsten Tür. »Alle diese Räume sind Tierställe, und jede Tür hat ein Beobachtungsfenster. Was dahinter zu sehen ist, kann Bestürzung oder sogar Übelkeit hervorrufen.« Er warf einen Blick auf das Schild neben der Tür. »Afrikanisches Pferdefieber...« Nach einem Blick durchs Fenster sagte er: »Dem geht's nicht schlecht. Nur ein bißchen schlapp. Werfen Sie ruhig einen Blick hinein.«

Wir betrachteten nacheinander den prächtigen Rappen in dem winzigen Raum, der an eine Gefängniszelle erinnerte. Auf den ersten Blick war dem Pferd nichts anzumerken. Nur wer genau hinsah, merkte, daß es schwer schnaufte.

»Alle Tiere in diesen Räumen sind mit Viren oder Bakterien belastet«, erklärte Zollner uns.

»Belastet?« fragte ich. »Ist das so was Ähnliches wie infiziert?«

»Ja, wir sagen belastet.«

»Und was passiert mit diesen belasteten Tieren? Sie werden krank, und irgendwann kommt es zum Atemstillstand?«

»Richtig. Sie werden krank und sterben. Manchmal töten wir sie auch, um ihr Leiden zu verkürzen. Ich glaube, daß alle, die hier arbeiten, Tierfreunde sind und nur deshalb solche Arbeit leisten können. Niemand in unserem Labor möchte, daß die Tiere unnötig leiden, aber wer schon einmal Millionen von Rindern mit Maul- und Klauenseuche gesehen hat, versteht auch, warum es notwendig ist, hier einige Dutzend Rinder zu opfern.« Er wandte sich ab. »Kommen Sie.«

Wir folgten ihm durch ein Labyrinth aus grauen Korridoren mit unzähligen solcher Schreckenskammern, in denen wir Tiere in den verschiedensten Krankheitsstadien sahen. Bald waren wir geistig und körperlich belastet, wie Dr. Z. es vermutlich ausgedrückt hätte. Mit anderen Worten: Unser Verstand war wie gelähmt, und wir hatten Blei in den Füßen. Am schlimmsten war jedoch die seelische Belastung, vorausgesetzt natürlich, man hatte eine Seele.

»Wie es den anderen geht, weiß ich nicht«, sagte ich endlich zu Dr. Zollner, »aber ich habe genug gesehen.«

Den anderen ging es genauso.

Dann hatte ich einen dämlichen letzten Einfall. »Können wir sehen, woran die Gordons gearbeitet haben?« fragte ich. »Versuchstiere mit Affen-Ebola?«

Zollner schüttelte den Kopf. »Die sind in Zone fünf.« Er überlegte einen Augenblick. »Aber ich kann Ihnen ein Schwein mit Afrikanischem Schweinefieber zeigen – wie Ebola ein hämorrhagisches Fieber. Sehr ähnlich.«

Er führte uns in einen anderen Korridor und blieb vor der Tür mit der Nummer 1130 stehen. Nach einem Blick auf das Schild sagte er: »Dieses Tier befindet sich im Endstadium ... es blutet aus ... morgen früh ist es verendet ... dann wird es seziert und verbrannt. Eine schreckliche Krankheit, die in manchen Teilen Afrikas fast den gesamten Schweinebestand ausgerottet hat. Bisher gibt es keinen wirksamen Impfstoff dagegen. Schweinefieber und Ebola sind wie gesagt eng verwandt.« Er winkte mich an die Tür heran. »Da, sehen Sie selbst.«

Ich sah durchs Fenster. Der Fußboden des Raums war rot gestrichen, was mich überraschte, bis ich den Grund dafür verstand. Ziemlich in der Mitte des Raums lag fast bewegungslos ein riesiges Hausschwein, das aus Maul, Rüssel und sogar den Ohren blutete. Trotz des roten Fußbodens sah ich die glänzende Blutlache um sein Hinterteil.

»Sie sehen, wie es ausblutet, ja?« fragte Zollner hinter mir. »Hämorrhagisches Fieber ist schrecklich. Die Organe werden zu Brei ... Jetzt verstehen Sie, warum Ebola so gefürchtet ist.«

Ich sah den großen Abfluß mitten im Fußboden, und ich sah, wie das Blut hineinfloß, und plötzlich lag ich wieder auf der West 102nd Street im Rinnstein, und mein Leben versickerte in dem verdammten Gully, und ich wußte, wie dem Schwein zumute war, während es das eigene Blut wegfließen sah und ein Rauschen in den Ohren hörte und ein Hämmern in der Brust fühlte, während der Blutdruck abfiel und das Herz den Druckabfall durch erhöhte Schlagfrequenz zu kompensieren versuchte, bis man begriff, daß es bald endgültig stillstehen würde.

Ich hörte Zollners Stimme wie aus weiter Ferne: »Mr. Corey? Mr. Corey? Bitte machen Sie Platz. Die anderen wollen auch einen Blick hineinwerfen. Mr. Corey?«

13. Kapitel

»Wir wollen nicht, daß unsere Viren und Bakterien per Anhalter aufs Festland gelangen«, sagte Dr. Zollner unnötigerweise.

Wir zogen uns aus, warfen die Kleidung und Pantoffeln in einen Wäschekorb und stopften die Papierunterwäsche in einen Abfalleimer.

Ich war noch immer nicht ganz da, sondern imitierte einfach nur die anderen.

Wir folgten Dr. Z. in den Duschraum – ich, Max, Nash und Foster –, stellten uns unter die Duschen, wuschen unser Haar mit einem speziellen Shampoo und schrubbten unsere Fingernägel mit Nagelbürsten und einem Desinfektionsmittel. Wir gurgelten alle mit scheußlich schmeckendem Mundwasser, spülten mit Wasser nach und spuckten aus. Ich seifte mich immer wieder ein, bis Zollner sagte: »So, das reicht. Sonst kriegen Sie eine Lungenentzündung und sterben.« Er lachte.

Ich trocknete mich mit dem bereitliegenden Handtuch ab, warf es in den Wäschekorb und ging nackt zu meinem Spind zurück: bakterienfrei und blitzsauber – zumindest äußerlich.

Ich sah niemanden außer den Männern, mit denen ich hereingekommen war. Selbst der Angestellte ließ sich nicht blicken. Unter diesen Umständen war es gut vorstellbar, daß jemand größere Gegenstände aus dem Labor und in den Umkleideraum schmuggeln konnte. Aber da ich ohnehin nicht an diese Version glaubte, spielte es keine Rolle, ob dergleichen möglich war oder nicht.

Zollner ging hinaus und kam kurz darauf mit unseren Schlüsseln zurück.

Ich sperrte meinen Spind auf und begann mich anzuziehen. Irgendein zuvorkommender Zeitgenosse, vielleicht Mr. Stevens selbst, war so freundlich gewesen, meine Shorts zu waschen, und hatte dabei versehentlich die ganze Tonerde aus meiner Hosentasche gespült. Nun ja, Pech gehabt, Corey.

Ich untersuchte meinen Revolver. Er schien in Ordnung zu sein, aber man weiß nie, wann irgendein Witzbold sich daran zu schaffen macht, die Kammerdrehwalze anfeilt, den Lauf verstopft oder das Pulver aus den Patronen kippt. Ich nahm mir vor, Revolver und Munition zu Hause genauer unter die Lupe zu nehmen.

Max, der den Spind neben mir hatte, sagte halblaut: »Das ist ein lehrreicher Besuch gewesen.«

Ich nickte zustimmend. »Ist dir jetzt wohler, wenn du daran denkst, daß du im Lee von Plum Island wohnst?«

»Yeah, mir ist verdammt wohler.«

»Die Sicherheitsvorkehrungen haben mich beeindruckt, das muß ich schon sagen.«

»Ja, ja. Aber was ist mit Hurrikan oder Terroranschlag?«

»Mr. Stevens schützt Plum Island vor Terroristen.«

»Klar, aber was ist mit Hurrikan?«

»Da machst du's wie bei einem Atomschlag – du beugst dich vornüber, steckst den Kopf zwischen die Beine und verabschiedest dich von deinem Arsch.«

»Genau.« Er musterte mich prüfend. »Hey, alles in Ordnung mit dir?«

»Klar.«

»Du bist irgendwie von der Rolle gewesen, glaub' ich.«

»Müde. Meine Lunge pfeift.«

»Ich habe ein schlechtes Gewissen, weil ich dich in diese Sache hineingezogen habe.«

»Kann mir gar nicht vorstellen, warum.«

Max grinste plötzlich. »Falls du Ms. Tightass rumkriegst, bist du mir was schuldig.«

»Ich weiß überhaupt nicht, wovon du redest.« Ich zog meine Bootsschuhe an, richtete mich auf und sagte zu Max: »Hey, du scheinst die Seife nicht vertragen zu haben. Dein Gesicht ist ganz fleckig.«

»Was?« Er betastete sein Gesicht mit den Händen und lief zum nächsten Spiegel, um sich zu mustern. »Was zum Teufel redest du da? Meine Haut ist völlig in Ordnung.«

»Muß am Licht hier drinnen liegen.«

»Laß den Scheiß, Corey. Das ist kein Thema für Witze.«

»Richtig.« Ich ging zur Tür des Umkleideraums, wo Dr. Z. schon auf uns wartete. »Trotz meiner schlechten Manieren«, sagte ich zu ihm, »hat Ihr Labor mich sehr beeindruckt, und ich danke Ihnen für die Führung.«

»Die Gespräche mit Ihnen waren sehr interessant, Mr. Corey. Ich bedaure nur, daß wir uns unter so traurigen Umständen kennengelernt haben.«

George Foster trat zu uns. »Ich werde Ihre inneren Sicherheitsvorkehrungen in meinem Bericht positiv erwähnen.«

»Danke.«

»Allerdings könnte die äußere Sicherheit besser sein; ich werde eine entsprechende Studie empfehlen.«

Dr. Zollner nickte.

Foster sprach weiter. »Zum Glück haben die Gordons nichts Gefährliches entwendet, höchstenfalls, wenn überhaupt, einen noch nicht vollständig entwickelten Impfstoff.«

Zollner nickte erneut.

»Ich werde empfehlen, in Fort Terry eine Abteilung Marineinfanteristen zu stationieren«, sagte Foster abschließend.

Da ich aus dem orangeroten Umkleideraum heraus und wieder ans Tageslicht wollte, ging ich zum Ausgang, und die anderen folgten mir.

In der großen, hellen Eingangshalle sah sich Dr. Z., der noch immer nichts begriff, suchend nach Beth um.

Wir gingen zurück zum Empfang, wo wir unsere weißen Umhängeausweise mit Kette gegen die blauen Clipkarten umtauschten. »Gibt's hier einen Souvenirladen«, fragte ich Zollner, »wo Andenken und T-Shirts verkauft werden?«

Dr. Zollner lachte. »Nein, aber ich werde Washington vorschlagen, einen einzurichten. Vorläufig sollten Sie darum beten, daß Sie sich kein anderes Souvenir eingefangen haben.«

»Danke, Doc.«

Er sah auf seine Armbanduhr. »Wenn Sie wollen, können Sie die Fähre um Viertel vor vier erreichen. Sie können aber auch gerne noch in mein Büro mitkommen, falls Sie noch Fragen haben.«

Ich wäre am liebsten zu den Festungsanlagen zurückgefahren, um die unterirdischen Gänge zu erkunden, aber ich wußte, daß dieser Vorschlag eine Meuterei ausgelöst hätte. Und ich hätte ehrlich gesagt keinen weiteren Treck um die Insel durchgestanden.

»Wir warten auf unseren Boß«, erklärte ich Zollner. »Ohne sie können wir nichts entscheiden.«

Dr. Z. nickte lächelnd.

Meiner Meinung nach war Zollner erstaunlich gelassen – angesichts des Umstands, daß fremde Leute die Sicherheitsmaßnahmen auf der Insel und im Labor in Frage stellten und zwei seiner Starwissenschaftler etwas gestohlen haben sollten. Aber natürlich brauchte Zollner sich keine Sorgen zu machen, weil es bereits einen Deal mit den zuständigen Stellen gab: Er spielte bei ihrem Vertuschungsmanöver mit, und sie versuchten dafür nicht, ihm irgendein Verschulden nachzuweisen. Außerdem war es möglich, daß Dr. Z. die Gordons ermordet hatte oder wußte, wer der oder die Täter waren. Aus meiner Sicht war jeder verdächtig, der die Gordons gut gekannt hatte.

Beth trat aus dem Umkleideraum. Nachdem sie am Empfang ihren Ausweis umgetauscht hatte, wiederholte Dr. Zollner sein Angebot.

Sie sah uns an und sagte: »Ich habe genug gesehen – außer jemand möchte noch die Kasematten oder irgendwas anderes besichtigen.«

Wir schüttelten alle den Kopf.

Beth erklärte Zollner: »Wir behalten uns das Recht vor, jederzeit auf die Insel zurückzukommen, bis die Ermittlungen abgeschlossen sind.«

»Von mir aus jederzeit«, meinte er, fügte jedoch hinzu: »Aber darüber habe nicht ich zu entscheiden.«

Draußen wurde gehupt. Durch die Glastür sah ich, wie einige Mitarbeiter in einen weißen Bus stiegen.

»Entschuldigen Sie bitte, daß ich Sie nicht zur Fähre begleite«, sagte Dr. Zollner. Er schüttelte jedem die Hand und verabschiedete uns freundlich, ohne sich anmerken zu lassen, wie froh er war, uns loszuwerden. Ein echter Gentleman eben.

Wir traten in das helle Sonnenlicht hinaus, und ich atmete

mehrmals tief durch, bevor ich in den Bus stieg. Der Fahrer, einer von Stevens' Leuten, war vermutlich gleichzeitig unser Aufpasser.

Mit uns im Bus saßen nur sechs Angestellte, von denen ich keinen von unserer Besichtigung wiedererkannte.

Die Fahrt zum Hafen dauerte fünf Minuten.

Dort angekommen, stiegen wir alle aus und gingen an Bord des blau-weißen Fährschiffs *The Plum Runner*, das umgehend ablegte.

Wir fünf blieben zunächst stehen und schwatzten miteinander. Ein Besatzungsmitglied, ein von Wind und Wetter gegerbter alter Gent, trat auf uns zu und bat um die Fahrkarten. »Na, wie hat Ihnen die Insel des Dr. Moreau gefallen?« fragte er dabei.

Diese literarische Anspielung aus dem Mund eines alten Seebären verblüffte mich. Wir plauderten ein Weilchen und erfuhren, daß er Pete hieß und daß ihm die Sache mit den Gordons verdammt naheging.

Dann entschuldigte er sich und stieg zum Oberdeck und zur Brücke hinauf. Ich folgte ihm. Bevor er die Tür zur Kommandobrücke öffnete, fragte ich: »Haben Sie 'ne Minute Zeit für mich?«

»Klar.«

»Haben Sie die Gordons gekannt?«

»Klar doch. Wir sind zwei Jahre lang gemeinsam auf diesem Schiff gefahren.«

»Ich habe gehört, die beiden seien häufig mit ihrem eigenen Boot gefahren.«

»Manchmal. Schönes neues Formula 303. Zwei Mercury-Außenborder. Verdammt schnelles Boot.«

Zeit für eine direkte Frage. »Halten Sie's für möglich, daß die beiden damit Drogen geschmuggelt haben?« erkundigte ich mich.

»*Drogen!* Teufel, nein. Sie hätten keine Insel, erst recht kein Drogenschiff gefunden.«

»Woher wissen Sie das?«

»Ich hab' manchmal mit ihnen über Boote geredet. Von Navigation hatten die beiden keinen blassen Schimmer. Nicht mal ein Navigationssystem haben sie an Bord gehabt. Sie wissen, was ich meine?«

»Richtig.« Jetzt, wo Pete davon sprach, fiel mir ein, daß ich nie einen GPS-Empfänger an Bord gesehen hatte. Aber als Drogenschmuggler *brauchte* man ein Gerät zur Satellitennavigation. »Vielleicht haben die Gordons Sie verkohlt«, meinte ich. »Vielleicht sind sie die besten Navigatoren seit Magellan gewesen.«

»Seit wem?«

»Warum glauben Sie, daß sie nicht navigieren konnten?«

»Ich hab' versucht, sie für den ›Power Squadron‹-Kurs anzuwerben. Sie wissen, was ich meine? Hat sie nicht interessiert.«

Pete war ein bißchen begriffsstutzig. Ich nahm einen neuen Anlauf. »Vielleicht haben sie bloß so *getan*, als könnten sie nicht navigieren. Damit niemand auf die Idee kommt, sie könnten Drogenschmuggler sein.«

»Yeah?« Er kratzte sich am Ohr. »Vielleicht. Glaub's aber nicht. Offenes Wasser ist ihnen nicht geheuer gewesen. Haben sie vom Boot aus die Fähre gesehen, sind sie in Lee bis zum Hafen mitgelaufen. Sie haben immer versucht, Land in Sicht zu behalten. Klingt das für Sie nach Drogenschmugglern?«

»Eigentlich nicht. Okay, Pete, wer hat sie ermordet – und warum?«

Er zuckte mit den Schultern. »Weiß der Teufel.«

»Ich weiß, daß Sie darüber nachgedacht haben, Pete. Wer und warum? Was ist Ihr erster Gedanke gewesen? Was haben die Leute gesagt?«

»Nun, ich hab' gedacht, sie hätten was aus dem Labor gestohlen«, antwortete er zögernd. »Sie wissen, was ich meine? Irgendwas, um die ganze Welt auszurotten. Und sie wollten es ins Ausland verkaufen. Sie wissen, was ich meine? Und der Handel ist schiefgegangen, und sie sind umgelegt worden.«

»Und das denken Sie jetzt nicht mehr?«

»Na ja, ich hab' was anderes gehört.«

»Was denn?«

»Sie sollen einen Impfstoff geklaut haben, der Millionen wert ist.« Er sah mich an. »Stimmt das?«

»Stimmt exakt.«

»Statt schnell reich zu werden, sind sie schnell tot geworden.«

»Der Lohn der Sünde ist der Tod.«

»Genau.« Er nickte mir zu und verschwand im Ruderhaus.

Interessant, dachte ich, daß die Nachricht von der Ermordung der Gordons bei praktisch allen Leuten die von Pete erwähnte erste Reaktion ausgelöst hatte. Bei näherer Überlegung war ich auf Drogenschmuggel gekommen. Jetzt waren wir bei einem Impfstoff angelangt. Aber manchmal ist die impulsive erste Reaktion die richtige. Jedenfalls hatten alle drei Theorien etwas gemeinsam: *Geld.*

Beth Penrose kam aufs Oberdeck. Sie lehnte sich an die Reling und hob ihr Gesicht der Sonne entgegen.

»Sie haben vorhergesagt, was Zollner sagen würde«, stellte ich fest.

Sie nickte. »Die Erklärung ist logisch, paßt zu den Tatsachen und macht die Gordons wieder zu guten Menschen, die weder tödliche Mikroorganismen gestohlen noch Drogen geschmuggelt haben. Sie haben etwas *Gutes*, etwas Gewinnbringendes gestohlen. Geld ist ihr Tatmotiv gewesen. Gold, das Heilige in Versuchung führt, wie Shakespeare sagt.«

»Ich glaube, von Shakespeare habe ich für dieses Jahr genug.« Ich überlegte einen Augenblick, dann sagte ich: »Jetzt können wir also alle aufatmen. Keine Massenpanik, keine Hysterie, kein nationaler Notstand. Und ich hab' schon gedacht, an Halloween wären wir alle tot.«

»Das ist natürlich alles gelogen«, sagte Beth trocken.

»Yeah. Aber die Lüge ist echt gut. Sie bringt Plum Island und die Feds total aus der Schußlinie. Inzwischen können FBI und CIA ohne uns und ohne Medienspektakel unauffällig weiterermitteln. Sie, Max und ich sind soeben von den Ermittlungen auf Plum Island ausgeschlossen worden.«

»Richtig. Trotzdem haben wir noch einen Doppelmord aufzuklären. Aus eigener Kraft.«

»Stimmt«, bestätigte ich, »und ich glaube, Ted Nash wird mir fehlen.«

Sie lächelte, sah mich dann aber ernst an und meinte: »Einen Mann wie ihn würde ich nicht zum Feind haben wollen.«

»Zum Teufel mit ihm!«

»Ah, Sie sind ein harter Bursche, was?«

»Hey, ich hab' zehn Kugeln abgekriegt und noch meinen Kaffee ausgetrunken, bevor ich ins Krankenhaus eingeliefert wurde.«

»Es sind drei gewesen, und Sie haben einen Monat im Krankenhaus gelegen und sind noch immer nicht ganz gesund.«

»Sie haben mit Max gesprochen. Wie süß!«

Beth gab keine Antwort. Sie biß überhaupt selten an, wenn ich versuchte, sie zu provozieren. Das mußte ich mir merken.

»Was halten Sie von Stevens?« fragte sie.

»Der rechte Mann am rechten Platz.«

»Lügt er?« fragte sie weiter.

»Natürlich.«

»Was ist mit Zollner?«

»Den finde ich nett.«

»Lügt er?«

»Nicht von Natur aus wie Stevens. Aber er wurde präpariert. Seine Aussage war einstudiert.«

Beth nickte, dann fragte sie: »Hat er Angst?«

»Nein. Er braucht keine zu haben. Alles ist unter Kontrolle. Stevens und Zollner haben ihre Deals mit den zuständigen Stellen gemacht.«

»Das war auch mein Eindruck. Die Vertuschungsaktion ist über Nacht entworfen, ausgearbeitet und inszeniert worden. In Washington und auf Plum Island hat die ganze Nacht Licht gebrannt. Heute vormittag haben wir die Aufführung erlebt.«

»Richtig«, stimmte ich zu. »Ich habe Sie davor gewarnt, diesen beiden Kerlen zu trauen.«

Beth nickte nochmals. »Ich habe noch nie erlebt, daß man Leuten, mit denen man zusammenarbeitet, nicht trauen darf.« Dann wechselte sie das Thema. »Ist Ihnen vorhin im Labor nicht gut gewesen?«

»Mir geht's ausgezeichnet.«

»Sie sollten sich mehr schonen.«

Ich ging nicht darauf ein und sagte: »Nashs Pimmel ist winzig.«

»Danke, daß Sie mir das mitgeteilt haben.«

»Nun, ich wollte's Ihnen bloß sagen, weil ich gesehen habe, daß Sie sich für ihn interessieren, und ich wollte nicht, daß Sie Ihre Zeit mit einem Kerl vergeuden, der 'nen dritten kleinen Finger zwischen den Beinen hat.«

»Sehr freundlich von Ihnen. Warum kümmern Sie sich nicht um Ihren eigenen Kram?«

»Okay.«

Draußen im Gatt wurde die See etwas bewegter, so daß ich mich an der Reling festhielt. Mein Blick ruhte auf Beth, die mit geschlossenen Augen und zurückgelegtem Kopf ein paar UV-Strahlen einfing. Wie ich vermutlich schon erwähnt habe, hatte sie eines dieser Gesichter, die gleichzeitig unschuldig und sinnlich wirken. Sie war wie gesagt Anfang Dreißig und geschieden. Ich fragte mich, ob ihr Ehemaliger ein Cop gewesen war, oder ob er ihren Beruf gehaßt hatte oder welche Probleme es sonst gegeben haben mochte. Leute in ihrem Alter hatten einiges, was sie mit sich herumschleppten; Leute in meinem Alter haben ein ganzes Lagerhaus voller Schrankkoffer.

Ohne die Augen zu öffnen, fragte sie: »Was würden Sie tun, wenn Sie wegen Dienstunfähigkeit vorzeitig pensioniert würden?«

»Weiß ich nicht.« Ich überlegte. »Max würde mich einstellen.«

»Ich glaube nicht, daß man im Vorruhestand Polizeibeamter sein kann. Was meinen Sie?«

»Vermutlich nicht. Ich weiß nicht, was ich tun würde. Manhattan ist teuer. Dort wohne ich jetzt. Wahrscheinlich müßte ich umziehen. Vielleicht auf die North Fork.«

»Was würden Sie hier draußen machen?«

»Wein anbauen.«

»Trauben. Man baut Trauben an und macht Wein daraus.«

»Richtig.«

Sie öffnete ihre blaugrünen Augen und sah mich an. Unsere Blicke begegneten sich: suchend, forschend, duchdringend und so weiter. Dann schloß sie wieder die Augen.

Nach zirka einer Minute öffnete Beth die Augen wieder und fragte: »Warum glauben wir nicht, daß die Gordons einen Wunderimpfstoff gestohlen haben, um damit reich zu werden?«

»Weil das zu viele Fragen aufwirft. Was ist zum Beispiel mit dem Motorboot? Man braucht kein Rennboot für hunderttausend Dollar, um ein einziges Reagenzglas mit goldenem Impfstoff zu transportieren. Richtig?«

»Vielleicht haben sie gewußt, daß sie den Impfstoff stehlen würden. Also haben sie gewußt, daß sie sich dieses Boot würden leisten können, und schon vorher ihren Spaß daran gehabt. Wann haben sie das Boot gekauft?«

»Letztes Jahr im April«, antwortete ich. »Rechtzeitig vor Saisonbeginn. Zehntausend Dollar Anzahlung, den Rest auf Raten.«

»Okay, was für Gründe haben wir noch, die von Plum Island verbreitete Version nicht zu glauben?«

»Nun, wozu hätten die Käufer dieses Impfstoffs zwei Menschen ermorden müssen? Das wäre unklug gewesen, weil der oder die Täter nicht wissen konnten, was die Gordons in ihrer Aluminiumkiste mitgebracht hatten.«

»Was die Morde betrifft«, sagte Beth, »wissen wir beide, daß Menschen oft wegen Kleinigkeiten umgebracht werden. Und was den Inhalt der Kiste betrifft … was wäre, wenn die Gordons auf Plum Island einen Komplizen gehabt hätten, der den Impfstoff an Bord gebracht hat? Danach ruft der Komplize den oder die wartenden Täter an und meldet, daß die Ware unterwegs ist. Dieser Komplize könnte Paul Stevens gewesen sein. Oder Dr. Zollner. Oder Dr. Chen. Oder Kenneth Gibbs. Oder jeder andere auf der Insel.«

»Okay … darüber können wir uns später den Kopf zerbrechen.«

»Was spricht noch dagegen?« fragte sie.

»Nun, ich bin kein Geopolitiker, aber Ebola ist ziemlich selten, und die Idee, die Weltgesundheitsorganisation oder die betroffenen afrikanischen Staaten könnten den Impfstoff in großen Mengen bestellen, kommt mir abwegig vor. In Afrika sterben Millionen Menschen an heilbaren Krankheiten wie Malaria und Tuberkulose, weil keiner zweihundert Millionen Dosen was auch immer für sie kauft.«

»Richtig. Aber wir verstehen nichts vom Handel mit Medikamenten, ob sie nun gestohlen, auf dem Schwarzmarkt gehandelt, illegal hergestellt oder sonst was werden.«

»Okay, aber wir sind uns doch einig, daß diese Story mit dem Impfstoffdiebstahl unglaubwürdig klingt?«

»Nein«, widersprach Beth. »Sie klingt *plausibel*. Ich spüre nur, daß es eine Lüge ist.«

»Genau – eine plausible Lüge.«

»Was haben wir noch?«

»Nun«, antwortete ich, »zum Beispiel den Band mit den Seekarten. Ich wüßte gern, was die Zahl 44106818 bedeutet.«

»Hmmm. Und was ist mit den Ausgrabungen auf Plum Island?« fragte sie.

»Das war wirklich eine Überraschung, die alle möglichen Fragen aufwirft.«

»Warum hat Paul Stevens uns davon erzählt?«

»Weil wir früher oder später sowieso davon erfahren hätten.«

»Richtig. Was bedeutet dieses Interesse für Ausgrabungen?«

»Keine Ahnung. Aber die Ausgrabungen hatten nichts mit Archäologie zu tun. Sie waren nichts als Tarnung, um den Gordons einen Grund zu liefern, auch abgelegene Stellen der Insel aufzusuchen.«

»Oder sie sind bedeutungslos«, warf Beth ein.

»Kann sein. Und dann haben wir die rote Tonerde, die ich an den Schuhsohlen der Gordons und auf der Insel gesehen habe. Zwischen Hafen und Labor gibt's keine Stelle, wo man in weiche rote Tonerde treten könnte.«

Beth nickte, dann fragte sie: »Sie haben etwas von dieser Erde mitgehen lassen, stimmt's?«

»Ja. Aber während wir mit Dr. Z. unterwegs waren, war jemand so freundlich, meine Shorts zu waschen.«

»Ich fordere Bodenproben an«, entschied sie. »Meinetwegen können sie die Proben vorher entkontaminieren.« Sie musterte mich streng. »Wie ich sehe, bevorzugen Sie die direkte Methode, indem Sie Kontoauszüge mitgehen lassen, staatliches Erdreich stehlen oder was weiß ich noch alles anstellen. Sie sollten lernen, vorschriftsmäßig zu ermitteln, Detective Corey. Ihre Methode bringt Sie irgendwann in Schwierigkeiten, und ich denke nicht daran, mich für Sie einzusetzen.«

»Klar täten Sie das. Bei gewöhnlichen Morden verstehe ich mich ziemlich gut auf Beweissicherung, Rechte von Tatverdächtigen und den ganzen Mist. Aber da wir's hier vielleicht mit der Mutter aller Seuchen zu tun haben, habe ich das Verfahren ein bißchen abgekürzt. Rette ich damit den Planeten, bin ich ein Held.«

»Sie halten sich an die Vorschriften, verstanden? Sie tun nichts, was eine Anklageerhebung oder Verurteilung gefährden könnte. Kapiert?«

»Hey, wir haben noch nicht mal 'nen Verdächtigen, und Sie sind schon vor Gericht.«

»So führe ich eben meine Ermittlungen.«

»Ich glaube, ich habe getan, was ich konnte«, erklärte ich. »Ich trete von meiner Position als Mordfallberater zurück.«

»Schmollen paßt nicht zu Ihnen.« Nach kurzem Zögern sagte sie: »Ich möchte, daß Sie weitermachen. Vielleicht kann ich tatsächlich etwas von Ihnen lernen.«

Wir sahen einander nochmals an, und wieder lächelten wir. Das war albern. Ich meine, echt schwachsinnig. Ich kam mir vor wie ein Idiot. Aber sie war wirklich eine Schönheit ... Ich mochte ihre Stimme, ihr Lächeln, ihr in der Sonne leuchtendes kupferrotes Haar, ihre Bewegungen, ihre Hände ...

»Welches wertlose Grundstück?« fragte sie schließlich.

»Ha ...? Oh, richtig, das der Gordons.« Ich erzählte von dem bestätigten Scheck und meinem Anruf bei Margaret Wiley. »Ich bin kein Junge vom Land«, schloß ich, »aber ich glaube nicht, daß Leute, die nicht viel Geld haben, fünfundzwanzig Riesen ausgeben, nur um eigene Bäume zu haben, die sie umarmen können.«

»Eigenartig«, stimmte Beth zu, »aber Grundbesitz hat oft auch eine emotionale Komponente. Ich kenne ein Beispiel dafür in meiner eigenen Familie.«

»Seltsam finde ich auch, daß die Gordons mir nie von ihrem Grundstück erzählt haben, auch nicht von ihren Ausgrabungen. Darüber sollten wir nachdenken.«

»Danke, Detective Corey.«

»Oh, ich will Sie nicht belehren«, sagte ich rasch, »aber ich bin Dozent am John Jay, deshalb habe ich manchmal diesen belehrenden Ton am Leib.«

Sie musterte mich prüfend. »Ich weiß nie, ob Sie mich auf den Arm nehmen oder nicht.«

Tatsächlich wollte ich nicht nur das, aber ich verdrängte diesen Gedanken und sagte: »Ich bin wirklich Dozent am John Jay.« Das John Jay College of Criminal Justice in Manhattan ist eines der besten Colleges seiner Art in Amerika, aber ich vermutete, daß Beth sich John Corey einfach nicht als Dozent vorstellen konnte.

»Was lehren Sie dort?«

»Nun, natürlich nicht Beweissicherung, Rechte von Tatverdächtigen und diesen Kram.«

»Natürlich nicht.«

»Ich lehre praktische Ermittlungsarbeit in Mordfällen. Jeden Freitagabend. Das sind höchst spannende Krimiabende. Sie sollten mal reinhören, falls ich jemals wieder damit anfange. Möglicherweise ab Januar.«

»Vielleicht komme ich mal vorbei.«

»Aber kommen Sie nicht zu spät. Der Hörsaal ist jedesmal überfüllt. Ich bin sehr unterhaltsam.«

»Das kann ich mir vorstellen.«

Die Fähre wurde langsamer, weil sie sich der Anlegestelle näherte. »Haben Sie schon mit den Murphys gesprochen?« fragte ich.

»Nein. Max ist bei ihnen gewesen. Aber sie stehen auf meiner Liste.«

»Gut. Ich komme mit.«

»Ich dachte, Sie wollten kündigen?«

»Morgen.«

Wir beobachteten ein paar Minuten lang schweigend das Anlegemanöver, dann meinte ich: »Der Fall ist nicht mehr so sensationell, glaube ich, und das ist besser so.«

Sie nickte.

»Das bedeutet weniger Leute, die sich einmischen – keine Feds, keine Politiker, keine Medien, und Ihnen werden nicht mehr Mitarbeiter zugewiesen, als Sie wirklich brauchen. Wenn Sie diesen Fall aufgeklärt haben, sind Sie eine Heldin.«

Sie betrachtete mich nachdenklich, dann fragte sie: »Glauben Sie, daß wir ihn aufklären werden?«

»Selbstverständlich.«

»Und wenn nicht?«

»Mir kann's egal sein. Sie hätten allerdings ein Karriereproblem.«

»Danke.«

The Plum Runner legte sich knirschend an die Gummifender, und zwei Besatzungsmitglieder warfen die Vorder- und Achterleinen auf die Pier.

»So«, sagte Beth, als denke sie laut nach, »außer schlimmen Viren und schlimmen Drogen kommen jetzt also gute Drogen in Frage, und wir dürfen nicht vergessen, daß Max den Medien erzählt hat, hier seien zwei Hausbewohner von einem auf frischer Tat ertappten Einbrecher erschossen worden. Und wissen Sie was? Das ist noch immer eine Möglichkeit.«

»Es gibt noch eine«, erklärte ich ihr, »die Sie aber für sich behalten müssen. Stellen Sie sich vor, Tom und Judy Gordon hätten etwas gewußt, das sie nicht wissen sollten, oder auf Plum Island etwas gesehen, das sie nicht sehen sollten. Stellen Sie sich vor, Mr. Stevens oder Ihr Freund Nash hätte die beiden umgelegt. Denken Sie mal darüber nach.«

Sie machte eine lange Pause. »Das klingt wie ein schlechter Film. Aber okay, ich denke darüber nach.«

»Alles von Bord!« rief Max zu uns hinauf.

Beth ließ sich meine Handynummer geben. »Wir trennen uns auf dem Parkplatz«, schlug sie vor, »und ich rufe Sie in ungefähr einer Viertelstunde an.«

Wir gingen zu Max, Foster und Nash aufs Achterdeck hinunter und verließen die Fähre zusammen mit den sechs auf Plum Island arbeitenden Angestellten. Nur drei Leute warteten darauf, die Fähre nach Plum Island zu nehmen.

Auf dem Parkplatz der Anlegestelle sagte Chief Sylvester Maxwell vom Southold PD zu uns allen: »Damit ist der beunruhigendste Aspekt dieses Falls zu meiner Zufriedenheit aufgeklärt. Ich habe andere dienstliche Pflichten, daher überlasse ich Detective Penrose die weitere Bearbeitung der Mordsache.«

Mr. Ted Nash von der Central Intelligence Agency sagte: »Ich bin ebenfalls zufrieden, und da hier weder eine Verletzung nationaler Sicherheitsinteressen noch ein internationaler Aspekt vorzuliegen scheint, werde ich die Empfehlung aussprechen, die Agency und mich von diesem Fall zu entbinden.«

Mr. George Foster vom Federal Bureau of Investigation sagte: »Da möglicherweise Staatseigentum gestohlen worden ist, bleibt das FBI mit diesem Fall befaßt. Ich fliege heute nach Washington zurück, um Bericht zu erstatten. Die hiesige FBI-Dienststelle übernimmt die Ermittlungen und setzt sich dann mit Ihnen in Verbindung, Chief.« Er nickte Beth zu. »Oder mit Ihnen oder Ihrem Vorgesetzten.«

Detective Elizabeth Penrose vom Suffolk County PD antwortete: »Okay. Ich danke Ihnen allen für Ihre Unterstützung.«

Damit hätten wir auseinandergehen können, aber Teddy Boy und ich tauschten noch ein paar Freundlichkeiten aus. »Hoffentlich sehen wir uns mal wieder, Detective Corey«, sagte er zu mir. »Übrigens habe ich zu erwähnen vergessen, daß ich Ihren Boß Detective Lieutenant Wolfe kenne.«

»Ja, ja, die Welt ist klein. Der ist auch ein Arschloch. Aber legen Sie ein gutes Wort für mich ein, ja, Kumpel?«

»Ich werde ihm Ihre Grüße gern bestellen.«

Jetzt mischte sich Foster ein. »Die letzten vierundzwanzig Stunden sind sehr interessant und lehrreich gewesen«, erklärte er. »Ich glaube, diese Arbeitsgruppe kann stolz auf ihre Leistung sein, und bin überzeugt, daß die hiesige Polizei den Fall zu einem befriedigenden Abschluß bringen wird.«

»Nun die Kurzfassung: langer Tag, gute Arbeit, alles Gute«, sagte ich.

Jeder schüttelte jedem die Hand – sogar ich, obwohl ich nicht wußte, ob ich jetzt arbeitslos war beziehungsweise überhaupt einen Job gehabt hatte, den ich hätte verlieren können. Innerhalb einer Minute saßen Max, Beth, Foster und Nash in ihren Autos, fuhren davon und ließen mich allein auf dem Parkplatz zurück. *Unbegreiflich.* Gestern abend hatten alle geglaubt, die Apokalypse stehe bevor und der Tod werde grimmige Ernte halten. Und jetzt kümmerte sich kein Aas mehr um die toten Impfstoffdiebe im Leichenhaus. Richtig?

Ich ging zu meinem Jeep. Wer war an diesem Vertuschungsmanöver beteiligt? Natürlich Ted Nash und seine Leute, aber auch George Foster, der mit Nash und den vier Kerlen in Anzügen auf der ersten Fähre gewesen war. Vermutlich waren auch Paul Stevens und Dr. Zollner eingeweiht.

Für mich stand fest, daß bestimmte Regierungsstellen eine Geschichte erfunden hatten, die gut genug für die Medien, die Nation und die Welt war. Aber nicht gut genug für Detectives John Corey und Elizabeth Penrose. Todsicher nicht! Ob Max das alles glaubte? Ich mußte später mit ihm darüber reden. Vielleicht.

Die nächste Frage lautete: Was wird vertuscht, sofern tatsächlich etwas vertuscht wurde? Mir fiel ein, daß sie vielleicht gar nicht wußten, *was* sie vertuschten. Aus Horror wurde einfacher Diebstahl gemacht – und das möglichst rasch, damit nichts explodierte. Aber vielleicht wußten Foster und Nash genausowenig wie ich, warum die Gordons ermordet worden waren.

Theorie zwei: Foster und Nash wußten, von wem und warum die Gordons ermordet worden waren, hatten sie vielleicht sogar selbst umgebracht. Eigentlich hatte ich keine Ahnung, was für Typen die beiden waren.

Während ich in Verschwörungstheorien schwelgte, fiel mir ein, was Beth über Nash gesagt hatte: *Einen Mann wie ihn würde ich nicht zum Feind haben wollen.*

Ich blieb etwa zwanzig Meter von meinem Cherokee entfernt stehen und sah mich um.

Auf dem Parkplatz standen ungefähr hundert Autos, die allesamt Angestellten auf Plum Island gehörten, aber im Augenblick war nicht eine Menschenseele zu sehen. Ich streckte versteckt hinter einem Van meine rechte Hand mit der Fernbedienung aus. Zu den Extras, die ich für meine vierzigtausend Dollar bekommen hatte, gehörte die Möglichkeit, den Motor aus der Ferne anzulassen. Ich drückte zweimal lang und einmal kurz auf den Anlaßknopf und wartete auf eine Explosion. Aber es gab keine. Der Motor sprang an. Ich ließ ihn eine Minute lang laufen, dann ging ich zu meinem Wagen und stieg ein.

Ich fragte mich, ob ich vielleicht etwas zu vorsichtig gewesen war. Wäre mein Jeep explodiert, hätte die Antwort vermutlich nein gelautet. Vorsichtige leben länger, sage ich immer. Bis der oder die Killer gefaßt waren, würde ich verdammt vorsichtig sein.

14. Kapitel

Ich war auf der Main Road nach Westen unterwegs, als das Autotelefon klingelte. »Kavalier für Damen«, meldete ich mich. »Sie wünschen?«

»Wir treffen uns bei dem Ehepaar Murphy«, sagte Beth.

»Das glaube ich nicht«, antwortete ich.

»Warum nicht?«

»Ich dachte, ich bin entlassen. Falls nicht, kündige ich.«

»Sie sind wochenweise engagiert. Sie müssen diese Woche abarbeiten.«

»Wer sagt das?«

»Also bei den Murphys.« Sie legte auf.

Ich hasse herrschsüchtige Frauen. Trotzdem fuhr ich zwanzig Minuten lang zum Haus der Murphys und sah Detective Penrose in ihrem schwarzen Ford LTD sitzen und warten.

Ich parkte ein paar Häuser weiter, stellte den Motor ab und stieg aus. Der Besitz der Gordons neben dem Haus der Murphys war noch immer abgesperrt und wurde von einem Uniformierten aus Southold bewacht. Auch die mobile Einsatzzentrale der Suffolk County Police stand noch auf dem Rasen.

Beth sprach in ihr Handy. Als sie mich näher kommen sah, legte sie auf und stieg aus. »Ich habe eben meinem Boß Bericht erstattet«, erzählte sie. »Alle scheinen von der Sache mit dem Ebola-Impfstoff begeistert zu sein.«

»Haben Sie ihm gegenüber angedeutet, daß Sie das für ’nen Riesenscheiß halten?«

»Nein… aber lassen wir das vorläufig. Klären wir erst diesen Doppelmord auf.«

Wir klingelten an der Haustür der Murphys. Ihr Ranchhaus aus den sechziger Jahren – im Originalzustand, wie Makler sagen – war ziemlich häßlich, aber anständig erhalten.

Eine etwa siebzigjährige Frau öffnete die Tür, und wir stellten uns vor. Die Frau lächelte Beth zu und bat uns einzutreten. Dann verschwand sie nach hinten, und wir hörten sie rufen: »Ed! Schon wieder Polizei!«

Sie kam ins Wohnzimmer zurück und bot uns mit einer Handbewegung ein Zweiersofa an, auf dem wir Wange an Wange saßen.

»Möchten Sie etwas trinken?« fragte Mrs. Agnes Murphy.

»Nein, danke Ma'am«, antwortete ich. »Ich bin im Dienst.«

Auch Beth lehnte dankend ab.

Mrs. Murphy saß uns gegenüber in einem Schaukelstuhl.

Ich sah mich um. Die Einrichtung war im klassischen Alte-Furzer-Stil gehalten: dunkle, muffige Polstermöbel, hundert häßliche Nippes, unglaublich kitschige Souvenirs, Fotos von Enkeln und so weiter. Die Wände waren grün wie Minzetäfelchen, und der Teppich war… nun, wen kümmert's?

Mrs. Murphy trug einen rosafarbenen Hosenanzug aus Synthetikmaterial, der dreitausend Jahre halten würde.

»Haben Sie die Gordons gemocht?« fragte ich sie.

Die Frage verblüffte sie, was ich beabsichtigt hatte. Sie sammelte sich und antwortete: »Wir haben sie nicht sehr gut gekannt, aber sie sind meistens ruhig gewesen.«

»Warum sind sie Ihrer Meinung nach ermordet worden?«

»Also… woher soll ich das wissen?« Wir musterten einander, dann meinte sie: »Vielleicht hat's was mit ihrer Arbeit zu tun gehabt.«

Edgar Murphy kam herein und wischte sich die Hände an einem Lappen ab. Er sei in der Garage gewesen, erklärte er, und habe an seinem Rasenmäher gearbeitet. Er mußte fast achtzig sein, und wäre ich wie Beth Penrose in Gedanken schon bei einer späteren Gerichtsverhandlung gewesen, hätte ich lieber nicht darauf gewartet, daß Edgar noch im Zeugenstand erscheinen würde.

Er trug Arbeitsschuhe und einen grünen Overall und war so blaß wie seine Frau. Ich stand auf und schüttelte Mr. Murphy die Hand. Dann setzte ich mich wieder, und Edgar nahm in einem Liegesessel Platz, den er tatsächlich nach hinten kippte, so daß er zur Zimmerdecke aufsah. Ich versuchte, Blickkontakt mit ihm zu halten, aber das war wegen unserer unterschiedlichen Positionen schwierig. Jetzt wußte ich, warum ich meine Eltern nie besuche.

»Ich hab' schon mit Chief Maxwell geredet«, erklärte Edgar Murphy.

»Ja, Sir. Ich bin bei der Mordkommission«, sagte Beth.

»Bei wem ist *er*?«

»Ich bin bei Chief Maxwell«, antwortete ich.

»Nein, das sind Sie nicht. Ich kenne jeden einzelnen von Maxwells Cops.«

Der Fall drohte zu einem Dreifachmord zu werden. Ich richtete den Blick an die Zimmerdecke und wandte mich an den Fleck, auf den sein Blick gerichtet war. »Man hat mich als Berater hinzugezogen«, sagte ich. »Hören Sie, Mr. Murphy…«

Mrs. Murphy unterbrach mich. »Ed, kannst du dich nicht anständig hinsetzen? Es ist sehr unhöflich, so dazusitzen.«

»Zum Teufel damit! Dies ist mein Haus. Er kann mich prima hören. Sie können mich prima hören, stimmt's?«

»Ja, Sir.«

Beth begann mit einer kurzen Einleitung, bei der sie verschiedene Details und Zeiten bewußt falsch wiedergab, und Mr. Murphy verbesserte sie, womit er sein gutes Kurzzeitgedächtnis bewies. Auch Mrs. Murphy beteiligte sich daran, einzelne Punkte genauer darzustellen. Die beiden schienen verläßliche Zeugen zu sein, und ich schämte mich wegen meiner Ungeduld mit alten Menschen. Mir war's schrecklich peinlich, daß ich Edgar in seinem Liegesessel hatte zerquetschen wollen.

Jedenfalls zeigte sich bei diesem Gespräch, das Beth und ich mit Edgar und Agnes führten, daß rein von den Tatsachen nicht viel Neues kam: Nach dem Abendessen, das viele alte Leute gegen vier Uhr nachmittags einnehmen, hatten die Murphys um halb sechs Uhr auf ihrer verglasten Veranda gesessen und ferngesehen, als sie das Boot der Gordons gehört hatten. Noch jetzt jammerte Mrs. Murphy: »Gott, sind das laute Motoren! Wozu brauchen die Leute so große, laute Motoren?«

Um ihre Nachbarn zu ärgern, Mrs. Murphy. Ich fragte: »Haben Sie das Boot *gesehen*?«

»Nein«, antwortete Mrs. Murphy. »Wir haben gar nicht hingesehen.«

»Aber Sie *hätten* das Boot von der Veranda aus sehen können?«

»Wir sehen das Wasser, ja. Aber wir haben ferngesehen.«

»Besser, als auf die doofe Bay hinauszustarren.«

»John!« sagte Beth. Jetzt war Beth dran mit der Befragung; sie fragte: »Und Sie wissen bestimmt, daß Sie nichts gehört haben, was sich nach einem Schuß angehört hat?«

»Nö«, sagte Edgar Murphy. »Ich höre noch ziemlich gut. Ich hab' gehört, wie Agnes mich gerufen hat, stimmt's?«

»Schüsse klingen manchmal seltsam, gar nicht wie Schüsse«, erklärte Beth. »Im Fernsehen klingen Schüsse immer gleich, wissen Sie, aber im richtigen Leben klingen sie manchmal wie ein Feuerwerkskörper, ein heftiger Schlag oder die Fehlzündung eines Automotors. Haben Sie nach dem Abstellen der Bootsmotoren *irgendein* Geräusch gehört?«

»Nö.«

Nun war wieder ich an der Reihe. »Okay, Sie haben gehört, wie die Motoren abgestellt wurden, richtig? Haben Sie dabei ferngesehen?«

»Ja. Aber der Fernseher läuft bei uns nicht laut. Wir sitzen ganz dicht davor.«

»Mit dem Rücken zum Fenster?«

»Ja.«

»Okay, Sie haben also noch zehn Minuten ferngesehen – warum sind Sie dann aufgestanden?«

»Weil eine von Agnes' Shows gelaufen ist. Eine dieser dämlichen Talkshows. Montel Williams.«

»Also sind Sie auf ein Schwätzchen mit Tom Gordon nach nebenan gegangen.«

»Ich wollte mir seine Kabeltrommel leihen.« Edgar schilderte, wie er durch eine Lücke in der Hecke ging, die Holzterrasse der Gordons betrat und Tom und Judy entdeckte – beide mausetot.

»Wie weit sind Sie von den Toten entfernt gewesen?« fragte Beth.

»Fünf bis sechs Meter.«

»Wissen Sie das bestimmt?«

»Ja. Ich hab' am Rand der Terrasse gestanden, und sie haben vor ihrer Glasschiebetür gelegen. Sechs Meter.«

»Okay. Woher wußten Sie, daß es wirklich die Gordons waren?«

»Zuerst hab' ich's nicht gewußt. Ich hab' nur dagestanden und sie angestarrt, aber dann ist's mir gekommen.«

»Woher haben Sie gewußt, daß sie tot sind?«

»Hab's nicht gleich gewußt. Aber ich hab' gesehen… nun, daß er ein drittes Auge mitten auf der Stirn hatte. Sie wissen, was ich meine? Und die beiden haben stocksteif dagelegen. Ihre Augen sind offen gewesen, aber ich hab' kein Atmen, kein Stöhnen gehört. Nichts.«

Beth nickte. »Was haben Sie als nächstes getan?«

»Ich bin verdammt schnell abgehauen.«

Nun war wieder ich dran. »Wie lange haben Sie schätzungsweise auf der Terrasse gestanden?«

»Oh, das weiß ich nicht.«

»Eine halbe Stunde?«

»Teufel, nein. Ungefähr fünfzehn Sekunden.«

Wohl eher nur fünf, vermutete ich. Ich ging diese wenigen Sekunden mehrmals mit Edgar durch, in der Hoffnung, daß er sich an etwas Ungewöhnliches erinnerte. Was er gehört oder gesehen, aber bisher nicht erwähnt hatte. Aber vergeblich. Ich fragte ihn sogar, ob er sich daran erinnern könne, Pulverrauch gerochen zu haben, aber er stellte nachdrücklich fest, er habe seiner vor Chief Maxwell gemachten ersten Aussage nichts hinzuzufügen. Mrs. Murphy stimmte ihrem Mann zu.

Ich fragte mich, was passiert wäre, wenn Edgar zehn Minuten früher durch die Hecke gekommen wäre. Wahrscheinlich hätte er dann jetzt nicht mehr in seinem Wohnzimmer gesessen. Ob er sich das schon mal überlegt hatte? »Wie ist der Mörder Ihrer Meinung nach von hier weggekommen, wenn Sie weder Boot noch Fahrzeug gesehen haben?«

»Nun, hier sind 'ne Menge Leute unterwegs, die spazierengehen, radfahren oder joggen. Sie wissen, was ich meine? Ich glaub' nicht, daß jemand aufgefallen wäre, der so was getan hat.«

»Richtig.« Aber ein Jogger, der auf seinem Kopf eine Aluminiumkiste belancierte, hätte vielleicht doch Aufmerksamkeit erregt. Vermutlich war der Mörder noch irgendwo in der Nähe gewesen, als Edgar auf die Leichen stieß.

Ich wechselte das Thema und fragte Mrs. Murphy: »Haben die Gordons viel Besuch gehabt?«

»Ziemlich viel«, antwortete sie. »Sie haben oft auf ihrer Terrasse gegrillt. Meistens sind irgendwelche Leute dagewesen.«

»Sind sie manchmal spätnachts mit dem Boot weggefahren?« wollte Beth wissen.

»Manchmal. Die Motoren waren unüberhörbar. Manchmal sind sie echt spät zurückgekommen.«

»Wie spät ist spät?«

»Oh, zwei, drei Uhr morgens«, antwortete er und fügte hinzu: »Ich nehm' an, sie haben nachts geangelt.«

Man *kann* von einem Formula 303 aus angeln, wie ich es gelegentlich mit den Gordons getan hatte, aber eigentlich ist es *kein* Fischerboot, wie Edgar bestimmt wußte. Aber als Mann der alten Schule glaubte Edgar, über Tote dürfe man nur Gutes sagen – außer auf nachdrückliche Aufforderung.

Wir setzten unsere Befragung fort und fragten nach den Gewohnheiten der Gordons, fremden Autos vor ihrem Haus und so weiter. Ich hatte natürlich noch nie mit Beth Penrose zusammengearbeitet, aber wir waren auf derselben Wellenlänge und harmonierten prächtig.

Nach ein paar Minuten sagte Mrs. Murphy: »Die beiden sind ein sehr gutaussehendes Paar gewesen.«

Ich griff diesen Hinweis sofort auf. »Glauben Sie, daß er eine Freundin gehabt hat?«

»Oh… Ich hab' damit nicht sagen wollen…«

»Hat sie einen Freund gehabt?«

»Nun…«

»Wenn er nicht zu Hause war, ist immer ein Mann zu Besuch gekommen. Hab' ich recht?«

»Nun, ich behaupte nicht, daß er ihr Freund oder so war.«

»Erzählen Sie uns bitte davon.«

Das tat sie auch, aber die Sache war nicht so pikant, wie wir gehofft hatten. An einem Junitag, an dem Judy zu Hause gewesen war und Tom gearbeitet hatte, war ein gutaussehender, eleganter, bärtiger Mann mit einem weißen Sportwagen unbestimmter Marke vorgefahren und etwa eine Stunde lang geblieben. Interessant, aber kein Beweis für eine heiße Affäre, die ein Verbrechen aus Leidenschaft hätte auslösen können. Und als Tom einige Wochen später an einem Samstag mit seinem Boot weggefahren war, hatte ein Mann seinen »grünen Jeep« in der Einfahrt geparkt, war auf die Terrasse gegangen, wo Mrs. Gordon sich in einem winzigen Bikini sonnte, hatte sein Hemd ausgezogen und sich einige Zeit zu ihr in die Sonne gelegt.

»Ich finde das nicht richtig, wenn der Ehemann außer Haus ist«, sagte Mrs. Murphy. »Ich meine, sie ist halb nackt gewesen, und dieser Kerl zieht sein Hemd aus und legt sich neben sie, und die beiden lachen und schwatzen miteinander, bis er dann aufsteht und wegfährt, bevor der Ehemann heimkommt. Was mag das wohl bedeutet haben?«

»Der Besuch ist völlig harmlos gewesen«, versicherte ich Mrs. Murphy. »Ich habe vorbeigeschaut, weil ich Tom was fragen wollte.«

Sie starrte mich an, und ich spürte, daß auch Beth mich kritisch musterte. »Ich war ein Freund der Gordons«, erklärte ich Mrs. Murphy.

»Oh ...«, sagte sie.

»Sind Sie viel mit den Gordons zusammengekommen?« fragte ich Mrs. Murphy.

»Als sie vor ungefähr zwei Jahren drüben eingezogen sind, haben wir sie zum Abendessen eingeladen. Und sie haben uns gleich darauf zu einer Grillparty eingeladen. Aber das war's dann auch.«

Na so was. »Kennen Sie irgendwelche ihrer Freunde namentlich?«

»Nein. Es waren vor allem Leute, die auf Plum Island arbeiten, nehme ich an. Lauter verrückte Hühner, wenn Sie mich fragen.«

Und so weiter. Sie redeten gern. Mrs. Murphy schaukelte. Mr. Murphy spielte am Hebel seines Sessels herum und wechselte ständig die Schräglagen. In einer seiner Horizontallagen fragte er mich: »Was haben die beiden gemacht? Einen Haufen Bakterien geklaut, um damit die Menschheit auszurotten?«

»Nein, sie haben einen Impfstoff gestohlen, der viel Geld wert ist. Sie wollten reich sein.«

»Yeah? Nebenan haben sie nur zur Miete gewohnt. Haben Sie das gewußt?«

»Ja.«
»Sie haben viel zuviel Miete bezahlt.«
»Woher wissen Sie das?«
»Ich kenne den Hausbesitzer. Ein junger Bauunternehmer namens Sanders. Er hat das Haus von den Hoffmanns gekauft, mit denen wir befreundet sind. Sanders hat zuviel dafür bezahlt; nachdem er das Haus renoviert hat, hat er es teuer an die Gordons vermietet. Zu teuer.«
»Ich will ganz offen sein, Mr. Murphy«, sagte Beth. »Manche Leute glauben, die Gordons hätten Drogen geschmuggelt. Was halten Sie davon?«
»Könnte sein«, antwortete er, ohne im mindesten zu zögern. »Sie sind zu komischen Zeiten mit dem Boot unterwegs gewesen. Würde mich nicht überraschen.«
Ich fragte: »Haben Sie abgesehen von dem Bärtigen mit dem Sportwagen und mir dort drüben jemals irgendwelche verdächtigen Typen beobachtet?«
»Nun … ehrlich gesagt nein.«
»Mrs. Murphy?«
»Nein, eigentlich nie. Die meisten Leute haben ganz normal ausgesehen. Sie haben zuviel Wein getrunken … die Glastonne ist voller Weinflaschen gewesen … manchmal sind sie laut geworden, wenn sie getrunken hatten, aber die Musik ist immer dezent gewesen – nicht dieses verrückte Zeug, das man heutzutage hört.«
»Haben Sie einen Schlüssel für ihr Haus gehabt?«
Ich sah, wie Mrs. Murphy rasch zu Mr. Murphy hinübersah, der wieder die Zimmerdecke anstarrte. Danach herrschte für kurze Zeit Schweigen, bis Mr. Murphy antwortete: »Yeah, wir haben den Schlüssel gehabt. Wir haben das Haus für sie im Auge behalten, weil wir meistens da sind.«
»Und?«
»Na ja, vor ungefähr einer Woche hat drüben der Wagen eines Schlüsseldiensts gestanden, und als der Mann weggefahren war … nun, da bin ich rübergegangen, um unseren Schlüssel auszuprobieren, aber er hat nicht mehr gepaßt. Ich hab' eigentlich erwartet, daß Tom mir den neuen Schlüssel geben würde, aber ich hab' keinen gekriegt. Dabei hat er den Schlüssel zu unserem

Haus. Sie verstehen, was ich meine? Also hab' ich Gil Sanders angerufen, weil der Hausbesitzer einen Schlüssel haben müßte, aber der wußte auch nichts. Mir kann's egal sein, aber wenn ich auf ein Haus aufpassen soll, muß ich auch den Schlüssel haben, find' ich. Jetzt frage ich mich, ob die Gordons dort drüben was versteckt haben.«

»Wir ernennen Sie hiermit zum ehrenamtlichen Hilfssheriff, Mr. Murphy. Erzählen Sie das bitte keinem Menschen außer Chief Maxwell. Kommt jemand zu Ihnen und behauptet, vom FBI, der Suffolk County Police oder der New York State Police zu sein, lügt er vielleicht. Dann rufen Sie Chief Maxwell oder Detective Penrose an. Okay?«

»Okay.«

Beth fragte: »Besitzen Sie ein Boot?«

»Nicht mehr. Zuviel Arbeit und Geld«, antwortete Mr. Murphy.

»Hat mal jemand die Gordons mit dem Boot besucht?« fragte Beth weiter.

»Manchmal hat ein fremdes Boot an ihrem Steg gelegen.«

»Wissen Sie, wem diese Boote gehört haben?«

»Nö. Aber einmal ist's ein Boot wie ihres gewesen. Rennboot. Aber es ist nicht ihres gewesen. Es hat anders geheißen.«

»Sie sind dicht genug rangekommen, um den Namen zu erkennen?« fragte ich.

»Manchmal sehe ich mit dem Fernglas rüber.«

»Wie hat das Boot geheißen?«

»Weiß ich nicht mehr. Aber es ist nicht ihres gewesen.«

»Haben Sie jemanden an Bord gesehen?« fragte Beth.

»Nö. Mir ist nur das Boot aufgefallen. Hab' niemand ein- oder aussteigen sehen.«

»Wann ist das gewesen?«

»Mal sehen… ungefähr im Juni… ziemlich zu Saisonbeginn.«

»Sind die Gordons zu Hause gewesen?«

»Weiß ich nicht. Ich wollte noch sehen, wer das Haus verläßt, aber irgendwie hab' ich mal nicht aufgepaßt, und als nächstes höre ich die Motoren, und das Boot legt bereits ab.«

»Wie sehen Sie in der Ferne?«

»Nicht sehr gut – außer mit dem Fernglas.«

»Und Sie, Mrs. Murphy?«

»Genauso.«

Da ich annahm, daß die Murphys das Haus der Gordons öfter mit dem Fernglas beobachtet hatten, als sie zugaben, fragte ich: »Könnten Sie mir sagen, ob Sie Leute, deren Fotos wir Ihnen vorlegen, schon mal auf dem Grundstück der Gordons gesehen haben?«

»Vielleicht.«

Ich nickte. Neugierige Nachbarn können gute Zeugen sein, aber wie eine billige Überwachungskamera nehmen sie manchmal zuviel auf, was nebensächlich, verschwommen, langweilig oder akustisch verzerrt ist.

Wir investierten noch eine weitere Viertelstunde in die Befragung, aber die Ausbeute wurde von Minute zu Minute geringer. Tatsächlich hatte Mr. Murphy das fast Unmögliche geschafft: Er war bei einem Polizeiverhör eingeschlafen. Sein Schnarchen ging mir allmählich auf die Nerven.

Ich stand auf und reckte mich.

Beth stand ebenfalls auf und gab Mrs. Murphy ihre Karte. »Danke für Ihre Auskünfte. Rufen Sie mich an, wenn Ihnen noch etwas einfällt.«

»Mach' ich.«

»Denken Sie daran«, sagte Beth, »ich leite die Ermittlungen in diesem Fall. Detective Corey ist mein Partner. Chief Maxwell arbeitet mit uns zusammen. Sie sollten mit sonst niemandem über diesen Fall reden.«

Mrs. Murphy nickte, aber ich hatte den Verdacht, daß jemand wie Ted Nash von der Central Intelligence Agency sie und ihren Mann schnell zum Reden bringen würde.

»Haben Sie was dagegen, wenn wir einen Rundgang über Ihr Grundstück machen?« fragte ich Mrs. Murphy.

»Nein.«

Beim Abschied sagte ich zu Mrs. Murphy: »Tut mir leid, wenn ich Ihren Mann gelangweilt habe.«

»Um die Zeit macht er immer ein Nickerchen.«

»Ja, das sehe ich.«

Sie begleitete uns zur Haustür. »Ich hab' Angst«, sagte sie plötzlich.

»Sie brauchen keine Angst zu haben«, versicherte ihr Beth. »Die Polizei überwacht die ganze Nachbarschaft.«

»Wir könnten in unseren Betten ermordet werden.«

»Wir glauben, daß der Täter ein Bekannter der Gordons gewesen ist«, antwortete Beth. »Ein Racheakt. Sie haben nichts zu befürchten.«

»Was ist, wenn er zurückkommt?«

Das brachte mich wieder auf. »Warum sollte der Mörder zurückkommen?« fragte ich ziemlich scharf.

»Jeder Mörder kehrt an den Tatort zurück.«

»Kein Mörder kehrt an den Tatort zurück.«

»Doch, wenn er die Augenzeugen ermorden will.«

»Haben Sie oder Ihr Mann die Tat beobachtet?«

»Nein.«

»Dann haben Sie keinen Grund zur Sorge«, sagte ich.

»Der Killer könnte aber glauben, wir hätten ihn beobachtet.«

Ich warf Beth einen vielsagenden Blick zu.

»Ich sorge dafür, daß regelmäßig ein Streifenwagen vorbeikommt. Wenn Sie unruhig werden, rufen Sie neunhundertelf an.« Zum Schluß sagte sie: »Aber machen Sie sich keine Sorgen.«

Agnes Murphy nickte.

Ich öffnete die Tür, trat in den Sonnenschein hinaus und sagte zu Beth: »Sie hat gar nicht so unrecht.«

»Ja, ich weiß. Ich kümmere mich darum.«

Beth und ich folgten der Hecke auf der Grundstücksgrenze bis zu der Lücke. Von dort aus waren die Rückseite des Hauses der Gordons und die Holzterrasse zu sehen, und wenn man durch die Lücke trat, konnte man bis zum Wasser sehen: In der Bay schwamm ein blau-weißes Motorboot. »Das gehört der Wasserschutzpolizei«, sagte Beth. »Wir lassen vier Taucher in Schlamm und Seegras nach zwei kleinen Geschossen suchen. Aussichtslos.«

Um uns nicht ein- und austragen zu müssen, mieden wir das abgesperrte Grundstück der Gordons und folgten der Hecke der Murphys bis zum Wasser. Dort war sie so verkümmert, daß wir ohne weiteres auf die andere Seite sehen konnten. Wir gingen weiter, bis wir zwischen dem alten Schwimmsteg der Murphys zur Linken und dem stabilen Anlegesteg der Gordons zur Rechten standen. Die *Treponema* lag nicht mehr dort.

»Die Wasserschutzpolizei hat das Boot sichergestellt«, sagte Beth. »Unsere Labortechniker untersuchen es im Moment.« Sie fragte: »Was halten Sie von den Murphys?«

»Ich glaube, daß sie's getan haben.«

»Was getan?«

»Die Gordons ermordet. Nicht direkt – aber sie haben Tom und Judy auf der Terrasse abgefangen und ihnen so lange von Sonderangeboten im Supermarkt erzählt, bis die Gordons ihre Pistolen gezogen und sich selbst erschossen haben.«

»Möglich«, gab Beth zu. »Aber was ist aus ihren Pistolen geworden?«

»Die hat Edgar zu Klopapierhaltern umgebaut.«

Beth lachte. »Sie sind schrecklich! Aber Sie werden auch mal alt.«

»Nein, das werde ich nicht.«

Wir schwiegen ein paar Sekunden lang, dann fragte Beth: »Haben Sie eine Affäre mit Judy Gordon gehabt?«

»Das hätte ich Max und Ihnen gleich zu Anfang erzählt.«

»Sie hätten's Max erzählt – nicht mir.«

»Also gut, ich habe keine Affäre mit Judy Gordon gehabt.«

»Aber Sie haben sich zu ihr hingezogen gefühlt.«

»Wie jeder Mann. Sie ist schön gewesen.« Ich dachte daran hinzuzufügen: »Und intelligent« – als ob mir das tatsächlich wichtig gewesen sei. Ich fuhr fort: »Bei einem jungen, attraktiven Paar sollten wir vielleicht an ein sexuelles Motiv denken.«

Sie nickte. »Gut, wir denken darüber nach.«

Von unserem Standort konnte ich den Signalmast am Bootssteg der Gordons sehen. Die Piratenflagge wehte noch immer, darunter flatterten die beiden Signalflaggen. Ich fragte Beth: »Können Sie die beiden kleinen Flaggen abzeichnen?«

»Klar.« Sie zog Notizbuch und Bleistift heraus und zeichnete die Flaggen ab. »Glauben Sie, daß sie etwas zu bedeuten haben? Ein Signal?«

»Warum nicht? Das sind Signalflaggen.«

»Ich glaube, daß sie bloß zur Dekoration dienen. Aber das läßt sich feststellen.«

»Richtig. Kommen Sie, wir kehren an den Tatort zurück.«

Wir überschritten die Grundstücksgrenze und gingen zum Anlegesteg der Gordons hinunter. »Okay, ich bin Tom, Sie sind Judy«, sagte ich. »Wir haben Plum Island mittags verlassen, und jetzt ist's ungefähr halb sechs Uhr. Wir sind wieder daheim. Ich stelle die Motoren ab, während Sie das Boot festmachen. Ich hieve die Kiste auf den Steg. Richtig?«

»Richtig.«

»Ich klettere auf den Steg. Wir fassen die Kiste an ihren Griffen und setzen uns damit in Bewegung.«

Das simulierten wir gewissermaßen, indem wir nebeneinander hergingen. »Wir sehen zum Haus hinauf«, sagte ich. »Wäre jemand auf einer der drei Terrassenebenen, müßten wir ihn sehen. Richtig?«

»Richtig«, bestätigte Beth. »Nehmen wir an, dort *wäre* jemand, aber wir kennen sie, ihn oder sie und gehen weiter.«

»Okay. Aber man müßte annehmen, daß jemand, der dort wartet, uns entgegenkäme, um die Kiste tragen zu helfen. Nur so aus Höflichkeit. Jedenfalls gehen wir noch immer.«

Wir erreichten die zweite Terrassenebene. »Irgendwann würde uns auffallen, daß die Schiebetür offensteht«, sagte Beth. »Das würde uns so beunruhigen, daß wir stehenbleiben oder umkehren würden. Die Tür dürfte nicht offen sein.«

»Es sei denn, wir würden damit rechnen, daß jemand *im* Haus auf uns wartet.«

»Richtig«, stimmte sie zu. »Aber das müßte jemand mit dem neuen Schlüssel sein.«

Wir gingen weiter, erreichten die oberste Terrassenebene und blieben kurz vor den mit Kreide markierten Umrissen stehen: Beth vor Judys, ich vor Toms. »Die Gordons haben noch ein paar Schritte zu gehen, eine Minute oder weniger zu leben«, sagte ich. »Was sehen sie?«

Beth starrte die Umrisse an, sah sich auf der Terrasse um und begutachtete die Glasschiebetür vor uns. »Sie gehen weiter auf das nur fünf bis sechs Meter entfernte Haus zu«, antwortete sie. »Nichts deutet darauf hin, daß sie zu flüchten versuchen. Außer im Haus gibt's hier keine Möglichkeit, sich zu verstecken, aber aus dieser Entfernung kann niemand zwei Kopfschüsse anbringen. Sie müssen den Mörder gekannt oder zumindest für harmlos gehalten haben.«

»Richtig. Ich denke, der Mörder könnte in einem der Liegestühle gelegen und sich schlafend gestellt haben, um die beiden nicht unten am Bootssteg begrüßen zu müssen. Die Gordons haben ihn gekannt, und Tom hat vielleicht gerufen: ›Hey, Joe, steh auf und hilf uns die Kiste mit dem Ebola-Impfstoff tragen!‹ Oder Milzbranderreger. Oder Geld. Der Mörder steht also auf, gähnt, tritt ein paar Schritte auf sie zu, kommt auf Spuckweite an sie heran, zieht eine Pistole und erledigt sie mit zwei Kopfschüssen. Richtig?«

»Vielleicht«, antwortete Beth. Sie ging um die Körperumrisse herum und blieb stehen, wo der Mörder gestanden haben mußte – keine eineinhalb Meter von den Füßen der Umrisse entfernt. Ich stellte mich dorthin, wo Tom gestanden haben mußte. Sie hob die rechte Hand, umklammerte ihr Handgelenk mit der linken Hand, zielte mit dem Zeigefinger zwischen meine Augen und sagte: »Peng!«

»Sie haben die Kiste nicht mehr getragen, als sie erschossen wurden«, konstatierte ich. »Der Tragegriff wäre Tom aus der Hand geflogen. Tom und Judy haben die Kiste zuerst abgestellt.«

»Ich weiß nicht, ob sie überhaupt eine Kiste getragen haben. Das ist Ihre Theorie, nicht meine.«

»Wo ist denn dann die Kiste, die immer im Boot stand?«

»Wer weiß? Irgendwo. Sehen Sie sich die Umrisse an, John. Der Abstand ist so gering, daß ich mich frage, wie sie eine Kiste zwischen sich getragen haben sollen.«

Ich sah, daß ihr Einwand berechtigt war. »Vielleicht haben sie die Kiste vorher abgestellt und sind auf den Mörder zugegangen, der in einem Liegestuhl lag oder gerade aus dem Haus trat.«

»Möglich. Jedenfalls müssen die Gordons den oder die Killer gekannt haben.«

»Richtig«, stimmte ich zu und sagte dann: »Ich glaube nicht, daß der Mörder und die Gordons sich hier zufällig begegnet sind. Für den Täter wäre es leichter gewesen, die beiden im Haus zu erschießen. Aber er hat diese Stelle bewußt *gewählt*.«

»Warum?«

»Mir fällt nur ein möglicher Grund ein: Vielleicht hat er eine registrierte Pistole benutzt und wollte verhindern, daß die Geschosse gefunden und untersucht werden.«

Sie nickte und sah auf die Bay hinaus.

»Im Haus hätten sich die Kugeln in die Wand gebohrt, und er hätte sie vielleicht nicht herausholen können. Also entscheidet er sich für zwei Kopfschüsse mit einer großkalibrigen Pistole und sorgt dafür, daß zwischen den Austrittswunden und der Bay kein Hindernis mehr liegt.«

Beth nickte erneut. »Sieht so aus, nicht wahr? Dadurch verändert sich das Täterprofil. Er ist kein Junkie, kein Berufskiller mit einer nicht registrierten Waffe, sondern ein ehrbarer Bürger mit einer ordnungsgemäß registrierten Pistole. Ist das Ihre Theorie?«

»Sie paßt zu allem, was ich hier sehe«, sagte ich.

»Und deshalb wollen Sie die Namen aller Einheimischen mit registrierten Waffen.«

»Richtig. Großkalibrig, registriert im Gegensatz zu einer illegalen oder gestohlenen Waffe, eher eine Pistole als ein Revolver, weil Revolverschüsse sich praktisch nicht dämpfen lassen. Fangen wir also mit dieser Theorie an.«

»Wo kriegt ein ehrbarer Bürger mit einer registrierten Pistole einen illegalen Schalldämpfer her?« fragte Beth.

»Gute Frage.« Ich dachte erneut über das von mir konstruierte Täterprofil nach und sagte dann: »Wie bei allen Aspekten dieses Falls gibt's immer Ungereimtheiten, die einem die beste Theorie verderben.«

»Richtig«, pflichtete sie bei und fügte hinzu: »Nicht zu vergessen die zwanzig Pistolen Kaliber fünfundvierzig auf Plum Island.«

»Allerdings nicht.«

Wir diskutierten noch einige Zeit, versuchten die Uhr um vierundzwanzig Stunden zurückzudrehen, und bemühten uns, den Tathergang zu rekonstruieren.

Durch die Glasschiebetür sah ich einen uniformierten Beamten der Southold Police, aber er bemerkte uns anscheinend nicht und setzte seinen Rundgang fort.

»Das bringt uns nicht weiter«, sagte ich zuletzt. »Okay, gut, jetzt kommt die kleine Ansprache, mit der ich jede neue Vorlesungsreihe beginne. Wollen Sie sie hören?«

»Schießen Sie los.«

»Meine Damen und Herrn, der Schauplatz eines Mordes ist wie ein Bild, eine Fotografie, auf der man nichts mehr verändern kann. Über dieses Stilleben können Sie mehrere Theorien aufstellen, die aber trotzdem nur Theorien bleiben. Wie ein Archäologe kann ein Detektiv unangreifbare Tatsachen und gesicherte wissenschaftliche Erkenntnisse zusammentragen, aber daraus trotzdem falsche Schlüsse ziehen. Dazu kommen einige Lügen, Täuschungsversuche und hilfsbereite Personen, die aber Fehler machen. Und Leute, die Ihnen erzählen, was Sie hören wollen, weil es zu Ihrer Theorie paßt, andere Leute, die heimlich eigene Ziele verfolgen, und der Täter selbst, der eine falsche Spur gelegt hat. Und hinter diesem Gewirr aus Widersprüchen, Ungereimtheiten und Lügen verbirgt sich die Wahrheit.« Ich erklärte Beth: »Stimmt meine Zeitplanung, klingelt es in diesem Augenblick, und ich sage: ›Meine Damen und Herren, Ihre Aufgabe ist es, die Wahrheit aufzuspüren.‹«

»Bravo!« sagte sie.

»Vielen Dank.«

»Also, wer hat die Gordons umgebracht?« fragte sie.

»Weiß der Teufel«, antwortete ich.

15. Kapitel

Wir standen in der Abendsonne neben Beth Penroses schwarzem Dienstwagen. Es war kurz vor sechs Uhr. »Wie wär's mit einem Cocktail?« schlug ich vor.

»Können Sie Margaret Wileys Haus finden?« lautete ihre Gegenfrage.

»Vielleicht. Serviert sie Cocktails?«

»Wir fragen sie. Steigen Sie ein.« Sie ließ den Motor an, und wir fuhren los – durch Nassau Point, über die lange Brücke und dann aufs Festland.

»Wohin?« fragte sie.

»Rechts, glaub' ich.«

Sie bog mit quietschenden Reifen ab. »Nicht so schnell!« bettelte ich.

Sie fuhr langsamer.

Es war schön, in der Abendsonne mit offenen Fenstern durch Wiesen und Weinberge zu fahren und die frische Luft zu genießen. »In meiner Kindheit hat's hier zwei Arten von Farmen gegeben«, sagte ich. »Die Kartoffelfarmen der Deutschen und Polen, die Anfang des Jahrhunderts hierhergekommen sind, und die Obst- und Gemüsefarmen der Nachkommen der ersten Siedler. Manche der Farmen sind seit dreihundertfünfzig Jahren in Familienbesitz. Schwer zu begreifen.«

Beth schwieg eine Zeitlang. »Unsere Farm hat meiner Familie über hundert Jahre lang gehört«, erklärte sie.

»Wirklich? Und Ihr Vater hat sie verkauft?«

»Er mußte. Schon als ich noch klein war, waren wir von Neubauten umringt. Wir haben als Sonderlinge gegolten. Ich bin in der Schule als Bauerntrampel ausgelacht worden.« Lächelnd fuhr sie fort: »Aber Dad hat zuletzt gelacht. Eine Million Dollar für seinen Grund und Boden. Das ist damals viel Geld gewesen.«

»Das ist noch heute viel Geld. Haben Sie's geerbt?«

»Noch nicht. Aber ich verschwende die Erträge eines Treuhandfonds.«

»Wollen Sie mich heiraten?« fragte ich.

»Nein, aber Sie dürfen meinen BMW fahren.«

»Langsamer und dort vorn links.«

Sie bog ab, und wir fuhren wieder nach Norden. Mit einem Blick auf mich sagte Beth: »Ich dachte, Sie seien verheiratet?«

»Geschieden.«

»Mit Brief und Siegel?«

»Ich glaube schon.« Tatsächlich konnte ich mich nicht daran erinnern, meine Entlassungspapiere bekommen zu haben.

»Ich erinnere mich an einen Fernsehbericht ... als Sie im Krankenhaus lagen ... eine attraktive Ehefrau mit dem Oberbürgermeister und dem Polizeipräsidenten beim Krankenbesuch ... wissen Sie das noch?«

»Nicht wirklich. Hab' davon gehört. Rechts und gleich wieder links.«

Wir befanden uns auf der Lighthouse Road. »Langsam«, sagte ich, »damit wir die Hausnummern lesen können.«

Auf beiden Seiten der zum Leuchtturm Horton Point führenden schmalen Straße standen vereinzelt kleine Häuser zwischen Weinbergen. Wir kamen zu einem hübschen Klinkerhaus, auf dessen Briefkasten *Wiley* stand. Beth hielt auf dem grasbewachsenen Randstreifen. »Hier müßte es sein.«

Wir stiegen aus und folgten einem Plattenweg zur Haustür. Da es keine Klingel gab, klopften wir an. Als niemand öffnete, gingen wir um das Haus herum nach hinten.

Eine hagere Frau von etwa siebzig Jahren, die ein geblümtes Sommerkleid trug, arbeitete in ihrem Gemüsegarten. »Mrs. Wiley?« rief ich.

Sie sah auf und kam uns entgegen. »Ich bin Detective John Corey«, stellte ich mich vor. »Ich habe Sie heute nacht angerufen. Das hier ist meine Kollegin, Detective Beth Penrose.«

Sie starrte auf meine Shorts, und ich glaubte schon, meine Hosentür stehe offen. Beth zeigte Mrs. Wiley ihren Ausweis, was die alte Dame zu beruhigen schien. Was sie von mir halten sollte, wußte sie anscheinend nicht.

Ich lächelte Margaret Wiley an. Sie hatte klare graue Augen, silbergraues Haar und ein interessantes Gesicht mit fast durchsichtiger Haut – ein Gesicht, das mich an ein altes Gemälde erinnerte.

Sie sah mich an und stellte fest: »Sie haben sehr spät angerufen.«

»Ich habe nicht schlafen können. Dieser Doppelmord hat mir den Schlaf geraubt, Mrs. Wiley. Ich bitte um Entschuldigung.«

»Das ist nicht nötig. Was kann ich für Sie tun?«

»Uns interessiert das Grundstück, das Sie den Gordons verkauft haben.«

»Ich glaube, ich habe Ihnen alles erzählt, was ich darüber weiß.«

»Ja, Ma'am, das haben Sie vermutlich. Aber ich hätte noch ein paar Fragen.«

»Kommen Sie, setzen wir uns.« Sie führte uns zu ein paar grüngestrichenen Holzklappstühlen unter einer Trauerweide. Wir nahmen Platz.

Solche Stühle, die in meiner Kindheit in Mode waren, hatten ein großes Comeback erlebt und waren jetzt überall zu sehen. Aber diese Stühle in Mrs. Wileys Garten waren vermutlich nie weg gewesen, so daß kein Comeback nötig gewesen war. Das Haus, der Garten, die alte Dame in ihrem langen Baumwollkleid, die Trauerweide, die rostige Schaukel und der Autoreifen, der an einem Seil vom Baum hing – das alles erinnerte an eine handkolorierte Fotografie aus den späten vierziger oder frühen fünfziger Jahren.

Margaret Wiley war der dritte alte Mensch, mit dem ich heute sprach, und ich war entschlossen, besser mit ihr auszukommen als mit Agnes und Edgar. Außerdem spürte ich, daß Mrs. Wiley sich nichts von mir gefallen lassen würde. Ich bin bei Vernehmungen erfolgreich, weil ich Menschentypen und Persönlichkeiten richtig einschätzen und mein Verhalten danach ausrichten kann. Das heißt nicht, daß ich mitfühlend, feinfühlig oder einfühlsam bin. Ich bin ein überhebliches, egozentrisches und eigensinniges männliches Chauvinistenschwein. Aber ich höre zu und sage, was gesagt werden muß. Das gehört zu meinem Job.

»Leben Sie hier ganz allein?« fragte ich Mrs. Wiley.

»Ja. Manchmal kommen mein Sohn und meine beiden Töchter vorbei, die alle verheiratet sind und ganz in der Nähe wohnen. Ich habe vier Enkel. Mein Mann Thad ist vor sechs Jahren gestorben.«

Beth sagte, das tue ihr leid.

Nachdem das abgehakt war, fragte Beth: »Gehören die Weinberge ums Haus Ihnen?«

»Mir gehört ein Teil von Grund und Boden. Teilweise habe ich an Winzer verpachtet. Normale Bauern pachten für ein Jahr. Die Weinleute brauchen zwanzig Jahre, sagen sie. Von Weinbau verstehe ich nichts.« Sie sah Beth an. »Ist Ihre Frage damit beantwortet?«

»Ja, Ma'am.« Dann fragte Beth weiter: »Warum haben Sie den Gordons einen halben Hektar Grund verkauft?«

»Was hat das mit ihrer Ermordung zu tun?«

»Das wissen wir erst, wenn wir die Hintergründe dieses Geschäfts kennen.«

»Es ist ein einfacher Grundstücksverkauf gewesen.«

Ich sagte: »Mir ist offen gesagt unverständlich, Ma'am, warum die Gordons soviel Geld für ein Grundstück ausgegeben haben, das nicht bebaut werden darf.«

»Ich glaube, ich habe Ihnen gesagt, Detective, daß es ihnen um den Blick auf die Meerenge ging.«

»Ja, Ma'am. Haben die beiden erwähnt, was sie sonst noch damit machen wollten? Wollten sie zum Beispiel dort angeln oder campen?«

»Sie wollten dort zelten. Und sie haben davon gesprochen, am eigenen Strand nachts in der Brandung zu fischen. Und sie haben erwähnt, daß sie sich ein Teleskop für astronomische Beobachtungen kaufen wollten. Sie sind mehrmals im Custer Institute gewesen. Kennen Sie das?«

»Nein, Ma'am.«

»Ein kleines Observatorium in Southold. Die Gordons hatten angefangen, sich für Astronomie zu interessieren.«

Das war mir neu. Man würde vermuten, daß Leute, die den ganzen Tag am Mikroskop arbeiten, nicht auch noch nachts eine Linse vor Augen haben wollen. Aber man weiß eben nie. »Und Boote?« fragte ich weiter.

»Dort kann man kein Boot zu Wasser lassen, bestenfalls ein Kanu. Das Grundstück liegt auf einer hohen Klippe, über die man nur ein Kanu zum Strand hinunterbringen könnte.«

»Aber man könnte mit einem Boot am Strand anlegen?«

»Vielleicht bei Flut, aber es gibt dort gefährliche Unterwasserfelsen. Aber man könnte bei Ebbe draußen ankern und zum Strand waten oder schwimmen.«

Ich nickte, dann fragte ich weiter: »Haben die beiden von landwirtschaftlicher Nutzung des Grundstücks gesprochen?«

»Nein. Dafür eignet es sich nicht. Habe ich Ihnen das nicht gesagt?«

»Tut mir leid, das weiß ich nicht mehr.«

»Doch, ich hab's Ihnen gesagt. Was dort oben wächst, hat lange gebraucht, um sich an den Wind und die salzhaltige Luft zu gewöhnen.« Abschließend sagte sie: »Auf der landeinwärts abfallenden Seite könnte man's vielleicht mit Rüben versuchen.«

»Aha.« Ich wechselte das Thema und fragte: »Welchen Eindruck hatten Sie von den Gordons?«

Mrs. Wiley dachte einen Augenblick nach. »Ein nettes Ehepaar. Sehr angenehme Leute.«

»Glücklich?«

»Sie haben glücklich gewirkt.«

»Sind sie wegen ihres Kaufs aufgeregt gewesen?«

»Ein bißchen schon.«

»Sind die beiden wegen des Grundstückskaufs an Sie herangetreten?«

»Ja. Sie haben erst Erkundigungen eingezogen – das wußte ich längst, als sie zu mir kamen. Auf ihr Kaufangebot hin habe ich ihnen erklärt, daß ich kein Interesse daran habe, das Grundstück zu verkaufen.«

»Warum nicht?«

»Nun, von Grund und Boden trennt man sich nicht gern. Außerdem hatte ich Thad versprochen, nichts zu verkaufen.« Sie machte eine Pause, dann fuhr sie fort: »Natürlich habe ich das Geld nicht wirklich gebraucht, aber die Gordons hatten das Grundstück anscheinend ins Herz geschlossen. Und nachdem es nur ein halber Hektar war...« Nachdrücklich fügte sie hinzu: »Aber sie haben gewußt, daß es nicht bebaut werden darf.«

»Ja, das haben Sie erwähnt. Und finden Sie nicht auch, daß fünfundzwanzigtausend Dollar aus diesem Grund ein stolzer Preis gewesen sind?«

Mrs. Wiley beugte sich nach vorn und erklärte: »Ich habe ihnen außerdem ein Wegerecht über mein Land zu ihrem Grundstück eingeräumt.« Nach einer kleinen Pause fügte sie hinzu: »Warten wir ab, wieviel das Grundstück bringt, wenn die Erben es verkaufen.«

»Mrs. Wiley, ich mache Ihnen keinen Vorwurf daraus, daß Sie ein gutes Geschäft gemacht haben. Mich interessiert nur, warum die Gordons dieses Grundstück so dringend haben wollten oder gebraucht haben.«

»Ich habe Ihnen erzählt, was sie mir erzählt haben. Mehr weiß ich nicht.«

»Für fünfundzwanzig Riesen muß die Aussicht atemberaubend sein.«

»Das ist sie.«

»Sie haben erwähnt, daß Ihr Farmland verpachtet ist«, sagte ich.

»Ja. Mein Sohn und meine Schwiegersöhne haben kein Interesse an Landwirtschaft.«

»Haben Sie das den Gordons gegenüber erwähnt? Daß Ihr Land verpachtet ist, meine ich.«

»Ich glaube schon.«

»Und sie haben nie gefragt, ob sie das Grundstück über den Klippen *pachten* könnten?«

Sie überlegte kurz, dann sagte sie: »Nein, seltsamerweise nicht.«

Ich sah zu Beth hinüber. Das war unbegreiflich. Zwei Wissenschaftler im Staatsdienst, die jederzeit versetzt werden konnten, mieten sich ein Haus an der Südküste und kaufen dann für fünfundzwanzig Riesen ein Grundstück an der Nordküste – ebenfalls mit schönem Blick übers Wasser. Ich fragte Mrs. Wiley: »Hätten Sie ja gesagt, wenn die beiden Ihnen vorgeschlagen hätten, das Grundstück zu pachten?«

Sie nickte. »Das wäre mir lieber gewesen.«

»Welche Jahrespacht hätten Sie verlangt?«

»Oh... schwer zu sagen... der Boden ist nichts wert... ich

denke, tausend Dollar wäre angemessen.« Sie fügte hinzu: »Eine sehr hübsche Aussicht.«

»Wären Sie so freundlich, uns das Grundstück zu zeigen?« fragte ich sie.

»Ich kann Ihnen sagen, wie Sie hinkommen. Oder Sie lassen sich beim County Clerk den Katasterplan zeigen.«

Beth mischte sich ein. »Wir wären Ihnen wirklich dankbar, wenn Sie mitkommen würden.«

Mrs. Wiley sah auf ihre Uhr, dann nickte sie Beth zu. »Also gut.« Sie stand auf. »Bin gleich wieder da.«

Sie verschwand durch den Hintereingang ins Haus.

»Zähes altes Luder«, sagte ich zu Beth.

»Irgendwie bringen Sie jeden gegen sich auf.«

»Diesmal bin ich sehr nett gewesen.«

»Das nennen Sie *nett?*«

»Ja, ich bin *nett.*«

»Unheimlich.«

Ich wechselte das Thema. »Die Gordons haben dieses Grundstück *besitzen müssen.*«

Beth nickte.

»Warum?«

»Weiß ich nicht … Warum denn?«

»Darüber müssen wir noch nachdenken.«

»Okay.«

Mrs. Wiley kam aus dem Haus, ohne die Tür hinter sich abzuschließen. Sie hatte ihre Handtasche und die Autoschlüssel geholt. Nun ging sie zu ihrem Wagen, einem fünf Jahre alten unscheinbaren grauen Dodge. Hätte ihr Mann noch gelebt, wäre er bestimmt damit einverstanden gewesen.

Beth und ich fuhren hinter Mrs. Wiley her. Wir bogen nach rechts auf die vierspurige Middle Road ab, die parallel zur alten Main Road verläuft. Die Fahrt durch Farmland und Weinberge war herrlich. Die Abendsonne schien ins Auto, die Luft roch nach Trauben, eine rothaarige Schönheit saß am Steuer, und wenn ich nicht wegen der Ermordung zweier Freunde ermittelt hätte, hätte ich vor mich hin gepfiffen.

Zu unserer Linken stieg das flache Farmland im Norden plötzlich so steil an, daß es einen mit Unterholz und Bäumen bewachsenen Wall bildete. Tatsächlich lagen dort die Klippen, die nach Norden hin zum Meer abfielen, aber von der Straße aus war das Wasser nicht zu sehen.

Mrs. Wiley fuhr sehr zügig, und wir überholten Traktoren und Pickups.

»Ich habe noch mal über das Grundstück nachgedacht«, sagte Beth plötzlich. »Der überhöhte Preis ist noch unverständlicher, wenn man bedenkt, daß die Gordons es für tausend Dollar im Jahr hätten pachten können. Ist das in bezug auf die Morde relevant oder nicht?«

»Vielleicht. Möglich ist auch, daß die Gordons sich bloß haben reinlegen lassen – oder daß sie ihrerseits Mrs. Wiley reingelegt haben. Vielleicht haben sie einen Trick gefunden, mit dem sich der Verkauf des Baurechts rückgängig machen läßt. Dann hätten sie für fünfundzwanzig Riesen ein Grundstück am Wasser gekauft, das als Baugrundstück mindestens hunderttausend Dollar wert ist. Ein hübscher Gewinn.«

Beth nickte. »Gut, ich erkundige mich mal nach den hiesigen Grundstückspreisen.« Sie warf mir einen kurzen Blick zu. »Sie haben offenbar noch eine Theorie.«

»Vielleicht. Nicht offenbar.«

Sie fuhr einige Zeit schweigend weiter. »Die Gordons mußten das Grundstück *besitzen*. Richtig? Weshalb? Erschließung? Wegerechte? Als Herzstück eines zukünftigen Naturparks? Erdöl, Gas, Kohle, Diamanten, Rubine …? Was?«

»Auf Long Island gibt's keine Bodenschätze, nur Sand, Ton und Fels. Das weiß sogar ich.«

»Richtig … aber Sie vermuten etwas.«

»Nichts Bestimmtes. Ich habe ein … ein gutes Gespür dafür, was wichtig ist. Ich spüre rein gefühlsmäßig, was in ein Bild paßt und was nicht.«

»Weil Sie dann ein *Ping!* hören?«

»Gewissermaßen.«

Mrs. Wileys Bremslichter leuchteten auf, und sie bog von der Middle Road auf eine Schotterstraße ab. Beth, die nicht aufgepaßt hatte, mußte scharf bremsen und nahm die Kurve auf zwei Rädern.

Wir folgten Margarets Dodge, der eine gewaltige Staubwolke

aufwirbelte, die uns einhüllte, so daß ich den Staub tatsächlich auf der Zunge schmecken konnte. Hastig schlossen wir unsere Fenster.

Schließlich bog Mrs. Wiley auf einen Weg ab, der parallel zu den nur etwa fünfzig Meter entfernten Klippen verlief. Nach einigen hundert Metern blieb sie mitten auf dem Weg stehen. Beth tat es ihr nach.

Mrs. Wiley stieg aus, und wir folgten ihrem Beispiel. Der schwarze Ford war mit einer dicken Staubschicht bedeckt.

Wir gingen zu Mrs. Wiley, die am Fuß der Felsen wartete. »Hier hat's seit zwei Wochen nicht mehr geregnet«, sagte sie. »Den Winzern kommt das um diese Jahreszeit sehr gelegen. Davon werden die Trauben süßer, weniger wäßrig. Erntereif.«

Das war mir ziemlich egal, aber ich wußte nicht, wie ich das rüberbringen sollte, ohne unhöflich zu wirken. »Manche Leute beten um Regen, andere um Sonnenschein«, sagte ich. »So ist das Leben.«

Margaret musterte mich prüfend. »Sie sind nicht von hier, stimmt's?«

»Nein, Ma'am. Aber mein Onkel ist von hier. Harry Bonner. Der Bruder meiner Mutter. Hat ein Farm Bay Estate drunten in Mattituck. Oder heißt's Bay Farm Estate? Jedenfalls ...«

»Ah, richtig. Seine Frau June hat uns ungefähr zur selben Zeit wie mein Thad verlassen.«

»Ja, das könnte hinkommen.« Daß Margaret Wiley meinen Onkel Harry kannte, erstaunte mich nicht sonderlich. Ich meine, die einheimische Gesamtbevölkerung besteht, wie schon gesagt, aus etwa zwanzigtausend Menschen – fünftausend Personen weniger, als im Empire State Building arbeiten. Das soll nicht heißen, daß alle im Empire State Building arbeitenden Leute sich kennen, aber ... jedenfalls hatten Margaret und vermutlich auch der verstorbene Thad Wiley meinen Onkel Harry und die verstorbene June Bonner gekannt.

»John? Mrs. Wiley spricht mit Ihnen.«

»Oh, sorry. Ich bin im Dienst verwundet worden und leider immer noch nicht ganz auf dem Damm.«

»Sie sehen schlecht aus«, teilte Mrs. Wiley mir mit.

»Vielen Dank.«

»Ich habe gefragt, wie's Ihrem Onkel geht.«

»Sehr gut. Er ist wieder in der City. Scheffelt jede Menge Geld an der Börse. Aber seit Tante Junes Tod ist er sehr einsam.«

»Richten Sie ihm schöne Grüße von mir aus.«

»Wird gemacht.«

»Ihre Tante war eine wundervolle Frau.« Das sagte sie in einem Tonfall, der verriet, daß sie sich fragte: »Wie ist sie bloß zu diesem Trottel von Neffen gekommen?«

Ich nickte wortlos.

»June war eine begeisterte Hobbyarchäologin und Historikerin«, fuhr Margaret fort.

»Richtig. Peconic Historial Society. Sind Sie auch Mitglied?«

»Ja. So habe ich June kennengelernt. Harry hat andere Interessen gehabt, aber er hat ein paar Grabungen finanziert. Wir haben das Fundament eines Farmhauses aus dem Jahr sechzehnhunderteinundachtzig ausgegraben. Sie sollten unser Museum besuchen, falls Sie's noch nicht getan haben.«

»Das hatte ich für heute geplant, aber dann ist diese andere Sache dazwischengekommen.«

»Nach dem Labor Day haben wir nur am Wochenende geöffnet. Aber ich habe einen Schlüssel.«

»Ich rufe Sie mal an.« Ich sah zu der vor uns aufragenden Klippe auf und fragte Mrs. W.: »Ist das hier das Grundstück der Gordons?«

»Ja. Sehen Sie diesen Holzpflock dort drüben? Das ist die Südwestecke. Knapp hundert Meter den Weg hinunter liegt die Südostecke. Das Grundstück beginnt hier, steigt zu den Klippen an, fällt drüben ab und endet an der Hochwassermarkierung.«

»Tatsächlich? Das klingt nicht gerade exakt.«

»Exakt genug. So ist's schon immer gewesen. Bis zur Hochwassermarkierung. Der Strand gehört allen.« Margaret wandte sich an Beth und sagte: »Ich brauche Sie nicht hinaufzubegleiten. Der Fußweg beginnt dort drüben. Der Aufstieg ist nicht schwer, aber nehmen Sie sich auf den Klippen in acht. Die Felsen fallen steil ab, und es gibt nicht allzu viele Tritte.«

Ich mischte mich wieder ein. »Danke für Ihre Zeit und Geduld, Mrs. Wiley.«

Sie schien gehen zu wollen, blieb aber noch einmal stehen und fragte Beth: »Haben Sie schon einen Verdacht, wer's gewesen sein könnte?«

»Nein, Ma'am.«

»Hat der Mord etwas mit ihrer Arbeit zu tun?«

»In gewisser Weise. Aber nichts mit biologischer Kriegsführung oder anderen gefährlichen Dingen.«

Margaret Wiley wirkte nicht recht überzeugt. Sie ging zu ihrem Wagen, ließ den Motor an und entschwand in einer Staubwolke.

»Verschwinde, du altes Ekel!« rief ich ihr nach. »Hau ab, du alte...«

»John!«

Wir sahen beide zu den Klippen hinauf. »Okay, dann wollen wir die Aussicht für fünfundzwanzig Riesen mal begutachten«, schlug ich vor.

Wir fanden den Fußweg, und ich ging voran. Der Weg führte durch dichtes Unterholz mit zahlreichen niedrigen Eichen und einigen größeren Bäumen, die ich für Ahorne hielt. Für Beth, die ihr beiges Kostüm und Straßenschuhe trug, war das Ganze ziemlich mühsam. An einigen steilen Stellen half ich ihr hoch. Wenn sie dabei den Rock etwas hochschob, konnte ich ein Paar perfekter Beine bewundern.

Der Höhenunterschied betrug etwa fünfzehn Meter – eigentlich nur vier Treppen hoch, wonach ich früher noch Kraft genug gehabt hatte, eine Tür einzutreten, einen Täter zu überwältigen, ihm Handschellen anzulegen und ihn auf die Straße zu meinem Dienstwagen hinunterzuschleppen. Aber das war früher gewesen. Jetzt war alles anders. Ich fühlte mich zittrig, und vor meinen Augen tanzten schwarze Punkte. Ich mußte stehenbleiben und sank auf die Knie.

»Fehlt Ihnen was?« fragte Beth besorgt.

»Nein, nein... geht gleich wieder...« Ich atmete mehrmals tief durch, kam wieder auf die Beine und stieg weiter.

Wir erreichten eine Art Hochplateau. Wegen des Windes und der salzhaltigen Luft waren die Pflanzen hier auffällig verkümmert. Der Panoramablick über den Long Island Sound hinaus war wirklich unglaublich. Die Klippen fielen hier gut dreißig Meter ab und waren tatsächlich sehr steil. Weit unter uns erstreckte sich ein herrlicher langer Sandstrand.

Die See war relativ ruhig, und draußen sahen wir vereinzelte Segel- und Motorboote. Ein riesiger Frachter war auf dem Weg nach Westen – nach New York oder zu einem Hafen in Connecticut. In ungefähr zehn Meilen Entfernung konnten wir die Küste Connecticuts ausmachen.

Im Westen ging das Hochplateau, auf dem wir uns befanden, nach etwa einer Meile in eine Landzunge über, die in die Meerenge hinausragte. Nach Osten verlief es mehrere Meilen weit parallel zum Strand und endete mit der Landzunge Horton Point, die an dem Leuchtturm erkennbar war.

Hinter uns erstreckte sich weites Farmland, das sich als bunter Teppich aus Kartoffeläckern, Weinbergen, Obstplantagen und Maisfeldern präsentierte. Malerische Holzhäuser und weiße Scheunen waren über die grünen Felder verteilt. »Ein herrlicher Blick«, sagte ich.

»Phantastisch«, stimmte Beth zu. »Aber ist er fünfundzwanzigtausend Riesen wert?«

»Das ist die Frage.« Ich zog die Augenbrauen hoch. »Wozu tendieren Sie?«

»Theoretisch, nein. Hier oben, ja.«

»Gut ausgedrückt.« Ich setzte mich auf einen Felsblock und starrte aufs Meer hinaus.

Beth stand neben mir und starrte ebenfalls aufs Meer hinaus. Wir waren beide müde, außer Atem, verschwitzt und staubig. »Zeit für Cocktails«, sagte ich. »Kommen Sie, wir gehen wieder.«

»Nicht so schnell«, wehrte Beth ab. »Spielen wir noch mal Tom und Judy. Erzählen Sie mir, was sie hier wollten, was sie hier gesucht haben.«

»Okay… Wir haben tagsüber auf Plum Island gearbeitet«, sagte ich. »Wir sind im Labor gewesen, haben Schutzkleidung getragen und sind mit Viren umgegangen. Wir duschen, hasten zur *Treponema,* fahren übers Gatt, setzen uns ins Auto und fahren hierher. Hier ist alles weit, erfrischend und belebend… Wir haben eine Flasche Wein und eine Decke mitgebracht. Wir trinken den Wein, wir lieben uns, wir liegen auf der Decke und sehen zu, wie die Sterne herauskommen. Plum Island scheint eine Million Meilen weit entfernt zu sein. Dann fahren wir heim – für einen weiteren Tag in den abgeschlossenen Labors gerüstet.«

Beth schwieg eine Weile. Ohne sich zu meiner Schilderung zu äußern, trat sie an den Rand der Klippe, dann wandte sie sich ab und ging auf eine drei Meter hohe verkrüppelte Eiche, dem einzigen größeren Baum in unserer Nähe, zu. Sie bückte sich, richtete sich wieder auf und hielt ein zusammengerolltes Seil in der Hand. »Hey, sehen Sie sich das an!«

Ich stand auf, um ihren Fund zu begutachten. Das grüne Nylonseil war ungefähr fünfzehn Millimeter stark und wies als Kletterhilfe Knoten in gleichmäßigen Abständen auf. Das eine Ende war an einer kräftigen Eichenwurzel befestigt. »Vermutlich reicht es bis zum Strand hinunter«, meinte Beth.

Ich nickte zustimmend. »Das würde den Auf- und Abstieg natürlich erleichtern.«

»Ja.« Sie kniete nieder und sah nach unten. Ich folgte ihrem Beispiel. Wir stellten fest, daß der dünne Grasbewuchs an dieser Stelle deutliche Kletterspuren aufwies. Die Klippe war wie gesagt ziemlich steil, aber für jemanden mit guter Kondition kein unüberwindbares Hindernis – auch ohne dieses Kletterseil.

Ich beugte mich noch weiter über den Rand und bemerkte an einigen erodierten Stellen rötliche Tonerde mit Eisenoxidablagerungen. Etwa drei bis vier Meter unter uns befand sich ein schmaler Absatz. Beth, die ihn ebenfalls gesehen hatte, erklärte: »Das muß ich mir mal ansehen.«

Sie zerrte an dem Seil, um sicherzustellen, daß es gut an der Eiche befestigt war, dann stieg sie rückwärtsgehend nach unten und ließ das Seil dabei durch die Hände gleiten. Wenig später rief sie nach oben: »Kommen Sie auch, John? Das hier ist interessant!«

»Okay.« Ich folgte Beth und blieb neben ihr auf dem schmalen Absatz stehen.

»Sehen Sie sich das an!« sagte sie.

Der Absatz war ungefähr drei Meter lang und höchstens einen Meter breit. In seiner Mitte befand sich eine kleine Höhle, aber keine natürliche. Sah man genau hin, waren sogar Schaufelspuren zu erkennen. Beth und ich gingen in die Hocke, um einen Blick in die Höhle zu werfen. Sie war ziemlich klein, ungefähr einen Meter hoch, einen Meter breit und eineinviertel Meter tief, und völlig leer. Ich hatte keine Ahnung, wozu man sie angelegt hatte, aber ich meinte: »Dort drinnen könnte man einen Picknickkorb und eine Kühltasche mit Getränken lagern.«

»Man könnte sogar die Beine reinstecken«, sagte Beth, »mit dem Oberkörper hier draußen liegen und schlafen.«

»Oder sich lieben.«

»Warum habe ich gewußt, daß Sie das sagen würden?«

»Weil's wahr ist.« Ich richtete mich auf. »Vielleicht haben sie vorgehabt, die Höhle zu vergrößern.«

»Wozu?«

»Keine Ahnung.« Ich drehte mich nach der Meerenge um, setzte mich hin und ließ die Beine über den Rand der kleinen Terrasse baumeln. »Hier ist's schön. Setzen Sie sich neben mich.«

»Mir wird langsam kalt.«

»Hier, Sie können mein T-Shirt haben.«

»Nein, es ist verschwitzt.«

»Sie sind selbst keine Petunie.«

»Ich bin müde, ich bin staubig, meine Strumpfhose ist zerrissen, und ich muß aufs Klo.«

»Hier ist's romantisch.«

»Schon möglich. Aber nicht unter diesen Umständen.« Beth stand auf, griff nach dem Seil und verschwand nach oben. Ich wartete, bis sie über den Klippenrand hinweg war, bevor ich ihr folgte.

Sie wickelte das Seil wieder auf und legte es unter die Eiche zurück, wo sie es gefunden hatte. Als sie sich umdrehte, standen wir uns plötzlich sehr dicht gegenüber. Dieser Augenblick, in dem wir beide nicht recht wußten, was wir tun sollten, dauerte ungefähr drei Sekunden lang, bis ich meine Hand hob und erst ihr Haar, dann ihre Wange berührte. Aber als ich sie küssen wollte, trat sie einen Schritt zurück und sprach das Zauberwort, auf das alle heutigen amerikanischen Männer wie Pawlowsche Hunde reagieren: »Nein.«

Ich machte einen Riesensatz rückwärts und legte die Hände auf den Rücken. Mein kleiner Freund schlaffte augenblicklich wieder ab, und ich sagte hastig: »Ich habe Ihre freundschaftliche Neckerei mit einem Annäherungsversuch verwechselt. Entschuldigen Sie bitte.«

In Wirklichkeit lief die Sache nicht ganz so ab. Sie sagte:

»Nein«, aber als ich mit einer Miene bitterster Enttäuschung zögerte, fügte sie hinzu: »Nicht jetzt«, was gut war, dann: »Vielleicht später«, was besser war, und zuletzt: »Ich mag dich«, was am besten war.

»Laß dir Zeit«, sagte ich. Das war sogar ernstgemeint, solange sie sich nicht länger als zweiundsiebzig Stunden Zeit ließ, was irgendwie mein Limit war. Tatsächlich hatte ich aber auch schon länger gewartet.

Wir redeten nicht weiter darüber, sondern machten uns auf den Rückweg und stiegen in den schwarzen Dienstwagen.

Beth ließ den Motor an, legte den Gang ein, zögerte, schaltete in den Leerlauf, beugte sich zu mir herüber, küßte mich flüchtig auf die Backe, legte wieder den Gang ein und fuhr in einer riesigen Staubwolke davon.

Nach einer Meile erreichten wir die Middle Road. Beth bewies einen guten Orientierungssinn und war auf dem richtigen Weg nach Nassau Point, ohne mich fragen zu müssen.

Als nächstes hielt sie an einer Tankstelle, und wir benutzten die jeweiligen Toiletten, um uns frischzumachen, wie man so schön sagt. Ich konnte mich nicht daran erinnern, wann ich zuletzt so schmutzig gewesen war. Zum Dienst komme ich immer wie aus dem Ei gepellt: ein Manhattaner Dandy in Maßanzügen. Jetzt kam ich mir wieder wie Schmutzfink Johnny vor, der als kleiner Junge im Dreck herumwühlte.

Im Tankstellenshop stellte ich mir einen komischen kleinen Imbiß zusammen: fingerlange Salamis, Erdnußbuttercracker und Gummibärchen. Draußen im Auto wollte ich mit Beth teilen, aber sie lehnte dankend ab. »Ißt man alles gleichzeitig, schmeckt es genau wie das thailändische Gericht Sandang Phon«, behauptete ich. »Das habe ich durch Zufall rausgekriegt.«

»Das will ich hoffen.«

Meine Kombination aus Salami, Erdnußbuttercrackern und Gummibärchen schmeckte richtig scheußlich, aber ich war ausgehungert und wollte den Staubgeschmack loswerden. Nach ein paar Minuten fragte ich: »Was hältst du davon? Ich meine, von der Sache mit dem Grundstück?«

Sie überlegte einen Augenblick, dann antwortete sie: »Ich glaube, ich hätte die Gordons gemocht.«

»Bestimmt.«

»Bist du traurig?«

»Yeah… Ich meine, wir sind nicht die besten Freunde gewesen… Ich hab' sie nur ein paar Monate gekannt, aber sie waren sehr nett – lebhaft und amüsant. Sie sind zu jung gewesen, um zu sterben.«

Sie nickte.

Wir fuhren über die lange Brücke nach Nassau Point. Draußen wurde es dunkel.

»Mein Verstand sagt mir, daß dieses Grundstück genau das ist, was es zu sein scheint«, sagte Beth. »Ein romantischer Zufluchtsort, ein Stückchen Erde, das ihnen ganz allein gehörte. Sie sind aus dem Mittleren Westen gewesen, vielleicht sogar aus Familien mit Grundbesitz, und haben sich in einer Gegend, in der Grundbesitz ebenfalls viel bedeutet, als bloße Mieter wiedergefunden… Richtig?«

»Richtig.«

»Und trotzdem…«

»Ja. Und trotzdem hätten sie sich ungefähr zwanzig Riesen sparen können, wenn sie das Grundstück für fünf Jahre gepachtet hätten.« Ich fügte hinzu: »Sie haben das Grundstück *besitzen* müssen. Denk mal darüber nach.«

»Das tue ich schon.«

Wir erreichten das Haus, in dem die Gordons gewohnt hatten, und Beth hielt hinter meinem Jeep. »Das war ein langer Tag«, meinte sie seufzend.

»Komm noch mit zu mir. Fahr hinter mir her.«

»Nein, ich fahre heute abend nach Hause.«

»Warum?«

»Es gibt keinen Grund mehr, Tag und Nacht hierzubleiben, und meine Dienststelle bezahlt kein Motel mehr.«

»Fahr erst bei mir vorbei. Ich muß dir die Computerausdrucke zurückgeben.«

»Das hat Zeit bis morgen. Ich muß morgen früh ins Büro. Wollen wir uns morgen nachmittag um fünf Uhr treffen?«

»Bei mir.«

»Also gut. Morgen nachmittag um fünf bei dir. Bis dahin weiß ich mehr.«

»Ich hoffentlich auch.«

»Mir wär's lieber, wenn du nicht alleine weitermachen würdest.«

»Okay.«

»Sieh zu, daß du dich mit Chief Maxwell über deinen Status einigst.«

»Wird gemacht.«

»Und schlaf dich aus«, sagte sie.

»Du auch.«

»Jetzt raus aus meinem Wagen!« Sie lächelte. »Fahr nach Hause. Wirklich.«

»Das tue ich. Wirklich.« Ich stieg aus. Sie wendete, winkte mir zu und fuhr los.

Ich setzte mich in den Jeep und war entschlossen, nichts zu tun, was ihn veranlassen könnte, mich auf französisch anzusprechen. Türen geschlossen, Sicherheitsgurt angelegt, Handbremse gelöst. Ich ließ den Motor an, und keine Stimme, die mich rügte.

Auf der Heimfahrt fiel mir ein, daß ich den Motor diesmal nicht per Fernbedienung angelassen hatte. Aber welchen Unterschied machte das schon? Moderne Autobomben detonierten ohnehin erst nach ungefähr fünf Minuten. Außerdem wollte mich niemand ermorden. Nun, jemand hatte versucht, mich zu erschießen, aber das war eine ganz andere Sache. Ich konnte zufällig das Opfer zweier Revolverhelden geworden sein, und falls diese Tat geplant gewesen war, gaben sie sich vielleicht damit zufrieden, daß ich vorläufig außer Gefecht gesetzt war. Oder sie kamen wieder, um mich endgültig zu erledigen.

Ich bog auf die Zufahrt zu Onkel Harrys Haus ein und hörte die Muschelschalen unter den Reifen knirschen. Das Haus war dunkel, und sobald ich die Scheinwerfer ausschaltete, würde auf der ganzen Welt Dunkelheit herrschen. Wie hielt die Landbevölkerung es im Dunkeln aus?

Ich steckte mein T-Shirt in die Shorts, um meinen Revolver leichter ziehen zu können. Dabei konnte es durchaus sein, daß der, der sich an meinen Shorts zu schaffen gemacht hatte, sich auch meinen Revolver vorgenommen hatte. Ich hätte das wirklich vorher prüfen sollen.

Jedenfalls schloß ich die Haustür mit der linken Hand auf,

während meine rechte auf dem Revolver lag. Ich hätte die Waffe in der rechten Hand halten sollen, aber richtige Männer müssen Mut beweisen, selbst wenn sie mutterseelenallein sind. Ich meine, wer sieht einen schon? Eigentlich nur man selbst. Du hast Mut, Corey. Du bist ein richtiger Mann.

Ohne Licht zu machen, warf ich einen Blick auf den Anrufbeantworter im Arbeitszimmer und sah, daß zehn Anrufe gekommen waren – ziemlich viel für einen Mann, der letzte Woche keinen einzigen bekommen hatte.

Da vermutlich keiner dieser Anrufe besonders angenehm oder lohnend war, kippte ich mir aus Onkels Kristallkaraffe einen doppelten Cognac in Onkels Kristallglas.

Ich saß in Onkels Liegesessel, trank mit kleinen Schlucken seinen Cognac und schwankte zwischen dem Anrufbeantworter, meinem Bett und einem weiteren Cognac. Ein weiterer Cognac blieb ein paarmal Sieger, und ich verschob den Entschluß, mich dem elektronischen Horror des Anrufbeantworters zu stellen, bis ich einen kleinen Schwips hatte.

Schließlich drückte ich die Wiedergabetaste.

»Ich habe zehn Nachrichten für Sie«, sagte die Stimme, was mit der Anzeige übereinstimmte.

Der erste Anruf war um sieben Uhr erfolgt – von Onkel Harry, der mich am Abend zuvor im Fernsehen gesehen hatte; er hatte nicht mehr so spät anrufen wollen, während er sich andererseits nichts dabei dachte, mich so früh anzurufen. Zum Glück war ich um diese Zeit schon nach Plum Island unterwegs gewesen.

Dann folgten vier weitere ähnliche Anrufe: einer von meinen Eltern in Florida, die mich nicht im Fernsehen gesehen hatten, aber gehört hatten, ich sei im Fernsehen gewesen; einer von einer Lady namens Cobi, mit der ich mich manchmal treffe und die den Wunsch zu haben schien, eines Tages Cobi Corey zu heißen; und je einer von meinen Geschwistern Jim und Lynne, die darauf achten, daß die Verbindung zwischen uns nicht abreißt. Sicher hätte mein kurzer Fernsehauftritt noch mehr Anrufe ausgelöst, aber nur sehr wenige Leute hatten meine hiesige Nummer, und nicht alle hatten mich erkannt, weil ich so abgemagert war und schrecklich aussah.

Der nächste Anrufer war mein Partner Dom Fanelli, der um

neun Uhr sagte: »Hey, alter Junge, ich hab' dein Zifferblatt in den Morgennachrichten gesehen. Was zum Teufel machst du dort draußen? Zwei Pedros sind hinter dir her, und du mußt ins Fernsehen, damit jeder weiß, wo du steckst. Großer Gott, John, ich versuche diese Kerle aufzuspüren, bevor sie dich wieder aufspüren. Und noch 'ne gute Nachricht: Der Boß fragt sich, was zum Teufel du an einem Tatort machst. Was ist dort draußen passiert? Wer hat die beiden umgelegt? Hey, sie ist echt 'ne Schönheit. Brauchst du Hilfe? Ruf mal an. Ciao!«

Ich lächelte. Der gute alte Dom. Ein Mann, auf den Verlaß war. Ich erinnerte mich gut, wie er über mir stand, als ich blutend im Rinnstein lag. Mit einem angebissenen Donut in der linken und seiner Kanone in der rechten Hand. Er biß noch mal von dem Donut ab und erklärte dann: »Ich krieg' sie, John, Ich schwör's dir, ich krieg' die Schweine, die dich umgelegt haben!«

Ich ließ ihn wissen, daß ich nicht tot war, und Dom sagte, das wisse er, aber ich würde vermutlich sterben. Er hatte Tränen in den Augen, was ein schrecklicher Anblick war, während er versuchte, mit mir zu reden, und gleichzeitig seinen Donut kaute, aber ich verstand ihn nicht, und dann begann das Dröhnen in meinen Ohren, und ich verlor das Bewußtsein.

Der nächste Anruf war um halb zehn Uhr von der *New York Times* erfolgt, und ich fragte mich, woher man dort wußte, wer ich war und wo ich wohnte. Dann sagte die Stimme: »Als neuer Abonnent erhalten Sie unsere Zeitung dreizehn Wochen lang für nur drei Dollar sechzig pro Woche täglich frei Haus. Bitte rufen Sie uns baldmöglichst unter der Telefonnummer eins-acht-null-null-sechs-drei-eins-zwei-fünf-null-null an.«

»Die *Times* kriege ich im Büro. Nächster.«

Der nächste Anruf war Max, der mir erklärte: »John, ich rufe an, um dir offiziell mitzuteilen, daß du nicht mehr Berater der Southold Township Police bist. Danke für deine Hilfe. Ich schulde dir einen Dollar, aber ich möchte dich statt dessen lieber auf einen Drink einladen. Ruf mich an.«

»Du kannst mich mal, Max.«

Danach war Mr. Ted Nash, der CIA-Superspuk, an der Reihe. »Ich wollte Sie nur daran erinnern«, sagte er, »daß hier ein oder mehrere Mörder frei herumlaufen, die es vielleicht auf Sie abgesehen haben. Die Zusammenarbeit mit Ihnen hat mir viel Spaß gemacht, und ich hoffe, daß wir uns bald wiedersehen. Passen Sie gut auf sich auf.«

»Fuck you, Ted.« Ich meine, wer mir drohen will, sollte wenigstens den Mut haben, das ehrlich zu sagen – auch wenn der Anruf aufgezeichnet wird.

Im Anrufbeantworter war noch eine Mitteilung gespeichert, aber ich drückte vorher die Stoptaste, wählte die Nummer des Soundview Inns und verlangte Ted Nash. Der Jüngling an der Rezeption sagte, im Sondview wohne kein Gast dieses Namens.

»Auch kein George Foster?« fragte ich.

»Nein, Sir.«

»Beth Penrose?«

»Die hat eben ihr Zimmer geräumt.«

Ich beschrieb ihm Foster und Nash, und der Hotelangestellte antwortete: »Ja, bei uns sind zwei Gentlemen, auf die Ihre Beschreibung paßt.«

»Sind Sie noch immer da?«

»Ja.«

»Bestellen Sie dem größeren Kerl – dem mit den schwarzen Locken –, daß Mr. Corey seine Nachricht erhalten hat und er seine eigene Warnung beherzigen soll. Haben Sie das?«

»Ja, Sir.«

»Und bestellen Sie ihm außerdem, daß er sich ins Knie ficken soll.«

»Ja, Sir.«

Gähnend legte ich auf. Ich fühlte mich beschissen. In den letzten achtundvierzig Stunden hatte ich ungefähr drei Stunden geschlafen. Ich gähnte noch einmal.

Ich drückte auf die Wiedergabetaste und hörte Beth sagen: »Hi, ich rufe aus dem Auto an... Ich wollte mich rasch für deine heutige Unterstützung bedanken. Ich weiß nicht mehr, ob ich das schon getan habe... Ich freue mich jedenfalls, daß wir uns kennengelernt haben, und falls wir morgen doch nicht zusammenkommen, weil ich wahrscheinlich bis spät abends im Büro festsitze... also, ich rufe dich so oder so noch mal an. Nochmals vielen Dank.«

»Keine weiteren Nachrichten«, sagte das Gerät.

Ich spielte die letzte noch mal ab. Beth hatte keine zehn Minuten nach dem Wegfahren angerufen, und ihre Stimme klang entschieden förmlich und distanziert. Tatsächlich war das eine Abfuhr. Ich hatte die völlig paranoide Idee, Beth und Nash vögelten in dieser Sekunde in seinem Zimmer, was das Zeug hielt. Reiß dich zusammen, Corey! Wen die Götter verderben wollen, den machen Sie vorher geil.

Ich meine, was konnte sonst noch schiefgehen? Ich bringe den ganzen Tag in einem Forschungslabor zu und habe mir wahrscheinlich die Beulenpest geholt, ich bekomme voraussichtlich Schwierigkeiten mit meinem Boß, Juan und Pedro wissen jetzt, wo ich stecke, mein alter Kumpel Max schmeißt mich raus, ein Kerl von der CIA stößt grundlos – na ja, vielleicht aus erfundenen Gründen – Morddrohungen gegen mich aus, meine große Liebe läßt mich sitzen, und ich stelle sie mir mit Teddy Boy im Bett vor. Und Tom und Judy, die mich gemocht haben, sind tot. Und es ist erst neun Uhr abends.

Plötzlich hatte ich die Idee, ins Kloster zu gehen. Oder noch besser: vier Wochen Urlaub in der Karibik zu machen und mit meinem alten Freund Peter Johnson von Insel zu Insel zu segeln.

Ich konnte aber auch hierbleiben und diese Sache durchfechten. Rache, Rechtfertigung, Sieg und Ruhm. In John Coreys charakteristischer Manier. Außerdem hatte ich etwas, was sonst keiner hatte – ich hatte eine ungefähre Vorstellung davon, worum es bei diesem Fall ging.

Ich saß in dem dunklen, stillen Raum und konnte zum erstenmal an diesem Tag ungestört nachdenken. In meinem Gehirn waren zahlreiche Informationen gespeichert, die ich jetzt miteinander zu verknüpfen begann.

Während ich aus dem dunklen Fenster starrte, bildete jedes kleine *Ping!* in meinem Kopf auf dieser schwarzen Fläche einen weißen Punkt, und daraus entstand allmählich ein schemenhaftes Bild. Ich war noch weit davon entfernt, das Gesamtbild zu sehen – und erst recht keine Einzelheiten –, aber Form, Größe und Richtung dieser Sache zeichneten sich einigermaßen deutlich ab. Noch ein halbes Dutzend Lichtpunkte, dann würde ich wissen, warum Tom und Judy sterben mußten.

16. Kapitel

Die Morgensonne schien in mein Schlafzimmer im ersten Stock, und ich war glücklich, noch am Leben zu sein; glücklich über die Entdeckung, daß das verblutete Schwein auf dem Kopfkissen neben mir ein Alptraum gewesen war. Ich horchte auf Tierstimmen, um ganz sicherzugehen, daß ich nicht das einzige lebende Wesen auf dieser Erde war. Irgendwo über dem Wasser kreiste eine Seemöwe. Kanadagänse trompeteten auf meinem Rasen. In der Ferne bellte ein Hund. So weit, so gut.

Ich stand auf, ging unter die Dusche, rasierte mich und so weiter und machte mir in der Küche eine Tasse gefriergetrockneten Mikrowellenkaffee.

Ich hatte bis tief in die Nacht hinein nachgedacht – oder schlußfolgernde Überlegungen angestellt, wie wir in der Branche sagen. Und ich hatte Onkel Harry, meine Eltern, meine Geschwister und Dom Fanelli zurückgerufen, nicht jedoch Max und die *New York Times*. Ich hatte allen erklärt, dieser Mann im Fernsehen sei nicht ich gewesen; ich behauptete, den fraglichen Abend in der Olde Towne Taverne verbracht und mir *Monday Night Football* angesehen zu haben – was ich wirklich hätte tun sollen –, wofür es zahlreiche Zeugen gebe. Das nahmen mir alle ab. Ich konnte nur hoffen, auch mein Vorgesetzter, der schon erwähnte Detective Lieutenant Wolfe, werde mir das abnehmen.

Ich erzählte Onkel H. auch, Margaret Wiley sei scharf auf ihn, aber das schien ihn nicht zu interessieren. Er erklärte mir: »Mein kleiner Freund und ich sind zusammen auf die Welt gekommen, sind zusammen groß geworden, haben zusammen jede Menge Frauen gehabt und sind zusammen alt geworden, aber er ist vor mir gestorben.«

Wie deprimierend. Danach rief ich Dom Fanelli an, aber er war nicht zu Hause, und ich hinterließ meine Nachricht bei seiner

Frau Mary, mit der ich immer gut ausgekommen war, bis ich geheiratet hatte. Mary und meine Ehemalige hatten einander nämlich nicht ausstehen können, und weder meine Scheidung noch meine schwere Verletzung hatten bewirkt, daß Mary und ich wieder Freunde wurden. Jedenfalls bat ich Mary: »Sag Dom, daß der Kerl im Fernsehen nicht ich gewesen bin. Das haben viele Leute geglaubt.«

»Okay.«

»Sollte ich umgelegt werden, ist's die CIA gewesen. Sag ihm das.«

»Okay.«

»Auf Plum Island gibt's Leute, die mich vielleicht ebenfalls umlegen wollen. Sag ihm das bitte auch.«

»Okay.«

»Sollte ich tatsächlich umgelegt werden, soll er mit Sylvester Maxwell, dem hiesigen Polizeichef, reden.«

»Okay.«

»Wie geht's den Kindern?«

»Okay.«

»Kann nicht weiterreden. Meine Lunge kollabiert.« Ich legte auf.

Nun, damit hatte ich jetzt eine Zeugin, und falls das FBI mein Telefon abhörte, war es gut, wenn es mitbekam, daß ich herumerzählte, die CIA versuche, mich umzulegen.

Natürlich glaubte ich das nicht wirklich. Ted Nash hätte mich persönlich zwar gern umgelegt, aber ich bezweifelte, daß die Agency genehmigen würde, mich zu liquidieren, nur weil er ein sarkastischer Widerling war. Der springende Punkt war jedoch, daß ich mich nicht über ein paar weitere Leichen gewundert hätte, wenn diese Sache wirklich mit Plum Island zusammenhing.

Nach diesen Telefongesprächen hatte ich letzte Nacht einige Zeit damit verbracht, die Kontoauszüge der Gordons erneut unter die Lupe zu nehmen.

Ich hatte mir die Monate Mai und Juni des Vorjahres zur Brust genommen, um festzustellen, wie die Gordons den einwöchigen Englandaufenthalt im Anschluß an ihre Dienstreise finanziert hatten. Auffällig war, daß ihre Kreditkartenabrechnungen im

Juni etwas höher als der bisherige Durchschnitt gewesen waren. Und ihre Telefonrechnung im Juni war rund hundert Dollar höher gewesen als sonst, was auf viele Ferngespräche im Mai schließen ließ. Außerdem war zu vermuten, daß die beiden Bargeld oder Reiseschecks mitgenommen hatten – aber von ihrem Konto waren keine größeren Beträge abgehoben worden. Das war der erste und einzige Hinweis darauf, daß die Gordons noch andere Geldquellen gehabt haben mußten. Oder vielleicht hatten sie es geschafft, in England mit zwanzig Dollar pro Tag auszukommen.

Inzwischen war es acht Uhr am Mittwoch morgen. Ich war bei der zweiten Tasse meines schlechten Kaffees und sah mich im Kühlschrank nach etwas Eßbarem um. Kopfsalat mit Senf? Nein. Karotten mit Butter? Das ging.

Ich stand mit meiner Karotte und der Butterschale am Küchenfenster, überlegte, grübelte, dachte nach, kaute und so weiter. Ich wartete darauf, daß das Telefon klingeln und Beth unsere Verabredung für fünf Uhr am Nachmittag bestätigen würde. Aber das einzige Geräusch war das Ticken der Küchenuhr.

An diesem Morgen war ich mit beiger Baumwollhose und gestreiftem Oxfordhemd etwas eleganter angezogen. Über der Lehne eines Küchenstuhls hing ein dunkelblauer Blazer. Mein Revolver steckte im Knöchelhalfter, meine Polizeimarke – die hier draußen nicht viel wert war – in einer Jackentasche. Und als unverbesserlicher Optimist hatte ich ein Kondom in meiner Geldbörse. So war ich für ein Duell und eine Romanze gerüstet – oder was der Tag sonst noch bringen würde.

Mit meiner Karotte in der Hand ging ich über den sanft abfallenden Rasen zur Bay hinunter. Über dem Wasser hing leichter Nebel. Ich ging auf den Steg hinaus, der reparaturbedürftig war, und paßte auf, wohin ich trat. Ich wußte noch recht gut, wie die Gordons zum erstenmal hier angelegt hatten – ungefähr Mitte Juni, kaum eine Woche nach unserer ersten Begegnung in der Bar von Claudio's Restaurant in Greenport. Dort hatten sie sich von mir beschreiben lassen, wie Onkel Harrys Haus vom Wasser aus aussah, und es tatsächlich gefunden.

Ich erinnerte mich daran, wie ich zum Steg hinunterging, um sie zu begrüßen, und sie mich zu einer kleinen Rundfahrt einluden. Wir waren zwischen der North Fork und der South Fork unterwegs gewesen – Great und Little Peconic Bay, Noyack Bay und Southold Bay –, danach fuhren wir in die Gardiners Bay hinaus und nach Orient Point hinüber. Unterwegs hatte Tom einmal richtig aufgedreht, und ich hatte geglaubt, das Formula 303 werde gleich abheben. Bei dieser Gelegenheit hatten die Gordons mir auch Plum Island gezeigt, und Tom hatte gesagt: »Dort arbeiten wir.«

»Vielleicht können wir dir irgendwann einen Besucherausweis besorgen«, hatte Judy hinzugefügt. »Dort ist's wirklich interessant.«

In der Tat.

Ich erinnerte mich, daß wir stundenlang auf dem Wasser gewesen und sonnenverbrannt, durstig und hungrig zurückgekommen waren. Tom fuhr mit meinem Jeep los, um Pizzas zu holen, während Judy und ich auf der Veranda hinter dem Haus saßen, Bier tranken und den Sonnenuntergang beobachteten.

Obwohl ich mich selbst nicht für einen besonders liebenswerten Menschen halte, bemühten die Gordons sich auffällig um meine Freundschaft. Den Grund dafür habe ich nie ganz verstanden. Anfangs hatte ich ihre Gesellschaft weder gewollt noch gebraucht. Aber Tom war clever und witzig, und Judy war schön. Und intelligent.

Möglicherweise hatten die Gordons gewußt, daß sie in Gefahr schwebten oder in Gefahr geraten könnten. Sie hatten bereits die Bekanntschaft von Chief Maxwell gemacht, und sie machten keinen Hehl daraus, daß sie mit dem Polizeichef befreundet waren. Dann waren sie häufig mit meiner Wenigkeit zusammen, auch das vielleicht, um zu demonstrieren, daß sie beste Beziehungen zur Polizei hatten.

Zu den Dingen, deren wahre Bedeutung erst nachträglich ans Licht kam, gehörte auch, daß Judy, die auf leeren Magen drei Biere gekippt hatte, mich an dem bewußten Juniabend vor Toms Rückkehr mit den Pizzas gefragt hatte: »Was ist das Haus deines Onkels denn wert?«

»Schätzungsweise vierhunderttausend, vielleicht auch mehr. Warum?«

»Ach, nur so. Will dein Onkel verkaufen?«

»Er hat es mir unter Marktwert angeboten, aber dazu müßte ich eine Hypothek von über zweihunderttausend Dollar aufnehmen.«

Damit war das Thema erledigt gewesen, aber wenn Leute einen fragen, wieviel ein Auto, ein Boot oder ein Haus wert ist, und sich dann erkundigen, ob es zu verkaufen ist, sind sie neugierig oder kaufwillig. Die Gordons waren nicht neugierig. Nachträglich kam es mir so vor, als hätten sie damit gerechnet, sehr schnell reich zu werden. Aber falls dahinter eine illegale Transaktion steckte, hätten die Gordons nicht mit ihrem Geld angegeben und ein Haus an der Bay für vierhunderttausend Dollar kaufen können. Deshalb war der erwartete Reichtum legal erworben oder würde zumindest den Anschein erwecken. Impfstoff? Vielleicht.

Nun, zurück zu diesem Mittwoch morgen im September, inzwischen gegen halb neun. Tom und Judy Gordon, die mit ihm auf Onkel Harrys Bootssteg gestanden hatten, waren jetzt tot, und damit war gewissermaßen ich am Zug.

Ich machte kehrt und ging ins Haus zurück. Ich war durch die Morgenluft und meine Karotte gestärkt, meine guten Erinnerungen an zwei nette Menschen hatten mich motiviert, und die Sorgen und Enttäuschungen des Vortags waren in die richtige Perspektive gerückt. Ich war ausgeruht und tatendurstig. Ich konnte es kaum noch erwarten, ein paar Leute in den Hintern zu treten.

Es gab einen weiteren scheinbar zusammenhanglosen weißen Punkt, der auf dem Sonarschirm eingeordnet werden mußte: Mr. Fredric Tobin, Weingutsbesitzer.

Weil es möglich war, daß jemand angerufen hatte, während ich am Strand nachdachte, sah ich im Vorbeigehen nach meinem Anrufbeantworter, aber der erhoffte Anruf war nicht gekommen. »Miststück!« Aber, aber, John.

Ich verließ das Haus mehr verärgert als gekränkt. Ich trug Mr. Ralph Laurens Blazer, Mr. Tommy Hilfingers Oxfordhemd, Mr. Eddie Bauers Hose, Mr. Perry Ellis' Boxershorts, Mr. Karl Lagerfelds Rasierwasser und Messrs. Smith & Wessons Revolver.

Ich ließ den Motor meines Grand Cherokees mit der Fernbedienung an und stieg ein.

»Bonjour, Jeep.«

Ich fuhr zur Main Road und bog nach Osten in die aufgehende Sonne hinein. Die Main Road führt größtenteils durch ländliche Gebiete, bildet aber zugleich die Hauptstraße vieler Ortschaften. Außerhalb der bebauten Gebiete kommt man auf ihr an Farmhäusern und Scheunen, Baumschulen, vielen Verkaufsständen für landwirtschaftliche Erzeugnisse, ein paar guten und einfachen Restaurants, zahlreichen Antiquitätengeschäften und einigen wirklich malerischen Holzkirchen im New-England-Stil vorbei.

Zu den Dingen, die sich hier seit meiner Kindheit verändert haben, gehört jedoch, daß an der Main Road jetzt ungefähr zwei Dutzend Weinkellereien stehen. Unabhängig von der Lage ihrer Weinberge haben die meisten Winzer ihre Kellereien an die Main Road verlegt, um Touristen anzulocken. Die Winzer bieten Weintouren und kostenlose Weinproben an, an die sich unweigerlich ein Besuch in der Weinkellerei anschließt, in der der Tagesausflügler sich verpflichtet fühlt, nicht nur den hiesigen Rebensaft, sondern auch Weinland-Kalender, Karaffen, Kochbücher, Korkenzieher und ähnlichen Krimskrams zu erwerben.

Die meisten dieser Weinkellereien sind umgebaute Farmhäuser und Scheunen, aber manche sind auch große Gebäudekomplexe, zu denen Weinkellerei, Restaurant, Rebengarten und dergleichen gehören. Die Main Raod ist nicht gerade die Rue de Soleil, und die North Fork nicht die Côte du Rhône, aber die Atmosphäre ist sehr angenehm – eine Art Mischung zwischen Cape Cod und Napa Valley.

In der Ortschaft Peconic fuhr ich auf einen großen kiesbestreuten Parkplatz mit einer Holztafel, auf der *Fredric Tobin Vineyards* stand. Die Tafel war schwarz lackiert, und die eingeschnitzten Lettern waren golden ausgemalt.

Ich stieg aus und ging über den Parkplatz auf den Tobinschen Komplex zu. Der Geruch nach ausgepreßten und gärenden Trauben war penetrant und lockte eine Million Bienen an, von denen ungefähr die Hälfte mein Lagerfeld mochten.

Wie soll ich die Weinkellerei Tobin beschreiben? Nun, ein aus amerikanischen Zedernholzschindeln erbautes französisches Château würde etwa wie dieser Bau aussehen. Mr. Tobin hatte offensichtlich ein kleines Vermögen ausgegeben, um sich seinen Traum zu erfüllen.

Ich war schon früher hier gewesen und kannte das Gebäude. Noch bevor ich hineinging, wußte ich, daß man als erstes in den Empfangsbereich kam, an den sich links der große Wein- und Geschenkladen anschloß. Rechter Hand befand sich die eigentliche Weinkellerei, ein weitläufiger zweigeschossiger Bau mit Pressen, Stahlfässern und dem übrigen Zubehör. Ich hatte einmal eine Führung mitgemacht und mir das ganze Geschwafel über die hohe Kunst der Weinherstellung angehört.

Über dem zentralen Empfangsbereich erhob sich ein ungefähr fünfzehn Meter hoher massiver Mittelturm, auf dem eine große Fahne wehte. Ich meine nicht das Sternenbanner. Ich meine eine schwarze Fahne mit dem Markenzeichen *Fredric Tobin Vineyards*. Ein Mann, der Wert darauf legte, seinen Namen groß herauszustellen.

Das gesamte mit Schindeln verkleidete Gebäude war weiß gestrichen, so daß man aus der Ferne glauben konnte, ein aus Kalkstein erbautes Château vor sich zu haben, wie man es aus Reiseprospekten kennt. Das mußte Freddie eine Menge Geld gekostet haben, und ich fragte mich unwillkürlich, wie lohnend die Traubenausquetscherei wohl war.

Weiter mit der Beschreibung von Château Tobin: Links neben dem Weinladen befand sich ein kleines Restaurant, das Frauen und Restaurantkritiker unweigerlich als niedlich bezeichneten. Ich fand es maßlos überladen. Jedenfalls gehörte es nicht zu den Lokalen, die ich aufsuchen würde, falls die Olde Towne Taverne eines Tages vom Gesundheitsamt geschlossen würde.

Zum Restaurant gehörte eine überdachte Terrasse, auf der Leute, die Sachen von Eddie, Tommy, Ralph, Liz, Carole und Perry trugen, sitzen und Blödsinn über Wein quatschen konnten, der übrigens nichts anderes als Traubensaft mit Alkohol ist.

An das niedliche Restaurant schließt sich ein großer Saal an, der sich ausgezeichnet für Hochzeiten, Taufen, Bar-Mizwas und sonstige Familienfeiern eignet – so steht's in dem von Fredric Tobin, Besitzer, gezeichneten Prospekt.

Diesen Saal kannte ich, seit ich im Juli als Gast der Gordons an einer von Mr. Tobins Weinproben teilgenommen hatte. Außer uns waren etwa zweihundert Personen anwesend – die gesellschaftliche Oberschicht der North Fork: Bankiers, Anwälte,

Ärzte, Richter, Politiker, vereinzelte New Yorker, die hier Ferienhäuser hatten, erfolgreiche Kaufleute und Immobilienmakler und so weiter. Unter diese lokale Creme mischten sich einige Maler, Bildhauer und Schriftsteller, die aus verschiedensten Gründen nicht zur Szene in den Hamptons jenseits der Bay gehörten. Vermutlich waren viele von ihnen nicht erfolgreich genug, um sich die Hamptons leisten zu können, obwohl sie einem natürlich erzählt hätten, ihre Arbeit sei künstlerisch ehrlicher als die ihrer dortigen Kollegen. *Wuff!* Auch Max war eingeladen gewesen, hatte aber nicht kommen können.

Wie Tom und Judy mir erklärten, waren sie die einzigen Gäste, die auf Plum Island arbeiteten. »Hiesige Gastgeber meiden Leute aus Plum Island wie die Pest«, sagte Tom. Darüber lachten wir beide herzlich. Gott, Tom fehlte mir wirklich. Und Judy auch. Sie war so intelligent.

Ich wußte noch gut, wie Tom mich anläßlich dieser Weinprobe unserem Gastgeber Fredric Tobin vorgestellt hatte, einem unverheirateten Gentleman, der mit sich und seinem Erfolg anscheinend recht zufrieden war. Mr. Tobin trug einen affigen purpurroten Anzug, ein weißes Safarihemd und dazu eine gelbe Krawatte mit traubenbehangenen Weinreben. *Würg!*

Mr. Tobin war höflich, aber er behandelte mich etwas kühl, was mich bei hochgestochenen gesellschaftlichen Anlässen immer ärgert. Ich meine, als Angehöriger der Mordkommission überschreitet man gewissermaßen die Klassengrenzen, und der durchschnittliche Gastgeber lädt gern einen Kriminalbeamten ein, der ein bißchen erzählt. Mordgeschichten mag schließlich jeder. Aber Fredric ließ mich sozusagen auflaufen, bevor ich ihm meine Theorie über Wein erläutern konnte.

Bei Tom und Judy beschwerte ich mich anschließend darüber, Monsieur habe nicht einmal den Anstand besessen, einen Annäherungsversuch zu machen. Aber die beiden erklärten mir, in Wirklichkeit sei Freddie (wie ihn niemand im persönlichen Gespräch zu nennen wagte) ein überzeugter Heterosexueller. Judy fügte hinzu, manche Leute schlössen aus Fredrics Charme und seinen guten Manieren irrtümlich, er sei schwul oder bisexuell. Mir war das noch nie passiert.

Von den Gordons erfuhr ich auch, daß der liebenswürdige,

verbindliche Mr. Tobin in Frankreich Weinbau studiert hatte und alle einschlägigen Diplome und so weiter besaß.

Dann machte Tom mich auf eine junge Dame aufmerksam, die Mr. Tobins derzeitige Lebensgefährtin war. Sie war absolut umwerfend – ungefähr fünfundzwanzig, groß, blond, blauäugig und mit einer Figur wie aus einer Jell-O-Form. Oh, Freddie, du Glückspilz! Wie hab' ich dich bloß so falsch einschätzen können?

Das war meine einzige Begegnung mit dem Herrn der Bienen gewesen. Ich konnte mir denken, warum Tom und Judy seine Gesellschaft gesucht hatten: Die Gordons tranken gerne Wein, und Tobins Weine gehörten zu den besten. Andererseits hatten sie beruflich, finanziell, gesellschaftlich und so weiter wenig mit Fredric Tobin gemeinsam. Ich fand es sogar ein bißchen seltsam, daß Tom und Judy sich mit einem Kerl wie Fredric abgaben. Mit anderen Worten: Für mich war Fredric der Winzer ein aufgeblasener Affe, und ich freute mich schon darauf, ihm ein bißchen einzuheizen. Außerdem hatte er einen Bart und vielleicht einen weißen Sportwagen.

Ich war jetzt im Wein- und Geschenkladen, stöberte herum und versuchte, etwas Hübsches für meine verlorene Geliebte zu finden. Aber mir gefiel nichts, bis ich eine handgemalte Keramikkachel mit einem Fischadler auf einer Stange entdeckte. Die Kachel gefiel mir, weil sie kein Weinmotiv aufwies.

Während die Kassiererin sie mir einwickelte, fragte ich: »Ist Mr. Tobin da?«

Die attraktive junge Dame musterte mich kurz und antwortete: »Kann ich leider nicht sagen.«

»Ich dachte, ich hätte sein Auto gesehen. Weißer Sportwagen. Richtig?«

»Vielleicht ist er da. Das macht zehnsiebenundneunzig inklusive Steuer.«

Ich bezahlte, strich das Wechselgeld ein und nahm mein Päckchen an mich.

»Haben Sie schon die Weintour gemacht?« fragte sie mich.

»Nein, aber ich hab' mal gesehen, wie Bier gebraut wird.« Ich zeigte ihr meine Polizeimarke. »Police Department, Miss. Ich möchte, daß Sie auf den Knopf an Ihrem Telefon drücken, der Sie mit Mr. Tobin verbindet, und Ihrem Chef sagen, daß er herkommen soll – dalli, dalli. Okay?«

Sie nickte und tat, was ich verlangte. Ins Telefon sagte sie: »Marilyn, hier ist ein Polizist, der Mr. Tobin sprechen möchte.«

»Dalli, dalli.«

»Sofort«, übersetzte sie. »Okay… ja, ich sag's ihm.« Sie legte auf und erklärte mir: »Er kommt sofort herunter.«

»Wo ist oben?«

Sie zeigte auf eine geschlossene Tür in der gegenüberliegenden Wand. »Die führt zu den Turmsuiten – zu den Büros.«

»Okay. Danke.« Ich ging zu dieser Tür, öffnete sie und befand mich in einem großen, rundgetäfelten Raum, einer Art Eingangshalle im Erdgeschoß des Turms. Eine Tür führte zu den Gärfässern, eine weitere zum Empfangsbereich, durch den ich das Gebäude betreten hatte, eine Glastür ins Freie. Zuletzt fiel mein Blick auf eine nach oben führende Treppe und einen Aufzug.

In der Sekunde öffnete sich die Aufzugtür, und aus dem Aufzug trat Mr. Tobin. Er hatte es so eilig, in den Laden zu kommen, daß er mich kaum eines Blickes würdigte. Ich bemerkte, daß sein Gesichtsausdruck besorgt war. »Mr. Tobin?« fragte ich.

Er drehte sich nach mir um. »Ja?«

»Detective Courtney.« Manchmal spreche ich meinen eigenen Namen falsch aus.

»Oh… Ja, was kann ich für Sie tun?«

»Ich möchte Sie nur kurz sprechen, Sir.«

»Worum geht's denn?«

»Ich bin von der Mordkommission.«

»Oh… die Gordons.«

»Ja, Sir.« Er erinnerte sich anscheinend nicht an mein Gesicht, das seit Juli, als wir uns kennengelernt hatten, unverändert geblieben war. Gewiß, mein Name hatte sich leicht verändert, aber ich hatte jedenfalls nicht vor, Tobin darauf aufmerksam zu machen. Was meinen Status, meine Zuständigkeit und diesen ganzen formellen Scheiß anging, hatte ich einfach nicht gehört, was Max auf meinen Anrufbeantworter gesprochen hatte. Ich fuhr fort: »Soviel ich weiß, sind Sie ein Freund der Ermordeten gewesen.«

»Nun… wir sind Bekannte gewesen.«

»Ja, ich verstehe.« Was Fredric Tobins Kleidung betraf, mußte ich zu meinem Kummer zugeben, daß er etwa so angezogen war wie ich – mit Designerklamotten und Bootsschuhen. Diesmal trug er keine Traubenkrawatte, sondern ein affiges lila Tuch in der Brusttasche seines blauen Blazers.

Mr. Tobin war ein Mann von ungefähr fünfzig Jahren, vielleicht etwas jünger, weniger als mittelgroß, was eine Erklärung für seinen Napoleonkomplex sein mochte. Er war weder dick noch dünn, hatte braunes volles Haar, das jedoch nicht ganz echt war, und trug einen sorgfältig gestutzten Kinnbart. Seine Zähne, ebenfalls nicht seine eigenen, waren perlweiß, und sein Gesicht war sonnengebräunt. Insgesamt ein eleganter Mann mit guter Haltung und gewählter Ausdrucksweise. Aber alle Eleganz, alle Kosmetiktricks konnten nichts an seinen dunklen Knopfaugen ändern, deren Blick ruhelos umherirrte, als seien sie in ihren Höhlen locker.

Mr. Tobin benutzte ein nach Tannen duftendes Rasierwasser, das vermutlich keine Bienen anlockte.

»Verstehe ich richtig, daß Sie mir ein paar Fragen stellen wollen?« erkundigte er sich.

»Nur ein paar Routinefragen.« Übrigens gibt's bei Mordermittlungen keine Routinefragen.

»Tut mir leid, ich bin kein… Ich meine, ich habe absolut keine Ahnung, was den Gordons zugestoßen sein könnte.«

»Nun, sie sind ermordet worden.«

»Ich weiß… Ich wollte damit sagen…«

»Ich brauche nur einige Hintergrundinformationen.«

»Vielleicht sollte ich lieber meinen Anwalt anrufen.«

Als ich das hörte, zog ich die Augenbrauen hoch. »Das ist natürlich Ihr gutes Recht.« Ich machte eine kleine Pause, dann fügte ich hinzu: »Wir können diese Befragung im Beisein Ihres Anwalts auf dem Revier durchführen, oder wir können sie hier und jetzt in ungefähr zehn Minuten hinter uns bringen.«

Er schien darüber nachzudenken. »Ich weiß nicht recht… Ich habe keine Erfahrung in solchen Dingen…«

Ich schlug meinen gewinnendsten Tonfall an. »Hören Sie, Mr. Tobin, Sie werden keineswegs verdächtigt. Ich befrage nur alle

Freunde der Gordons. Sie wissen schon – Hintergrundinformationen.«

»Ja, ich verstehe. Nun… wenn Sie glauben, daß ich Ihnen irgendwie helfen kann, bin ich gern bereit, Ihre Fragen zu beantworten.«

»So ist's recht.« Da ich nicht wollte, daß Tobin ein Telefon in Reichweite hatte, sagte ich: »Wissen Sie, ich bin noch nie durch ein Weingut gegangen. Könnten wir nicht einen kleinen Rundgang machen?«

»Natürlich. Das wollte ich ohnehin gerade, als Sie gekommen sind.«

»Schön, dann ist ja uns beiden geholfen.«

Ich folgte ihm durch die Haustür in den Sonnenschein hinaus. Zwei kleine in der Nähe geparkte Muldenkipper waren mit Trauben beladen.

»Wir haben vor zwei Tagen mit der Weinlese begonnen«, erklärte Mr. Tobin.

»Montag.«

»Ja.«

»Bestimmt ein großer Tag für Sie.«

»Ein erfüllender Tag.«

»Sie sind den ganzen Tag hier gewesen, nehme ich an.«

»Den ganzen Tag.«

Ich nickte. »Guter Ertrag?«

»Danke, bisher sehr gut.«

Wir spazierten durch den Weinberg, dessen Rebstöcke schwer behangen waren. Die Beeren verströmten einen herrlichen Geruch, und die Bienen hatten mich zum Glück noch nicht entdeckt.

Mr. Tobin zeigte auf meine kleine Plastiktüte mit seinem Markenzeichen und fragte: »Was haben Sie gekauft?«

»Eine bemalte Kachel für meine Freundin.«

»Welche?«

»Beth.«

»Ich meine, welche bemalte Kachel?«

»Oh. Die mit dem Fischadler.«

»Die gibt's jetzt wieder häufiger.«

»Bemalte Kacheln?«

»Nein, Fischadler. Hören Sie, Detective...«

»Komische Vögel. Ich hab' irgendwo gelesen, daß sie einander lebenslänglich die Treue halten. Ich meine, sie sind doch vermutlich nicht katholisch. Wozu dann diese Ehen auf Lebenszeit?«

»Detective...«

»Aber dann hab' ich 'ne andere Version gelesen. Die Weibchen *sind* lebenslänglich treu, *wenn* das Männchen zum selben Nest zurückkehrt. Wissen Sie, die Vogelschützer stellen hohe Masten mit großen Plattformen hin, auf denen sie ihre Nester bauen. Die Fischadler – nicht die Vogelschützer.«

»Entschuldigen Sie, Detective, wie sagten sie gleich wieder...«

»Nennen Sie mich einfach John.«

Er starrte mich an, und ich merkte, daß er mich einzuordnen versuchte, was ihm jedoch nicht ganz gelang. Jedenfalls hielt Tobin mich nach dieser kleinen Columbo-Imitation für einen Einfaltspinsel und wirkte nun etwas entspannter. »Die Nachricht von ihrem Tod ist wirklich ein Schock für mich gewesen«, sagte er. »Eine Tragödie! Sie waren so jung und so lebenslustig.«

Ich schwieg.

»Wissen Sie schon etwas über die Beerdigung?«

»Nein, Sir. Ich glaube, die Gordons sind noch im gerichtsmedizinischen Institut. Sie dürften im Augenblick ziemlich zerlegt sein, aber später werden sie wieder zusammengesetzt. Wie ein Puzzlespiel, nur die Organe werden nicht wieder eingesetzt. Aber wer sollte schon merken, daß die Organe fehlen?«

Diesmal schwieg Mr. Tobin.

Wir gingen ein paar Minuten schweigend weiter. Stellt man unerwartet keine Fragen mehr, wird der Befragte manchmal nervös und fängt zu schwatzen an, um die Stille auszufüllen. Nach ungefähr einer Minute sagte dann auch Mr. Tobin: »Die beiden machten einen netten Eindruck.«

Ich nickte.

Er ließ einige Sekunden verstreichen, bevor er hinzufügte: »Sie können keinen einzigen Feind auf der Welt gehabt haben. Aber auf Plum Island gehen seltsame Dinge vor. Was dort passiert ist, klingt sehr nach Diebstahl. Das habe ich im Radio gehört. Chief Maxwell hat von Diebstahl gesprochen. Und die Medien versuchen, eine Verbindung zu Plum Island herzustellen. Vielleicht rufe ich Chief Maxwell deswegen mal an. Wir sind alte Freunde. Bekannte. Er hat die Gordons ebenfalls gekannt.«

»Wirklich? Hier draußen scheint jeder jeden zu kennen.«

»Ja, das könnte sein. Das liegt an der geographischen Lage. Wir sind auf drei Seiten von Wasser umgeben. Fast wie eine kleine Insel. Irgendwann läuft jeder jedem über den Weg. Das macht diesen Doppelmord so beunruhigend. Es hätte jeder von uns sein können.«

»Meinen Sie den Mörder oder die Opfer?«

»Nun, beide«, antwortete Mr. Tobin. »Der Täter könnte einer von uns sein, und die Opfer hätten… Glauben Sie, daß der Killer nochmals zuschlagen wird?«

»Ich hoffe nicht. Ich habe schon so genug zu tun.«

Wir gingen weiter durch den Weinberg, aber Mr. T. war verstummt, also fragte ich: »Wie gut kannten Sie die Gordons?«

»Oberflächlich würde ich sagen. Die beiden sind vom Glanz und der Romantik des Weinmachens fasziniert gewesen.«

»Tatsächlich?«

»Interessieren Sie sich für Weine, Detective?«

»Nein, ich trinke lieber Bier. Manchmal auch Wodka.«

»Ah, ich verstehe.« Er riß eine weiße Traube vom nächsten Rebstock und drückte eine Beere in seinen Mund aus. »Ausgezeichnet. Fruchtig, süß, aber nicht zu süß. Heuer haben wir exakt genug Sonne und Regen gehabt. Das wird ein großer Jahrgang.«

»Wunderbar. Wann haben Sie die Gordons zum letztenmal gesehen?«

»Vor ungefähr einer Woche. Hier, kosten Sie mal.« Er hielt mir ein paar Trauben auf der Handfläche hin.

Ich schob eine in den Mund, zerkaute sie und spuckte die Schale aus. »Nicht schlecht.«

»Die Trauben sind gespritzt. Sie sollten sie in Ihren Mund ausdrücken. Hier.« Er gab mir die halbe Traube. Wir schlenderten wie alte Freunde weiter und drückten dabei Trauben in den Mund aus. Mr. Tobin sprach weiter über das Klima, die Reben und alles, was damit zusammenhing. »Wir haben hier die gleiche jährliche Regenmenge wie Bordeaux.«

»Was Sie nicht sagen.«

»Aber unsere Roten sind weniger gehaltvoll als die dortigen Grand Crus. Ihre Beschaffenheit ist anders.«

»Natürlich.«

»In Bordeaux bleibt die Maische nach der Gärung tagelang stehen. Danach wird der Wein zwei bis drei Jahre lang in Eichenfässern gelagert. Bei uns würde das nicht funktionieren. Zwischen ihren und unseren Trauben liegt ein Ozean. Die Sorten sind die gleichen, aber sie haben ihren eigenen Charakter entwickelt. Genau wie wir.«

»Gut beobachtet.«

»Wir müssen unsere Trauben auch vorsichtiger pressen als Bordeauxtrauben. In den ersten Jahren habe ich da manche Fehler gemacht.«

»Kann jedem passieren.«

»Zum Beispiel ist's bei uns wichtiger, die Reben zu schützen, als sich um einen überhöhten Gerbsäuregehalt zu sorgen. Unsere Weine weisen weniger Gerbsäure auf als die Bordeauxweine.«

»Deshalb bin ich stolz darauf, Amerikaner zu sein.«

»Als Winzer darf man nicht zu dogmatisch oder zu theoretisch vorgehen, sondern mit viel Fingerspitzengefühl.«

»Wie in meinem Beruf.«

»Aber von den alten Meistern können wir trotzdem viel lernen. In Bordeaux habe ich gelernt, wie wichtig das Auslichten des Weinlaubs ist.«

»Das kann man dort natürlich lernen.« Ich ließ ihn weiterbrabbeln, unterdrückte aber ein Gähnen.

»Nur durchs Auslichten bekommen unsere Trauben genug Sonne. In Südfrankreich, Italien oder Kalifornien gibt's dieses Problem nicht. Aber hier auf der North Fork kommt es wie in Bordeaux darauf an, einen guten Kompromiß zwischen Beschattung der Rebstöcke und Besonnung der Trauben zu finden.«

Er schwatzte weiter. Und weiter.

Ich spürte, daß ich den Kerl trotz meines ersten ungünstigen Eindrucks beinahe mochte. Wir würden bestimmt niemals dicke Freunde werden, aber Fredric Tobin besaß einen gewissen Charme, auch wenn er zuviel redete. Man merkte ihm an, daß er seinen Beruf liebte und sich hier zwischen seinen Rebstöcken sehr wohl fühlte. Ich begann zu verstehen, warum die Gordons ihn gemocht hatten.

»Auf der North Fork herrscht ein Mikroklima«, erklärte er mir. »Deutlich anders als das der umliegenden Gebiete. Haben Sie beispielsweise gewußt, daß wir hier mehr Sonne bekommen als die Hamptons auf der anderen Seite der Bay?«

»Echt? Wissen das die Reichen in den Hamptons?«

Er fragte weiter: »Mehr Sonne als in Connecticut jenseits der Meerenge?«

»Was Sie nicht sagen. Wie kommt das?«

»Es hängt mit den Meeresströmungen und den hier vorherrschenden Winden zusammen. Wir haben hier Seeklima, Connecticut dagegen Kontinentalklima. Dort drüben kann's im Winter zehn Grad kälter sein. Das würde den Rebstöcken gar nicht bekommen.«

»Versteht sich von selbst.«

»Außerdem wird's hier nie zu heiß, denn das würden die Reben ebenfalls nicht gut vertragen. Die Tatsache, daß wir vom Wasser umgeben sind, wirkt sich günstig auf unser Klima aus.«

»Wärmer, sonniger, die Fischadler kehren zurück. Das ist großartig.«

»Interessiert Sie das alles?«

»Sehr.« *Kein bißchen.*

Wir bogen in die nächste Reihe ab, in der ein mechanischer Traubenernter auf die Rebstöcke einprügelte und die heruntergeschlagenen Trauben dann einsaugte. Du lieber Himmel! Wer erfindet solche Maschinen?

Wieder eine Reihe weiter waren einige heiratsfähige junge Dinger in Shorts und Tobin-T-Shirts dabei, Weintrauben in Handarbeit zu verlesen. Der Herr der Reben blieb stehen, um mit ihnen zu scherzen. Er war heute gut drauf, und die Mädchen gingen bereitwillig auf seine Scherze ein. Dem Alter nach hätte er ihr Vater sein können, aber sie reagierten auf sein Geld – so einfach war das. Während ich meinen ganzen Charme und Geist aufbieten muß, um eine Frau rumzukriegen, kenne ich reiche Typen, die jungen Damen weit weniger clevere und geistreiche Vorschläge machen. Wie zum Beispiel: »Komm, wir fliegen übers Wochenende mit der Concorde nach Paris.« Aber das funktioniert jedesmal.

Nach einigen Minuten verließen wir die niedlichen Weinleserinnen, und Mr. Tobin meinte: »Ich habe heute morgen noch keine Nachrichten gehört, aber eine Mitarbeiterin hat mir erzählt, im Radio wäre gesagt worden, die Gordons hätten möglicherweise einen neuen Wunderimpfstoff gestohlen, um ihn zu verkaufen. Anscheinend seien sie dann reingelegt und beseitigt worden. Stimmt das?«

»So scheint's gewesen zu sein.«

»Dann besteht also keine Gefahr, daß eine ... eine Seuche, eine Art Epidemie ausbricht?«

»Nicht die geringste.«

»Gut. Viele waren deswegen ja in Sorge.«

»Nicht mehr nötig. Wo sind Sie Montag abend gewesen?«

»Ich? Oh, ich habe mit Freunden diniert. In meinem eigenen Restaurant drüben im Hauptgebäude.«

»Um wieviel Uhr?«

»Gegen acht. Wir hatten die Nachricht noch gar nicht gehört.«

»Wo sind Sie davor gewesen? Etwa um halb sechs?«

»Zu Hause.«

»Allein?«

»Ich habe eine Haushälterin und eine Freundin.«

»Wie schön für Sie. Können die beiden sich daran erinnern, wo Sie um halb sechs gewesen sind?«

»Natürlich. Ich bin zu Hause gewesen«, versicherte er und fügte hinzu: »An dem Tag haben wir die Weinlese begonnen. Ich bin schon im Morgengrauen hier gewesen. Gegen vier Uhr bin ich erschöpft heimgefahren, um ein Nickerchen zu machen. Dann bin ich zum Abendessen zurückgekommen. Ein kleines Festmahl, um den Beginn der Weinlese zu feiern. Da man nie weiß, wann sie beginnt, findet man sich immer spontan zusammen. In ungefähr einer Woche wird die Weinlese offiziell gefeiert.«

»Ein schöner Anlaß. Wer sind Ihre Gäste gewesen?« wollte ich wissen.

»Meine Freundin, mein Gutsverwalter, ein paar Freunde ...« Er musterte mich prüfend und sagte: »Das klingt wie ein Verhör.«

Kein Wunder, schließlich war es eins. Aber ich wollte nicht, daß Mr. Tobin sich aufregte und seinen Anwalt oder Max anrief.

Deshalb behauptete ich: »Das sind nur Standardfragen, Mr. Tobin. Ich versuche festzustellen, wo jeder sich am Montag abend aufgehalten, welche Beziehungen jeder zu den Verstorbenen gehabt hat. Solche Dinge. Sobald wir einen Verdächtigen haben, brauchen wir vielleicht einige Freunde und Kollegen der Gordons als Zeugen. Verstehen Sie? Aber das wissen wir erst, wenn wir mehr wissen.«

»Ja, ich verstehe.«

Ich ließ ihm Zeit, sich etwas zu beruhigen, und wir sprachen wieder über Wein. Der Mann war umgänglich, aber wie alle anderen im Umgang mit der Polizei etwas nervös. »Wann und wo haben Sie die Gordons zuletzt gesehen?« fragte ich.

»Also ... lassen Sie mich nachdenken ... bei einem Abendessen in meinem Haus. Ich hatte ein paar Leute eingeladen.«

»Warum haben Sie sich zu den Gordons hingezogen gefühlt?«

»Wie meinen Sie das?«

»Wie ich's gesagt habe.«

»Ich denke, ich habe angedeutet, daß es umgekehrt gewesen ist, Detective«, widersprach er.

»Warum haben Sie die beiden dann zu sich eingeladen?«

»Nun ... offen gesagt, haben sie faszinierende Geschichten über Plum Island erzählt. Die haben meinen Gästen immer gefallen.« Dann fügte er hinzu: »Die Gordons haben sich ihr Abendessen verdient.«

»Tatsächlich?« Mit mir hatten die Gordons nur selten über ihre Arbeit geredet.

»Außerdem«, sagte er, »sind sie ein ungewöhnlich attraktives Paar gewesen.« Dann fragte er: »Haben Sie ... ich meine, als Sie die beiden gesehen haben, sind sie vermutlich ... aber sie ist eine wirkliche Schönheit gewesen.«

»Ja, das stimmt.« Ich fragte: »Haben Sie sie gebumst?«

»Wie bitte?«

»Haben Sie sexuelle Beziehungen zu Judy Gordon unterhalten?«

»Um Himmels willen, nein!«

»Haben Sie's versucht?«

»Natürlich nicht.«

»Haben Sie wenigstens daran *gedacht*?«

Mr. Tobin dachte darüber nach, ob er daran gedacht hatte, dann sagte er: »Manchmal. Aber ich bin kein Mann, der verheirateten Frauen nachstellt. Das habe ich nicht nötig.«

»Tatsächlich?« Ich fragte weiter: »Sind Sie jemals im Haus der Gordons gewesen?«

»Nein. Ich weiß nicht mal, wo sie gewohnt haben.«

»Wohin haben Sie dann Ihre Einladungen geschickt?«

»Nun... das erledigt alles meine Mitarbeiterin. Aber jetzt erinnere ich mich, daß sie in Nassau Point wohnen... gewohnt haben.«

»Ja, Sir. Darüber haben die Medien berichtet. Ehepaar aus Nassau Point ermordet aufgefunden.«

»Ganz recht. Und ich erinnere mich auch, daß sie von ihrem Haus am Wasser erzählt haben.«

»Richtig, sie haben an der Bay gewohnt. Und sie sind oft mit ihrem eigenen Boot nach Plum Island zur Arbeit gefahren. Das haben sie bei Dinnerpartys bestimmt auch ein dutzendmal erzählt.«

»Ja, das haben sie.«

Mir fiel auf, daß sich am Ansatz von Mr. Tobin eingewebtem Haar winzige Schweißperlen gebildet hatten. Andererseits wußte ich, daß selbst ganz unschuldigen Menschen der Schweiß ausbricht, wenn sie von der Polizei befragt werden. Heutzutage gehen wir manchmal sehr behutsam vor, aber unabhängig davon können manche Leute – unschuldige wie schuldige – es einfach nicht leiden, ausgefragt zu werden.

Da es inzwischen warm geworden war, zog ich meinen blauen Blazer aus und warf ihn über die Schulter. Mein S&W steckte im Knöchelhalfter, so daß Mr. Tobin keinen Grund hatte, beunruhigt zu sein.

Die Bienen hatten mich gefunden, und ich fragte: »Stechen die?«

»Wenn Sie sie reizen, ja.«

»Ich reize sie nicht. Ich mag Bienen.«

»Tatsächlich sind das Wespen. Sie scheinen ein Rasierwasser zu benutzen, das sie anlockt.«

»Lagerfeld.«

»Das ist einer ihrer Lieblingsdüfte«, erklärte er und riet: »Ignorieren Sie sie einfach.«

»Wird gemacht. Sind die Gordons zu diesem Dinner am Montag abend eingeladen gewesen?«

»Nein, ich hätte sie normalerweise nicht zu einem spontanen Essen in kleinem Kreis eingeladen… Am Montag waren gute Freunde und Geschäftspartner eingeladen.«

»Ja, ich verstehe.«

»Warum interessiert Sie das?«

»Oh, nur wegen der darin liegenden Ironie des Schicksals. Wären die beiden eingeladen gewesen, wären sie bestimmt früher heimgekommen, um sich umzuziehen… wer weiß, vielleicht hätten sie dann ihr Rendezvous mit dem Tod versäumt.«

»Niemand versäumt sein Rendezvous mit dem Tod«, sagte er nachdrücklich.

»Yeah, wahrscheinlich haben Sie recht.«

Wir befanden uns jetzt zwischen langen Reihen dunkelroter Trauben. Ich sagte: »Hey, das geht ja ewig weiter. Wie groß ist Ihr Weingut?«

»Hier habe ich etwas über achtzig Hektar. Weitere hundert liegen hier und da verstreut.«

»Wow! Das ist viel. Haben Sie auch Land gepachtet?«

»Teilweise.«

»Haben Sie Land von Margaret Wiley gepachtet?«

Er antwortete nicht gleich. Hätte er mir gegenübergesessen, hätte ich seinen Gesichtsausdruck bei der Erwähnung des Namens Margaret Wiley sehen können. Aber sein Zögern war interessant genug.

»Ich glaube ja«, antwortete Mr. Tobin schließlich. »Ja, wir haben ungefähr zwanzig Hektar von ihr gepachtet. Wie kommen Sie darauf?«

»Ich weiß, daß Margaret Land an Winzer verpachtet. Sie ist eine alte Freundin meiner Tante und meines Onkels. Die Welt ist eben klein.« Dann wechselte ich das Thema: »Dann sind Sie also die größte Traube auf der North Fork?«

»Tobin ist das größte hiesige Weingut, falls Sie das meinen.«

»Wie haben Sie das geschafft?«

»Durch harte Arbeit, Fachwissen, Hartnäckigkeit und ein überlegenes Produkt.« Langsam fügte er hinzu: »Und mit viel Glück. Was uns hier Sorgen macht, sind Hurrikane – von Ende

August bis Anfang Oktober. In einem Jahr hat die Weinlese außergewöhnlich spät begonnen. Erst Mitte Oktober. Bis dahin sind nicht weniger als sechs Wirbelstürme aus der Karibik heraufgekommen. Aber alle haben rechtzeitig in andere Richtungen abgedreht. Bacchus hat seine schützende Hand über uns gehalten.« Erklärend fügte er hinzu: »Das ist der Gott des Weins.«

»Und ein verdammt guter Komponist.«

»Das ist Bach.«

»Richtig.«

»Wir veranstalten hier übrigens auch Konzerte und manchmal Opernaufführungen. Wenn Sie wollen, lasse ich Sie auf unsere Mailing-Liste setzen.«

Inzwischen befanden wir uns wieder auf dem Rückweg zu dem weißen Schindelbau. »Das wäre großartig«, sagte ich. »Wein, Musik, gute Gespräche. Ich schicke Ihnen meine Karte. Ich habe gerade keine bei mir.«

Als wir uns der Weinkellerei näherten, sah ich mich um und sagte: »Ich sehe Ihr Haus nicht.«

»Ich lebe woanders. Ich habe ganz oben im Turm ein Apartment, aber mein Haus liegt etwas südlich von hier.«

»Am Wasser?«

»Ja.«

»Betreiben Sie Wassersport?«

»Gelegentlich.«

»Motor- oder Segelboot?«

»Motorboot.«

»Und die Gordons waren Gäste in Ihrem Haus?«

»Ja. Einige Male.«

»Dann sind sie mit dem Boot gekommen, nehme ich an.«

»Ein- oder zweimal, glaube ich.«

»Und haben Sie sie jemals mit Ihrem Boot besucht?«

»Nein.«

Ich wollte ihn fragen, ob er ein weißes Formula 303 besitze, aber manchmal ist es besser, nicht nach etwas zu fragen, das man auch auf andere Art und Weise herausbekommen kann. Mit Fragen gibt man möglicherweise Tips oder schüchtert die Leute ein. Fredric Tobin war wie gesagt kein Tatverdächtiger, aber ich hatte den Eindruck, daß er mir etwas verheimlichte.

Mr. Tobin öffnete die Tür, durch die wir ins Freie getreten waren. »Sollten Sie weitere Auskünfte brauchen, stehe ich Ihnen gern zur Verfügung.«

»Danke… hey, ich bin heute abend eingeladen und möchte eine Flasche Wein kaufen.«

»Versuchen Sie unseren Merlot. Der fünfundneunziger ist unvergleichlich. Aber nicht ganz billig.«

»Wollen Sie ihn mir nicht selbst verkaufen? Ich habe ohnehin noch ein paar Fragen zu stellen.«

Er zögerte kurz, dann führte er mich in den Geschenkladen, an den sich eine geräumige Weinprobierstube anschloß. Es handelte sich um einen geschmackvollen Raum mit einer zehn Meter langen Eichentheke, an der Kostproben ausgeschenkt wurden, einem halben Dutzend Sitznischen entlang einer Längsseite, vielen aufgestapelten Kartons und Regalen mit Weinflaschen, bunten Glasfenstern, Natursteinboden und so weiter. Ein rundes Dutzend Weinliebhaber schlenderte durch den Raum, diskutierte über die diversen Weine, die gekostet wurden, und schwatzte dummes Zeug mit den jungen Männern und Frauen, die Wein ausschenkten und zu lächeln versuchten.

Mr. Tobin begrüßte eine Angestellte namens Sara – eine attraktive junge Dame Anfang Zwanzig. Da anzunehmen war, daß Fredric das Personal selbst aussuchte, hatte er einen guten Blick für hübsche Mädchen. Der Boß sagte: »Sara, lassen Sie Mr. …«

»John.«

»Schenken Sie John den fünfundneunziger Merlot ein.«

Und genau das tat sie: mit ruhiger Hand in ein kleines Glas.

Ich ließ den Wein im Glas kreisen, um zu zeigen, daß ich mich damit auskannte. Ich roch daran und lobte: »Schönes Bukett.« Ich hielt das Glas ans Licht und stellte fest: »Gute Farbe. Tiefdunkel.«

»Und hübsche Finger.«

»Wo?«

»Wie der Wein am Glas haftet.«

»Richtig.« Ich kostete einen kleinen Schluck. Ich meine, das Zeug schmeckte nicht schlecht. Man hätte sich daran gewöhnen können. Zu einem Steak hätte es ganz gut gepaßt. Ich sagte: »Angenehm fruchtig.«

Mr. Tobin nickte begeistert: »Ja. Und füllig.«

»Sehr füllig.« *Füllig?* Ich behauptete: »Deutlich schwerer und kraftvoller als ein Napa-Merlot.«

»Tatsächlich ist er etwas leichter.«

»Das habe ich gemeint.« Ich hätte lieber rechtzeitig aufhören sollen. »Gut.« Ich stellte das Glas ab.

Mr. Tobin wies Sara an: »Schenken Sie einen fünfundneunziger Cabernet ein.«

»Danke, nicht nötig.«

»Ich möchte, daß Sie den Unterschied schmecken.«

Sie schenkte ein. Ich kostete davon und sagte: »Gut. Weniger füllig.«

Wir plauderten ein bißchen miteinander, und Mr. Tobin bestand darauf, daß ich einen Weißen versuchte.

»Das ist meine Mischung aus Chardonnay und anderen Weißweinen, deren Namen ich nicht preisgebe. Er hat eine wundervolle Farbe, und wir nennen ihn Herbstgold.«

Ich kostete. »Angenehm, nicht zu füllig.«

Er äußerte sich nicht dazu.

Mein Blick fiel auf die Flaschen hinter der Theke. »Hübsche Etiketten«, sagte ich.

»Die Etiketten meiner Roten sind von Pollock, die meiner Weißen von de Kooning«, erklärte Mr. Tobin.

»Tatsächlich?«

»Sie wissen schon – Jackson Pollok und Willem de Kooning. Beide haben auf Long Island gelebt und hier einige ihrer besten Werke geschaffen.«

»Oh, die Maler. Richtig, Pollock ist der Farbkleckser.«

Mr. Tobin gab keine Antwort, sah aber auf seine Uhr, als sei er meiner überdrüssig. Ich deutete auf eine freie Sitznische, die weit von Kunden und Personal entfernt war. »Kommen Sie, wir setzen uns einen Augenblick dort drüben hin.«

Mr. Tobin folgte mir widerstrebend und nahm mir gegenüber Platz. Ich trank einen Schluck Cabernet, bevor ich fortfuhr: »Nur noch ein paar Fragen. Wie lange haben Sie die Gordons gekannt?«

»Oh ... seit ungefähr eineinhalb Jahren.«

»Haben Sie jemals mit Ihnen über ihre Arbeit gesprochen?«

»Nein.«

»Vorhin haben Sie gesagt, die beiden hätten gern von Plum Island erzählt.«

»Ja, natürlich. Aber nur allgemein. Sie haben nie Staatsgeheimnisse verraten.« Er lächelte.

»Das ist gut. Haben Sie gewußt, daß sie Hobbyarchäologen waren?«

»Ich … ja, das habe ich gewußt.«

»Haben Sie gewußt, daß sie Mitglieder der Peconic Historical Society waren?«

»Ja. Dort haben wir uns kennengelernt.«

»Hier ist anscheinend jeder Mitglied der Peconic Historical Society.«

»Sie hat ungefähr fünfhundert Mitglieder. Das ist keineswegs jeder.«

»Aber jeder, mit dem *ich* zu tun habe, scheint Mitglied zu sein. Ist die Gesellschaft etwa eine Tarnung für etwas anderes? Vielleicht für einen Hexensabbat oder so?«

»Nicht daß ich wüßte. Aber das könnte amüsant sein.«

Wir lächelten beide. Er schien über irgend etwas nachzudenken, und ich hütete mich, ihn dabei zu unterbrechen. Schließlich sagte er: »Übrigens veranstaltet die Peconic Historical Society am Samstag abend ein Fest. Es findet bei uns hier statt. Das letzte Sommernachtsfest der Saison – falls das Wetter mitmacht. Wollen Sie nicht auch kommen? Sie können gern jemanden mitbringen.«

Da die Gordons jetzt verhindert waren, hatte er Platz für zwei neue Gäste. »Danke«, sagte ich, »vielleicht kann ich's einrichten.« In Wirklichkeit wollte ich unbedingt kommen.

»Chief Maxwell kommt wahrscheinlich auch. Von ihm erfahren Sie alles Weitere.«

»Großartig. Kann ich irgend etwas mitbringen? Wein?«

Er lächelte höflich. »Bringen Sie einfach nur sich selbst mit.«

»Und einen Gast«, erinnerte ich ihn.

»Ja, und einen Gast.«

»Haben Sie jemals irgendwelche Klatschgeschichten über die Gordons gehört?« fragte ich.

»Zum Beispiel?«

»Nun, zum Beispiel mit sexuellem Hintergrund.«

»Kein Wort.«

»Finanzielle Probleme?«

»Davon weiß ich nichts.«

So machten wir noch zehn Minuten weiter. Manchmal gelingt es einem, jemanden bei einer Lüge zu ertappen, manchmal auch nicht. Die kleinste Lüge kann wichtig sein. Ich ertappte Mr. Tobin bei keiner Lüge, aber ich war mir ziemlich sicher, daß er die Gordons weit besser gekannt hatte, als er jetzt zugab. Allein betrachtet war diese Tatsache nicht weiter bedeutsam. Ich fragte weiter: »Können Sie mir einige Freunde der Gordons nennen?«

Er überlegte einen Augenblick. »Nun, da fällt mir vor allem Chief Maxwell ein.« Er nannte noch ein paar Namen, die mir nichts sagten, und fuhr dann fort: »Eigentlich weiß ich so gut wie nichts über ihre Freunde und Kollegen. Wie ich schon erwähnte… nun, offen gesagt, sind die Gordons so was wie Mitläufer gewesen. Aber sie waren attraktiv und gebildet und hatten einen interessanten Job. So haben beide Seiten von diesem Arrangement profitiert… Ich umgebe mich gern mit interessanten, schönen Menschen. Das mag ein bißchen seicht klingen, aber Sie würden sich wundern, wie seicht die Interessanten und Schönen sein können.« Nach kurzer Pause fügte er hinzu: »Ich bedaure, was den beiden zugestoßen ist, aber ich kann Ihnen leider nicht weiterhelfen.«

»Sie sind sehr hilfsbereit gewesen, Mr. Tobin. Ich bin Ihnen wirklich dankbar, daß Sie Ihre Zeit geopfert und darauf verzichtet haben, aus unserem Gespräch eine große Sache mit Anwalt und so weiter zu machen.«

Ich stand auf, und er folgte meinem Beispiel. »Begleiten Sie mich noch zum Auto?« fragte ich.

»Wenn Sie wollen.«

Ich blieb an einem Tisch stehen, auf dem jede Menge Prospekte über Weine und die Tobin Vineyards auslagen. Nachdem ich einen Stapel davon an mich genommen hatte, gestand ich: »Ich gehöre zu den Leuten, die zwanghaft Prospekte sammeln. Ich habe auch alle Faltblätter, die auf Plum Island ausgegeben werden – Schweinepest, Maul- und Klauenseuche und so weiter. Jedenfalls habe ich bei diesem Fall viel dazugelernt.«

Kein Kommentar.

Ich bat ihn, mir eine Flasche 95er Merlot zu holen, was er tat. »Jackson Pollock«, sagte ich, während ich das Flaschenetikett begutachtete. »Wer hätte das gedacht? Jetzt habe ich ein Thema, über das ich heute abend mit meiner Freundin reden kann.« Ich nahm den Wein zur Kasse mit, und wenn ich geglaubt hatte, Mr. Tobin werde mir den Wein schenken, hatte ich mich getäuscht. Ich zahlte den vollen Preis plus Steuer.

Dann traten wir in den Sonnenschein hinaus. »Übrigens bin ich wie Sie ein Bekannter der Gordons gewesen«, sagte ich unterwegs.

Mr. Tobin blieb stehen, und ich ebenfalls. Er sah mich an.

»John Corey«, sagte ich.

»Oh … ja. Ich hatte Ihren Namen nicht recht verstanden …«

»Corey, John.«

»Ja … jetzt erinnere ich mich. Sie sind der Polizeibeamte, der verwundet war.«

»Richtig. Mir geht's schon viel besser.«

»Sind Sie nicht Kriminalbeamter in New York?«

»Ja, Sir. Von Chief Maxwell als Aushilfe engagiert.«

»Ja, ich verstehe.«

»Die Gordons haben mich also erwähnt?«

»Ja.«

»Haben sie gut über mich gesprochen?«

»Bestimmt, aber ich kann mich an keine spezielle Äußerung erinnern.«

»Wir sind uns übrigens schon mal begegnet. Bei der großen Weinprobe, die Sie im Juli drüben in Ihrem Saal veranstaltet haben.«

»Ah, richtig …«

»Sie haben einen purpurroten Anzug und eine Krawatte mit Reben und Trauben getragen.«

Er nickte. »Ja, ich glaube, wir sind uns schon mal begegnet.«

»Zweifellos.« Ich ließ den Blick über den Parkplatz schweifen und bemerkte: »Heutzutage fährt jeder einen Geländewagen. Der dort drüben ist meiner. Er spricht Französisch.« Ich ließ den Motor mittels Fernbedienung an, dann fragte ich: »Gehört der weiße Porsche dort drüben Ihnen?«

»Ja. Woher wissen Sie das?«

»Ich hab's mir gedacht. Sie sehen wie ein Porschefahrer aus.« Wir gaben uns die Hand. »Vielleicht sehen wir uns auf Ihrer Party«, sagte ich noch.

»Hoffentlich fassen Sie den Kerl, der die beiden ermordet hat.«

»Das tue ich bestimmt. Das tue ich immer. Ciao. Bonjour.«

»Bonjour heißt guten Tag.«

»Richtig. Au revoir.«

Jeder ging in seine Richtung davon. Man hörte nur noch das Knirschen der Schritte auf dem Kies. Die Bienen verfolgten mich bis zu meinem Wagen, aber ich stieg rasch ein und fuhr weg.

Meine Gedanken kreisten um Mr. Fredric Tobin, Weingutsbesitzer, Bonvivant, Liebhaber alles Schönen, prominenter Bürger von Peconic, Bekannter der Verstorbenen.

Mein Instinkt sagte mir, daß er völlig unverdächtig war, so daß es sich nicht lohnte, auch nur eine Minute länger über ihn nachzudenken. Mr. T. paßte zu keiner einzigen meiner bisherigen Theorien, die mit dem Mord an den Gordons zu tun hatten. Aber mein Instinkt riet mir auch, mich weiter mit dem Gentleman zu beschäftigen.

17. Kapitel

Ich fuhr auf der Main Road nach Westen und versuchte, unterwegs die Bedienungsanleitung des Jeeps zu lesen. Ich drückte auf ein paar Knöpfe am Armaturenbrett, und plötzlich verwandelten sich alle LED-Anzeigen von metrischen in hundertprozentig amerikanische. Mehr Spaß kann man auf dem Vordersitz eines Autos nicht haben.

Nach diesem technischen Durchbruch griff ich nach meinem Handy, um die Fernabfrage meines Anrufbeantworters zu aktivieren.

»Ich habe drei Nachrichten für Sie«, meldete das Gerät.

Eine mußte von Beth sein, aber der erste Anrufer war Max, der wiederholte, daß ich nicht mehr mit dem Fall Gordon befaßt sei, und mich aufforderte, ihn zurückzurufen, was ich aber nicht vorhatte. Der zweite Anruf kam von Dom Fanelli. »Hab' deine Nachricht bekommen«, sagte er. »Melde dich, wenn du Hilfe brauchst. Im Moment gehe ich Hinweisen nach, die mir vielleicht verraten, wer dich als Zielscheibe benutzt hat, und ich möchte ganz gern dranbleiben, wenn du mich nicht wirklich brauchst. Warum haben's bloß so viele Leute auf meinen Kumpel abgesehen? Hey, ich hab' mit Wolfe gesprochen – er glaubt nicht, daß du nicht im Fernsehen warst. Er will dir ein paar Fragen stellen, sagt er. Wahrscheinlich ruft er dich demnächst persönlich an. So, das war's für heute.«

»Danke.«

Auch der letzte Anruf kam nicht von Beth, sondern von keinem anderen als meinem Vorgesetzten – Detective Lieutenant Andrew Wolfe. »Ich möchte, daß Sie mich umgehend zurückrufen«, sagte er nur. Unheilverkündend.

Ich fragte mich, ob Nash und Wolfe sich wirklich kannten. Entscheidend war jedoch, daß Wolfe zweifellos von Nash erfahren hatte, daß der Kerl im Fernsehen tatsächlich John Corey war und wegen eines Doppelmords ermittelte, während er offiziell krankgeschrieben war. Das stimmte natürlich, und hätte Andrew Wolfe eine Erklärung von mir verlangt, hätte ich ihm erklären müssen, wie ich in die Sache hineingeraten war, aber es wäre schwierig gewesen, Detective Lieutenant Wolfe zu erklären, warum er ein Arschloch war.

Alles in allem war es vermutlich besser, Wolfe nicht zurückzurufen. Vielleicht war es keine schlechte Idee, statt dessen mit meinem Anwalt zu sprechen. Jede gute Tat findet ihre Strafe. Ich meine, ich versuche ein guter Bürger zu sein, und der Kerl, der mich dazu überredet hat, mein Kumpel Max, horcht mich aus, ist schuld daran, daß ich mich mit den Feds anlege, und nimmt mir meine Marke wieder weg. Tatsächlich hatte er mir nie eine gegeben. Und Beth hatte nicht angerufen.

Ich fuhr in die Ortschaft Cutchogue und näherte mich der Ortsmitte, die man verdammt rasch hinter sich läßt, wenn man nicht aufpaßt. Wie die meisten dieser Ortschaften ist Cutchogue alt, malerisch, sauber und wohlhabend – hauptsächlich wegen des Weinanbaus in dieser Gegend. Quer über die Straße waren lange Werbebänder gespannt, die für alle möglichen Veranstaltungen wie das Annual East End Seaport Maritime Festival und ein Konzert im Leuchtturm Horton Point mit den Isotope Stompers warben. Ausgerechnet.

Ich fuhr also sehr langsam und suchte das Gebäude der Peconic Historical Society, das meiner Erinnerung nach irgendwo an der Main Road stehen mußte. Am Rand des Marktplatzes stand das älteste Haus des Staates New York – dem Schild nach stammte es aus dem Jahr 1649. Das sah vielversprechend aus, und ich bog auf die schmale Straße ab, die über den Platz führte.

Auf der anderen Seite stand ein großes weißes Holzhaus, eigentlich eine Villa, mit hohen weißen Säulen, die ein Vordach trugen. Auf dem hölzernen Chippendaleschild auf dem Rasen stand *Peconic Historical Society*, darunter *Museum*, dann *Gift Shoppe*. Zwei »p« und ein »e«. Mit diesem Wort hatte ich einmal ein Scrabble gewonnen.

An zwei kurzen Kettchen hing ein weiteres Schild mit den Öffnungszeiten des Museums. Nach dem Labor Day war es nur an Wochenenden und Feiertagen geöffnet.

Auf dem Schild war eine Telefonnummer angegeben, die ich prompt wählte. Eine Tonbandansage mit einer Frauenstimme, die anscheinend um 1640 aufgenommen worden war, informierte mich über Öffnungszeiten, Veranstaltungen und ähnlichen Kram.

Als nächstes rief ich meine neue Freundin Margaret Wiley an. Als sie sich meldete, sagte ich: »Guten Morgen, Mrs. Wiley. Hier ist Detective Corey.«

»Ja?«

»Sie haben mir gestern das Museum der Peconic Historical Society ans Herz gelegt, und ich habe den ganzen Abend darüber nachgedacht. Glauben Sie, daß es möglich wäre, es heute zu besichtigen und vielleicht mit jemandem aus dem Vorstand der PHS zu sprechen? Wie heißt die Vorsitzende gleich wieder? Witherspoon?«

»Whitestone. Emma Whitestone.«

»Richtig. Wäre das heute möglich?«

»Ich weiß nicht recht...«

»Am besten rufe ich Emma Whitestone an und...«

»Ich rufe sie an. Vielleicht ist sie bereit, sich mit Ihnen am Museum zu treffen.«

»Großartig. Ich bin Ihnen sehr dankbar, daß Sie...«

»Wo kann ich Sie erreichen?«

»Am besten rufe ich Sie in zehn bis fünfzehn Minuten wieder an. Ich bin mit dem Auto unterwegs, um ein Geburtstagsgeschenk für meine Mutter zu kaufen. Hey, ich möchte wetten, daß es im Museum einen Geschenkladen gibt.«

»Ja, es gibt einen.«

»Wunderbar. Übrigens habe ich mit meinem Onkel Harry telefoniert und ihm Grüße von Ihnen bestellt.«

»Danke.«

»Er läßt Sie ebenfalls grüßen und will anrufen, sobald er mal wieder rauskommt.« Onkel Harrys toten kleinen Freund erwähnte ich lieber nicht.

»Das wäre nett.«

»Riesig. Okay, ich wäre dankbar, wenn Mrs. Whitestone oder

sonst jemand aus dem Vorstand der PHS bereit wäre, sich heute vormittag mit mir zu treffen.«

»Ich tue, was ich kann. Vielleicht muß ich selbst kommen.«

»Oh, bitte machen Sie sich keine Umstände. Und vielen Dank für Ihre gestrige Hilfe.«

»Nicht der Rede wert.«

Das fand ich auch. »Also dann in einer Viertelstunde. Telefonieren Sie ein bißchen herum.«

»Ist Ihre Freundin heute wieder dabei?«

»Meine Kollegin?«

»Ja, die junge Dame.«

»Die kommt gleich nach.«

»Eine reizende junge Dame. Ich hab' mich gern mit ihr unterhalten.«

»Wir wollen heiraten.«

»Höchst bedauerlich.« Sie legte auf.

Nun ja. Als ich weiterfahren wollte, war die Frauenstimme wieder da. »Handbremse lösen«, forderte sie mich auf, was ich tat. Ich spielte ein Weilchen am Bordcomputer herum, versuchte die Stimme auszuschalten und war darauf gefaßt, von ihr zu hören: »Warum willst du mich umbringen? Magst du mich nicht? Ich versuche doch nur, dir zu helfen.«

Was war, wenn der Computer die Türen verriegelte und das Gaspedal bis zum Bodenblech durchtrat? Ich schmiß die Bedienungsanleitung ins Handschuhfach.

Ich bog auf der originell benannten Skunk Lane nach Süden ab und fuhr wieder über die lange Brücke nach Nassau Point.

Als ich am Haus der Gordons vorbeifuhr, sah ich, daß Chief Maxwells weißer Cherokee davor stand. Ich bog rasch in die Einfahrt der Murphys ab, die von drüben aus nicht einzusehen war.

Ich ging ums Haus der Murphys herum und sah die beiden im Fernsehraum, einem an das Gebäude angeklebten verglasten Vorbau. Da der Fernseher lief, mußte ich energisch anklopfen, um mich bemerkbar zu machen.

Edgar Murphy stand auf, sah mich und öffnete die Gittertür. »Sie schon wieder?«

»Ja, Sir. Ich möchte nur eine kurze Auskunft.«

Er trat beiseite, um mich einzulassen. Mrs. Murphy stand auf und begrüßte mich ohne Begeisterung. Der Fernseher lief weiter. Eine halbe Sekunde lang glaubte ich, im Haus meiner Eltern in Florida zu sein – der gleiche Raum, die gleiche Fernsehsendung, eigentlich auch die gleichen Leute. Ich bat die beiden: »Beschreiben Sie bitte den weißen Sportwagen, den Sie im Juni nebenan bei den Gordons gesehen haben.«

Sie gaben sich Mühe, aber ihre beschreibenden Fähigkeiten waren begrenzt. Schließlich zog ich einen Filzstift heraus, griff nach einer Zeitung und verlangte von ihnen, die Umrisse des Wagens aufzuzeichnen. Weil sie sich dazu außerstande sahen, zeichnete ich ihnen einen Porsche auf. Man soll Zeugen nicht so beeinflussen, aber das war mir egal. Die beiden nickten. »Genau«, bestätigte Mr. Murphy. »Großer, dicker Wagen. Wie 'ne umgestürzte Badewanne.« Mrs. Murphy gab ihm recht.

Ich zog einen Prospekt der Tobin Vineyards aus der Tasche und faltete ihn so zusammen, daß nur ein kleines Schwarzweißbild zu sehen war, das Fredric Tobin zeigte. Ich ließ sie bewußt nicht den ganzen Prospekt sehen, weil sie sonst herumgetratscht hätten, die Polizei halte Fredric Tobin für den Mörder der Gordons.

Die Murphys studierten das Foto. Auch dadurch beeinflußte ich sie, weil ich ihnen nur ein einziges Foto zeigte, aber ich hatte weder die Zeit noch die Geduld für das übliche Verfahren. Allerdings fragte ich nicht: »Ist das der Mann, den Sie in dem Sportwagen gesehen haben?«

Aber Mrs. Murphy sagte: »Das ist der Mann in dem Sportwagen.«

Mr. Murphy stimmte zu. »Verdächtigen Sie den Kerl?« wollte er wissen.

»Nein, Sir. Okay, tut mir leid, daß ich Sie noch mal belästigt habe.«

»Ach«, fragte ich beiläufig, »hat jemand versucht, Sie wegen des Falls zu vernehmen?«

»Nö.«

»Denken Sie daran: Reden Sie mit keinem außer mit Chief Maxwell, Detective Penrose oder mir.«

»Wo ist sie?« fragte Mrs. Murphy.

»Detective Penrose? Sie ist mit leichtem Erbrechen daheimgeblieben.«

»Schwanger?« fragte Agnes.

»Im zweiten Monat«, behauptete ich. »Okay ...«

»Ich hab' keinen Ehering gesehen«, stellte Agnes fest.

»Sie wissen ja, wie diese jungen Dinger sind.« Ich schüttelte traurig den Kopf und sagte dann: »Okay, nochmals vielen Dank.« Ich verließ rasch das Haus, setzte mich in meinen Jeep und fuhr davon.

Mr. Fredric Tobin war offenbar mindestens einmal bei den Gordons gewesen. Trotzdem hatte er vorgegeben, sich nicht an seinen Besuch im Juni erinnern zu können. Aber vielleicht war er's ja gar nicht gewesen. Vielleicht war der Besucher ein anderer Mann mit braunem Bart und weißem Porsche.

Vielleicht sollte ich herausbekommen, warum Mr. Tobin gelogen hatte.

Ich fragte nochmals meinen Anrufbeantworter ab, der zwei weitere Nachrichten für mich bereithielt. Der erste Anrufer war Max, der energisch sagte: »John, hier ist Chief Maxwell. Anscheinend habe ich mich nicht klar ausgedrückt, was deinen Status betrifft. Du arbeitest nicht mehr für uns. Ist das klar? Ich habe einen Anruf von Fredric Tobins Anwälten bekommen, die nicht gerade glücklich sind. Kapiert? Ich weiß nicht, worüber du mit Mr. Tobin gesprochen hast – aber das war dein letztes dienstliches Gespräch mit ihm, klar? Ruf mich an.«

Interessant. Ich versuche bloß, mich nützlich zu machen, und werde von den hiesigen Old Boys massiv behindert.

Der zweite Anruf kam von meiner Ehemaligen, der Anwältin Robin Paine. »Hallo, John«, sagte sie, »hier ist Robin. Ich wollte dich nur daran erinnern, daß unsere einjährige Trennungsfrist am ersten Oktober abläuft und wir dann offiziell geschieden sind. Das Urteil wird dir automatisch zugestellt.« Sie bemühte sich um einen leichteren Tonfall, als sie hinzufügte: »Falls du nicht wieder heiratest, kannst du ab ersten Oktober keinen Ehebruch mehr verüben. Aber heirate nicht, bevor du das Urteil hast, sonst ist's Bigamie. Hab' dich in den Nachrichten gesehen. Scheint ein faszinierender Fall zu sein. Alles Gute.«

Danke, danke. Als ich Robin kennenlernte, war sie übrigens Staatsanwältin in Manhattan. Wir kämpften auf der gleichen Seite. Aber dann war sie zur Gegenseite übergelaufen und mit hohem Gehalt in die Kanzlei eines bekannten Strafverteidigers eingetreten, dem ihr Auftreten vor Gericht gefallen hatte. Vielleicht gefiel sie ihm überhaupt, aber Tatsache ist, daß unsere Ehe an diesem Interessenkonflikt zerbrach. Ich meine, ich rackere mich ab, um Ganoven hinter Gitter zu bringen, und die Frau, mit der ich schlafe, gibt sich alle Mühe, sie sofort wieder freizubekommen.

Abgesehen von diesen kleinen Karrierekonflikten hatten wir uns irgendwann geliebt. Der Stichtag war also der erste Oktober. Dann war sie offiziell meine Exfrau, und ich hatte keine Gelegenheit mehr, Ehebrecher oder Bigamist zu sein. Manchmal ist das Leben einfach nicht fair.

Nochmals über die Brücke, auf die Main Road und zurück in die Ortschaft Cutchogue. Ich rief Margaret Wiley an.

»Ich habe Emma in ihrem Blumengeschäft erreicht«, teilte sie mir mit, »und sie ist zum Haus der Peconic Historical Society unterwegs.«

»Ich bin ihr wirklich sehr dankbar.«

»Ich habe ihr gesagt, daß es wegen der Ermordung der Gordons ist.«

»Nun, das stimmt vielleicht nicht ganz, Mrs. Wiley. Mich interessiert nur …«

»Das können Sie mit ihr besprechen. Emma erwartet Sie.«

»Danke.« Aber ich hatte den Eindruck, sie habe schon aufgelegt.

Ich fuhr zum Museum der Peconic Historical Society zurück und stellte meinen Jeep auf dem kleinen Parkplatz neben einem Lieferwagen mit der Aufschrift *Whitestone Florist* ab.

Am Eingang hing über dem Türklopfer aus Messing eine gelbe Haftnotiz: »Mr. Corey, kommen Sie bitte herein.«

Ich ging also hinein.

Das Haus war wie schon gesagt groß, ungefähr hundertfünfzig Jahre alt, vermutlich die Villa eines reichen Kaufmanns oder Kapitäns. An die riesige Eingangshalle schlossen sich links ein großer Salon und rechts ein ebenso großer Speisesaal an. Alle Räume waren natürlich mit Antiquitäten eingerichtet – in meinen Augen bloß Trödelkraum, aber vermutlich ein kleines Vermögen wert. Da niemand zu hören oder zu sehen war, machte ich einen Rundgang durchs Erdgeschoß. Eigentlich war das hier kein richtiges Museum, sondern nur ein möbliertes Haus aus der Mitte des vorigen Jahrhunderts.

Ich wußte nicht recht, warum ich hier war, aber irgend etwas hatte mich hergelockt. Andererseits war ich geriatrisch übersättigt, und die Vorstellung, mit einer weiteren Siebzigjährigen reden zu müssen, war fast mehr, als ich nüchtern ertragen konnte. Vor der Begegnung mit Mrs. Whitestone hätte ich den 95er Merlot aufmachen und trinken sollen.

Dann entdeckte ich den Geschenkladen in der früheren Sommerküche und sah mich darin um. Das Licht war ausgeschaltet, aber die Fenster ließen genug Tageslicht herein.

Das Angebot reichte von Büchern und Broschüren örtlicher Kleinverlage bis zu kunsthandwerklichen Gegenständen, Indianerschmuck, Stickereien, getrockneten Gewürzen, gepreßten Blumen, Kräutertees, Duftessenzen, Wachskerzen, Wasserfarben, noch mehr bemalten Kacheln, Sämereien und so weiter. Was machen die Leute bloß mit all diesem Kram?

Ich griff nach einem verwitterten Stück Holz von der Außenwand einer alten Scheune, auf das jemand einen Dreimaster gemalt hatte. Während ich dieses Gemälde betrachtete, fühlte ich mich plötzlich beobachtet.

Ich drehte mich um und sah am Eingang des Geschenkladens eine sehr attraktive Frau Anfang Dreißig stehen, die mich eingehend musterte. »Ich suche Emma Whitestone«, erklärte ich.

»Sie müssen John Corey sein.«

»Der muß ich wohl sein. Wissen Sie, ob sie da ist?«

»Ich bin Emma Whitestone.«

Der Tag nahm eine entschiedene Wende zum Besseren. »Oh«, sagte ich. »Ich habe eine ältere Dame erwartet.«

»Und ich einen jüngeren Herrn.«

»Oh ...«

»Margaret hat von einem jungen Mann gesprochen. Aber Sie sind eher ein Mann mittleren Alters, glaube ich.«

»Äh ...«

Sie kam auf mich zu und streckte mir die Hand entgegen. »Ich bin die Vorsitzende der Peconic Historical Society«, stellte sie sich vor. »Was kann ich für Sie tun?«

»Nun … das weiß ich nicht.«

»Ich auch nicht.«

Sie war fast so groß wie ich, mit schlanker, aber guter Figur, schulterlangem braunem Haar, leichtem Make-up, aber weder Nagellack noch Schmuck – auch kein Verlobungs- oder Ehering. Und sie hatte nicht allzuviel an. Sie trug ein kniekurzes beiges Sommerkleid aus Baumwolle mit Spaghettiträgern. Unter diesem knappen Fummel war nicht viel Platz für Unterwäsche. Sie trug jedenfalls keinen BH, aber ich sah die Umrisse ihres Slips. Und sie war barfuß.

Ich stellte mir vor, wie Ms. Whitestone sich heute morgen angezogen hatte: Sie hatte Slip und Kleid übergestreift, war mit einem Kamm durch ihr Haar gefahren und hatte etwas Lippenstift aufgelegt. Das war's gewesen. Wahrscheinlich konnte sie diese Klamotten in vier Sekunden abstreifen. Mit meiner Hilfe noch schneller.

»Mr. Corey? Denken Sie darüber nach, wie ich Ihnen behilflich sein kann?«

»Ja, das tue ich. Augenblick noch.« Sie hatte eine sportliche Figur, die von Geschwindigkeit, vielleicht sogar von Ausdauer zeugte. Sie hatte schöne graugrüne Augen, und ihr Gesicht war nicht nur bildhübsch, sondern wirkte auf den ersten Blick unschuldig. Er erinnerte mich an Fotos von Blumenkindern der sechziger Jahre, aber das mochte daran liegen, daß sie Floristin war. Auf den zweiten Blick sprach aus ihren Zügen eine stille Sinnlichkeit. Wirklich.

Erwähnenswert wäre vielleicht noch ihre nahtlose Sonnenbräune, die ihrer Haut eine hübsche Milchkaffeefärbung gab. Insgesamt eine sehr attraktive und sinnliche Frau, diese Emma Whitestone.

»Ihr Besuch hat mit den Gordons zu tun?«

»Ja.« Ich legte das alte Stück Holz weg und fragte: »Haben Sie die beiden gekannt?«

»Ja. Wir sind freundschaftlich miteinander umgegangen, ohne befreundet zu sein.« Nach kurzer Pause fügte sie hinzu: »Eine schreckliche Geschichte.«

»Ja.«

»Gibt's irgendwelche … Hinweise?«

»Nein.«

»Ich habe im Radio gehört, daß sie einen Impfstoff gestohlen haben sollen.«

»So sieht's aus.«

Sie überlegte einen Augenblick, dann sagte sie: »Sie haben sie gekannt.«

»Ja, das stimmt. Woher wissen Sie das?«

»Ihr Name ist ein paarmal gefallen.«

»Wirklich? Hoffentlich auf nette Weise.«

»Auf sehr nette. Judy ist ein bißchen in Sie verknallt gewesen.«

»Tatsächlich?«

»Haben Sie das nicht gewußt?«

»Vielleicht.« Um das Thema zu wechseln, fragte ich rasch: »Gibt's hier eine Mitgliederliste?«

»Natürlich. Das Büro ist oben. Ich habe ein bißchen gearbeitet, bis Sie gekommen sind. Folgen Sie mir bitte.«

Ich folgte ihr. Sie duftete nach Lavendel. Auf dem Weg nach oben sagte ich: »Prachtvolles Haus.«

Sie drehte sich zu mir um. »Für Sie mache ich später eine Privatführung«, sagte sie.

»Klasse. Ich wollte, ich hätte meine Kamera dabei.«

Wir gingen die breite Treppe hinauf, ich immer leicht hinter ihr und eine Stufe tiefer. Ihr Slip war wirklich winzig. Und sie hatte hübsche Füße – für Leute, die das antörnt.

Im ersten Stock führte sie mich in einen Raum, den sie als oberen Salon bezeichnete. Sie bot mir den Ohrensessel am Kamin an, in dem ich Platz nahm.

»Möchten Sie eine Tasse Kräutertee?« fragte sie.

»Danke, ich hatte schon.«

Sie setzte sich mir gegenüber in einen hölzernen Schaukelstuhl und schlug ihre endlos langen Beine übereinander. »Also, was kann ich für Sie tun, Mr. Corey?«

»John. Bitte nennen Sie mich John.«

»John. Bitte nennen Sie mich Emma.«

»Nun, Emma«, begann ich, »als erstes möchte ich Ihnen ein paar Fragen über die Peconic Historical Society stellen. Welchen Zweck verfolgt sie?«

»Sie ist ein historischer Verein. Auf der North Fork gibt es mehrere solcher Vereinigungen, die fast alle ihren Sitz in historischen Gebäuden haben. Unsere ist die größte, und der Name ›Peconic‹ bezieht sich auf die indianische Bezeichnung für dieses Gebiet. Wir haben ungefähr fünfhundert Mitglieder. Manche sind sehr prominent, andere sind einfache Farmer. Wir sehen unsere Aufgabe darin, unser geschichtliches Erbe zu dokumentieren, zu bewahren und an zukünftige Generationen weiterzugeben.«

»Und weiter zu erforschen.«

»Ja.«

»Zum Beispiel durch Grabungen.«

»Ja. Und durch Auswertung von Schriftgut. Wir haben hier ein sehr interessantes Archiv.«

»Darf ich mir das später ansehen?«

»Sie dürfen alles sehen, was Sie wollen.« Sie lächelte.

Tatsächlich? War das nur ein Scherz oder etwa ihr Ernst? Ich lächelte sie an. Sie lächelte erneut.

Zurück zur Arbeit. »Sind die Gordons aktive Mitglieder gewesen?« fragte ich sie.

»Ja, das sind sie gewesen.«

»Wann sind sie eingetreten?«

»Vor ungefähr eineinhalb Jahren. Damals sind sie aus Washington, D.C., hierher gezogen. Sie waren aus dem Mittleren Westen, sind aber in Washington im Staatsdienst gewesen. Das wissen Sie vermutlich.«

»Haben die beiden Ihnen jemals von ihrer Arbeit erzählt?«

»Nicht wirklich.«

»Sind Sie jemals in ihrem Haus gewesen?«

»Einmal.«

»Sind Sie bei offiziellen Veranstaltungen mit ihnen zusammengekommen?«

»Gelegentlich. Die PHS lädt oft zu Veranstaltungen ein. Das hat den Gordons besonders gut an uns gefallen.«

Meine nächste Frage war ausgesprochen subtil formuliert: »Ist Tom scharf auf Sie gewesen?«

Statt beleidigt oder schockiert zu sein, antwortete sie: »Wahrscheinlich.«

»Aber Sie haben keine Affäre mit ihm gehabt?«

»Nein. Er hat mich nie gefragt.«

Ich räusperte mich. »Ja, ich verstehe.«

»Hören Sie, Mr. Corey… John. Mit solchen Fragen vergeuden Sie Ihre und meine Zeit. Ich weiß nicht, warum oder von wem die beiden ermordet wurden, aber bestimmt hat es nichts mit mir oder einer Dreiecksgeschichte zu tun.«

»Das behaupte ich auch gar nicht. Den sexuellen Aspekt erkunde ich nur im Rahmen der gesamten Ermittlungen.«

»Also, ich habe nicht mit ihm geschlafen. Ich glaube, daß er Judy treu gewesen ist. Und soviel ich weiß, ist sie ebenfalls treu gewesen. Es ist schwierig, hier eine Affäre zu haben, ohne daß alle Welt davon erfährt.«

»Das ist vielleicht Ihr Eindruck.«

Sie betrachtete mich prüfend, dann fragte sie: »Haben Sie eine Affäre mit Judy gehabt?«

»Nein, Ms. Whitestone. Dies ist keine nachmittägliche Seifenoper. Hier geht's um Ermittlungen in Sachen Mord, und ich stelle die Fragen.«

»Sie brauchen nicht gleich einzuschnappen.«

Ich holte tief Luft. »Entschuldigung«, murmelte ich.

»Ich will, daß Sie den Mörder finden. Stellen Sie also Ihre Fragen.«

»Okay… Was war Ihr erster Gedanke, als Sie gehört haben, daß die beiden ermordet wurden?«

»Das weiß ich nicht mehr genau. Aber ich habe vermutlich gedacht, der Mord hinge mit ihrer Arbeit zusammen.«

»Und was denken Sie jetzt?«

»Gar nichts.«

»Das kann ich kaum glauben.«

»Vielleicht können wir später darauf zurückkommen.«

»Okay.« Ich wußte noch immer nicht recht, worauf ich mit dieser Befragung hinauswollte. Aber vor meinem inneren Auge stand eine Art Landkarte mit Plum Island, Nassau Point, den Klippen über dem Long Island Sound, den Tobin Vineyards und der Peconic Historical Society. Verband man diese fünf Punkte durch Striche miteinander, bildeten sie ein scheinbar bedeutungsloses Fünfeck. Verknüpfte man sie jedoch auf eher metaphysische Weise, schien ein sinnvolles Gebilde zu entstehen. Welches Element hatten sie gemeinsam? Auch wenn direkte Beziehungen fehlten, schienen sie irgend etwas gemeinsam zu haben. Aber was?

Ich dachte daran, was auf Plum Island ein *Ping!* in meinem Kopf ausgelöst hatte. Archäologie. Das war's gewesen. Nur *was* steckte dahinter?

Ich fragte Ms. Whitestone: »Kennen Sie noch andere Leute, die auf Plum Island arbeiten?«

Sie schüttelte den Kopf. »Eigentlich nicht. Ein paar meiner Kunden arbeiten dort. Aber außer Tom und Judy kenne ich keinen der dortigen Wissenschaftler, und keiner ist Mitglied unserer Gesellschaft.« Langsam fügte sie hinzu: »Diese Leute bilden eine in sich geschlossene Gruppe. Sie bleiben weitgehend unter sich.«

»Was wissen Sie über die geplanten Grabungen auf Plum Island?«

»Ich weiß nur, daß Tom Gordon der PHS versprochen hat, ihr die Erlaubnis für Grabungen auf der Insel zu beschaffen.«

»Sie interessieren sich nicht für Archäologie?«

»Nicht wirklich. Ich arbeite lieber im Archiv. Ich bin ausgebildete Archivarin. Columbia University.«

»Tatsächlich? Ich bin Dozent am John Jay.« Das John Jay liegt zwar ungefähr fünfzig Straßenblocks südlich der Columbia University, aber damit hatten wir endlich etwas gemeinsam.

»Was lehren Sie dort?« fragte sie.

»Töpfern und Kriminalwissenschaft.«

Sie lächelte. Sie wackelte mit den Zehen und schlug ihre Beine andersherum übereinander. Beige. Ihr Slip war beige wie ihr Kleid. Wenn das so weiterging, mußte ich bald die Beine übereinanderschlagen, damit Ms. Whitestone nicht merkte, daß mein kleiner Freund aufgewacht war.

»Archivarin«, sagte ich. »Das klingt interessant.«

»Ist es auch. Ich habe eine Zeitlang in Stony Brook gearbeitet und dann hier einen Job in der Cutchogue Free Library bekommen. Die Bücherei ist achtzehnhunderteinundvierzig gegründet worden und zahlt noch immer das gleiche Gehalt. Ich bin hier aufgewachsen, aber es ist schwierig, hier finanziell über die Runden zu kommen, wenn man nicht ein Geschäft hat. Ich habe einen Blumenladen.«

»Ja, ich habe den Lieferwagen gesehen.«

»Stimmt. Sie sind eben Detektiv.« Dann erkundigte sie sich: »Und was tun Sie hier draußen?«

»Ich bin auf Genesungsurlaub.«

»Ah, richtig. Jetzt fällt's mir wieder ein. Sie sehen gut aus.«

Sie sah auch gut aus, aber da man sich nicht an Zeuginnen ranmachen soll, ließ ich diese Tatsache unerwähnt. Sie hatte eine sanfte, leicht rauchige Stimme, die ich sexy fand.

»Kennen Sie Fredric Tobin?« fragte ich sie.

»Wer kennt ihn nicht?«

»Ist er Mitglied der Peconic Historical Society?«

»Er ist unser größter Gönner. Er spendet Wein und Geld.«

»Verstehen Sie etwas von Weinen?«

»Nein. Und Sie?«

»Ja. Ich erkenne den Unterschied zwischen einem Merlot und einem Budweiser. Mit geschlossenen Augen.«

Sie lächelte.

»Ich gehe jede Wette ein, daß viele Leute sich wünschen, schon vor Jahren mit Wein angefangen zu haben«, sagte ich. »Als Winzer, meine ich.«

»Ach, ich weiß nicht recht. Das Geschäft ist interessant, aber nicht so lukrativ, wie man glauben könnte.«

»Für Fredric Tobin schon«, stellte ich fest.

»Fredric lebt weit über seine Verhältnisse.«

Ich setzte mich auf. »Warum sagen Sie das?«

»Weil es stimmt.«

»Kennen Sie ihn gut? Persönlich?«

»Kennen *Sie* ihn persönlich?« fragte sie mich.

Ich mochte es eigentlich nicht, selbst ausgefragt zu werden, aber hier bewegte ich mich auf dünnem Eis. Wie tief die Mächtigen gesunken sind! »Ich habe im Juli an einer seiner Weinproben teilgenommen«, antwortete ich. »Sind Sie auch dort gewesen?«

»Ja.«

»Ich bin mit den Gordons hingegangen.«

»Richtig. Ich habe Sie gesehen, glaube ich.«

»Ich habe Sie nicht gesehen. Das wüßte ich noch.«

Sie lächelte.

»Wie gut kennen Sie ihn?« fragte ich nochmals.

»Wir sind befreundet gewesen.«

»Wie eng?«

»Wir sind ein Liebespaar gewesen, Mr. Corey.«

Für mich persönlich war das enttäuschend. Aber ich hatte Ermittlungen zu führen, deshalb fragte ich: »Wann ist das gewesen?«

»Es hat vor... hmmm, vor ungefähr zwei Jahren angefangen und bis... Ist das wirklich relevant?«

»Sie können die Antwort auf jede Frage verweigern.«

»Das weiß ich.«

»Warum ist Ihre Beziehung in die Brüche gegangen?« fragte ich.

»Ohne bestimmten Grund. Fredric sammelt einfach Frauen. Die Sache hat ungefähr ein Dreivierteljahr lang gehalten. Für beide von uns kein Rekord, aber auch nicht schlecht. Wir sind in Bordeaux, an der Loire und in Paris gewesen. Und übers Wochenende in New York. Es hat immer Spaß gemacht. Er ist sehr großzügig.«

Ich dachte darüber nach. Emma Whitestone gefiel mir ausnehmend gut, und ich ärgerte mich darüber, daß Fredric mir bei ihr zuvorgekommen war. »Ich möchte Ihnen eine persönliche Frage stellen«, sagte ich, »die Sie aber nicht beantworten müssen. Okay?«

»Okay.«

»Sind Sie noch...? Ich meine...«

»Fredric und ich sind nach wie vor Freunde. Er hat jetzt eine Sondra Wells. Alles an ihr ist unecht – sogar der Name.«

»Sie haben gesagt, er lebe über seine Verhältnisse.«

»Ja. Er schuldet Banken und privaten Geldgebern ein kleines Vermögen. Er gibt einfach zuviel aus. Das Traurige daran ist, daß er sehr erfolgreich ist und von seinen Gewinnen gut leben könnte, wenn Foxwoods nicht wäre.«

»Foxwoods?«

»Ja, Sie wissen schon. Die indianische Spielbank in Connecticut.«

»Ah, richtig. Er spielt?«

»Und wie! Ich bin mal dabeigewesen. An dem Wochenende hat er fast fünftausend Dollar verloren. Mit Blackjack und Roulette.«

»Großer Gott! Hoffentlich hatten Sie ’ne Rückfahrkarte für die Fähre.«

Sie lachte.

Foxwoods. Man benutzte die Autofähre von Orient Point nach New London oder die Schnellfähre und den Kasinobus, amüsierte sich dort und war am Sonntagabend wieder in Orient Point. Eine nette Abwechslung zum Alltagstrott auf der North Fork, und wer nicht zwanghaft spielte, hatte sein Vergnügen, gewann oder verlor ein paar Hunderter, genoß ein erlesenes Dinner, sah eine Show und schlief in einem luxuriösen Hotelzimmer. Nicht schlecht für ein Wochenende zu zweit. Vielen Einheimischen mißfiel jedoch die Nähe dieses Sündenbabels, und manchen Ehefrauen war es ein Dorn im Auge, wenn die Männer mit dem Haushaltsgeld rüberfuhren.

Fredric Tobin, der coole und elegante Gentleman, der anscheinend alles im Griff hatte, war also ein Spieler. Aber gab es überhaupt ein größeres Glücksspiel, als jedes Jahr wieder auf die Weinernte zu setzen? Tatsächlich befand der hiesige Weinbau sich noch im Versuchsstadium, und bisher war alles gutgegangen. Kein Pilzbefall, kein Frost, keine Hitzeperiode. Aber eines Tages würde Hurrikan Annabelle oder Zeke eine Milliarde Weintrauben in den Long Island Sound blasen und ihn gewissermaßen in den größten Kool-Aid-Bottich aller Zeiten verwandeln.

Und dann hatte es hier Tom und Judy gegeben, die ein riskantes Spiel mit allen möglichen Krankheitserregern gespielt hatten. Irgendwann hatten sie sich auf ein noch gefährlicheres Spiel eingelassen und verloren. Fredric hatte sein Spiel mit der Weinernte gewonnen, aber beim Kartenspiel und am Roulettetisch kein Glück gehabt und verloren.

Ich fragte: »Wissen Sie, ob die Gordons irgendwann mit Mr. Tobin in Foxwoods waren?«

»Das glaube ich nicht. Aber ich würd’s auch nicht wissen. Fredric und ich haben uns vor gut einem Jahr getrennt.«

»Richtig. Aber Sie sind weiterhin Freunde. Sie reden noch miteinander.«

»Gut, man könnte uns als Freunde bezeichnen. Fredric mag es nicht, wenn seine ehemaligen Geliebten auf ihn wütend sind. Er will jede als Freundin behalten. Das ist auf Partys interessant. Er ist gern in einem Raum mit einem halben Dutzend Frauen zusammen, mit denen er schon geschlafen hat.«

Wer wäre das nicht? »Und Sie glauben nicht, daß Mr. Tobin eine Affäre mit Mrs. Gordon gehabt hat?« fragte ich sie.

»Das weiß ich nicht. Aber ich glaub's nicht. Verheiratete Frauen sind für ihn tabu.«

»Wie galant!«

»Nein, er ist nur feig. Ehemänner und Liebhaber schrecken ihn ab. Er muß mal ein schlimmes diesbezügliches Erlebnis gehabt haben.« Sie lachte leise vor sich hin, dann fügte sie hinzu: »Jedenfalls wäre ihm Tom Gordon als Freund lieber gewesen als Judy Gordon als Geliebte.«

»Wieso?«

»Keine Ahnung. Ich habe nie richtig verstanden, warum er sich zu Tom Gordon hingezogen fühlte.«

»Ich dachte, es sei umgekehrt gewesen.«

»Das haben die meisten gedacht. Aber in Wirklichkeit hat Fredric sich um Tom bemüht.«

»Weshalb?«

»Das weiß ich nicht. Anfangs habe ich gedacht, er wolle sich so an Judy ranmachen, aber dann hat sich herausgestellt, daß Fredric die Finger von Ehefrauen läßt. Später habe ich mir überlegt, daß das mit der Attraktivität der Gordons und ihrem Beruf zu tun hatte. Fredric sammelt Menschen. Er hält sich gern für den gesellschaftlich prominentesten Bürger der North Fork. Vielleicht ist er das sogar. Er ist kein Krösus, aber das Weingut verleiht ihm einen gewissen Status. Sie verstehen, was ich meine?«

Ich nickte. Manchmal gräbt man Tage und Wochen, ohne fündig zu werden. Manchmal findet man Gold. Aber manchmal ist's nur Katzengold. Ich meine, diese Informationen waren faszinierend, aber wie relevant waren sie in bezug auf den Doppelmord? Oder waren sie vielleicht übertrieben? Ein kleiner Racheakt von Ms. Whitestone? Sie wäre nicht die erste verschmähte Geliebte gewesen, die mich auf eine falsche Spur gesetzt hatte, um ihrem ehemaligen Liebhaber Schwierigkeiten zu machen. Deshalb fragte ich sie geradeheraus: »Trauen Sie Fredric Tobin zu, die Gordons ermordet zu haben?«

Sie starrte mich an, als sei ich übergeschnappt. *»Fredric?«* fragte sie ungläubig. »Er ist zu keiner Gewalttätigkeit imstande.«

»Woher wissen Sie das?«

Sie lächelte. »Ich habe ihm weiß Gott oft genug Anlaß gegeben, mir eine runterzuhauen.« Sie fuhr fort: »Fredric ist einfach nicht der Typ dafür. Er ist stolz darauf, seine Gefühle jederzeit unter Kontrolle zu haben. Und welchen Grund hätte er gehabt, Tom und Judy Gordon umzubringen?«

»Keine Ahnung. Ich weiß nicht mal, *warum* sie ermordet wurden. Können Sie sich einen Grund denken?«

Sie zögerte einen Augenblick, dann sagte sie: »Vielleicht hat's mit Drogen zu tun gehabt.«

»Wie kommen Sie darauf?«

»Nun… Fredric hat sich Sorgen um die beiden gemacht. Sie haben gekokst.«

»Hat er Ihnen das erzählt?«

»Ja.«

Interessant. Vor allem deshalb, weil Fredric mir gegenüber keinen Ton davon gesagt hatte und diese Behauptung gelogen war. Ich wußte recht gut, wie Kokser aussehen und sich verhalten, und die Gordons waren keine gewesen. Warum hätte Tobin ihnen das anhängen wollen? Ich fragte: »Wann hat er Ihnen das erzählt?«

»Das ist nicht lange her. Vor ein paar Monaten. Er hat gesagt, die beiden seien zu ihm gekommen und hätten ihm guten Stoff angeboten. Um ihre Sucht zu finanzieren, handelten sie selbst mit Koks.«

»Haben Sie das geglaubt?«

Sie zuckte mit den Schultern. »Vielleicht.«

»Okay… zurück zu Mr. Tobins Verhältnis zu den Gordons. Sie glauben also, er habe sich um sie bemüht und seine Beziehung zu ihnen kultiviert?«

»So hat's ausgesehen. In unserem gemeinsamen Dreivierteljahr hat er viel mit ihnen telefoniert und sie zu fast jeder seiner Partys eingeladen.«

Ich dachte darüber nach. Das paßte jedenfalls nicht zu Mr. Tobins Behauptungen. Ich fragte weiter: »Was hat ihn zu den Gordons hingezogen?«

»Das weiß ich nicht. Ich weiß nur, daß er alle Welt glauben machen wollte, die Sache sei andersherum. Seltsam war, daß die Gordons mitgemacht und so getan haben, als fühlten sie sich durch ihre Bekanntschaft mit Fredric geehrt. Aber wenn wir gelegentlich nur zu viert gewesen sind, war deutlich zu merken, daß sie sich mindestens gleichwertig gefühlt haben. Sie verstehen, was ich meine?«

»Ja. Aber warum haben sie geschauspielert?«

Sie zuckte erneut mit den Achseln. »Wer weiß?« Sie machte eine Pause, dann fügte sie hinzu: »Man hätte fast glauben können, die Gordons erpreßten Fredric. Als wüßten sie etwas über ihn. In der Öffentlichkeit ist er der große Mann gewesen. Aber privat sind Tom und Judy ziemlich vertraut mit ihm umgegangen.«

Erpressung. Ich ließ mir das eine halbe Minute lang durch den Kopf gehen.

»Das sind nur Vermutungen«, meinte Emma Whitestone. »Spekulationen. Ich bin nicht rachsüchtig oder so was. Die Zeit mit Fredric ist schön gewesen, und ich habe ihn gemocht, aber ich war nicht am Boden zerstört, als er unser Verhältnis beendete.«

»Okay.« Ich sah sie an, und unsere Blicke begegneten sich. »Haben Sie seit dem Mord mit Fredric gesprochen?«

»Ja – gestern morgen. Er hat angerufen.«

»Was hat er gesagt?«

»Nichts anderes als alle anderen. Standardphrasen.«

»Hat er Sie heute auch angerufen?« fragte ich weiter.

»Nein.«

»Ich habe ihn heute morgen besucht.«

»Wirklich? Warum?«

»Das weiß ich nicht.«

»Sie wissen auch nicht, warum Sie hier sind.«

»Richtig.« Ich hatte keine Lust, ihr zu erklären, daß ich nach Plum Island und den Murphys keine potentiellen Zeugen mehr hatte, nicht mehr für Chief Maxwell arbeitete und deshalb Leute befragen mußte, auf die meine Kollegen vom Suffolk County PD nicht ohne weiteres kommen würden. »Kennen Sie irgendwelche Freunde der Gordons?«

»Ich habe mich eigentlich nie in ihren Kreisen bewegt… außer damals mit Fredric. Und da sind sie seine Freunde gewesen.«

»Ist Chief Maxwell nicht mit ihnen befreundet gewesen?«

»Ich glaube schon. Aber diese Beziehung habe ich so wenig verstanden wie die Beziehung der Gordons zu Fredric.«

»Irgendwie will's mir nicht gelingen, Freunde der Gordons zu finden.«

»Soviel ich weiß, haben alle ihre Freunde auf Plum Island gearbeitet. Das ist keineswegs ungewöhnlich. Ich habe Ihnen ja erzählt, daß diese Leute eine in sich geschlossene Gruppe waren. Bestimmt werden Sie dort eher fündig als hier.«

»Vermutlich.«

»Was halten Sie von Fredric?« wollte sie wissen.

»Ein reizender Mensch. Das Gespräch mit ihm hat mir Spaß gemacht.« Das war nicht gelogen. Aber seit ich wußte, daß er Ms. Whitestone gebumst hatte, war ich mehr denn je davon überzeugt, es gebe keine sexuelle Gerechtigkeit auf der Welt. Nach kurzer Überlegung fügte ich hinzu: »Er hat Knopfaugen.«

»Und einen unsteten Blick.«

»Richtig. Darf ich Sie um einen Gefallen bitten?«

»Das dürfen Sie.«

»Ich möchte Sie bitten, ihm nichts von unserem Gespräch zu erzählen?«

»Ich erwähne keine Details. Aber ich erzähle ihm, daß ich mit Ihnen gesprochen habe.« Abschließend sagte sie: »Ich lüge nicht – aber ich kann bestimmte Dinge für mich behalten.«

»Mehr verlange ich gar nicht.«

In Manhattan gibt es nicht so viele dieser wechselseitigen Beziehungen wie hier draußen. Das mußte ich bedenken und meinen Befragungsstil entsprechend abändern. Aber das war zu schaffen. Um beim Thema zu bleiben, fragte ich Emma Whitestone: »Sie kennen Chief Maxwell, nicht wahr?«

»Wer kennt ihn nicht?«

»Sind Sie jemals mit ihm liiert gewesen?«

»Nein. Aber er hat angefragt.«

»Sie mögen keine Cops?«

Sie lachte. Sie wackelte wieder mit den Zehen und schlug wieder die Beine übereinander. Du liebe Güte.

So ging es noch etwa eine Viertelstunde weiter, und Emma Whitestone erwies sich als ergiebige Quelle für Klatsch und allerlei Einsichten, die mir jedoch nicht weiterhalfen. Das Problem war, daß ich weiterhin nicht wußte, was ich hier tat – aber es war erfreulich, hier zu sitzen. Ich muß hinzufügen, daß ich mich wie ein Gentleman benahm. Bei Zeuginnen, die vielleicht später vor Gericht aussagen sollen, muß man vorsichtig sein. Man will weder sich selbst noch die Zeugin kompromittieren. Trotzdem interessierte sie mich.

Nein, ich bin nicht wankelmütig. Ich verzehrte mich noch immer nach Beth. Ich fragte Ms. Whitestone: »Kann ich mal telefonieren?«

»Klar. Gleich dort drüben.«

Ich ging nach nebenan und hatte das Gefühl, aus dem neunzehnten Jahrhundert ins zwanzigste zu treten. Dies war das Büro der Peconic Historical Society mit modernen Büromöbeln, Karteischränken, Fotokopierer und so weiter. Ich benutzte eines der Telefone, um meinen Anrufbeantworter abzufragen, und hörte eine Männerstimme sagen: »Detective Corey, hier ist Detective Collins von der Suffolk County Police. Detective Penrose hat mich gebeten, Sie anzurufen. Sie ist in einer längeren Besprechung und kann sich heute nachmittag nicht mit Ihnen treffen. Aber sie ruft Sie heute abend oder morgen an.« Ende der Mitteilung. Ich legte auf und sah mich um. Unter einem der Schreibtische standen Riemchensandalen, die vermutlich Ms. Whitestone gehörten.

Ich ging in den Salon zurück, setzte mich aber nicht wieder hin.

Emma Whitestone sah zu mir auf. »Irgendwas nicht in Ordnung?«

»Doch, doch. Wo waren wir stehengeblieben?«

»Keine Ahnung.«

Ich sah auf meine Uhr, dann fragte ich: »Können wir alles Weitere beim Mittagessen besprechen?«

»Klar.« Sie stand auf. »Aber erst zeige ich Ihnen noch unser Haus.«

Und das tat sie auch. Zimmer für Zimmer. Die Räume im ersten Stock dienten hauptsächlich als Büro, Lager und Archiv, doch es gab auch zwei mit alten Möbeln eingerichtete Schlafzimmer. Die Möbel des einen stammten aus der Zeit um 1750, die des anderen waren ungefähr hundert Jahre jünger und damit so alt wie das Gebäude selbst. »Das Haus wurde von einem Kaufmann und Reeder erbaut«, sagte sie, »der im Handel mit Südamerika ein Vermögen verdient hatte.«

»Kokain?«

»Nein, Dummerchen. Halbedelsteine aus Brasilien. Captain Samuel Farnsworth.«

Ich drückte auf die unebene Matratze. »Machen Sie hier gelegentlich ein Nickerchen?«

Sie lächelte. »Manchmal. Das ist eine mit Federn gefüllte Matratze.«

»Fischadlerfedern?«

»Schon möglich. Die hat's früher überall gegeben.«

»Fischadler erleben ein großes Comeback.«

»Alles erlebt ein großes Comeback. Die verdammten Hirsche haben meine Rhododendren kahlgefressen.« Sie führte mich aus dem Schlafzimmer hinaus. »Sie wollten unser Archiv sehen.«

»Ja.«

Sie zeigte mir einen Raum, der vermutlich einst ein geräumiges Schlafzimmer gewesen und jetzt mit Regalen und einem langen Eichentisch vollgestellt war. »Wir haben Bücher und Originaldokumente, die bis sechzehnhundertfünfzig zurückreichen. Verträge, Briefe, Testamente, Urteile, Predigten, Armeebefehle, Schiffsmanifeste und Logbücher. Manches davon ist echt faszinierend.«

»Wie sind Sie zu diesem Hobby gekommen?«

»Nun, das hängt wohl damit zusammen, daß ich hier aufgewachsen bin. Ich stamme von den ersten Siedlern ab.«

»Aber Sie sind hoffentlich nicht mit Margaret Wiley verwandt.«

Sie lächelte. »Weitläufig. Finden Sie Margaret etwa nicht reizend?«

»Kein Kommentar.«

»Archivarbeit hat gewisse Ähnlichkeit mit Detektivarbeit, glaube ich«, fuhr sie fort. »Sie wissen schon – Rätsel, Fragen, die beantwortet werden müssen, Zusammenhänge, die aufzuklären sind. Finden Sie nicht auch?«

»Gut möglich«, sagte ich und fuhr fort: »Als kleiner Junge wollte ich Archäologe werden. Ich habe sogar mal eine Musketenkugel gefunden. Irgendwo dort draußen. Ich weiß aber nicht mehr genau, wo. Jetzt, wo ich alt und gebrechlich bin, sollte ich mich vielleicht auf Archivarbeit verlegen.«

»Oh, Sie sind noch nicht *so* alt. Aber vielleicht hätten Sie Spaß daran. Ich kann Ihnen beibringen, dieses Zeug zu lesen.«

»Sind das keine englischen Texte?«

»Doch, aber das Englisch des siebzehnten und achtzehnten Jahrhunderts ist oft schwierig. Die Rechtschreibung ist mitunter recht willkürlich und die Schrift schwer zu entziffern. Hier, sehen Sie sich das an.« Sie schlug einen auf dem Tisch liegenden großen Ordner auf. Er enthielt Klarsichthüllen, in denen jeweils ein altes Schriftstück steckte. Sie wählte eines aus und forderte mich auf: »Versuchen Sie mal, das zu lesen.«

Ich beugte mich über die verblaßte Schrift und las fließend vor: »›Liebe Martha, du darfst nicht glauben, was die Leute über mich und Mrs. Farnsworth erzählen. Ich bin immer anständig und treu. Du hoffentlich auch? Dein dich liebender Mann – George.‹«

Sie lachte. »Das steht aber nicht da.«

»So sieht's aber aus.«

»Moment, ich lese Ihnen den Text vor.« Sie zog den Ordner zu sich heran. »Diesen Brief hat ein gewisser Phillip Shelley am dritten August sechzehnhundertachtundneunzig an Lord Bellomont, den königlichen Gouverneur, geschrieben.« Sie las mir den Text vor, den ich nicht hatte entziffern können. Der Brief strotzte von Floskeln wie »Euer Lordschaft«, »mit ehrerbietigster Ergebenheit« und »Euer Gnaden untertänigst gehorsamer Diener«. Der Verfasser beschwerte sich über eine angebliche Benachteiligung im Zusammenhang mit Streitigkeiten wegen eines Ackers. Ich meine, diese Leute waren übers Meer auf einen neuen Kontinent gekommen und meckerten hier genauso wie früher daheim im englischen Southwold mit »w«.

»Sehr eindrucksvoll«, sagte ich.

»Da ist nichts dabei. Das können Sie in ein paar Monaten lernen. Ich hab's Fredric in zwei Monaten beigebracht, obwohl er sich nie lange konzentrieren kann.«

»Wirklich?«

»Die Sprache ist weniger schwierig als Schrift und Rechtschreibung.«

»Richtig.« Ich fragte: »Kann ich ein Mitgliederverzeichnis haben?«

»Klar.« Sie ging mit mir ins Büro, gab mir ein geheftetes Mitgliederverzeichnis und schlüpfte dann in ihre Sandalen.

»Wie haben Sie diesen Job bekommen?« fragte ich.

Sie zuckte mit den Schultern. »Weiß ich selbst nicht … Eigentlich ist er nur lästig. Das war so eine von Fredrics dämlichen Ideen, um sein gesellschaftliches Prestige zu heben. Ich bin hier zunächst nur Archivarin gewesen, was mir nichts ausgemacht hat. Dann hat er mich als Vorsitzende vorgeschlagen, und was Fredric will, bekommt er auch. Außerdem bin ich weiterhin die Archivarin. Alles in allem Blumenmädchen, Vorsitzende und Archivarin der Peconic Historical Society.«

»Sind Sie hungrig?«

»Klar. Ich muß nur noch im Laden anrufen.« Während sie telefonierte, sah ich mir ein Gemälde auf dem Korridor an und hörte sie halblaut sagen: »Vielleicht komme ich heute nachmittag nicht mehr in den Laden.«

Allerdings nicht, Ms. Whitestone, wenn ich irgendwas dazu tun kann. Sie kam aus dem Büro, und wir gingen die Treppe hinunter. »Wir geben hier kleine Empfänge, manchmal auch Partys«, erzählte sie. »Vor allem in der Weihnachtszeit.«

»Da fällt mir was ein – gehen Sie am Samstag auch zu Mr. Tobins Soiree?«

»Vielleicht. Gehen Sie hin?«

»Ich hatte es vor. Rein dienstlich.«

»Warum verhaften Sie ihn nicht vor allen Leuten und führen ihn in Handschellen ab?« schlug sie vor.

»Das wäre ein großer Spaß, aber ich glaube nicht, daß er etwas angestellt hat.«

»Ich bin sicher, daß er *irgendwas* angestellt hat.«

Wir verließen das Museum. Draußen war es wärmer geworden. Sie sperrte zu und nahm die Haftnotiz ab. »Ich fahre«, schlug ich vor.

Ich ließ den Motor meines Jeeps mit der Fernbedienung an. »Nettes Extra«, meinte sie.

»Damit kann man jede Autobombe aus der Ferne zünden«, sagte ich.

Sie lachte. Aber mir war es ernst.

Wir stiegen in meinen Luxusgeländewagen, und ich ließ absichtlich die Tür offen, während ich den Rückwärtsgang einlegte. Die Frauenstimme sagte: »Die Fahrertür steht offen.«

»Das ist ein dummes Extra«, meinte sie.

»Ja, ich weiß. Die Stimme klingt wie die meiner Ehemaligen. Am liebsten möchte ich sie abmurksen. Die Stimme, nicht meine Ehemalige.«

Emma machte sich am Armaturenbrett zu schaffen. »Wie lange sind Sie schon geschieden?« fragte sie.

»Tatsächlich ist die Scheidung erst am ersten Oktober amtlich. Bis dahin versuche ich, Ehebruch und Bigamie zu vermeiden.«

»Das dürfte einfach sein.«

Ich wußte nicht recht, wie ich das verstehen sollte. »Wohin möchten Sie?« fragte ich, als ich anfuhr. »Sie haben die Wahl.«

»Was halten Sie davon, in der Zeit zu bleiben und in einem historischen Gasthof zu essen? Wie wär's mit dem General Wayne Inn? Kennen Sie den?«

»Ich glaube schon. Ist das nicht John Waynes Kneipe?«

»Nein, Dummerchen. Mad Anthony Wayne. Er hat dort geschlafen.«

»Ist er davon verrückt geworden? Wegen der komischen Matratze?«

»Nein, nein… Sie haben wohl nicht viel Ahnung von Geschichte?«

»Keinen Schimmer.«

»Mad Anthony Wayne hat als General im Unabhängigkeitskrieg gekämpft. Er hat die Green Mountain Boys angeführt.«

»Richtig. Ihre erfolgreichste Single war ›Mein Herz steht in Flammen, und du sitzt auf meinem Schlauch‹.«

Emma Whitestone schwieg ein Weilchen und überlegte wohl, ob sie die richtige Entscheidung getroffen hatte. »Wir fahren nach Great Hog Neck«, erklärte sie mir schließlich. »Ich sage Ihnen, wo's langgeht.«

»Okay.« Wir fuhren also zum General Wayne Inn in Great Hog Neck. Ich fragte mich, wie lange ich es hier wohl aushalten würde. Hatte ich nicht jetzt schon Heimweh nach Manhattan? Schwer zu sagen. Mit viel Geld hätte ich hier und dort leben können. Aber ich war nicht reich. Was mich wieder an Fredric Tobin erinnerte, den ich für reich gehalten hatte – während er in Wirklichkeit pleite war. Noch schlimmer: Er war verschuldet. Für jemanden wie Fredric Tobin wäre der Verlust seiner gesellschaftlichen Stellung gleichbedeutend mit dem seines Lebens gewesen. Er hätte genausogut tot sein können. Aber das war er nicht. Tom und Judy waren tot. Bestand da vielleicht eine Verbindung? Möglicherweise. Der Fall wurde immer interessanter.

Aber meine Zeit lief ab. Ich konnte vielleicht noch achtundvierzig Stunden Cop spielen, bevor das Southold Police Department, das NYPD und das Suffolk County Police Department mich gemeinsam aus dem Verkehr zogen.

Während mir all das durch den Kopf ging, sagte Ms. Whitestone mir, wie ich fahren mußte. Plötzlich fragte sie: »Schenken die Behörden uns reinen Wein ein, was den Impfstoff betrifft?«

»Ich glaube schon. Ja.«

»Der Doppelmord hat nichts mit biologischer Kriegführung zu tun?«

»Nein.«

»Oder Drogen?«

»Meines Wissens nicht.«

»Einbruch?«

»Es scheint einen gegeben zu haben, aber ich sehe keinen Zusammenhang mit einem gestohlenen Impfstoff.« Wer sagt, daß ich kein Teamspieler bin? Ich kann den amtlichen Scheiß ebenso gut verbreiten wie jeder andere. Ich fragte: »Haben Sie eine andere Theorie?«

»Nein, keine bestimmte. Ich habe nur das Gefühl, daß sie aus einem Grund ermordet worden sind, den wir noch nicht verstehen.«

Genau das dachte ich auch. Kluge Frau.

»Sind Sie mal verheiratet gewesen?« erkundigte ich mich.

»Ja. Ich habe jung geheiratet – schon im zweiten Studienjahr. Hat sieben Jahre lang gehalten. Und seit sieben Jahren bin ich geschieden. Zusammenzählen können Sie's selbst.«

»Sie sind fünfundzwanzig.«

»Wie kommen Sie auf fünfundzwanzig?«

»Zweiundvierzig?«

»Dort vorn rechts abbiegen«, sagte sie. »Rechts ist zu mir hin.«

»Danke.«

Die Fahrt war angenehm. Bald erreichten wir Great Hog Neck auf der gleichnamigen Halbinsel etwas nordöstlich der Halbinsel Nassau Point.

Mir war aufgefallen, daß es hier draußen drei Hauptquellen für Ortsnamen gab: Indianer, englische Siedler und Immobilienmakler. Letztere haben Landkarten mit hübschen Namen, die sie erfinden, um gräßliche alte Ortsnamen wie Great Hog Neck zu ersetzen.

Wir fuhren an einem kleinen Observatorium – dem von Mrs. Wiley erwähnten Custer Institute – vorbei, und Emma erzählte mir allerhand darüber sowie über das American Indian Museum direkt gegenüber.

»Haben sich die Gordons für Astronomie interessiert?« wollte ich von Emma wissen.

»Nicht daß ich wüßte.«

»Aber Sie wissen, daß sie Mrs. Wiley einen halben Hektar Land abgekauft haben.«

»Ja.« Sie zögerte kurz, dann sagte sie: »Das ist kein guter Kauf gewesen.«

»Warum haben die beiden das Grundstück haben wollen?«

»Keine Ahnung ... Ich habe diesen Kauf nie verstanden.«

»Hat Fredric gewußt, daß die Gordons das Grundstück gekauft haben?«

»Ja.« Sie wechselte das Thema, indem sie auf ein hübsches altes Haus am Straßenrand deutete. »Das ist das alte Haus der Familie Whitestone. Sechzehnhundertfünfundachtzig.«

»Noch immer in Familienbesitz?«

»Nein, aber ich werde es zurückkaufen.« Sie fügte hinzu: »Fredric wollte mir Geld leihen, aber ... Dabei habe ich gemerkt, daß er nicht so reich ist, wie alle Leute glauben.«

Ich schwieg.

Wie Nassau Point bestand auch Great Hog Neck vor allem aus kleinen Landhäusern und einigen neueren Wochenendhäusern, von denen viele mit grauen Schindeln gedeckt waren, damit sie älter wirkten. Dazwischen lagen Wiesen, die seit der Kolonialzeit gemeinsames Weideland waren, wie Emma mir erzählte, und hier und da einzelne Waldstücke. »Sind die Indianer freundlich?« erkundigte ich mich.

»Hier gibt's keine Indianer.«

»Alle weg?«

»Alle weg.«

»Außer denen, die drüben in Connecticut die größte Spielbank zwischen hier und Las Vegas eröffnet haben.«

»Ich habe indianisches Blut in den Adern«, sagte sie.

»Wirklich?«

»Wirklich. Das ist bei vielen alten Familien so, aber sie machen keine Reklame damit. Ich habe schon erlebt, daß Leute zu mir kommen und Ahnen verschwinden lassen wollen.«

»Unglaublich.« Ich wußte, daß es einen politisch korrekten Kommentar geben mußte, aber mit solchen Äußerungen habe ich oft Pech. Ich meine, der korrekte Standpunkt ändert sich manchmal fast wöchentlich. Deshalb sagte ich sicherheitshalber nur: »Rassisten.«

»Nicht unbedingt. Mir ist's jedenfalls egal, ob jemand weiß, daß in meinen Adern indianisches Blut fließt. Meine Urgroßmutter mütterlicherseits war eine Corchaug.«

»Sie hat Ihnen einen schönen Teint vererbt.«

»Danke.«

Vor uns tauchte ein großes weißes Holzhaus inmitten eines parkartigen Grundstücks mit vielen Bäumen auf. Ich erinnerte mich tatsächlich daran, in meiner Kindheit ein- oder zweimal hier gewesen zu sein. Ich sagte: »Ich glaube, ich bin als kleiner Junge mit meinen Eltern hier gewesen.«

»Leicht möglich. Das Haus ist zweihundert Jahre alt. Wie alt sind Sie?«

Ich ignorierte diese Spitze. »Wie ist das Essen?«

»Mal so, mal so.« Sie fügte hinzu: »Das Restaurant ist hübsch und ein bißchen abgelegen. Hier sieht uns niemand, und niemand klatscht über uns.«

»Gut mitgedacht.« Ich bog auf die kiesbestreute Einfahrt ab, parkte und öffnete die Fahrertür bei noch laufendem Motor einen Spalt weit. Ein zartes Klingelzeichen ertönte, und auf dem Display war eine geöffnete Tür zu sehen. »Hey, Sie haben die Stimme abgemurkst!« sagte ich.

»Sie sollen sich nicht ständig über die Stimme Ihrer Exfrau ärgern müssen.«

Wir stiegen aus und gingen auf das nach General Wayne benannte Gasthaus zu. Emma hakte sich bei mir ein, was mich überraschte. »Wann haben Sie dienstfrei?« erkundigte sie sich.

»Jetzt.«

18. Kapitel

Das Mittagessen verlief in angenehmer, entspannter Atmosphäre. Das fast leere Gasthaus war vor kurzem renoviert worden, so daß man sich mit etwas Phantasie ins Jahr 1784 zurückversetzt fühlen konnte, als Mad Anthony Wayne durch diesen Raum stapfte und einen heißen Toddy verlangte, was immer das sein mochte.

Das Essen war durch und durch amerikanisch, nichts Ausgefallenes, was mir als Fleischfresser sehr gelegen kam, und Ms. Emma Whitestone erwies sich als durch und durch amerikanische Frau, nichts Ausgefallenes, was mir als Fleischfresser ebenfalls gelegen kam.

Wir sprachen weder über die Morde, Lord Tobin noch über sonstige unerfreuliche Dinge. Geschichte war wirklich ihr Hobby, und ich fand alles faszinierend, was sie sagte. Na ja, nicht wirklich, aber Geschichte, über die Emma Whitestone mit ihrer leicht rauchigen Stimme sprach, war gut auszuhalten.

Sie schilderte, wie ein gewisser Reverend Youngs im Jahr 1640 mit seiner Gemeinde aus Connecticut herübergekommen war, und ich überlegte laut, ob sie wohl mit der New-London-Fähre gefahren waren, was mir einen kühlen Blick eintrug. Sie erwähnte Captain Kidd und einige weniger bekannte Piraten, die vor dreihundert Jahren in diesen Gewässern gekreuzt hatten, und sprach von den Hortons, nach denen ein hiesiger Leuchtturm benannt war und von denen einer diesen Inn erbaut hatte. Sie erzählte von den Underhills, den Tuthills und auch etwas von den Whitestones, die tatsächlich zu den Pilgervätern gehört hatten, die mit der *Mayflower* nach Amerika gekommen waren. Und so weiter.

Ping! Während Paul Stevens mich mit seiner Computerstimme gelangweilt hatte, bis ich fast eingeschlafen war, hatte Emma

Whitestone mich mit ihrer leicht rauchigen Stimme verhext – von ihren graugrünen Augen ganz zu schweigen. Das Ergebnis war in beiden Fällen das gleiche: Ich hatte etwas gehört, das in meinem sonst wachen Gehirn eine verzögerte Reaktion auslöste. *Ping!* Ich paßte auf, ob sie erneut davon sprechen würde, und versuchte zu rekonstruieren, was so bemerkenswert gewesen war. Aber es nutzte nichts. Ich wußte jedoch, daß der Durchbruch bald kommen, daß dieses Rätsel schon bald gelöst sein würde. *Ping!*

»Mir kommt's vor, als sei Mad Anthony Wayne hier irgendwo in der Nähe«, erklärte ich ihr.

»Tatsächlich? Erzähl mir davon.«

»Nun, er sitzt dort drüben am Fenster und hat schon mehrmals heimlich bewundernd zu dir herübergesehen. Mich dagegen starrt er finster an. Dabei murmelt er vor sich hin: ›Was hat dieser Hundsfott, das ich nicht habe?‹«

Sie lächelte. »Du bist verrückt.«

»Oh, vielen Dank.«

Nun, bevor wir's richtig merkten, war es fünfzehn Uhr, und der Ober begann unruhig zu werden. Normalerweise widerstrebt es mir, laufende Ermittlungen zu unterbrechen, um hinter einer Frau herzuhecheln – *Detectus interruptus*. Tatsächlich sind die ersten zweiundsiebzig Stunden eines Falls die kritischsten. Aber als Mann hat man bestimmte körperliche Bedürfnisse, und bei mir schrillten sämtliche Glocken.

»Wenn du Zeit hast, können wir einen kleinen Ausflug mit meinem Boot machen«, sagte ich.

»Du hast ein Boot?«

Da ich nicht wirklich eines hatte, war das vielleicht kein guter Vorschlag gewesen. Aber nachdem ich ein Haus am Wasser und einen Steg hatte, konnte ich behaupten, das Boot sei gesunken. »Ich wohne im Haus meines Onkels«, erklärte ich. »Auf einem Farm Bay Estate.«

»Bay Farm Estate.«

»Richtig. Komm, wir gehen.«

Wir verließen das Gasthaus und fuhren zum Haus meines Onkels, das ungefähr zwanzig Autominuten westlich von Great Hog Nuck lag.

»Gefällt's dir hier?« fragte sie unterwegs plötzlich.

»Ich glaube schon. Ich meine, hier ist's ganz nett, aber ich weiß nicht, ob ich so richtig hierher passe.«

»Hier draußen gibt's viele Exzentriker«, meinte Emma.

»Ich bin nicht exzentrisch, ich bin verrückt.«

»Verrückte gibt's hier auch viele. Diese Gegend ist kein geistiges Notstandsgebiet. Ich kenne Farmer, die auf den besten Universitäten waren, ich kenne die Astronomen am Custer Institute, es gibt Winzer, die in Frankreich studiert haben, und Wissenschaftler, die auf Plum Island und in Brookhaven arbeiten, Professoren der Stony Brook University, Künstler, Dichter, Schriftsteller und …«

»Archivarinnen.«

»Ja. Mich ärgert's jedesmal, wenn Städter uns für Hinterwäldler halten.«

»Das habe ich bestimmt nie getan.«

»Ich habe neun Jahre lang in Manhattan gewohnt. Aber dann ist mir die Stadt zuviel geworden. Ich habe Heimweh bekommen.«

»Ich habe gleich gespürt, daß du einen gewissen großstädtischen Schick besitzt, der mit ländlichem Charme kombiniert ist. Du bist hier am richtigen Ort.«

»Danke.«

Ich ahnte, daß ich einen der wichtigsten Tests auf meinem Weg zwischen die Laken bestanden hatte.

Während wir durch Obstplantagen und Weinberge fuhren, erklärte sie mir: »Bei uns ist der Herbst viel länger als anderswo. Bei uns kann das Obst noch an den Bäumen hängen und das Gemüse noch nicht geerntet sein, wenn's drüben in New England bereits schneit.« Sie fragte: »Langweile ich dich?«

»Nein, nein, keineswegs. Du schilderst alles sehr lebhaft und plastisch.«

»Danke.«

Ich hatte den ersten Absatz der zum Schlafzimmer hinaufführenden Treppe erklommen.

Wir achteten beide darauf, locker und unbefangen zu bleiben, wie es Leute tun, die eigentlich etwas nervös sind, weil sie wissen, daß sie wahrscheinlich auf dem Weg ins Bett sind.

Als wir von der Straße abbogen und auf das viktorianische Landhaus zufuhren, sagte Emma: »Eine große angemalte Lady.«

»Wo?«

»Das Haus. So nennen wir diese alten Villen.«

»Oh. Richtig. Meine Tante war übrigens Mitglied der Peconic Historical Society. June Bonner.«

»Der Name kommt mir bekannt vor.«

»Sie hat Margaret Wiley gekannt. Meine Tante wurde hier geboren, deshalb hat sie Onkel Harry überredet, dieses Sommerhaus zu kaufen.«

»Weißt du ihren Mädchennamen?«

»Nein – vielleicht hat sie Witherspoonhamptonshire geheißen.«

»Machst du dich über meinen Namen lustig?«

»Nein, Ma'am.«

»Laß dir sagen, wie deine Tante mit Mädchenname geheißen hat.«

»Okay.« Ich hielt vor der angemalten Lady.

»Stammt sie aus einer alten Familie, kann ich in unserem Archiv nachsehen. Wir haben viel Material über die ersten Familien.«

»Yeah? Viele Leichen im Keller?«

»Manchmal.«

»Vielleicht stammt Tante June von Pferdedieben und Huren ab.«

»Schon möglich. Die sind in meinem Stammbaum häufig vertreten.«

Ich schmunzelte.

»Vielleicht sind ihre und meine Familie verwandt«, meinte Emma. »Du und ich könnten entfernt verwandt sein.«

»Möglich.« Ich war jetzt oben an der Treppe – keine drei Meter von der Schlafzimmertür entfernt. In Wirklichkeit saß ich noch in meinem Jeep. »Da sind wir«, sagte ich und stieg aus.

Emma stieg ebenfalls aus und begutachtete das Haus. Dann fragte sie: »Ist das ihr Haus?«

»Gewesen. Sie ist tot. Onkel Harry will es mir verkaufen.«

»Für einen allein ist es zu groß.«

»Ich könnt's auseinandersägen.« Okay, ins Haus, Rundgang

durchs Erdgeschoß, ein Blick auf den Anrufbeantworter – keine Nachrichten –, in die Küche, um zwei Dosen Bier zu holen, hinaus auf die Veranda und in zwei Korbsessel.

»Ich liebe es, aufs Wasser hinauszusehen«, sagte sie.

»Dann bist du hier richtig. Ich habe monatelang nichts anderes getan.«

»Wann mußt du wieder arbeiten?«

»Weiß ich nicht genau. Nächsten Donnerstag soll ich wieder zum Arzt.«

»Wie bist du überhaupt dazu gekommen, im Fall Gordon zu ermitteln?«

»Chief Maxwell.«

Sie wechselte das Thema. »Ich sehe dein Boot nicht«, sagte sie.

Ich blickte auf den baufälligen Steg hinaus. »Es scheint gesunken zu sein.«

»Gesunken?«

»Oh, da fällt mir ein, daß es zur Reparatur ist.«

»Hast du ein Segelboot?«

»Nein, ich bin mehr für Motorboote. Kannst du segeln?«

»Ein bißchen.«

Und so weiter.

Ich hatte Jacke und Bootsschuhe ausgezogen und meine Hemdsärmel hochgekrempelt. Sie hatte ihre Riemchensandalen abgestreift, und wir hatten beide unsere nackten Füße aufs Geländer gelegt. Der Saum des beigen Baumwollkleids war bis weit über ihre Knie hochgerutscht.

Ich hatte mein Fernglas geholt, und wir betrachteten abwechselnd das Meer, die Boote, die Marschen, den Himmel und was es sonst zu sehen gab.

Ich war jetzt beim dritten Bier, und sie hatte bisher mit mir Schritt gehalten. Mir gefallen Frauen, die einen anständigen Schluck vertragen können. Sie war vielleicht ein bißchen angeheitert, aber ihr Kopf und ihre Stimme waren unverändert klar.

Sie hielt das Fernglas in einer Hand und ein Budweiser in der anderen. »Long Island ist eine Art Rastplatz für Zugvögel, die entlang der Atlantikküste nach Süden fliegen«, sagte sie. Dann richtete sie das Fernglas wieder auf den Himmel und fuhr fort: »Ich sehe Schwärme von Kanadagänsen – lange Ketten von

Gantern und eine lückenhafte Kette alter Gänse. Sie alle bleiben bis November hier und fliegen dann nach Süden weiter. Die Fischadler überwintern in Südamerika.«

»Das ist gut.«

Sie ließ das Fernglas sinken und starrte aufs Meer hinaus. »An stürmischen Tagen, wenn ein Nordoststurm heult, ist der Himmel silbergrau, und die Vögel benehmen sich seltsam. Dann hat man hier das unheimliche Gefühl, in einer Umgebung isoliert zu sein, deren bedrohliche Schönheit man nicht nur sieht, sondern auch hört und spürt.«

Wir schwiegen ein Weilchen, dann fragte ich: »Möchtest du den Rest des Hauses sehen?«

»Klar.«

Unser erstes Ziel bei der Besichtigung der Räume im Obergeschoß war mein Schlafzimmer, aus dem wir nicht mehr herauskamen.

Emma brauchte tatsächlich nur drei Sekunden, um ihre Sachen abzustreifen. Sie war wirklich nahtlos gebräunt und hatte einen schönen, festen Körper – alles am richtigen Platz, alles genau so, wie ich's mir vorgestellt hatte.

Ich war noch dabei, mein Hemd aufzuknöpfen, als sie schon nackt dastand. Sie sah zu, wie ich mich auszog, und starrte mein Knöchelhalfter mit dem Revolver an.

Da ich wußte, daß bewaffnete Männer auf viele Frauen abschreckend wirken, erklärte ich: »Ich bin gesetzlich verpflichtet, eine Waffe zu tragen.« Das stimmte in New York City, aber nicht unbedingt hier draußen.

»Fredric trägt immer eine Pistole«, antwortete sie.

Interessant.

Als ich ausgezogen war, trat sie auf mich zu und berührte meine Brust. »Ist das eine Brandwunde?«

»Nein, eine Schußwunde.« Ich drehte mich um. »Siehst du? Das ist die Austrittswunde.«

»Großer Gott!«

»Nur eine Fleischwunde. Hier, sieh dir die an.« Ich zeigte ihr, wo die andere Kugel meinen Unterleib durchschlagen hatte. Der Streifschuß an meiner linken Wade war vergleichsweise wenig interessant.

»Die hätten beide tödlich sein können«, sagte sie.

Ich zuckte mit den Schultern. Nicht der Rede wert, Ma'am.

Jedenfalls war ich froh, daß meine Putzfrau die Bettwäsche gewechselt hatte, im Nachttisch Kondome lagen und mein kleiner Freund von Emma Whitestone begeistert war.

Ohne auf Details einzugehen, kann ich sagen, daß wir ziemlich gut harmonierten. Danach schliefen wir in enger Umarmung ein. Sie fühlte sich gut an und schnarchte auch nicht.

Als ich aufwachte, wurde es draußen schon dunkel, und neben mir schlief Emma zusammengerollt auf der Seite. Ich hatte das Gefühl, etwas Konstruktiveres tun zu müssen, als am Nachmittag zu vögeln. Aber was? Ich wurde wirkungsvoll daran gehindert, und solange Max oder Beth mich nicht an den Ermittlungsergebnissen teilhaben ließen, mußte ich ohne die Errungenschaften der modernen Kriminalistik zurechtkommen. Ich brauchte eine Telefonliste der Gordons, das Ergebnis der Suche nach Fingerabdrücken, weitere Informationen über Plum Island und Zugang zum Tatort. Aber ich ahnte, daß ich nichts davon bekommen würde.

Also war ich auf eigene Ermittlungen, Telefongespräche und persönliche Befragungen von Leuten, die vielleicht etwas wußten, angewiesen. Jedenfalls war ich entschlossen, diese Sache durchzustehen, auch wenn das manchen Leuten nicht passen sollte.

Im schwindenden Tageslicht betrachtete ich Emma. Eine schöne Frau. Und intelligent.

Sie schlug die Augen auf und lächelte. »Ich hab' gespürt, daß du mich ansiehst.«

»Du bist sehr hübsch anzusehen.«

»Hast du hier draußen eine Freundin?« fragte sie.

»Nein. Aber in Manhattan gibt's jemanden.«

»Manhattan ist mir egal.«

»Wie steht's mit dir?« wollte ich wissen.

»Ich bin im Augenblick frei.«

»Gut.« Und dann: »Wie wär's mit Abendessen?«

»Vielleicht später. Ich kann irgendwas machen.«

»Ich hab' Salat, Senf, Butter, Bier und Kekse.«

Sie setzte sich auf und reckte sich gähnend. »Ich würde gern schwimmen gehen.« Sie streifte ihr Kleid über. »Komm mit.«

»Okay.« Ich stand auf und zog mein Hemd an.

Wir gingen hinunter, verließen das Haus über die Veranda, überquerten den Rasen und erreichten den Strand.

Sie sah sich um. »Sind wir hier ungestört?«

»Ziemlich.«

Sie zog ihr Kleid aus und warf es auf den Steg. Ich legte mein Hemd daneben. Sie watete über den steinigen Strand und hechtete ins knietiefe Wasser. Ich folgte ihrem Beispiel.

Das Wasser war so kalt, daß es mir zunächst den Atem verschlug. Wir schwammen um den Anlegesteg herum in die dunkle Bay hinaus. Emma war eine gute, starke Schwimmerin. Ich fühlte meine rechte Schulter steif werden, und meine Lunge begann zu pfeifen. Ich hatte mir eingebildet, kräftiger geworden zu sein, aber diese Anstrengung war zuviel für mich. Ich schwamm zum Steg zurück und hielt mich an der alten Holzleiter fest.

Sie tauchte neben mir auf und fragte: »Alles in Ordnung?«

»Alles bestens.«

Wir hielten uns wassertretend über Wasser. »Ich schwimme am liebsten nackt«, erklärte sie mir.

»Du brauchst keine Angst zu haben, daß dir jemand was abbeißt.«

»Angelst du hier?«

»Manchmal.«

»Hier vom Steg aus kannst du Flundern angeln.«

»Flundern kann ich im Supermarkt kaufen.«

»Wenn du mit dem Boot rausfährst, kannst du ein paar hundert Meter weiter draußen Meerforellen, Brassen und Dorsche fangen.«

»Wo gibt's ein anständiges Steak?«

»Rindfleisch ist nicht gut für dich.«

»Hey, du hast mittags einen Hamburger gegessen.«

»Ja, ich weiß. Aber Rindfleisch ist nicht gut. Sex mit Unbekannten übrigens auch nicht.«

»Ich lebe gern gefährlich, Emma.«

»Ich anscheinend auch«, sagte sie. »Dabei kenne ich dich überhaupt nicht.«

»Deshalb magst du mich.«

Sie kicherte.

Tatsächlich fühlen die meisten Frauen sich bei einem Cop gut aufgehoben. Ich meine, wenn eine Frau in einer Bar einen Cop kennenlernt, ist er vermutlich kein geistesgestörter Massenmörder, dazu wahrscheinlich gesund und hat ein paar Dollar in der Tasche. Frauen sind heutzutage mit wenig zufrieden.

Wir neckten uns ein bißchen, umarmten und küßten uns, was nackt und halb unter Wasser wirklich angenehm ist. Ich liebe Salzwasser. Man fühlt sich darin so leicht und sauber.

Plötzlich rief sie: »Sieh nur, John! Sternschnuppen!«

Ich hob den Blick zum Himmel und sah sie.

»Wünsch dir was«, sagte sie.

»Okay, Ich wünsche mir ...«

»Nein, nichts sagen, sonst geht der Wunsch nicht in Erfüllung.«

»Er ist bereits in Erfüllung gegangen, Emma. Du und ich.« War das nicht romantisch? Und dabei hatte ich schon mit ihr geschlafen. Ist die Lust befriedigt, bleibt Ekel oder Liebe übrig. Ich hatte das Gefühl, verliebt zu sein.

Sie schwieg ein paar Sekunden lang. »Das hast du sehr hübsch gesagt«, meinte sie dann.

»Das war mein Ernst.«

Sie lächelte. Dann sah sie wieder zum Himmel hinauf und fragte: »Siehst du dort drüben im Osten das Sternbild Andromeda?«

»Nicht ohne meine Brille.«

»Dort drüben. Sieh nur!« Emma versuchte mir zu erklären, welche Sterne sie meinte, aber falls es dort oben eine Dame namens Andromeda gab, konnte ich sie nicht sehen. Höflicherweise sagte ich: »Oh, yeah. Ich hab' sie. Sie trägt hochhackige Pumps.«

Sie zeigte noch etwas weiter nach Osten. »Dort ist Pegasus«, sagte sie. »Du weißt schon – das geflügelte Musenroß.«

»Den kenne ich. Letzten Samstag habe ich im fünften Rennen in Belmont auf ihn gesetzt. Er ist Vierter geworden.«

Sie hatte bereits gelernt, mich nicht ernst zu nehmen, und fuhr fort: »Pegasus wurde aus Meeresschaum und Blut der getöteten Medusa geboren.«

»Davon hat auf dem Wettzettel nichts gestanden.«

»Willst du noch mal mit mir ins Bett gehen?«

»Ja.«

»Dann hör auf, so neunmalklug daherzureden.«

»Versprochen.« Und das war mein voller Ernst.

Eine herrliche Nacht. Über uns der helle, fast volle Mond, eine sanfte Brise, der würzige Salzwassergeruch, funkelnde Sterne am Nachthimmel, eine schöne Frau, unsere Körper von sanfter Dünung gewiegt im Meer treibend. Viel schöner konnte eine Nacht nicht sein. Jedenfalls war das alles verdammt viel besser, als verblutend im Rinnstein zu liegen.

Das brachte mich dazu, wieder an Tom und Judy zu denken. Ich sah zum Himmel auf, schickte in Gedanken eine Art letzten Gruß zu den beiden nach oben und versprach ihnen, alles zu tun, um ihren Mörder zu finden. Und ich bat sie um einen kleinen Hinweis.

Vielleicht lag es daran, daß ich mich völlig entspannte, sexuell befriedigt war oder auch nur die Lichtpunkte über mir betrachtete, die sich zu Sternbildern verbinden ließen – jedenfalls ging mir plötzlich ein Licht auf. Das gesamte Bild, die Sonarsignale, die Punkte, die Linien… alles paßte auf einmal zusammen, und mein Gehirn arbeitete so rasend schnell, daß ich mit den eigenen Gedanken nicht Schritt halten konnte. »Ich hab's!« rief ich laut und atmete dabei soviel Luft aus, daß ich unterging.

Als ich prustend auftauchte, war Emma neben mir und starrte mich besorgt an. »Alles in Ordnung?«

»Mir geht's bestens!«

»Aber was…?«

»Captain Kidds Bäume!«

»Was ist mit denen?«

Ich faßte sie an den Armen, und wir blieben wassertretend an der Oberfläche. »Was hast du mir von Captain Kidds Bäumen erzählt?«

»Der Legende nach soll Captain Kidd einen Teil seines Schatzes unter einem der Bäume am Mattituck Inlet vergraben haben. Sie werden Captain Kidds Bäume genannt.«

»Wir reden von Captain Kidd, dem Piraten, stimmt's?«

»Ja. William Kidd.«

»Wo stehen diese Bäume?« fragte ich.

»Fast genau nördlich von hier. Wo die schmale Bucht in die Meerenge übergeht. Aber wieso …«

»Was ist mit Captain Kidd? Was hat er mit der Gegend hier zu tun?«

»Weißt du das nicht?«

»Nein. Deshalb frage ich dich ja.«

»Ich dachte, das wüßte jeder …«

»*Ich* weiß es nicht. Erzähl's mir.«

»Nun, sein Schatz soll irgendwo hier vergraben sein.«

»Wo?«

»*Wo?* Wenn ich das wüßte, wäre ich steinreich.« Sie lächelte. »Und ich würd's *dir* nicht erzählen.«

Großer Gott. Das war eine umwerfende Entdeckung. Alles paßte zusammen… aber vielleicht täuschte ich mich… Nein, verdammt noch mal, alles paßte zusammen. Alle scheinbar willkürlich verteilten Bruchstücke, die bisher an einen Beweis für die Chaostheorie erinnert hatten, fügten sich jetzt zur Universaltheorie zusammen, die alles erklärte. »Yeah …«

»Fehlt dir wirklich nichts? Du siehst blaß aus – oder eigentlich blau.«

»Mir geht's bestens. Aber ich brauche einen Drink.«

»Ich auch. Der Wind ist kalt geworden.«

Wir schwammen an den Strand zurück, sammelten unsere Sachen ein und liefen nackt über den Rasen ins Haus. Ich holte zwei dicke Bademäntel und brachte Onkel Harrys Cognac und zwei Gläser mit. Dann saßen wir auf der Veranda, tranken und beobachteten die Lichter jenseits der Bay. Ein Segelboot glitt im Mondschein übers dunkle Meer, und weiße Federwolken zogen rasch über den Sternenhimmel. Eine herrliche Nacht! Ich sagte zu Tom und Judy: »Ich hab's bald. Ich hab's bald.«

Emma sah zu mir herüber und hielt mir ihr Glas hin. Ich schenkte ihr nach. »Erzähl mir von Captain Kidd«, forderte ich sie auf.

»Was möchtest du denn wissen?« fragte sie.

»Alles.«

»Warum?«

»Warum …? Ich finde Piraten faszinierend.«

Sie musterte mich prüfend, dann fragte sie: »Seit wann?«

»Seit meiner Kindheit.«

»Hat das vielleicht etwas mit den Morden zu tun?«

Ich betrachtete Emma. Obwohl wir miteinander geschlafen hatten, kannte ich sie kaum und wußte nicht, ob ich mich auf ihre Verschwiegenheit verlassen konnte. Ich merkte auch, daß ich in bezug auf Captain Kidd eine recht auffällige Begeisterung an den Tag gelegt hatte. Um diesen Eindruck abzuschwächen, fragte ich: »Welchen Zusammenhang könnte es zwischen Captain Kidd und der Ermordung der Gordons geben?«

Sie zuckte mit den Schultern. »Keine Ahnung. Deshalb frage ich ja dich.«

»Ich bin jetzt nicht im Dienst«, sagte ich. »Ich interessiere mich nur für Piraten und dergleichen.«

»Ich habe auch dienstfrei. Heute gibt's keine Geschichtsvorträge mehr.«

»Okay.« Ich machte eine Pause, dann fragte ich: »Übernachtest du bei mir?«

»Vielleicht. Laß mich darüber nachdenken.«

»Klar.«

Ich legte eine Kassette mit Big-Band-Tanzmusik ein. Dann tanzten wir barfuß und in Bademänteln auf der Veranda, tranken Cognac und beobachteten das Meer und die Sterne.

Es war einer dieser zauberhaften Abende, wie man so sagt, eine dieser magischen Nächte, die oft Vorboten schlimmer Ereignisse sind.

19. Kapitel

Ms. Emma Whitestone entschied sich dafür, die Nacht bei mir zu verbringen.

Sie stand früh auf, fand mein Mundwasser und gurgelte so laut, daß ich davon aufwachte. Danach stellte sie sich unter die Dusche, benutzte kurz meinen Fön, fuhr sich mit allen zehn Finger durchs Haar, wühlte in ihrer Umhängetasche und fand einen Lippenstift und Wimperntusche, die sie auflegte, während sie nackt vor dem Spiegel in der Tür meines Kleiderschranks stand.

Dann zog sie ihren Slip an, schlüpfte gleichzeitig in ihre Riemchensandalen und zog zuletzt ihr Kleid über den Kopf. Vier Sekunden.

Ich war es nicht gewöhnt, daß Frauen schneller fertig waren als ich, deshalb mußte ich mich beeilen, um unter die Dusche zu kommen. Heute zog ich meine engsten Jeans, ein weißes Tennishemd und Bootsschuhe an. Den Revolver ließ ich in meiner abgesperrten Kommode.

Auf Ms. Whitestones Vorschlag fuhren wir zum Cutchogue Diner, einem Relikt aus den dreißiger Jahren. Dort drängten sich Farmer, Lieferanten, Geschäftsleute, Fernfahrer, Touristen und meiner Einschätzung nach ein weiteres Paar, das miteinander geschlafen hatte und sich nun beim Frühstück kennenlernte.

Als wir eine kleine Nische gefunden hatten, erkundigte ich mich: »Klatschen die Leute nicht über dich, wenn sie dich heute im gleichen Kleid wie gestern sehen?«

»Über mich klatschen sie schon seit Jahren nicht mehr.«

»Und was ist mit *meinem* Ruf?«

»Deinem Ruf, John, tut es nur gut, wenn du mit mir gesehen wirst.«

Heute morgen waren wir etwas gereizt.

Sie bestellte ein riesiges Frühstück mit Bratwurst, Spiegelei,

Bratkartoffeln und Toast, wobei sie bemerkte, daß sie gestern kein Abendessen bekommen hatte.

»Du hast dein Abendbrot getrunken«, widersprach ich. »Außerdem habe ich angeboten, Pizzas zu holen.«

»Pizza ist nicht gut für dich.«

»Was du eben bestellt hast, ist nicht gut für *dich*.«

»Dafür lasse ich das Mittagessen ausfallen. Gehst du heute abend mit mir essen?«

»Klar. Ich wollte dich gerade fragen.«

»Du kannst mich um sechs im Laden abholen.«

»Okay.« Ein Blick in die Runde zeigte mir zwei uniformierte Cops, aber Max war zum Glück nicht in Sicht.

Unser Frühstück kam, und wir aßen.

»Warum hat Captain Kidd dich so interessiert?« wollte Emma wissen.

»Wer? Oh … der Pirat. Tja, ich finde diese Geschichten einfach faszinierend. Ich meine, daß er hier auf North Fork gewesen sein soll. Irgendwie kommt mir die Geschichte doch bekannt vor. Ich hab' sie als kleiner Junge gehört, glaub' ich.«

Sie starrte mich prüfend an. »Du bist gestern ganz aufgeregt gewesen.«

Nach meinem ersten Ausbruch, den ich sofort bereut hatte, hatte ich wie gesagt versucht, die Sache herunterzuspielen. Aber Ms. Whitestone ließ sich nicht so leicht täuschen. »Würde ich Kidds Schatz finden, würde ich ihn mit dir teilen«, versicherte ich ihr.

»Das ist sehr lieb von dir.«

Ich sagte so nonchalant wie möglich: »Ich möchte noch mal in euer Museum. Vielleicht heute nachmittag?«

»Warum?«

»Ich möchte ein Geschenk für meine Mutter kaufen.«

»Und wenn du Mitglied wirst, bekommst du alles mit Rabatt.«

»Okay. Wie wär's, wenn ich dich um vier abhole?«

Sie zuckte mit den Schultern. »Okay.«

Ich betrachtete sie über den Tisch hinweg. Die Sonne schien auf ihr Gesicht. Ich sag's nicht gern, aber gelegentlich fragt man sich am Morgen danach, was zum Teufel man sich am Abend zuvor bloß gedacht hat. Aber an diesem Morgen hatte ich ein gutes

Gefühl. Ich mochte Emma Whitestone. Und mir gefiel, wie sie ihr Frühstück bestehend, aus zwei Spiegeleiern, vier Würstchen, einer Riesenportion Bratkartoffeln, Toast mit Butter und Orangensaft und Tee mit Sahne, bewältigte.

Als sie einen Blick auf die Wanduhr hinter der Theke warf, fiel mir auf, daß sie nicht einmal eine Armbanduhr trug. Diese Lady hatte etwas von einem Freigeist an sich und war zugleich Vorsitzende und Archivarin der Peconic Historical Society. Ein interessanter Kontrast, fand ich.

Viele Leute lächelten ihr im Vorbeigehen zu, was mir zeigte, wie beliebt sie war. Auch das gefiel mir. Aber ich fragte mich, wie gut Emma Whitestones Urteilsvermögen war, wenn es um Männer ging – speziell um Fredric Tobin, vielleicht auch um mich. Vielleicht urteilte sie nie kritisch in bezug auf Männer oder ganz allgemein in bezug auf ihre Mitmenschen; vielleicht mochte sie alle Männer. Größere Gegensätze als Fredric und ich waren jedenfalls kaum vorstellbar.

Wir unterhielten uns über dies und das, und ich war entschlossen, das Piratenthema bis zum Nachmittag zu meiden. Aber meine Neugier war letztendlich doch stärker. Auf einen verrückten Einfall hin lieh ich mir von der Serviererin einen Bleistift und schrieb die Zahlenreihe 44106818 auf eine Papierserviette. Dann drehte ich die Serviette um und fragte Emma: »Würde ich mit diesen Lottozahlen gewinnen?«

Sie lächelte zwischen zwei Bissen Toast. »Jackpot«, sagte sie. »Wo hast du die Zahl her?«

»Ich hab' sie irgendwo gelesen. Was bedeutet sie?«

Sie senkte ihre Stimme. »Als Captain Kidd wegen Piraterie in Boston im Gefängnis war, hat er einen Kassiber an seine Frau Sarah geschmuggelt. Unten auf dem Zettel stand diese Zahl.«

»Und?«

»Und seit dreihundert Jahren versucht nun jeder, ihre Bedeutung zu enträtseln.«

»Was bedeutet sie deiner Meinung nach?«

»Natürlich liegt auf der Hand, daß sie sich auf seinen vergrabenen Schatz bezieht.«

»Du meinst nicht, daß das die Nummer seines Reinigungsabschnitts gewesen ist?«

»Stellen wir uns jetzt wieder dumm?«

»Das war nur ein Scherz. Kapiert? Ein Scherz.«

Sie verdrehte die Augen. Für meinen Humor war es tatsächlich noch etwas früh. »Ich will nicht in der Öffentlichkeit darüber reden«, sagte sie. »Das letzte Schatzsuchenfieber hat hier in den vierziger Jahren grassiert, und ich möchte nicht daran schuld sein, daß es wieder ausbricht.«

»Okay.«

Sie wechselte das Thema. »Hast du Kinder?« erkundigte sie sich.

»Wahrscheinlich.«

»Nein, im Ernst.«

»Ich habe keine. Und du?«

»Keine Kinder. Aber ich hätte gern welche.«

Und so weiter. Nach einiger Zeit deutete ich nochmals auf die Zahl und fragte flüsternd: »Könnten das geographische Koordinaten sein?«

Sie wollte offenbar nicht darüber reden, antwortete aber trotzdem: »Diese Erklärung bietet sich an. In Minuten und Sekunden ausgedrückte Koordinaten. Übrigens bezeichnen sie einen Punkt auf Deer Isle in Maine.« Emma beugte sich über den Tisch. »Wo Kidd sich nach seiner Rückkehr in die Gewässer vor New York im Jahr sechzehnhundertneunundneunzig aufgehalten hat, ist durch Aussagen verläßlicher Zeugen so gut belegt, daß ein Besuch auf Deer Isle, um dort einen Schatz zu vergraben, höchst unwahrscheinlich ist.« Sie trank einen Schluck Tee und fügte hinzu: »Captain William Kidds vergrabener Schatz ist Gegenstand von Dutzenden von Büchern, Theaterstücken, Balladen, Überlieferungen, Legenden und Mythen. Neunundneunzig Prozent davon sind frei erfunden.«

»Okay, aber sind diese Zahlen, die Kidd seiner Frau mitgeteilt hat, nicht ein handfester Beweis für *irgend etwas*?«

»Ja, sie bedeuten *irgend etwas*. Aber selbst wenn es Koordinaten sein sollen, sind die damaligen Navigationsverfahren nicht präzise genug gewesen, um einen bestimmten Punkt ausreichend genau zu bestimmen. Eine Positionsangabe in Minuten und Sekunden nach den damals benutzten Methoden kann um Hunderte von Metern falsch sein. Selbst im heutigen Zeitalter der Satellitennavigation kann der Fehler noch fünfzehn bis fünfundzwanzig Meter betragen. Wer als Schatzsucher zwanzig Meter von der richtigen Stelle entfernt gräbt, muß eine Menge Löcher buddeln. Ich glaube, die Koordinatentheorie ist längst durch andere Theorien abgelöst worden.«

»Zum Beispiel?«

Sie lachte. »Laß die Finger davon, John. Seit dreihundert Jahren versuchen klügere Köpfe als du und ich, dieses Rätsel zu lösen. Aber die Zahlenreihe scheint sinnlos zu sein. Ein Scherz. Hahaha.«

»Aber weshalb? Ich meine, Kidd hat im Gefängnis gesessen und mußte damit rechnen, an den Galgen zu kommen …«

»Okay, die Zahlenreihe ist nicht sinnlos und kein Scherz. Aber verstanden haben sie *allein* Kidd und seine Frau. Sie hat ihn ein paarmal im Gefängnis besuchen dürfen. Vielleicht hat er ihr die andere Hälfte der Erklärung mündlich mitgeteilt – oder in einem weiteren Kassiber, der verschollen ist.«

Das war interessant. Eigentlich ganz auf meiner Linie, nur war dieser Hinweis dreihundert Jahre alt. »Was für Theorien gibt's sonst noch?«

»Nun, die vorherrschende Theorie besagt, daß diese Zahlen Schritte bedeuten, weil das die traditionelle Methode von Piraten zur genauen Ortsbestimmung ihrer vergrabenen Schätze gewesen ist.«

»Schritte?«

»Ja.«

»Schritte von wo aus gerechnet?«

»Das hat Mrs. William Kidd gewußt, aber wir wissen's leider nicht.«

»Ach so.« Ich betrachtete die Zahl. »Das sind verdammt viele Schritte.«

»Da kommt's wieder darauf an, den persönlichen Schlüssel zu kennen.« Emma warf einen Blick auf die Serviette. »Vielleicht muß man vierundvierzig Schritte in Richtung zehn Grad und achtundsechzig in Richtung achtzehn Grad gehen. Oder umgekehrt. Oder man muß die Zahlenreihe von hinten lesen. Wer weiß? Darauf kommt's aber nicht an, solange man den Ausgangspunkt nicht kennt.«

»Glaubst du, daß der Schatz unter einem dieser Bäume vergraben ist? Unter Captain Kidds Bäumen?«

»Keine Ahnung.« Sie fuhr fort: »Vielleicht ist der Schatz längst gefunden, aber der Finder hat sein Geheimnis für sich behalten, oder es hat ihn nie gegeben – oder er ist noch vergraben und wird nie entdeckt werden.«

»Was denkst du?«

»Ich denke, ich sollte meinen Laden aufmachen.« Sie knüllte die Serviette zusammen und stopfte sie mir in die Brusttasche. Ich zahlte, und wir gingen. Der Schnellimbiß war nur fünf Minuten vom Museum der Peconic Historical Society entfernt, wo Emmas Lieferwagen stand. Als ich auf dem Parkplatz hielt, verabschiedete sie sich mit einem flüchtigen Kuß auf meine Wange, als seien wir ein altes Ehepaar.

»Wir sehen uns um vier«, sagte sie noch. »Whitestone Florist, Main Road, Mattituck.« Sie stieg aus, setzte sich ans Steuer, ließ den Motor an, hupte, winkte und fuhr davon.

Ich blieb noch eine Zeitlang im Jeep sitzen und hörte mir Lokalnachrichten im Radio an. Eigentlich hätte ich unterwegs sein müssen, bloß wußte ich nicht, wohin. Ich hatte keine Anrufe von Zeugen, Kriminalisten, Gerichtsmedizinern und so weiter zu erwarten. Nur sehr wenige Leute hätten gewußt, wohin sie mir einen anonymen Tip hätten schicken sollen. Kurz gesagt: Ich kam mir wie ein Privatdetektiv vor, obwohl ich dafür nicht einmal eine Lizenz hatte.

Trotzdem hatte ich mehrere verblüffende Entdeckungen gemacht, seit ich Emma Whitestone kannte. Hätte ich noch daran gezweifelt, weshalb die Gordons ermordet worden waren, hätte die Zahlenreihe 44106818 in ihrem Seekartenband meine letzten Zweifel beseitigt.

Aber selbst falls Tom und Judy Gordon Schatzsucher gewesen waren, wovon ich inzwischen überzeugt war, folgte daraus nicht zwingend, daß ihre Schatzsucherei sie das Leben gekostet hatte. Existierte ein beweisbarer Zusammenhang zwischen ihren Grabungen auf Plum Island und den tödlichen Kopfschüssen auf der Holzterrasse hinter ihrem Haus?

Ich fragte meinen Anrufbeantworter ab. Zwei Nachrichten – eine von Max, der wissen wollte, wohin er meinen Eindollarscheck schicken sollte, und einer von meinem Boß, Detective Lieutenant Wolfe, der mich nochmals aufforderte, ihn dringend anzurufen, und andeutete, ich säße bereits tief in der Scheiße und sei dabei, ganz zu versinken.

Ich legte den Gang ein und gab Gas. Manchmal tut's einem gut, ein bißchen rumzufahren.

Im Radio sagte der Nachrichtensprecher: »Eine Meldung im Zusammenhang mit dem Doppelmord an zwei auf Plum Island tätigen Wissenschaftlern in Nassau Point. Die Southold Town Police und die Suffolk County Police haben eine gemeinsame Presserklärung herausgegeben.« Dann las er diese Mitteilung wörtlich vor. Also wirklich, wenn wir die New Yorker Radio- und Fernsehleute dazu bringen könnten, unsere Pressemitteilungen kommentarlos vorzulesen, wären wir im PR-Himmel!

Die gemeinsame Erklärung brachte zum Ausdruck, daß der Doppelmord im Zusammenhang mit der Entwendung eines Ebola-Impfstoffs zu sehen sei. Die ebenfalls verlesene FBI-Pressemitteilung besagte, daß man noch nicht wisse, ob die Täter Inoder Ausländer seien, gehe aber mehreren Hinweisen nach. Die Weltgesundheitsorganisation äußerte Besorgnis wegen des Diebstahls dieses »lebenswichtigen Impfstoffs«, der in vielen Staaten der dritten Welt dringend gebraucht werde. Und so weiter.

Was mich wirklich ärgerte, war die Tatsache, daß die amtliche Version der Ereignisse meine Freunde Tom und Judy Gordon als zynische, herzlose Diebe abstempelte. Sie hatten auf Kosten ihres Arbeitgebers heimlich einen Impfstoff entwickelt und dann die Formel und vermutlich auch einige Proben entwendet, um sie für viel Geld zu verkaufen. Und inzwischen starben in Afrika Tausende an dieser schrecklichen Krankheit.

Ich konnte mir gut vorstellen, wie Nash, Foster und weitere Schadensbegrenzer aus dem Weißen Haus und dem Pentagon die Telefonleitungen zwischen Washington und Plum Island zum Glühen gebracht hatten. Sobald feststand, daß die Gordons mit gentechnisch veränderten Viren gearbeitet hatten, waren diese Genies auf den perfekten Vertuschungstrick gestoßen. Fairerweise mußte ich zugeben, daß sie eine Massenpanik hatten vermeiden wollen, aber ich hätte meine potentielle Invalidenpension darauf verwettet, daß in Washington kein Mensch an den Ruf der

Gordons und ihrer Angehörigen gedacht hatte, als man Tom und Judy als Diebe abstempelte.

Das Verrückte daran war, daß Nash, Foster und die Regierung zweifellos weiterhin glaubten, die Gordons hätten einen oder mehrere für biologische Kriegführung geeignete Krankheitserreger gestohlen. Vom Präsidenten abwärts schliefen alle Washingtoner Insider betimmt noch immer mit Schutzanzügen über ihren Pyjamas. Der Teufel sollte sie holen!

In Cutchogue machte ich an einem Laden halt und kaufte mir einen Becher Kaffee und vier Zeitungen: die *New York Times*, die *Washington Post*, die *Daily News* und die auf Long Island erscheinende *Newsday*. Alle vier Zeitungen berichteten über den Fall Gordon nur noch in kurzen Meldungen im Blattinneren. Selbst *Newsday* war der Doppelmord auf Nassau Point nur mehr wenige Zeilen wert. Bestimmt waren viele Leute in Washington froh darüber, daß das Interesse an der Story abgeflaut war. Auch mir konnte das nur recht sein. Es gab mir ebenso freie Hand wie ihnen.

Und während Nash, Foster & Co. nach ausländischen Agenten und Terroristen fahndeten, hatte ich mich einer Ahnung folgend auf meinen Eindruck von Tom und Judy Gordon verlassen. Jetzt war ich zufrieden und nicht allzu erstaunt, daß meine anfängliche Überzeugung sich bestätigt hatte: Dieser Fall hatte nichts mit biologischer Kriegführung, Drogenschmuggel oder sonstigen illegalen Aktivitäten zu tun. Nun, zumindest mit keiner allzu illegalen Betätigung.

Leider wußte ich noch immer nicht, wer sie ermordet hatte. Aber ich wußte, daß sie keine Verbrecher gewesen waren, und war entschlossen, ihren guten Ruf wiederherzustellen.

Ich trank meinen Kaffee aus, warf alle Zeitungen auf den Rücksitz und fuhr los. Im Soundview Inn, einem Strandmotel aus den fünfziger Jahren, trat ich an die Rezeption und fragte nach den Herren Nash und Foster. Der Jüngling hinter der Theke erklärte mir, die von mir beschriebenen beiden Gentlemen seien abgereist.

Ich fuhr weiter – mir widerstrebt es, »ziellos« zu sagen, aber wer nicht weiß, wohin er unterwegs ist und warum, ist Staatsbeamter oder ziellos.

Jedenfalls beschloß ich, nach Orient Point zu fahren. Das Wetter war wieder schön, etwas kühler und windiger, aber angenehm.

Ich fuhr zur Anlegestelle der Fähre nach Plum Island, einfach um mich umzusehen. Vielleicht liefen mir dort auch interessante Leute über den Weg. Als ich von der Straße abbog und aufs Tor zufuhr, trat einer von Paul Stevens' Leuten mit erhobener Hand auf die Fahrbahn. Als echter Softie überfuhr ich ihn nicht. Der Wachmann trat an mein Fenster und fragte: »Kann ich Ihnen helfen, Sir?«

Ich zeigte ihm meine Polizeimarke. »Ich arbeite im Fall Gordon mit dem FBI zusammen«, behauptete ich.

Während er meine Marke studierte, beobachtete ich sein Gesicht. Keineswegs freundlich. Er starrte mich kurz an, räusperte sich und sagte: »Sir, wenn Sie dort drüben parken, lasse ich Ihnen einen Besucherausweis ausstellen.«

»Okay.« Ich hielt am Randstein. Ich hatte keinen Wachmann am Tor erwartet, obwohl das eigentlich logisch war. Der Kerl verschwand in dem Klinkergebäude, und ich fuhr auf den Parkplatz weiter. Ich bin nicht sehr autoritätsgläubig.

Als erstes fielen mir an der Anlegestelle zwei geländegängige Fahrzeuge mit Tarnanstrich auf. In beiden Jeeps saßen je zwei Soldaten, die sich als Marineinfanteristen erwiesen. Am Dienstag morgen hatte ich auf Plum Island kein einziges Militärfahrzeug gesehen, aber seither hatte die Welt sich erheblich verändert.

Außerdem sah ich einen großen schwarzen Caprice, bei dem es sich vielleicht um die Limousine handelte, in der am Dienstag die vier Männer in Anzügen weggefahren waren. Ich prägte mir das Kennzeichen ein.

Bei meiner Rundfahrt um die etwa hundert geparkten Autos fiel mir ein weißer Ford Taurus mit Leihwagenkennzeichen auf, den meines Wissens Nash und Foster fuhren. Auf Plum Island war heute anscheinend viel los.

Keine der beiden Fähren lag im Hafen oder war an der Kimm sichtbar, und außer den Marineinfanteristen, die darauf warteten, ihre Jeeps aufs nächste Schiff fahren zu können, war kein Mensch zu sehen.

Ein Blick in meinen Rückspiegel zeigte mir jedoch gleich vier Wachmänner in blauen Uniformen, die rufend und wild gestikulierend in meine Richtung gelaufen kamen. Anscheinend hatte ich den Posten am Tor falsch verstanden. Du liebe Güte.

Ich wendete und fuhr auf die vier Wachmänner zu. Ich hörte, daß sie »Halt! Halt!« brüllten. Zum Glück zog keiner von ihnen seine Waffe.

Bevor jemand das Stahltor schloß oder hinter mir herballerte, war ich schon in der Ausfahrt. Ich bog mit quietschenden Reifen nach links auf die Main Road ab und trat das Gaspedal durch. Niemand schoß hinter mir her. Deshalb liebe ich mein Land.

Zwei Minuten später fuhr ich über die Brücke zwischen Orient Point und East Marion. Rechts die Meerenge, links die Bay und massenhaft Vögel über mir. Die Vogelzugstraße entlang der Atlantikküste. Man lernt jeden Tag was Neues dazu.

Plötzlich stieß eine große weiße Möwe im Sturzflug auf mich herab. Ihr Angriff war gut berechnet und wurde präzise durchgeführt: erst der Sturzflug, dann ein leichtes Abfangen und zuletzt ein steiles Hochziehen, bei dem im exakt richtigen Augenblick die Bombenladung ausgelöst wurde, die rot-grün auf die Windschutzscheibe klatschte. Heute war wirklich mein Glückstag.

Ich schaltete die Scheibenwischer ein, aber der Wasserbehälter war leer, so daß sie das Zeug nur verschmierten. Ich hielt am Straßenrand. »Verdammt!« Aber ich wußte mir zu helfen: Ich nahm die teure Flasche 95er Merlot vom Rücksitz und mein bewährtes Schweizer Offiziersmesser aus dem Handschuhfach. Ich entkorkte die Flasche und kippte etwas Merlot über die Scheibe. Während die Wischer arbeiteten, trank ich einen Schluck Wein. Nicht schlecht. Ich goß etwas nach, trank etwas mehr. Zum Glück bestand die Bombenladung wie der Wein hauptsächlich aus Trauben, so daß die Scheibe bis auf einen Purpurschimmer leidlich sauber wurde. Ich trank die Flasche aus und warf sie auf den Rücksitz.

Auf der Weiterfahrt dachte ich über Emma Whitestone nach. Ich gehöre zu dem Männertyp, der *immer* am nächsten Tag Blumen schickt. Aber ein Blumenstrauß für eine Floristin kam mir reichlich überflüssig vor. Ich brauchte ein anderes Geschenk für sie. Eine bei Tobin gekaufte Flasche Wein wäre unpassend gewesen. Ich meine, wo die beiden doch mal was miteinander gehabt hatten und so. Und sie hatte Zugang zu mehr Kunsthandwerk und Geschenkladenschund, als sie jemals brauchen würde. Ein echtes Problem also. Ich hasse es, Frauen Kleider oder Schmuck zu kaufen, aber vielleicht würde ich das tun müssen.

Auf der Main Road hielt ich an der ersten Tankstelle, um zu tanken. Außerdem füllte ich den Wasserbehälter nach, reinigte meine Windschutzscheibe und investierte in eine Karte der näheren Umgebung.

Ich nutzte die Gelegenheit, um unauffällig festzustellen, ob jemand in der Nähe parkte und mich beobachtete. Aber ich wurde offenbar nicht beschattet. Ich verstehe mich darauf, so etwas zu erkennen – trotz des Vorfalls in der West 102nd Street.

Obwohl ich nicht glaubte, daß ich in Gefahr war, überlegte ich, ob ich heimfahren und meinen Revolver holen sollte. Aber dann ließ ich es doch.

Mit Hilfe meiner neuen Landkarte gelangte ich über Nebenstraßen an die Westküste der langgestreckten Bucht, die als Mattituck Inlet verzeichnet war. Und dort stand ich … nein, nicht vor Captain Kidds Bäumen, sondern vor einer Werbetafel für die *Captain Kidd Estates.* Anscheinend hatte sich hier irgendein Bauträger einen Traum erfüllt. Ich fuhr duch die Captain Kidd Estates, eine kleine Ansammlung von Ranch- und Cape-Cod-Häusern aus den sechziger Jahren. Auf der Straße war ein Junge mit dem Fahrrad unterweges. Ich hielt an und fragte ihn: »Weißt du, wo Captain Kidds Bäume sind?«

Der Junge, den ich auf zwölf schätzte, gab keine Antwort.

»Hier irgendwo in der Nähe sollen mehrere Bäume zusammenstehen, die Captain Kidds Bäume heißen«, sagte ich.

Er betrachtete mich, begutachtete meinen Geländewagen und hielt mich anscheinend für einen Indiana-Jones-Typ, denn er fragte mich: »Wollen Sie den Schatz suchen?«

»Oh … nein, ich will bloß ein Foto von den Bäumen machen.«

»Er hat seine Schatzkiste unter einem dieser Bäume vergraben.«

Offenbar wußte das jeder, außer mir. Das kommt davon, wenn

man nicht aufpaßt. Ich fragte den Jungen: »Wo stehen die Bäume?«

»Mein Freund und ich haben schon mal ein tiefes Loch gegraben, aber die Cops haben uns verjagt. Die Bäume stehen in einem Park, in dem Sie nicht graben können.«

»Ich will nur ein paar Aufnahmen machen.«

»Wenn Sie graben wollen, steh' ich Schmiere.«

»Okay. Fahr voraus.«

Ich folgte dem Jungen auf seinem Fahrrad zu einer kurvenreichen kleinen Straße, die zur Meerenge hinunterführte und in einem Strandpark endete, in dem ein paar junge Mütter mit ihren Kinderwagen saßen. Rechter Hand erstreckte sich die schmale Bucht mit einem kleinen Jachthafen. Ich parkte und stieg aus. Hier waren keine großen Eichen, sondern nur Buschwerk und halbhohe Bäume auf dem Brachland jenseits der Straße zu sehen. Dieses Geviert wurde im Norden vom Strand und im Osten vom Mattituck Inlet begrenzt. Im Westen sah ich niedrige Klippen, die zum Wasser hin abfielen, und im Süden stieg das Gelände zu den schon erwähnten Captain Kidd Estates an.

»Wo ist Ihre Schaufel?« fragte der Junge.

»Ich mache nur ein paar Fotos.«

»Wo ist Ihre Kamera?«

»Wie heißt du?»

»Billy. Und Sie?«

»Johnny. Sind wir hier richtig?«

»Klar.«

»Wo sind die Captain Kidds Bäume?«

»Dort. Im Park.«

Er zeigte auf das Brachland, das offenbar zum Strandpark gehörte – eher eine Art Naturschutzgebiet als etwas, das ich Großstädter als Park bezeichnet hätte. Aber ich sah noch immer keine riesigen Eichen. »Ich sehe keine Bäume«, erklärte ich Billy.

»Dort!« Er wies auf Krüppeleichen, Wildkirschen und weitere Bäume, von denen keiner mehr als sechs Meter hoch war. »Sehen Sie den großen Baum dort drüben?« fragte er. »Unter dem haben Jerry und ich gegraben. Wir machen irgendwann nachts weiter.«

»Gute Idee. Komm, wir sehen uns mal um.«

Billy legte sein Fahrrad ins Gras, und mein neuer Partner und ich gingen übers Brachfeld. Das Gras war hoch, aber die Büsche standen weit auseinander, so daß wir mühelos vorankamen. Billy hatte offenbar in Biologie nicht aufgepaßt, sonst hätte er gewußt, daß diese Bäume nicht drei- bis vierhundert Jahre alt waren. Andererseits hatte ich nicht wirklich erwartet, dreißig Meter hohe Eichen mit eingeschnitzten Totenschädeln und gekreuzten Knochen vorzufinden.

»Haben Sie 'ne Schaufel im Jeep?« fragte Billy.

»Nein, ich will die Sache nur ausbaldowern. Morgen rücken wir mit Planierraupen an.«

»Yeah? Wenn Sie den Schatz finden, müssen Sie ihn mit mir teilen.«

Ich sagte mit meiner besten Piratenstimme: »Wenn ich den Schatz finde, Billy Boy, schneid' ich jedem die Kehle durch, der seinen Anteil verlangt.«

Billy griff sich mit beiden Händen an den Hals und stieß gurgelnde Laute aus.

Ich ging weiter, bis ich endlich fand, wonach ich suchte: einen verrottenden, halb mit Erdreich und Vegetation bedeckten riesigen Baumstumpf. »Gibt's hier noch mehr davon?« fragte ich Billy.

»Klar. Die sind hier überall.«

Ich sah mich um und stellte mir uralte Eichen vor, die in der Kolonialzeit auf diesem zum Meer hin leicht abfallenden Stück Land gestanden hatten. Meine Phantasie zeigte mir einen Dreimaster, der in die Meerenge einlief und vor der Küste ankerte. Einige Männer kamen mit einem Ruderboot in die Bucht und legten ungefähr dort an, wo jetzt mein Jeep stand. Sie wateten mit einer Kiste an Land – genau wie Tom und Judy eine Kiste von Bord geschleppt hatten. Die Seeleute – William Kidd und einige seiner Getreuen – vergruben die Kiste unter einer Eiche, kennzeichneten sie irgendwie und fuhren mit dem Vorsatz davon, irgendwann zurückzukehren. Aber das taten sie natürlich nie. Deshalb gab es so viele Legenden von vergrabenen Piratenschätzen.

»Dort ist der Baum, unter dem Jerry und ich gegraben haben«, sagte Billy. »Wollen Sie das Loch sehen?«

»Klar.«

Wir gingen zu einer knorrigen, vom Wind zerzausten Wildkirsche, die bestenfalls sechs Meter hoch war. Billy zeigte mir eine flache, wieder halb mit Sand gefüllte Mulde am Fuß des Baums. »Hier«, sagte er.

»Warum nicht auf der anderen Seite des Baums? Warum nicht ein paar Meter weit weg?«

»Weiß ich auch nicht... wir haben eben geraten. Hey, haben Sie 'ne Karte? Eine Schatzkarte?«

»Natürlich. Aber wenn ich sie dir zeige, muß ich dich über die Planke schicken.«

»Aaahhh!« Er lieferte eine brauchbare Imitation eines Mannes, der das Sprungbrett zur Ewigkeit verläßt.

Ich kehrte um, und Billy blieb an meiner Seite. »Hey, warum bist du heute nicht in der Schule?« fragte ich ihn.

»Heute ist Rosch Ha-Schana.«

»Bist du Jude?«

»Nein, aber mein Freund Danny.«

»Wo ist Danny?«

»Der ist in die Schule gegangen.«

Aus dem Jungen konnte später ein guter Anwalt werden.

Als wir zu meinem Jeep zurückkamen, nahm ich einen Fünfer aus der Geldbörse. »Okay, Billy, danke für deine Hilfe.«

Er griff nach dem Geldschein und sagte: »Hey, danke! Brauchen Sie noch mehr Hilfe?«

»Nein. Ich muß jetzt zurückfahren und dem Weißen Haus Bericht erstatten.«

»Dem Weißen Haus?«

Ich setzte mich ans Steuer und ließ den Motor an. »Dieser Baum, unter dem ihr gegraben habt, ist nicht alt genug; er kann unmöglich schon zu Captain Kidds Zeit hier gestanden haben.«

»Yeah?«

»Captain Kidd hat vor dreihundert Jahren gelebt.«

»Wow!«

»Du kennst doch die vielen alten Baumstümpfe? Dort haben große Bäume gestanden, als Captain Kidd hier an Land gekommen ist. Versucht mal, *dort* zu graben.«

»Hey, danke!«

»Wenn ihr den Schatz findet, komme ich zurück und hole mir meinen Anteil.«

»Okay. Aber mein Freund Jerry versucht vielleicht, Ihnen die Kehle durchzuschneiden. Ich tät's nicht, weil Sie uns gesagt haben, wo der Schatz liegt.«

»Vielleicht schneidet Jerry *dir* die Kehle durch.«

»Rrghh!«

Ich winkte ihm zu und fuhr davon.

Als nächstes mußte ich ein Geschenk für Emma besorgen. Unterwegs setzte ich im Geist weitere Teile des Puzzlespiels zusammen.

Vielleicht gab es tatsächlich mehrere vergrabene Piratenschätze, aber der eine, den die Gordons gesucht und vermutlich auch gefunden hatten, lag auf Plum Island. Davon war ich überzeugt.

Und da Plum Island sich in Staatsbesitz befand, gehörten alle dort gemachten Funde dem Staat, in diesem Fall dem Innenministerium.

Wollte man den Staat um einen auf Staatsbesitz gefundenen Schatz betrügen, bot sich als einfachste Lösung an, den Fund auf das eigene Grundstück umzulagern. Hatte man es jedoch nur gepachtet, waren Probleme unvermeidlich. Daher der Kauf eines Strandgrundstücks von Margaret Wiley.

Aber woher hatten die Gordons gewußt, daß auf Plum Island ein Schatz vergraben lag? Antwort: Sie waren durch ihre Mitgliedschaft in der Peconic Historical Society darauf gestoßen. Oder jemand anders hatte seit langem von diesem Schatz gewußt, aber Plum Island nicht betreten dürfen und daher Kontakt zu den Gordons gesucht, die sich dort praktisch frei bewegen konnten. Irgendwann hatte der oder die Unbekannte sich den Gordons offenbart, ihnen einen Deal vorgeschlagen und einen Pakt mit ihnen geschlossen – vermutlich bei flackerndem Kerzenschein mit Blut unterzeichnet.

Tom und Judy waren ehrbare Bürger, aber keine Heiligen. Ich dachte an »das Gold, das Heilige in Versuchung führt«, von dem Beth gesprochen hatte, und erkannte, wie treffend ihre Äußerung gewesen war.

Die Gordons hatten diesen Piratenschatz offenbar auf ihrem Grundstück vergraben; dort hatten sie ihn »finden«, die Entdeckung bekanntgeben und ehrlich Steuern an Onkel Sam und den Staat New York zahlen wollen. Möglicherweise hatte das ihrem Partner nicht gepaßt. Genau! Ihr Partner oder ihre Partnerin war mit seiner oder ihrer Hälfte der Beute nicht zufrieden gewesen, die vermutlich kräftig besteuert worden wäre.

Das warf die Frage auf, was dieser Schatz wert sein mochte. Offensichtlich genug, um dafür einen Doppelmord zu begehen.

Eine Theorie, das lehre ich in meinen Vorlesungen, muß zu allen Tatsachen passen. Tut sie das nicht, nimmt man die Tatsache unter die Lupe. Sind sie unwiderlegbar, muß man seine Theorie entsprechend ändern.

In diesem Fall hatten die meisten anfangs bekannten Tatsachen auf eine falsche Theorie hingewiesen. Aber jetzt hatte ich eine Universaltheorie, die alles erklärte: die sogenannten archäologischen Grabungen auf Plum Island, das luxuriöse Rennboot, das teure Miethaus am Strand, das Ankern der *Treponema* vor Plum Island, die Mitgliedschaft in der Peconic Historical Society, den Kauf eines scheinbar wertlosen Grundstücks an der Meerenge und vielleicht sogar die Englandreise der Gordons. Berücksichtigte ich noch die aus Spaß gesetzte Piratenflagge, die verschwundene Aluminiumkiste und die achtstellige Zahl auf ihrer Seekarte, hatte ich eine solide Universaltheorie, die alle diese scheinbar unzusammenhängenden Dinge miteinander verknüpfte.

Oder – und das war das große Oder – mein Gehirn war durch Blut- und Sauerstoffmangel geschädigt, und ich täuschte mich gewaltig, verfolgte eine völlig falsche Spur und war geistig nicht mehr fit genug, um als Kriminalbeamter tätig zu sein, sondern mußte froh sein, wenn ich noch Fußstreife auf Staten Island gehen durfte.

Auch das war möglich. Ich meine, ich brauchte mir nur Nash und Foster anzusehen – zwei einigermaßen intelligente Kerle, denen alle Ressourcen der Welt zur Verfügung standen und die trotzdem auf einer völlig falschen Spur waren. Diese beiden waren nicht dumm, aber durch ihre begrenzte Weltsicht eingeschränkt: internationale Intrigen, biologische Kriegführung, internationaler Terrorismus und dergleichen. Vermutlich kannten sie Captain Kidd nicht mal dem *Namen* nach. Um so besser.

Jedenfalls gab es trotz meiner Universaltheorie weiterhin

Dinge, die ich nicht wußte oder nicht verstand. Ich glaubte, das Tatmotiv zu kennen, aber ich wußte nicht, wer die beiden ermordet hatte. Fest stand nur, daß er oder sie sehr clever war. Ich konnte mir nicht vorstellen, daß die Gordons ein Verbrechen mit einem Idioten geplant hatten.

Einer der Punkte auf der vor meinem inneren Auge stehenden Landkarte dieses Falls waren die Tobin Vineyards. Selbst jetzt, wo ich auf Captain Kidd gestoßen war und meine Universaltheorie entwickelt hatte, war mir nicht recht klar, wie die Beziehung zwischen Fredric Tobin und den Gordons ins Gesamtbild passen sollte.

Nun, vielleicht konnte ich das… Ich fuhr zu den Tobin Vineyards.

20. Kapitel

Der weiße Porsche des Besitzers stand auf dem Parkplatz. Ich parkte, stieg aus meinem Jeep und ging zur Weinkellerei hinüber.

Das Erdgeschoß des Mittelturms verband die einzelnen Gebäudeflügel miteinander, und ich betrat es vom Empfangsbereich für Besucher aus. An Treppe und Aufzug warnten Schilder: *Kein Zutritt für Unbefugte.* Da man für den Aufzug, mit dem Mr. Tobin bei meinem ersten Besuch heruntergekommen war, einen Schlüssel brauchte, benutzte ich die Treppe, die mir ohnehin lieber war. Im ersten und zweiten Stock führte jeweils eine mit *Buchhaltung, Personalabteilung* beziehungsweise *Vertrieb, Werbung, Versand* beschriftete feuerfeste Stahltür in die dahinterliegenden Büroräume.

An der Stahltür im dritten Stock stand *Geschäftsleitung.* Ich stieg in den vierten Stock hinauf und fand mich dort vor einer unbezeichneten Tür. Ich drückte auf die Klinke, aber die Stahltür war abgesperrt. Ich sah eine Sprechanlage und eine Überwachungskamera.

Ich ging in den dritten Stock zurück, wo hinter dem Eingang zu den Büros der Geschäftsleitung ein Empfangsbereich lag. Die Rezeption war jedoch nicht besetzt. Vier offene Türen führten in Büros, deren Grundriß an Tortenstücke erinnerte – eine notwendige Folge ihrer Lage in einem Rundturm. Jedes Büro hatte ein schönes großes Turmfenster. Eine fünfte Tür war geschlossen.

An den Schreibtischen in den Büros war niemand zu sehen, und da es inzwischen halb eins war, vermutete ich alle Angestellten beim Mittagessen.

Ich betrat den Empfangsbereich und sah mich um. Die Sessel schienen mit echtem Leder bezogen, natürlich purpurrot, und an den Wänden hingen großformatige Reproduktionen von Pollock und de Kooning. Eine Überwachungskamera war auf mich gerichtet, und ich winkte freundlich.

Die bisher geschlossene Tür wurde geöffnet. Eine tüchtig wirkende Frau Mitte Zwanzig kam aus dem Büro. »Was kann ich für Sie tun?« fragte sie.

»Bitte sagen Sie Mr. Tobin, daß Mr. Corey hier ist und ihn sprechen möchte.«

»Haben Sie einen Termin, Sir?«

»Nein, ich brauche keinen.«

»Mr. Tobin fährt gleich zum Mittagessen. Er ist ohnehin schon spät dran.«

»Dann fahre ich ihn hin. Sagen Sie ihm bitte, daß Mr. Corey hier ist.« Vielsagend fügte ich hinzu: »Sagen Sie ihm, daß die Sache wichtig ist.«

Sie drehte sich nach der geschlossenen Tür um, klopfte an, ging hinein und schloß sie hinter sich. Ich wartete eine volle Minute, was für meine Verhältnisse sehr geduldig ist, bevor ich ebenfalls hineinging. Mr. Tobin und die junge Frau standen diskutierend an seinem Schreibtisch. Er rieb sich dabei seinen kurzen Bart, was ziemlich teuflisch aussah. Diesmal trug er zu einem burgunderroten Blazer eine schwarze Hose und ein rosafarbenes Oxfordhemd. Er drehte sich zu mir um, ohne mein breites freundliches Grinsen zu erwidern.

»Entschuldigen Sie, daß ich so hereinplatze, Mr. Tobin«, sagte ich, »aber ich habe nicht viel Zeit, und ich weiß, daß Sie mir das nicht verübeln werden.«

Er schickte die junge Dame hinaus. Als echter Gentleman ließ er sich keinerlei Verärgerung anmerken. »Das ist ein unerwartetes Vergnügen«, behauptete er.

Ich liebe diesen Ausdruck. »Für mich natürlich auch«, sagte ich. »Ich meine, ich habe schon gedacht, wir würden uns erst auf Ihrer Party wiedersehen, aber dann ist plötzlich Ihr Name gefallen.«

»In welchem Zusammenhang?«

»Oh, ich habe mich mit jemandem über den Fall Gordon unterhalten, wissen Sie, über Tom und Judy, ihre Vorliebe für guten Wein und wie froh die beiden über die Bekanntschaft mit Ihnen waren. Dabei hat meine Gesprächspartnerin ganz zufällig erwähnt, daß sie Sie kennt und auch Tom und Judy gekannt hat. So ist Ihr Name gefallen.«

Er biß nicht an, sondern fragte: »Und deshalb sind Sie hier?«

»Nicht direkt.« Ich beließ es dabei. Er stand noch immer mit dem Rücken zum Fenster. Ich ging um den Schreibtisch herum und sah hinaus. »Tolle Aussicht.«

»Die beste Aussicht über die North Fork – außer man wohnt in einem Leuchtturm.«

»Richtig.« Mr. Tobins Blick glitt nach Norden über seine Weinberge. In der Ferne stieg das Gelände zu den Klippen hin an, hinter denen ich aus dieser Höhe die Meerenge erkennen konnte. »Haben Sie ein Fernglas?« fragte ich.

Er zögerte, dann trat er an ein Sideboard und reichte mir ein Fernglas.

»Danke.« Ich stellte es auf die Meerenge ein. »Ich sehe sogar die Küste von Connecticut.«

»Ja.«

Ich schwenkte das Fernglas nach links, wo Toms und Judys Klippe liegen mußte. »Ich habe gerade erfahren, daß die Gordons dort draußen ein Klippengrundstück gekauft haben«, sagte ich. »Einen halben Hektar bis zum Strand hinunter. Haben Sie das gewußt?«

»Nein.«

Emma hat mir aber was anderes erzählt, Fredric. »Die beiden hätten sich ein Beispiel an Ihrer Geschäftstüchtigkeit nehmen sollen. Sie haben fünfundzwanzig Riesen für ein Grundstück gezahlt, das nicht bebaut werden darf.«

»Sie hätten aber wissen müssen, daß das Baurecht ans County verkauft worden war.«

Ich setzte das Fernglas ab. »Von einem verkauften Baurecht habe ich nichts gesagt«, bemerkte ich. »Ich habe nur gesagt, ihr Grundstück sei nicht bebaubar gewesen. Das kann am Bebauungsplan, am Fehlen von Wasser und Strom, an allem möglichen gelegen haben. Wieso glauben Sie, im Fall der Gordons sei das Baurecht verkauft gewesen?«

»Das muß ich mal irgendwo gehört haben.«

»Dann haben Sie also doch gewußt, daß die beiden ein Grundstück gekauft hatten?«

»Ich glaube, daß es mal jemand erzählt hat. Aber ich weiß nicht, wo das Grundstück liegt. Ich habe nur gehört, es sei ohne Baurecht verkauft worden.«

»Richtig.« Ich drehte mich wieder zum Fenster um und betrachtete die Klippen durch Tobins Fernglas. Wo sie im Westen niedriger wurden, lag das langgestreckte Mattituck Inlet mit Captain Kidds Bäumen und den Captain Kidd Estates. Und im Osten konnte ich bis Greenport sehen, aber auch Orient Point und Plum Island ausmachen. »Ihr Turm ist besser als die Aussichtsplattform auf dem Empire State Building. Nicht so hoch, aber …«

»Was kann ich für Sie tun, Mr. Corey?«

Ich ignorierte seine Frage. »Wissen Sie, Sie haben's wirklich schön hier. Ich meine, sehen Sie sich doch alles an. Hundertachtzig Hektar fruchtbares Land, ein Haus am Wasser, ein Restaurant, einen Porsche und was sonst noch alles. Und Sie sitzen hier in Ihrem vierstöckigen Turm… was ist übrigens im vierten Stock?«

»Mein Apartment.«

»Wow! Ich meine, das gefällt den Ladys wohl?«

Er ging nicht darauf ein, sondern sagte: »Nach Ihrem gestrigen Besuch habe ich mit meinem Anwalt gesprochen.«

»Tatsächlich?«

»Und er hat mir geraten, nur in seiner Gegenwart mit der Polizei zu sprechen.«

»Das ist Ihr gutes Recht. Das habe ich Ihnen gesagt.«

»Nachforschungen meines Anwalts haben ergeben, daß Chief Maxwell Sie nicht mehr als Berater beschäftigt – und daß Ihre Tätigkeit im Auftrag der Gemeinde schon beendet war, als Sie mit mir gesprochen haben.«

»Na ja, darüber könnte man diskutieren.«

»Jedenfalls haben Sie hier keine amtliche Funktion mehr.«

»Stimmt. Und da ich nicht mehr die Polizei vertrete, können Sie doch mit mir reden. Oder?«

Fredric Tobin ging nicht darauf ein. »Mein Anwalt meinte, ich solle mit der Suffolk Police zusammenarbeiten – aber dann hat sich gezeigt, daß Chief Maxwell meine Kooperation weder will noch braucht. Er ist darüber verärgert, daß Sie hier aufgekreuzt sind und mich verhört haben. Sie haben mich und ihn in Verlegenheit gebracht.« Langsam fügte Mr. Tobin hinzu: »Ich spende sehr großzügig für wichtige Politiker, den Denkmalschutz, unser Krankenhaus und sonstige Wohlfahrtseinrichtungen, auch für den Unterstützungsfonds der Suffolk Police. Sie verstehen, was ich meine?«

»Klar doch. Ich bin nur vorbeigekommen, um zu fragen, ob ich Sie zum Mittagessen einladen darf.«

»Danke, ich bin schon zum Essen verabredet.«

»Okay, dann vielleicht ein andermal.«

Er sah auf seine Uhr und verkündete: »Ich muß jetzt wirklich gehen.«

»Klar doch. Ich begleite Sie hinunter.«

Er holte tief Luft und nickte.

Wir verließen sein Büro. Im Vorraum erklärte er der Empfangsdame: »Mr. Corey und ich haben unsere Besprechung abgeschlossen, und es besteht keine Veranlassung, sie zu wiederholen.«

Mann, war das höflich ausgedrückt! Dieser Kerl konnte einem das Messer in die Rippen stoßen, ohne daß man es merkte.

Mr. T. steckte seinen Aufzugschlüssel in den dafür vorgesehenen Schlitz, und die Kabine kam surrend herauf. Wir betraten sie, und um das peinliche Schweigen auf der Fahrt nach unten zu überbrücken, sagte ich: »Sie erinnern sich an den Merlot, den ich gekauft habe? Nun, den habe ich gut brauchen können. Eigentlich eine dumme Geschichte, die aber ganz witzig ist, obwohl Sie sie vielleicht nicht lustig finden werden ... ich hab' das Zeug dazu benutzen müssen, Vogelscheiße von meiner Windschutzscheibe zu waschen.«

»Was?«

Die Kabinentür öffnete sich, und wir traten ins Erdgeschoß des Turms hinaus. »Eine riesige Möwe hat im Sturzflug meine Windschutzscheibe bombardiert«, sagte ich und erzählte, wie ich mir geholfen hatte. Mr. Tobin sah nochmals auf seine Uhr. »Die Hälfte, die ich getrunken habe, war sehr gut«, berichtete ich. »Nicht zu schwer.«

»Eine schreckliche Vergeudung dieses edlen Weins«, sagte Mr. Tobin.

»Ich hab' gewußt, daß Sie das sagen würden.«

Er ging durch die Tür in den Empfangsbereich hinaus. Ich blieb an seiner Seite.

Auf dem Parkplatz sagte ich: »Diese Lady, mit der ich gesprochen habe, als zufällig Ihr Name gefallen ist… Sie erinnern sich?«

»Ja.«

»Sie hat behauptet, mit Ihnen befreundet zu sein. Andererseits geben sich viele Leute wie die Gordons als Ihre Freunde aus, obwohl sie eigentlich nur Bekannte sind, die sich in Ihrem Glanz sonnen wollen.«

Er blieb stumm. Es ist schwierig, einen Mann zu reizen, der den großen Herrn spielt. Mr. Tobin hatte anscheinend vor, unter allen Umständen cool zu bleiben.

»Sie hat jedenfalls gesagt, sie sei mit Ihnen befreundet«, fuhr ich fort. »Kennen Sie Emma Whitestone?«

Er wurde einen Augenblick langsamer, ging dann weiter und blieb neben seinem Wagen stehen. »Ja, sie ist bis vor ungefähr einem Jahr meine Freundin gewesen.«

»Und Sie sind noch befreundet?«

»Warum nicht?«

»Meine Ehemaligen wollen mich alle umbringen.«

»Ich kann mir nicht vorstellen, warum.«

Ich schmunzelte darüber. Verrückterweise hatte ich diesen Kerl noch immer irgendwie gern, obwohl ich ihn verdächtigte, meine Freunde ermordet zu haben. Trotzdem würde ich mein Bestes tun, um ihn zu überführen, falls er wirklich der Mörder war, und ihn in die Todeszelle oder wenigstens lebenslänglich hinter Gitter zu bringen. Aber solange er höflich war, würde ich auch höflich sein.

»Mr. Corey«, sagte Fredric Tobin, »ich spüre, daß Sie annehmen, ich wüßte mehr über die Gordons, als ich zugebe. Ich versichere Ihnen, daß das nicht stimmt. Sollte die Suffolk Police oder die County Police mich befragen wollen, bin ich jederzeit bereit, meine Aussage zu Protokoll zu geben. Sie sind hier als Kunde willkommen, und Sie sind als geladener Gast in meinem Haus willkommen. Nicht willkommen sind Sie in meinem Büro und bei dem Versuch, mich weiter auszuhorchen.«

»Klingt vernünftig.«

»Guten Tag, Mr. Corey.«

»Guten Appetit!«

Er stieg in seinen Porsche und brauste davon.

Ich sah mich nach dem Tobin-Turm um, auf dem die schwarze Tobin-Flagge wehte. Falls Mr. Tobin irgendwas zu verstecken hatte, kamen sein Haus am Strand und vielleicht die Turmwohnung in Frage. Da er keiner Durchsuchung zustimmen und kein Richter mir einen Durchsuchungsbefehl ausstellen würde, sah es ganz danach aus, als müßte ich mir den mitternächtlichen Durchsuchungsbefehl selbst ausstellen.

Als ich wieder in meinem Jeep saß, fragte ich telefonisch meinen Anrufbeantworter ab und hörte, daß zwei Nachrichten hinterlassen worden waren. Die erste stammte von einer namenlosen schnippischen Beamtin der NYPD-Personalabteilung, die mir erklärte, meine amtsärztliche Untersuchung sei auf Dienstag vorverlegt worden, und mich aufforderte, den Empfang dieser Nachricht zu bestätigen. Wenn die Bosse einen nicht erreichen können, lassen sie einen von jemandem aus der Personalabteilung oder der Lohnbuchhaltung wegen einer Sache anrufen, die einen Rückruf unumgänglich macht. Ich hasse diese hinterlistige Art.

Die zweite Nachricht kam von meiner ehemaligen Partnerin Beth Penrose. »Hi, John«, sagte sie. »Entschuldige, daß ich nicht früher zurückgerufen habe, aber hier geht's echt rund. Ich weiß, daß du nicht mehr offiziell mit diesem Fall befaßt bist, aber es gibt ein paar Dinge, über die ich mit dir reden möchte. Willst du nicht morgen nachmittag zu mir ins Büro kommen? Ruf mich an, oder ich rufe dich an, und wir vereinbaren einen Termin. Paß gut auf dich auf.«

Aha. Ihr Tonfall war freundlich, aber nicht so freundlich wie bei unserem letzten Zusammensein – von dem Kuß auf die Wange ganz zu schweigen. Sie wollte also ein paar Dinge mit mir besprechen, was bedeutete, daß sie hören wollte, ob ich irgendwas in Erfahrung gebracht hatte. Für Beth Penrose war ich jetzt ein Zeuge wie jeder andere. Nun, vielleicht war das eine etwas zynische Auffassung. Andererseits mußte ich Beth Penrose vielleicht aus meinen Gedanken streichen, damit Emma Whitestone darin Platz hatte. Ich hatte mich nie darauf verstanden, mehrere

Beziehungen gleichzeitig zu unterhalten. Das ist schlimmer, als ein Dutzend Mordfälle gleichzeitig zu bearbeiten – und verdammt viel gefährlicher.

Jedenfalls brauchte ich ein Geschenk für Emma. Vor mir an der Main Road sah ich ein Antiquitätengeschäft. Genau richtig! Ich parkte davor und stieg aus. Das Wunderbare an Amerika ist, daß mehr Antiquitäten im Umlauf sind, als ursprünglich hergestellt worden sind.

Ich sah mich in dem düsteren, etwas muffigen Laden um, und die nette Besitzerin, eine kleine alte Lady namens Simmons erkundigte sich, ob sie mir behilflich sein könne.

»Ich brauche ein Geschenk für eine junge Dame.«

»Ihre Frau? Oder Tochter?«

Für eine Frau, die ich kaum kenne, obwohl ich mit ihr geschlafen habe. »Eine Freundin.«

»Ah.« Sie zeigte mir ein paar Sachen, aber ich hatte keine rechte Vorstellung davon, was Emma gefallen könnte. Dann hatte ich eine brillante Idee. »Sind Sie Mitglied der Peconic Historical Society?«

»Nein, aber der Southold Historical Society.«

Großer Gott, derartige Vereinigungen gab es hier wirklich mehr als genug. »Kennen Sie zufällig Emma Whitestone?« fragte ich weiter.

»Die kenne ich natürlich. Eine sehr liebenswürdige junge Dame.«

»Genau. Ich suche etwas für sie.«

»Wie nett! Und aus welchem Anlaß?«

Postkoitale Zuneigung und Dankbarkeit. »Emma hat mir bei einigen Nachforschungen im Archiv geholfen.«

»Ja, darauf versteht sie sich natürlich. Woran haben Sie gedacht?«

»Nun ... das mag ein bißchen komisch klingen, aber ich bin seit meiner Kindheit von Piraten fasziniert.«

Sie lachte glucksend. Vielleicht eher gackernd. »Der berühmte Captain Kidd hat auch unsere Küsten besucht.«

»Tatsächlich?«

»Vor dem Unabhängigkeitskrieg haben sich hier viele Piraten herumgetrieben. Nachdem sie in der Karibik französische und spanische Schiffe geplündert haben, sind sie nach Norden gekommen, um ihre Beute durchzubringen und ihre Schiffe neu auszurüsten. Manche haben sich hier niedergelassen.« Sie lächelte verschmitzt. »Mit soviel Gold und Edelsteinen sind sie natürlich rasch angesehene Bürger geworden. Der Grundstock mancher Familienvermögen ist Piratenbeute gewesen.«

Ihre altmodische Ausdrucksweise gefiel mir irgendwie. »Und viele heutige Vermögen sind duch Produktpiraterie erworben«, meinte ich.

»Nun, davon verstehe ich nichts, aber ich weiß, daß die Drogenschmuggler von heute Ähnlichkeit mit den alten Piraten haben.« Rückblickend fuhr sie fort: »In meiner Jugend hat's hier Alkoholschmuggler gegeben. Wir sind gesetzestreue Bürger, aber wir liegen an den Seestraßen.«

»Von der Vogelzugstraße ganz zu schweigen.«

»Die ist nur was für Vögel.«

»Richtig«, stimmte ich zu und fragte: »Besitzt die Southold Historical Society Unterlagen über Piraten?«

»Ja, aber nicht sehr viele. In unserem Archiv liegen einige Originalbriefe und -schriftstücke. Und wir haben sogar ein Fahndungsplakat in unserem kleinen Museum.«

»Sie haben nicht zufällig eine authentische Schatzkarte, die ich fotokopieren könnte?«

Mrs. Simmons lächelte.

»Kennen Sie Fredric Tobin?« fragte ich.

»Den kennt doch jeder! Reich wie Krösus.«

Wer? »Ist er auch Mitglied der Southold Historical Society?« erkundigte ich mich. »Mr. Tobin, nicht Krösus.«

»Nein, aber Mr. Tobin ist ein großzügiger Spender.«

»Besucht er gelegentlich Ihr Archiv?«

»Soviel ich weiß, hat er das früher getan. Aber seit etwa einem Jahr nicht mehr.«

Ich nickte. Ich mußte mich gelegentlich selbst daran erinnern, daß ich hier nicht in Manhattan war, sondern in einer Gemeinde mit ungefähr zwanzigtausend Einwohnern. Auch wenn hier nicht buchstäblich jeder jeden kannte, war es doch so, daß jeder jemanden kannte, der wiederum jemanden kannte. Für einen Ermittler waren das geradezu paradiesische Zustände.

Um hier auf einem anderen Gebiet fündig zu werden, fragte ich Mrs. Simmons: »Könnten Sie mir etwas für Ms. Whitestone empfehlen?«

»Was möchten Sie denn ausgeben?«

»Für Ms. Whitestone ist mir nichts zu teuer. Fünfzig Dollar.«

»Oh ... nun ...«

»Hundert.«

Sie lächelte und zeigte mir einen mit Rosen bemalten Porzellannachttopf mit großem Henkel. »Emma sammelt die«, ließ sie mich wissen.

»Nachttöpfe?«

»Ja. Sie bepflanzt sie. Sie hat schon eine ganze Sammlung.«

»Wissen Sie das bestimmt?«

»Natürlich. Den hier habe ich aufgehoben, um ihn ihr zu zeigen. Er ist fast hundert Jahre alt. Made in England.«

»Okay ... ich nehme ihn.«

»Tatsächlich kostet er ein bißchen mehr als hundert.«

»Wieviel ist ein bißchen mehr?«

»Er kostet zweihundert.«

»Nehmen Sie Visa?«

»Natürlich.«

»Verpacken Sie ihn mir als Geschenk?«

»Ich gebe Ihnen eine hübsche Geschenktüte.«

»Können Sie eine Schleife um den Henkel binden?«

»Wenn Sie möchten.«

Nachdem ich bezahlt hatte, verließ ich das Antiquitätengeschäft mit dem Nachttopf in einer hübschen rosa-grünen Geschenktüte.

Mein nächstes Ziel war die Cutchogue Free Library, die seit 1841, dem Jahr ihrer Gründung, dieselben Gehälter bezahlte. Die Bücherei, ein großes Holzgebäude, das ich wegen seines Turms für eine ehemalige Kirche hielt, stand am Rand des Dorfplatzes.

Ich parkte davor und ging hinein. Am Ausgabeschalter saß eine hagere alte Jungfer, die mich über ihre Lesebrille hinweg musterte. Ich lächelte ihr zu und ging weiter, ohne mich aufhalten zu lassen.

Über der Tür des Lesesaals hing ein Spruchband: *Vergrabene Schätze finden – Bücher lesen.* Ein ausgezeichneter Rat. Ich fand den Bibliothekskatalog, der zum Glück noch nicht computerisiert war, und saß zehn Minuten später mit dem Standardwerk in Sachen verschollene Schätze an einem der Tische im Lesesaal.

Ich las von John Shelby aus Thackham in England, der im Jahr 1672 von seinem Pferd in ein Dickicht abgeworfen wurde und darin einen Eisentopf mit über fünfhundert Goldmünzen gefunden hatte. Das damalige englische Gesetz besagte, daß alle versteckten oder verlorenen Wertgegenstände der Krone gehörten. Shelby weigerte sich jedoch, das Gold herauszugeben, wurde verhaftet, wegen Hochverrats verurteilt und geköpft. Das war vermutlich eine der Lieblingsgeschichten von Finanzbeamten in aller Welt.

Ich informierte mich über die von Washington und den einzelnen Bundesstaaten erlassenen Bestimmungen über Schatzfunde, die im Prinzip alle besagten, der gutgläubige Finder dürfe seinen Fund behalten.

Andererseits war das Gesetz zum Schutz amerikanischer Altertümer zu beachten, und für Schatzfunde auf staatseigenem Gebiet war je nach Lage das Landwirtschafts-, Verteidigungs- oder Innenministerium zuständig. Außerdem brauchte man eine Erlaubnis, um auf staatseigenem Gebiet graben zu dürfen, und etwaige Funde gehörten Onkel Sam. Echt großzügig!

Fand man jedoch Geld, Wertsachen oder sonstige Schätze auf eigenem Grund und Boden, durfte man den Fund behalten, sofern man nachweisen konnte, daß der ursprüngliche Besitzer tot oder die Erben unbekannt waren und es sich nicht um Diebesgut handelte. Selbst Diebesgut durfte man behalten, wenn man nachweisen konnte, daß die rechtmäßigen Besitzer zum Zeitpunkt des Schatzfundes tot, nicht namentlich bekannt oder Staatsfeinde waren. Als Beispiele waren Piratenschätze, Kriegsbeute, Schmuggelware und ähnliches angegeben. So weit, so gut.

Noch erfreulicher war, daß die Finanzbehörde in einem unbegreiflichen Anfall von Nächstenliebe von denen, die keine *profesionellen* Schatzsucher waren, nur die Versteuerung des Teils des Schatzes verlangte, den sie im jeweiligen Jahr zu Geld machten. War man beispielsweise Biologe, besaß ein Grundstück und fand darauf durch Zufall oder als begeisterter Hobbyarchäologe einen vergrabenen Schatz, der zehn oder zwanzig Millionen wert war, zahlte man keinen Cent Steuern, bis man einen Teil davon verkaufte. Nicht schlecht, was?

In dem Buch stand auch, daß, falls ein Schatz historischen Wert besitze oder Gegenstand populärer Überlieferungen sei – als Beispiel war tatsächlich Captain Kidds vergrabener Piratenschatz genannt –, dies seinen Wert natürlich erheblich steigere und so weiter.

Ich schmökerte noch eine Zeitlang weiter, sammelte Informationen über die für Schatzfunde geltenden Gesetze und las einige lehrreiche Beispiele und Fallgeschichten. Vor allem ein Fall war interessant: In den fünfziger Jahren hatte ein Mann im Londoner Public Records Office in alten Papieren der Admiralitätsabteilung gestöbert. Dabei hatte er einen vergilbten Brief aus dem Jahr 1750 entdeckt, den der berüchtigte Pirat Charles Wilson an seinen Bruder geschrieben hatte. In diesem Brief, der an Bord eines von der englischen Kriegsflotte gekaperten Piratenschiffs gefunden worden war, hatte Wilson die genaue Lage seines vergrabenen Gold-, Silber- und Juwelenschatzes beschrieben, dessen Wert er selbst auf zweihunderttausend Pfund beziffert hatte.

Charles Wilsons Bruder hatte diesen Brief offenbar nie erhalten, denn er war von der englischen Flotte abgefangen worden. Wer hatte den Schatz geborgen? Die englische Kriegsflotte? Oder vielleicht der Mann, der den Brief zwei Jahrhunderte später entdeckt hatte? Darüber schwieg das Buch sich leider aus.

Entscheidend war, daß es im Public Records Office in London eine Admiralitätsabteilung gab, und Gott mochte wissen, was es dort alles zu finden gab, wenn man Zeit, Geduld, ein Vergrößerungsglas und Grundkenntnisse des Altenglischen besaß und etwas Geldgier, Optimismus und Abenteuerlust mitbrachte. Ich konnte mir jetzt recht gut vorstellen, wo die Gordons im letzten Jahr ihren einwöchigen Londonurlaub verbracht hatten.

Bestimmt hatten Tom und Judy Gordon das Buch gelesen, das jetzt vor mir lag, und die Gesetzeslage in bezug auf Schatzfunde gekannt. Außerdem hätte allein ihr gesunder Menschenverstand ihnen gesagt, daß alle auf Plum Island gemachten Funde dem Staat gehörten – nichts von wegen halbe-halbe oder so ähnlich, während ein angeblich auf Pachtland gefundener Schatz dem

Grundstücksbesitzer, nicht dem Pächter gehörte. Um darauf zu kommen, brauchte man kein Jurastudium.

Vermutlich waren die Gordons zu dem Schluß gekommen, daß sich ihre Besitzprobleme einfach dadurch lösen ließen, indem sie den Mund hielten, falls sie auf Plum Island fündig wurden. Irgendwann mußten sie jedoch erkannt haben, daß es besser und auf Dauer gewinnbringender war, den Schatz zu verlagern, ihren Fund bekanntzugeben, die Publicity zu genießen, nur die verkauften Teile des Schatzes zu versteuern und als das gutaussehende junge Wissenschaftlerpaar, das Captain Kidds vergrabenen Schatz gefunden hatte und stinkreich geworden war, in die Geschichte einzugehen. Genau das hätte jeder andere intelligente, logisch denkende Mensch auch getan. Mich selbst eingeschlossen.

Dabei gab es aber verschiedene Probleme. Vor allem mußten sie alles, was sie auf Plum Island fanden, von der Insel fortschaffen. Außerdem mußten sie den Schatz so vergraben, daß seine Wiederentdeckung nicht nur plausibel erschien, sondern auch wissenschaftlichen Nachforschungen standhielt. Diese Bedingungen erfüllte der vorbereitete Fundort in den auf ihrem Grundstück steil zum Strand hinunter abfallenden Klippen, die ständiger Erosion ausgesetzt waren.

Insgesamt ein realistischer Plan. Auch Tom und Judy hatten ihn für realistisch gehalten, aber irgendwann hatten sie etwas gesagt oder getan, was sie das Leben gekostet hatte.

Fredric Tobin hatte mich in einigen Punkten belogen, die mit seiner Beziehung zu den Gordons zusammenhingen. Außerdem war Tobin pleite oder zumindest auf dem Weg dorthin. Bei einem Mordermittler läßt so was rote Lichter aufleuchten und Alarmglocken schrillen.

Tobin hatte sich nicht nur mit den Gordons angefreundet, sondern auch die Historikerin und Archivarin Emma Whitestone verführt oder sonstwie für sich eingenommen. Alles schien zusammenzupassen. Wahrscheinlich war Tobin zufällig darauf gestoßen, daß auf Plum Island ein Schatz vergraben war. Und vermutlich hatte Tobin den Londonaufenthalt der Gordons finanziert, damit sie Nachforschungen anstellen und die genaue Lage des Verstecks bestimmen konnten.

Fredric Tobin war mein Hauptverdächtiger, aber vorläufig schloß ich weder Paul Stevens noch die anderen auf Plum Island aus. Vielleicht handelte es sich hier um eine größere Verschwörung, als ich ursprünglich gedacht hatte. Beteiligt gewesen sein konnten Stevens, Zollner und andere auf der Insel sowie Tobin und … nun, Emma Whitestone.

21. Kapitel

Der Blumenladen Whitestone Florist war leicht zu finden; ich war in den vergangenen Monaten unzählige Male daran vorbeigefahren.

Ich parkte in der Nähe, kontrollierte mein Aussehen im Innenspiegel, stieg aus und betrat das Geschäft.

Ein sehr hübscher Laden voller … nun, voller Blumen. Es roch gut. Ein junger Mann hinter dem Ladentisch fragte: »Was kann ich für Sie tun?«

»Ich bin mit Emma Whitestone verabredet.«

»Sind Sie John?«

»In Person.«

»Sie hatte ein paar Dinge zu erledigen … Augenblick.« Er rief nach hinten: »Janet! John ist hier, um Emma abzuholen.«

Von hinten tauchten Janet, eine Frau Anfang Vierzig, und eine jüngere Kollegin auf, die Janet als Ann vorstellte. Janet sagte: »Emma läßt Sie bitten, zu ihr ins Museum zu kommen.«

»Kein Problem.«

»Emma hat gesagt, sie habe Sie nicht erreichen können«, fuhr Janet fort.

»Das macht nichts. Das Museum finde ich mühelos.«

»Vielleicht kommt sie ein bißchen später«, warf Ann ein. »Sie hat noch etwas zu erledigen.«

»Keine Sorge, ich warte dort auf sie. Notfalls die ganze Nacht.« Brauchte ich drei Leute, um das zu erfahren? Ich wurde offenbar unter die Lupe genommen.

Der junge Mann gab mir eine Visitenkarte. »Rufen Sie uns an, falls es Probleme gibt.«

»Das mache ich. Vielen Dank für Ihre Hilfsbereitschaft.« Ich ging zur Tür, drehte mich noch einmal um und sagte: »Emma hat wirklich einen hübschen Laden.«

Alle drei lächelten.

Ich verließ das Blumengeschäft. Diesen Test hatte ich mühelos bestanden.

Eine Minute später saß ich wieder in meinem Jeep und war nach Cutchogue unterwegs. Ich fand es gräßlich von mir, daß ich auch nur daran *gedacht* hatte, Emma Whitestone könne mit Mr. Tobin oder anderen unter einer Decke stecken. Ich meine, sie hatte ihren neuen Freund von allen ihren Mitarbeitern begutachten lassen.

Findet man sich mit einer Frau, die man gerade erst kennengelernt hat, im Bett wieder, muß man sich jedoch fragen, ob das auf den eigenen Charme oder bestimmte Absichten zurückzuführen ist. Aber schließlich hatte ich sie aufgesucht, nicht sie mich. Wo hatte ich ihren Namen her? Von Margaret Wiley. Zwischen allen diesen Leuten schien es Verbindungen zu geben. Vielleicht war auch Margaret in den Fall Gordon verwickelt. Vielleicht war die gesamte erwachsene Bevölkerung der North Fork darin verwickelt – und ich der einzige ahnungslose Außenstehende.

Ich fuhr auf den kleinen Parkplatz des PHS-Museums. Diesmal stand dort kein Lieferwagen, sondern ein zehn Jahre alter Ford.

Ich ließ den Nachttopf auf dem Rücksitz liegen, weil dies vielleicht nicht der richtige Augenblick war, um ihn zu überreichen. Vielleicht nach dem Abendessen.

Am Museumsportal hing wieder eine Haftnotiz, auf der nur *Herein!* stand.

Ich befolgte die Aufforderung. In der großen Eingangshalle rief ich: »Emma!« Keine Antwort. Ich machte einen Rundgang durchs Erdgeschoß und rief mehrmals ihren Namen. Keine Antwort. Andererseits war es schwer vorstellbar, daß sie das Museum mit seinen kostbaren Antiquitäten verlassen hatte, ohne hinter sich abzuschließen. Vielleicht telefonierte sie oben und hörte mich deshalb nicht.

Ich stieg also die Treppe hinauf, deren Stufen laut knarrten. Ich sage nicht, daß ich am liebsten meinen Revolver in der Hand gehabt hätte, aber wohler wäre mir doch gewesen.

Als ich oben war, blieb ich stehen, um zu horchen. Kein Laut außer dem für alte Holzhäuser typischen leisen Ächzen und

Knarren. Ich beschloß, in den oberen Salon zu gehen, der im hinteren Teil lag.

Ich bemühte mich, so leicht aufzutreten, daß die verdammten Bodendielen nicht knarrten, aber sie ächzten und knarrten bei jedem Schritt.

Dann erreichte ich die Salontür. Sie war geschlossen, und ich stieß sie auf. Ihre verdammten Angeln quietschten laut. Verdammt!

Ich trat ein. Hinter der halboffenen Tür ertönte ein lauter Schrei. Als ich mich herumwarf, kam Emma mit einem Degen auf mich zugestürzt und rammte ihn mir in den Unterleib. Dabei kreischte sie: »Stirb, du Schurke!«

Mein Herz raste, und ich hätte mir beinahe in die Hose gemacht. »Sehr witzig«, sagte ich grinsend.

»Ich hab' dich erschreckt, stimmt's?«

Sie hatte einen blauen Dreispitz auf dem Kopf und hielt einen weichen Plastikdegen in der Hand.

»Ein bißchen überrascht.«

»Du hast aber mehr als bloß überrascht ausgesehen.«

Ich hatte mich wieder gefangen und stellte fest, daß sie heute zu einer blauen Bluse eine beige Sommerhose und Sandalen trug.

»Degen und Dreispitz habe ich aus unserem Geschenkladen«, erklärte sie mir. »Wir führen einen ganzen Haufen solcher Sachen für Kinder.«

Sie trat an den Sessel am Kamin und hielt einen schwarzen Zweispitz mit einem weißen Totenschädel und gekreuzten Knochen, einen Plastiksäbel, eine Augenklappe und ein Pergament hoch. Nachdem ich den Hut aufgesetzt hatte, bestand sie darauf, daß ich die Augenklappe anlegte, und streckte mir den Säbel in meinen Gürtel. Dann zeigte sie mir das vergilbte Pergament, das eine als »Pyrate Mappe« bezeichnete Schatzsucherkarte sein sollte. Dargestellt waren die übliche Palmeninsel, eine Kompaßrose, ein dickes Gesicht, das Westwind blies, eine gepunktete Kurslinie und ein Dreimaster nebst Seeschlange – sämtliches Zubehör bis hin zu dem großen schwarzen X, das die Schatzkiste bezeichnete.

»Das ist einer unserer meistverkauften Artikel für Kinder jeglichen Alters«, sagte Emma und fügte hinzu: »Viele Menschen sind fasziniert von Piratenschätzen.«

»Tatsächlich?«

»Du etwa nicht?«

»Interessant sind sie schon.« So beiläufig wie nur möglich fragte ich sie: »Hat Fredric sich für Piratenschätze interessiert?«

»Vielleicht.«

»Hast du mir nicht erzählt, daß du ihm beigebracht hast, Altenglisch zu lesen?«

»Ja, aber ich weiß nicht, welcher Text ihn speziell interessiert hat.« Wir wechselten einen Blick, dann erkundigte sie sich: »Worauf willst du hinaus, John?«

»Das weiß ich selbst nicht genau.«

»Warum fragst du mich über Fredric aus?«

»Ich bin eifersüchtig.«

Sie äußerte sich nicht dazu, sondern fragte: »Warum wolltest du dich hier mit mir treffen?«

»Nun… kann ich mich darauf verlassen, daß du's für dich behältst?«

»Daß ich was für mich behalte?«

»Piraten.«

»Was ist mit denen?«

Es ist immer eine Gratwanderung, Zeugen zu erzählen, *was* man will, ohne preiszugeben, *warum* man es will. Deshalb wechselte ich das Thema und sagte: »Ich habe deine Leute kennengelernt – Janet, Ann und…«

»Warren.«

»Richtig. Ich habe den Test bestanden.«

Emma lächelte und ergriff meine Hand. »Komm, du mußt dich im Spiegel ansehen.«

Sie führte mich über den Korridor in das Schlafzimmer aus dem achtzehnten Jahrhundert. Dort hing ein großer Wandspiegel, in dem ich mich mit Piratenhut, Augenklappe und Plastiksäbel betrachten konnte. »Ich sehe dämlich aus.«

»Das tust du wirklich.«

»Danke.«

»Ich möchte wetten, daß du's noch nie auf einem Federbett getrieben hast«, fuhr sie fort.

»Da hast du recht.«

»Aber du mußt dabei Zweispitz und Augenklappe tragen.«

»Ist das meine Phantasie oder deine?«

Emma lachte. Im nächsten Augenblick zog sie sich bereits aus, die Kleidungsstücke ließ sie achtlos zu Boden fallen. Sie behielt den Dreispitz auf und hielt ihn mit einer Hand fest, als sie sich aufs Bett fallen ließ – mitten auf den wattierten Quilt, der vermutlich ein wertvolles altes Stück war und noch nie Sex erlebt hatte.

Ich ging auf ihr Spiel ein und behielt Zweispitz und Augenklappe auf, als ich mich auszog.

Sie war wie gesagt groß und hatte endlos lange Beine, und die Betten waren damals viel kürzer, so daß ihr Kopf mit dem Dreispitz am Kopfende lag, während ihre Füße das Fußende berührten. Das sah so komisch aus, daß ich lachen mußte.

»Worüber lachst du?«

»Über dich. Du bist größer als das Bett.«

»Erst mal sehen, wie groß *du* bist.«

Wer's noch nie auf einer Matratze mit Federfüllung getrieben hat, hat nicht viel versäumt. Mir war nun klar, warum auf den alten Porträts an den Wänden keiner lächelte.

22. Kapitel

Hinterher saßen wir beide, jetzt nicht mehr kostümiert, im Archiv an dem Eichentisch. Emma hatte einen Becher Früchtetee vor sich stehen, der einen gräßlichen Geruch verströmte.

Sie hatte etwas Material herausgesucht: Originaldokumente in Plastikhüllen, verschiedene alte Bücher und mehrere Reproduktionen historischer Briefe und Schriftstücke. Sie blätterte darin herum, während sie mit kleinen Schlucken ihren Tee trank. Ich war in typisch männlich postkoitaler Stimmung und hätte lieber geschlafen oder mich verdrückt. Aber beides konnte ich nicht; ich hatte zu arbeiten.

»Was genau interessiert dich?« fragte Emma.

»Piratenschätze. Liegen hier irgendwo welche?«

»Klar. Fast überall, wo man gräbt, findet man Silber- und Goldmünzen, Diamanten und Perlen. Die Farmer klagen darüber, daß das Zeug sie beim Pflügen behindert.«

»Kann ich mir denken. Aber jetzt mal ernsthaft.« Ich kann Klugscheißer nicht ausstehen.

»Um unser Gebiet ranken sich alle möglichen Legenden, die teilweise sogar wahr sind«, sagte sie. »Möchtest du die berühmteste hören? Die Geschichte von Captain Kidd?«

»Ja, das möchte ich. Ich meine, nicht von Anfang an, aber den Teil seiner Lebensgeschichte, der mit der North Fork und dem vergrabenen Schatz zusammenhängt.«

»Okay… Captain William Kidd war Schotte, lebte aber mit seiner Frau Sarah und seinen zwei Kindern in Manhattan. Er wohnte in der Wall Street, um genau zu sein.«

»Die ist noch immer voller Piraten.«

»Kidd ist eigentlich kein Pirat gewesen. Er war Freibeuter im Auftrag Lord Bellomonts, des damaligen Gouverneurs von Massachusetts, New York und New Hampshire.« Sie nahm einen

Schluck Tee. »Captain William Kidd ist also im Jahr sechzehnhundertsechsundneunzig mit einem königlichen Kaperbrief aus New York ausgelaufen, um Piraten aufzuspüren und ihre Schiffe zu kapern. Bellomont hatte viel eigenes Kapital beigesteuert, um Kidds Schiff *Adventure Galley* zu kaufen und auszurüsten. Auch in England hatten sich reiche und mächtige Förderer dieses Unternehmens gefunden, darunter vier englische Lords und König Wilhelm III. persönlich...«

Ich hörte zu, während sie Kidds Geschichte auswendig erzählte. Ob Fredric Tobin sie auch kannte? Ob er sie gekannt hatte, bevor er Emma Whitestone kennenlernte? Und wie konnte jemand im Ernst glauben, ein vor dreihundert Jahren vergrabener Schatz könnte heutzutage noch gehoben werden? Gewiß, er mochte existiert haben, aber wie Emma im Cutchogue Diner festgestellt hatte, rankten sich so viele Mythen und Legenden, so viele gefälschte Schatzkarten und Hinweise um ihn, daß seine Spur sich nicht mehr zurückverfolgen ließ. Aber dann fiel mir der Mann ein, der im Public Records Office einen Brief des Piraten Charles Wilson entdeckt hatte... vielleicht hatten auch Tobin und die Gordons handfeste Beweise gefunden.

Emma erzählte weiter: »Nachdem Kidd in der Karibik ziemlich erfolglos gewesen war, ist er auf der Suche nach Piraten in den Indischen Ozean gesegelt. Dort hat er zwei Schiffe gekapert, die dem Großmogul von Indien gehörten. An Bord befanden sich sagenhafte Reichtümer, die damals über zweihunderttausend Pfund wert waren. Das wären heute ungefähr zwanzig Millionen Dollar.«

»Keine schlechte Tagesarbeit.«

»Aber Kidd beging leider einen entscheidenden Fehler. Der mit dem König verbündete Mogul beschwerte sich bei der englischen Regierung. Kidd konnte zu seiner Rechtfertigung nur vorbringen, die Schiffe des Moguls seien mit französischen Schutzbriefen gesegelt – und Frankreich befand sich damals im Krieg mit England. Die Schiffe des Moguls waren demnach zwar keine Piratenschiffe, aber feindlich allemal. Zu Kidds Pech unterhielt jedoch die englische Regierung durch die East India Company gute Beziehungen zum Mogul, der ein wichtiger Handelspartner war. Kidd befand sich also in einer prekären Lage, aus der ihm nur seine auf zweihunderttausend Pfund geschätzte Beute heraushelfen konnte.«

»Geld regiert die Welt.«

»Schon immer.«

Bei Geld fiel mir wieder Fredric Tobin ein. Auch wenn ich wegen Emma nicht richtig eifersüchtig auf ihn war, überlegte ich mir doch, daß es nett wäre, Freddie Boy auf den elektrischen Stuhl zu bringen. Aber, aber, John.

»William Kidd ist also in die Neue Welt zurückgesegelt«, erzählte Emma weiter. »Bei einem Zwischenstopp in der Karibik hat er erfahren, er werde als Pirat steckbrieflich gesucht. Als vorausschauender Mann hat er ungefähr ein Drittel seiner Beute bei einer Vertrauensperson in Westindien zurückgelassen. Um nicht mit in den Strudel hineingezogen zu werden, haben sich viele seiner Besatzungsmitglieder ihren Anteil auszahlen lassen und sind in der Karibik geblieben. Kidd kaufte ein kleineres Schiff, die Schaluppe *San Antonio*, und segelte nach New York zurück, um sich dort zu stellen. Unterwegs wollten weitere Besatzungsmitglieder mit ihrem Anteil an Land gesetzt werden, was in Delaware und New Jersey geschah. Aber Kidd hatte noch immer einen riesigen Schatz an Bord, der heute garantiert zehn bis fünfzehn Millionen Dollar wert wäre.«

»Woher weiß man, daß er solche Reichtümer an Bord hatte?« fragte ich.

»Nun, ganz genau weiß das niemand. Diese Schätzungen basieren teilweise auf den Aussagen des Moguls gegenüber der englischen Regierung. Vielleicht hat er seinen Verlust übertrieben hoch angesetzt.«

»Moguln lügen.«

»Schon möglich. Aber du darfst nicht nur den reinen Edelmetallwert des Schatzes ansetzen, weißt du, sondern mußt berücksichtigen, daß viele Schmuckstücke Museumsqualität haben dürften. Und stell dir vor, du packst eine damalige Goldmünze, die vielleicht tausend Dollar wert ist, in ein Etui mit beigelegter Bescheinigung, daß sie aus Captain Kidds Piratenschatz stammt – dann wäre sie gleich das Zwei- und Dreifache wert.«

»Ich merke, daß du an der Columbia University auch Betriebswirtschaft belegt hast.«

Sie lächelte, dann wurde sie wieder ernst und sah mich forschend an. »Das hängt mit dem Fall Gordon zusammen, nicht wahr?«

Ich erwiderte ihren Blick. »Bitte weiter«, sagte ich nur.

Nach kurzem Schweigen fuhr sie fort: »Also gut … aus Akten und zeitgenössischen Berichten wissen wir, daß Kidd von Osten kommend in den Long Island Sound eingelaufen ist und in der Oyster Bay angelegt hat. Von dort aus hat er sich an James Emmot gewandt, der damals als Strafverteidiger für Piraten berühmt war.«

»Hey, meine Ehemalige arbeitet in der Kanzlei. Dort kümmert man sich noch immer um dieselben Schurken.«

Sie ignorierte meine Bemerkung. »Irgendwann hat Kidd seine Frau in Manhattan benachrichtigt, woraufhin sie zu ihm an Bord der *San Antonio* gekommen ist. Wir wissen, daß der gesamte Schatz zu diesem Zeitpunkt noch an Bord war.«

»Du meinst, dieser Anwalt hatte ihn sich noch nicht gesichert?«

»Mr. Emmot *hat* von Kidd in der Tat ein großzügiges Honorar für seine Verteidigung erhalten«, fuhr sie fort. »Emmot ist in seinem Auftrag nach Boston gereist, um Lord Bellomont ein Schreiben Kidds zu überbringen. Außerdem hat er dem Gouverneur die französischen Schutzbriefe von Bord der beiden Schiffe des Großmoguls übergeben, die bewiesen, daß der Mogul sich mit den Franzosen eingelassen hatte, so daß Kidd berechtigt gewesen war, seine Schiffe zu kapern.«

»Woher hat Kidd das gewußt, als er die Schiffe angegriffen hat?« fragte ich.

»Gute Frage. Dieser Punkt ist nie geklärt worden.«

»Und du sagst, Kidds Anwalt habe diese Schutzbriefe, das wichtigste Beweismaterial der Verteidigung, Bellomont übergeben?«

»Ja. Und Bellomont wollte Kidd aus politischen Gründen an den Galgen bringen.«

»Zum Teufel mit diesem Anwalt! Man sollte doch nur Fotokopien aus der Hand geben und die Originale behalten.«

Sie lächelte. »Richtig. Die Originale sind bei dem Prozeß gegen Kidd in London nicht vorgelegt worden, und ohne diese französischen Schutzbriefe ist Kidd verurteilt und hingerichtet worden. Die Originale sind im Jahr neunzehnhundertzehn im British Museum aufgefunden worden.«

»Etwas zu spät für die Verteidigung.«

»Allerdings. William Kidd ist im Prinzip einem Justizmord zum Opfer gefallen.«

»Pech für ihn. Aber was ist aus seinem Schatz an Bord der *San Antonio* geworden?«

»Das ist die große Frage. Ich kann dir erzählen, was passierte, nachdem Emmot bei Lord Bellomont in Boston war, und du als Detektiv kannst mir anschließend sagen, was aus dem Schatz geworden ist.«

»Okay. Ich werd's versuchen.«

»Emmot, der anscheinend kein besonders guter Anwalt war, hatte im Gespräch mit Lord Bellomont den Eindruck gewonnen, Kidd könne damit rechnen, fair behandelt zu werden, wenn er sich in Boston stelle. Was sollte William Kidd also tun? Er war ein angesehener Bürger Manhattans, hatte seine Frau und seine beiden Kinder an Bord der Schaluppe und fühlte sich unschuldig. Noch wichtiger war, daß er die Beute noch hatte – ein Drittel in der Karibik, den Rest an Bord der *San Antonio*. Er wollte den Schatz als Faustpfand benutzen, um sein Leben zu retten.«

Ich nickte. Interessant, dachte ich, wie wenig sich seit damals verändert hat. Die Regierung beauftragt einen Kerl, um die Drecksarbeit zu erledigen; er ist teilweise erfolgreich, macht dann aber einen Fehler, der die Regierung in politische Schwierigkeiten bringt; daraufhin versucht diese nicht nur, ihr Geld zurückzubekommen, sondern auch noch, ihn um den vereinbarten Anteil zu bringen, bevor sie ihm den Prozeß machen und ihn henken läßt. Aber irgendwie ist ihr dabei das meiste Geld durch die Lappen gegangen.

»Unterdessen hat Kidd sein Schiff ständig in Bewegung gehalten«, erzählte Emma weiter. »Er ist kreuz und quer durchgesegelt – von der Oyster Bay nach Gardiners Island und bis nach Block Island. In dieser Zeit soll die *San Antonio* etwas leichter geworden sein.«

»Er hat den Schatz von Bord geschafft.«

»Das scheint er getan zu haben, und auf diese Weise sind die

Legenden von einem vergrabenen Piratenschatz entstanden.« Langsam fuhr sie fort: »Wir haben es also mit einem Mann zu tun, der Gold und Juwelen im Wert von zehn bis fünfzehn Millionen Dollar an Bord hat und der genau weiß, daß er auf See jederzeit gefangengenommen werden kann. Er hat ein kleines Schiff mit nur vier Kanonen. Es ist schnell, aber jedem Kriegsschiff hoffnungslos unterlegen. Was hättest du an seiner Stelle getan?«

»Ich glaube, ich wäre abgehauen.«

»Er hat kaum noch Matrosen und ist knapp an Proviant. Seine Frau und seine Kinder sind an Bord.«

»Aber er hat das Geld. Damit sollte er abhauen.«

»Nun, das hat er nicht getan. Er beschließt, sich zu stellen. Aber er ist nicht dumm, deshalb versteckt er vorsichtshalber den Schatz – auch die Anteile, die Bellomont, die vier Lords und der König als Investoren erhalten sollten. Dieser Schatz wird jetzt Kidds Lebensversicherung.«

Ich nickte. »Also hat er die Beute vergraben.«

»Richtig. Im Jahr sechzehnhundertneunundneunzig ist die amerikanische Ostküste außerhalb von Boston und Manhattan so dünn besiedelt gewesen, daß Kidd an Tausenden von Stellen unbeobachtet an Land gehen und seinen Schatz vergraben konnte.«

»Zum Beispiel unter Captain Kidds Bäumen.«

»Ja. Und weiter östlich liegt Captain Kidds Felsterrasse – vermutlich irgendwelche Klippen, denn auf Long Island gibt es keine richtige Felsterrasse.«

Ich setzte mich auf. »Wo liegt diese Felsterrasse?«

»Irgendwo zwischen Mattituck Inlet und Orient Point. Ganz genau weiß das niemand. Sie gehört einfach zu den Mythen, die sich um William Kidd ranken.«

»Ja, das macht das Ganze so interessant.«

Ich nickte. Eine dieser Legenden – Captain Kidds Felsterrasse – hatte die Gordons dazu veranlaßt, Mrs. Wiley das Grundstück auf den Klippen abzukaufen. Ganz schön clever!

»Kidd hat seinen Schatz zweifellos an mehreren Stellen versteckt«, fuhr Emma fort. »Hier auf der North Fork, auf Block Island und auf Fishers Island. Das sind die in den meisten Berichten erwähnten wahrscheinlichsten Stellen.«

»Gibt's außerdem noch welche?«

»Eine weitere ist dokumentiert: Gardiners Island. Im Juni sechzehnhundertneunundneunzig hat Kidd, der ständig unterwegs war, während er versuchte, einen Deal mit Lord Bellomont auszuhandeln, vor Gardiners Island geankert, um Proviant an Bord zu nehmen. Auf zeitgenössischen Seekarten war die Insel als Isle of Wight verzeichnet, aber sie ist damals wie heute im Besitz der Familie Gardiner gewesen.«

»Soll das heißen, daß die Insel noch heute einer Familie Gardiner gehört, der sie schon im Jahr sechzehnhundertneunundneunzig gehört hat?«

»Richtig. Die Insel befindet sich im Familienbesitz, seit König Karl I. sie den Gardiners im Jahr sechzehnhundertneununddreißig geschenkt hat. Im Jahr sechzehnhundertneunundneunzig hat dort John Gardiner mit seiner Familie gelebt. Auf Gardiners Island gibt es ein Kidd Valley und einen Gedenkstein, der die Stelle bezeichnet, an der Gardiner auf Kidds Verlangen einen Teil seines Schatzes vergraben hat. Die Insel kann nicht besichtigt werden, aber mit Gästen macht der jetzige Besitzer manchmal einen Rundgang.« Sie zögerte, dann fügte sie hinzu: »Fredric und ich sind mal drüben eingeladen gewesen.«

Ich äußerte mich nicht dazu, sondern sagte: »Es *hat* also einen vergrabenen Schatz gegeben.«

»Ja. William Kidd ist mit der *San Antonio* aufgekreuzt, und John Gardiner ist ihm mit einem kleinen Boot entgegengefahren. Ihre Begegnung scheint freundschaftlich verlaufen zu sein, und die beiden haben Geschenke ausgetauscht. Bei einem weiteren Treffen hat Kidd Gardiner einen Teil seiner Beute übergeben, den dieser für ihn vergraben sollte.«

»Hmmm, hoffentlich hat Kidd sich eine Quittung geben lassen«, sagte ich.

»Nicht nötig. Beim Abschied hat er John Gardiner gewarnt: ›Ist er weg, wenn ich ihn holen will, büßt Ihr oder Euer Sohn mit dem Kopf dafür.‹«

»Besser als jede Quittung.«

Emma nahm einen Schluck Tee. »Kidd ist natürlich nie zurückgekommen. Nachdem Bellomont ihm zweimal schriftlich versichert hatte, wenn er schuldlos sei, habe er nichts zu befürchten, ist er nach Boston gesegelt und dort am ersten Juli angekommen. Kurz darauf wurde er auf Befehl des Gouverneurs verhaftet und in Ketten gelegt. Die Durchsuchung seines Schiffs und seines Bostoner Quartiers hat säckeweise Gold und Silber, aber auch Schmuckstücke und Diamanten zutage gefördert. Das war ein beträchtlicher Schatz, aber nur ein Bruchteil dessen, was Kidd erbeutet hatte – und bei weitem nicht genug, um die Kosten seines Unternehmens zu decken.«

»Was ist aus dem Schatz auf Gardiners Island geworden?« erkundigte ich mich.

»Nun, irgendwie – darüber gibt es mehrere Versionen – hat Bellomont davon erfahren und John Gardiner in einem durch Boten überbrachten Schreiben aufgefordert, den ihm von Captain Kidd übergebenen Schatz sofort auszuliefern. Augenblick, ich habe eine Abschrift seines Schreibens hier…«

Emma legte mir das Schreiben hin, und ich warf einen Blick darauf. Ich konnte tatsächlich einige Halbsätze entziffern. Unglaublich, dachte ich, daß so etwas dreihundert Jahre überdauert hat. Dabei fiel mir ein, daß ein weiteres dreihundert Jahre altes Schriftstück mit detaillierten Angaben über das Versteck von Captain Kidds Schatz im zwanzigsten Jahrhundert zur Ermordung zweier Wissenschaftler geführt haben konnte.

Ich sagte zu Emma: »Hoffentlich hat John Gardiner den Gouverneur in seinem Antwortschreiben gefragt: ›Welcher Captain Kidd? Welches Gold?‹«

Lächelnd schüttelte sie den Kopf. »Nein, Gardiner ist zu ehrlich gewesen, um den Gouverneur und seinen König zu betrügen. Er hat den Schatz pflichtgemäß in Boston abgeliefert.«

»Ich wette, daß er einen Teil davon behalten hat.«

»Jedenfalls hat er über elfhundert Unzen Gold, fast zweieinhalbtausend Unzen Silber und siebzehn Unzen Edelsteine abgeliefert«, erklärte Emma. »Das ist ein beträchtlicher Schatz, aber wenn man den Zahlenangaben des Großmoguls glaubt, war damit auf Gardiners Island, an Bord der *San Antonio* und in Kidds Bostoner Quartier erst ein Zwanzigstel der Gesamtbeute sichergestellt.« Sie fragte mich lächelnd: »Okay, Detective, wo ist also der Rest geblieben?«

»Okay… ein Drittel ist noch in der Karibik.«

»Stimmt. Dieser Schatz, der gut dokumentiert war, ist verschollen und hat Anlaß zu unzähligen karibischen Legenden gegeben, die unseren hiesigen Legenden entsprechen.«

»Okay... außerdem hat die Schiffsbesatzung ihren Anteil bekommen, bevor alle Männer von Bord gegangen sind.«

»Ja, aber die Besatzung hat gemeinsam nicht mehr als ein Zehntel der Gesamtbeute erhalten. Das ist damals üblich gewesen.« Sie fragte erneut: »Wo ist also der Rest geblieben?«

»Nun, wir können annehmen, daß John Gardiner ein bißchen für sich abgezweigt hat.«

»Das können wir.«

»Der Rechtsanwalt hat bestimmt sein Honorar kassiert.«

Sie nickte.

»Wieviel fehlt dann noch?«

Emma zuckte mit den Schultern. »Wer weiß? Die Schätzungen reichen von fünf bis zehn Millionen Dollar, nach heutigem Wert wohlgemerkt. Aber würde Kidds Schatz in einer verrotteten Kiste im ursprünglichen Versteck entdeckt und dann bei Sotheby's versteigert, könnte sein Wert sich leicht verdoppeln oder verdreifachen. Allein die Schatzkarte – wenn es eine von Kidd gezeichnete gäbe – würde bei einer Versteigerung einige hunderttausend Dollar bringen.«

»Was bekommt ihr für die Schatzkarten im Geschenkladen?«

»Vier Dollar.«

»Dann sind sie also nicht echt?«

Sie lächelte und trank ihren Tee aus.

»Wir nehmen also an, Captain Kidd habe den Schatz als eine Art Rückversicherung an einem oder mehreren Orten vergraben, um sich damit seine Freiheit zu erkaufen und sich vor dem Galgen zu retten«, sagte ich.

»Das wird allgemein vermutet. Hat er einen Teil der Beute auf Gardiners Island vergraben, hat er aus demselben Grund wahrscheinlich auch an anderen Orten Verstecke angelegt.« Langsam fügte sie hinzu: »Captain Kidds Bäume und Captain Kidds Felsterrasse.«

»Ich bin hingefahren und habe mir Captain Kidds Bäume angesehen«, erklärte ich ihr.

»Tatsächlich?«

»Ich habe die richtige Stelle gefunden, glaube ich, aber die Bäume stehen längst nicht mehr.«

»Um die Jahrhundertwende haben dort noch ein paar riesige Eichen gestanden, aber die sind alle gefällt worden. Früher haben Schatzsucher den Boden um die Baumstümpfe herum aufgegraben.«

»Einige der Baumstümpfe sind noch zu sehen«, sagte ich.

»In der Kolonialzeit ist die Schatzgräberei so in Mode gewesen, daß Benjamin Franklin in Zeitungsartikeln dagegen gewettert hat«, erklärte Emma. »Noch in den dreißiger Jahren haben hier Leute nach Schätzen gegraben. Diese Manie hat sich zwar fast gegeben, aber da sie hier Tradition hat, wollte ich nicht, daß man uns im Cutchogue Diner von vergrabenen Schätzen reden hört. Sonst wäre jetzt bereits die halbe Stadt aufgebuddelt.« Sie lachte.

»Erstaunlich.« Ich fragte: »Kidds vergrabener Schatz hätte also seine Lebensversicherung sein sollen – warum hat sie ihn dann nicht vor dem Galgen bewahrt?«

»Wegen einer unglücklichen Verkettung von Pech, Rachsucht und Mißverständnissen. Vor allem hat niemand in Boston oder London geglaubt, Kidd könne den in der Karibik zurückgelassenen Teil des Schatzes zurückholen. Der war natürlich längst spurlos verschwunden. Außerdem haben die Beschwerde des Großmoguls und das politische Problem eine Rolle gespielt. Kidd hat zu hoch gepokert, als er für die Rückgabe der Beute eine Begnadigung durch den König gefordert hat. Aber der König und die anderen wußten, daß sie die Beute im Interesse der East India Company dem Mogul würden zurückgeben müssen – und deshalb hatten sie kein Interesse daran, Kidd zu begnadigen. Sie wollten ihn lieber hängen, was sie dann auch getan haben.«

»Hat Kidd vor Gericht über seinen vergrabenen Schatz gesprochen?«

»Kein Wort. Das Verhandlungsprotokoll läßt den Schluß zu, daß Kidd frühzeitig erkannte, daß er auf jeden Fall am Galgen enden würde. Anscheinend hat er diese Tatsache akzeptiert und aus Trotz beschlossen, sein Geheimnis mit ins Grab zu nehmen.«

»Oder er hat es seiner Frau anvertraut.«

»Durchaus möglich. Sie hat selbst etwas Geld gehabt, aber

nach dem Tod ihres Mannes scheint sie recht gut gelebt zu haben.«

»Das tun sie alle.«

»Bitte keine sexistischen Bemerkungen. Erzähl mir lieber, was aus dem Schatz geworden ist.«

»Ich habe nicht genügend Informationen«, sagte ich. »Die Spuren sind dreihundert Jahre alt. Trotzdem vermute ich, daß irgendwo noch Teile des Schatzes vergraben liegen.«

»Du glaubst also nicht, daß Kidd seiner Frau alle Verstecke mitgeteilt hat?«

Ich überlegte kurz, dann antwortete ich: »Kidd hat gewußt, daß auch seine Frau verhaftet werden und zum Reden gebracht werden könnte. Deshalb ... Ich glaube, daß er sie nicht von Anfang an eingeweiht hat, aber als er in Boston im Gefängnis gesessen hat und damit rechnen mußte, nach London gebracht zu werden, hat er ihr vermutlich ein paar Hinweise gegeben. Zum Beispiel durch diese achtstellige Zahl.«

Emma nickte. »Nach allgemeiner Überzeugung soll Sarah Kidd sich einen Teil des Schatzes geholt haben. Aber ich bezweifle, daß Kidd ihr *alle* Verstecke mitgeteilt hat, denn *wäre* sie verhaftet und zum Reden gebracht worden, wäre seine vermeintliche Lebensversicherung wertlos gewesen. Ich glaube wirklich, daß er das Geheimnis des Hauptverstecks mit ins Grab genommen hat.«

»Ist Kidd gefoltert worden?« fragte ich.

»Nein«, antwortete sie, »und darüber haben die Leute sich immer schon gewundert. Damals ist man nämlich wegen weit harmloserer Vergehen gefoltert worden.« Abschließend sagte sie: »Vieles an Kidds Geschichte ist unerklärlich geblieben.«

»Hätte ich damals gelebt, hätte ich alles aufgeklärt.«

»Hättest du damals gelebt, wärst du als Unruhestifter aufgeknüpft worden.«

»Sei nett zu mir, Emma.«

Ich verarbeitete diese Informationen. Dann fiel mir wieder Charles Wilsons Brief an seinen Bruder ein, und ich fragte Emma: »Hältst du's für möglich, daß Kidd alle Stellen, an denen er Teile des Schatzes vergraben hat, im Kopf gehabt hat? Ist das denkbar?«

»Eigentlich nicht«, antwortete sie und fügte hinzu: »Bellomont hat in Kidds Bostoner Quartier und auf der *San Antonio* alle möglichen Papiere beschlagnahmen lassen, ohne darin Hinweise auf die Verstecke zu finden – oder der Gouverneur hat sie für sich behalten. Übrigens ist Bellomont gestorben, bevor Kidd in London gehenkt wurde, so daß etwa in seinem Besitz befindliche Schatzkarten Kidds bei seinem Tod verschwunden sein könnten. Wie du siehst, John, gibt es viele kleine Spuren, Hinweise und Ungereimtheiten. Interessierte Leute betätigen sich seit Jahrhunderten als Geschichtsdetektive.« Lächelnd fragte sie: »Na, hast du's schon rausgekriegt?«

»Noch nicht. Ich brauche noch ein paar Minuten.«

»Laß dir ruhig Zeit. Aber ich brauche einen Drink. Komm, wir gehen.«

»Augenblick! Ich darf noch ein paar Fragen stellen.«

»Okay. Schieß los.«

»Ich bin also Captain Kidd und segle kreuz und quer durch den Long Island Sound … seit wann?«

»Seit ein paar Wochen.«

»Richtig. Ich habe in der Oyster Bay gelegen, um Verbindung mit dem Anwalt aufzunehmen, und meine Frau und meine Kinder sind aus Manhattan an Bord gekommen. Ich bin auf Gardiners Island gewesen … ich habe Mr. Gardiner gebeten, einen Teil meines Schatzes für mich zu vergraben. Weiß ich, wo er ihn vergraben hat?«

»Nein, und deshalb ist keine Schatzkarte erforderlich gewesen. Kidd hat Gardiner nur aufgefordert, dafür zu sorgen, daß er den Schatz bei seiner Rückkehr vorfinde, sonst müsse ein Gardiner mit seinem Kopf dafür büßen.«

Ich nickte. »Das ist besser als jede Schatzkarte. Kidd hat nicht mal ein Loch graben müssen.«

»Ja, das stimmt.«

»Glaubst du, daß Kidd an anderen Orten ähnlich vorgegangen ist?«

»Wer weiß? Die übliche Methode war, mit ein paar Männern an Land zu fahren, den Schatz zu vergraben und eine Karte der näheren Umgebung zu zeichnen.«

»Dann wissen die Augenzeugen, wo der Schatz liegt.«

»Die traditionelle Geheimhaltungsmethode von Piraten besteht daraus, den Mann, der die Grube ausgehoben hat, umzubringen und hineinzuwerfen. Dann füllen der Kapitän und sein treuer Maat die Grube auf. Der Geist des ermordeten Seemanns soll den Schatz bewachen. Tatsächlich sind auf manchen vergrabenen Schatzkisten Skelette gefunden worden.«

»Indizienbeweis für Mord«, stellte ich fest.

»Wie ich schon sagte, dürfte Kidds Besatzung damals auf sechs bis sieben Mann zusammengeschrumpft gewesen sein«, fuhr Emma fort. »Konnte er einem seiner Leute das Schiff, die Besatzung und seine Familie anvertrauen, konnte er leicht in die nächste Bucht rudern, um eine Schatzkiste zu vergraben. Das ließe sich machen. In den alten Seeräuberfilmen geht immer eine ganze Horde Piraten an Land, aber je nach Größe der Kiste braucht man nur ein bis zwei Leute.«

Ich nickte. »Unser Geschichtsverständnis wird maßgeblich durch historisch ungenaue Filme beeinflußt.«

»Wahrscheinlich hast du recht«, stimmte sie zu. »Aber eines zeigen sie ziemlich richtig: Jede Schatzsuche beginnt mit der Entdeckung einer lange verschollenen Karte. Wir verkaufen sie unten für vier Dollar, aber jahrhundertelang hat man sie Leichtgläubigen für Tausende von Dollar angedreht.«

Ich dachte darüber nach. Offenbar war eine dieser Schatzkarten – allerdings eine echte – irgendwie in den Besitz von Tom und Judy und/oder Fredric Tobin gelangt. »Du hast vorhin erwähnt«, sagte ich, »daß Gardiners Island ursprünglich Isle of Wight hieß.«

»Ja.«

»Gibt's hier in der Nähe weitere Inseln, die früher andere Namen hatten?«

»Jede Menge. Ursprünglich haben sie natürlich Indianernamen gehabt. Später haben manche holländische oder englische Namen bekommen, aber selbst die haben sich im Laufe der Zeit geändert. Ortsbezeichnungen in der Neuen Welt sind lange problematisch gewesen. Manche englischen Kapitäne hatten nur holländische Seekarten, auf manchen Karten waren Flüsse oder Inseln falsch benannt, die Schreibweise war uneinheitlich, und manche Karten haben weiße Flecken oder sogar bewußt falsche Informationen enthalten.«

»Schlecht für Schatzsucher«, meinte ich.

Sie nickte. »Die von einer Seekarte abgezeichnete Schatzkarte eines Piraten kann also von Anfang an mit Ungenauigkeiten behaftet gewesen sein. Und du mußt bedenken, daß heutzutage nicht viele authentische Schatzkarten existieren, so daß kaum eine Aussage zur allgemeinen Genauigkeit solcher Karten möglich ist. Viel hing von den Fähigkeiten des jeweiligen Piraten ab. Und manche scheinen nicht sonderlich hell gewesen zu sein.«

Ich lächelte.

»Hat ein Pirat auf eine Kartenskizze verzichtet«, fuhr sie fort, »sind die Aussichten, den vergrabenen Schatz nur nach seiner Beschreibung zu finden, weit geringer. Nehmen wir mal an, du hättest ein altes Schriftstück entdeckt, das folgendes besagt: ›Meinen Schatz habe ich auf Pruym Eyland vergraben – geh vom Adlerfelsen vierzig Schritte zur Doppeleiche, von dort aus dreißig Schritte genau nach Süden‹ und so weiter. Läßt sich nicht feststellen, welche Insel mit Pruym Eyland gemeint ist, ist deine Suche von Anfang an zum Scheitern verurteilt. Bekommst du jedoch heraus, daß Plum Island früher Pruym Eyland hieß, mußt du den Felsen finden, der damals allgemein als Adlerfelsen bekannt gewesen ist. Auf die Doppeleiche brauchst du dagegen nicht mehr zu hoffen. Du verstehst, was ich meine?«

»Natürlich.«

Emma machte eine kurze Pause. »Archivare sind in gewisser Weise auch Detektive«, erklärte sie mir dann. »Soll ich dir sagen, was ich vermute?«

»Bitte sehr.«

Sie überlegte einen Augenblick. »Okay… die Gordons haben irgendwo Hinweise auf Captain Kidds Schatz oder einen anderen Piratenschatz gefunden, und dann hat ein anderer davon erfahren, und deshalb sind die Gordons ermordet worden.« Sie warf mir einen prüfenden Blick zu. »Habe ich recht?«

»So ähnlich muß es gewesen sein«, bestätigte ich. »Ich bin noch dabei, den genauen Ablauf zu klären.«

»Haben die Gordons den Schatz tatsächlich gefunden?«

»Das weiß ich nicht.«

Sie fragte nicht weiter danach.

»Ich frage mich, wie die Gordons auf diesen Hinweis gestoßen sind? Ich meine, ich sehe hier kein Ablagefach mit der Beschriftung ›Schatzkarten‹. Richtig?«

»Richtig. Unsere Schatzkarten werden im Geschenkeladen verkauft. Andererseits gibt es hier, in anderen Museen und bei anderen Vereinigungen noch immer viele Dokumente, die bisher niemand gelesen oder zumindest nicht richtig gedeutet hat. Du weißt, was ich meine?«

»Ja, ich verstehe.«

»Ich vermute – und das ist wirklich nur eine Vermutung –, daß jemand wie die Gordons, also kein Archivar oder Historiker, zufällig auf etwas gestoßen ist, das so sonnenklar war, daß es sogar Laien deuten konnten.«

»Zum Beispiel eine Landkarte?«

»Ja, beispielsweise eine Karte, die ein klar erkennbares Stück Land mit Geländemerkmalen, Entfernungen in Schritten, Richtungen in Kompaßgraden und so weiter zeigt. Damit hätten sie gleich losziehen und nach dem Schatz graben können.« Sie überlegte, dann fügte sie hinzu: »Die Gordons haben viele archäologische Grabungen auf Plum Island vorgenommen… vielleicht haben sie in Wirklichkeit einen Schatz gesucht.«

»Nicht nur vielleicht.«

Emma runzelte die Stirn. »Soviel ich weiß, haben sie die halbe Insel umgegraben. Das legt nicht gerade den Schluß nahe, sie hätten genau gewußt, wo…«

»Die Grabungen haben nur zur Tarnung gedient. Als angebliche Hobbyarchäologen konnten sie in einsamen Gebieten der Insel mit Schaufeln herumlaufen. Ich vermute auch, daß ihre Archivarbeit weitgehend zur Tarnung gedient hat.«

»Warum?«

»Ein auf Plum Island gemachter Fund hätte nicht ihnen gehört, weil die Insel dem Staat gehört. Also mußten die beiden sich eine passende Geschichte zurechtlegen. Die Geschichte von Tom und Judy Gordon, die in einem Archiv – hier oder in London – auf ein Schriftstück gestoßen sind, in dem Captain Kidds Felsterrasse oder Captain Kidds Bäume erwähnt waren und das sie angeblich auf die Idee gebracht hat, den Piratenschatz zu suchen. In Wirklichkeit haben sie längst gewußt, daß der Schatz auf Plum Island lag.«

»Unglaublich.«

»Ja, aber du mußt das Problem gewissermaßen von rückwärts lösen. Stell dir vor, du hättest eine authentische Landkarte oder eine detaillierte Beschreibung gefunden, die zu einem auf Plum Island vergrabenen Schatz führt. Was würdest du, was würde Emma Whitestone tun?«

Sie brauchte nicht lange zu überlegen. »Ich würde die Informationen an die zuständigen staatlichen Stellen weitergeben«, antwortete sie. »Es handelt sich um ein historisch bedeutendes Dokument, und falls der Schatz wirklich existiert, ist auch er historisch bedeutend. Liegt er auf Plum Island, sollte er auf Plum Island gefunden werden. Jede andere Lösung wäre nicht nur unehrlich, sondern einfach Betrug.«

»Die Geschichte der Menschheit strotzt vor Lügen, Betrug und Schwindel. So ist dieser Piratenschatz überhaupt erst auf die Insel gekommen. Was spricht gegen einen weiteren kleinen Schwindel? Der Schatz gehört seinem Finder. Richtig?«

»Nein«, widersprach sie, »er gehört dem Grundstücksbesitzer – im Fall Plum Island also dem Staat. Hätte ich ihn entdeckt, wäre ich einer Belohnung nicht abgeneigt.«

Ich lächelte.

Sie musterte mich prüfend. »Was würdest *du* tun?«

»Nun … im Geiste Captain Kidds würde ich versuchen, einen Deal auszuhandeln. Ich würde den Schatz nicht einfach dem heutigen Grundstücksbesitzer überlassen. Schließlich wäre es nur fair, einen Anteil am Ertrag zu erlangen. Sogar Onkel Sam läßt sich manchmal auf einen Handel ein.«

Emma dachte darüber nach. »Wahrscheinlich hast du recht. Aber das haben die Gordons nicht getan.«

»Richtig. Sie haben einen oder mehrere Partner gehabt, die geldgieriger waren. Und vermutlich bereit, für Geld zu morden. Aber wir wissen nicht wirklich, *was* die Gordons vorgehabt haben, denn sie können wir nicht mehr fragen. Wir können aber vermuten, daß der Fall mit handfesten Informationen über einen auf Plum Island versteckten Schatz anfing. Und daß alles, was die beiden danach getan haben, ein bewußtes, cleveres Täuschungsmanöver war – die Peconic Historical Society, die archäologischen Grabungen, die Nachforschungen in Archiven und sogar die im Londoner Public Records Office verbrachte Woche. Das diente einzig und allein dazu, den Abtransport des Schatzes von Onkel Sams Insel und seine ›Entdeckung‹ auf einem Grundstück der Gordons vorzubereiten.«

Emma nickte. »Und deshalb haben die Gordons Mrs. Wiley das Grundstück abgekauft – um den Schatz dort zu vergraben … Captain Kidds Felsterrasse.«

»Genau! Klingt das logisch, oder bin ich verrückt?«

»Du bist verrückt, aber es klingt trotzdem logisch.«

Ich ignorierte ihre Behauptung und sprach weiter: »Geht's um zehn bis zwanzig Millionen Dollar, macht man alles richtig. Man läßt sich Zeit, verwischt seine Spuren, bevor jemand auch nur merkt, daß man welche hinterläßt, und ist auf Probleme mit Historikern, Archäologen und staatlichen Stellen gefaßt. Man sieht voraus, daß man nicht nur reich, sondern auch berühmt sein und vielleicht wider Willen im Rampenlicht stehen wird. Dann ist man jung, gut aussehend, intelligent und reich. Und man will keine Probleme.«

Sie nickte nachdenklich. »Aber dann ist irgendwas schiefgegangen.«

»Offensichtlich – sie sind tot.«

Wir schwiegen einen Moment lang. Ich kannte jetzt viele Antworten, aber ich hatte noch immer zahlreiche Fragen. Manche würden vielleicht nie beantwortet werden, weil Tom und Judy Gordon einige ihrer Geheimnisse genau wie William Kidd mit ins Grab genommen hatten.

Schließlich fragte Emma: »Wer ist deiner Meinung nach der Täter?«

»Vermutlich ihr oder ihre Partner.«

»Ja, natürlich … aber *wer?*«

»Das weiß ich noch nicht. Hast du jemanden im Verdacht?«

Sie schüttelte den Kopf, aber ich ahnte, daß sie sehr wohl einen Verdacht hatte.

Ich hatte Emma Whitestone, die ich eigentlich nicht kannte, vieles anvertraut. Aber ich habe ein gutes Gespür dafür, wer vertrauenswürdig ist. Sollte ich mich getäuscht haben und sie an dieser Verschwörung beteiligt sein, wußte sie das alles ohnehin. Und falls sie Fredric Tobin oder sonst jemandem berichtete, daß ich alles rausgekriegt hatte, konnte mir das nur recht sein. Fredric Tobin wohnte in einem hohen Turm und war bestimmt nicht leicht auszuräuchern. Aber falls es Beteiligte gab, von denen ich bisher nichts wußte, konnte ich auf diese Weise vielleicht auch sie ausräuchern.

Ich dachte über die nächste Frage nach und beschloß dann, alles auf eine Karte zu setzen. »Soviel ich weiß, sind einige Mitglieder der Peconic Historical Society auf Plum Island gewesen, um mögliche Grabungsstätten zu besichtigen.«

Sie nickte.

»Hat Fredric Tobin zu diesen Leuten gehört?«

Emma zögerte kurz – vermutlich aus alter Loyalität. »Ja«, bestätigte sie dann. »Er ist einmal mit drüben auf der Insel gewesen.«

»Unter Führung der Gordons?«

»Ja.« Sie starrte mich an und fragte stockend: »Denkst du etwa… ich meine…?«

»Ich kann über Motive und Methoden spekulieren«, erklärte ich ihr, »aber ich stelle nie Vermutungen über Tatverdächtige an. Und was wir bisher besprochen haben, mußt du unbedingt für dich behalten.«

Sie nickte.

Ich betrachtete Emma. Sie war offensichtlich genau das, was sie zu sein schien: eine ehrliche, intelligente, bezaubernd verrückte Frau. Ich mochte sie. Ich ergriff ihre Hand und hielt sie in meiner.

»Danke für deine Zeit und dein Wissen«, sagte ich.

»Es hat Spaß gemacht.«

Ich nickte. Dann fiel mir wieder William Kidd ein, und ich fragte: »Sie haben ihn also gehenkt?«

»Das haben sie. Er hat in England über ein Jahr im Gefängnis gesessen, bevor sie ihm im Old Bailey den Prozeß gemacht haben. Sie haben ihm weder Verteidiger noch Zeugen, noch Beweisanträge gestattet. Er wurde schuldig gesprochen und auf dem Galgenkai an der Themse gehenkt. Der geteerte Leichnam ist als Warnung für Seeleute für alle sichtbar aufgehängt worden.«

Ich stand auf. »Komm, Zeit für einen Drink.«

23. Kapitel

Mir war nach Pasta zumute, deshalb schlug ich vor, zum Abendessen zu Claudio's zu fahren, und Emma war einverstanden.

Claudio's ist in Greenport, das, wie schon gesagt, ungefähr zweitausend Einwohner hat – also weniger, als in meiner Eigentumswohnanlage leben.

Wir fuhren auf der Main Road nach Osten. Es wurde schon dunkel, als wir das Dorf gegen sechs erreichten.

Der Handels- und Fischereihafen Greenport ist weniger alt und weniger malerisch als die Ortschaften. In den letzten Jahren hat eine gewisse Luxussanierung um sich gegriffen – Boutiquen, schicke Restaurants und so weiter –, aber Claudio's hat sich seit meiner Kindheit nicht wesentlich verändert. Schon damals, als es auf der North Fork nur wenige Restaurants gab, stand Claudio's am Ende der Main Street in der Nähe der Pier.

Ich parkte, und wir gingen auf die Pier hinaus. Ein großer alter Dreimaster hatte dort seinen letzten Liegeplatz gefunden, in der Nähe gab es eine Muschelbar, auf der Pier gingen Leute spazieren, und unter uns dümpelten ein paar Motorboote, deren Besitzer wahrscheinlich in Claudio's saßen. Der Abend war schön, und ich äußerte mich lobend über den wunderbaren Herbst.

»Aus der Karibik zieht ein Tiefdruckgebiet herauf«, sagte Emma.

»Schlimm?«

»Nur ein kleiner Hurrikan.«

»Ach so.« Wie ein kleiner Löwe. Es war nett, Hurrikane von einer Eigentumswohnung in Manhattan aus zu beobachten. Hier draußen auf dieser Landzunge, die keine fünfzehn Meter über dem Meeresspiegel lag, war es weniger nett. Ich erinnerte mich an einen Hurrikan, den ich als kleiner Junge hier draußen erlebt hatte. Er fing spaßig an, wurde aber sehr bald beängstigend.

Wir schlenderten über die Pier und sprachen über dieses und jenes. Am Anfang einer neuen Beziehung ist alles so aufregend – ungefähr drei Tage lang –, und erst dann merkt man, daß man sich eigentlich gar nicht mag. Der Auslöser ist oft eine Frage wie: »Ich hoffe, du magst Katzen?«

Aber bei Emma Whitestone fühlte ich mich noch immer sehr wohl. Auch sie schien sich in meiner Gesellschaft wohl zu fühlen. »Ich bin gern mit dir zusammen«, sagte sie sogar.

»Wie kommt das?«

»Nun, du bist anders als andere Männer, die wollen alles über mich erfahren, viel über mich reden, über Kunst, Politik und Philosophie diskutieren und zu allem meine Meinung hören. Du bist anders. Du willst nur Sex.«

Ich lachte.

Sie nahm meinen Arm, und wir gingen bis ans Ende der Pier und beobachteten die Boote.

»Weißt du, was ich mir überlegt habe?« fragte Emma plötzlich. »Wären Tom und Judy noch am Leben und hätten bekanntgegeben, daß sie einen phantastischen Piratenschatz gefunden haben, wäre Nassau Point von den Medien totgetrampelt worden – genau wie jetzt nach ihrer Ermordung. Sie sind überall in Southold gewesen, haben Passanten auf der Straße interviewt, haben die Main Street gefilmt und so weiter.«

»Das ist eben ihr Beruf.«

»Mir kommt's wie Ironie des Schicksals vor, daß sie dagewesen sind, um über den Tod der Gordons statt über ihren unerwarteten Reichtum zu berichten.«

Ich nickte. »Eine interessante Beobachtung.«

»Ob die Medienleute zur Peconic Historical Society gekommen wären, um mehr über die Hintergründe der Schatzgeschichte zu erfahren?«

»Wahrscheinlich.«

»Hier hat's wie gesagt immer wieder Ausbrüche von Schatzsucherfieber gegeben«, berichtete Emma. »Noch in den dreißiger Jahren – während der Weltwirtschaftskrise – und bis Ende der fünfziger Jahre ist die North Fork mehrmals von einer Kidd-Manie heimgesucht worden, meist aufgrund von dummen Gerüchten oder unbedeutenden Münzfunden am Strand. Schatzsucher sind von überallher zusammengeströmt und haben Strände, Klippen und Wälder umgegraben… Das ist schon lange nicht mehr passiert… Vielleicht haben sich die Zeiten geändert. Hast du als kleiner Junge Pirat gespielt?« wollte sie wissen.

»Darüber habe ich eben nachgedacht… Ich weiß noch, daß ich mich mit Piraten beschäftigte. Aber eigentlich nur am Rand…« Erklärend fügte ich hinzu: »Meine Tante June hat immer fürs Besondere geschwärmt. Sie hat sich schon mit Indianern befaßt, bevor Indianer in Mode waren.«

»Das Hobby meiner Familie sind die ersten Siedler und der Unabhängigkeitskrieg gewesen. Ich erinnere mich, daß manchmal von Piraten die Rede war… Mein älterer Bruder und seine Freunde haben manchmal Piraten gespielt – wie Räuber und Gendarm, Cowboy und Indianer.«

»Heutzutage spielen die Kinder Dealer und Drogenfahnder«, sagte ich. »Dabei fällt mir der Junge ein, den ich heute kennengelernt habe.« Ich erzählte von Billy dem Schatzsucher.

»Diese Sache scheint in Zyklen aufzutreten«, meinte Emma. »Vielleicht kommen Piraten wieder in Mode.« Sie fragte mich: »Hast du mal Robert Louis Stevensons *Schatzinsel* gelesen?«

»Mehrmals. Und E. A. Poes *Goldkäfer*. Erinnerst du dich an den dämlichen Hinweis mit der Zeichnung einer jungen Ziege, die auf englisch *kid* heißt? *Kid* – Kidd, kapiert?«

»Natürlich. Kennst du Washington Irvings *Wolfert Webber?«*

»Nie gehört«, gab ich zu.

»Eine tolle Piratengeschichte«, erklärte sie. Dann fragte sie lächelnd: »Haben dir die alten Seeräuberfilme aus den dreißiger und vierziger Jahren auch so gut gefallen?«

»Für die habe ich geschwärmt!« Wir lachten beide, und ich sagte: »Ich mag dich.«

»Natürlich tust du das.«

Auf dem Weg zu Claudio's gingen wir tatsächlich händchenhaltend die Pier entlang, was ich schon lange nicht mehr getan hatte.

Im Restaurant herrschte für einen Wochentag ziemlich lebhafter Betrieb, deshalb setzten wir uns auf einen Drink an die Bar, während wir auf einen Tisch warteten.

Claudio's befindet sich wie schon erwähnt in einem um 1830

erbauten Gebäude und nimmt für sich in Anspruch, das älteste amerikanische Restaurant zu sein, das noch immer von der Gründerfamilie betrieben wird – seit 1870 von den Claudios. Wie mir ein Barkeeper erzählt hatte, war die Bar, in der Emma und ich jetzt saßen, in den achtziger Jahren des vorigen Jahrhunderts mit einem Schleppkahn aus Manhattan hertransportiert worden.

Diese Bar aus Mahagoni, geschliffenem Glas und italienischem Marmor wirkt leicht fremdartig, exotisch und sehr anders als der nachgemachte hierzulande vorherrschende Kolonialstil. Hier konnte ich mir wieder einbilden, in Manhattan zu sein – vor allem wegen des aus dem Restaurant herüberwehenden Dufts italienischer Gerichte. Manchmal hatte ich Sehnsucht nach Manhattan und vor allem nach Little Italy, wo zum Beispiel heute in der Mulberry Street das Fest des heiligen San Gennaro stattfand. Das erinnerte mich wieder daran, daß ich bald ein paar Entscheidungen über meine Zukunft würde treffen müssen.

Als Emma sich ein Glas Weißwein bestellte, sagte der Barkeeper: »Wir schenken sechs hiesige Weine offen aus. Möchten Sie einen bestimmten?«

»Ja… Pindar«, antwortete sie.

Braves Mädchen! Treu und loyal. Trinkt in Gegenwart ihres neuen Verehrers nicht den Wein ihres Exgeliebten.

Ich bestellte ein Budweiser, und wir stießen an. »Noch mal vielen Dank für alles«, sagte ich.

»Welche Geschichtslektion hat dir am besten gefallen?«

»Die auf der Federmatratze.«

»Mir auch.«

Und so weiter.

An den Wänden hingen viele Erinnerungsstücke: Schwarzweißfotos von den Vorfahren der heutigen Besitzer, vergilbte Aufnahmen von Segelregatten, alte Straßenszenen aus Greenport und dergleichen. Ich mag alte Restaurants – sie sind gewissermaßen lebendige Museen, in denen Bier ausgeschenkt wird.

Hier hatte ich im vergangenen Juni die Gordons kennengelernt, was außer meiner Vorliebe für italienische Küche einer der Gründe dafür war, daß ich auch heute zu Claudio's hatte gehen wollen. Manchmal nutzt es, in eine bestimmte Umgebung zurückzukehren, um sich an das, was dort passiert ist, zu erinnern.

Ich war hierhergekommen, weil Claudio's zu den wenigen Lokalen gehörte, die ich kannte. Ich fühlte mich noch ziemlich klapprig, aber nichts hilft einem besser auf die Beine als eine Bar und ein Bier.

Nachdem ich mir wie üblich ein Budweiser bestellt hatte, sah ich ein paar Hocker weiter eine sehr attraktive Frau sitzen. An jenem regnerischen Montag abend in der Vorsaison waren nicht viele Gäste in der Bar. Ich suchte also Blickkontakt mit ihr, und als sie mein Lächeln erwiderte, ging ich zu ihr hinüber. »Hi«, sagte ich.

»Hallo«, antwortete sie.

»Ich heiße John Corey.«

»Judy Gordon.«

»Sind Sie allein?«

»Ja – bis auf meinen Mann, der auf der Toilette ist.«

»Oh...« Jetzt bemerkte ich auch ihren Ehering. Warum konnte ich nicht von Anfang an auf den Ehering achten? Nun, auch verheiratete Frauen, die allein sind... aber ich schweife ab. »Ich gehe und hole ihn«, bot ich ihr an.

Sie lächelte. »Laufen Sie nicht weg«, sagte sie.

Ich war verliebt, aber ich murmelte tapfer: »Bis demnächst mal.« Bevor ich zu meinem Barhocker zurückgehen konnte, kreuzte Tom auf, und Judy machte uns miteinander bekannt.

Als ich eigentlich schon beschlossen hatte zu gehen, forderte Tom mich auf, noch ein Bier mit ihnen zu trinken. Ich hatte keine rechte Lust dazu, weil es mir ein bißchen peinlich war, daß ich mich an seine Frau herangemacht hatte. Aber aus irgendeinem Grund, den ich nie ganz verstehen werde, beschloß ich, dieses eine Bier mit ihnen zu trinken.

Nun, ich kann schweigsam sein, aber diese jungen Leute aus dem Mittleren Westen waren so herzlich und offen, daß ich ihnen schon bald von meinem mir widerfahrenen Mißgeschick erzählte. Sie erinnerten sich an die Fernsehberichterstattung über meinen Fall. In ihren Augen war ich eine Berühmtheit!

Die Gordons erwähnten, daß sie auf Plum Island arbeiteten, was ich interessant fand, und gleich nach der Arbeit mit ihrem

Boot herübergekommen waren, was ich ebenfalls interessant fand. Tom hätte mir ihr Boot gezeigt, aber ich lehnte dankend ab, weil Boote mich weniger interessierten.

Als die Rede darauf kam, daß ich in einem Haus an der Bay wohnte, wollte Tom wissen, wo es lag, und forderte mich auf, es von der Wasserseite her zu beschreiben. Das tat ich, und zu meiner Überraschung kreuzten Judy und er eine Woche später tatsächlich bei mir auf.

Jedenfalls hatten wir uns in Claudio's ausgezeichnet verstanden und eine Stunde später gemeinsam zu Abend gegessen. Das war ungefähr ein Vierteljahr her – kein sehr langer Zeitraum, aber ich hatte mir eingebildet, die beiden gut zu kennen. Jetzt stellte sich jedoch heraus, daß ich längst nicht alles über sie wußte.

»Hallo?« sagte Emma. »John?«

»Entschuldigung. Ich habe bloß daran gedacht, wie ich die Gordons kennengelernt habe. Es war genau hier.«

»Wirklich?« Sie fragte mich: »Bist du persönlich sehr betroffen, daß sie ...«

Ich merkte erst jetzt, wieviel Spaß mir ihre Gesellschaft gemacht hatte. »Du hast recht, ich nehme den Fall doch persönlicher, als ich anfangs geglaubt habe.«

Sie nickte nur. Ich sagte mir, daß sie als Komplizin des Täters oder sonstwie Beteiligte wohl versucht hätte, mich ein bißchen auszuhorchen. Aber sie schien dieses Thema eher meiden zu wollen, was mir auch recht war.

Dann war unser Tisch fertig, und wir gingen auf die verglaste Terrasse mit Hafenblick hinüber. Es war merklich kühler geworden, und ich bedauerte, daß der Sommer sich unaufhaltsam seinem Ende näherte. Seit ich mir meiner Sterblichkeit bewußt war, erinnerten mich die kürzeren Tage und der kalte Wind an die Tatsache, daß der Sommer meines Lebens ebenfalls vorüber war – daß der kleine Johnny, der über eine gefundene Musketenkugel laut gejubelt hatte, endlich erwachsen geworden war, als er mit drei Musketenkugeln im Leib in der West 102nd Street im Rinnstein gelegen hatte.

Amerika ist ein Land zweiter und dritter Chancen, ein Ort vielfacher Wiederbelebungen, so daß man bei genügend Wiederholungen ein vollkommener Trottel sein muß, um es nicht irgendwann zu schaffen.

»Mir scheint, du bist weit weg«, sagte Emma.

»Ich versuche mich zu entscheiden, ob ich mit fritierten Calamari oder den Scungili anfangen soll.«

»Fritiert ist nicht gut für dich.«

»Sehnst du dich manchmal in die Großstadt zurück?« fragte ich.

»Selten. Aber mir fehlt die Anonymität. Hier draußen weiß jeder, mit wem man schläft.«

»Kein Wunder, wenn du alle deine Freunde deinen Mitarbeitern vorführst.«

»Sehnst *du* dich manchmal in die Großstadt zurück?« fragte sie.

»Weiß ich noch nicht … Das stellt sich erst raus, wenn ich wieder dort bin.« Unter dem Vorwand, das Örtchen aufzusuchen, ging ich zu meinem Jeep hinaus und holte den Nachttopf, den ich in der Geschenktüte mitbrachte.

Als ich die Tüte vor sie hinstellte, fragte sie: »Für mich?«

»Ja.«

»Oh, John, das wäre nicht nötig gewesen … Soll ich's gleich auspacken?«

»Bitte.«

Emma griff in die Tüte und zog den Nachttopf heraus, der in rosa Seidenpapier gewickelt war. »Was ist …?«

Plötzlich befiel mich Panik. Was war, wenn die alte Dame im Antiquitätengeschäft sich geirrt hatte? Wenn sie Emma Whitestone mit einer anderen Kundin verwechselt hatte? »Augenblick«, sagte ich, »vielleicht packst du's doch lieber erst später aus …«

Andere Gäste beobachteten uns jetzt interessiert, neugierig, lächelnd.

Emma streifte das rosa Seidenpapier ab, so daß der weiße Nachttopf mit den rosa Rosen sichtbar wurde. Sie hielt ihn an seinem großen Henkel hoch.

Die Menge holte erschrocken tief Luft. So klang es jedenfalls. Irgend jemand lachte.

»Oh, John!« sagte Emma. »Der ist wunderschön. Wie hast du das gewußt?«

»Ich bin schließlich Detektiv.«

Sie bewunderte den Nachttopf von allen Seiten, drehte ihn um, begutachtete den Stempel der Porzellanfabrik und so weiter.

Unser Ober kam vorbei und sagte: »Sie können gern auch unsere Toilette aufsuchen.«

Wir lachten alle drei, und Emma sagte, sie werde Zwergrosen hineinpflanzen, und ich sagte, das verhindere garantiert, daß jemand sich daraufsetze, und so weiter. Irgendwann war der Nachttopfhumor erschöpft, und wir bestellten unser Essen.

Wir aßen sehr gut, unterhielten uns angeregt und genossen den Blick auf den Hafen. Emma wollte wissen, ob sie bei mir übernachten solle, was ich bejahte. Daraufhin öffnete sie ihre Handtasche, zog Slip und Zahnbürste heraus und erklärte mir: »Ich hab' alles dabei.«

In diesem Augenblick kam der Komiker-Ober zufällig wieder vorbei und fragte: »Möchten Sie noch etwas Kaffee, oder haben Sie's eilig heimzukommen?«

Auf der Rückfahrt zu Onkel Harrys altem Haus in Mattituck beschlich mich wieder diese schlimme Ahnung, daß nichts von alledem gut enden werde – dieser Fall nicht, diese Sache mit Emma nicht, die Sache mit Beth nicht, die nie richtig angefangen hatte, und auch meine berufliche Laufbahn nicht. Ich spürte plötzlich die unheimliche Stille und den fast wolkenlosen Himmel, die einem herannahendem Hurrikan vorausgehen.

24. Kapitel

Als ich mich am nächsten Morgen anzog, klingelte es an der Haustür. Emma war schon unten, und ich ging davon aus, daß sie aufmachen würde.

Ich zog mich fertig an: beige Sommerhose, gestreiftes Oxfordhemd, blauer Blazer und Bootsschuhe, aber keine Socken – das Standard-Outfit am Meer. In Manhattan standen Leute, die keine Socken trugen, oft bettelnd an den Straßenecken; hier war das *très chic.*

Als ich ungefähr zehn Minuten später nach unten ging, sah ich Emma Whitestone am Küchentisch sitzen und mit Beth Penrose Kaffee trinken. *Oh-oh.*

Das war einer dieser Augenblicke, die Lebensart erfordern, und ich sagte zu Beth: »Guten Morgen, Detective Penrose.«

»Guten Morgen«, antwortete Beth.

»Das ist Beth Penrose, meine Kollegin«, erklärte ich Emma. »Wie ich sehe, habt ihr euch schon bekannt gemacht.«

»Richtig«, bestätigte Emma. »Wir trinken miteinander Kaffee.«

»Ich dachte, wir wollten uns am Nachmittag treffen?« sagte ich leicht verärgert zu Beth.

»Meine Termine haben sich geändert«, antwortete sie. »Ich hatte dir eine Nachricht auf deinem Anrufbeantworter hinterlassen.«

»Den habe ich nicht abgehört.«

Emma stand auf. »Ich muß ins Geschäft.«

»Oh… Ich fahr' dich hin«, sagte ich.

Beth stand ebenfalls auf. »Ich muß auch weiter. Ich wollte nur die Kontoauszüge abholen. Hast du sie da, kann ich sie gleich mitnehmen.«

»Nein, bleibt sitzen«, forderte Emma uns auf. »Ihr habt zu

arbeiten.« Sie ging zur Küchentür. »Ich rufe Warren an, damit er mich mitnimmt. Er wohnt ganz in der Nähe. Ich bin inzwischen im Arbeitszimmer.« Sie sah mich nicht an, bevor sie die Küche verließ.

»Sie ist die Vorsitzende der Peconic Historical Society«, erklärte ich Beth.

»Wirklich? Etwas jung für diesen Job.«

Ich goß mir eine Tasse Kaffee ein.

»Ich dachte, ich würde dich aus Höflichkeit auf dem laufenden halten«, sagte Beth.

»Du bist mir keine Höflichkeit schuldig.«

»Aber du hast mir viel geholfen.«

»Danke.«

Wir sprachen immer noch im Stehen. Ich trank meinen Kaffee, und Beth räumte Kaffeebecher, Löffel und Serviette weg, als wolle sie gleich gehen. Neben dem Stuhl sah ich ihren Aktenkoffer stehen. »Setz dich einen Augenblick«, forderte ich sie auf.

»Ich muß weiter.«

»Trink wenigstens noch einen Kaffee mit mir.«

»Okay.« Beth goß sich Kaffee nach und nahm mir gegenüber Platz. »Du siehst heute richtig schick aus«, bemerkte sie.

»Ich versuche, mein Image aufzupolieren. Kein Mensch hat mich ernstgenommen.«

Sie trug wieder ein Kostüm – diesmal ein marineblaues mit weißer Bluse. Ich fand sie zum Anbeißen, so frisch und strahlend war sie. »Du siehst auch sehr gut aus«, sagte ich.

»Danke. Ich kleide mich gut.«

»Richtig.« Etwas zu streng, aber das war meine ganz persönliche Ansicht. Ich konnte nicht beurteilen, was sie von meinem Hausgast hielt, falls sie überhaupt darüber nachdachte. Abgesehen von der kleinen emotionalen Aufwallung, die ich für Beth empfunden hatte, war mir bewußt, daß sie mich von weiteren Ermittlungen im Fall Gordon ausgeschlossen hatte. Und jetzt war sie wieder hier.

Ich wußte nicht recht, ob ich ihr erzählen sollte, daß ich auch ohne sie erheblich weitergekommen war – daß ich glaubte, das Motiv für den Doppelmord zu kennen, und daß Fredric Tobin überprüft werden mußte. Aber wozu sollte ich mich aus dem

Fenster lehnen? Vielleicht hatte ich mich ja geirrt. Tatsächlich war ich heute morgen nicht mehr so sicher, daß Fredric Tobin Tom und Judy Gordon erschossen hatte. Bestimmt wußte er mehr, als er zugab, aber geschossen hatte wahrscheinlich ein anderer – vielleicht jemand wie Paul Stevens.

Ich beschloß abzuwarten, ob sie etwas wußte, das mir nützen konnte, und was sie wollte, das ich vielleicht hatte. Die Sache lief auf einen Sparringskampf hinaus. Ring frei zur ersten Runde! »Max hat meiner Karriere hier ein Ende gemacht«, sagte ich.

»Ja, ich weiß.«

»Folglich darf ich keine dienstlichen Informationen mehr entgegennehmen.«

»Ist das dein Ernst? Oder bist du eingeschnappt?«

»Von beidem ein bißchen.«

Beth spielte eine Weile mit ihrem Kaffeelöffel, bevor sie sagte: »Ich respektiere deine Auffassungen und Einsichten wirklich.«

»Danke.«

Sie sah sich in der Küche um. »Ein wundervolles Haus.«

»Eine große angemalte Dame.«

»Es gehört deinem Onkel?«

»Ja. Er verdient sein Geld an der Wall Street. Dort kann man Millionen scheffeln. Ich werde bestimmt was erben. Er ist starker Raucher.«

»Nun, immerhin schön, daß du dich hier hast erholen können.«

»Ich hätte in die Karibik fliegen sollen.«

Beth lächelte. »Dort hättest du dich längst nicht so gut amüsiert. Wie geht's dir überhaupt?« wollte sie wissen.

»Oh, ganz gut. Mir geht's glänzend, solange ich mich nicht überanstrenge.«

»Dann überanstreng dich bloß nicht.«

»Was hast du in den letzten Tagen gemacht? Hast du in irgendeiner Richtung weiterermittelt?«

»Ein bißchen. Aber wie du weißt, hat Max mir den Stecker rausgezogen, und mein Boß hat mich in der Mordnacht im Fernsehen gesehen. Außerdem dürfte dein Freund Mr. Nash bei meinen Vorgesetzten ein schlechtes Wort für mich eingelegt haben. Sehr kleinlich von ihm.«

»Du hast ihn *sehr* gereizt, John. Ich wette, daß er stinksauer auf dich ist.«

»Schon möglich. Wahrscheinlich möchte er, daß ich bald ins Gras beiße.«

»Ach, das glaube ich nicht.«

Ich schon. »Mein Pech ist, daß die großen Bosse an der Police Plaza einige Erklärungen von mir verlangen werden.«

»Das tut mir leid. Laß mich wissen, wenn ich irgendwas für dich tun kann.«

»Danke, ich komme schon zurecht. Es würde ein schlechtes Licht auf die Polizei werfen, wenn sie einem angeschossenen Cop Schwierigkeiten machen würde.«

»Was ist mit deinem Job? Willst du rein oder raus?«

»Rein.«

»Bestimmt?«

»Ja. Ich will wieder zurück. Ich bin soweit.«

»Gut. Das sieht man dir an.«

»Danke. Also, wer hat Tom und Judy Gordon erschossen?«

Sie rang sich ein Lächeln ab. »Ich dachte, das würdest du mir jetzt verraten.«

»Für einen Dollar pro Woche gibt's nicht viel. Oder ist's ein Dollar pro Monat gewesen?«

Sie spielte wieder mit ihrem Löffel, dann sah sie auf und sagte: »Als wir uns kennenlernten, habe ich dich nicht gemocht. Weißt du, warum?«

»Laß mich nachdenken… arrogant, Klugscheißer, zu gutaussehend.«

Zu meiner Überraschung nickte sie. »Das kommt hin. Inzwischen weiß ich, daß mehr an dir dran ist.«

»Vielleicht versuche ich, Kontakt mit dem Kind in mir aufzunehmen.«

»Tja, das gelingt dir sehr gut. Du solltest mal versuchen, Kontakt mit dem unterdrückten Erwachsenen in dir aufzunehmen.«

»So redet man nicht mit einem verwundeten Helden.«

»Alles in allem glaube ich«, fuhr Beth fort, »daß du Freunden gegenüber loyal bist und deinen Job ernst nimmst.«

»Danke. Reden wir lieber über den Fall. Du willst hören, was ich inzwischen gemacht habe.«

Sie nickte. »Falls du überhaupt etwas gemacht hast.« Leicht sarkastisch fügte sie hinzu: »Du scheinst anderweitig beschäftigt gewesen zu sein.«

»Rein dienstlich. Sie ist Vorsitzende der …«

Emma streckte ihren Kopf in die Küche. »Warren hat draußen gehupt, glaub' ich. Freut mich, Sie kennengelernt zu haben, Beth. Wir telefonieren später, John.« Sie verschwand, und ich hörte, wie die Haustür ins Schloß fiel.

»Sie ist nett«, sagte Beth. »Reist mit leichtem Gepäck.«

Ich enthielt mich eines Kommentars.

»Hast du die Kontoauszüge für mich?« fragte Beth.

»Ja.« Ich stand auf. »Drüben im Arbeitszimmer. Bin gleich wieder da.«

Ich ging in die große Diele hinaus, aber anstatt das Arbeitszimmer zu betreten, trat ich aus der Haustür.

Emma saß in einem Korbsessel und wartete darauf, abgeholt zu werden. Auf der kreisförmigen Einfahrt vor dem Haus parkte ein schwarzer Ford, Beth Penroses Dienstwagen. »Ich dachte, ich hätte ein Hupen gehört«, sagte Emma. »Ich warte einfach hier draußen.«

»Tut mir leid, daß ich dich nicht hinbringen kann«, sagte ich.

»Kein Problem. Warren wohnt ganz in der Nähe. Er ist bestimmt schon unterwegs.«

»Gut. Sehen wir uns später?«

»Am Freitagabend gehe ich immer mit den Girls aus.«

»Was machen die Girls?«

»Nichts anderes als die Boys.«

»Wo sind die Girls unterwegs?«

»Meistens drüben in den Hamptons. Wir sind alle auf der Suche nach reichen Ehemännern und Liebhabern.«

»Gleichzeitig?«

»Je nachdem, was zuerst vorbeikommt. Wir sind flexibel.«

»Okay. Ich schaue später mal im Laden vorbei.« Dann fragte ich: »Wo ist dein Nachttopf?«

»Oben im Schlafzimmer.«

»Ich bringe ihn dir mit.«

Emma stand auf, als ein Auto auf die lange Zufahrt einbog. »Deine Kollegin wirkte überrascht, als sie mich sah«, meinte sie.

»Wahrscheinlich hat sie erwartet, daß ich ihr aufmache.«

»Sie hat nicht bloß überrascht gewirkt. Sie ist ein bißchen… eingeschnappt gewesen. Irritiert. Unglücklich.«

Ich zuckte mit den Schultern.

»Du hast gesagt, hier draußen gäbe es keine andere.«

»Das stimmt auch. Ich kenne sie überhaupt erst seit Montag.«

»Und mich seit Mittwoch.«

»Ja, aber…«

»Hör zu, John, das macht mir nichts aus, aber…«

»Sie ist nur…«

»Warren ist da. Ich muß gehen.« Sie machte auf den Stufen kehrt, kam noch einmal zurück, küßte mich auf die Wange und lief zu dem wartenden Auto.

Ich winkte Warren zu.

Nun ja. Ich ging wieder hinein und hörte im Arbeitszimmer den Anrufbeantworter ab. Gestern um sieben Uhr hatte Beth auf Band gesprochen: »Ich treffe mich morgen um zehn mit Max und möchte gegen halb neun bei dir vorbeikommen. Ruf mich bitte an, falls du was dagegen hast.« Sie nannte ihre Privatnummer. »Du kannst mich auch morgen früh oder im Auto anrufen.« Sie gab auch die Nummer ihres Autotelefons durch und fügte hinzu: »Wenn du Kaffee machst, bring' ich Donuts mit.«

Ihr Tonfall war auffällig freundlich. Sie hätte mich heute morgen wirklich vom Auto aus anrufen sollen. Aber das war okay. Wie ich aus jahrelanger Erfahrung weiß, zogen nicht erhaltene Nachrichten meistens sehr interessante Dinge nach sich.

Etwa eine Stunde später hatte Dom Fanelli angerufen. »Hey, bist du zu Hause?« fragte er. »Dann heb gefälligst ab. Also gut… Hör zu, ich hab' heute Besuch bekommen – zwei Kerle von der Anti-Terrorist Task Force. Ein FBI-Mann namens Whittacker Whitebread oder so ähnlich, ein richtiger Dandy, und sein Kollege von den Cops, den wir beide kennen, ein Landsmann. Du weißt, wen ich meine. Die beiden wollten wissen, ob ich von dir gehört habe. Sie wollen dich sprechen, wenn du am Dienstag zum Doc mußt, und ich soll dich zu ihnen bringen. Ich denke, daß das FBI seine eigene Pressemitteilung über den Ebola-Impfstoff nicht mehr glaubt. Ich rieche ein Täuschungsmanöver. Hey, kriegen wir alle den Schwarzen Tripper und müssen zusehen, wie uns der Pimmel abfällt? Na, so schlimm wird's schon nicht werden. Ciao!«

Interessant. Die Sache mit der Anti-Terrorist Task Force, meine ich. Das klang nicht gerade so, als mache sich jemand Sorgen, daß auf dem Schwarzmarkt ein Wundermittel gegen Ebola auftauchen könnte. In Washington schien noch immer Panik zu herrschen. Ich hätte sie beruhigen sollen – hier geht's um einen Piratenschatz, Jungs. Ihr wißt schon: Captain Kidd, Dublonen und Achtpfünder, was immer das auch sein mag. Aber sie sollten ruhig weiter nach Terroristen fahnden. Vielleicht spürten sie tatsächlich einen auf. Das hielt sie in Übung.

Ich hatte also noch bis Dienstag Zeit, bevor sie mich in die Finger bekamen – erst die Docs, dann Wolfe, anschließend die ATTF-Leute. Ich fragte mich, ob Whittaker Whitebread und George Foster miteinander in Verbindung standen. Oder war das ein und derselbe Kerl?

Jedenfalls nahm ich den Stapel Computerausdrucke in die Hand. Daneben auf dem Schreibtisch lag die Plastiktüte von Tobin Vineyards mit der Kachel mit dem Fischadler-Motiv. Ich griff danach, dachte dann »nein«, dann »ja«, dann wieder »nein«, dann »vielleicht später«, ließ sie schließlich liegen und ging in die Küche zurück.

25. Kapitel

Beth Penrose hatte Papiere aus ihrem Aktenkoffer auf dem Küchentisch ausgebreitet, auf dem ich jetzt auch einen Teller mit Donuts stehen sah. Ich gab ihr den Stapel Computerausdrucke, den sie beiseite legte. »Entschuldige, daß ich dich habe warten lassen«, sagte ich, »aber ich mußte meinen Anrufbeantworter abhören. Ich habe deine Nachricht bekommen.«

»Ich hätte dich vom Auto aus anrufen sollen«, meinte sie reumütig.

»Schon in Ordnung. Du bist immer willkommen.« Ich deutete auf die Papiere auf dem Küchentisch und fragte: »Was ist das alles?«

»Ein paar Notizen. Berichte. Hast du Lust, sie mit mir durchzugehen?«

»Klar doch.« Ich goß uns Kaffee nach und setzte mich.

»Hast du in den Kontoauszügen sonst noch was entdeckt?« fragte Beth.

»Nichts außer geringfügig höheren Abbuchungen für Telefon und Kreditkartenbenutzung nach ihrer Englandreise.«

»Glaubst du, daß die Englandreise mehr als nur eine kombinierte Dienst- und Urlaubsreise war?« fragte sie weiter.

»Leicht möglich.«

»Glaubst du, daß sie sich mit einem ausländischen Agenten getroffen haben?«

»Ich bezweifle, daß wir je erfahren werden, was die Gordons in England gemacht haben.« In Wirklichkeit war ich jedoch davon überzeugt, daß sie in dieser Woche in dreihundert Jahre alten Akten gewühlt und sich im Public Records Office und/oder im British Museum jeden Tag als Besucher ein- und ausgetragen hatten, um sich als Schatzsucher zu etablieren. Aber ich war noch nicht bereit, Beth von meiner Vermutung zu erzählen.

Sie machte sich eine kurze Notiz. »Okay, am besten fange ich ganz vorn an«, sagte sie dann. »Die beiden Geschosse in der Bay sind noch immer nicht gefunden. Die Suche ist praktisch aussichtslos, daher haben wir sie eingestellt.«

»Das hätte ich auch getan.«

»Gut, dann zum nächsten Punkt: Fingerabdrücke. Fast alle im Haus gefundenen Abdrücke stammen von den Gordons. Wir haben mit ihrer Putzfrau gesprochen, die erst am Montag morgen saubergemacht hat. Auch ihre Fingerabdrücke haben wir gefunden.«

»Was ist mit Fingerabdrücken an dem Kartenband?«

»Nur deine und die der Gordons. Ich habe den Band Seite für Seite mit Vergrößerungsglas und Ultraviolettlampe nach Vermerken, Einstichen, Geheimschriften und dergleichen abgesucht. Ergebnislos.«

»Ich hatte wirklich gehofft, in dem Kartenband würde sich etwas finden lassen.«

»Leider nicht.« Sie blätterte in ihren Unterlagen und fuhr fort: »Die Autopsie hat ergeben, was nach dem ersten Augenschein zu vermuten war. Der Tod ist in beiden Fällen als Folge eines durch eine Schußverletzung ausgelösten massiven Gehirntraumas eingetreten... Festgestellte Schmauchspuren lassen auf Schüsse aus nächster Entfernung schließen, was gegen ein Gewehr als Tatwaffe spricht. Der Gerichtsmediziner will sich nicht festlegen, aber er spricht von einer Schußentfernung von eineinhalb bis drei Metern und tippt auf eine ziemlich großkalibrige Waffe – vielleicht Kaliber vierundvierzig oder fünfundvierzig.«

Ich nickte. »Das haben wir vermutet.«

»Richtig. Was die restlichen Ergebnisse der Autopsie betrifft...« Sie warf einen Blick auf den Bericht. »Toxikologie – keine legalen oder illegalen Drogen festgestellt. Mageninhalt – sehr gering, anscheinend nur ein leichtes Frühstück. In beiden Fällen keine Narben, keine Infektionen, keine nachweisbaren Krankheiten...« Sie sah von ihren Unterlagen auf und fügte hinzu: »Die Ermordete ist im zweiten Monat schwanger gewesen.«

Ich nickte. Wirklich eine hübsche Art, plötzlichen Ruhm und Reichtum zu feiern.

Beth blätterte in ihren Papieren und fuhr fort: »Die rote Erde an den Sohlen ihrer Sportschuhe hat im wesentlichen aus Ton, Eisenoxid und Sand bestanden. Diese Erde ist hier überall so häufig, daß nicht einmal der Versuch lohnt, ihre Herkunft zu bestimmen.«

Ich nickte erneut. »Sind an ihren Händen Spuren körperlicher Arbeit festgestellt worden?« fragte ich.

»Richtig! Tom hat eine Blase am rechten Handballen gehabt. Beide hatten mit Erde gearbeitet, die sich trotz ihrer Versuche, sie mit Salzwasser abzuwaschen, in Hautrillen und unter den Fingernägeln festgesetzt hat. Auch an ihrer Kleidung sind Spuren dieser Erde gefunden worden.«

Ich nickte wieder.

»Was haben sie deiner Meinung nach gemacht?« wollte Beth wissen.

»Gegraben.«

»Wonach?«

»Vergrabenen Schätzen.«

Sie hielt das für einen weiteren Beweis meiner Klugscheißerei, ignorierte das Gesagte erwartungsgemäß und fuhr fort: »Die gründliche Durchsuchung ihres Hauses hat nicht viel Interessantes zutage gefördert. Auch ihr Computer ist wenig ergiebig gewesen – Buchhaltung, Steuersachen und eine Handvoll Spiele. Interessanter ist ein Karteikasten mit Korrespondenz, die wir jetzt lesen und noch auswerten.«

»Was davon relevant oder belastend gewesen ist, dürfte gestohlen worden sein.«

Beth nickte und fuhr fort: »Die Gordons haben teure Kleidung besessen, sogar ihre Freizeitklamotten waren teuer; ansonsten keine Pornographie, kein Bettspielzeug, ein Weinkeller mit siebzehn Flaschen, vier Fotoalben – du bist auf einigen Bildern –, keine Tonbandkassetten, eine Rollodexkartei, die wir mit der in ihrem Büro vergleichen, nichts Ungewöhnliches in der Hausapotheke, keine Schlüssel, die nicht ins Haus gehören, und einer, der zu fehlen scheint – der Hausschlüssel, den Mr. Murphy den beiden gegeben haben will…« Sie blätterte um und las weiter vor. Solche Aufzählungen höre ich mir immer konzentriert an, aber bisher war mir nichts Ungewöhnliches aufgefallen.

»Übrigens haben wir auch die Urkunde über den Kauf von

Mrs. Wileys Grundstück gefunden«, berichtete sie. »Alles völlig legal. Nirgends ein Hinweis auf ein Bankschließfach oder weitere Bankkonten. Gefunden haben wir außerdem zwei Lebensversicherungspolicen über je zweihundertfünfzigtausend Dollar zugunsten des anderen beziehungsweise der eigenen Eltern und Geschwister. Und die Gordons haben ein kurzes gemeinsames Testament hinterlassen, in dem sie sich gegenseitig oder wiederum die eigenen Eltern und Geschwister als Erben einsetzen.«

Ich nickte anerkennend. »Gute Detailarbeit.«

»Richtig. Okay… nichts Interessantes an den Wänden… Familienfotos, Kunstdrucke, Diplome.«

»Was ist mit einem Anwalt?«

»An der Wand?«

»Nein, Beth, ich rede von einem *Rechtsanwalt*… Wer ist ihr Anwalt gewesen?«

Sie musterte mich lächelnd. »Du kannst Klugscheißer nicht leiden, stimmt's? Aber du selbst…«

»Bitte weiter. Rechtsanwalt.«

Sie zuckte mit den Schultern. »Wir sind auf den Namen eines Anwalts in Bloomington, Indiana, gestoßen, den wir noch befragen werden.« Leiser fuhr sie fort: »Ich habe mit beiden Elternpaaren telefoniert… Das ist ein Aspekt meiner Arbeit, der mir zuwider ist.«

»Mir auch.«

»Ich habe ihnen die Idee ausgeredet, selbst nach Long Island zu kommen. Sobald der Gerichtsarzt die Leichen freigibt, lassen wir sie an einen von den Angehörigen benannten Bestattungsort überführen. Max wird ihnen mitteilen, daß wir voraussichtlich viel aus dem persönlichen Besitz der Toten zurückbehalten müssen, bis der oder die Täter hoffentlich gefaßt und vor Gericht gestellt sind. Alles ist so schwierig, weißt du, wenn's um Mord geht… ein Todesfall ist schlimm genug. Aber Mord ist… nun, für jedermann schwierig.«

»Ja, ich weiß.«

Beth nahm ein weiteres Blatt Papier in die Hand. »Wegen der *Treponema* habe ich bei DEA, Küstenwache und Zollbehörde nachgefragt. Interessant ist, daß alle Dienststellen dieses Boot kannten – sie achten auf jedes Formula 303. Aber nach Ansicht aller Befragten sind die Gordons clean gewesen. Niemand kann sich daran erinnern, die *Treponema* jemals draußen im Atlantik gesichtet zu haben, und ihre jungen Besitzer sind nie wegen Drogenschmuggels oder sonstiger illegaler Aktivitäten verdächtigt worden.«

Ich nickte. »Okay.« Mustergültig clean waren die Gordons sicher nicht gewesen, aber das brauchte jetzt noch niemand zu wissen.

»Zu deiner Information noch ein paar Angaben über das Formula 303 SR-1«, sagte Beth. »Mit fünfundachtzig Zentimetern Tiefgang ist es selbst für verhältnismäßig seichte Gewässer geeignet. Es hat dreihundertfünfunddreißig Liter Treibstoff an Bord, und seine beiden MerCruiser-Motoren leisten vierhundertvierundfünfzig Pferdestärken. Damit erreicht es bis fünfundsechzig Knoten. Neu kostet es rund fünfundneunzigtausend Dollar, aber die Gordons haben es gebraucht für fünfundsiebzigtausend gekauft.« Sie sah von ihren Unterlagen auf und meinte: »Die *Treponema* war ein Luxusboot, das die Gordons sich eigentlich nicht leisten konnten. Und als schlichtes Beförderungsmittel ist es einfach lächerlich – als hätte jemand sich statt eines Kombis einen Ferrari gekauft.«

»Du warst fleißig«, sagte ich anerkennend.

»Natürlich. Hast du mir das nicht zugetraut?«

Ich ignorierte ihre Frage. »Drogenschmuggel und dergleichen können wir jetzt ausschließen, glaube ich. Daß die Gordons sich ein Rennboot gekauft haben, liegt vielleicht daran, daß sie soviel Leistung zwar nicht täglich gebraucht haben, aber für alle Fälle doch zur Verfügung haben wollten.«

»Für welchen Fall?«

»Für den Fall, daß sie verfolgt werden.«

»Wer hätte sie verfolgen sollen? Und warum?«

»Weiß ich nicht.« Ich nahm einen Zimtdonut und biß hinein. »Gut. Hast du die gebacken?«

»Natürlich. Ich habe auch die Donuts mit Sahnefüllung, die Eclairs und die Donuts mit Geleefüllung gebacken.«

»Toll, aber auf der Tüte steht *Nicole's Bakery.*«

»Ein Detektiv merkt eben alles.«

»Ja, Ma'am. Was hast du sonst noch?«

Sie blätterte in ihren Papieren. »Auf meine Veranlassung hat die Staatsanwaltschaft die gespeicherten Daten über die Telefongespräche der Gordons in den letzten zwei Jahren beschlagnahmt.«

Ich setzte mich auf. »Ja?«

»Nun, erwartungsgemäß haben die beiden ziemlich oft nach Hause telefoniert – Tom nach Indiana, Judy nach Illinois. Viele Gespräche mit Plum Island, Dienstleistungsunternehmen, Restaurants und so weiter. Einige Anrufe bei der Peconic Historical Society, bei Margaret Wiley, zwei bei Chief Maxwell unter seiner Privatnummer, einer bei Paul Stevens, der drüben in Connecticut wohnt, und in den letzten zwölf Wochen zehn Anrufe bei dir.«

»Das könnte ungefähr stimmen.«

»Das stimmt *genau.* Außerdem jeden Monat zwei bis drei Gespräche mit Tobin Vineyards in Peconic sowie Fredric Tobin in Southold und Fredric Tobin in Peconic.«

»Der Gentleman hat in Southold ein Haus am Wasser«, sagte ich, »und hat sich auf seinem Weingut, das in Peconic liegt, ein Apartment eingerichtet.«

Sie zog die Augenbrauen hoch. »Woher weißt du das alles?«

»Weil Emma – die PHS-Vorsitzende, die eben gegangen ist – eng mit Mr. Tobin befreundet ist. Außerdem bin ich zu einer Party eingeladen, die morgen abend im Strandhaus Seiner Lordschaft steigt. Ich finde, du solltest auch hingehen.«

»Weshalb?«

»Weil es eine gute Gelegenheit ist, mit Einheimischen ins Gespräch zu kommen. Max geht vermutlich auch hin.«

Sie nickte. »Okay.«

»Alles Weitere erfährst du von Max. Ich habe selbst keine schriftliche Einladung.«

»Okay.«

»Telefongespräche.«

Sie blätterte in ihren Computerausdrucken. »Letztes Jahr im Mai haben die Gordons in London vier Anrufe mit ihrer Telefonkreditkarte bezahlt … je einen mit Indiana und Illinois, einen mit der Telefonzentrale auf Plum Island und ein zweiundvierzig Minuten langes Gespräch mit Fredric Tobin in Southold.«

»Interessant.«

»Was hat's mit Mr. Fredric Tobin auf sich?«

»Das weiß ich nicht genau.«

»Erzähl mir, was du genau weißt.«

»Ich denke, du wolltest Bericht erstatten, ich möchte dich dabei nicht stören.«

»Nein, jetzt bist du an der Reihe, John.«

»Da spiele ich nicht mit, Beth. Du erstattest weiter Bericht, als säßen ein halbes Dutzend Bosse vor dir. Anschließend erzähle ich dir, was ich rausgekriegt habe.«

Sie überlegte einen Augenblick, als traue sie John Corey nicht über den Weg, dann fragte sie: »*Hast* du denn was?«

»Ich habe etwas. Wirklich. Bitte weiter.«

»Okay… wo bin ich stehengeblieben?«

»Telefongespräche.«

»Ja. Die gespeicherten Daten betreffen fünfundzwanzig Monate mit ungefähr tausend Gesprächen, für die ich eine Computeranalyse in Auftrag gegeben habe. Übrigens habe ich eine interessante Tatsache festgestellt: Als die Gordons vor gut zwei Jahren hierhergezogen sind, haben sie sich erst ein Haus in Orient Point in der Nähe der Fähre gemietet. Aber schon vier Monate später sind sie nach Nassau Point umgezogen.«

»Hat dieses Haus in Orient Point am Wasser gelegen?« fragte ich.

»Nein.«

»Das ist die Antwort. Nur vier Monate nach ihrer Ankunft haben sie plötzlich ein Strandhaus, einen Bootssteg und ein Boot gebraucht. Warum?«

»Gerade das versuchen wir ja rauszukriegen«, sagte Beth.

»Richtig.« Ich hatte es bereits rausgekriegt. Es hing damit zusammen, daß die Gordons irgendwie entdeckt hatten, daß auf Plum Island etwas lag, das nur darauf wartete, gefunden und ausgegraben zu werden. Also hatten sie Teil eins ihres Plans – Anmietung eines Hauses am Wasser, dann Kauf eines Boots – schon im Herbst vor zwei Jahren in die Tat umgesetzt. »Bitte weiter«, forderte ich Beth auf.

»Okay… Plum Island. Dort mauern sie ziemlich, und ich habe energisch werden müssen.«

»Bravo!«

»Ich habe die gesamte Büroeinrichtung der Gordons mit der Fähre nach Orient Point transportieren und von einem Polizeilastwagen in unser Labor bringen lassen.«

»Die Steuerzahler im Suffolk County freuen sich garantiert, wenn sie das hören.«

»Außerdem habe ich das Büro nach Fingerabdrücken absuchen, aussaugen und mit einem Vorhängeschloß sichern lassen.«

»Großer Gott. Du bist aber gründlich!«

»Hier geht's um Doppelmord, John. Wie bearbeitet ihr in der City einen Doppelmord?«

»Wir rufen die Straßenreinigung an. Bitte weiter.«

Sie atmete tief durch, dann sagte sie: »Okay … Ich habe mir ein Verzeichnis aller auf Plum Island Beschäftigten geben lassen. Fünf unserer Kriminalbeamten sind jetzt dabei, sie zu befragen.«

Ich nickte. »Gut. Donna Alba möchte ich gern selbst befragen.«

»Das glaube ich dir. Ruf mich bitte an, wenn du sie gefunden hast.«

»Verschwunden?«

»Urlaub. Das meine ich, wenn ich sage, daß dort gemauert wird.«

»Richtig. Sie vertuschen munter weiter. Aber dafür können sie nichts. Das steckt in ihren bürokratischen Knochen.« Dann fragte ich: »Und wo sind deine Kumpels Nash und Foster?«

»Sie sind nicht meine Kumpels, und ich weiß nicht, wo sie stecken. Irgendwo in der Nähe, aber nicht sichtbar. Aus dem Soundview sind sie abgereist.«

»Ja, ich weiß. Bitte weiter.«

»Ich habe einen richterlichen Beschluß zur Beschlagnahmung aller staatlichen Waffen auf Plum Island erwirkt – die Pistolen Kaliber fünfundvierzig, einige Revolver, ein Dutzend Gewehre und zwei Karabiner aus dem Zweiten Weltkrieg.«

»Großer Gott! Die wollten uns wohl überfallen?«

Beth zuckte mit den Schultern. »Bestimmt hat die Army einiges zurückgelassen. Jedenfalls haben sie gejault, als wir ihre Waffenkammer ausräumten. Unsere Ballistiker geben aus jeder Waffe einen Probeschuß ab, damit wir ihre Berichte haben, falls doch noch ein Geschoß gefunden wird.«

»Gute Idee.« Dann erkundigte ich mich: »Wann soll Plum Island wiederbewaffnet werden?«

»Montag oder Dienstag.«

»Ich habe neulich Marineinfanteristen an der Fähre gesehen«, berichtete ich. »Nachdem du den Sicherheitsdienst des armen Mr. Stevens' entwaffnet hast, scheint er Beschützer angefordert zu haben.«

»Nicht mein Problem.«

»Ich möchte wetten, daß sie dir nicht das gesamte Arsenal übergeben haben«, sagte ich.

»Haben sie's nicht getan, beantrage ich einen Haftbefehl für Stevens.«

Den würde ihr kein Richter ausstellen, aber darauf kam es nicht an, deshalb forderte ich sie auf: »Bitte weiter.«

»Okay, noch mehr Plum Island. Ich habe Dr. Chen unangemeldet in ihrem Haus in Stony Brook besucht. Bevor wir sie im Labor befragten, muß sie Instruktionen erhalten haben, denn bei meinem privaten Besuch hat sie nicht mehr improvisieren können.« Vielsagend fügte Beth hinzu: »Ich habe Dr. Chen das Eingeständnis abgerungen, es sei möglicherweise denkbar, daß die Gordons gefährliche Krankheitserreger gestohlen haben.«

Ich nickte. Das war ausgezeichnete Ermittlungsarbeit, alles streng nach Vorschrift. Einiges davon war relevant, vieles dagegen nicht. Soviel ich wußte, gab es nur drei Personen, die im Zusammenhang mit diesem Fall das Wort »Piratenschatz« benutzt hätten – ich, Emma und der Mörder.

»Außerdem habe ich noch mal mit Kenneth Gibbs gesprochen – ebenfalls privat«, berichtete Beth. »Er wohnt in Yaphank, nicht weit von meiner Dienststelle entfernt. Er ist ein arroganter Schnösel, aber davon abgesehen glaube ich nicht, daß er mehr weiß, als er bisher ausgesagt hat. Paul Stevens dagegen …«

»Allerdings. Hast du noch mal mit ihm geredet?«

»Ich hab's versucht … aber er ist mir ausgewichen.« Sie machte eine nachdenkliche Pause. »Ich glaube, daß er etwas weiß, John. Schließlich ist der Kerl Sicherheitsdirektor von Plum Island – da entgeht ihm bestimmt nicht viel.«

»Wahrscheinlich nicht.«

Sie betrachtete mich forschend. »Hältst du ihn für einen Verdächtigen?«

»Mir kommt er verdächtig vor, folglich ist er ein Verdächtiger.«

Beth überlegte einen Augenblick, dann sagte sie: »Das ist nicht sehr wissenschaftlich, aber ich finde, daß er wie ein Killer aussieht.«

»Da hast du recht. Eine meiner Vorlesungen heißt ›Personen, die wie Mörder aussehen und wie Mörder handeln‹.«

Sie wußte nicht, ob das ein Scherz sein sollte, aber es war keiner. »Ich versuche jedenfalls, seine Vergangenheit zu überprüfen«, berichtete sie, »aber die Leute, die garantiert am meisten über ihn wissen – das FBI –, lassen sich mit ihrer Auskunft schrecklich viel Zeit.«

»Tatsächlich haben sie ihn längst überprüft, aber sie denken nicht daran, ihre Erkenntnisse mit dir zu teilen.«

Beth nickte, dann sagte sie unerwartet: »Ein beschissener Fall!«

»Das hab' ich dir gleich gesagt. Wo wohnt Stevens?«

»Connecticut. New London. Von Plum Island verkehrt eine staatliche Fähre nach New London.«

»Gib mir seine Adresse und seine Telefonnummer.«

Sie blätterte in ihren Notizen und wollte mir beides aufschreiben, aber ich winkte ab. »Ich habe ein fotografisches Gedächtnis. Du brauchst es mir nur zu sagen.«

Sie betrachtete mich wieder leicht ungläubig. Warum nimmt mich bloß kein Mensch ernst? Jedenfalls las sie mir Paul Stevens' Adresse und Telefonnummer vor, die ich in irgendeiner Gehirnwindung speicherte. Dann stand ich auf und schlug vor: »Komm, wir machen einen kleinen Spaziergang.«

26. Kapitel

Wir verließen das Haus über die Veranda und gingen ans Wasser hinunter. »Schön hast du's hier«, bemerkte sie.

»Ich weiß es allmählich zu würdigen.« Ich hob einen flachen Stein auf und ließ ihn übers Wasser flitzen. Er hüpfte dreimal in die Höhe, bevor er versank.

Beth fand einen geeigneten Stein, holte aus und warf, wobei sie ihr ganzes Gewicht in die Bewegung legte. Ihr Stein hüpfte viermal, bevor er versank.

»Hey, toller Wurf«, sagte ich.

»Ich bin Pitcherin. Softballteam der Mordkommission.« Sie hob noch einen Stein auf und versuchte, einen der eingerammten Pfähle am Ende des Bootsstegs zu treffen. Sie verfehlte ihn um eine Haaresbreite und versuchte es sofort noch einmal.

Ich sah zu, wie sie mit Steinen nach dem Pfahl warf. Was mich angetörnt hatte, törnte mich noch immer an. Natürlich ihr Aussehen – aber auch ihre Reserviertheit. Ich liebe Frauen, die mir reserviert begegnen. Vielleicht bilde ich mir das auch nur ein. Jedenfalls glaubte ich zu wissen, daß Emmas unerwartete Anwesenheit in meinem Haus ihr peinlich gewesen war und sie verärgert hatte. Wichtiger war jedoch, daß sie sich über ihre eigene Reaktion gewundert hatte und vielleicht sogar eine gewisse Rivalität empfand. »Deine Gesellschaft hat mir gefehlt«, behauptete ich. »Liebe gedeiht doch am besten auf die Entfernung!«

Beth sah zwischen zwei Würfen zu mir herüber und antwortete: »Dann wirst du mich bald unsterblich lieben, denn heute sehen wir uns wahrscheinlich zum letztenmal.«

»Vergiß die morgige Party nicht.«

Sie ignorierte diesen Einwand und sagte: »Müßte ich mich unter allen Leuten, mit denen wir gesprochen haben, für einen Hauptverdächtigen entscheiden, wäre das Paul Stevens.«

»Weshalb?«

Sie warf erneut, und diesmal traf sie den Pfahl. »Ich habe gestern versucht, ihn auf Plum Island anzurufen«, erzählte sie, »aber es hieß, er sei unterwegs. Als ich nicht lockerließ, hieß es, er sei krank und zu Hause. Ich habe seine Privatnummer angerufen, aber er hat sich nicht gemeldet. Noch ein verschwundener Insulaner.«

Wir gingen den steinigen Strand entlang.

Auch mir gefiel Mr. Stevens' Verhalten nicht. Er war einer der Tatverdächtigen. Ich konnte Fredric Tobin wie gesagt zu Unrecht verdächtigt haben; vielleicht steckte er auch mit Stevens unter einer Decke – oder keine dieser beiden Möglichkeiten traf zu. Ich hatte mir eingebildet, mit dem Motiv auch den Mörder zu haben. Aber das Tatmotiv war Geld gewesen, und wo wegen Geld gemordet wird, ist jeder verdächtig.

Wir gingen an den Nachbarhäusern vorbei in östlicher Richtung. Nachdem Beth eine Zeitlang nachdenklich geschwiegen hatte, sagte sie plötzlich: »Was Dr. Zollner betrifft, haben wir uns neulich am Telefon sehr nett unterhalten.«

»Warum lädst du ihn nicht vor?«

»Das täte ich, aber er ist in Washington. Er muß beim FBI, im Landwirtschaftsministerium und andernorts Bericht erstatten. Anschließend macht er eine längere Dienstreise nach Europa und Südamerika, wo sein Fachwissen überall dringend benötigt wird.« Abschließend stellte sie fest: »Irgend jemand sorgt dafür, daß er für mich unerreichbar bleibt.«

»Laß ihn unter Strafandrohung vorladen.«

Sie äußerte sich nicht dazu.

»Gibt's Störmanöver aus Washington?« fragte ich.

»Nicht gegen mich persönlich«, antwortete Beth. »Aber gegen meine Mitarbeiter... Du weißt ja, wie das ist, wenn niemand zurückruft, Auskünfte endlos lange dauern und wichtige Besprechungen immer wieder verschoben werden.«

»So einen Fall hab' ich auch mal gehabt«, bestätigte ich. »Politiker und Bürokraten schicken einen so lange im Kreis herum, bis feststeht, ob man ihnen nutzt oder schadet.«

»Wovor haben sie eigentlich Angst?« fragte sie. »Und was haben sie zu verbergen?«

»Politiker haben vor allem Angst, was sie nicht verstehen, und sie verstehen nichts. Du mußt einfach weiterermitteln.«

Sie nickte.

»Du hast sehr gute Arbeit geleistet«, sagte ich.

»Danke.« Wir kehrten um und gingen zu meinem Haus zurück. Beth, überlegte ich mir, schien eine Vorliebe für Papierkram, für Detailarbeit, für die kleinen Bausteine zu haben, aus denen sich ein Fall zusammensetzt. Nach Ansicht mancher Kollegen ließen sich Morde allein durch Auswertung der Tatsachen lösen, die gerichtsmedizinische, ballistische und kriminaltechnische Untersuchungen lieferten. In manchen Fällen war das tatsächlich möglich. Aber diesmal kamen die Antworten irgendwo aus dem linken rückwärtigen Feld, und man mußte dort sein, um sie zu erwischen.

»Unser Labor hat die Autos und das Boot der Gordons gründlich untersucht. Die Fingerabdrücke stammen alle von ihnen – bis auf ein paar, die Max, du und ich auf dem Boot hinterlassen haben. Und an Deck der *Trepomena* ist etwas Merkwürdiges entdeckt worden.«

»Ja?«

»Außer Spuren des rötlichen Erdreichs, von dem wir schon gesprochen haben, sind winzige Holzsplitter entdeckt worden. Angefaultes, verrottetes Holz, aber kein Treibholz. Kein ausgelaugtes, salzhaltiges Holz, sondern Holz, das anscheinend vergraben war.« Sie sah mich fragend an. »Irgendwelche Ideen?«

»Laß mich darüber nachdenken.«

»Okay.«

Dann berichtete Beth weiter: »Ich habe mich mit County Sheriff Will Parker wegen der in Southold Township ausgestellten Waffenscheine für Handfeuerwaffen in Verbindung gesetzt.«

»Gut.«

»Ich habe einen Computerausdruck, aus dem hervorgeht, daß Sheriff und County in Southold Township insgesamt zwölfhundertvierundzwanzig Waffenscheine für Handfeuerwaffen ausgegeben haben.«

»Auf etwas über zwanzigtausend Einwohner kommen also gut zwölfhundert registrierte Waffenbesitzer. Das sind verdammt viele, mit denen man reden müßte, aber keine unlösbare Aufgabe.«

»Vielleicht doch«, widersprach Beth. »Als noch Seuchengefahr bestand, war nichts unmöglich. Aber jetzt sind wir nicht mehr bereit, unseren letzten Cent für die Aufklärung dieses Falls auszugeben.«

»Die Gordons sind *mir* wichtig. Daß dieser Fall aufgeklärt wird, ist mir persönlich wichtig.«

»Das weiß ich. Mir ist er ebenso wichtig. Ich spreche nur von der Realität.«

»Soll ich deinen Boß anrufen, um *ihm* die Realität zu erklären?«

»Bitte nicht, John. Darum kümmere ich mich.«

»Also gut.« Während ihre County Police den Fall auf kleiner Flamme weiterkochte, fahndete das FBI insgeheim mit Hochdruck weiter – allerdings nach dem völlig falschen Tätertyp. Aber das war nicht mein Problem. »Steht Mr. Tobin auf der Liste der registrierten Waffenbesitzer?« fragte ich.

»Ja. Ich habe die Liste überflogen und mich über ein paar Leute informiert, deren Namen ich schon gehört habe. Einer davon ist Tobin gewesen.«

»Wer noch?«

»Max.« Langsam fügte sie hinzu: »Seine private Waffe ist eine Smith & Wesson Kaliber fünfundvierzig.«

»Da hast du deinen Täter«, behauptete ich halb scherzhaft. Dann fragte ich: »Womit ist Tobin bewaffnet?«

»Auf seinen Namen sind zwei Pistolen registriert«, antwortete Beth. »Eine Neun-Millimeter-Browing und ein Colt Kaliber fünfundvierzig.«

»Großer Gott! Er hat wohl Angst vor Traubendieben?«

»Wahrscheinlich hat er des öfteren viel Geld bei sich. Wer den Sheriff und den Chief gut kennt, bekommt in Southold mühelos einen Waffenschein.«

»Interessant.« Im Bundesstaat New York wurden Handfeuerwaffen streng kontrolliert, aber es gab anscheinend Orte, an denen ein Waffenschein etwas leichter zu bekommen war. Natürlich machte der Besitz zweier Pistolen Mr. Tobin noch nicht zum Mörder, aber er suggerierte einen bestimmten Charaktertyp. Freddie entsprach dem sanftmütigen Typ, der nach Emmas Schilderung weder physisch noch verbal gewalttätig war, andererseits aber jedem, von dem er sich nur im geringsten bedroht fühlte, eine Kugel durch den Kopf gejagt hätte.

Als wir an meinen Strandabschnitt zurückkamen, blieb Beth stehen und drehte sich nach dem Wasser um. Sie stand in geradezu klassischer Pose da – wie auf einem alten Ölgemälde mit dem Titel *Frau, aufs Meer hinausblickend,* dachte ich im stillen. Ich fragte mich, ob Beth Penrose eine spontane Nacktbaderin war, und entschied, sie sei entschieden nicht der Typ dafür.

»Warum interessiert dich Fredric Tobin?« wollte sie wissen.

»Das hab' ich dir schon gesagt … er hat den Gordons nähergestanden, als selbst ich geahnt habe.«

»Und was schließt du daraus?«

»Das weiß ich nicht. Bitte weiter.«

Sie sah nochmals zu mir herüber, wandte sich dann von der Bay ab und ging weiter. »Okay. Wir haben das Marschland nördlich des Hauses der Gordons abgesucht und eine Stelle gefunden, wo jemand ein Boot in die Binsen gezogen haben könnte.«

»Wirklich? Gut gemacht.«

»Danke.« Dann fuhr sie fort: »Dort kann jemand mit einem Boot mit geringem Tiefgang angelegt haben. Am Montag hat die Flut ihren Höchststand um neunzehn Uhr zwei erreicht, und gegen siebzehn Uhr dreißig haben die dortigen Marschen über einen halben Meter tief unter Wasser gestanden. Stakt man ein Boot mit wenig Tiefgang durch Schilf und Binsen an Land, sieht einen dabei kein Mensch.«

»Sehr gut! Warum bin ich nicht selbst darauf gekommen?«

»Weil du deine Zeit damit vergeudest, dir neunmalkluge Bemerkungen auszudenken.«

»Die brauche ich mir nicht erst auszudenken.«

»Ich kann nicht mit Bestimmtheit behaupten, daß dort ein Boot angelegt hat, obwohl einiges darauf hinweist. Zum Beispiel frisch abgeknickte Schilfhalme. Allerdings haben wir im Schlamm keine Fußspuren gefunden, aber die Flut ist seit dem Mord achtmal hereingekommen und dürfte alle Spuren ausgelöscht haben.«

Ich nickte zustimmend. »Mann, das ist wirklich was anderes als ein Mord in der City. Ich meine, Binsen, Marschland, Spuren im Schlamm, Gezeiten und eine tiefe Bay, auf deren Boden Geschosse liegen. Klingt nach Sergeant Preston vom Yukon, finde ich.«

»Siehst du, was ich meine? Du bist ein richtiger Klugscheißer.«

»Entschuldigung...«

»Okay. Ich habe mit Max telefoniert, und er ist sauer auf dich, weil du Fredric Tobin in die Mangel genommen hast.«

»Max kann mich mal.«

»Ich habe ihm gut zugeredet und ihn wieder beruhigt«, erklärte sie mir.

»Oh, vielen Dank!«

»Hast du von Fredric Tobin etwas erfahren?« fragte Beth.

»Klar doch. Das richtige Verhältnis zwischen Weinlaub und Sonnenscheindauer. Traubensaftgärung unter Schalenzusatz. Was noch...?«

»Sollte ich ihn vernehmen?«

Ich überlegte einen Augenblick, dann antwortete ich: »Ja, das solltest du.«

»Kann ich damit rechnen, von dir zu erfahren, warum ich ihn vernehmen sollte?«

»Das kannst du. Nur nicht jetzt gleich. Ausklammern solltest du jedoch Drogen, Krankheitserreger, Impfstoffe und alles, was mit der Arbeit der Gordons zu tun hat.«

Diesmal entstand eine sehr lange Pause. »Weißt du das bestimmt?« fragte sie dann.

»Ganz bestimmt.«

»Und das Tatmotiv?« erkundigte sie sich. »Liebe? Sex? Eifersucht?«

»Nein.«

»Ihr von Mrs. Wiley gekauftes Grundstück?«

»Das gehört mit dazu.«

Beth schwieg nachdenklich.

Wir standen uns jetzt in der Nähe des Bootsstegs mit tief in den Jackentaschen vergrabenen Händen gegenüber. Ich versuchte herauszubekommen, was ich angesichts meiner Freundin Emma für diese Frau empfand, und Beth versuchte herauszubekommen, wer die Gordons ermordet hatte. Ich sah voraus, daß wir uns nach der Aufklärung dieses Falls alle würden überlegen müssen, was wir empfanden – und für wen wir's empfanden.

»Such dir einen Stein und wirf ihn, so gut du kannst«, forderte Beth mich auf.

»Ist das ein Wettkampf?«

»Natürlich.«

»Was gibt's dabei zu gewinnen?«

»Mach dir deswegen keine Sorgen. Du gewinnst nicht.«

»Na, na, sind wir nicht ein bißchen zu siegessicher?« Ich fand einen wirklich guten Hüpfstein: rund, unten flach, oben gewölbt – aerodynamisch perfekt. Ich holte aus, als sei dies meine letzte Chance, dem Spiel als Pitcher eine Wende zu geben, und ließ den Stein loszischen. Er traf auf, hüpfte, traf auf, hüpfte, traf auf, hüpfte, traf auf, hüpfte und versank. Wow! »Viermal«, sagte ich für den Fall, daß sie nicht mitgezählt hatte.

Beth hatte bereits ihren Hüpfstein gefunden: rund, etwas größer als meiner und auf beiden Seiten gewölbt. Das ist die andere Theorie. Sie zog ihre Jacke aus und ließ sie mich halten. Sie wog den Stein prüfend in der Hand, als überlege sie, mir damit den Schädel einzuschlagen, dann holte sie – vielleicht von der Vorstellung angestachelt, dort draußen tauche mein Kopf aus dem Wasser auf – gewaltig aus und warf.

Der Stein hüpfte viermal und wäre dann versunken, aber er traf eine kaum sichtbare Welle und stieg noch einmal in die Luft, bevor er unterging.

Beth wischte sich die Hände ab und ließ sich ihre Kostümjacke zurückgeben.

»Ausgezeichnet«, sagte ich.

»Du hast verloren«, stellte sie fest. Sie zog ihre Jacke wieder an. »Erzähl mir, was du weißt.«

»Du bist doch die große Detektivin. Ich gebe dir einfach ein paar Hinweise, und du ziehst die nötigen Schlüsse. Okay, paß gut auf: das gemietete Haus am Wasser und das Rennboot, das von Mrs. Wiley gekaufte Grundstück, die Peconic Historical Society, die Geschichte von Plum Island mitsamt den umliegenden Inseln, die Urlaubswoche in England… was noch… die Zahl 44106818… was sonst noch?«

»Paul Stevens?«

»Vielleicht.«

»Fredric Tobin?«

»Vielleicht.«
»In welcher Rolle? Verdächtiger? Zeuge?«
»Nun, Mr. Tobin und sein Weingut sind möglicherweise pleite. Das hab' ich irgendwo gehört. Also ist er möglicherweise verzweifelt. Und verzweifelte Menschen verüben Verzweiflungstaten.«
»Gut, ich lasse seine finanzielle Lage prüfen«, entschied Beth. »Vorerst besten Dank für deine wertvollen Hinweise.«
»Damit weißt du alles«, versicherte ich ihr. »Du brauchst nur noch den gemeinsamen Nenner zu finden – den roten Faden, der sich durch alles zieht.«
Dieses Spiel gefiel ihr nicht. »Ich muß wieder los«, behauptete sie. »Ich erzähle Max, daß du den Fall gelöst hast und er dich deswegen anrufen soll.« Beth ging über den Rasen aufs Haus zu. Ich folgte ihr.
In der Küche begann sie, ihre Unterlagen einzupacken.
»Übrigens«, fragte ich, »was bedeuten die beiden Signalflaggen?«
Sie packte weiter ihren Aktenkoffer ein. »Die Flaggen bedeuten die Buchstaben ›B‹ und ›V‹. Beziehungsweise Bravo und Victor im Buchstabieralphabet.« Sie sah mich mit hochgezogenen Augenbrauen an.
»Und ihre andere Bedeutung?« faßte ich nach. »Die Wortbedeutung?«
»Bravo bedeutet ›Gefährliche Ladung‹, und Victor bedeutet ›Benötige Hilfe‹.«
»Die beiden Flaggen könnten also ›Gefährliche Ladung, benötige Hilfe‹ bedeuten.«
»Richtig«, bestätigte sie, »was zutreffen könnte, wenn die Gordons gefährliche Krankheitserreger an Bord gehabt hätten. Oder auch nur illegale Drogen. Das hätte ein Signal für ihren Partner sein können. Aber du sagst, daß der Fall nichts mit Viren oder Drogen zu tun hat.«
»Ja, das sage ich.«
»Einer meiner Kollegen, der Segler ist, hat mir erzählt, daß viele Leute an Land Signalflaggen aus Spaß oder zur Dekoration setzen«, teilte sie mir mit. »Auf See wäre das unmöglich, aber an Land nimmt sie niemand ernst.«

»Gut beobachtet. Das haben die Gordons oft gemacht.« Aber diesmal … Gefährliche Ladung, benötige Hilfe. »Nimm lieber an, es sei ein Signal für jemanden gewesen. Eigentlich toll, was? Keine Gesprächsaufzeichnung, kein Mobiltelefon, nur ein altmodisches Flaggensignal. Wahrscheinlich im voraus festgelegt. Damit haben die Gordons gesagt: ›Wir haben die Ware an Bord; komm und hilf uns, dieses Zeug auszuladen.‹«

»*Welches* Zeug?«

»Ah, *das* ist die Frage.«

Sie starrte mich an und sagte: »Solltest du Informationen oder Hinweise besitzen, die du mir verschweigst – was ich annehme –, könntest du verdammte Schwierigkeiten bekommen.«

»Aber, aber! Keine Drohungen.«

»John, ich ermittle wegen eines *Doppelmords.* Die Ermordeten sind deine Freunde gewesen, und dies ist kein Spiel, bei dem du …«

»Augenblick! Deine Ermahnungen kannst du dir sparen. Ich sitze harmlos und friedlich auf meiner Veranda, als Max mit dem Hut in der Hand bei mir aufkreuzt. Am nächsten Abend um die gleiche Zeit stehe ich nach einem Tag in den Forschungslabors mit dem Zeigefinger in der Nase auf dem leeren Parkplatz an der Fähre. Und jetzt …«

»Langsam! Ich habe dich sehr gut behandelt …«

»Ach, wirklich? Du hast zwei Tage lang nichts von dir hören lassen …«

»Ich habe *gearbeitet.* Was hast *du* gemacht?«

Und so weiter. Nach ungefähr zwei Minuten schlug ich vor: »Waffenstillstand. Das führt nirgendwohin.«

Sie beruhigte sich und sagte: »Tut mir leid.«

»Das hoffe ich.« Und dann: »Mir tut's auch leid.«

Und so versöhnten wir uns, ohne uns zu küssen.

»Ich will dich nicht ausquetschen«, meinte sie, »aber du hast vorhin angedeutet, du würdest dich revanchieren, sobald ich dir alles erzählt habe, was ich weiß.«

»Das tue ich auch. Aber nicht heute morgen.«

»Warum nicht?«

»Du solltest erst mit Max reden. Es ist viel besser, wenn du ihn aufgrund *deiner* Erkenntnisse informierst, statt meine Theorien vorzutragen.«

Sie dachte darüber nach, dann nickte sie. »Okay. Wann bekomme ich deine Theorien zu hören?«

»Ich brauche noch ein bißchen Zeit. Bis dahin solltest du über meine Hinweise nachdenken und versuchen, daraus dieselben Schlüsse zu ziehen wie ich.«

Beth schwieg.

»Ich verspreche dir schon jetzt«, fuhr ich fort, »dir den Fall auf einem Silbertablett zu präsentieren, sobald ich alles beisammen habe.«

»Das ist sehr großzügig von dir. Was verlangst du als Gegenleistung?«

»Nichts. Deine Karriere braucht etwas Förderung. Ich stehe auf dem Gipfel meiner Karriere.«

»In Wirklichkeit sitzt du in der Scheiße, und die Aufklärung dieses Falls hilft dir nicht heraus, sondern zieht dich noch tiefer hinein.«

»Wie du meinst.«

Sie sah auf ihre Uhr und sagte: »Ich muß jetzt zu Max.«

»Ich begleite dich zu deinem Wagen.«

Wir gingen hinaus, und Beth stieg in ihren Ford. »Wir sehen uns dann morgen abend auf Tobins Party«, sagte sie noch, »wenn nicht schon früher.«

»Richtig. Du kannst mit Max hingehen.« Ich lächelte. »Und vielen Dank für deinen Besuch.«

Sie fuhr los, aber anstatt in Richtung Straße weiterzufahren, kam sie nach einem Vollkreis zurück, trat auf die Bremse und rief beinahe atemlos: »John! Du hast gesagt, die Gordons hätten einen vergrabenen Schatz gesucht. Vielleicht einen archäologisch wichtigen Fund… auf Plum Island… auf Staatsbesitz… sie haben ihn dort stehlen und auf eigenem Grund und Boden vergraben müssen… Mrs. Wileys Grundstück. Richtig?«

Ich lächelte, reckte einen Daumen hoch, wandte mich ab und ging ins Haus.

Dann klingelte das Telefon, und ich nahm ab. Beth war am Apparat. »Was haben sie ausgegraben?« fragte sie.

»Das Telefon ist nicht abhörsicher.«

»John, wann können wir uns treffen? Wo?«

Ihre Stimme klang aufgeregt, was nur verständlich war.

»Ich melde mich bei dir«, sagte ich.
»Versprochen?«
»Klar. Aber vorläufig solltest du das lieber für dich behalten.«
»Ja, ich verstehe.«
»Bye ...«
»John.«
»Ja?«
»Danke.«
Ich legte auf. »Nichts zu danken.«

Dann verließ ich über die Veranda das Haus und schlenderte bis ans äußerste Ende des Bootsstegs. Wie ich aus Erfahrung wußte, konnte man dort gut nachdenken.

In dem über der Bay liegenden leichten Morgennebel sah ich einen Mann in einem Skiff vorbeirudern. Als ein Kabinenkreuzer auf Kollisionskurs auftauchte, griff der Ruderer nach einem Gegenstand, der vor ihm lag, und sogleich hörte ich ein lautes Warnsignal wie von einem Nebelhorn. Ich dachte an Druckluftfanfaren, die diesen Ton erzeugten – gewissermaßen das Nebelhorn des kleinen Mannes. Auf dem Wasser ertönte dieses Warnsignal so häufig, daß man es gar nicht mehr beachtete, vermutlich selbst bei klarem, sonnigem Wetter nicht. Und wenn es in unmittelbarer Nähe erklang, konnte es zwei rasch nacheinander abgefeuerte Schüsse übertönen. Der Schalldämpfer des kleinen Mannes. Eigentlich recht clever.

Tatsächlich paßte jetzt alles zusammen, sogar die winzigen Details. Ich war davon überzeugt, das Tatmotiv zu kennen: Captain Kidds Schatz. Aber es gelang mir nicht recht, Tobin, Stevens oder sonst jemanden mit den Morden in Verbindung zu bringen. In paranoiden Augenblicken glaubte ich sogar, auch Max und Emma könnten in die Sache verwickelt sein.

Angesichts des engen Beziehungsgeflechts hier draußen konnte eine regelrechte Verschwörung vorliegen. Aber wer hatte geschossen? Ich versuchte, mir Max, Emma, Tobin, Stevens und vielleicht sogar Zollner als Gruppe auf der Holzterrasse der Gordons vorzustellen ... Oder einen ganz anderen Täter, an den ich nie gedacht hatte, weil ich ihn nicht einmal kannte. Bevor man jemanden als Mörder bezeichnet, sollte man sich seiner Sache verdammt sicher sein.

Außerdem mußte ich – nicht aus eigenem Interesse, sondern weil alle anderen scharf darauf sein würden – den Schatz finden. Little Johnny als Schatzsucher. Aber er mußte ein paar ausgekochte Piraten überlisten und den Schatz aufspüren und ihn dem Staat übergeben. Ein deprimierender Gedanke.

Ich fragte mich, ob ein paar Millionen Dollar in Gold und Edelsteinen mich glücklich machen würden. Gold, das Heilige in Versuchung führt. Bevor ich mich in diese Idee hineinsteigerte, dachte ich an all die Menschen, die wegen dieses Goldes gestorben waren – erst vermutlich die Mannschaft des von Kidd gekaperten Schiffs, dann einige von Kidds eigenen Leuten, dann Kidd selbst, als er an der Themse gehenkt wurde, dann eine unbekannte Anzahl von Männern und Frauen, die in den vergangenen dreihundert Jahren auf der Suche nach Captain Kidds sagenhaftem Schatz ihr Vermögen oder ihr Leben verloren hatten. Und zuletzt Tom und Judy Gordon. Ich hatte die böse Vorahnung, daß sie noch nicht die letzten waren.

27. Kapitel

Gegen Mittag fuhr ich zu Whitestone Florist und überreichte den Nachttopf. Da ich noch nicht gefrühstückt hatte, lud ich Emma zum Mittagessen ein, aber sie sagte, sie habe zuviel zu tun. Freitags herrschte im Blumenland Hochbetrieb – Partys, Abendgesellschaften und so weiter. Dazu kamen drei Beerdigungen, die ihrer Natur nach unvorhersehbare Ereignisse sind. Außerdem hatte Emma einen Dauerauftrag von Tobin Vineyards, jeden Freitag frische Blumen für Eingangsbereich und Restaurant zu liefern. Und am Samstag abend würde natürlich Tobins große Soiree steigen. »Zahlt er seine Rechnungen pünktlich?« fragte ich.

»Nein. Daher bestehe ich auf Zahlung bei Lieferung. Cash oder Kreditkarte. Keine Schecks. Und sein persönliches Kundenkonto habe ich auch aufgelöst.«

Das klang ganz so, als hätte sie am liebsten noch mehr aufgelöst. »Soll ich dir ein Sandwich bringen?« fragte ich.

»Nein, danke. Ich muß jetzt wirklich weiterarbeiten.«

»Gut, dann bis morgen.«

Ich verließ den Laden und schlenderte die Main Street entlang. Irgendwie hatte sich unsere noch junge Beziehung verändert. Emma war eindeutig kühler. Frauen verstehen es, einen auf Eis zu legen, und wenn man sie aufzutauen versucht, drehen sie einfach die Temperatur nach unten. Zu diesem Spiel braucht man zwei, und als Mann hat man automatisch schlechte Karten. Deshalb spiele ich nie mit.

Ich kaufte mir ein Bier und ein Sandwich, stieg in meinen Jeep und fuhr zu Tom und Judys Strandgrundstück hinaus. Dort setzte ich mich auf den Felsen und picknickte. Captain Kidds Felsterrasse. Unglaublich. Und ich zweifelte nicht im geringsten daran, daß die historisch bekannte Zahlenfolge 44106818 sich mit etwas Geschick so hätte deuten lassen, daß sie genau die Stelle bezeichnete, an der Kidds Schatz vergraben war. Die Bedeutung der einzelnen Ziffern ließ sich beliebig verändern, bis sie einen zuvor festgelegten Ort exakt bezeichneten. »Wirklich clever gemacht, ihr beiden. Aber ich wollte, ihr hättet mich ins Vertrauen gezogen. Dann wärt ihr jetzt nicht tot.«

Irgendwo zwitscherte ein Vogel. Das klang wie eine Antwort.

Ich stellte mich auf den Felsen, schaute durch mein Fernglas nach Süden und suchte das Farmland und die Weinberge ab, bis ich den Turm von Fredric dem Schrecklichen fand, der als höchstes Bauwerk weit und breit aus der Ebene aufragte: Lord Freddies Phallussymbol. »Du kleiner Scheißkerl!« sagte ich laut.

Ich hatte plötzlich das Bedürfnis, alles und alle hinter mir zu lassen: mein Telefon, mein Haus, Beth, Max, Emma, das FBI, die CIA, meine Bosse und sogar meine Kumpels in Manhattan. Als ich über die Meerenge nach Connecticut hinübersah, kam ich auf die Idee, ins Foxwoods Resort Casino zu fahren.

Ich ging zu meinem Jeep hinunter, setzte mich ans Steuer und fuhr nach Orient Point zur Fähre. Bei dem schönen Wetter war die Überfahrt angenehm, und nach einer Stunde und zwanzig Minuten waren mein Jeep und ich in New London, Connecticut.

Von dort aus fuhr ich nach Foxwoods, dem weitläufigen Hotel- und Spielbankkomplex irgendwo in der Wildnis – tatsächlich auf Indianerland, das den Mashantucket Pequots gehört –, dessen Motto »Zum Teufel mit dir, weißer Mann, wir holen uns jetzt unser Geld zurück« hätte sein können. Ich nahm mir ein Zimmer, kaufte ein paar Toilettenartikel, fuhr im Fahrstuhl nach oben, packte meine Zahnbürste aus und fuhr ins kathedralenartige Kasino hinunter, um mich meinem Schicksal zu stellen.

Ich hatte verdammt Glück beim Blackjack, kam an den Spielautomaten ohne Verluste davon, verlor ein bißchen beim Würfeln und mußte am Roulettetisch einiges zusetzen. Gegen acht Uhr war ich erst ungefähr zweitausend Dollar im Minus. Ich amüsierte mich wirklich prächtig.

Ich versuchte, mich in Fredric Tobin hineinzuversetzen: Mieze am Arm, Spielverluste pro Wochenende etwa zehn Riesen, das Weingut florierend, aber nicht einträglich genug. Meine gesamte Welt droht demnächst zusammenzubrechen. Trotzdem mache ich weiter und verspiele sogar noch mehr, weil ich den Jackpot gewinnen werde, der seit nunmehr dreihundert Jahren vergraben ist. Ich weiß genau, wo er liegt; er ist quälend nahe – ich kann den Ort sogar sehen, wenn ich mit meinem Boot an Plum Island vorbeifahre.

Aber ich kann diesen Schatz nur mit Hilfe von Tom und Judy Gordon heben, die ich ins Vertrauen gezogen und als meine Partner gewonnen habe. Und ich, Fredric Tobin, habe eine gute Wahl getroffen. Von allen auf Plum Island beschäftigten Wissenschaftlern, Verwaltungsangestellten und Arbeitern, die ich kennengelernt habe, sind Tom und Judy meine erste Wahl. Sie sind jung, sie sind intelligent, sie sind vernünftig und stabil, sie besitzen ein gewisses Flair und lassen vor allem eine merkliche Vorliebe für einen gehobenen Lebensstil erkennen.

Ich vermutete, daß Tobin die Gordons schon bald nach ihrem Zuzug angeworben hatte. Das bewies die Tatsache, daß die beiden nach vier Monaten aus ihrem Haus im Binnenland in der Nähe des Fährhafens in ein Haus am Wasser umgezogen waren. Das war ebenso wie der Bootskauf Tobins Idee gewesen.

Fredric Tobin hatte offenbar aktiv nach jemandem gesucht, der auf Plum Island beschäftigt war, und vermutlich mehrere Kandidaten wieder verworfen. Vielleicht hatte er schon einen anderen Partner auf Plum Island gehabt, aber dann war irgend etwas schiefgegangen, und der oder die Betreffende war jetzt tot. Ich würde feststellen müssen, ob ein auf Plum Island Beschäftigter vor zwei bis drei Jahren vorzeitig zu Tode gekommen war.

Ich erkannte, daß ich Fredric Tobin gegenüber unfairerweise höchst voreingenommen war – daß ich mir wirklich wünschte, *er* wäre der Mörder. Nicht Emma, nicht Max, nicht Zollner, nicht einmal Stevens. Fredric Tobin … Freddie auf den elektrischen Stuhl!

Obwohl ich mich bemühte, andere in der Rolle des Mörders zu sehen, kam ich in Gedanken immer wieder auf Tobin zurück. Beth verdächtigte Paul Stevens, auch wenn sie das nicht ausdrücklich sagte, und ich mußte zugeben, daß er wahrscheinlich eher als Täter in Frage kam als Tobin. Meine Überlegungen in bezug auf Freddie waren zu eng mit meinen Gefühlen für Emma verknüpft. Vor meinem inneren Auge erschien immer wieder das Bild, wie die beiden es miteinander trieben. Ich meine, solche Gefühle hatte ich seit mindestens zehn Jahren nicht mehr gehabt.

Ich wollte Freddie nicht fälschlich beschuldigen, aber ich beschloß, von der Annahme auszugehen, er sei es gewesen, und zu versuchen, ihm den Doppelmord nachzuweisen.

Was Paul Stevens betraf, konnte auch er in die Sache verwickelt sein – aber wozu hätte Tobin die Gordons gebraucht, wenn er Stevens angeworben hatte? Und hatte Stevens von dem Plan gewußt, ohne daran beteiligt gewesen zu sein? Hatte er wie ein Geier darauf gewartet, herabzustoßen und sich seinen Anteil von der Beute zu holen, sobald andere sie nach langer, mühsamer Jagd erlegt hatten? Oder hatte Stevens diesmal nicht als Tobins Komplize, sondern auf eigene Faust gehandelt? Mit etwas Glück konnte ich's vielleicht schaffen, Stevens *und* Tobin auf den heißen Sitz zu bringen.

Und dann kam natürlich auch ein bisher unbekannter Täter in Frage…

Ich dachte darüber nach, wie alles gewesen sein mußte, bevor Tom und Judy Gordon eines Tages mit Kopfschüssen dagelegen hatten. Ich glaubte zu sehen, wie Tom, Judy und Fredric zu luxuriös lebten, zuviel ausgaben und die Erfolgsaussichten ihres Unternehmens bald zuversichtlich, bald verzweifelt und sorgenvoll beurteilten.

Sie gingen umsichtig und gründlich vor, um die Voraussetzungen für den sogenannten Schatzfund zu schaffen. Interessanterweise beschlossen sie, ihn nicht auf Tobins Grundstück am Wasser zu entdecken. Statt dessen hielten sie sich an die hiesige Überlieferung von Captain Kidds Felsterrasse. Natürlich hätten sie später behauptet, eigene Nachforschungen hätten sie zu dieser Stelle geführt, und auch zugegeben, die arme Margaret Wiley bewußt reingelegt zu haben. Die Gordons hätten Mrs. Wiley später ein hübsches Schmuckstück als Trostpreis überreicht.

Bei Mordermittlungen suche ich oft die einfachste Erklärung, die war hier wirklich einfach: Geldgier. Freddie hatte nie teilen gelernt, und selbst wenn er hätte teilen wollen, fragte ich mich, ob sein Anteil groß genug gewesen wäre, um seine Schulden zu begleichen und seine Weingut zu retten. Sein Anteil, der höchstens fünfzig Prozent betragen haben konnte, hätte sich durch Steuern nochmals um die Hälfte verringert. Selbst wenn der Schatz zehn Millionen Dollar wert gewesen wäre, hätte Freddie bestenfalls zweieinhalb Millionen bekommen. Bei weitem nicht genug für einen Verschwender wie Lord Tobin. Und falls er einen weiteren Partner hatte – zum Beispiel Paul Stevens –, mußten die Gordons um so dringender beseitigt werden.

Auch unter der Voraussetzung, daß die Gordons den Schatz auf Plum Island ausgegraben hatten, blieben noch Fragen offen. Hatten sie ihn an dem Tag, an dem sie auf ihrer Terrasse erschossen wurden, vollständig mit herübergebracht? Hatten sie ihn in ihrer Aluminiumkiste transportiert? Und wo war die Originalschatzkiste, die so vergraben werden mußte, daß die Umstände ihrer »Entdeckung« selbst neugierige Archäologen oder Finanzbeamte zufriedenstellte?

Während ich mir das alles überlegte, achtete ich kaum auf die Ereignisse am Roulettetisch. Roulette ist gut für Leute, die andere Dinge im Kopf haben, weil es wie die Spielautomaten ein reines Glücksspiel ist. Aber bei Automaten bestimmt man das Spieltempo selbst und kann die ganze Nacht in katatonischem Zustand mit schlaffem Unterkiefer vor einem einarmigen Banditen verbringen, ohne vielmehr als das wöchentliche Haushaltsgeld zu verlieren. Sitzt man beim Roulette jedoch am Zehndollartisch, an dem ein flinker Croupier arbeitet, kann man schnell einen Haufen Geld loswerden.

Ich stand vom Tisch auf, holte mir mit meiner Kreditkarte nochmals Geld und machte mich damit auf die Suche nach einer freundlichen Partie Poker. Ah, was ich nicht alles für meinen Job tue!

Am Pokertisch hatte ich wieder etwas Glück und war um Mitternacht nur noch um zweitausend im Minus. Aber ich war fast verhungert. Ich kaufte mir bei einer der Cocktailladys ein Bier und ein Sandwich und pokerte bis ein Uhr morgens weiter – noch immer mit zwei Riesen im Minus.

Ich zog mich in eine der Bars zurück und ging zu Scotch über. Im Fernsehen sah ich die Wiederholung der Abendnachrichten, in denen die Ermordung der Gordons nicht einmal mehr erwähnt wurde.

Ich ließ mir den gesamten Fall erneut durch den Kopf gehen – von dem Augenblick, in dem Max meine Veranda betreten hatte, bis zur unmittelbaren Gegenwart. Und weil ich schon einmal dabei war, dachte ich auch über mein Liebesleben, meinen Job und alles andere nach, was mich zwangsläufig zu der Frage brachte, wohin mich mein Weg führte.

Da saß ich also nun gegen zwei Uhr morgens, zweitausend Dollar ärmer, allein, aber nicht einsam, leicht beschwipst, körperlich zu fünfundsiebzig Prozent dienstuntauglich und geistig vielleicht zu hundert Prozent geschädigt. Ich hätte leicht vor Selbstmitleid zerfließen können, aber statt dessen ging ich an den Roulettetisch zurück. Ich hatte Pech in der Liebe, folglich mußte ich Glück im Spiel haben.

Um drei Uhr morgens, nachdem ich weitere dreitausend Dollar verloren hatte, ging ich ins Bett.

Wo bin ich? Dieser Gedanke beschäftigte mich als erstes, als ich am Samstag morgen aufwachte. Manchmal kann die Frau neben mir zur Aufklärung beitragen, aber ich hatte keine Frau neben mir. Dann wurde mein Kopf klarer, und ich erinnerte mich daran, wo ich war und daß die Mashantucket Pequots mich skalpiert hatten – oder vielleicht hätte ich lieber sagen sollen, ich sei von meinen indianischen Brüdern um meine Barschaft erleichtert worden.

Ich duschte, zog mich an, packte meine Zahnbürste ein und frühstückte im Kasino.

Draußen herrschte wieder schönstes Herbstwetter. Das mußte der Altweibersommer sein. Ich setzte mich in meinen Jeep und fuhr nach Süden in Richtung New London.

Am Stadtrand hielt ich an einer Tankstelle, um nach dem Weg zu fragen. Keine Viertelstunde später war ich in der Ridgefield Road, einem noch halb ländlichen Neubaugebiet mit hübschen Holzhäusern im New-England-Stil auf nicht zu kleinen Parzellen. Ob man viel Geld brauchte, um hier zu leben, war schwierig zu beurteilen, aber vor den mittelgroßen Häusern standen Mittelklassewagen, was auf mittleres Preisniveau schließen ließ.

Ich hielt vor der Nummer siebzehn, einem typischen weißgestrichenen Cape-Cod-Haus, das etwa dreißig Meter von der Straße entfernt stand. Die Nachbargrundstücke waren unbebaut, so daß die nächsten Häuser noch weiter entfernt waren. Ich stieg aus meinem Jeep, ging zur Haustür und klingelte.

Während ich wartete, sah ich mich um. In der Einfahrt vor der Garage stand kein Wagen. Aus der Tatsache, daß nirgendwo Kinderspielzeug herumlag, schloß ich, daß Mr. Stevens ledig oder verheiratet, aber kinderlos, oder verheiratet, aber mit schon erwachsenen Kindern war oder aber seine Kinder aufgefressen hatte. Echte Detektivarbeit, was?

Mir fiel auch auf, daß hier alles viel zu ordentlich war. Ich meine, man sah auf den ersten Blick, daß hier ein krankhaft ordnungsliebender Fanatiker lebte.

Als niemand auf mein Klingeln reagierte, trat ich an die Anbaugarage und warf einen Blick durchs Seitenfenster. Kein Auto. Ich ging hinters Haus, wo sich eine gepflegte Rasenfläche etwa fünfzig Meter weit bis zu einem Wäldchen erstreckte. Dort gab es eine hübsche Natursteinterrasse mit gemauertem Grill, Gartenmöbeln und so weiter.

Ich ging zur Hintertür und sah durchs Fenster in eine mustergültig aufgeräumte rustikale Küche.

Ich überlegte ernsthaft, ob ich einbrechen, mich kurz im Haus umsehen und vielleicht aus Spaß sein High-School-Diplom klauen sollte. Aber eine rasche Überprüfung ergab, daß alle Fenster alarmgesichert waren. Und rechts über mir war unter dem Dachvorsprung eine Überwachungskamera mit Weitwinkelobjektiv installiert. Dieser Kerl wußte, wie man sein Eigentum schützte.

Ich ging nach vorn zurück, setzte mich in meinen Jeep und wählte Stevens' Telefonnummer. Sein Anrufbeantworter meldete sich und ließ mir die Wahl zwischen Fax (privat), e-Mail (privat), Piepser (privat), Postschließfachadresse (privat), Telefon (dienstlich), Fax (dienstlich), e-Mail (dienstlich) und der Möglichkeit, nach dem Signalton eine Mitteilung zu hinterlassen. Ich drückte auf die Ziffer drei meiner Tastatur, bekam Stevens' Piepsernummer, wählte sie, tippte meine Mobiltelefonnummer ein und legte auf. Eine Minute später klingelte mein Telefon.

»Stadtwerke New London«, meldete ich mich.

»Ja, hier ist Paul Stevens. Sie haben mich angepiepst.«

»Ja, Sir. Wasserrohrbruch vor Ihrem Haus in der Ridgefield Road. Wir möchten eine Pumpe in Ihren Keller stellen, damit er nicht volläuft.«

»Okay… Ich bin mit dem Auto unterwegs… Ich kann in zwanzig Minuten da sein.«

»In Ordnung.« Ich legte auf und wartete.

Nach kaum fünf Minuten – nicht erst nach zwanzig – hielt ein grauer Ford Escort in der Einfahrt. Aus dem Wagen stieg Paul Stevens, der zu einer schwarzen Hose eine beige Windjacke trug.

Ich stieg aus meinem Jeep, und auf dem Rasen vor dem Haus trafen wir aufeinander. Stevens begrüßte mich herzlich, indem er fragte: »Was zum Teufel machen Sie hier?«

»Ich bin zufällig in der Nähe und wollte bloß mal vorbeischauen.«

»Scheren Sie sich von meinem Grundstück!«

Einen so unfreundlichen Empfang hatte ich nun nicht erwartet. »Ich mag's eigentlich nicht, so angequatscht zu werden«, beschwerte ich mich.

»Sie Scheißkerl… Sie haben mich 'nen halben Vormittag lang bloß geärgert!«

»Hey, was…«

»*Fuck you,* Corey! Verpissen Sie sich gefälligst!«

Das war ein völlig anderer Mr. Stevens als der auf Plum Island, der zwar nicht freundlich, aber immerhin höflich gewesen war. Natürlich hatte er dort höflich sein müssen. Jetzt war der Tiger in seinem eigenen Gehege, und seine Wärter waren nicht in der Nähe. »Augenblick, Paul«, sagte ich, »nicht gleich so…«

»Sind Sie taub? Sie sollen sich zum Teufel scheren, habe ich gesagt. Und übrigens haben die Häuser hier eigene Brunnen, Sie dämlicher Scheißer. Los, verpissen Sie sich!«

»Okay. Aber ich muß erst meine Kollegin holen.« Ich deutete aufs Haus. »Beth Penrose. Sie ist hinter dem Haus.«

»Sie setzen sich jetzt in Ihre Scheißkiste. Ich hole sie.« Stevens wandte sich ab und rief mir im Weggehen noch zu: »Ich sollte Sie beide wegen Hausfriedensbruch verhaften lassen. Sie können von Glück sagen, daß ich nicht schießend aus dem Auto gesprungen bin.«

Ich machte kehrt und ging zu meinem Jeep zurück. Als ich mich umsah, verschwand Stevens eben um die Garagenecke.

Ich spurtete über den Rasen, überquerte die Einfahrt und holte ihn ein, als er gerade um die rückwärtige Hausecke bog. Er hörte mich kommen, warf sich herum und streckte die Hand nach seiner Waffe aus, aber zu spät. Meine Faust traf ihn am Kinn. Er grunzte überrascht und wedelte kraftlos mit den Armen, bevor er zusammenklappte. Ein fast komisches Bild.

Ich kniete neben dem armen Paul nieder, tastete ihn ab und fand seine durchgeladene Pistole – eine 6,5-mm-Beretta – in der Innentasche seiner Windjacke. Ich zog das Magazin heraus und leerte die Patronen in meine Tasche. Dann entleerte ich auch die Kammer, schob das Magazin wieder ein und steckte die Beretta in seine Tasche zurück.

Als nächstes interessierte mich seine Geldbörse: Bargeld, Kreditkarten, Führerschein, Krankenkassenkarte, Dienstausweis und ein in Connecticut ausgestellter Waffenschein für die Beretta, einen 45er Colt und eine 357er Magnum. Keine Fotos, keine Telefonnummern, keine Visitenkarten, keine Schlüssel, keine Kondome, keine Lotterielose… nichts weiter Interessantes außer der Tatsache, daß er zwei großkalibrige Schußwaffen besaß, von denen wir vielleicht nie erfahren hätten, wenn ich Stevens nicht flachgelegt und seine Geldbörse durchsucht hätte.

Ich steckte die Geldbörse in seine Tasche zurück und wartete geduldig darauf, daß er aufspringen und sich für sein Benehmen entschuldigen würde. Aber er lag einfach nur da, bewegte seinen Kopf von einer Seite zur anderen und gab unverständliche Laute von sich. Er blutete nicht, aber ein roter Fleck an seinem Kinn zeigte, wo ich ihn getroffen hatte. Diese Stelle würde sich später blau und noch später leuchtend purpurrot verfärben.

Als mir die Warterei zu langweilig wurde, ging ich zu dem aufgerollten Gartenschlauch, drehte den Hahn auf und spritzte Mr. Stevens ab. Das schien zu helfen. Wenig später rappelte er sich prustend und schwankend auf.

»Haben Sie meine Kollegin gefunden?« fragte ich ihn.

Er wirkte leicht verwirrt. Sein Zustand erinnerte mich an den überlebensgroßen Kater, mit dem ich heute morgen aufgewacht war. Ich hatte fast Mitleid mit ihm. Wirklich.

»Eigener Brunnen«, sagte ich. »Mann, darauf wäre ich nie gekommen. Hey, Paul, wer hat Tom und Judy umgebracht?«

»Fuck you!«

Ich spritzte ihn wieder an, und er bedeckte sein Gesicht mit den Händen.

Ich ließ den Schlauch fallen und trat näher an ihn heran. »Wer hat meine Freunde umgebracht?«

Stevens war dabei, sich das Gesicht mit einem Zipfel seiner Windjacke abzutrocknen, als ihm etwas einzufallen schien. Er griff mit seiner rechten Hand in die Innentasche und zog die Spielzeugpistole heraus. »Dreckskerl!« sagte er. »Hände auf den Kopf!«

»Okay.« Ich legte die Hände auf den Kopf, was ihm gutzutun schien.

Stevens rieb sich das Kinn, was offenbar schmerzhaft war. Er schien nach und nach zu erkennen, daß er reingelegt, niedergeschlagen und naßgespritzt worden war. Ich merkte ihm an, daß er allmählich wütender wurde. »Jacke ausziehen«, forderte er mich auf.

Ich zog sie aus, wobei meine private Smith & Wessen Kaliber 38 im Schulterhalfter sichtbar wurde.

»Jacke fallen lassen, Schulterhalfter langsam abschnallen, danebenlegen.«

Ich tat, was er verlangte.

»Tragen Sie eine zweite Waffe?« fragte er.

»Nein, Sir.«

»Hosenbeine hochziehen!«

Ich zog meine Hosenbeine hoch, damit er sehen konnte, daß ich kein Knöchelhalfter trug.

»Umdrehen und Hemd hochziehen!« befahl er mir.

Ich drehte mich um, zog mein Hemd aus der Hose und zeigte ihm, daß ich kein verdecktes Halfter im Kreuz trug.

»Umdrehen.«

Ich drehte mich wieder zu ihm um.

»Hände auf den Kopf.«

Ich legte meine Hände auf den Kopf.

»Von der Pistole wegtreten.«

Ich trat zwei Schritte vor.

»Hinknien.«

Ich kniete nieder.

»Verdammter Scheißkerl!« fauchte er mich an. »Wie zum Teufel kommen Sie dazu, hier reinzuplatzen und mich zu belästigen?« Er war verdammt sauer und fluchte gotteslästerlich.

In meinem Beruf ist's fast unweigerlich so, daß Schuldige ihre Unschuld beteuern, während Unschuldige stinksauer sind und mit allen möglichen juristischen Schritten drohen. Leider schien mir Mr. Stevens in letztere Kategorie zu fallen. Ich wartete eine Zeitlang geduldig, bis er Dampf abgelassen hatte.

Schließlich warf ich doch ein Wort ein und fragte: »Okay, haben Sie wenigstens einen Verdacht, wer's gewesen sein könnte?«

»Wenn ich was wüßte, würde ich's Ihnen bestimmt nicht erzählen, Sie Klugscheißer von einem Hundesohn!«

»Irgendeine Idee, warum sie ermordet wurden?«

»Hey, ich lass' mich von Ihnen nicht ausfragen, Sie Mistkerl! Halten Sie Ihre beschissene Klappe!«

»Heißt das, daß ich nicht mit Ihrer Hilfe rechnen kann?«

»Schnauze!« Er überlegte einen Augenblick, dann sagte er: »Ich sollte Sie als Einbrecher erschießen, Sie blöder Hundesohn. Aber ich zahl's Ihnen noch heim, daß Sie mich überfallen haben. Ich sollte Sie nackt irgendwo im Wald aussetzen.« Er geriet immer mehr in Fahrt und bewies erstaunliche Kreativität, während er sich ausmalte, wie er sich an mir rächen würde.

Das Knien wurde langsam unbequem, also stand ich auf.

»Hinknien!« kreischte Stevens. »Hinknien!«

Ich ging auf ihn zu. Er zielte mit seiner Beretta zwischen meine Beine und drückte ab. Ich zuckte zusammen, obwohl ich wußte, daß die Waffe nicht geladen war.

Er merkte, daß er eine große Dummheit gemacht hatte, weil er versucht hatte, mich mit einer ungeladenen Pistole zu kastrieren. Er starrte die Beretta ungläubig an.

Um seine rechte Kinnhälfte zu schonen, schlug ich diesmal einen linken Haken. Das würde er hoffentlich zu würdigen wissen, wenn er zu sich kam.

Jedenfalls kippte er wieder rückwärts ins Gras.

Ich wußte, daß er sich schrecklich fühlen würde, wenn er zu sich kam – richtig dumm und blöd und so weiter –, und hatte irgendwie Mitleid mit ihm. Nun, vielleicht doch wieder nicht. Auf jeden Fall würde er nach diesem zweiten K. o. die Aussage verweigern, und ich traute mir nicht zu, ihn mit irgendwelchen Tricks zum Reden zu bringen. Und Foltermethoden kamen nicht in Frage, obwohl Stevens mich echt in Versuchung führte.

Jedenfalls sammelte ich Pistole, Schulterhalfter und Jacke ein, bevor ich als alter Spaßvogel Mr. Stevens' Schuhbänder zusammenknotete.

Ich ging zu meinem Jeep zurück, stieg ein und fuhr davon, um möglichst weit weg zu sein, wenn Stevens zu sich kam und die Cops alarmierte.

Unterwegs dachte ich über Paul Stevens nach. Tatsache war, daß der Kerl nicht ganz richtig tickte. Aber war er ein Mörder? Er schien keiner zu sein, aber er hatte irgend etwas an sich… er *wußte* etwas. Davon war ich überzeugt. Und was er wußte, wollte er für sich behalten, was bedeutete, daß er jemanden deckte oder damit erpreßte. Oder vielleicht versuchte er herauszukriegen, wie sich sein Wissen zu Geld machen ließ. Jedenfalls hatte ich von ihm, gelinde gesagt, keine Unterstützung zu erwarten.

Anstatt mit der Fähre von New London aus nach Long Island zurückzufahren, wobei ich riskierte, Cops aus Connecticut in die Hände zu laufen, fuhr ich auf landschaftlich schönen Nebenstraßen in Richtung Westen. Meine rechte Hand tat ziemlich weh, und die linke wurde allmählich steif. Die Knöchel meiner Rechten waren sogar etwas geschwollen. Scheiße, ich wurde langsam alt. Ich ballte beide Hände zu Fäusten. »Aua!«

Mein Handy klingelte. Ich meldete mich nicht. Dann überquerte ich die Staatsgrenze nach New York, wo ich bessere Chancen hatte, mich bei den Cops herauszureden, falls sie nach mir fahndeten.

Ich fuhr an der Throgs Neck Bridge vorbei, auf der ich am schnellsten nach Long Island gekommen wäre, und benutzte erst die Whitestone Bridge, was mir irgendwie passender erschien. Die Emma Whitestone Bridge. »I'm in love«, sang ich, »I'm in love, I'm in love with a wonderful girl.« Ich liebe schmalzige Songs.

Nach der Brücke fuhr ich auf dem Long Island Parkway nach Osten in Richtung der North Fork zurück. Das war ein weiter Umweg, aber ich hatte die Fähre nicht benutzen wollen, weil ich ja nicht wußte, was Paul Stevens unternehmen würde, nachdem er zweimal auf dem eigenen Rasen k. o. gegangen war. Ganz zu schweigen davon, daß er beim ersten Schritt mit seinen zusammengeknoteten Schuhbändern hingeknallt war.

Trotz allem vermutete ich aber, daß er die Cops nicht angerufen hatte. Und falls er darauf verzichtet hatte, mich wegen Hausfriedensbruchs und Körperverletzung anzuzeigen, war das sehr aufschlußreich. Paul gab diese Runde verloren, weil er wußte, daß es weitere geben würde. Mein Problem war, daß *er* Ort und Zeit der nächsten Runde bestimmen konnte und versuchen würde, mich damit zu überraschen. Aber damit mußte ich mich abfinden.

Gegen sieben Uhr war ich nach über dreihundert Meilen Fahrtstrecke wieder auf der North Fork. Da ich keine Lust hatte, nach Hause zu fahren, kehrte ich unterwegs in der Olde Towne Taverne ein und trank ein oder zwei Bier. Dabei fragte ich den Barkeeper Aidan, mit dem ich mich angefreundet hatte: »Sag mal, kennst du Fredric Tobin?«

»Ich bin mal als Barkeeper bei einer Party in seinem Haus engagiert gewesen«, antwortete er. »Aber ich habe keine fünf Worte mit ihm geredet.«

»Was erzählt man sich so über ihn?«

Aidan zuckte mit den Schultern. »Na ja, ich weiß nicht … man hört so alles mögliche.«

»Zum Beispiel?«

»Nun, manche Leute sagen, er sei schwul, andere halten ihn für einen Schürzenjäger. Die einen sagen, daß er pleite ist und überall Schulden hat. Die anderen halten ihn für knickerig, wieder andere loben ihn als großzügig. Du verstehst, was ich meine? Taucht hier jemand auf und baut praktisch aus dem Nichts einen großen Betrieb auf, sind die Meinungen natürlich gespalten. Er ist ein paar Leuten auf die Zehen getreten, aber wie man hört, hat er manche auch anständig behandelt. Er hat erstklassige Beziehungen zu Politikern und zur Polizei, wenn du weißt, was ich meine.«

»Ja, ich verstehe.« Dann fragte ich: »Wo wohnt er überhaupt? Ich bin nämlich bei ihm eingeladen.«

»Er hat ein Haus in Southold – drunten bei Founders Landing. Weißt du, wo das ist?«

»Nein.«

Aidan erklärte mir, wie ich fahren mußte. »Nicht zu verfehlen«, sagte er. »Groß, groß.«

»Klar. Hey, ich hab' gehört, daß hier irgendwo ein Piratenschatz vergraben sein soll.«

Aidan lachte. »Yeah. Mein Alter hat manchmal erzählt, wie früher Schatzsucher überall Löcher gebuddelt haben. Aber falls jemand was gefunden hat, hält er vorsichtshalber die Klappe.«

»Richtig. Wozu mit Onkel Sam teilen?«

»Genau.«

»Hast du was Neues über den Doppelmord in Nassau Point gehört?«

»Nö«, sagte Aidan. »Wenn du mich fragst, haben diese Leute was verdammt Gefährliches geklaut, und Regierung und Cops versuchen, uns mit diesem Scheiß über einen Impfstoff zu beruhigen. Ich meine, was sollen sie schon sagen? Daß das Ende der Welt bevorsteht? Nein, sie sagen: ›Keine Angst – das Zeug ist ungefährlich.‹ Der reinste Schwachsinn.«

»Richtig.« Ich finde, die CIA, das FBI und überhaupt alle staatlichen Stellen sollten ihren Schwachsinn immer erst an Barkeepern, Friseuren und Taxifahrern testen, bevor sie versuchen, ihn der Öffentlichkeit zu verkaufen.

Ich bedankte mich bei Aidan, verließ die OTT, setzte mich ans Steuer und fuhr nach Founders Landing.

28. Kapitel

Es war schon dunkel, als ich Founders Landing erreichte, aber am Ende der Straße sah ich einen Stadtpark. Außerdem einen Gedenkstein mit der Aufschrift *Founders Landing – 1640*. Offenbar waren die ersten Siedler aus Connecticut hier an Land gegangen. Hätten sie einen Zwischenstopp in Foxwoods gemacht, wären sie wahrscheinlich in Unterhosen angekommen.

Östlich des Parks stand eine riesige Villa – im Kolonialstil erbaut und größer als Onkel Harrys Haus. Das dazugehörige Grundstück war von einem hübschen schmiedeeisernen Zaun umgeben, vor dem viele Autos parkten. Auch der Rasen auf beiden Seiten der Einfahrt diente als Behelfsparkplatz, und irgendwo hinter dem Haus erklang Musik.

Ich parkte auf der Straße und ging zu dem offenen schmiedeeisernen Tor zurück. Ich wußte nicht, ob ich dem Anlaß entsprechend gekleidet war, aber dann bemerkte ich das Paar, das vor mir herging, und der Mann war genauso angezogen wie ich: blauer Blazer, keine Krawatte, keine Socken.

Ich ging ums Haus herum und erreichte eine sanft zum Wasser hin abfallende große Rasenfläche mit gestreiften Partyzelten, farbigen Lichterketten zwischen den Bäumen, flackernden Wachsfackeln, Windlichtern auf Tischen unter aufgespannten Schirmen, Blumen von Whitestone, einer Sechsmanncombo, die Big-Band-Nummern spielte, mehreren Bars und einem kunstvoll aufgebauten langen Buffet. Insgesamt das Beste, was die gute alte Zivilisation zu bieten hatte – und das Wetter machte auch mit. Fredric Tobin war wirklich ein Glückspilz.

Ich sah auch ein großes blaues Spruchband mit der weißen Aufschrift *Peconic Historical Society Annual Party*, das zwischen zwei riesigen Eichen aufgespannt war.

Ein hübsches junges Ding in einem historischen Kostüm kam

auf mich zu und sagte: »Guten Abend. Bitte kommen Sie mit und suchen Sie sich einen Hut aus.«

»Wie bitte?«

»Sie müssen einen Hut tragen, um einen Drink zu bekommen.«

»Dann möchte ich sechs Hüte.«

Sie kicherte, hängte sich bei mir ein und führte mich an einen langen Tisch, auf dem einige Dutzend idiotischer Hüte lagen – verschiedenfarbige Dreispitze mit Straßschmuck, mit Federbüschen, mit Goldbordüren, schlichte schwarze Hüte mit weißem Totenkopf und gekreuzten Knochen. »Ich nehme einen Piratenhut«, sagte ich.

Sie nahm einen vom Tisch und setzte ihn mir auf. »Sie sehen gefährlich aus.«

»Wenn Sie wüßten…«

Aus einem Pappkarton holte sie einen Kunststoffdegen, der mich an den erinnerte, mit dem Emma mich überfallen hatte, und steckte ihn mir in den Gürtel. »Fertig!« sagte sie.

Ich empfahl mich, damit die junge Dame eine Gruppe Neuankömmlinge begrüßen konnte, und schritt mit Hut und Degen über die weite Rasenfläche davon. Die Band spielte »Moonlight Serenade«.

Ich sah mich um, stellte fest, daß noch nicht allzu viele Leute da waren – etwa fünfzig, alle mit idiotischen Hüten –, und vermutete, daß der große Andrang erst später erfolgen würde. Vorerst sah ich weder Max, Beth, Emma noch sonst jemanden, den ich kannte. Aber ich fand die nächste Bar und verlangte ein Bier.

»Sorry, Sir«, sagte der als Pirat verkleidete Barkeeper, »nur Wein oder Limonade.«

»*Was?* Das ist ja empörend! Ich brauche ein Bier. Ich trage meinen Hut.«

»Ja, Sir, aber wir haben kein Bier. Darf ich einen Schaumwein vorschlagen? Der perlt, und Sie können so tun, als ob.«

»Darf ich vorschlagen, daß Sie mir, bis ich wiederkomme, ein Bier besorgen?«

Durstig setzte ich meinen Rundgang fort und sah mich um. Ich beobachtete Mr. Tobins Gäste, die über seinen weiten Rasen verteilt waren: stehend, gehend, an weißen Rundtischen sitzend, alle mit einem Hut auf dem Kopf, alle mit einem Glas in der Hand, alle angeregt plaudernd. Sie wirkten heiter gelassen – wenigstens zu diesem frühen Zeitpunkt. Hier gab es keinen Rum und Sex am Strand, kein Nacktbaden, kein Volleyballspiel für Nackte oder irgendwas in dieser Art. Nur gesellschaftlichen Verkehr.

Ich sah, daß Mr. Tobin einen langen Anlegesteg hatte, an dessen Ende ein geräumiges Bootshaus stand. Am Steg waren mehrere Boote festgemacht, die vermutlich Gästen gehörten. Hätte die Party eine Woche früher stattgefunden, hätte auch die *Treponema* hier gelegen.

Neugierig, wie ich nun mal bin, spazierte ich auf dem Steg in Richtung Bootshaus. Unmittelbar davor lag ein großer Kabinenkreuzer, ungefähr zwölf Meter lang. Er trug den Namen *Autumn Gold*, und ich vermutete, daß er Mr. Tobin gehörte, der ihn nach seinem neuen Wein oder vielleicht nach seinem noch ungehobenen Schatz benannt hatte. Jedenfalls hatte Mr. T. eine Vorliebe für teure Spielsachen.

Ich betrat das Bootshaus. Es war unbeleuchtet, aber trotzdem fiel von vorn und hinten so viel Licht herein, daß ich auf beiden Seiten des Stegs je ein Boot erkennen konnte. Rechter Hand lag ein kleiner Boston Whaler, der mit seinem geringen Tiefgang besonders für flache Gewässer geeignet ist, linker Hand ein Rennboot: ein Formula 303, das dem der Gordons glich wie ein Ei dem anderen.

Eine halbe Sekunde lang hatte ich das unheimliche Gefühl, die Gordons seien von den Toten auferstanden, um als ungeladene Gäste zu dieser Party zu kommen und Freddie einen Heidenschreck einzujagen. Aber vor mir lag nicht die *Treponema* – dieses Rennboot hieß *Sondra*, vermutlich nach Fredrics gegenwärtiger Flamme. Bestimmt war es einfacher, einen Bootsnamen zu überpinseln, als sich eine Tätowierung vom Arm entfernen zu lassen.

Von allen drei Booten interessierte mich nur der flachgebaute Whaler. Ich kletterte in das kleine Ruderboot hinunter. Es hatte einen Außenbordmotor, aber auch Dollen für das Riemenpaar, das auf dem Steg lag. Interessanter war jedoch eine gut zwei Meter lange Stange, mit der man das Boot durch Binsen und Schilf staken konnte, ohne die man sonst nicht weitergekommen wäre. Außerdem war der Lattenrost auf dem Bootsboden etwas schlammig. Im Heck stand eine Plastikkiste mit verschiedenem Zubehör, darunter auch eine Druckluftfanfare – das Nebelhorn des kleinen Mannes.

»Suchen Sie etwas?«

Ich drehte mich um und sah Mr. Fredric Tobin, der mit einem Weinglas in der Hand und einem ziemlich prächtigen purpurroten Dreispitz mit wallendem Federbusch auf dem Kopf auf dem Bootssteg stand. Während er mich anstarrte, strich er sich über seinen kurzen Bart. In der Tat teuflisch.

»Ich habe Ihr Boot bewundert«, antwortete ich.

»*Dieses* Boot? Die meisten Leute interessiert das Rennboot oder das Chris-Craft«, sagte er, wobei er zu seinem Kabinenkreuzer hinübernickte.

»Ich dachte, das sei die *Autumn Gold*.«

»Chris-Craft ist die *Marke* des Boots.«

Sein leicht gereizter Tonfall paßte mir nicht. »Nun, dieser kleine Kahn ist eher meine Preisklasse.« Ich lächelte entwaffnend, bevor ich hinzufügte: »Als ich das Formula 303 gesehen habe, habe ich im ersten Augenblick gedacht, die Gordons seien von den Toten auferstanden.«

Das gefiel ihm überhaupt nicht.

»Aber dann habe ich gesehen, daß hier nicht die *Treponema* liegt«, fuhr ich fort. »Ihr Boot heißt *Sondra*, was ich sehr passend finde. Sie wissen schon – rank, heiß und rassig.« Es macht mir wirklich Spaß, Arschlöcher zu provozieren.

»Die Party findet auf dem Rasen statt, Mr. Corey«, erwiderte Mr. Tobin kühl.

»Ja, ich weiß.« Ich kletterte wieder auf den Steg. »Schöner Besitz, den Sie hier haben.«

»Danke.«

Zu seinem idiotischen Hut trug Mr. T. eine weiße Leinenhose, einen zweireihigen blauen Blazer und eine scheußliche scharlachrote Schalkrawatte. Großer Gott! »Ihr Dreispitz gefällt mir«, behauptete ich.

»Ich möchte Sie mit einigen meiner Gäste bekannt machen«, erklärte er mir.

»Das wäre riesig.«

Und schon verließen wir das Bootshaus und gingen den Steg

entlang. »Wie weit ist's von hier bis zum Haus der Gordons?« fragte ich.

»Keine Ahnung.«

»Schätzen Sie einfach.«

»Vielleicht acht Meilen. Warum?«

»Eher zehn«, sagte ich. »Man muß um Great Hog Neck herumfahren. Ich hab's auf einer Autokarte nachgemessen. Ungefähr zehn.«

»Worauf wollen Sie hinaus?«

»Nichts. Ich mache nur Konversation unter Insulanern.«

Dann waren wir auf dem Rasen, und Mr. Tobin ermahnte mich streng: »Vergessen Sie nicht, daß Sie meine Gäste in Ruhe zu lassen haben. Ich habe mit Chief Maxwell darüber gesprochen. Er ist einer Meinung mit mir und hat außerdem versichert, daß Sie hier keinerlei amtliche Funktion mehr haben.«

»Ich gebe Ihnen mein Wort, keinen Ihrer Gäste zu belästigen. Aber ich brauche ein Bier.«

Mr. Tobin sah sich um, winkte eine junge Dame heran, die ein Tablett mit Weingläsern spazierentrug, und forderte sie auf: »Bitte gehen Sie ins Haus und holen Sie diesem Gentleman ein Bier. Aber in einem Weinglas.«

»Ja, Sir.« Und schon war sie unterwegs. Mann, es muß nett sein, reich zu sein und anderen Leuten sagen zu können: »Ich möchte dieses, ich möchte jenes.«

»Sie sind eben kein Huttyp«, erklärte Mr. Tobin mir. Er entschuldigte sich und ließ mich stehen. Ich hatte Angst davor, mich von der Stelle zu rühren, weil die junge Dame mit dem Bier mich sonst vielleicht nicht gefunden hätte.

Die Nacht war sternenklar, die bunten Lichterketten blinkten, die Fackeln leuchteten, die Kerzen strahlten. Ein sanfter Landwind blies die Mücken auf See hinaus. Die Band spielte »Stardust«. Der Trompeter war große Klasse. Das Leben war schön. Ich war froh, daß ich nicht tot war.

Ich sah Fredric nach, der sich um seine Gäste kümmerte – Gast für Gast, Paar für Paar, Gruppe für Gruppe, ständig lachend und scherzend, wobei er Hüte zurechtrückte und Ladys, die einen Gürtel trugen, Plastikdegen verpaßte. Im Gegensatz zu Jay Gatsby, dem berühmtesten Gastgeber auf Long Island aller Zeiten, beobachtete Fredric Tobin seine Party nicht aus der Ferne. Ganz im Gegenteil: Er war mittendrin, sorgte für Stimmung und spielte den vollkommenen Gastgeber.

Der Mann war erstaunlich cool, das mußte man ihm lassen. Er war praktisch bankrott, wenn ich Emma Whitestone glauben wollte, und ein Doppelmörder, wenn ich meinem Instinkt glauben wollte – von meiner Entdeckung in seinem Bootshaus ganz zu schweigen. Und obwohl er wissen mußte, daß ich seine beiden Geheimnisse kannte, war er die Ruhe selbst. Daß ich seine Party ruinieren könnte, machte ihm größere Sorgen, als daß ich sein Leben ruinieren könnte. In der Tat ein sehr cooler Bursche.

Die junge Dame kam mit einem Weinglas mit Bier auf einem Tablett zurück. Ich griff danach und erklärte ihr: »Ich mag keinen Wein.«

Sie lächelte. »Ich auch nicht. Im Kühlschrank steht noch mehr.« Sie blinzelte mir zu und machte kehrt.

Manchmal bilde ich mir ein, mit Charisma, Sex-Appeal und animalischem Magnetismus ausgestattet zu sein. Bei anderen Gelegenheiten kommt's mir vor, als litte ich unter Mund- und Körpergeruch. An diesem Abend war ich gut drauf, heiß wie eine Dreidollarpistole; ich schob meinen Hut in eine kecke Position, rückte meinen Degen zurecht und fing ebenfalls an, die Runde zu machen.

Die Gäste waren fast alle jung oder in mittleren Jahren – ich sah nicht allzu viele ältere Semester. Zum Beispiel war Margaret Wiley nirgends zu sehen. Ich begegnete hauptsächlich Paaren – die Welt besteht hauptsächlich aus Paaren –, aber es gab auch einige Versprengte, die so aussahen, als könnte man sich mit ihnen unterhalten, für den Fall, daß keine meiner beiden Angebeteten heute abend hier aufkreuzte.

Dann fiel mir eine junge Frau auf, die ein weißes Seidenkleid und den obligatorischen Dreispitz trug, unter dem langes Blondhaar hervorquoll. Ich erkannte sie als Lord Tobins Gespielin, weil die Gordons sie mir damals bei der Weinprobe gezeigt hatten. Da sie allein über den Rasen spazierte, änderte ich meinen Kurs entsprechend und fing sie ab.

Sie lächelte. »Guten Abend.«

»Ich bin John Corey.«

Der Name sagte ihr offensichtlich nichts, aber sie lächelte weiter. »Ich bin Sondra Wells«, antwortete sie. »Eine Freundin von Fredric Tobin.«

»Ja, ich weiß. Wir haben uns im Juli auf dem Weingut kennengelernt. Bei einer Weinprobe. Ich bin mit den Gordons dagewesen.«

Ihr Lächeln verschwand. »Oh, das ist schrecklich gewesen«, murmelte sie.

»Allerdings.«

»Eine Tragödie.«

»Ja. Sind Sie mit den Gordons befreundet gewesen?«

»Nun… Freddie schon. Ich hab' sie gemocht… aber ich weiß nicht, ob sie mich auch gemocht haben.«

»Bestimmt. Sie haben immer sehr freundlich von Ihnen gesprochen.« Tatsächlich hatten sie niemals von ihr gesprochen.

Sie lächelte wieder.

Ich persönlich verstand nicht, wie jemand Emma Whitestone gegen Sondra Wells eintauschen konnte. Andererseits läßt sich über Geschmack streiten und so weiter. Ich fragte Ms. Wells: »Treiben Sie gern Wassersport?«

»Nein, ich nicht. Aber Fredric ist oft mit einem Boot unterwegs.«

»Ich habe nicht weit von hier ein Haus am Wasser. Ich fahre auch gern mit meinem Boot.«

»Wie nett.«

»Ich habe Mr. Tobin erst neulich gesehen… letzten Montag, ungefähr zur Cocktailzeit, schätze ich, in seinem kleinen Ruderboot. Ich dachte, ich hätte auch Sie an Bord gesehen.«

Sie überlegte einen Augenblick, dann antwortete sie: »Oh… Montag… da bin ich den ganzen Tag in Manhattan gewesen. Fredric hat die Haushälterin und mich mit einem Wagen nach New York bringen lassen, und ich habe den ganzen Tag lang eingekauft.«

Sie runzelte die Stirn, und ich sah ihr an, daß ihr kleines Gehirn angestrengt arbeitete. »Sie haben Fredric mit… mit jemand anderem im Boot gesehen?« fragte sie.

»Vielleicht ist er's ja nicht gewesen, und falls er's doch war, kann er auch einen Mann an Bord gehabt…«

Mir macht es Spaß, Unruhe zu stiften. Außerdem wußte ich jetzt, daß Ms. Wells und die Haushälterin zum Zeitpunkt des Doppelmords in New York gewesen waren. Wie praktisch! Ich erkundigte mich: »Teilen Sie Fredrics Interesse für Lokalgeschichte und Archäologie?«

»Nein, gar nicht«, antwortete sie. »Und ich bin froh, daß er das aufgegeben hat. Ich meine, warum sollte ein Mann sich ausgerechnet für dieses Hobby entscheiden?«

»Vielleicht hat die Archivarin der Peconic Historical Society etwas damit zu tun gehabt.«

Sie musterte mich sehr kühl und hätte mich bestimmt stehengelassen, aber in diesem Augenblick tauchte Fredric neben uns auf und fragte Ms. Wells: »Darf ich dich einen Augenblick entführen? Die Fishers möchten dich begrüßen.« Er sah mich an. »Sie entschuldigen uns bitte?«

»Natürlich – es sei denn, die Fishers möchten auch mich begrüßen.«

Fredric bedachte mich mit einem unfreundlichen Lächeln, und Ms. Wells starrte mich stirnrunzelnd an. Dann rauschten sie davon und überließen es ihrem ungehobelten Gast, sich für sein unmögliches Benehmen zu schämen. Gegen halb neun sah ich dann Max und Beth. Max trug ebenfalls einen Piratenhut, während Beth sich für einen straßbesetzten Dreispitz entschieden hatte, der ihr erstaunlich gut stand. In der weißen Hose und der blauweiß gestreiften ärmellosen Bluse sah sie ganz anders aus als sonst. Ich sah sie an dem langen Buffet stehen und ging zu ihnen hinüber. Max hatte sich den Teller mit heißen Würstchen vollgeladen. Während ich die beiden begrüßte, klaute ich ihm ein Würstchen. »Ein netter Abend«, sagte Beth. »Danke, daß du vorgeschlagen hast, ich sollte mitkommen.«

»Man weiß nie, was man durch Zuhören alles erfährt.«

»Beth hat mich über den bisherigen Stand der Ermittlungen informiert«, erklärte Max mir. »Sie ist in den letzten vier Tagen verdammt fleißig gewesen.«

Ich blickte rasch zu Beth hinüber, um zu sehen, ob sie Max von ihrem Besuch bei mir erzählt hatte. Sie schüttelte kaum merklich den Kopf.

»Nochmals vielen Dank für deine Hilfe«, sagte Max zu mir.

»Kein Problem. Stets gern zu Diensten.«

»Du hast mich nie zurückgerufen«, meckerte Max.

»Nein, und ich werd's auch nie tun.«

»Ich glaube nicht, daß du Grund hast, sauer zu sein.«

»Nein? Dann versuch mal, dich in meine Lage zu versetzen, Max. Ich hätte dich mit Fußtritten von der Veranda jagen sollen.«

»Nun… ich entschuldige mich, falls du durch mich Unannehmlichkeiten gehabt hast«, antwortete Max.

»Yeah. Danke.«

Beth mischte sich ein. »John hat Schwierigkeiten mit seinem Boß, weil er Ihnen geholfen hat«, erklärte sie Max.

»Sorry«, sagte er. »Ich kann ein paar Leute anrufen, wenn du mir sagst, mit wem ich reden soll.«

»Nichts für ungut, Max, aber die in New York wollen nichts von einem Landpolizisten hören.«

In Wirklichkeit war ich gar nicht so sauer auf Max, und selbst wenn ich's gewesen wäre, hätte ich ihm nicht lange böse sein können. Max ist an sich ein guter Kerl, der nur einen echten Fehler hat: Er ist *immer* auf den eigenen Vorteil bedacht. Manchmal spiele ich den Verärgerten, damit der andere glaubt, mir etwas schuldig zu sein – zum Beispiel eine kleine Auskunft.

»Weißt du, ob's auf Plum Island schon mal einen Todesfall gegeben hat?« fragte ich Max. »Vielleicht vor zwei bis drei Jahren?«

Er überlegte einen Augenblick. »Im Sommer vor zwei Jahren ist jemand ertrunken. Ein Wissenschaftler… ein Dr. Soundso… ein Tierarzt, glaub' ich.«

»Wie ist er ertrunken?«

»Laß mich nachdenken… er ist mit dem Boot unterwegs gewesen… richtig, er hat nachts geangelt, und als er nicht heimgekommen ist, hat seine Frau uns alarmiert. Wir haben die Küstenwache losgeschickt, die sein leeres Boot gegen ein Uhr morgens aufgefunden hat. Er ist am nächsten Tag dort drüben angetrieben worden…« Max nickte zu Shelter Island hinüber.

»Irgendwelche Anzeichen für einen gewaltsamen Tod?«

»Nun, er hatte eine Beule am Kopf, aber die Autopsie hat ergeben, daß er offenbar im Boot ausgerutscht ist, sich den Kopf angeschlagen und über Bord gegangen ist. So was kommt vor.« Er sah mich fragend an. »Warum interessiert dich das?«

»Ich habe Mr. Tobin genauso wie du versprochen, Max, solche Themen auf seiner Party auszusparen.« Dann fügte ich hinzu: »Ich brauche ein Bier.« Ich drehte mich um und ließ Max mit einem Würstchen in der Hand stehen.

Beth holte mich ein und sagte: »Das ist sehr unfreundlich gewesen.«

»Er hat's verdient.«

»Denk daran, daß ich mit ihm zusammenarbeiten muß.«

»Das ist deine Sache.« Ich sah meine liebste Serviererin, und sie sah mich. Sie hatte ein Glas Bier auf ihrem Tablett, das sie mir gab. Beth nahm ein Glas Wein.

»Ich möchte, daß du mir von den archäologischen Grabungen, von Fredric Tobin, deinen bisherigen Erkenntnissen und allen Schlußfolgerungen erzählst, die du daraus gezogen hast«, bat Beth. »Dafür verschaffe ich dir ganz offiziell die Möglichkeit, mit der Suffolk County Police zusammenzuarbeiten. Was sagst du dazu?«

»Nicht interessiert«, antwortete ich. »Ich habe schon genügend Schwierigkeiten. Morgen erzähle ich dir alles, was ich weiß. Danach ist dieser Fall für mich erledigt.«

»John, spiel bitte nicht den Störrischen.«

Ich gab keine Antwort.

»Soll ich mich offiziell an deinen Boß wenden? Wie heißt er?«

»Chefinspektor Arschloch. Aber mach dir deswegen keine Sorgen.« Die Band spielte »As Time Goes By«. Ich fragte Beth: »Möchtest du tanzen?«

»Nein. Können wir miteinander reden?«

»Klar.«

»Glaubst du, daß der Ertrunkene auf Plum Island etwas mit diesem Fall zu tun hat?«

»Vielleicht. Möglicherweise läßt sich das nicht mehr feststellen. Aber ich sehe ein bestimmtes Muster.«

»Welches Muster?«

»Dieser Dreispitz steht dir gut.«

»Ich möchte über den Fall reden, John.«

»Nicht hier, nicht jetzt.«

»Wo und wann?«

»Morgen.«

»Heute abend. Du hast heute abend gesagt. Wir könnten zu dir fahren.«

»Nun… ich weiß nicht, ob das geht…«

»Hör zu, John, ich biete dir nicht an, mit mir zu schlafen. Ich muß nur mit dir reden. Wir können uns in irgendeine Bar setzen.«

»Nun… ich glaube, wir sollten die Party nicht gemeinsam verlassen.«

»Oh… natürlich. Du bist verliebt.«

»Nein… nun… vielleicht doch… jedenfalls hat diese Sache Zeit bis morgen. Wenn ich recht habe, ist das dort drüben unser Mann – unser liebenswürdiger Gastgeber. An deiner Stelle würde ich ihn ab morgen überwachen lassen. Er darf nur nichts davon merken. Okay?«

»Okay, aber…«

»Wir treffen uns morgen, damit ich dir erzählen kann, wie alles zusammenhängt, bevor ich abhaue. Am Montag morgen fahre ich endgültig wieder nach Manhattan zurück. Am Dienstag habe ich den ganzen Tag Arzt- und Besprechungstermine. Okay? Morgen. Ehrenwort.«

»Okay.« Sie stieß mit mir an, und wir tranken.

Wir plauderten ein bißchen, und dabei entdeckte ich in einiger Entfernung Emma. Sie stand inmitten einer Gruppe von Leuten, zu denen sich auch Fredric Tobin, Exliebhaber und Mordverdächtiger, gesellt hatte. Ich wußte nicht, warum es mich ärgerte, die beiden miteinander plaudern zu sehen. Bloß keine kindische Eifersucht, John. Hatte ich mich aufgeregt, als meine Frau lange Geschäftsreisen mit ihrem Boß, der scharf auf sie war, gemacht hatte? Kaum.

Beth sah, wen ich beobachtete. »Sie scheint sehr nett zu sein«, meinte sie.

Ich schwieg.

»Ich habe zufällig mit Max über sie gesprochen«, fuhr Beth fort.

Dazu äußerte ich mich erst recht nicht.

»Sie ist Fredric Tobins… Freundin gewesen«, fügte Beth hinzu. »Aber das weißt du vermutlich. Ich erwähne es nur für den Fall, daß du's nicht weißt. Ich meine, du solltest dich bei

Bettgesprächen vorsehen, wenn du Tobin verdächtigst. Oder hast du dich deshalb mit ihr angefreundet? Um mehr über Tobin rauszukriegen? John? Hörst du mir überhaupt zu?«

Ich starrte sie an. »Weißt du, Beth«, sagte ich, »manchmal wünsche ich mir wirklich, eine dieser Kugeln hätte mich kastriert. Dann wäre ich endlich von jeglicher Weiberherrschaft frei.«

»Wenn du wieder im Bett liegst, denkst du bestimmt anders«, meinte sie. Damit drehte sie sich um und ließ mich stehen.

Ich sah mich um und mußte wieder daran denken, daß Tom und Judy unter anderen Voraussetzungen heute abend hier gewesen wären. Ich fragte mich, ob der Piratenschatz auf ihrem Grundstück vielleicht diese Woche »entdeckt« worden wäre. Hätten sie den Schatzfund inzwischen bekanntgegeben? Oder wäre die große Sensation auf dieser Party verkündet worden?

Jedenfalls lagen die Gordons heute nacht auf Eis, der Piratenschatz war irgendwo versteckt, und ihr mutmaßlicher Mörder plauderte keine fünfzehn Meter von mir entfernt mit einer Frau, die mir sehr am Herzen lag. Ich stellte mißmutig fest, daß Tobin und Emma jetzt sogar allein waren und unter vier Augen miteinander redeten.

Ich hatte genug, machte mich ums Haus herum auf den Rückweg zu meinem Jeep und warf unterwegs Hut und Degen weg. Ungefähr auf halber Strecke zum Tor hörte ich, daß jemand meinen Namen rief. Aber ich ging weiter.

»*John!*«

Ich drehte mich um.

Emma kam mir über den Rasen entgegen. »Wohin willst du?«

»Irgendwohin, wo's ein Bier gibt.«

»Ich komme mit.«

»Nein, ich brauche keine Gesellschaft.«

»Du brauchst viel Gesellschaft, mein Freund«, teilte Emma mir mit. »Das ist dein Problem. Du bist zu lange allein gewesen.«

»Du schreibst wohl die Herz-Schmerz-Kolumne im hiesigen Wochenblättchen?«

»Du schaffst es nicht, mich zu provozieren, und ich lasse dich nicht allein gehen. Wohin willst du?«

»Olde Towne Taverne.«

»Mein liebstes Lokal. Hast du schon mal ihren Nacho-Teller versucht?« Emma hängte sich bei mir ein, und wir gingen weiter.

Ich stieg in ihren alten Ford. Keine zwanzig Minuten später saßen wir in der Olde Towne Taverne mit Biergläsern in der Hand in einer Nische und hatten Nachos und Hähnchenschenkel bestellt. Die samstäglichen Stammgäste sahen nicht so aus, als seien sie zu Freddies fabelhafter Fete unterwegs oder kämen gerade von dort.

»Ich habe dich gestern abend angerufen«, sagte Emma.

»Ich dachte, du wolltest mit den Girls ausgehen.«

»Ich habe dich hinterher angerufen. Gegen Mitternacht.«

»Kein Glück auf der Jagd?«

»Nein.« Fragend fügte sie hinzu: »Du hast schon geschlafen, nehme ich an.«

»Tatsächlich bin ich drüben in Foxwoods gewesen. Dort kann man sein letztes Hemd verlieren.«

»Erzähl mir davon.«

Ich berichtete, dann fragte ich: »Du hast Fredric hoffentlich nichts von dem erzählt, was wir besprochen haben?«

Emma zögerte eine halbe Sekunde zu lange, bevor sie antwortete: »Nein, natürlich nicht… aber ich habe ihm erzählt… ich habe ihm gesagt, daß du und ich Freunde sind.« Sie lächelte. »Sind wir Freunde?«

»Natürlich. Aber mir wär's lieber, du hättest mich überhaupt nicht erwähnt.«

Sie zuckte mit den Schultern. »Ich bin glücklich, und das sollen alle wissen. Er hat mir alles Gute gewünscht.«

»Ein wahrer Gentleman.«

Sie lächelte. »Bist du eifersüchtig?«

»Keineswegs.« *Ich bringe ihn auf den elektrischen Stuhl.* »Aber ich finde, du solltest mit ihm nicht über uns reden – und erst recht nicht über Piratenschätze.«

»Okay.«

Nach dem Abendessen fuhren wir zu ihrem hübschen kleinen Landhaus am Ortsrand von Cutchogue. Sie zeigte mir ihre Nachttopfsammlung, insgesamt zehn Stück, die sie als Pflanztöpfe benutzte und in einem großen Erkerfenster stehen hatte. Mein Geschenk diente als Topf für einen Rosenstock.

Emma verschwand einen Augenblick und kam mit einem eingepackten Geschenk für mich zurück. »Das hier ist aus unserem Geschenkladen«, erklärte sie mir. »Ich hab's nicht geklaut, aber mir vierzig Prozent Rabatt genehmigt.«

»Hör zu, du hättest mir …«

»Mach's einfach auf.«

Ich riß das Geschenkpapier auf und hielt ein Buch mit dem Titel *The Story of Pirate Treasure* in der Hand.

»Lies, was vorn drinsteht«, sagte sie.

Ich schlug das Buch auf und las: »›Für John, meinen liebsten Piraten. Alles Liebe, Emma.‹ Vielen Dank«, sagte ich lächelnd. »Das habe ich mir schon immer gewünscht.«

»Na ja, vielleicht nicht schon immer. Aber ich dachte, du würdest es mal lesen wollen.«

»Das tue ich gern.«

Jedenfalls war Emmas kleines Haus gemütlich, es gab keine Katze, sie hatte Scotch und Bier, die Matratze war nicht zu weich, sie mochte die Beatles und die Bee Gees, und sie hatte zwei Kopfkissen für mich. Was hätte ich mir mehr wünschen können? Nun, natürlich Emma. Und auch sie bekam ich.

Nachdem wir am Sonntag morgen im Cutchogue Diner gefrühstückt hatten, fuhr Emma, ohne mich zu fragen, zur Kirche, einer hübschen aus Holz gebauten Methodistenkirche. »Ich bin keine fanatische Kirchgängerin«, erklärte sie mir, »aber manchmal richtet der Gottesdienst mich ein bißchen auf. Und fürs Geschäft ist's auch nicht schlecht.«

Ich besuchte also den Gottesdienst und war darauf gefaßt, unter die Bank zu hechten, falls die Decke einstürzte.

Nach der Kirche holten wir meinen Jeep von der Straße vor Mr. Tobins Villa ab, und Emma fuhr hinter mir her zum Haus meines Onkels.

Während Emma sich einen Tee machte, rief ich Beth im Büro an. Weil sie nicht da war, hinterließ ich eine Nachricht für sie bei einem Kollegen. »Richten Sie ihr aus, daß ich heute den ganzen Tag unterwegs bin«, sagte ich. »Ich werde versuchen, sie heute abend zu erreichen. Klappt das nicht, soll sie morgen früh zum Kaffee zu mir kommen.«

»Okay.«

Ich wählte ihre Privatnummer, aber dort meldete sich nur ihr Anrufbeantworter. Ich hinterließ dieselbe Nachricht.

Nachdem ich so mein möglichstes getan hatte, um mein Versprechen zu halten, ging ich in die Küche zurück und schlug vor: »Komm, wir machen einen Sonntagsausflug.«

»Gute Idee!«

Sie fuhr ihren Wagen nach Hause, und ich folgte ihr. Dann fuhren wir mit meinem Jeep nach Orient Point und nahmen die Fähre nach New London. Wir verbrachten den Sonntag in Connecticut und Rhode Island, besichtigten die prächtigen Landsitze in Newport, aßen in Mystic zu Abend und nahmen anschließend die Fähre zurück.

Auf der Überfahrt standen wir auf dem Oberdeck und betrachteten das Meer und die Sterne. Als die Fähre an Plum Island vorbeifuhr, sah ich rechter Hand den Leuchtturm Orient Point. Links von uns ragte schwarz und drohend der alte steinerne Leuchtturm von Plum Island in den Nachthimmel auf.

Die rauhe See veranlaßte Emma zu der Bemerkung: »Der angekündigte Hurrikan ist im Anmarsch.« Dann fügte sie hinzu: »Außerdem fällt das Barometer. Spürst du's auch?«

»Was soll ich spüren?«

»Den fallenden Luftdruck.«

»Äh ...« Ich streckte die Zunge heraus. »Noch nicht.«

»Ich spür's deutlich. Ich bin sehr wetterfühlig.«

»Ist das gut oder schlecht?«

»Ich halt's für eine gute Sache.«

»Ich auch«, behauptete ich.

»Spürst du wirklich nichts? Schmerzen deine Wunden nicht ein bißchen?«

Ich konzentrierte mich auf meine Wunden und spürte wirklich leichte Schmerzen. »Danke, daß du mich darauf aufmerksam gemacht hast«, sagte ich zu Emma.

»Es ist gut, in seinen Körper hineinzuhorchen, um die Wirkung der Elemente auf Körper und Geist zu verstehen.«

»Absolut.«

»Ich werde beispielsweise bei Vollmond immer ein bißchen verrückt.«

»*Verrückter«,* stellte ich fest.

»Ja, *verrückter.* Wie steht's mit dir?«

»Ich werde sehr geil.«

»Wirklich? Bei Vollmond?«

»Vollmond, Halbmond, Neumond.«

Sie lachte.

Da wir jetzt näher an Plum Island waren, erkannte ich einige Leuchttonnen, die das Fahrwasser markierten, und einen Lichtschein hinter den Bäumen, der das Forschungslabor markierte. Ansonsten war die Insel so dunkel wie vor dreihundert Jahren, und wenn ich die Augen zusammenkniff, konnte ich mir vorstellen, wie William Kidds Schaluppe, die *San Antonio,* die Insel in einer Julinacht des Jahres 1699 erkundete. Ich glaubte zu sehen, wie ein Boot mit Kidd und vielleicht zwei weiteren Männern von der *San Antonio* ablegte, wie es zum Strand gerudert wurde…

Emma unterbrach meine Überlegungen. »Woran denkst du?« erkundigte sie sich.

»Ich genieße nur die schöne Nacht.«

»Du hast zu Plum Island hinübergestarrt.«

»Ja… ich habe an… die Gordons gedacht.«

»Du hast an Captain Kidd gedacht.«

»Du bist eine Hexe, glaube ich.«

»Ich bin eine gute Methodistin und eine Hexe. Aber nur einmal im Monat.«

Ich lächelte. »Und du bist wetterfühlig.«

»Ja, das stimmt.« Sie fragte mich: »Hast du vor, mir mehr über diese Morde zu erzählen?«

»Nein, das habe ich nicht vor.«

»Also gut. Das verstehe ich. Sollte ich dir irgendwie helfen können, brauchst du's nur zu sagen.«

»Danke.«

Als sich die Fähre der Anlegestelle näherte, fragte Emma: »Willst du heute bei mir übernachten?«

»Nun… ich möchte schon, aber… ich sollte heimfahren, glaube ich.«

»Ich könnte bei dir übernachten.«

»Äh… offen gesagt habe ich versprochen, Detective Penrose

heute abend anzurufen oder mich mit ihr zu treffen. Ich glaube, ich sollte sie nicht versetzen.«

»Okay.«

Und dabei beließen wir es.

Ich brachte sie nach Hause. »Ich hole dich morgen nach Ladenschluß ab.«

»Gut. Ich kenne ein hübsches Restaurant am Strand, das ich dir zeigen möchte.«

»Ich freue mich schon darauf.« Nachdem wir uns auf Emmas Schwelle geküßt hatten, stieg ich wieder in meinen Jeep und fuhr nach Hause.

Auf dem Anrufbeantworter waren sieben Nachrichten gespeichert. Aber ich hatte keine Lust, sie abzuhören, sondern ging gleich ins Bett. Die Nachrichten konnten bis morgen warten.

Vor dem Einschlafen überlegte ich noch, was ich in bezug auf Fredric Tobin tun sollte. Manchmal gibt es Situationen, in denen man den Schuldigen hat, ohne ihn wirklich zu haben. In diesem kritischen Augenblick steht man vor der Entscheidung, ob man ihn weiter beobachten, mit den Ermittlungsergebnissen konfrontieren, ausräuchern oder einfach ignorieren soll.

Ich hätte jedoch bedenken sollen, daß ein in die Enge getriebenes Tier gefährlich werden kann – daß dieses Spiel vom Jäger und dem Gejagten gespielt wird, wobei der Gejagte weit mehr zu verlieren hat.

Aber weil Tobin mir so affig vorkam, während er mich seinerseits für geistig beschränkt hielt, beging ich den großen Fehler, ihn nicht als schlauen, listigen Fuchs zu sehen. Wir wußten es beide besser – aber wir hatten uns von der Schauspielerei des anderen ein wenig einlullen lassen. Deshalb liegt die Verantwortung für die Folgen dieser Fehleinschätzung ganz allein bei mir.

29. Kapitel

Es regnete, als ich am Montag morgen aufwachte. Dieser erste Regen seit Wochen würde die hiesigen Farmer glücklich, aber die Winzer unglücklich machen. Ich kannte jedoch mindestens einen Winzer, der größere Probleme als unerwartet schwere Regenfälle hatte.

Während ich mich anzog, hörte ich im Radio, daß ein Hurrikan namens Jasper von der Küste Virginias bis herauf nach Long Island für regnerisches, stürmisches Wetter sorgte. Ich war froh, daß ich heute nach Manhattan zurückfahren würde.

Ich war seit über einem Monat nicht mehr in meiner Wohnung in der 72nd Street gewesen und hatte auch meinen dortigen Anrufbeantworter nicht mehr abgefragt, was zum Teil daran lag, daß ich keine Lust dazu hatte, aber vor allem daran, daß ich den Abfragecode vergessen hatte.

Jedenfalls war ich gegen neun Uhr in Designerjeans und Polohemd unten und kochte Kaffee. Ich rechnete damit, daß Beth bald anrufen und vorbeikommen würde.

Das hiesige Wochenblättchen lag seit Freitag ungelesen auf dem Küchentisch, und ich war nicht überrascht, den Doppelmord vom vergangenen Montag auf der Titelseite zu sehen. Ich nahm die Zeitung und meinen Becher Kaffee auf die Veranda mit und las die Version eines Lokalreporters über den Doppelmord auf Nassau Point. Dieser rasende Reporter berichtete fehlerhaft genug, war überheblich genug und schrieb schlecht genug, um jederzeit bei *Newsday* oder sogar der *New York Times* unterzukommen.

Als nächstes fiel mir ein Artikel über die Tobin Vineyards auf, in dem Mr. Fredric Tobin mit folgenden Worten zitiert wurde: »Wir wollen in den nächsten Tagen mit der Weinlese beginnen, und wenn wir von schweren Regenfällen verschont bleiben, verspricht dieser Jahrgang besonders gut zu werden, vielleicht sogar der beste seit zehn Jahren.«

Nun, Freddie, draußen regnet es. Ich fragte mich, ob zum Tode Verurteilte beim Henkersmahl auf Wunsch Wein serviert bekamen.

Dann legte ich das Wochenblättchen weg und griff nach dem Buch *The Story of Pirate Treasure*, das Emma mir gestern geschenkt hatte. Ich blätterte darin, sah mir die Abbildungen an, fand eine Karte von Long Island, die ich kurz studierte, und nahm mir dann die Kapitel über Captain Kidd vor.

Je länger ich las, desto überzeugter war ich, daß nahezu alle in dieser Geschichte auftretenden Erzähler – von Lord Bellomont bis hinunter zum einfachsten Seemann – Lügner waren. Kein Bericht stimmte mit dem anderen überein, und die Angaben über Menge und Wert der aus Gold, Silber und Juwelen bestehenden Beute differierten geradezu unglaublich. Einigkeit bestand nur über die Vermutung, William Kidd habe Teile seines Schatzes an verschiedenen Stellen entlang der Küste von Long Island vergraben.

Plum Island wurde kein einziges Mal erwähnt – aber konnte es ein besseres Versteck für einen Schatz geben? Wie ich seit meinem Besuch auf der Insel wußte, hatte sie damals noch keinen Hafen besessen, so daß unwahrscheinlich war, daß dort Schiffe anlegten, um Proviant und Wasser an Bord zu nehmen. Und wenn Kidd einen Teil seines Schatzes bei John Gardiner deponiert hatte, den er erst bei dieser Gelegenheit kennengelernt hatte, hätte er doch ohne weiteres fünf oder sechs Meilen weitersegeln können, um einen weiteren Teil auf Plum Island zu vergraben?

Das klang logisch, fand ich. Ich fragte mich allerdings, wie Fredric Tobin das herausbekommen hatte. Aber das hätte er uns bei der Pressekonferenz, auf der er seinen Schatzfund bekanntgegeben hätte, bereitwillig erläutert. Wahrscheinlich hätte er gesagt: »Harte Arbeit, gute Fachkenntnisse als Winzer, Beharrlichkeit und ein erstklassiges Produkt. Und natürlich auch Glück.«

Ich saß ziemlich lange auf der Veranda, schmökerte, trank Kaffee, beobachtete den Himmel, dachte über den Fall Gordon nach und wartete auf Beth, die eigentlich längst hätte dasein müssen.

Schließlich ging ich durch die Glastür ins Arbeitszimmer hinein und hörte mir die sieben Nachrichten auf dem Anrufbeantworter an.

Nummer eins: Onkel Harry, der mir mitteilte, er habe einen Freund, der das Haus mieten wolle, so daß ich mich entscheiden müsse: kaufen oder ausziehen. Zwei: Detective Lieutenant Wolfe, der drohend sagte: »Ich bin stinksauer, Corey.« Drei: Emmas schon erwähnter Anruf am Freitag abend kurz vor Mitternacht. Vier: Max am Samstag morgen mit Informationen über Tobins Party und der Bitte, ihn zurückzurufen. Fünf: Dom Fanelli, der mir erklärte: »Hey, John, ich hab' unseren alten Freund Jack Rosen von den *Daily News* angerufen, und er will eine Story über deine Rückkehr nach New York bringen. ›Verwundeter Held kehrt heim‹ oder so ähnlich. Ruf ihn Montag vormittag an, dann läuft die Story am Dienstag, damit die Bosse an der Police Plaza sie lesen können, bevor sie Hackfleisch aus dir machen. Nicht übel eingefädelt, was? Ciao!«

Ich nickte lächelnd. Nummer sechs: Beth am Sonntag morgen mit der Frage, wohin ich am Samstag abend plötzlich verschwunden sei und wann wir uns treffen könnten. Und Nummer sieben: Beth am Sonntag nachmittag, um zu bestätigen, sie habe meine Nachricht über ihre Dienststelle erhalten und werde am Montag morgen bei mir vorbeikommen.

Als es dann kurz vor Mittag klingelte, war ich nicht allzu überrascht, Beth vor der Haustür zu sehen. »Komm rein«, forderte ich sie auf.

Sie ließ ihren Schirm auf der Veranda und trat ein. Auch heute trug sie wieder ein Kostüm – diesmal in Rostbraun.

Ich hielt es für angebracht, ihr zu erklären, ich sei allein, deshalb tönte ich: »Ich bin allein.«

»Das weiß ich«, sagte sie.

Wir starrten uns endlos lange Sekunden an. Ich wußte, was Beth sagen würde, aber ich wollte es nicht hören. Sie sagte es trotzdem: »Emma Whitestone ist heute morgen von einer ihrer Angestellten in ihrem Haus aufgefunden worden – tot, anscheinend ermordet.«

Ich sagte kein Wort. Was hätte ich sagen können? Ich stand einfach nur da.

Beth faßte mich am Arm und führte mich zur Couch im Wohnzimmer. »Setz dich«, sagte sie. Ich setzte mich.

Sie setzte sich neben mich und hielt meine Hand. »Ich kann mir vorstellen, wie dir zumute ist… Ich meine, du mußt sie gern gehabt haben…«

Ich nickte schweigend. Zum zweitenmal in meinem Leben war nicht ich der Überbringer einer Hiobsbotschaft. Zum zweitenmal innerhalb einer Woche hörte ich, daß jemand, den ich gern gehabt hatte, ermordet worden war. Ich hatte das Gefühl, als hätte ich eins mit dem Holzhammer auf den Kopf bekommen. Ich konnte die Nachricht nicht ganz fassen, so unwirklich erschien sie mir. »Ich bin gestern abend bis kurz vor zehn Uhr mit ihr zusammengewesen«, erklärte ich Beth.

»Die genaue Todeszeit steht noch nicht fest«, sagte Beth. »Sie ist in ihrem Bett aufgefunden worden… offenbar durch Schläge auf den Kopf mit einem auf dem Fußboden gefundenen schweren Schüreisen getötet… keine Spuren gewaltsamen Eindringens… die Hintertür des Hauses ist offen gewesen.«

Ich nickte. Er mußte einen Schlüssel gehabt haben, den er nicht zurückgegeben hatte, und sie hatte nie daran gedacht, die Schlösser auswechseln zu lassen. Und er hatte gewußt, wo ein Schüreisen für ihn bereitlag.

»Auf den ersten Blick sieht es nach einem Raubmord aus«, fuhr Beth fort. »Handtasche ausgeleert, Bargeld mitgenommen, Schmuckkassette ausgeleert. Scheinbar eindeutige Indizien.«

Ich holte tief Luft, ohne etwas zu sagen.

»Und die Murphys sind auch tot«, teilte Beth mir mit. »Anscheinend ebenfalls ermordet.«

»Großer Gott!«

»Ein Streifenwagen der Southold Police ist etwa stündlich am Haus vorbeigefahren, aber… er hat nichts gesehen.« Sie berichtete weiter: »Nach dem Schichtwechsel um acht ist dem Beamten die auf dem Rasen liegende Zeitung aufgefallen, die um neun Uhr immer noch dalag. Da er wußte, daß die Murphys früh aufstehen und als erstes ihre Zeitung reinholen, hat er…« Sie fragte mich: »Willst du das hören?«

»Bitte weiter.«

»Okay… Er hat versucht, sie anzurufen, dann hat er an der

Haustür geklopft, ist dann ums Haus herumgegangen und hat festgestellt, daß der verglaste Anbau offen war. Drinnen hat er die Murphys im Bett aufgefunden – offenbar mit einem Brecheisen erschlagen, das mit Blutspuren auf dem Fußboden lag. Sämtliche Wertsachen aus dem Haus sind verschwunden.« Erklärend fügte sie hinzu: »Wir nehmen an, daß der oder die Täter von der Bay heraufgekommen sind.«

Ich nickte.

»Wie du dir vorstellen kannst«, sagte Beth, »befindet sich die Southold Police in heller Aufregung, die bald die ganze North Fork erfassen wird. Normalerweise ist hier schon ein Mord pro Jahr viel.«

Ich dachte an Max, der es gern ruhig und friedlich hatte.

»Die Suffolk County Police hat eine Sonderkommission gebildet«, berichtete Beth weiter, »weil man auf einen Psychopathen tippt, der in Häuser einbricht und die Bewohner ermordet. Ich vermute, daß der Mörder der Gordons den Schlüssel der Murphys aus dem Haus der Gordons mitgenommen hat. Das würde erklären, warum bei den Murphys keine Einbruchsspuren gefunden wurden. Und es läßt auf Vorsatz schließen.«

Ich nickte. Tobin hatte gewußt, daß er die Murphys eines Tages würde beseitigen müssen, und in weiser Voraussicht ihren Schlüssel mitgenommen. Als Beth davon gesprochen hatte, er sei nicht im Haus der Gordons gefunden worden, hätte uns das alarmieren müssen. Ein weiteres Beispiel dafür, wie gefährlich es sein konnte, einen Mörder zu unterschätzen. »Wir hätten voraussehen müssen …«, begann ich.

Beth winkte ab. »Ja, ich weiß.« Dann fuhr sie fort: »Was Emma Whitestone betrifft … nun, sie hat ihre Tür entweder nicht abgesperrt – oder jemand hat auch ihren Schlüssel gehabt … jemand, den sie kannte.«

Wir wechselten einen Blick, der mir zeigte, daß wir beide wußten, von wem die Rede war. »Ich habe Fredric Tobin auf deinen Vorschlag ab Sonntag morgen überwachen lassen«, berichtete sie dann, »aber einer meiner Vorgesetzten hat angeordnet, ihn von Mitternacht bis acht Uhr morgens nicht zu überwachen … wegen der teuren Überstunden … nach Mitternacht ist Tobin also praktisch unbeobachtet gewesen.«

Ich schwieg.

»Es ist schwierig gewesen, *irgendeine* Überwachung Tobins durchzusetzen«, sagte Beth. »Er ist bisher kein Verdächtiger. Und für eine ständige Überwachung haben die Verdachtsmomente erst recht nicht ausgereicht.«

Ich hörte zu, aber vor meinem inneren Auge erschien immer wieder Emma: in meinem Haus, im Meer badend, auf der PHS-Party, in ihrem Schlafzimmer, in dem sie ermordet worden war... was wäre passiert, wenn ich die Nacht bei ihr verbracht hätte? Woher hatte Tobin wissen können, daß sie allein war...? Ich ahnte, daß er auch mich ermordet hätte, wenn er mich neben ihr schlafend angetroffen hätte.

»Ich fühle mich irgendwie für die Murphys verantwortlich«, stellte Beth fest.

Ich zwang mich dazu, an die Murphys zu denken: anständige Leute, hilfsbereite Bürger und zu ihrem Unglück Augenzeugen, die zuviel von dem mitbekommen hatten, was in den vergangenen beiden Jahren nebenan passiert war. »Ich habe ihnen am Mittwoch ein Foto von Fredric Tobin gezeigt«, berichtete ich. »Sie haben ihn als den Mann mit dem weißen Sportwagen identifiziert... Tobin fährt einen weißen Porsche...« Ich schilderte meinen kurzen Besuch bei Edgar und Agnes Murphy.

»Ich verstehe«, sagte Beth.

»Der Mörder ist Fredric Tobin«, erklärte ich.

Sie äußerte sich nicht dazu.

»Er hat Tom und Judy Gordon, Edgar und Agnes Murphy, Emma Whitestone und vielleicht den auf Plum Island beschäftigten Tierarzt ermordet. Und möglicherweise auch andere.« Langsam fügte ich hinzu: »Ich nehme diese Sache sehr persönlich.«

Dann hatte ich plötzlich das Gefühl zu ersticken. Ich stand auf und rannte auf die Veranda hinaus. Der Regen war stärker geworden: grauer Regen, der aus grauen Wolken ins graue Meer fiel. Der Wind kam aus Süden über die Bay.

Emma. Emma.

Ich stand immer noch unter Schock und hätte die Wahrheit am liebsten verleugnet. Aber je länger ich daran dachte, wie Tobin ihr mit einem Schüreisen den Schädel eingeschlagen hatte, desto größer wurde mein Zorn und mein Wunsch, auch ihm mit einem Schüreisen den Schädel einzuschlagen.

Wie viele Cops, die persönlich mit den Folgen eines Verbrechens konfrontiert werden, hatte auch ich den Drang, mein Wissen und meine Fähigkeiten einzusetzen, um den Täter selbst zur Rechenschaft zu ziehen. Aber als Cop hat man kein Recht, Selbstjustiz zu üben. Andererseits gibt es Zeiten, in denen man die Marke wegstecken und die Waffe in der Hand behalten muß…

30. Kapitel

Beth ließ mich allein, um mir Zeit zu geben, mich wieder zu fassen. Nach einer Weile trat sie zu mir auf die Veranda und brachte mir einen Kaffee, in den sie einen anständigen Schuß Cognac gekippt hatte.

Wir standen nebeneinander und sahen schweigend aufs Wasser hinaus. »Worum geht's hier eigentlich, John?« fragte Beth nach einigen Minuten.

Ich wußte, daß ich ihr einige Informationen schuldig war. »Gold«, antwortete ich. »Um einen vergrabenen Schatz, möglicherweise um einen Piratenschatz, vielleicht sogar um Captain Kidds Schatz.«

»Und der hat auf Plum Island gelegen?«

»Ja… Tobin scheint irgendwie sichere Hinweise gehabt zu haben, und da er erkannt hat, daß er selbst nie auf dieser unzugänglichen Insel würde graben können, hat er sich auf die Suche nach einem Partner gemacht, der sich dort frei bewegen durfte.«

Beth dachte darüber nach, dann sagte sie: »Natürlich… das erklärt eigentlich alles… die historische Gesellschaft, die Grabungen, das Haus am Wasser, das Rennboot… wir sind alle so auf Viren und danach auf Drogen fixiert gewesen…«

»Richtig. Aber wer diese Dinge für unwahrscheinlich hielt, so wie ich, weil ich sie den Gordons nicht zugetraut habe, hat den ganzen Fall überdenken müssen.«

»Erzähl mir, wie du drauf gekommen bist«, bat sie.

»Okay… Schon bei unserem Besuch auf Plum Island ist mir klargeworden, daß diese archäologischen Grabungen überhaupt nicht zu Tom und Judy paßten. Die beiden haben genau gewußt, daß ich so denken würde, deshalb haben sie mir gegenüber nie ein Wort darüber verloren. Wahrscheinlich haben sie schon an den Tag gedacht, an dem sie den angeblichen Schatzfund auf ihrem Grundstück bekanntgeben würden. Dann hätten manche Leute sich an diese Grabungen erinnern und daraus entsprechende Schlüsse ziehen können. Deshalb sollten möglichst wenige Leute davon wissen.«

»Das wäre nicht das erste Mal gewesen, daß etwas Wertvolles verlagert und plötzlich anderswo entdeckt wird«, meinte Beth.

»Genau das ist der springende Punkt. Das Kreuz auf der Schatzkarte mußte von Onkel Sams Besitz auf Toms und Judys Besitz verlegt werden.«

Beth dachte einen Augenblick nach, dann fragte sie: »Glaubst du, daß die Gordons gewußt haben, wo der Schatz auf Plum Island vergraben war? Oder haben sie ihn erst suchen müssen? Ich kann mich nicht erinnern, viele frische Grabungen gesehen zu haben.«

»Ich vermute, daß Tobins Informationen glaubwürdig und zutreffend, aber nicht sehr präzise gewesen sind. Von Emma und aus einem Buch, das sie mir geschenkt hat, habe ich einiges über Schatzkarten erfahren. Piraten wollten ihre Schätze nur vorläufig in Sicherheit bringen, deshalb beziehen ihre Ortsangaben sich häufig auf Bäume, die längst nicht mehr stehen, Felsen, die ins Meer gestürzt sind, und dergleichen.«

»Hast du deswegen mit Emma Whitestone reden wollen?« fragte Beth.

»Mich hat die Peconic Historical Society interessiert. Als ich mit jemandem aus dem Vorstand reden wollte, hat Mrs. Wiley mich an sie verwiesen… und dann hat sich rausgestellt, daß sie mal Tobins Freundin war.«

Beth dachte über das Gesagte nach, während sie weiter aufs Wasser hinausstarrte. »Daraufhin hast du Fredric Tobin befragt, nicht wahr?«

»Nein, mit dem hatte ich schon vorher gesprochen.«

»Wie bist du überhaupt auf Tobin gekommen? Welche Verbindung hast du zwischen ihm und den Morden gesehen?«

»Anfangs überhaupt keine. Ich habe nur Informationen gesammelt und Freunde der Ermordeten befragt, keine Verdächtigen. Ich hatte Tobin im Juli bei einer Weinprobe kennengelernt, zu der die Gordons mich mitgenommen hatten. Er ist mir nicht sonderlich sympathisch gewesen, und ich habe mich gefragt, was die beiden an ihm finden.« Nach kurzer Pause fuhr ich fort: »Nachdem ich am Mittwoch ausführlich mit ihm gesprochen hatte, hatte ich das Gefühl, er sei persönlich in Ordnung. Aber er hat auf verschiedene einfache Fragen nicht die richtigen Antworten gegeben. Du verstehst, was ich meine?«

Sie nickte.

»Nachdem ich mit Emma gesprochen hatte, habe ich angefangen, das ganze Beziehungsgeflecht zu analysieren.«

Beth nickte erneut, starrte in den Regen hinaus und schien nachzudenken. Schließlich sagte sie: »Ich habe diese beiden Tage mit Labortechnikern, dem Gerichtsmediziner, Plum Island und so weiter verbracht. Und du hast unterdessen eine völlig andere Spur verfolgt.«

»Eine sehr schwache Spur, aber ich hatte gerade nichts anderes zu tun.«

»Fühlst du dich immer noch unfair behandelt?«

Ich fühlte mich unfair behandelt.

»Vielleicht hat mich das motiviert. Aber das ist jetzt unwichtig. Ich will, daß Fredric Tobin verhaftet, verurteilt und hingerichtet wird.«

Beth schüttelte den Kopf. »Wir wissen beide, daß das so leicht nicht ist. Bringen wir keine handfesten Beweise bei, wird der Kerl nicht verurteilt. Ich glaube nicht mal, daß der Staatsanwalt versuchen würde, Anklage gegen ihn zu erheben.«

Das wußte ich natürlich. Aber ich traute mir zu, genügend Belastungsmaterial zusammenzutragen.

»Nun?« fragte Beth. »Hast du weitere Beweise?«

»Ich habe in Tobins Bootshaus ein Boot mit flachem Boden entdeckt, das sich in seichtem Wasser staken läßt«, berichtete ich. »Und eine Druckluftfanfare.« Ich schilderte, wie Tobin mich dort überrascht hatte.

Beth nickte. »Setz dich«, forderte sie mich auf. Ich ließ mich in meinen Korbsessel fallen, und sie setzte sich in den Schaukelstuhl. »Erzähl mir alles«, verlangte sie.

Ich verbrachte die nächste Stunde damit, Beth ausführlich zu berichten, was ich getan und erfahren hatte, seit wir uns am Dienstag abend getrennt hatten – bis hin zu der Tatsache, daß Sondra Wells und die Haushälterin am Mordtag in New York gewesen waren, während Tobin behauptet hatte, sie seien zu Hause gewesen.

Beth starrte weiterhin in den Regen und auf die Bay hinaus. Der Wind hatte merklich aufgefrischt und heulte manchmal schon.

»Die Gordons haben Mrs. Wileys Grundstück also nicht gekauft, um Tobin reinzulegen«, folgerte sie, als ich mit meinem Bericht fertig war.

»Nein. Tobin hat sie *aufgefordert*, das Grundstück zu kaufen, damit sie die Sage von Captain Kidds Felsterrasse für sich nutzen konnten. Es gibt auch eine Stelle, an der Captain Kidds Bäume gestanden haben sollen, aber dort befindet sich jetzt ein öffentlicher Park. Die Lage der Felsterrasse ist nur ungefähr bekannt, deshalb hat Tobin gewußt, daß irgendein Klippengrundstück genügen würde. Aber er wollte es nicht selbst kaufen, weil das zu allen möglichen Gerüchten und Spekulationen geführt hätte. Deshalb hat er die Gordons überredet, Mrs. Wileys Grundstück mit eigenen Mitteln zu kaufen. Geplant war, eine Zeitlang zu warten, bevor der Schatz dort vergraben und anschließend entdeckt werden konnte.«

»Unglaublich!«

»Ja. Und da es fast unmöglich ist, das Alter eines senkrechten Schachts zu fälschen, sollte der Schatz in der Steilwand entdeckt werden, wo er angeblich durch Erosion freigelegt worden war. Macht man sich daran, ihn mit Schaufeln und Spitzhacken zu bergen, wird der Fundort praktisch zerstört, so daß niemand mehr die ursprünglichen Verhältnisse untersuchen kann.«

»Unglaublich«, wiederholte sie. »Aber wie sollte Tobin zu seinem Anteil kommen, wenn die Gordons ihren Fund erst einmal bekanntgegeben hatten?«

»Zunächst haben die drei dafür gesorgt, daß jeder sie als gute Freunde kannte. Die Gordons haben angefangen, sich für Wein zu interessieren, was vielleicht nur vorgetäuscht, aber eine gute Möglichkeit war, sich öffentlich als Fredric Tobins Freunde zu zeigen.« Ich berichtete, was ich von Emma über die wahre Natur dieser Freundschaft erfahren hatte, und fügte hinzu: »Aber Tobin hatte mir ihre Beziehung völlig anders geschildert. Das ist eine weitere interessante Unstimmigkeit gewesen.«

Beth nickte. »Aber eine Freundschaft ist doch noch lange kein Grund, sich ein Riesenvermögen zu teilen«, wandte sie ein.

»Richtig. Als Erklärung dafür haben sie sich eine clevere Story ausgedacht. Ich stelle sie mir folgendermaßen vor... Erst das gemeinsame Interesse für Heimatgeschichte, dann Informationen über einen Piratenschatz und als nächstes eine Vereinbarung unter Freunden, gemeinsam auf Schatzsuche zu gehen und sich etwaige Funde zu teilen.«

Beth nickte erneut.

Ich lehnte mich in den Korbsessel zurück und horchte auf Wind und Regen. Mir war so elend zumute wie noch nie in meinem Leben, und ich war erstaunt, wie sehr mir Emma Whitestone fehlte, die so rasch und unerwartet in mein Leben getreten und dann in ein anderes Leben – vielleicht irgendwo zwischen den Sternen – weitergezogen war.

Ich holte tief Luft, dann fuhr ich fort: »Vermutlich haben die Gordons und Tobin irgendeine gefälschte Urkunde vorbereitet, die ihre Behauptung beweisen sollte, sie hätten das Schatzversteck durch Nachforschungen in Archiven entdeckt. Oder sie hätten einfach gesagt: ›Wie wir drauf gekommen sind, geht niemand etwas an. Wir sind weiter auf Schatzsuche.‹ Den Staat interessiert nicht, wie man einen Schatz gefunden hat, er will nur wissen, *wo* man ihn gefunden hat und was er wert ist.« Ich warf Beth einen fragenden Blick zu. »Findest du, daß das alles logisch klingt?«

Sie dachte darüber nach. »Völlig logisch«, bestätigte sie dann. »Aber ich glaube, daß man trotzdem eine Verbindung zu Plum Island hergestellt hätte.«

»Schon möglich. Aber der Verdacht, der Schatz könnte dort gefunden worden sein, wäre verdammt schwer zu beweisen gewesen.«

»Richtig, aber das ist die Schwachstelle eines ansonsten perfekten Plans.«

»Dazu habe ich eine weitere Theorie, die zu den Tatsachen paßt«, sagte ich. »Tobin hat nie die Absicht gehabt, mit den Gordons zu teilen. Er hat sie für seinen Plan begeistert, so daß sie das Grundstück gekauft und gemeinsam mit ihm die Geschichte ausgearbeitet haben, wo sie den Schatz gefunden haben wollten und warum sie ihn teilen würden. Aber in Wirklichkeit hat auch Tobin gefürchtet, daß irgend jemand eine Verbindung zu Plum Island herstellen könnte. Die Gordons waren von Nutzen, weil sie den Schatz finden und von der Insel abtransportieren konnten. Aber dann sind sie zu einer Belastung, zu einer Schwachstelle geworden – ein allzu deutlicher Hinweis auf die wahre Herkunft des Schatzes.«

Beth nickte. »Drei können ein Geheimnis wahren«, zitierte sie Benjamin Franklin, »wenn zwei von ihnen tot sind.«

»Genau«, pflichtete ich ihr bei und fuhr dann fort: »Die Gordons waren hochintelligent, aber auch ein bißchen naiv – und sie hatten noch nie mit einem so bösen und hinterhältigen Kerl wie Fredric Tobin zu tun. Tatsächlich hat Tobin von Anfang an gewußt, daß er sie rechtzeitig beseitigen würde. Ich vermute, daß er den Schatz auf seinem Grundstück bei Founders Landing vergraben und dort finden wollte. Oder er hat vorgehabt, ihn hier oder im Ausland unter der Hand zu verkaufen, um nicht nur den Anteil der Gordons, sondern auch Onkel Sams Anteil für sich zu behalten.«

»Ja, das halte ich auch für möglich, seit wir jetzt wissen, daß er kaltblütig morden kann.«

»Jedenfalls ist er der Mann.«

Beth betrachtete mich nachdenklich. »Wie hast du die Gordons damals kennengelernt?« wollte sie wissen. »Ich meine, wie kommt's, daß Leute, die so etwas vorhaben, sich die Zeit nehmen … Du verstehst doch?«

Ich versuchte zu lächeln. »Du unterschätzt meinen Charme«, behauptete ich. »Aber das ist eine gute Frage. Vielleicht haben sie mich wirklich gemocht. Oder vielleicht haben sie Gefahr gewittert und wollten einen Beschützer in ihrer Nähe haben. Diese Frage solltest du übrigens auch Max stellen, den sie ebenfalls gekannt haben.«

Sie nickte, dann erkundigte sie sich: »Wo *hast* du sie also kennengelernt? Das hätte ich dich schon am Montag am Tatort fragen sollen.«

»Ja, das hättest du tun sollen«, bestätigte ich. »Wir haben uns an der Bar in Claudio's kennengelernt. Du kennst dieses Lokal?«

»Das kennt jeder.«

»Ich habe versucht, mich an der Bar an Judy ranzumachen.«

»Ein vielversprechender Beginn einer Freundschaft.«

»Richtig. Jedenfalls habe ich diese Begegnung für zufällig gehalten, was sie vielleicht auch war. Andererseits haben die Gordons bereits Max gekannt. Max hat wiederum mich gekannt und vielleicht erwähnt, der verwundete Cop aus dem Fernsehen sei sein Freund und verbringe seinen Genesungsurlaub in Mattituck. Ich hatte – und habe noch heute – nur zwei Stammkneipen: die Olde Towne Taverne und Claudio's. Denkbar wäre also … oder vielleicht doch wieder nicht … das ist schwer zu sagen.« Abschließend fügte ich hinzu: »Manche Dinge ereignen sich einfach schicksalhaft.«

»Ja, das stimmt. Aber in unserem Beruf müssen wir Absichten und Motive suchen. Was übrigbleibt, ist Schicksal.« Sie musterte mich prüfend. »Wie fühlst du dich, John?«

»Okay.«

»Wirklich, meine ich.«

»Deprimiert. Und das Wetter heitert mich auch nicht auf.«

»Ich habe ziemlich lange mit deinem Partner telefoniert«, teilte sie mir mit.

»Dom? Davon hat er nichts gesagt. Das hätte er mir sofort erzählt.«

»Nun, er hat's eben nicht getan.«

»Worüber hast du mit ihm gesprochen?«

»Über dich.«

»*Was* über mich?«

»Deine Freunde machen sich Sorgen um dich.«

»Verdammt, sie sollen sich lieber Sorgen um *sich* machen, wenn sie hinter meinem Rücken über mich reden!«

»Mußt du ständig den harten Mann spielen?«

»Reden wir von was anderem.«

»Auch recht.« Beth stand auf, trat ans Geländer und betrachtete die Bay, auf der sich Schaumkronen bildeten. »Sieht schlimm aus. Aber vielleicht zieht der Hurrikan vorbei.« Sie drehte sich um und fragte: »Also, wo ist der Schatz?«

»Eine sehr gute Frage.« Ich stand ebenfalls auf und blickte aufs Meer hinaus. Natürlich war draußen kein Boot mehr unterwegs, und der Wind trieb allen möglichen Müll über den Rasen. Flaute der Sturm einmal sekundenlang ab, hörte man, wie die Wellen an den Strand klatschten.

»Und wo sind unsere handfesten Beweise?« fragte Beth weiter.

»Die Antworten auf beide Fragen dürften in Mr. Tobins Haus, Büro oder Wohnung liegen«, sagte ich, während ich weiter die aufgewühlte Bay betrachtete.

Beth überlegte einen Augenblick. »Ich lege die bisher bekannten Tatsachen dem Staatsanwalt vor«, entschied sie, »und beantrage, daß er einen Durchsuchungsbefehl ausstellt.«

»Gute Idee. Wenn du's schaffst, ohne begründeten Verdacht einen Durchsuchungsbefehl zu bekommen, bist du weit cleverer als ich. Kannst du dir vorstellen, wie bereitwillig ein Richter einen Durchsuchungsbefehl gegen einen unbescholtenen prominenten Mitbürger ausstellt?« Ich beobachtete ihr Gesicht, während sie darüber nachdachte, und fügte hinzu: »Das finde ich an Amerika so großartig. Staat und Polizei schnüffeln nur streng nach Vorschrift in deinem Privatleben herum. Und bei Reichen werden diese Vorschriften noch viel strenger angewandt.«

Sie gab dazu keinen Kommentar, sondern fragte: »Was sollen wir ... was soll ich als nächstes tun?«

»Was du für richtig hältst. Ich habe nichts mehr mit dem Fall zu tun.«

»Weißt du bestimmt, daß er's gewesen ist?« fragte sie weiter.

»Ganz bestimmt.«

»Und Paul Stevens?«

»Er ist noch der Joker«, antwortete ich. »Er kann Tobins Komplize sein, ihn erpreßt haben, ein Schakal sein, der darauf wartet, sich auf den Schatz zu stürzen, oder bloß einer dieser Kerle, die *immer* verdächtig und wie Verbrecher aussehen.«

»Wir sollten mit ihm reden.«

»Das habe ich bereits getan.«

Sie zog die Augenbrauen hoch. »Wann?«

Ich schilderte meinen unangemeldeten Besuch bei Mr. Stevens in Connecticut, ließ aber aus, daß ich ihn zweimal niedergeschlagen hatte. »Zumindest hat der Kerl uns belogen und mit Nash und Foster gegen uns konspiriert«, schloß ich.

»Oder er steckt noch tiefer in dieser Sache drin«, meinte Beth.

»Nun … vielleicht finden sich an den neuen Tatorten brauchbare Spuren. Das würde uns weiterhelfen.«

»Richtig. Aber denk daran, daß Tobin garantiert erfährt, was um ihn herum vorgeht. Er hat die Hälfte aller Lokalpolitiker in der Tasche und vermutlich Freunde bei der Southold Police.«

»Wir halten Max aus dieser Sache heraus.«

»Tu, was du tun mußt. Aber nimm dich in acht, damit du Tobin nicht verschreckst, sonst läßt er jegliches Beweismaterial in seinem Besitz verschwinden.«

»Wie den Schatz?«

»Richtig. Oder die Tatwaffe. Hätte ich zwei Menschen mit meiner registrierten Waffe erschossen und plötzlich die Cops in meinem Büro, würde ich die Pistole im Atlantik versenken und behaupten, sie verloren zu haben. Oder ich würde sie als gestohlen melden.«

Beth nickte. »Ich möchte, daß du diesen Fall mit mir bearbeitest«, sagte sie dann. »Tust du mir diesen Gefallen?«

Ich nahm ihren Arm und führte sie in die Küche ans Telefon. »Ruf sein Büro an und erkundige dich, ob er da ist.«

Sie rief die Auskunft an, ließ sich die Nummer von Tobin Vineyards geben, wählte und verlangte Mr. Tobin. Während sie wartete, sah sie zu mir herüber und fragte: »Was soll ich ihm sagen?«

»Du bedankst dich einfach für die wunderbare Party.«

Beth sprach ins Telefon. »Ja, hier ist Detective Penrose von der Suffolk County Police. Kann ich bitte Mr. Tobin sprechen?«

Sie schwieg, dann sagte sie: »Richten Sie ihm bitte aus, daß ich angerufen habe, um mich für den wunderbaren Abend zu bedanken.« Sie schwieg erneut. »Kann ich ihn sonst irgendwie erreichen?« Nach einem Blick zu mir sagte sie ins Telefon: »Ja, das ist eine gute Idee.« Sie legte auf und berichtete: »Er ist nicht da, wird nicht erwartet und hat nicht gesagt, wo er zu erreichen ist. Außerdem schließt die Weinkellerei jetzt wegen des Wetters.«

»Okay. Ruf ihn zu Hause an.«

Beth holte ihr Notizbuch aus ihrer Umhängetasche, suchte Tobins nicht im Telefonbuch stehende Nummer heraus und wählte. Während das Telefon klingelte, fragte sie mich: »Rufe ich ihn daheim an, um mich für einen wunderbaren Abend zu bedanken?«

»Du hast das goldene Medaillon deiner Großmutter auf seinem Rasen verloren.«

»Richtig.« Als sich am anderen Ende jemand meldete, sagte sie: »Kann ich bitte Mr. Tobin sprechen?« Nach einer kurzen Pause fragte sie: »Oder ist Ms. Wells da?« Nach einer weiteren Pause sagte sie: »Danke... Nein, keine Nachricht für Mr. Tobin... Nein, Sie brauchen keine Angst zu haben. Sie sollten zum nächsten sturmsicheren Unterstand fahren... Gut, dann rufen Sie die Polizei oder Feuerwehr an und lassen sich hinbringen. Okay? Rufen Sie bitte gleich an.« Beth legte auf. »Die Haushälterin. Osteuropäische Lady. Mag keine Hurrikane.«

»Ich mag sie auch nicht besonders. Wo ist Mr. Tobin?«

»Das weiß sie nicht. Ms. Wells ist nach New York gefahren und kommt erst wieder, wenn der Sturm vorbei ist.« Beth zog die Augenbrauen hoch. »Wo steckt er?«

»Keine Ahnung. Aber wir wissen, wo er nicht ist.«

»Du mußt übrigens zusehen, daß du hier rauskommst«, sagte sie. »Allen, die am Wasser wohnen, wird empfohlen, ihre Häuser zu räumen.«

»Die Wettermenschen sind professionelle Angstmacher.«

Im nächsten Augenblick flackerte das Licht.

»Manchmal haben sie recht«, bemerkte Beth.

»Ich muß ohnehin im Lauf des Tages nach Manhattan zurück. Morgen habe ich Termine bei den Leuten, die über mein Schicksal entscheiden.«

»Dann fährst du am besten gleich los. Besser wird das Wetter bestimmt nicht mehr.«

Während ich darüber nachdachte, nahm eine Bö einen Liegestuhl von der Veranda mit, und das Licht flackerte nochmals. Mir fiel ein, daß ich Jack Rosen von der *Daily News* hätte anrufen sollen, aber den Termin für seine Kolumne hatte ich bereits verpaßt. Außerdem glaubte ich ohnehin nicht, daß der verwundete Held heute oder morgen heimkehren würde. Zu Beth sagte ich: »Komm, wir machen eine kleine Spazierfahrt.«

»Wohin?«

»Wir suchen Fredric Tobin – damit wir uns für den wunderbaren Abend bedanken können.«

31. Kapitel

Der Regen prasselte herab, und der Sturm verursachte ein Geräusch wie ein Güterzug.

Ich fand in der Flurgarderobe zwei gelbe Seglerjacken und nahm meinen Revolver mitsamt Schulterhalfter an mich. Dann holperten wir in meinem Jeep die mit Ästen und allen möglichen Trümmern übersäte Einfahrt hinunter. »Fünfunddreißig Zentimeter Bodenfreiheit«, erklärte ich Beth. »Allradantrieb.«

»Schwimmt er auch?«

»Das wird sich noch rausstellen.«

Ich fuhr durch die schmalen Straßen des Strandviertels von Mattituck, knirschte über weitere Äste und wich fliegenden Mülltonnendeckeln aus, bis die Fahrbahn vor uns durch einen umgestürzten Baum blockiert war. »Seit meiner Jugend habe ich keinen Hurrikan mehr auf dem Land erlebt.«

»Das ist noch nicht der Hurrikan, John«, belehrte mich Beth.

Ich fuhr über fremden Rasen, um an dem riesigen Baum vorbeizukommen, und meinte: »Sieht aber verdammt nach einem Hurrikan aus.«

»Ein Hurrikan beginnt bei Windgeschwindigkeiten von fünfundsechzig Knoten. Bisher ist's ein tropischer Sturm.«

»Danke.«

Wir fuhren eine Zeitlang schweigend weiter und erreichten schließlich die Main Road, die weniger mit Trümmern übersät, dafür aber überflutet war. Es herrschte nur wenig Verkehr, und die meisten Geschäfte entlang der Straßen waren geschlossen, manche sogar mit Brettern vernagelt. Ich sah den zusammengeklappten leeren Verkaufsstand eines Farmers und einen umgestürzten Holzmast, der Strom- und Telefonleitungen mitgerissen hatte. »Ich glaube nicht, daß das gut für die Reben ist«, meinte ich.

»Das ist für nichts gut.«

Gut zwanzig Minuten später fuhren wir auf den kiesbestreuten Parkplatz von Tobin Vineyards. Auf dem Parkplatz standen keine weiteren Autos, und an der Eingangstür des unbeleuchteten Empfangsgebäudes hing ein Schild *Geschlossen*.

Beth sah sich auf dem Parkplatz um, nickte zur Weinkellerei hinüber und sagte: »Ich glaube nicht, daß er hier ist. Ich sehe keine Autos, und das Gebäude ist dunkel. Komm, wir versuchen's bei ihm zu Hause.«

»Sehen wir uns zuerst in seinem Büro um.«

»John, die Weinkellerei ist geschlossen.«

»Geschlossen ist ein relativer Begriff.«

»Nein, das stimmt nicht.«

Ich gab wieder Gas, fuhr auf das Gebäude zu, bog kurz davor nach rechts ab und überquerte den Grasstreifen zwischen Parkplatz und Weinkellerei. Dann fuhr ich zur Rückseite des Gebäudes, wo mehrere Lieferwagen zwischen Stapeln von Weinfässern standen.

»Was hast du vor?« fragte Beth.

Ich hielt vor dem Hintereingang des Turms. »Sieh nach, ob die Tür offen ist.«

Sie starrte mich an und wollte etwas einwenden.

»Sieh nach, ob sie offen ist. Tu einfach, was ich sage.«

Beth stieg aus, lief zur Tür und versuchte sie zu öffnen. Sie warf mir einen Blick zu, schüttelte den Kopf und kam wieder auf den Jeep zu. Ich gab Gas und fuhr gegen die Tür, die splitternd aufflog. Dann stellte ich den Motor ab, sprang aus dem Wagen, packte Beth am Arm und zog sie mit mir ins Erdgeschoß des Turms.

»Bist du verrückt?« fragte sie atemlos.

»Die Aussicht von oben ist wunderbar.« Da man für den Aufzug einen Schlüssel brauchte, ging ich zur Treppe. Beth hielt mich am Arm fest und sagte: »Halt! Du kannst hier nicht einbrechen und …«

»Dies ist ein öffentliches Gebäude.«

»Es ist geschlossen.«

»Ich habe die Tür aufgebrochen vorgefunden.«

»John …«

»Setz dich in den Jeep. Ich komme allein zurecht.«

Wir starrten uns an, und ihr Blick sagte ohne Worte: »Ich weiß, daß du wütend bist, aber tu's nicht.«

Ich wandte mich ab und stieg allein die Treppe hinauf. In jedem Stock rüttelte ich an der Tür zu den Büros, aber alle waren abgesperrt.

Im zweiten Stock hörte ich plötzlich Schritte hinter mir und zog meinen Revolver. Ich wartete an die Wand gelehnt, bis ich Beth die Treppe heraufkommen sah. Sie blickte zu mir hoch.

»Es reicht schon, wenn ich mich strafbar mache«, erklärte ich ihr. »Ich brauche keine Komplizin.«

»Die Tür war aufgebrochen«, antwortete sie. »Wir sind auf der Suche nach Einbrechern.«

»Genau das habe ich gesagt.«

Wir gingen nebeneinander die Treppe hinauf.

Im dritten Stock war die Tür zu den Büros der Geschäftsleitung ebenfalls abgesperrt. Aber das bedeutete nicht, daß niemand drin war. Diese Brandschutztüren konnten von außen abgesperrt werden, aber sie ließen sich von innen auch ohne Schlüssel öffnen. Ich hämmerte mit beiden Fäusten gegen die Tür.

»John, ich glaube nicht, daß jemand da ist«, sagte Beth.

»Hoffentlich nicht!«

Ich lief in den vierten Stock hinauf, und sie folgte mir. Auch dort war die Stahltür abgesperrt.

»Ist das sein Apartment?« erkundigte Beth sich.

»Ja.« An der Wand hingen ein Feuerlöscher und ein Glaskasten mit der vorgeschriebenen Brandaxt mit gehärteter Klinge. Ich riß den Feuerlöscher aus der Halterung, zertrümmerte das Glas und nahm die Axt von der Wand. Das Klirren des zersplitternden Glases hallte durchs ganze Treppenhaus.

»Was *machst* du?« schrie Beth mit fast kreischender Stimme.

Ich stieß sie zurück, holte mit der Axt aus und traf den Türknauf, der glatt abbrach. Aber das Schloß hielt noch. Nach ein paar weiteren Axthieben splitterte die Tür ums Schloß herum, und mein letzter Schlag ließ die Tür nach innen aufschwingen.

»John, hör mir bitte zu...«

»Ruhig! Horch lieber auf Schritte.« Ich zog meine Waffe, und

Beth folgte meinem Beispiel. Ich sah in die Diele hinter der Tür. Ein mit Seide bespannter japanischer Wandschirm, der die nackte Stahltür vor Mr. Tobins empfindsamen Blicken verbarg, versperrte mir die Sicht. Das Apartment war dunkel und still.

Ich hielt noch immer die Axt in der linken Hand. Als ich sie durch die Tür warf, kippte der Wandschirm um und gab den Blick frei auf ein großes Wohn- und Speisezimmer.

»Dort dürfen wir nicht hinein«, flüsterte Beth.

»Wir *müssen* hinein. Jemand hat die Tür aufgebrochen. Hier sind irgendwo Einbrecher.«

Der Lärm, den wir bisher gemacht hatten, war laut genug gewesen, um jemanden anzulocken, der in der Nähe war, aber ich hörte keine verdächtigen Geräusche. Der Hintereingang des Turmgebäudes war vermutlich mit einer Alarmanlage gesichert, aber der Sturm mußte bereits Dutzende von Fehlalarmen bei sämtlichen Polizeistationen ausgelöst haben. Außerdem konnten wir die Cops abwimmeln, falls sie hier aufkreuzten – schließlich waren *wir* die Cops.

Beth folgte mir zögernd, als ich mit schußbereiter Waffe ins Wohnzimmer trat. »John, das ist keine gute Idee«, wandte sie ein. »Ich weiß, daß du wütend bist, und habe Verständnis dafür, aber das kannst du einfach nicht machen. Komm, wir gehen wieder und …«

»Ruhig.« Laut rief ich: »Mr. Tobin! Sind Sie da, Sir? Sie haben Besuch!«

Keine Antwort. Ich ging weiter in den Raum hinein. Das wenige Licht fiel durch hohe Bogenfenster und zwei große Dachflächenfenster dreieinhalb Meter über uns, die den Blick auf den bedrohlich dunklen Himmel freigaben. Beth folgte mir widerstrebend.

Tobins Apartment war wie erwartet sehr luxuriös. Das Wohnzimmer bildete einen Halbkreis, der die Nordhälfte des Turms einnahm. In der Südhälfte befanden sich die offene Küche, in die ich jetzt sehen konnte, und das Schlafzimmer, dessen Tür offenstand. Ich warf einen Blick hinein. Tobin war offenbar nicht da – oder er hatte sich vor Angst schlotternd unter dem Bett oder im Kleiderschrank verkrochen.

Ich sah mich im Wohnzimmer um. Im grauen Licht war zu erkennen, daß es hell und modern eingerichtet war, was zu einer Turmsuite paßte. An den Wänden hingen Aquarelle, die hiesige Sehenswürdigkeiten zeigten: den Leuchtturm auf Plum Island, den Leuchtturm von Horton Point, einige Klippen, ein paar alte Häuser mit Schindeldächern und sogar den General Wayne Inn. »Hübsche Bude«, stellte ich fest.

»Sehr hübsch.«

»Hier oben könnte man bei den Damen Glück haben.«

Ms. Penrose gab keinen Kommentar.

Ich trat an ein Nordfenster und beobachtete den draußen wütenden Sturm. Ganze Reihen von Rebstöcken waren bereits geknickt,und ich konnte mir vorstellen, daß die noch nicht geernteten Trauben verloren waren.

»Hier sind keine Einbrecher«, sagte Beth, die sich an unsere Version hielt. »Wir sollten wieder gehen und den Einbruch hier melden.«

»Gute Idee. Ich vergewissere mich nur noch, daß der Täter geflüchtet ist.« Ich gab ihr meine Autoschlüssel. »Du kannst im Jeep warten. Ich komme gleich nach.«

Sie zögerte einen Augenblick. »Ich fahre den Jeep auf den Parkplatz zurück«, sagte sie dann. »Dort warte ich eine Viertelstunde. Keine Minute länger.«

»Okay.« Ich drehte mich um und ging ins Schlafzimmer.

In diesem Raum, in dem das Geschenk Gottes an die Frauen für gewöhnlich den Champagner servierte, war alles etwas weicher und noch luxuriöser. Tatsächlich sah ich neben seinem Bett einen Ständer mit Eiskübel und Champagnerkelchen. Ich konnte mir Emma mit Mr. Weino im Bett vorstellen, aber das spielte keine Rolle mehr. Sie war tot, und er würde es bald sein.

Auf der linken Seite des Schlafzimmers befand sich ein großes Marmorbad mit Doppelwaschbecken, Luxusdusche, Whirlpool und Bidet. Ja, das Leben hatte es gut mit Fredric Tobin gemeint, bis er angefangen hatte, mehr auszugeben, als er einnahm. Mir fiel ein, daß dieser Sturm für ihn das finanzielle Aus bedeutet hätte, wenn der Schatz nicht gewesen wäre.

Im Schlafzimmer stand ein Schreibtisch, den ich durchwühlte, ohne etwas Brauchbares oder Belastendes zu finden.

Dann nahm ich mir das Wohnzimmer vor. Mit der Brandaxt in

der Hand machte ich einen Rundgang, hielt nach irgend etwas Ausschau, das mir weiterhelfen würde, und machte meiner Frustration Luft, indem ich alle möglichen teuren Einrichtungsgegenstände mit der Axt zertrümmerte.

Dann fiel mein Blick auf etwas an der Wand. In einem vergoldeten Rahmen hing ein ungefähr buchgroßes altes Pergament. Ich nahm es ab, um es am Fenster zu betrachten, öffnete den Bilderrahmen und zog das alte Dokument mit den ausgefransten Rändern heraus. Ich machte mich auf den Weg in die Küche, wo das Licht besser war. Dort sah ich, daß es sich um eine Landkarte handelte, die einen Küstenabschnitt mit einer kleinen Bucht zeigte. Die Schrift war schwierig zu entziffern, und ich wünschte mir, Emma wäre hiergewesen, um mir dabei zu helfen.

Anfangs glaubte ich, die Karte zeige einen Teil von Plum Island, aber dort gab es keine Buchten, nur den künstlich angelegten Hafen, der zudem ganz anders aussah.

Dann überlegte ich, ob es sich um Mattituck Inlet mit Captain Kidds Bäumen handeln könnte, aber die Darstellung hatte praktisch keine Ähnlichkeit mit der langgestreckten Bucht, die ich auf der Autokarte und mit eigenen Augen gesehen hatte. Eine dritte Möglichkeit war, daß die Karte einen hiesigen Klippenabschnitt zeigte, aber bei den Klippen verlief die Küste sehr gerade, während diese hier halbmondförmig war und außerdem eine Bucht aufwies.

Die letzte Möglichkeit war, daß es sich um irgendeine alte Karte handelte, die Tobin zu Dekorationszwecken hatte rahmen lassen. Richtig? Falsch. Ich starrte sie weiter an, versuchte die Schrift zu entziffern und stieß endlich auf zwei Wörter, die ich lesen konnte: *Founders Landing.*

Nun war mir schlagartig klar, daß diese Karte etwa eine Viertelmeile der hiesigen Küste mit Founders Landing, einer unbenannten Bucht und dem heute Mr. Fredric Tobin gehörenden Grundstück zeigte.

Das Geschriebene am unteren Kartenrand war offenbar eine Wegbeschreibung, von der ich nur einige Zahlen und das Wort *Eiche* entziffern konnte.

Ich hörte ein Geräusch im Wohnzimmer und zog meine Waffe.

»John?« fragte Beth.

»In der Küche.« Beth kam herein. »Ich dachte, du wolltest wegfahren?«

»Die Southold Police ist gekommen, weil ein Wachmann sie angerufen hat. Ich habe den Beamten erklärt, daß wir alles unter Kontrolle haben.«

»Danke.«

Sie blickte ins Wohnzimmer und bemerkte: »Dort liegt alles in Trümmern.«

»Hurrikan John.«

»Fühlst du dich besser?«

»Nein.«

»Was hast du da?«

»Eine Schatzkarte. Sie hat in diesem Goldrahmen für jeden sichtbar an der Wand gehangen.«

Beth betrachtete sie. »Plum Island?«

»Nein. Die Karte von Plum Island – oder was sie sonst zu dem Schatz geführt hat – ist längst vernichtet. Diese Karte zeigt Founders Landing mit einem Grundstück, das heute Tobin gehört.«

»Und?« fragte sie.

»Tja, das hier ist bestimmt eine Fälschung. Ich weiß, daß man leeres Pergament jeden Alters kaufen kann. In der Stadt gibt's Fälscher, die dann mit der richtigen Tinte alles draufschreiben, was man haben will.«

Beth nickte. »Tobin hat also diese Karte herstellen lassen, die zu beweisen scheint, daß auf seinem Grundstück ein Schatz liegt.«

»Richtig. Bei genauem Hinsehen merkt man, daß der Text eine Wegbeschreibung ist. Und siehst du auch das hier… dieses Kreuz hier?«

Sie hielt das Pergament ans Licht. »Ja, das sehe ich.« Sie ließ es sinken. »Er hat nie zulassen wollen, daß die Gordons den Schatz an den Klippen vergraben.«

»Nein. Er hat vorgehabt, ihnen den Schatz abzunehmen, sie zu ermorden und das Gold auf seinem Besitz zu vergraben.«

»Ist es jetzt auf Tobins Grundstück vergraben?«

»Das müssen wir feststellen.«

»Noch ein Einbruch?«

»Schlimmer. Erwische ich ihn dort, breche ich ihm mit dieser

Axt die Beine und drohe ihm, wirklich Gewalt anzuwenden, wenn er nicht auspackt.« Einlenkend fügte ich hinzu: »Ich kann dich unterwegs irgendwo absetzen.«

»Ich komme mit. Du brauchst eine Aufpasserin, und ich muß Omas Medaillon auf dem Rasen suchen.«

Ich steckte das Pergament unter mein Hemd, zog den Reißverschluß meiner Seglerjacke hoch und nahm die Brandaxt in die Hand. Beim Hinausgehen warf ich eine Tischlampe durch eines der hohen Bogenfenster. Ein Windstoß pfiff durch die zersplitterte Scheibe und blies ein paar Zeitschriften vom Couchtisch. »Haben wir schon fünfundsechzig Knoten?«

»Nein, aber bald.«

32. Kapitel

Die normalerweise etwa zwanzigminütige Fahrt von Tobin Vineyards nach Founders Landing dauerte wegen des Sturms gut eine Stunde. Die Straße war mit Ästen und Zweigen übersät und der Regen so stark, daß ich auch mit Licht nur langsam fahren konnte. Mehrere Male wurde der Jeep vom Sturm fast von der Straße getragen.

Beth stellte das Radio an. Ein Nachrichtensprecher meldete, der Sturm habe noch nicht ganz Hurrikanstärke erreicht, sei aber kurz davor. Jasper, so hieß es, ziehe mit fünfzehn Meilen pro Stunde nach Norden und sei noch sechzig Meilen von der Küste Long Islands entfernt. »Diese Kerle versuchen bloß, uns Angst einzujagen«, brummte ich.

»Von meinem Vater weiß ich, daß der Hurrikan von neunzehnhundertachtunddreißig große Teile von Long Island völlig verwüstet hat.«

»Das hat mein Vater auch erzählt. Alte Leute übertreiben gern.«

Sie wechselte das Thema und sagte: »Falls Tobin zu Hause ist, übernehme ich ihn.«

»Okay.«

»Das ist mein Ernst. Du hältst dich gefälligst an die Regeln, John. Wir tun nichts, was die Ermittlungen erschweren könnte.«

»Das haben wir schon getan. Und die Mühe, weiteres Belastungsmaterial zusammenzutragen, kannst du dir sparen.«

Sie gab keine Antwort.

Ich dachte wieder an Emma. Hätte sie noch gelebt, wäre ich vielleicht mit ihr glücklich geworden. Auch wenn ich scheinbar noch zwischen Stadt- und Landleben schwankte, hatte ich mir in Wirklichkeit schon vorgestellt, hier mit Emma Whitestone zu leben, zu angeln, zu baden und Nachttöpfe zu sammeln oder was die Leute hier draußen sonst noch so machten. Dann fiel mir ein, daß ich nun gar keine persönlichen Beziehungen mehr zur North Fork hatte: Tante June war tot, Onkel Harry wollte das Haus verkaufen, Max und ich würden uns nie mehr richtig vertragen, Tom und Judy Gordon waren tot, und nun hatte ich auch noch Emma verloren.

Um Founders Landing gab es massenhaft alte Bäume, von denen leider große Teile die Fahrbahnen und Rasenflächen bedeckten. Ich brauchte eine weitere Viertelstunde, um mich bis zu Tobins Haus durchzuschlängeln.

Das schmiedeeiserne Tor war geschlossen. »Augenblick, ich sehe nach, ob es sich öffnen läßt«, sagte Beth, aber um Zeit zu sparen, preschte ich durch.

»Willst du nicht wenigstens versuchen, deinen Adrenalinspiegel zu senken?« fragte Beth.

»Das tue ich schon.«

Als wir die lange Auffahrt hinauffuhren, sah ich, daß der Rasen, auf dem erst kürzlich die Party stattgefunden hatte, jetzt mit Ästen, Mülltonnen, Gartenmöbeln und allen möglichen Trümmern bedeckt war.

Die Bay jenseits des Rasens war aufgewühlt. Riesige Wogen brandeten über den steinigen Strand bis aufs Gras. Der Steg hielt sich bisher gut, aber dem Bootshaus fehlten schon etliche Dachziegel. »Merkwürdig«, sagte ich.

»Was?«

»Sein Chris-Craft ist nicht da.«

»Es liegt bestimmt in einem sicheren Hafen«, meinte Beth. »Niemand wäre bei diesem Wetter auf dem Wasser unterwegs.«

»Richtig.«

In der Einfahrt stand kein Auto, und das Haus war völlig dunkel. Ich fuhr zu der seitlich angebauten Doppelgarage und rammte das Falttor, das nach und nach herunterkrachte. Ein Blick in die Garage zeigte mir einen weißen Porsche, auf den ein Teil des Garagentors gefallen war, und rechts daneben einen Ford Bronco. »Hier stehen zwei Autos«, sagte ich zu Beth. »Vielleicht ist der Dreckskerl zu Hause.«

»Dann überläßt du ihn mir.«

»Natürlich.« Ich stieß zurück, wendete und fuhr ums Haus

herum über den rückwärtigen Rasen zu einem kleinen Glasvorbau. Dort hielt ich zwischen sturmgepeitschten Gartenmöbeln.

Mit der Brandaxt in der Hand stieg ich aus dem Auto. Beth klopfte an die Glastür. Wir warteten unter dem Vordach. Als niemand aufmachte, schlug ich die Tür mit meiner Axt ein. »Um Himmels willen, beruhig dich endlich, John!« rief Beth.

Wir gelangten in die Küche. Der Strom war ausgefallen, und das Haus war still und dunkel. »Du paßt auf, daß hier niemand reinkommt«, forderte ich Beth auf.

Ich ging in die Diele und rief die Treppe hinauf: »Mr. Tobin!« Keine Antwort. »Sind Sie da, Fredric? Hey, Kumpel!« *Ich hacke dir deinen beschissenen Kopf ab.*

Über mir knarrte ein Fußbodenbrett. Ich ließ die Axt fallen, zog meinen Revolver und stürmte die Treppe hinauf, indem ich jeweils zwei Stufen auf einmal nahm. Oben im ersten Stock rannte ich nach links, wo das Knarren hergekommen war. »Hände hoch!« rief ich laut. »Polizei!«

Ich hörte ein Geräusch in einem der Schlafzimmer, stürzte hinein und sah gerade noch, wie sich die Tür des Einbaukleiderschranks schloß. Als ich sie aufriß, kreischte eine Frau. Und kreischte erneut. Sie war Mitte Fünfzig, anscheinend die Haushälterin. Ich fragte: »Wo ist Mr. Tobin?«

Sie schlug die Hände vors Gesicht.

»Wo ist Mr. Tobin?«

Jetzt tauchte auch Beth auf. Sie drängte sich an mir vorbei und faßte die Frau am Arm. »Alles in Ordnung«, sagte sie beruhigend. »Wir sind von der Polizei.« Dann zog sie die Frau mit sanfter Gewalt aus dem Schrank und drückte sie aufs Bett.

Nach einigen Minuten guten Zuredens erfuhren wir, daß die Frau Eva hieß, daß sie nicht gut Englisch sprach und daß Mr. Tobin nicht da war.

»Seine Autos stehen in der Garage«, sagte Beth.

»Er kommen heim, dann wieder gehen.«

»Wohin?« fragte Beth.

»Er nehmen Boot.«

»Das *Boot*?«

»Ja.«

»Wann? Wie lange ist er schon fort?«

»Nicht lange«, antwortete Eva.

»Wissen Sie das genau?« fragte Beth.

»Ja. Ich ihn sehen.« Sie zeigte aus dem Fenster. »Er fahren dort hinaus.«

»War er allein?«

»Ja.«

»Stellen Sie sich ans Fenster«, forderte ich Eva auf.

Sie stand auf und trat ans Fenster.

»Das Boot… wohin ist er mit dem Boot gefahren?« fragte ich sie. »In welche Richtung?«

Sie deutete nach links. »Fahren dorthin.«

Ich starrte auf die Bay hinaus. Das Chris-Craft, die *Autumn Gold,* war nach Osten gefahren, aber dort waren nur hohe Wellen zu sehen.

»Warum ist er mit dem Boot unterwegs?« fragte Beth mich.

»Vielleicht will er die Tatwaffe ins Meer werfen«, gab ich zurück.

»Dazu hätte er sich einen besseren Tag aussuchen können.« Sie wandte sich wieder an Eva und fragte: »*Wann* ist er weggefahren? Vor zehn Minuten? Vor zwanzig?«

»Vielleicht zehn. Vielleicht mehr.«

»*Wohin* ist er gefahren?«

Sie zuckte mit den Schultern. »Er sagen, er heute zurückkommen. Er sagen, du hierbleiben und keine Angst haben. Aber ich doch Angst haben.«

»Das ist bloß ein tropischer Sturm«, erklärte ich beruhigend.

Beth nahm Eva an der Hand und führte sie aus dem Schlafzimmer, die Treppe hinunter und in die Küche. Ich folgte den beiden. »Sie müssen im Erdgeschoß bleiben«, erklärte Beth ihr. »Aber gehen Sie nicht zu nahe an die Fenster. Okay?«

Eva nickte.

»Suchen Sie Kerzen, Zündhölzer und eine Taschenlampe«, forderte Beth sie auf. »Wenn's Ihnen zu unheimlich wird, gehen Sie in den Keller. Okay?«

Eva nickte erneut und trat an einen Küchenschrank, um Kerzen zu holen.

Beth überlegte einen Augenblick. »Wohin ist er bei diesem Wetter unterwegs?« fragte sie.

»Er müßte auf dem Weingut sein und sein möglichstes tun, um seinen Besitz zu retten«, antwortete ich. »Aber mit seinem Boot kann er dort nicht hinfahren.« Ich fragte Eva: »Haben Sie gesehen, wie er zum Boot gegangen ist?«

»Ja, ich sehe, wie er zum Boot gehen.«

»Hat er etwas getragen?« Ich deutete pantomimisch an, was ich meinte. »In seinen Händen?«

»Ja.«

»Was?«

Sie gab keine Antwort.

»Was hat er getragen?« fragte Beth.

»Waffe.«

»Eine Schußwaffe?«

»Ja. Große Waffe. Lange Waffe.«

»Ein Gewehr?« Beth tat so, als lege sie ein Gewehr an.

»Ja, Gewehr.« Sie hielt zwei Finger hoch. »Zwei.«

Beth und ich sahen einander an.

»Und um zu graben«, fügte Eva hinzu. Diesmal war sie mit einer kleinen Pantomime an der Reihe. Sie machte eine Schaufelbewegung. »Graben.«

»Eine Schaufel?«

»Ja, Schaufel. Aus der Garage.«

Beth sah mich fragend an. »Was hältst du davon?«

»Nun, ich glaube nicht, daß Fredric Tobin mit zwei Gewehren und einer Schaufel einen Angelausflug macht«, antwortete ich. Dann fragte ich Eva: »Schlüssel? Wo sind die Schlüssel?«

Sie führte uns zu einem Wandtelefon, neben dem ein kleiner Schlüsselschrank hing. Als zwanghafter Pedant hatte Tobin sämtliche Schlüssel mit Anhängern versehen. Ich sah, daß der Zündschlüssel seines Kabinenkreuzers fehlte, aber der für das Formula 303 hing noch da.

Während ich über den nächsten unüberlegten Schritt nachdachte, sagte Eva plötzlich: »Unten. Unten im Keller.«

Wir sahen sie beide an. Sie deutete auf die aus der Küche in den Keller führende Tür. »Er gehen runter. Irgendwas dort unten.«

Beth und ich wechselten einen Blick.

Mr. Tobin war offenbar nicht Arbeitgeber des Jahres, und Eva nutzte bereitwillig die Gelegenheit, ihn zu verpfeifen. Aber ich sah ihren ängstlichen Blick und wußte, daß sie nicht nur vor dem Hurrikan Angst hatte. Tobin hätte bestimmt auch sie ermordet, wenn es nicht so unbequem gewesen wäre, eine Leiche auf dem Grundstück zu haben.

Ich ging zur Kellertür, versuchte den Knauf zu drehen und stellte fest, daß die Tür zugesperrt war. Ich holte meine Axt und stellte mich in Positur.

»Halt!« sagte Beth. »Dafür bräuchten wir einen dringenden Tatverdacht.«

Ich wandte mich an Eva. »Erteilen Sie uns Ihre Einwilligung zu einer sofortigen Durchsuchung?«

»Bitte?«

»Danke.« Ich holte mit der Axt aus, traf den Türknauf und trieb ihn mit einem Schlag durchs Holz. Als ich die Tür öffnete, war dahinter eine schmale, dunkle Kellertreppe zu sehen. Ich nickte Beth zu. »Du kannst jederzeit gehen«, erklärte ich ihr.

Beth schien endlich zu dämmern, daß wir schon so tief in der Scheiße steckten, daß es auf die paar Gesetze, gegen die wir noch nicht verstoßen hatten, nicht mehr ankam. Sie ließ sich von Eva eine Taschenlampe geben und drückte sie mir in die Hand. »Du gehst voraus, Held. Ich gebe dir Rückendeckung.«

»Okay.« Mit der Taschenlampe in der einen Hand und der Axt in der anderen stieg ich die Treppe hinunter. Beth zog ihre 9-mm-Pistole und folgte mir.

Der alte Keller mit der Decke aus Eichenbohlen war kaum zwei Meter hoch. Auf den ersten Blick schien hier unten nur ein Heizkessel mit Warmwasserboiler zu stehen. Ich konnte mir nicht vorstellen, worauf Eva uns hatte aufmerksam machen wollen.

Dann fiel der Lichtstrahl meiner Taschenlampe auf die unverputzte Ziegelwand, die den hinteren Teil des Kellers abtrennte. Mitten in dieser Trennwand prangte eine prachtvoll geschnitzte Eichentür. Meine Taschenlampe ließ ein blankgeputztes Messingschild mit der Aufschrift *Seiner Lordschaft Privatweinkeller* aufblitzen.

Da seine Lordschaft keinen Sinn für Humor besaß, vermutete ich, daß das Schild ein Geschenk einer Bewunderin war, vielleicht sogar von Emma.

»Sollen wir hineingehen?« flüsterte Beth.

»Nur wenn die Tür unversperrt ist«, antwortete ich. »Das besagen die Vorschriften für Durchsuchungen und Beschlagnahmungen.« Ich gab ihr die Taschenlampe, drückte die massive Messingklinke nach unten, und siehe da, die Tür war abgesperrt. »Sie ist nicht abgeschlossen, sie klemmt nur.« Diesmal waren meh-rere Axthiebe notwendig, bis die Eichentür nach innen aufschwang.

Beth hatte die Taschenlampe ausgeschaltet, sobald sich die Tür öffnete. Mit schußbereiten Pistolen standen wir rechts und links an der Ziegelwand.

»Polizei!« rief ich. »Hände hoch und rauskommen!«

Keine Antwort.

Ich warf meine Axt durch die Tür und hörte sie metallisch klirrend aufschlagen. Aber niemand schoß darauf.

»Du gehst vor«, flüsterte ich Beth zu. »Mich hat's dieses Jahr schon erwischt.«

»Danke«, sagte Beth ebenso leise. »Ich gehe nach rechts.« Sie verschwand rasch durch die Tür, und ich folgte ihr. Ich machte einige Schritte nach links, und wir blieben mit schußbereiten Waffen stehen.

Ich konnte nichts erkennen, aber der Raum war kühler und vielleicht auch trockener als der vordere Keller. »Polizei!« rief ich wieder. »Hände hoch!«

Wir warteten ungefähr eine halbe Minute lang, dann schaltete Beth die Taschenlampe ein, deren Lichtstrahl auf Weinregale fiel. Sie bewegte ihn langsam weiter. In der Mitte des Raums stand ein Tisch mit zwei Kerzenleuchtern. Ich sah Streichhölzer auf dem Tisch liegen und zündete die zehn Kerzen an, deren flackernder Schein den Weinkeller beleuchtete und von den Flaschen zurückgeworfen wurde.

Wie in einem Weinkeller zu erwarten war, standen überall an den Wänden hölzerne Flaschenregale, aber auch stapelweise Weinkisten und -kartons, die zum Teil geöffnet waren, und auf niedrigen Gestellen lagen sechs Weinfässer mit eingesetzten Zapfhähnen. An den Wänden waren hinter Plexiglas geschützt Kühlschlangen montiert. Die Decke des Raums schien mit Zedernholz verkleidet, und der Fußboden bestand aus sorgfältig verfugten Natursteinplatten. »Meine zwei Flaschen Wein stehen im Küchenschrank«, erklärte ich Beth.

Sie nahm mir die Taschenlampe aus der Hand und beleuchtete damit die staubigen Flaschen in einem der Regale. »Französische Weine edler Jahrgänge«, sagte sie.

»Seine eigenen Weine lagert er wahrscheinlich in der Garage«, vermutete ich.

Beth richtete die Taschenlampe auf die an der Kellerwand gestapelten Weinkartons. »Hier stehen die eigenen Sorten«, stellte sie fest. »Und auf den Fässern kleben seine Etiketten.«

»Okay.«

Wir sahen uns weiter um und inspizierten eine altmodische Kredenz mit Gläsern, Korkenziehern, Servietten und so weiter. An den Wänden verteilt hingen Thermometer, die alle etwa sechzehn Grad Celsius anzeigten.

Schließlich fragte ich: »Warum hat Eva uns hier runtergeschickt?«

Beth zuckte mit den Schultern.

Ich sah Beth im Kerzenschein an. Beth sah mich an. »Vielleicht sollten wir uns die Weinkisten und -kartons ansehen«, meinte sie.

»Gute Idee.«

Wir machten uns daran, die Holzkisten und Pappkartons umzustapeln. Dabei rissen wir einige Kartons auf, aber sie enthielten nur Weinflaschen. »Was suchen wir überhaupt?« fragte Beth schließlich.

»Keine Ahnung. Jedenfalls keinen Wein.«

In einer Kellerecke waren Kartons mit *Autumn Gold* von Tobin Vineyards aufgestapelt. Ich stellte mich davor und fing an, sie achtlos in den Raum zwischen zwei Weinregalen zu werfen. Erst klirrten zerbrochene Flaschen, dann breitete sich süßlicher Weingeruch aus.

»Du brauchst keinen guten Wein zu verschütten«, sagte Beth tadelnd. »Gib mir die Kartons, dann stelle ich sie weg.«

Ich schenkte ihr keine Beachtung. »Vorsicht!«

Als ich die vorletzte Lage Kartons in Angriff nahm, entdeckte ich dahinter etwas, was nicht nach Wein aussah. Es handelte sich um eine Aluminiumkiste. Im Kerzenschein starrte ich sie an.

Beth trat neben mich und richtete die Taschenlampe auf das

silberfarbene Metall. »Die Aluminiumkiste aus dem Boot der Gordons?«

»Sieht ihr verdammt ähnlich. Aber das ist eine handelsübliche Box, und falls sie ihre Fingerabdrücke trägt, was ich sehr bezweifle, läßt sich das nie mehr feststellen. Aber ich glaube, daß das die Kiste ist, die nach allgemeiner Überzeugung Milzbranderreger und Trockeneis enthalten hat.«

»Und vielleicht noch enthält.« Nachdenklich fügte Beth hinzu: »Restlos überzeugt bin ich von der Sache mit dem Piratenschatz noch nicht.«

»Na, hoffentlich finden die Spurensicherer auf diesem gebürsteten Aluminium ein paar Fingerabdrücke«, sagte ich, bevor ich mich abwandte, um zur Tür zu gehen.

»Augenblick! Willst du sie nicht ... ich meine ...«

»Diese Kiste öffnen? Bist du verrückt? Uns an Beweismaterial zu schaffen machen? Wir dürften überhaupt nicht hier unten sein. Wir haben keinen Durchsuchungsbefehl ...«

»Red keinen Scheiß!«

»Hey, seit wann ...?«

»Mach die verdammte Kiste auf! Nein, ich mache sie selbst auf. Hier, halt mal.« Sie drückte mir die Taschenlampe in die Hand, holte sich eine Serviette, faßte den Metalldeckel damit an und hob ihn hoch.

Ich hielt den Lichtstrahl auf die Kiste gerichtet. Wahrscheinlich hatten wir erwartet, Gold und Juwelen zu sehen, aber bevor der Deckel ganz geöffnet war, grinste uns ein Totenschädel entgegen. Beth stieß einen entsetzten Schrei aus, wich zurück und ließ den Deckel zufallen. Nachdem sie wieder zu Atem gekommen war, zeigte sie auf die Aluminiumkiste und fragte: »Hast du das gesehen?«

»Yeah. Der Kerl ist tot.«

»Wieso ...? Warum ...?«

Ich hockte mich vor die Kiste und verlangte: »Serviette.« Beth gab sie mir, und ich öffnete den Deckel. Sobald die Taschenlampe das Innere der großen Kiste beleuchtete, war zu sehen, daß sie außer dem Totenschädel auch einige Knochen enthielt. In den beiden Augenhöhlen des Totenschädels lagen zwei dick mit Grünspan überzogene Kupfermünzen.

Beth, die neben mir kauerte, hielt sich mit einer Hand an meiner Schulter fest. Sie schien ihren ursprünglichen Schock überwunden zu haben, denn sie meinte nüchtern: »Das sind Teile eines menschlichen Skeletts – ein Kind.«

»Nein, ein kleiner Erwachsener. Die Menschen sind damals viel kleiner gewesen. Hast du mal ein Bett aus dem siebzehnten Jahrhundert gesehen? Ich habe mal in einem geschlafen.«

»Großer Gott … Was hat das Skelett zu bedeuten …? Und was ist dieses andere Zeug …?«

Ich griff in die Kiste, holte etwas heraus, das sich unangenehm anfühlte, und hielt es ins Licht unserer Taschenlampe. »Verfaultes Holz.« Ich sah jetzt unter den Knochen weitere Holzteile liegen. Bei näherer Untersuchung fand ich einen mit Grünspan überzogenen Messingbeschlag, fast durchgerostete Eisennägel und einen verrotteten Stoffetzen. Die Knochen war rötlichbraun verfärbt, und die stellenweise noch an ihnen haftende Tonerde ließ darauf schließen, daß sie nicht in einem Sarg beigesetzt worden waren, sondern sehr lange im Erdboden gelegen hatten.

Meine weitere Suche beförderte ein verrostetes Vorhängeschloß und vier Goldmünzen zutage, die ich Beth überreichte.

Ich stand auf und wischte mir die Hände an der Serviette ab. »Captain Kidds Schatz.«

Sie starrte die vier Münzen in ihrer Hand an. »*Das* hier?«

»Ein winziger Teil davon. Was wir hier sehen, sind Bruchstücke der Schatzkiste – vermutlich des aufgebrochenen Deckels. Die Kiste ist mit Segeltuch ausgeschlagen gewesen, das in dreihundert Jahren natürlich verrottet ist.«

Beth zeigte auf den Schädel und fragte: »Wer war *das*?«

»Vermutlich der Schatzwächter. Manchmal ist ein zum Tode Verurteilter, ein Eingeborener, ein Sklave oder sonst irgendein armer Kerl ermordet und in eine Grube geworfen worden. Der Geist des Toten sollte jeden vertreiben, der versuchte, sein Grab zu öffnen.«

»Woher weißt du das?«

»Ich hab's irgendwo gelesen«, erklärte ich und fügte hinzu: »Und nicht Abergläubische, die trotzdem weiter gegraben hätten, wären zuerst auf eine Leiche gestoßen und hätten vielleicht geglaubt, nur ein Grab entdeckt zu haben. Clever, was?«

»Ich glaube schon. *Mich* würd's jedenfalls davon abhalten weiterzugraben.«

Wir standen beide nachdenklich vor der Aluminiumkiste. Ihr Inhalt roch nicht allzu gut, deshalb klappte ich den Deckel zu. »Wahrscheinlich wäre das alles später mitsamt dem gefundenen Schatz ausgestellt worden«, meinte ich.

Sie starrte wieder die vier Goldmünzen auf ihrer Handfläche an. »Aber wo *ist* der Schatz?«

»Könnten Knochen reden, würde er's uns bestimmt sagen.«

»Warum hat er Münzen auf den Augen?«

»Das ist auch irgendein Aberglaube.«

Beth sah mich an. »Okay, du hast recht gehabt. Ich gratuliere dir zu einem bemerkenswerten Erfolg.«

»Danke«, sagte ich. »Komm, ich brauche frische Luft.«

33. Kapitel

Wir gingen nach oben. Ich sah, daß Eva nicht mehr in der Küche war. »Was wir entdeckt haben, reicht vielleicht für einen Durchsuchungsbefehl aus«, meinte Beth.

»Nein, damit bekommst du keinen ausgestellt. Was wir hier gefunden haben, hängt höchstens indirekt mit den Morden zusammen. Und auch das nur, wenn du an meine Theorie glaubst. Vergiß nicht, daß drei potentielle Zeugen tot sind.«

»Okay… aber ich habe hier menschliche Überreste«, sagte Beth. »Das ist doch schon mal ein Anfang.«

»Genau. Das ist einen Anruf wert. Aber sag lieber nicht, daß die Knochen wahrscheinlich dreihundert Jahre alt sind.«

Sie nahm den Hörer des Wandtelefons ab. »Gestört«, stellte sie fest.

»Versuch's mit meinem Handy.«

Beth lief hinaus und setzte sich in den Jeep. Ich sah, wie sie eine Nummer wählte und mit jemandem sprach.

Ich machte einen Rundgang durchs Erdgeschoß. Das Haus war mit erstklassigen englischen Antiquitäten aus der Mitte des vorigen Jahrhunderts eingerichtet, die aber vielleicht nur gute Imitationen waren. Der springende Punkt war, daß Fredric Tobin es verstand, sich mit geschmackvollen Dingen zu umgeben. Im Wohnzimmer stand eine wunderschöne alte Kirschbaumvitrine mit Scheiben aus gewölbtem und geschliffenem Glas, in der kostbare kleine *Objets d'art* ausgestellt waren. Ich stieß sie um und hörte ein lautes Scheppern, dem ein zartes Klirren folgte. Ich liebe dieses Geräusch. Meine Vorfahren müssen Hunnen, Vandalen oder etwas in dieser Art gewesen sein.

Über dem Sims des Marmorkamins waren Haken für zwei Gewehre in die Wand eingelassen. Beide Waffen fehlten jedoch. Eva erwies sich als verläßliche Zeugin.

Ich ging in die Küche zurück und sah aus dem Fenster. Die stürmische See ging hoch, war aber vielleicht noch nicht unbefahrbar. Trotzdem konnte ich mir nicht vorstellen, weshalb Fredric Tobin bei diesem Wetter dort draußen unterwegs war. In Wirklichkeit konnte ich mir sehr wohl einen Grund vorstellen. Ich mußte nur noch ein bißchen darüber nachdenken.

Beth kam zurück. Ihre Seglerjacke triefte nach dem kurzen Spurt zwischen Wagen und Haus vor Nässe. »Ein Spurensicherungsteam ist bei den Murphys, ein weiteres bei ... *am* anderen Tatort«, berichtete sie. »Übrigens bin ich als Leiterin der Ermittlungen im Fall Gordon abgelöst worden.«

»Pech. Aber laß dir deshalb keine grauen Haare wachsen. Du hast den Fall bereits gelöst.«

»Du hast ihn gelöst.«

»Aber *du* mußt alles beweisen. Das ist kein Job, um den ich dich beneide. Tobin kann dich erledigen, Beth, wenn du nicht vorsichtig bist.«

»Ja, ich weiß ...« Sie sah auf ihre Armbanduhr. »Zwanzig vor sechs. Spurensicherer und Ermittler sind bereits unterwegs, aber bei diesem Sturm werden sie nicht so schnell dasein. Außerdem versuchen sie, einen Durchsuchungsbefehl zu bekommen, bevor sie hier eindringen. Ich glaube, wir sollten draußen auf sie warten.«

»Wie erklärst du, daß wir bereits im Haus gewesen sind?«

»Eva hat uns aufgemacht. Sie hat Angst gehabt – sich in Gefahr gefühlt. Das kriege ich schon hin. Du brauchst dir keine Sorgen zu machen. Ich sage, daß ich im Keller gewesen bin, um nach der Hauptsicherung zu sehen.«

Ich grinste. »Du verstehst's immer besser, dir den Rücken freizuhalten. Du verbringst anscheinend zu viel Zeit mit Straßencops.«

»Du bist mir etwas Rückendeckung schuldig, John. Du hast gegen sämtliche Vorschriften verstoßen, die man sich denken kann.«

»Ich habe kaum richtig angefangen.«

»Und ab sofort ist Schluß damit!«

»Beth, der Kerl hat drei Menschen, die ich gern gehabt habe, und ein unschuldiges altes Ehepaar ermordet. Die letzten drei

Menschen wären noch am Leben, wenn ich schneller gedacht und energischer gehandelt hätte.«

Sie legte mir die Hand auf die Schulter. »Du darfst dir deswegen keine Vorwürfe machen. Für die Sicherheit der Murphys ist die Polizei verantwortlich gewesen… Und was Emma betrifft… also, ich weiß, daß *ich* nie auf die Idee gekommen wäre, sie könnte in Gefahr sein…«

»Ich möchte nicht darüber reden.«

»Das verstehe ich. Hör zu, du brauchst nicht mit den County Cops zu reden, wenn sie kommen. Fahr einfach weg und überlaß das mir.«

»Gute Idee.« Ich warf ihr meine Autoschlüssel zu und sagte: »Wir sehen uns später.«

»Wohin willst du ohne deine Schlüssel?«

»Ich mache eine Bootsfahrt.« Ich nahm den Motorbootschlüssel vom Haken.

»Bist du übergeschnappt?«

»Darüber beraten die Geschworenen noch. Also bis später.« Ich ging in Richtung Tür.

Beth hielt mich am Arm fest. »Nein, John! Das ist zu gefährlich. Wir fassen Fredric Tobin auf jeden Fall.«

»Ich will ihn jetzt – mit frischem Blut an den Händen.«

»Nein.« Sie umklammerte meinen Arm. »John, du weißt nicht mal, wohin er gefahren ist.«

»Es gibt nur einen Ort, den er bei solchem Wetter mit dem Boot ansteuern würde.«

»Und der wäre?«

»Das weißt du selbst – Plum Island.«

»Aber weshalb?«

»Ich glaube, daß der Schatz noch dort liegt.«

»Woher willst du das wissen?«

»Das vermute ich nur. Ciao.« Ich machte mich los und verschwand hastig nach draußen.

Dann arbeitete ich mich über den Rasen in Richtung Bootssteg vor. Der Wind heulte furchterregend und ließ nicht weit von mir entfernt einen Riesenast zu Boden krachen. Inzwischen war es fast dunkel, was mir nur recht war, weil ich gar nicht sehen wollte, wie das Meer aussah.

Ich mußte mich am Geländer des Stegs festhalten, um nicht ins Wasser geweht zu werden, und erreichte endlich das Bootshaus, das laut ächzte und knarrte. Im Halbdunkel sah ich das Formula 303 an seinem Platz liegen, aber der Whaler war verschwunden. Ich fragte mich, ob das kleine Ruderboot sich losgerissen hatte. Oder schleppte Tobin es als Rettungsboot hinter seinem Chris-Craft her, oder wollte er damit auf Plum Island an Land gehen?

Ich starrte das Rennboot an, das vom Seegang immer wieder gegen die Gummifender des schwimmenden Stegs geworfen wurde. Begreiflicherweise zögerte ich noch, bemühte mich, vernünftig zu denken, und sagte mir, daß es überflüssig war, sich in Gefahr zu begeben. Tobin war auf jeden Fall erledigt. Nun ... vielleicht auch nicht. Vielleicht mußte ich ihn erledigen, bevor er sich Anwälte nahm, sich Alibis verschaffte und den Empörten spielte, weil ich seine gesetzlich verankerten Rechte verletzt hatte. Tote können niemanden verklagen.

Ich starrte das Formula 303 an und glaubte im Halbdunkel plötzlich Tom und Judy an Bord zu sehen, die mir lächelnd bedeuteten, ich solle zu ihnen einsteigen. Im nächsten Augenblick hatte ich Emma vor mir, wie sie in der Bay schwamm und mich anlächelte. Und dann sah ich Tobins Gesicht, als er auf seiner Party mit ihr sprach und bereits wußte, daß er sie ermorden würde ...

Abgesehen davon, daß Fredric Tobin als mehrfacher Mörder dringend gefaßt werden mußte, erkannte ich, daß es für mich selbst nur eine Möglichkeit gab, diesen Fall zu Ende zu bringen: Ich mußte Tobin selbst festnehmen, und wenn ich ihn festgenommen hatte ... nun, darüber würde ich nachdenken, wenn es soweit war.

Im nächsten Augenblick sprang ich bereits vom Steg in das Rennboot.

Ich hatte Mühe, auf seinem schwankenden Deck das Gleichgewicht zu halten, als ich mich zu dem Sitz vorarbeitete, der für den Captain bestimmt war.

Dann stand ich vor dem ersten Problem: Ich mußte das Zündschloß finden und entdeckte es schließlich neben dem Gashebel. Als ich mich zu erinnern versuchte, was ich bei den Gordons gesehen hatte, fiel mir ein, daß Tom mir einmal eine bedruckte

Kunststoffkarte mit dem Titel *Plötzlich sind Sie Kapitän* gegeben und mich aufgefordert hatte, den Text zu lesen. Ich hatte ihn damals gelesen und war zu dem Schluß gekommen, nie plötzlich Kapitän sein zu wollen. Aber jetzt war es soweit. Ich rief mir den Text ins Gedächtnis zurück.

Beide Ganghebel auf N stellen, Zündschlüssel hineinstecken, bis zum Anschlag nach rechts drehen und … was nun …? Natürlich! Ich sah die beiden Anlaßknöpfe und drückte auf den rechten. Der Steuerbordmotor drehte durch und sprang an. Als ich auf den zweiten Knopf drückte, sprang auch der Backbordmotor an. Ich spürte, daß sie nicht gleichmäßig liefen, und schob die beiden Gashebel etwas nach vorn. Nun mußten die Motoren einige Minuten warmlaufen, damit sie nicht abstarben, wenn ich Gas gab. Während sie warmliefen, fand ich in dem offenen Handschuhfach ein Messer und kappte damit die beiden Leinen, mit denen das Formula am Steg vertäut war. Gleich die nächste Woge nahm das Rennboot mit und ließ es gegen die Seitenwand des Bootshauses krachen.

Ich schob die Ganghebel nach vorn, hielt das Steuer fest und umfaßte die Gashebel mit der rechten Hand. Der Bootsbug zeigte aufs Meer hinaus, so daß ich nur Gas zu geben brauchte, um in den Sturm hinauszufahren.

Doch bevor ich den Gashebel betätigen konnte, hörte ich hinter mir ein Geräusch und blickte mich um. Ich erkannte Beth, die schreien mußte, um das Heulen des Sturms, den Wellenschlag und das Motorengeräusch zu übertönen.

»JOHN!«

»Was?«

»Warte! Ich komme!«

»Dann beeil dich!« Ich legte den Rückwärtsgang ein, riß das Steuer herum und schaffte es, das Formula etwas näher an den Steg heranzubringen. »Spring!«

Beth sprang, landete auf dem glitschigen Deck neben mir und fiel hin.

»Alles in Ordnung?«

Sie rappelte sich hoch, verlor jedoch sofort wieder das Gleichgewicht, knallte hin und kam wieder auf die Beine. »Mir fehlt nichts! Fahr schon los!«

»Willst du mit?«

»Los!«

Ich schob beide Gashebel nach vorn, und wir schossen aus dem Bootshaus in den prasselnden Regen hinaus. Im nächsten Augenblick sah ich eine riesige Woge auf uns zukommen, steuerte ihr entgegen und schaffte es, sie mit dem Bug voraus zu nehmen. Das Boot wurde hochgehoben, hing sekundenlang auf dem Wellenkamm und tauchte dann mit dem Bug tief in die schäumende See. Der Bug richtete sich wieder auf, das Heck tauchte ins Wasser, die Schiffsschrauben griffen, und wir waren unterwegs – aber leider in die falsche Richtung. Ich wendete und nahm Kurs nach Osten. Als wir am Bootshaus vorbeifuhren, hörte ich ein lautes Knacken und sah das ganze Gebäude in die tosende See kippen. »Du lieber Himmel!«

Beth mußte schreien, um den Sturm zu übertönen. »Verstehst du überhaupt was von Booten?«

»Klar. Ich hab' mal 'nen Schnellkurs mitgemacht.«

»Für Boote?«

»Ich glaube schon.« Wir wechselten einen Blick, dann sagte ich: »Danke, daß du mitgekommen bist.«

»Fahr zu!«

Ich ließ die Motoren mit halber Kraft arbeiten, damit das Boot im Sturm manövrierfähig blieb. Allerdings schienen wir die Hälfte der Zeit über dem Wasser zu sein. Wir flogen über die Wellen, bohrten uns in heranrollende Wogen, in denen die Schrauben wieder griffen und uns wie ein Surfbrett in die nächsten Wogen katapultierten. Ich wußte, daß ich in die Wellen hineinsteuern und verhindern mußte, daß eine große Welle uns breitseits traf. Das Formula würde vermutlich nicht sinken, aber mit Sicherheit kentern. Ich hatte schon bei geringeren Windstärken draußen in der Bay gekenterte Boote gesehen.

»Weißt du, wie man navigiert?« rief Beth mir zu.

»Klar. Rückkehr rot rechts.«

»Was soll das heißen?«

»Bei der Rückkehr in den Hafen behält man die roten Tonnen rechts neben sich.«

»Wir kehren nicht in den Hafen zurück. Wir laufen aus.«

»Okay… dann mußt du auf grüne Tonnen achten.«

»Ich sehe überhaupt keine Tonnen!« rief sie.

»Ich auch nicht. Ich bleibe einfach auf der rechten Seite des weißen Doppelstrichs. Da kann nichts schiefgehen.«

Kein Kommentar von Beth.

Wir waren jetzt schon ziemlich weit draußen in der Peconic Bay, und das Boot klatschte immer wieder mit solcher Gewalt ins Wasser, daß mir die Zähne klapperten, wenn ich sie nicht zusammenbiß. Die Sicht durch die Windschutzscheibe war so schlecht, daß ich aufstand, mich mit meinem Hintern gegen den Sitz stemmte und über die Scheibe hinwegsah, während ich mit der rechten Hand steuerte und mich mit der linken am Handgriff des Armaturenbretts festhielt. Das viele Salzwasser, das ich schon geschluckt hatte, trieb meinen Blutdruck in ungeahnte Höhen, und das Salz brannte in meinen Augen. Ich sah zu Beth hinüber und bemerkte, daß sie sich ebenfalls die Augen rieb.

Rechts voraus wurde plötzlich eine im Meer treibende gekenterte Segeljacht sichtbar. »Großer Gott …«

»Brauchen die Hilfe?« fragte Beth.

»Ich sehe niemand.«

Ich manövrierte dichter an die Jacht heran, aber es war niemand zu sehen, der sich an die Masten oder die Takelage klammerte. Ich fand den Signalknopf am Armaturenbrett und gab mehrere Hupsignale, ohne irgendein Lebenszeichen wahrzunehmen. »Vielleicht sind sie in die Rettungsinsel umgestiegen«, sagte ich zu Beth.

Sie gab keine Antwort.

Wir fuhren weiter. Durch den Regen sah ich ungefähr zweihundert Meter zur Linken den Strand, und rechts voraus war undeutlich Shelter Island zu erkennen. Ich wußte, daß die See etwas ruhiger werden würde, sobald wir das Wasser im Windschatten der Insel erreichten. »Ich kann dich auf Shelter Island absetzen«, schlug ich Beth vor.

»Du kannst das verdammte Boot steuern und endlich aufhören, dir Sorgen wegen der schwachen kleinen Beth zu machen.«

»Ja, Ma'am.«

In netterem Tonfall fügte sie hinzu: »Das ist nicht mein erster Sturm auf See, John. Ich weiß, wann ich in Panik geraten muß.«

»Gut. Sag mir, wann.«

»Bald«, antwortete sie. »Aber zuerst gehe ich in die Kabine runter, um Schwimmwesten zu holen und nachzusehen, ob ich bequemere Sachen für mich finden kann.«

»Gute Idee. Spül dir bei der Gelegenheit das Salz aus den Augen. Und sieh nach, ob du eine Seekarte findest.«

Beth verschwand in der Kabine. Ich blieb stehen, steuerte das Formula 303 mit der rechten Hand und hielt mich jetzt mit der linken am Metallrahmen der Windschutzscheibe fest. Ich starrte in den prasselnden Regen hinaus und suchte die schäumende See nach einem weiteren Boot ab – genauer gesagt nach einem Chris-Craft –, aber die Sicht war so schlecht, daß ich kaum den Strand oder die Kimm ausmachen konnte, von einem anderen Boot ganz zu schweigen.

Zu meiner eigenen Verblüffung machte die wilde Fahrt mir allmählich sogar Spaß: das Bewegen der Gashebel, um die Leistung zu verändern, die Vibrationen der starken Motoren, das Steuerrad in meiner Hand. Plötzlich war ich der Kapitän. Ich hatte zu lange auf Onkel Harrys Veranda herumgesessen.

Beth kam wieder herauf und brachte mir eine Schwimmweste mit. »Zieh sie an!« forderte sie mich auf. »Ich übernehme solange das Steuer.« Sie blieb stehen und steuerte, während ich die Schwimmweste anlegte. Ich sah, daß sie sich ein Fernglas um den Hals gehängt hatte. Außerdem trug sie jetzt Jeans und Bootsschuhe und dazu eine orangerote Schwimmweste über ihrer gelben Seglerjacke. »Trägst du etwa Fredrics Klamotten?« fragte ich.

»Hoffentlich nicht. Die gehören Sondra Wells, glaube ich. Ein bißchen eng. Ich habe eine Seekarte auf den Tisch gelegt, falls du sie dir ansehen willst.«

»Kannst du Seekarten lesen?« fragte ich.

»Nicht sehr gut. Und du?«

»Kein Problem. Blau ist Wasser, braun ist Land. Ich sehe sie mir später an.«

»Ich habe mich nach einem Funkgerät umgesehen«, berichtete sie, »aber in der Kabine ist keines.«

»Hier oben auch nicht.«

»Unten steht ein Ladegerät für ein Handy – nur leider ohne Telefon.«

»Wir sind also von der Außenwelt abgeschnitten«, bemerkte ich.

»Richtig. Wir können nicht mal SOS senden.«

»Nun, das haben die Leute auf der *Mayflower* auch nicht gekonnt. Mach dir deswegen keine Sorgen.«

Beth ging nicht darauf ein und fuhr fort: »Ich habe eine Leuchtpistole gefunden.« Sie klopfte auf die große Seitentasche ihrer Seglerjacke.

Obwohl ich bezweifelte, daß jemand bei diesem Wetter ein Leuchtsignal sehen würde, sagte ich: »Gut. Vielleicht können wir sie später gebrauchen.«

Ich übernahm wieder das Steuer, und Beth setzte sich neben mich auf die oberste Stufe des Niedergangs. Da wir uns im Sturm nur schreiend verständigen konnten, machten wir eine Pause und fuhren eine Zeitlang schweigend weiter. Wir waren beide klatschnaß, und wir hatten Angst. Aber vielleicht etwas weniger als vorher, weil wir inzwischen erkannt hatten, daß nicht zu befürchten war, daß die nächste Welle unser Boot versenken würde.

Nach ungefähr zehn Minuten stand Beth auf und stellte sich neben mich, um nicht wieder schreien zu müssen. »Glaubst du wirklich, daß er nach Plum Island unterwegs ist?« fragte sie.

»Ja.«

»Warum?«

»Um sich den Schatz zu holen.«

»Bei diesem Sturm patrouillieren weder Stevens' Boote noch die Hubschrauber der Küstenwache«, meinte sie.

»Richtig. Und die Straßen sind unpassierbar, so daß keine Fahrzeugstreifen unterwegs sind.«

»Stimmt ...« Dann fragte sie: »Warum hat Tobin nicht gewartet, bis der ganze Schatz geborgen war, um die Gordons zu erschießen?«

»Schwer zu sagen. Vielleicht haben sie ihn dabei ertappt, als er ihr Haus durchsuchte. Bestimmt hätte erst der ganze Schatz gehoben werden sollen, aber irgendwas muß schiefgegangen sein.«

»Deshalb muß er den Schatz jetzt selbst heben. Weiß er, wo er liegt?«

»Vermutlich, sonst würde er nicht hinfahren«, antwortete ich. »Emma hat mir erzählt, daß Tobin einmal mit der Peconic Historical Society auf der Insel gewesen ist. Bei dieser Gelegenheit hat er sich natürlich von Tom oder Judy zeigen lassen, wo der Schatz liegt – bestimmt an einem der Grabungsorte der Gordons. Tobin ist von Natur aus mißtrauisch, und ich nehme an, daß die Gordons ihn nicht besonders gemocht und ihm erst recht nicht getraut haben. Sie haben einander nur benutzt.«

»Zwischen Dieben gibt's immer Streit«, meinte Beth.

Ich wollte sagen, Tom und Judy seien keine Diebe gewesen, aber das konnte ich nicht behaupten. Und als sie die Trennlinie zwischen ehrlichen Bürgern und Straftätern überschritten hatten, war ihr Schicksal so gut wie besiegelt gewesen. Ich bin kein Moralprediger, aber das erlebe ich in meinem Beruf fast täglich.

Wir waren vom Schreien und vom Salzwasser so heiser, daß wir wieder schwiegen.

Wir hielten auf den Korridor zwischen der Südküste der North Fork und Shelter Island zu, aber die See schien an der Einfahrt zu diesem Korridor noch aufgewühlter. Eine riesige Woge tauchte scheinbar aus dem Nichts auf und hing einen Augenblick wie eine riesige Wand über uns. Beth sah sie und schrie laut auf. Tosend brach die Wand auf uns herab, und ich hatte das Gefühl, unter einem Salzwasserfall zu stehen.

Ich fand mich liegend wieder. Dann schwemmte mich ein reißender Strom den Niedergang hinunter, und ich landete unten auf Beth. Wir rappelten uns beide auf, und ich arbeitete mich wieder die Stufen hinauf. Das Boot trieb steuerlos in der tobenden See. Ich bekam das Steuerrad zu fassen, rutschte auf den Sitz und konnte unseren Bug gerade noch der nächsten Monsterwoge entgegendrehen. Als sie uns hochhob, hatte ich das unheimliche Gefühl, etwa drei Meter über dem Meeresspiegel zu schweben.

Als ich mich jetzt nach Beth umsah, war sie wider Erwarten nicht auf den Stufen des Niedergangs zu sehen. Ich schrie: »Beth!«

»Hier!« antwortete sie aus der Kabine. »Komme gleich!«

Als sie auf allen vieren die Stufen heraufkroch, sah ich, daß sie an der Stirn blutete. »Alles in Ordnung?« fragte ich.

»Ja ... ich bin nur ein bißchen herumgeflogen. Mein Hintern tut weh.« Sie versuchte zu lachen, aber es klang eher wie ein Schluchzen. »Was wir hier machen, ist wirklich verrückt.«

»Geh wieder nach unten. Mix dir einen Martini – gerührt, nicht geschüttelt.«

»Dein idiotischer Sinn für Humor scheint zur Situation zu passen. Die Kabine steht knöcheltief unter Wasser, und ich höre die Pumpen arbeiten. Kannst du darüber auch einen Witz reißen?«

»Augenblick ... mal sehen ... was du hörst, ist nicht die Pumpe, das ist Sondra Wells' Vibrator, der unter Wasser surrt. Wie gefällt dir der?«

»Gleich springe ich!« Besorgt fragte sie: »Glaubst du, daß die Pumpen mit dem Wasser fertig werden?«

»Ich denke schon. Hängt davon ab, wieviel Wasser wir noch mitnehmen.« Ich hatte in der Tat schon gemerkt, daß das Boot wegen des zusätzlichen Wassers schwerfälliger reagierte.

Ich legte den Kopf in den Nacken, damit der Regen mir das Salz von Gesicht und Augen spülen konnte. Und da ich ohnehin zum Himmel aufblickte, sagte ich in Gedanken: *Lieber Gott, ich bin am Sonntag morgen in der Kirche gewesen. Hast du mich dort sitzen sehen? In der Methodistenkirche in Cutchogue. Links, ziemlich in der Mitte. Emma? Leg ein gutes Wort für mich ein. Hey, Tom, Judy, Murphys – ich tue das für euch, Leute. In dreißig bis vierzig Jahren könnt ihr mir persönlich danken.*

»John?«

»Ja?«

»Was siehst du dort oben?«

»Nichts. Der Regen tut mit gut.«

»Soll ich dir von unten Wasser holen?«

»Noch nicht. Bleib einfach hier. Später kannst du mich ablösen, und ich mache eine Pause.«

»Gute Idee.« Nach einer Weile fragte sie: »Machst du dir Sorgen?«

»Nein, ich habe Angst.«

»Ich auch.«

»Zeit, in Panik zu geraten?«

»Noch nicht.«

Ein Blick aufs Armaturenbrett zeigte, daß unser Tank zu etwa einem Achtel gefüllt war. Das bedeutete, daß wir nur noch ungefähr vierzig Liter Treibstoff hatten, die bei dem hohen Verbrauch der mit halber Drehzahl laufenden riesigen MerCruiser-Motoren nicht lange vorhalten würden. Ich fragte mich, ob wir Plum Island damit überhaupt erreichen konnten, und nahm mir vor, die Tankanzeige im Auge zu behalten. »Ist das jetzt ein richtiger Hurrikan?« fragte ich Beth.

»Keine Ahnung, John, und das ist mir auch scheißegal.«

»Ganz meine Meinung.«

»Ich dachte, du hättest nicht viel fürs Meer übrig«, sagte sie.

»Doch, ich mag das Meer. Ich bin nur nicht gern *drin* oder *drauf.*«

»Auf Shelter Island gibt's ein paar Jachthäfen und Buchten. Willst du dort anlegen?«

»Willst du?«

»Ja, aber lieber doch nicht.«

»Ganz meine Meinung«, wiederholte ich.

Dann erreichten wir endlich den Korridor zwischen der North Fork und Shelter Island. Die Einfahrt war ungefähr eine halbe Meile breit, und Shelter Island im Süden war hoch und breit genug, um zumindest etwas Windschutz zu bieten. Der Sturm heulte weniger laut, so daß wir besser reden konnten, und die See ging nicht ganz so hoch.

Beth stand auf und hielt sich mit einer Hand am Griff des Armaturenbretts über dem Niedergang fest. »Was ist deiner Meinung nach an jenem Tag passiert?« fragte sie. »An dem Tag, an dem die Gordons ermordet wurden?«

»Wir wissen, daß sie den Hafen auf Plum Island gegen Mittag verlassen haben«, antwortete ich. »Sie sind so weit aufs Meer hinausgefahren, daß das Patrouillenboot sie nicht mehr ausmachen konnte. Dort haben sie gewartet und die Küste durchs Fernglas beobachtet, bis das Patrouillenboot außer Sicht war. Dann sind sie mit Vollgas zur Insel zurückgebraust. Bis zur nächsten Patrouillenfahrt hatten sie vierzig bis sechzig Minuten Zeit. Das wurde uns auf Plum Island bestätigt. Richtig?«

»Ja, aber ich dachte, wir hätten von Terroristen oder sonstigen Unbefugten gesprochen. Soll das heißen, daß du gleich damals an die Gordons gedacht hast?«

»Irgendwie schon. Ich hatte keine Ahnung, was sie gemacht haben könnten – aber ich wollte wissen, *wie* sie etwas hätten durchziehen können. Einen Diebstahl oder sonst irgendwas.«

Sie nickte. »Bitte weiter.«

»Okay, sie rasen zur Insel zurück und ankern in Strandnähe. Wird ihr vor Anker liegendes Boot von einem Hubschrauber oder Streifenfahrzeug gesichtet, ist das kein großes Problem, weil unterdessen jeder die Gordons und ihr auffälliges Formula 303 kennt. Laut Stevens' Aussage ist es an diesem Tag jedoch nicht gesichtet worden. Richtig?«

»Richtig.«

»Okay, der Montag ist ein schöner, ruhiger Herbsttag. Die Gordons fahren mit ihrem Schlauchboot an Land und verstecken es im Gebüsch. Im Boot haben sie die Aluminiumkiste.«

»Und Schaufeln.«

»Nein, sie haben den Schatz bereits gehoben und an einem leicht zugänglichen Ort versteckt. Aber erst mußten sie jede Menge Vorarbeit leisten: Nachforschungen in Archiven, Grabungen, Kauf von Mrs. Wileys Grundstück und so weiter.«

Beth überlegte einen Augenblick. »Glaubst du, daß die Gordons Tobin um seinen Anteil bringen wollten?«

»Nein, das glaube ich nicht. Die Gordons wären mit ihrer Hälfte des Schatzes abzüglich fünfzig Prozent Steuern zufrieden gewesen. Ihr Geldbedarf war um etliches geringer als der Tobins. Und sie wollten sich als Entdecker von Captain Kidds Schatz feiern lassen. Tobin hatte jedoch ganz andere Bedürfnisse und Absichten. Er wollte seine Partner beseitigen, den ganzen Schatz für sich behalten, den größten Teil heimlich verkaufen und einen kleinen Teil angeblich auf seinem Grundstück finden, um ihn bei Sotheby's versteigern zu lassen – mit großem Medienrummel und einem Mann von der Finanzbehörde im Hinterzimmer.«

Beth griff unter ihre Seglerjacke, brachte die vier Goldstücke zum Vorschein und hielt sie mir unter die Nase. Ich griff nach einem und betrachtete es genauer, während ich weiter das Boot steuerte. Die Münze war etwa so groß wie ein amerikanischer Vierteldollar, aber viel schwerer. Das Gold war überraschend blank, und ich sah auf der Vorderseite einen im Profil abgebildeten Mann und konnte auf der Rückseite einige spanische Worte entziffern. »Scheint eine sogenannte Dublone zu sein.« Ich wollte ihr das Goldstück zurückgeben.

»Behalt es als Glücksbringer«, sagte Beth.

»*Glücksbringer?* Auf das Glück, das es bisher gebracht hat, kann ich verzichten!«

Beth nickte, betrachtete nachdenklich die drei Goldmünzen in ihrer Hand und warf sie über Bord. Ich warf die vierte hinterher.

Das war natürlich eine idiotische Geste, aber wir fühlten uns danach besser. Ich verstand plötzlich den weitverbreiteten Seemannsaberglauben, daß man in Notfällen etwas Wertvolles – oder jemanden – über Bord werfen müsse, um das aufgebrachte Meer zu besänftigen. Jedenfalls fühlten wir uns besser, nachdem wir das Gold über Bord geworfen hatten, und tatsächlich ließen Sturm und Seegang etwas nach, als habe unsere Opfergabe geholfen.

Das Land um uns herum war so schwarz wie Kohlehalden, während über Meer und Himmel ein unheimlicher grauer Schimmer lag. Normalerweise hätten um diese Zeit entlang der Küste Lichter gebrannt, die auf menschliche Behausungen hinwiesen, aber offenbar war überall der Strom ausgefallen, so daß die Küste wie ausgestorben wirkte.

Insgesamt blieb das Wetter grauenhaft – und unser Unterfangen würde wieder lebensgefährlich werden, sobald wir an Shelter Island vorbei waren und in die Gardiners Bay hinausfuhren.

Ich wußte, daß ich meine Positionslichter hätte einschalten sollen, aber hier draußen war nur noch ein weiteres Boot unterwegs, und von dem wollte ich gewiß nicht gesehen werden. Auch Tobin fuhr bestimmt ohne Lichter.

»Die Gordons haben also keine Zeit für eine zweite Fahrt zur Insel hinüber gehabt, bevor das Patrouillenboot zurückgekommen ist«, meinte Beth.

»Genau«, bestätigte ich. »Mit einem Schlauchboot kann man nicht allzuviel transportieren, und sie wollten die Knochen und so weiter während einer zweiten Fahrt nicht unbewacht auf dem Formula zurücklassen.«

Beth nickte, dann sagte sie: »Also haben sie beschlossen, das bisher geborgene Material abzutransportieren und den eigentlichen Schatz bei anderer Gelegenheit zu holen.«

»Richtig – vermutlich noch am selben Abend, weil ihr Boot nur provisorisch festgemacht war. Auf der Rückfahrt sind sie an Tobins Haus in Founders Landing vorbeigekommen. Ich vermute, daß sie in sein Bootshaus gefahren sind, um die Knochen, die verrottete Seekiste und die Goldmünzen dort zu deponieren – sozusagen als Andenken an ihren Fund. Als sie sahen, daß der Whaler fort war, haben sie erraten, wo Tobin sein würde, und sind nach Hause weitergefahren.«

»Wo sie Tobin überrascht haben.«

»Richtig. Er hatte das Haus bereits durchwühlt, um einen Einbruch vorzutäuschen. Und um zu sehen, ob die Gordons ihm etwa einen Teil des Schatzes vorenthalten hatten.«

»Außerdem wollte er kontrollieren, ob es dort Belastungsmaterial gab, das auf seine Verbindung mit ihnen hätte hinweisen können.«

»Genau. Die Gordons legen also an ihrem Steg an, und ich vermute, daß sie dabei die Signalflaggen ›Gefährliche Ladung – brauche Hilfe‹ aufziehen. Die Piratenflagge haben sie bestimmt schon morgens gehißt, um Tobin zu signalisieren, daß dies der entscheidende Tag war. Ruhige See, kein Regen, große Zuversicht, gute Schwingungen und was sonst noch alles.«

»Und als die Gordons anlegen, liegt Tobins Ruderboot ganz in der Nähe im Schilf versteckt.«

»Ja.« Ich dachte kurz nach, dann sagte ich: »Wahrscheinlich erfahren wir nie, was bei dieser Begegnung gesagt wurde, was Tobin in der Kiste vermutet hat und was die Gordons ihm zugetraut haben. Irgendwann erkennen alle drei, daß ihre Partnerschaft beendet ist. Tobin weiß, daß er nie wieder eine so gute Gelegenheit bekommt, seine Partner zu ermorden. Er hebt seine Pistole, betätigt die mitgebrachte Druckluftfanfare und erschießt die Gordons.
Danach öffnet er die Aluminiumkiste und stellt fest, daß sie nicht viel Wertvolles enthält. Er vermutet den Schatz an Bord der *Treponema*, läuft hinunter und durchsucht das Boot. Nun weiß er, daß er die Gänse, die ihm die goldenen Eier legen sollten, umgebracht hat. Aber trotzdem ist noch nicht alles verloren. Er weiß oder bildet sich zumindest ein, daß er den Schatz allein heben kann. Richtig?«

Beth überlegte kurz. »Oder er hat einen Komplizen auf der Insel«, sagte sie.

»Ganz recht. Dann wäre die Ermordung der Gordons keine große Affäre gewesen.«

Wir fuhren weiter Richtung Osten durch den Korridor, der ungefähr vier Meilen lang und an der schmalsten Stelle eine halbe Meile breit war. Inzwischen war es richtig finster – keine Lichter, kein Mond, keine Sterne, nur die pechschwarze See unter fast ebenso schwarzem Himmel. Ich hatte Mühe, die Kanalbojen zu erkennen, ohne die ich völlig desorientiert gewesen wäre und Felsen oder Sandbänke gerammt hätte.

Links von uns sah ich einige wenige Lichter und erkannte, daß wir Greenport passierten, wo offenbar ein paar Notstromaggregate arbeiteten. »Greenport«, erklärte ich Beth.

Sie nickte.

Wir überlegten beide, ob wir nicht in diesen sicheren Hafen einlaufen sollten. Ich stellte mir vor, wie wir in irgendeiner Bar die traditionelle Hurrikanparty mitfeierten – bei Kerzenlicht und ungekühltem Bier.

Irgendwo vor uns lag Dering Harbor, und ich kannte den dortigen Jachthafen, den wir hätten anlaufen können. Greenport und Dering Harbor waren die letzten leicht erreichbaren Häfen vor dem offenen Meer. Ich sah zu Beth hinüber und erklärte ihr: »Sobald wir an Shelter Island vorbei sind, wird's schlimmer.«

»Schlimm ist's jetzt schon.« Sie zuckte mit den Schultern, dann sagte sie: »Komm, wir versuchen's. Umkehren können wir immer noch.«

Ich hielt es für angebracht, Beth über die Sache mit dem Treibstoff aufzuklären. »Wir haben nicht mehr viel Sprit und erreichen irgendwo in der Gardiners Bay den besagten Punkt, an dem es kein Zurück mehr gibt.«

Sie warf einen Blick auf die Treibstoffanzeige. »Mach dir deswegen keine Sorgen«, sagte sie. »Wir kentern vorher.«

»Das klingt wie eine der idiotischen Bemerkungen, die ich sonst immer mache.«

Beth lächelte mir überraschenderweise zu. Sie verschwand nach unten und kam mit einer Flasche Bier zurück. »Gott segne dich, Kind«, sagte ich. Das Boot stampfte so wild, daß ich die Flasche nicht ansetzen konnte, ohne mir die Zähne einzuschlagen. Ich kippte das Bier also in den offenen Mund, wobei ungefähr die Hälfte über mein Gesicht lief.

Beth hatte eine mit Folie überzogene Seekarte mitgebracht, die sie auf dem Armaturenbrett ausbreitete. »Links vor uns haben wir Cleeves Point«, sagte sie, »und rechts voraus liegt Hays Beach Point auf Shelter Island. Danach kommen wir in eine Art Trichter zwischen Montauk Point und Orient Point, wo's wahrscheinlich ganz schön rauh wird.«

»Ist das gut oder schlecht?«

»Hör zu, das ist nicht komisch.«

Ich trank noch einen Schluck Bier – eine teure Importmarke, wie bei Fredric Tobin nicht anders zu erwarten war –, dann sagte ich: »Irgendwie macht's Spaß, sein Boot zu klauen und sein Bier zu trinken.«

»Was hat dir mehr Spaß gemacht«, fragte Beth, »sein Apartment zu verwüsten oder sein Boot zu versenken?«

»Das Boot sinkt nicht.«

»Du solltest mal einen Blick in die Kabine werfen.«

»Das brauche ich nicht – ich spür's an der Ruderwirkung.«

»Guter Ballast«, fügte ich hinzu.

»Du bist plötzlich ein richtiger Seemann geworden.«

»Ich lerne eben schnell.«

»Klar. Mach mal Pause, John. Ich übernehme inzwischen das Steuer.«

»Okay.« Ich nahm die Karte, überließ Beth meinen Platz und ging nach unten.

Die kleine Kabine war fast knöcheltief überflutet, was bedeutete, daß mehr Wasser an Bord kam, als die Pumpen bewältigen konnten. Aber etwas mehr Wasserballast als Ausgleich für die leeren Treibstofftanks konnte wie gesagt nicht schaden. Das Dumme war nur, daß die Motoren nicht mit Wasser liefen.

Ich ging auf die Toilette, spuckte ungefähr einen halben Liter Salzwasser ins WC, wusch mir Gesicht und Hände und trat wieder in die Kabine zurück. Dort setzte ich mich auf eine der Kojen, um die Seekarte zu studieren und das Bier auszutrinken. Meine Arme und Schultern taten weh, meine Beine und Hüftgelenke schmerzten, aber mein Magen hatte sich etwas beruhigt. Nachdem ich mich auf der Seekarte orientiert hatte, holte ich mir aus dem Kühlschrank ein weiteres Bier, das ich ebenso wie die Karte nach oben mitnahm.

Beth kam mit dem Sturm, der wie gesagt im Lee von Shelter

Island etwas weniger schlimm war, sehr gut zurecht. Ich suchte die Kimm ab und erkannte die schwarzen Umrisse der beiden Landzungen, die das Ende des sicheren Fahrwassers kennzeichneten. »Ich übernehme wieder das Steuer«, sagte ich. »Du nimmst die Karte.«

»Okay.« Sie tippte auf die Seekarte. »Hier wird's schwierig. Wichtig ist, daß du rechts vom Leuchtturm Long Beach Bar bleibst.«

»Wird gemacht«, antwortete ich. Wir tauschten die Plätze. Als Beth sich an mir vorbeizwängte, sah sie nach achtern und stieß einen lauten Schrei aus.

Ich nahm an, sie sei über eine hereinbrechende Monsterwelle erschrocken, und sah mich rasch um, während ich gleichzeitig das Steuer übernahm.

Im ersten Moment hielt ich es für eine Fata Morgana. Ein riesiger Kabinenkreuzer – genau gesagt ein Chris-Craft, genauer gesagt die *Autumn Gold* – befand sich keine zehn Meter achtern auf Kollisionskurs und schloß rasch zu uns auf.

34. Kapitel

Beth schien von der über uns aufragenden Silhouette des riesigen Boots geradezu hypnotisiert.

Auch ich war milde überrascht. Ich meine, ich hatte den Kabinenkreuzer wegen des heulenden Sturms und unseres eigenen Motorenlärms nicht kommen hören. Außerdem war die Sicht verdammt schlecht, und das Chris-Craft lief ohne Positionslichter.

Jedenfalls hatte sich Fredric Tobin an unsere Fersen geheftet, und ich konnte mir ausmalen, wie der Bug der *Autumn Gold* das Heck der *Sondra* rammen würde – ein Freudsches Bild, wie man es sich kaum besser vorstellen konnte.

Alles sah danach aus, als würden wir in Kürze versenkt werden.

Als Mr. Tobin merkte, daß wir ihn gesichtet hatten, schaltete er den Außenlautsprecher ein und brüllte: *»Fuck you!«*

Also wirklich.

Ich schob die Gashebel nach vorn, so daß sich der Abstand zwischen unseren Booten vergrößerte. Er wußte, daß er ein Formula 303 nicht überholen konnte – nicht einmal bei diesem Seegang. *»Fuck you!«* kreischte er wieder. »Ihr seid erledigt! Ihr seid beide erledigt!«

Freddies Stimme klang quietschig, aber das mochte am Lautsprecher liegen.

Beth hatte irgendwann ihre 9-mm-Glock gezogen. Sie kauerte hinter ihrem Sitz und versuchte, die Hand mit ihrer Pistole auf der Rückenlehne zu stabilisieren. Ich fand, sie solle endlich schießen, aber sie drückte nicht ab.

Ich sah mich nach dem Chris-Craft um. Jetzt fiel mir auf, daß Tobin nicht auf der offenen Brücke, sondern im Steuerhaus darunter stand. Ich sah auch, daß das Ausstellfenster vor dem Steuerrad hochgeklappt war. Aber noch interessanter war, daß der Skipper, Captain Freddie, sich mit einem Gewehr in der rechten Hand aus dem Fenster lehnte, während er anscheinend mit der linken Hand steuerte. Seine rechte Schulter war gegen den Fensterrahmen gestemmt, das Gewehr hielt er auf uns gerichtet. Na ja, wir befanden uns bei Nacht und ohne Lichter auf zwei im Sturm wild auf und ab tanzenden Booten, was der Grund dafür sein mochte, daß Tobin noch zögerte, das Feuer zu eröffnen. »Los, schieß endlich!« rief ich Beth zu.

»Ich darf erst schießen, wenn er schießt«, antwortete sie.

»Schieß, verdammt noch mal!«

Sie drückte ab. Sie schoß das ganze Magazin leer, und ich sah die Windschutzscheibe neben Tobin zersplittern. Und ich stellte fest, daß F. Tobin sich nicht mehr mit seinem Gewehr aus dem Fenster lehnte. »Gut gemacht!« rief ich Beth zu.

Sie rammte ein weiteres Magazin mit fünfzehn Schuß in ihre Pistole und ließ den Kabinenkreuzer nicht mehr aus den Augen.

Ich sah mich immer wieder um, während ich das Formula bei zunehmendem Seegang unter Kontrolle zu halten versuchte. Dann tauchte Tobin plötzlich hinter dem offenen Fenster auf, und ich sah das Mündungsfeuer seines Gewehrs. »Deckung!« brüllte ich. Das Gewehr blitzte noch dreimal, und ich hörte, wie ein Geschoß ins Armaturenbrett einschlug, bevor das nächste meine Windschutzscheibe in tausend Stücke riß. Beth erwiderte das Feuer langsamer und konzentrierter als vorher.

Da ich wußte, daß wir gegen die Treffsicherheit eines Gewehrs nicht ankommen konnten, gab ich Vollgas, so daß unser Boot durch die Wogenkämme krachte und sich dabei langsam, aber sicher weiter von dem Chris-Craft entfernte. Sobald der Abstand auf schätzungsweise zwanzig Meter angewachsen war, konnten wir einander nicht mehr sehen. Aber Mr. Tobins blecherne Lautsprecherstimme verfolgte uns über die aufgewühlte See. »*Fuck you!* Ihr ersauft beide! Diesen Sturm überlebt ihr nie! *Fuck you!*«

Das klang ganz und gar nicht nach dem Mann von Welt, den ich kennen und verachten gelernt hatte. Eher nach einem Mann, der den Verstand verloren hatte.

»Ihr seid erledigt! Ihr seid beide so gut wie tot!«

Ich hatte es satt, mich von einem Mann hänseln zu lassen, der erst vor kurzem meine Geliebte ermordet hatte. »Den Kerl bring' ich um!« rief ich in die Nacht hinaus.

»Laß dich nicht von ihm provozieren, John. Er weiß genau, daß er erledigt ist. Er ist verzweifelt.«

Freddie verzweifelt? Unsere Lage war auch alles andere als rosig.

Beth starrte weiter nach achtern und blieb in Schußposition. »John, am besten beschreibst du einen großen Kreis, damit wir hinter ihn kommen«, forderte sie mich auf.

»Beth, ich bin nicht John Paul Jones, und das ist keine Seeschlacht.«

»Ich will ihn nicht hinter uns haben!«

»Mach dir deswegen keine Sorgen. Paß einfach auf, und laß mich wissen, ob er wieder näher kommt.« Ich warf einen Blick auf die Treibstoffanzeige und sah, daß die Nadel bedenklich nach links gerutscht war. »Für Ausweichmanöver haben wir nicht genug Sprit.«

»Denkst du, daß er noch immer nach Plum Island will?« fragte sie.

»Dort ist das Gold.«

»Aber er weiß, daß wir seine Absichten kennen.«

»Deshalb wird er weiter versuchen, uns umzubringen.«

Beth schwieg eine Zeitlang, dann fragte sie: »Wieso haben wir ihn überholt?«

»Ich schätze, daß wir schneller gefahren sind als er. Naturgesetz.«

»Hast du einen Plan?«

»Nö. Du vielleicht?«

»Meinst du, wir sollten in einen sicheren Hafen einlaufen?«

»Vielleicht. Aber wir können nicht umkehren. Ich habe keine Lust, Freddie wieder vor die Flinte zu kommen.«

Beth hob die mit Folie überzogene Seekarte vom Deck auf, faltete sie auf dem Armaturenbrett auseinander und deutete nach vorn. »Das dort drüben muß der Leuchtturm Long Beach Bar sein.«

Rechts voraus war ein schwaches Blinklicht zu erkennen.

Sie fuhr fort: »Bleiben wir links vom Leuchtturm, können wir uns mit viel Glück an den Fahrwassertonnen orientieren, die uns nach East Marion oder Orient Point führen. Dort können wir irgendwo anlegen und die Küstenwache oder den Sicherheitsdienst auf Plum Island verständigen, damit Tobin abgefangen wird.«

Ich sah auf die von der Leselampe beleuchtete Karte und wandte ein: »Bei diesem Sturm kann kein Mensch dieses Boot durch diese engen Durchfahrten steuern. Die einzigen für uns erreichbaren Häfen sind Greenport und vielleicht Dering Harbor, aber zwischen uns und diesen Häfen ist Freddie.«

Sie überlegte kurz, dann meinte sie: »Wir jagen ihn also nicht mehr, sondern er jagt uns – aufs offene Meer hinaus.«

»Nun … man könnte sagen, daß wir ihn in eine Falle locken.«

»Welche Falle?«

»Ich hab' gewußt, daß du fragen würdest. Vertrau mir einfach.«

»Warum?«

»Warum nicht?« Ich nahm etwas Gas weg, damit das Formula ruhiger im Wasser lag. »Ich finde unsere Lage nicht mal schlecht«, erklärte ich. »Jetzt weiß ich wenigstens, wo er ist und wohin er will. An Land werden wir leicht mit ihm fertig. Wir stellen ihn auf Plum Island.«

Beth faltete die Seekarte zusammen. »Natürlich.« Sie sah nach achtern. »Er hat ein besseres Boot und bessere Waffen.«

»Richtig.« Ich steuerte direkt auf Plum Island zu. »Wieviel Schuß hast du noch?« fragte ich.

»Neun in dem Magazin und fünfzehn im Reservemagazin in meiner Tasche.«

»Das müßte reichen.« Ich nickte ihr zu und sagte: »Du hast vorhin gut geschossen.«

»Nicht wirklich.«

»Du hast verhindert, daß er richtig zielen konnte. Vielleicht hast du ihn auch getroffen.«

Sie gab keine Antwort.

»Der letzte Schuß ist an meinem Ohr vorbeigepfiffen, bevor er die Windschutzscheibe getroffen hat«, sagte ich. »Wie in der guten alten Zeit in der City.« Dann erkundigte ich mich reichlich verspätet: »Mit dir alles in Ordnung?«

»Nun …«

Ich starrte sie an. »Was ist los?«

»Weiß ich nicht ...«

»Beth? Was hast du?« Ich sah, wie sie das Gesicht verzog, während sie mit der linken Hand unter ihre Seglerjacke griff. Als sie die Hand herauszog, klebte Blut an ihren Fingern. »Verdammt ...«, murmelte sie.

Ich war buchstäblich sprachlos.

»Komisch ... ich hab' gar nicht gemerkt, daß er mich getroffen hat ... hab' nur etwas Warmes gespürt ... Aber das ist nichts weiter. Nur ein Streifschuß.«

»Weißt du ... weißt du das bestimmt?«

»Yeah ... Ich spüre, wo er durchgegangen ist ...«

»Laß sehen. Zeig mal her!«

Sie trat einen Schritt näher, kehrte mir den Rücken zu, lockerte die Schwimmweste und hob Jacke und Bluse hoch. Ihre Rippen waren zwischen Brust und Hüfte mit Blut bedeckt. Ich tastete nach der Wunde und stellte erleichtert fest, daß es tatsächlich nur ein Streifschuß an einer der unteren Rippen war. Die Wunde war tief, aber der Knochen war unverletzt geblieben.

Beth schrie leise auf, als meine Finger die Wunde berührten. Ich nahm die Hand weg und sagte: »Nicht weiter schlimm.«

»Das hab' ich gleich gesagt.«

»Mir macht's nur Spaß, in Schußwunden herumzuwühlen. Hast du Schmerzen?«

»Vorher nicht. Jetzt schon.«

»Geh runter und such den Erste-Hilfe-Kasten.«

Sie verschwand nach unten. Ich suchte die Kimm ab. Selbst bei Nacht waren die beiden Landzungen zu erkennen, die das Ende des verhältnismäßig ruhigen Korridors markierten.

Eine Minute später waren wir draußen in der Gardiners Bay. Zwei Minuten später war die See aufgewühlt, als habe jemand auf den Spül- und Schleudergang umgestellt. Der Sturm heulte, die Wellen brachen sich schäumend, das Boot war kaum mehr steuerbar, und ich überlegte fieberhaft, was ich tun konnte.

Beth kam auf allen vieren aus der Kabine heraus und hielt sich am Handgriff des Armaturenbretts fest.

»Alles okay?« Ich mußte laut schreien, um Wind und Wellen zu übertönen.

Sie nickte, dann rief sie: »John! Wir müssen umkehren!«

Ich wußte, daß sie recht hatte. Das Formula war für ein solches Wetter absolut ungeeignet – und ich erst recht. Doch dann erinnerte ich mich an etwas, das Tom Gordon irgendwann auf meiner Veranda gesagt hatte: *Ein Boot im Hafen ist sicher. Aber dafür sind Boote nicht da.*

Tatsächlich hatte ich längst keine Angst mehr – weder vor der stürmischen See noch vor der Möglichkeit, hier draußen mein Leben zu verlieren. Ich lief jetzt nur noch mit Haß und reinem Adrenalin. Beth starrte mich fragend an. Sie schien zu verstehen, was mich antrieb, aber sie hatte bestimmt keine Lust, Opfer meiner vorübergehenden Psychose zu werden. »John«, beschwor sie mich, »wenn wir sterben, wird er vielleicht nie gefaßt... Wir müssen den nächsten Hafen oder eine geschützte Bucht anlaufen.«

»Ich kann nicht... Ich meine, wir würden auf Grund laufen und sinken. Wir müssen den Sturm bezwingen.«

Sie schwieg.

»Wir legen auf Plum Island an«, schlug ich vor. »Ich kann in den Hafen einlaufen. Der ist gut markiert und beleuchtet. Die Insel hat ihre eigene Stromversorgung.«

Beth starrte wieder auf die ausgebreitete Seekarte, als versuche sie, einen Ausweg aus unserem Dilemma zu finden. In Wirklichkeit lagen die einzig möglichen Häfen, Greenport und Dering Harbor, hinter uns, und zwischen uns und diesen Häfen lauerte Tobin.

»Hier auf offener See müßten wir einen weiten Bogen um ihn machen, um nach Greenport zu kommen«, meinte sie.

Ich schüttelte den Kopf. »Beth, wir müssen im gekennzeichneten Fahrwasser bleiben. Wenn wir diese Tonnen aus den Augen verlieren, sind wir erledigt. Wir sind auf einer schmalen Straße und werden von einem Kerl mit einem Gewehr verfolgt, deshalb müssen wir geradeaus weiter.«

Sie sah mich an, und ich merkte, daß sie mir nicht so recht glaubte, was verständlich war, weil ich nicht so recht aufrichtig war. Ich wollte nämlich nichts anderes als Fredric Tobin umbringen. Wäre es nur um Tom und Judy gegangen, hätte ich mich damit zufriedengegeben, es dem Staat New York zu überlassen, ihn zu bestrafen. Aber da er auch Emma ermordet hatte, mußte ich die Bestrafung übernehmen. Ein einfacher Anruf bei der Küstenwache oder dem Sicherheitsdienst auf Plum Island reichte nicht aus, um die offene Rechnung zu begleichen. In diesem Zusammenhang fragte ich mich, wo Paul Stevens heute nacht sein mochte.

Beth unterbrach meine Überlegungen. »Fünf unschuldige Menschen sind tot, John, und das sind fünf zuviel«, sagte sie nachdrücklich. »Ich lasse nicht zu, daß du mein oder dein Leben wegwirfst. Wir kehren um. Sofort!«

Ich starrte sie an. »Willst du mich mit Waffengewalt zur Umkehr zwingen?«

»Wenn's nicht anders geht.«

Ich hielt ihrem Blick stand und sagte: »Beth, ich schaffe es. Ich *weiß*, daß wir es schaffen. Uns passiert nichts. Hab Vertrauen zu mir.«

Sie musterte mich lange, dann sagte sie: »Tobin hat Emma Whitestone praktisch vor deiner Nase ermordet – und damit hat er dich in deiner Männlichkeit und deinem Ego getroffen. Das treibt dich an. Richtig?«

Lügen war zwecklos, deshalb gab ich zu: »Auch.«

»Welches Motiv hast du sonst noch?«

»Nun … ich war dabei, mich in sie zu verlieben.«

Beth nickte. Sie wirkte sehr nachdenklich, als sie sagte: »Okay … wenn du uns ohnehin umbringen willst, solltest du die ganze Wahrheit kennen.«

»*Welche* ganze Wahrheit?«

»Der, der Emma Whitestone umgebracht hat – und das muß wohl Tobin gewesen sein –, hat sie vorher vergewaltigt.«

Ich gab keine Antwort. Aber die Mitteilung kam nicht völlig überraschend. Alle Männer, selbst Schwächlinge wie Fredric Tobin, haben eine primitive Seite, die sich manchmal auf vorhersehbare, stets erschreckende Weise manifestiert. Aber dies war das erste Mal, daß ein Verbrecher mir eine persönliche Botschaft schickte. Und ich nahm sie keineswegs cool auf. *Er hat sie vergewaltigt*. Und was er ihr angetan hat, hat er in Gedanken mir angetan.

Beth und ich schwiegen eine Zeitlang, weil der Motorenlärm,

das Heulen des Sturms und das Tosen der hochgehenden See ein Gespräch fast unmöglich machten, was mir nur recht war.

Beth saß auf dem linken Sitz und hielt die Armlehnen umklammert, während das Boot heftiger schlingerte und stampfte als je zuvor.

Ich blieb am Steuer stehen und spreizte mich gegen meinen Sitz ein. Der Wind pfiff durch die zersplitterte Scheibe vor mir, und der Regen prasselte von allen Seiten auf uns ein. Ich fror, war durchnäßt und erschöpft und zitterte bei dem Gedanken daran, was Tobin Emma angetan hatte. Beth war seltsam still und wirkte wie erstarrt, während sie den auf uns zukommenden Wellen entgegenstarrte.

Plötzlich schien sie aus ihrer Erstarrung aufzuwachen. Sie sah sich um, stand wortlos auf und ging nach achtern, wo sie im Heck niederkniete und ihre Pistole zog. Ich suchte das Meer hinter uns ab, sah aber nur Wasserwände, die uns zu begleiten schienen. Erst als das Boot von einer großen Welle hochgehoben wurde, erkannte ich hinter uns wieder die offene Brücke des Kabinenkreuzers, der schon auf zwanzig Meter herangekommen war und den Abstand zu uns rasch weiter verringerte.

Ich nahm das Gas so weit zurück, daß unser Boot eben noch steuerbar blieb. Beth hörte die Motoren langsamer laufen, sah sich nach mir um und nickte verständnisvoll. Dann drehte sie sich wieder nach dem Chris-Craft um und hob ihre Pistole. Wir mußten uns dem Ungeheuer stellen.

Tobin hatte nicht mitbekommen, daß sich unsere Geschwindigkeit überraschend verändert hatte, und war mit seinem Chris-Craft plötzlich nur noch sechs Meter von uns entfernt, ohne sein Gewehr schußbereit zu haben. Bevor er es anlegen konnte, nahm Beth die dunkle Gestalt am Kabinenfenster unter gezielten Beschuß. Ich hatte damit zu tun, unser Boot zu steuern, und konnte nur ab und zu nach hinten sehen, um mich davon zu überzeugen, daß Beth allein zurechtkam.

Dann schien Tobin aus der Kabine zu verschwinden, und ich fragte mich schon, ob er getroffen war. Aber im nächsten Augenblick flammte der am Bug montierte Suchscheinwerfer seines Kabinenkreuzers auf und beleuchtete das Formula strahlend hell, so daß Beth, die im Bootsheck kniete, deutlich zu erkennen war. »Verdammt!« Beth war eben dabei, ihr letztes Magazin in die Glock zu schieben, und Tobin, der wieder am Fenster aufgetaucht war, ließ das Steuerrad los, um beide Hände für sein Gewehr freizuhaben.

Ich zog meinen Revolver, warf mich herum und stemmte mich mit dem Rücken gegen das Steuerrad, während ich ruhig zu zielen versuchte. Tobins Gewehr war jetzt aus kaum fünf Metern Entfernung auf Beth gerichtet.

Für eine halbe Sekunde schien alles erstarrt: die beiden Boote, Beth, Tobin, ich und sogar das Meer. Ich drückte ab. Der Lauf von Tobins Gewehr, mit dem er auf Beth gezielt hatte, schwenkte plötzlich zu mir hinüber. Ich sah Mündungsfeuer aufblitzen, aber im selben Augenblick brach das ungesteuerte Chris-Craft nach Backbord aus, so daß der Schuß danebenging. Als der Kabinenkreuzer auf gleicher Höhe mit uns war, entdeckte ich Tobin am Seitenfenster der Kabine. Ich feuerte drei weitere Schüsse auf ihn ab, die das Glas zersplitterten. Im nächsten Augenblick war er verschwunden.

Ich sah jetzt, daß der Kabinenkreuzer den kleinen Whaler aus dem Bootshaus schleppte. Zweifellos wollte Tobin das Ruderboot benutzen, um auf der Insel anzulegen.

Das Chris-Craft schien herrenlos zu treiben. Als ich mich eben fragte, ob ich Tobin getroffen hatte, schwenkte sein Kabinenkreuzer erneut auf uns zu, so daß der Suchscheinwerfer uns wieder erfaßte. Beth zielte, und ihr dritter Schuß traf tatsächlich den Scheinwerfer.

Aber Tobin ließ sich nicht beirren, sondern gab Vollgas und kam gefährlich nahe an uns heran. Er hätte uns gerammt, hätte Beth nicht die Leuchtpistole aus der Jackentasche gezogen und durch seine zersplitterte Windschutzscheibe geschossen. Ihre Leuchtkugel zerbarst mit einem grellweißen Phosphorblitz, und das Chris-Craft kam schlingernd vom Kurs ab, als Tobin offenbar das Steuer losließ, um sich in Deckung zu werfen. Vermutlich war er jetzt blind, verletzt oder sogar tot.

»Los! Los!« forderte Beth mich auf.

Ich hatte meine Gashebel bereits nach vorn geschoben, und das Formula nahm Fahrt auf.

In der Kabine des Chris-Crafts züngelten deutlich sichtbar

Flammen. Beth und ich wechselten einen Blick, der besagte, daß wir uns soviel Glück gar nicht ausgemalt hatten. Aber schon schienen die Flammen deutlich kleiner zu werden. Dann holte der Kabinenkreuzer, der unterdessen zwölf bis fünfzehn Meter zurückgefallen war, wieder auf.

»Schneller, John. Er kommt wieder näher!«

»Okay.« Ich gab mehr Gas, aber bei schnellerer Fahrt wurde das Formula sehr unsicher. Wir trafen eine heranrollende Welle mit solcher Gewalt, daß der Bug steil hochstieg und ich fürchtete, wir würden uns rückwärts überschlagen. Ich hörte Beth kreischen, und mein Herz setzte einen Schlag aus, aber als der Bug ins Wasser zurückklatschte, sah ich sie auf den Stufen liegen und rief besorgt: »Hast du dir was getan?«

Sie kam auf allen vieren heraufgekrochen. »Nein, mir fehlt nichts ...«

Ich drosselte die Motoren ein wenig. »Geh runter und ruh dich einen Augenblick aus.«

Beth schüttelte den Kopf und stemmte sich zwischen den Sitz und das Armaturenbrett. »Du paßt auf Wellen und Fahrwassertonnen auf. Ich behalte Tobin im Auge.«

»Okay.« Ich überlegte mir, ob Beth nicht vielleicht recht gehabt hatte, als sie vorschlug, wir sollten versuchen, uns hinter ihn zu setzen, statt uns von ihm verfolgen zu lassen. Vielleicht hätte Tobin uns nicht gesehen, weil er nur nach vorn schaute, so daß wir den Kabinenkreuzer hätten entern können. Aber wenn er uns doch sah, hätten wir auch so wieder in die Mündung seines Gewehrs geblickt.

Unser einziger Vorteil war unsere höhere Geschwindigkeit, aber wie wir eben gesehen hatten, nutzte er uns bei diesem Seegang reichlich wenig.

»Gut gemacht«, sagte ich zu Beth. »Klasse getroffen.«

Sie gab keine Antwort.

»Hast du noch Leuchtpatronen?«

»Fünf Stück.«

»Gut.«

»Nicht wirklich. Ich habe die Leuchtpistole verloren.«

»Sollen wir zurückfahren und sie suchen?«

»Ich hab' deine Witze satt.«

»Ich auch. Aber mehr haben wir leider nicht.«

Wir brausten eine Zeitlang schweigend weiter, durch den Sturm, der noch schlimmer zu werden schien, sofern das überhaupt möglich war.

Irgendwann sagte Beth: »Ich habe geglaubt, ich sei tot.«

»Wir dürfen ihn nicht noch mal so nah rankommen lassen«, antwortete ich.

»Er hat mich verschont, um dich zu treffen«, mutmaßte sie.

»Das ist die Geschichte meines Lebens. Hat jemand nur einen Schuß, nimmt er mich ins Visier.«

Sie lächelte fast, dann verschwand sie nach unten. Keine Minute später kam sie zurück und gab mir eine Flasche Bier. »Für jede gute Leistung kriegst du ein Bier«, versprach sie.

»Ich habe nicht mehr viele Tricks auf Lager. Wieviel Bier hast du noch?«

»Zwei Flaschen.«

»Das dürfte hinkommen.«

Ich überlegte, welche Möglichkeiten wir noch hatten, und erkannte, daß die Anzahl sehr begrenzt war. Wir konnten nur noch zwei Häfen anlaufen: den Fährhafen auf Orient Point und den künstlichen Hafen auf Plum Island. Orient Point mußte irgendwo links vor uns liegen, und Plum Island war weitere zwei Meilen entfernt. Ich sah auf die Treibstoffanzeige. Die Nadel stand bereits im roten Feld.

Die See war jetzt so aufgewühlt, daß ich kaum noch eine Fahrwassertonne erkennen konnte. Ich wußte, daß Tobin von seiner höheren Brücke eine viel bessere Sicht hatte. Während ich darüber nachdachte, wurde mir plötzlich klar, daß er ein Radargerät haben mußte – nur so konnte er uns hier draußen gefunden haben. Und er mußte ein Echolot haben, das ihm die Navigation ermöglichte, selbst wenn er die Fahrwassertonnen aus den Augen verlor. Kurz gesagt: Die *Sondra* war der *Autumn Gold* in jeder Beziehung unterlegen. »Verdammt!«

Die Wellen trafen uns in immer kürzeren Abständen, und ich fühlte das Formula schwerer und träger werden. Ich glaubte sogar zu sehen, daß es tiefer im Wasser lag. Das zusätzliche Gewicht machte uns langsamer und erhöhte unseren Treibstoffverbrauch. Mir war bewußt, daß Tobin uns bei so geringer Fahrt spielend überholen konnte. Ich erkannte auch, daß wir dabei waren, nicht nur die Seeschlacht, sondern auch die Schlacht gegen die See zu verlieren.

Ich sah zu Beth hinüber. Sie schien zu spüren, daß ich sie ansah. Unsere Blicke begegneten sich, und sie sagte: »Für den Fall, daß wir kentern oder sinken, möchte ich dir sagen, daß ich dich wirklich mag.«

»Das weiß ich«, antwortete ich lächelnd. Ernst fügte ich hinzu: »Tut mir leid, daß ich dich in die Sache hineingezogen habe. Ich hätte dich nie …«

»Halt die Klappe und fahr zu!«

Ich konzentrierte mich wieder aufs Steuer. Unser Boot war so langsam geworden, daß immer mehr Wasser hereinschwappte. So würde das Formula bald vollaufen, der Motorenraum würde unter Wasser stehen, Tobin würde uns einholen, und wir würden ihn diesmal nicht mehr abhängen können.

Beth, die das Meer nach Tobin absuchte, merkte natürlich ebenfalls, daß wir jetzt tiefer im Wasser lagen und langsamer geworden waren. »John, das Boot läuft voll!« rief sie besorgt.

Ich sah nochmals auf die Treibstoffanzeige. Unsere einzige Chance war, Gas zu geben und abzuwarten, was passieren würde. Ich legte meine Hand auf die Gashebel und schob sie entschlossen bis fast zum Anschlag nach vorn.

Das Formula nahm nur langsam, aber dann merklich schneller Fahrt auf. Jetzt schwappte kein Wasser mehr herein, aber der Bug schlug hämmernd gegen die anstürmenden Wellenberge. Als ob man alle fünf Sekunden gegen eine Mauer prallte. Ich hatte Angst, das Boot würde auseinanderbrechen, aber der Glasfaserrumpf hielt.

Beth klammerte sich an ihrem Sitz fest, um nicht über Bord zu gehen.

Die Vollgasfahrt funktionierte, weil sie das Boot steuerfähig hielt und das Vollaufen verhinderte, aber andererseits ließ sie unseren Treibstoffverbrauch ansteigen. Trotzdem hatte ich keine andere Wahl. Im Austausch zu der Gewißheit, irgendwann zu sinken, hatte ich die Gewißheit gewählt, bald keinen Sprit mehr zu haben. Ein großartiger Tausch.

Aber meine bisherigen Erfahrungen mit Treibstoffanzeigen

sagten mir, daß sie entweder zu optimistisch oder zu pessimistisch anzeigten. Ich wußte nicht, in welche Richtung diese Treibstoffzufuhr tendierte, aber das würde sich bald herausstellen.

»Wie sieht's mit dem Benzin aus?« fragte Beth.

»Gut.«

Sie bemühte sich, einen scherzhaften Tonfall anzuschlagen, als sie sich erkundigte: »Willst du irgendwo tanken und nach dem Weg fragen?«

»Nö. Echte Männer fragen nicht nach dem Weg, und das Benzin reicht bis Plum Island.«

Sie lächelte.

»Ruh dich unten ein bißchen aus«, schlug ich vor.

»Was ist, wenn wir kentern?«

»Wir sind zu schwer, um zu kentern. Wir sinken. Aber vorher kommst du leicht wieder rauf. Mach mal Pause.«

»Okay.« Sie verschwand nach unten. Zu meiner Linken sah ich in der Ferne ein weißes Blitzlicht, das der Leuchtturm Orient Point sein mußte. Ich nahm die Seekarte zur Hand und warf einen Blick darauf. Ich hatte die Wahl zwischen Orient Point im Norden und Plum Island. Aber davor lag Plum Gut, das schon bei normalem Wetter schwierige Gatt. Im Sturm würde es … nun, eine Herausforderung darstellen, um es vorsichtig auszudrücken. Um Orient Point zu erreichen, mußten wir Felsen und Untiefen passieren, was keine geringere Herausforderung gewesen wäre.

Beth kam schwankend den Niedergang heraufgetorkelt. Ich ergriff ihre ausgestreckte Hand und zog sie herauf. Sie gab mir einen ausgepackten Schokoriegel. »Danke«, sagte ich.

»Unten steht das Wasser knöcheltief«, berichtete sie. »Die Pumpen arbeiten noch.«

»Gut. Das Boot fühlt sich etwas leichter an.«

»Klasse. Willst du mal Pause machen? Ich kann das Steuer übernehmen.«

»Danke, nicht nötig. Wie geht's deinem kleinen Kratzer?«

»Ganz gut. Wie geht's deinem kleinen Gehirn?«

»Das hab' ich an Land gelassen.« Während ich meinen Schokoriegel aß, erklärte ich ihr, welche Möglichkeiten wir meiner Meinung nach hatten.

Beth erfaßte sofort das Wesentliche. »Wir können also vor Orient Point an einem Felsen zerschellen oder im Gatt ersaufen?«

»Richtig.« Ich klopfte auf die Treibstoffanzeige. »Nach Greenport können wir jedenfalls nicht mehr zurück.«

»Diese Chance haben wir verpaßt, glaub' ich.«

»Das glaub' ich auch.« Ich fragte sie: »Also? Orient Point oder Plum Island?«

Sie studierte eine Zeitlang die Seekarte, dann sagte sie: »Zwischen hier und Orient Point liegen zu viele Hindernisse.« Mit einem Blick nach links fügte sie hinzu: »Ich sehe keine einzige Fahrwassertonne mehr. Bestimmt haben sich viele im Sturm losgerissen und sind abgetrieben.«

Ich nickte. »Yeah ...«

»Und vergiß das Gatt«, sagte Beth. »Bei diesem Sturm käme dort nur ein Ozeandampfer durch. Hätten wir genug Treibstoff, könnten wir den Sturm auf See abwarten.« Sie sah von der Karte auf und konstatierte: »Das nenn' ich eine Auswahl.«

»Am besten behalten wir unseren Kurs bei«, schlug ich vor.

Sie nickte. »Okay. Was anderes bleibt uns praktisch nicht übrig. Was ...?«

Da sie nach achtern starrte, sah ich mich ebenfalls um, konnte jedoch nichts erkennen.

»Ich hab' ihn gesehen, glaube ich ...« Beth kletterte auf ihren Sitz und schaffte es, eine Sekunde lang das Gleichgewicht zu halten, bevor sie aufs Deck geschleudert wurde. Aber sie rappelte sich sofort wieder auf und rief: »Er ist dicht hinter uns!«

»Verdammt!« Jetzt wußte ich mit Sicherheit, daß dieser Hundesohn ein Radargerät hatte. Ich war froh, daß ich nicht versucht hatte, mich hinter ihn zu setzen. »Wir haben nicht soviel Pech, sondern er hat Radar«, erklärte ich Beth. »Er hat uns von Anfang an auf seinem Schirm gesehen.«

Sie nickte. »Nirgends ein Versteck, nirgends eine Fluchtmöglichkeit«, sagte sie.

»Verstecken können wir uns nicht – aber vielleicht flüchten.« Ich schob die Gashebel bis zum Anschlag vor, und das Formula nahm wieder Fahrt auf.

Wir schwiegen beide, während das Boot sich durch die tobende See kämpfte. Ich schätzte, daß wir ungefähr zwanzig Knoten machten, was ungefähr ein Drittel der Geschwindigkeit war, die ein Formula 303 bei ruhiger See und ohne Wasser in der Kabine erreichen konnte. Aber bei diesem Wetter war sein Chris-Craft mindestens ebenso schnell, sonst hätte Tobin uns nicht einholen können. Tatsächlich sagte Beth warnend: »John, er holt auf!«

Ich drehte mich um und sah die vagen Umrisse von Tobins Boot, das in etwas fünfzig Meter Entfernung mit riesiger Bugwelle auf uns zukam. In wenigen Minuten würde er uns unter verhältnismäßig präzises Gewehrfeuer nehmen können, während unsere Waffen, von Glückstreffern abgesehen, eigentlich wertlos waren. Beth fragte mich: »Wieviel Schuß hast du noch?«

»Mal sehen... die Trommel enthält fünf... vier hab' ich verschossen... wie viele Kugeln hat der Cop also noch in seiner...«

»Laß die verdammten Witze!«

»Ich versuche nur, dich ein bißchen aufzuheitern.«

Ms. Penrose bedachte mich mit ein paar Ausdrücken, die ich ihr nicht zugetraut hätte, dann fragte sie: »Kannst du aus diesem Scheißkahn nicht etwas mehr Fahrt rausholen?«

»Vielleicht. Such irgendwas Schweres und schlag die Windschutzscheibe raus.«

Sie verschwand und kam mit einem Feuerlöscher zurück, mit dem sie das Glas aus dem Fensterrahmen schlug. Dann warf sie den Feuerlöscher über Bord.

»Bei dieser Geschwindigkeit kommt weniger Wasser an Bord«, sagte ich, »und die Pumpen machen das Boot mit jeder Minute leichter, so daß wir wieder etwas schneller werden.« Ich fügte hinzu: »Außerdem verbrennen wir den ganzen schweren Treibstoff.«

»Ich brauche keine Nachhilfestunde in Physik.«

Beth war wütend, aber das war viel besser als die stille Resignation von vorhin. Es ist nützlich, zornig zu sein, wenn Mensch und Natur sich verbünden, um einen zu erledigen.

Sie ging noch mehrmals hinunter und brachte jedesmal etwas mit, das über Bord flog – darunter leider auch die Bierflaschen aus dem Kühlschrank. Sie schaffte es, einen tragbaren Fernseher nach oben und über Bord zu wuchten. Als nächstes flogen Kleidungsstücke und Schuhe ins Meer, und ich sagte mir, falls wir

Freddie abschütteln konnten, werde er sie vielleicht sehen und glauben, wir seien untergegangen.

Wir machten etwas mehr Fahrt, aber das Chris-Craft holte weiter auf, und wir mußten damit rechnen, bald wieder beschossen zu werden. »Wieviel Schuß hast du noch?« fragte ich Beth.

»Vier.«

»Du hast nur drei Magazine gehabt?«

»*Nur?* Du läufst mit 'nem verdammten fünfschüssigen Knallrevolver ohne eine einzige Reservepatrone herum und traust dich, mir ...« Sie kauerte plötzlich hinter dem Sitz nieder und zog ihre Pistole. »Ich habe Mündungsfeuer gesehen.«

Ich sah mich um. Tatsächlich hatte Freddie wieder seine Schußposition eingenommen. Das Gewehr blitzte erneut auf. Da es verdammt schwierig war, von einem schlingernden Boot ein Ziel auf einem anderen schlingernden Boot zu treffen, machte ich mir noch keine allzu großen Sorgen. Aber irgendwann würde ein Augenblick kommen, in dem beide Boote scheinbar unbeweglich auf den Wellen hingen – und dann hatte Tobin den Vorteil der höheren Warte und des längeren Laufs.

Beth hielt sich klugerweise noch zurück.

Linker Hand sah ich jetzt den Leuchtturm Orient Point. Ich erkannte, daß wir nach Norden getrieben worden waren, obwohl ich auf Ostkurs geblieben war. Und ich erkannte, daß ich nur noch eines tun konnte. Was ich auch prompt tat: Ich riß das Ruder nach links, so daß wir Kurs aufs Gatt nahmen.

»Was tust du?« rief Beth erschrocken.

»Wir nehmen Kurs aufs Gatt.«

»John, dort ertrinken wir!«

Richtig. Oder Tobin knallt uns mit seinem Gewehr ab oder rammt uns und sieht lachend zu, wie wir ertrinken. »Wenn wir im Gatt absaufen, säuft Tobin vielleicht auch ab.«

Sie gab keine Antwort.

Südwind und Wellen trieben uns jetzt genau ins Plum Gut hinein. Tobin war anfangs noch hinter uns, aber bald danach schien er die Verfolgung aufzugeben. Ich glaubte zu wissen, wohin er wollte. Ich konnte nur hoffen, daß ich in einer Viertelstunde noch lebte, um zu sehen, ob ich richtig vermutet hatte.

Wir waren jetzt mitten im Gatt – zwischen Orient Point im Westen, Plum Island im Osten, der Gardiners Bay im Süden und dem Long Island Sound im Norden. Der Seegang war inzwischen mörderisch. Das Formula glich einem Stück Treibgut, das von der Strömung mitgerissen wurde. Es begann sogar zu kreiseln, so daß der Bug abwechselnd nach Osten, Süden und Westen zeigte, aber der Sturm trieb uns unaufhaltsam nach Norden in die Meerenge, wo ich hinwollte.

Meine unsprüngliche Idee, den Hafen auf Plum Island anzulaufen, erschien mir unter den gegebenen Umständen fast lachhaft.

Beth schaffte es, zu mir herüberzukommen. Sie schob sich hinter mich auf den Sitz und umklammerte mich mit Armen und Beinen, während ich mich mit aller Kraft am Steuerrad festhielt. Ein Gespräch war nicht mehr möglich, aber sie vergrub ihren Kopf an meinem Hals, und ich hörte sie sagen: »Ich hab' Angst.«

Angst? Ich war vor Entsetzen gelähmt und konnte kaum mehr richtig denken. Dies war bestimmt die schrecklichste Erfahrung meines Lebens, wenn ich meinen Weg durch den Mittelgang zum Altar nicht mitrechnete.

Das Boot wurde jetzt so wild herumgeworfen, daß ich vollkommen die Orientierung verlor. Ich war jedoch geistesgegenwärtig genug, die Gashebel in Leerlaufstellung zurückzuziehen, sobald sich zeigte, daß die Schrauben mehr in der Luft als im Wasser liefen. Treibstoffsparen ist eine Langzeitstrategie, und obwohl ich mich in einer Kurzzeitsituation befand, aber … man weiß doch nie.

Beth umklammerte mich noch enger, und hätte mir nicht unser bevorstehender Tod durch Ertrinken vor Augen gestanden, hätte ich das bestimmt als angenehm empfunden. So konnte ich nur hoffen, daß dieser Körperkontakt für sie tröstlich war. Für mich war er's jedenfalls. Sie flüsterte mir wieder ins Ohr: »Wenn das Boot sinkt, mußt du mich ganz fest umarmen.«

Ich nickte. Dann dachte ich wieder daran, daß Tobin schon fünf anständige Menschen umgebracht hatte und nun im Begriff war, zwei weitere um die Ecke zu bringen. Ich konnte kaum glauben, daß dieser kleine Scheißer wirklich soviel Tod und Leid über seine Mitmenschen gebracht hatte …

Jedenfalls wurden wir durch das Gatt geblasen wie eine Papierkugel durch ein Kinderblasrohr. Es schien wie eine Ironie des Schicksals, daß gerade das Wüten des Sturms und die hereinkommende Flut dafür sorgten, daß wir so gut durchkamen. Ich meine, die geballte Kraft von See, Wind und Flut war nach Norden gerichtet, so daß die Wechselwirkung von Wind und Flut im Gatt diesmal nicht eintreten konnte.

Wir befanden uns jetzt im Long Island Sound, wo Wind und Seegang etwas nachließen. Ich gab wieder Gas und steuerte das Boot nach Osten.

Beth stand noch immer hinter mir und hielt mich umklammert, wenngleich nicht mehr so krampfhaft.

Vor uns erkannte ich jetzt die dunklen Umrisse des alten Leuchtturms auf Plum Island. Ich wußte, daß wir hinter dieser Landzunge wie zuvor im Lee von Shelter Island etwas geschützt sein würden. Plum Island war zwar weniger hoch und lag weiter draußen im Atlantik, aber es würde uns trotzdem einen gewissen Schutz bieten.

»Leben wir noch?« fragte Beth.

»Klar. Du bist sehr tapfer gewesen. Sehr ruhig.«

»Ich war vor Angst wie gelähmt.«

»Egal.« Ich nahm eine Hand vom Steuer und drückte ihre rechte Hand, die auf meinem Bauch lag.

Dann erreichten wir die Leeseite von Plum Island und passierten den an Steuerbord aufragenden Leuchtturm. Dabei fiel mir ein grüner Lichtpunkt auf, der uns vom Turm aus verfolgte. Als ich Beth darauf aufmerksam machte, sagte sie: »Nachtsichtgerät. Wir werden von einem von Mr. Stevens' Männern beobachtet.«

»Richtig«, bestätigte ich. »Ungefähr die einzige Überwachungsmaßnahme, die in dieser Nacht noch funktioniert.«

Im Windschatten von Plum Island war die See kaum merklich ruhiger. Wir hörten, wie die Wogen sich in hundert Meter Entfernung am Strand brachen.

Trotz des starken Regens sah ich einen Lichtschein hinter den Bäumen, der von der Sicherheitsbeleuchtung des Hauptlabors stammte. Er bedeutete, daß die Generatoren noch arbeiteten, und das wiederum bedeutete, daß die Filter und Luftreiniger funktionierten. Es wäre wirklich unfair gewesen, diesen Sturm zu überleben, Plum Island zu erreichen und an Milzbrand zu sterben. Wirklich.

Beth ließ mich los, schälte sich aus meinem Sitz und griff nach dem Handgriff des Armaturenbretts. »Was, meinst du, ist aus Tobin geworden?«

»Ich meine, daß er um die Südspitze der Insel herumgefahren ist. Ich meine, daß er meint, wir seien tot.«

»Vermutlich«, sagte Beth. »Das hab' ich auch gedacht.«

»Richtig. Aber vielleicht hat er Funkkontakt mit jemandem auf der Insel, der wiederum von dem Mann auf dem Leuchtturm weiß, daß wir's geschafft haben.«

Sie überlegte kurz, dann fragte sie: »Glaubst du, daß er einen Komplizen auf Plum Island hat?«

»Keine Ahnung. Aber das werden wir bald erfahren.«

»Okay… wohin ist Tobin jetzt unterwegs?«

»Er kann nur versuchen, irgendwo auf dieser Inselseite an Land zu gehen.«

Sie nickte. »Er kommt also aus der Gegenrichtung, und wir treffen hier mit ihm zusammen.«

»Nun, das wollen wir möglichst vermeiden. Aber er muß unbedingt die Leeküste aufsuchen, wenn er ankern und mit seinem Whaler an Land rudern will.«

Beth dachte einen Augenblick nach. »Legen wir auf der Insel an?« fragte sie dann.

»Das hoffe ich.«

»Wie?«

»Ich will versuchen, das Boot auf den Strand zu setzen.«

Sie sah wieder auf die Seekarte. »Diese Küste ist voller Felsen und Riffe.«

»Nun, dann such eine Stelle, wo es keine Felsen und Riffe gibt.«

»Ich werd's versuchen.«

Wir fuhren weitere zehn Minuten lang Richtung Osten. Ich sah, daß unser Tank so gut wie leer war. Es wurde höchste Zeit, den Strand anzusteuern, denn ohne Treibstoff waren wir ein Spielball von Wind und Wellen und würden aufs Meer hinaustreiben oder an der Felsküste zerschellen. Aber ich wollte unbedingt noch Tobins Kabinenkreuzer sehen, bevor ich den Strand anlief.

»John, wir haben fast kein Benzin mehr«, sagte Beth. »Du mußt den Strand ansteuern.«

»In einer Minute.«

»Wir haben keine Minute mehr zu verlieren. Bis zum Strand sind's gut hundert Meter. Du mußt darauf zuhalten.«

»Sieh zu, ob du irgendwo vor uns das Chris-Craft siehst.«

Beth hatte noch immer das Fernglas um den Hals. Sie setzte es an die Augen und suchte das Meer vor uns ab. »Nein, ich sehe kein Boot. Halt auf den Strand zu.«

»Noch eine Minute.«

»Nein. Sofort. Bis jetzt haben wir das gemacht, was du wolltest. Jetzt machen wir, was ich will.«

»Noch eine Minute. Ich möchte wirklich sehen, wo der Hundesohn an Land gegangen ist. Ich will ihn nicht auf der ganzen Insel suchen müssen.«

»John, wir haben kein Benzin mehr.«

»Sprit ist reichlich da. Such das Chris-Craft.«

Beth schien sich mit meiner Idiotie abzufinden. Sie setzte das Fernglas wieder an und suchte das Meer ab. Nach ein bis zwei Minuten, die mir wie eine halbe Stunde vorkamen, zeigte sie nach vorn und rief: »Da!« Sie reichte mir das Fernglas.

Ich starrte in die Regennacht und entdeckte an der dunklen Kimm tatsächlich etwas, das die offene Brücke von Tobins Kabinenkreuzer hätte sein können – oder vielleicht nur eine Felsformation.

Als wir uns näherten, sah ich, daß dort wirklich das Chris-Craft lag. Es lag verhältnismäßig ruhig, was zeigte, daß Tobin mindestens die zwei Anker an Bug und Heck geworfen haben mußte. Ich gab Beth das Fernglas zurück. »Okay. Wir fahren zum Strand. Halt dich gut fest. Paß auf Felsen und so weiter auf.«

Ich riß das Steuer herum und hielt auf den Strand zu. Ich brauchte ungefähr noch eine Minute lang Benzin.

Der Strand kam näher und war nun deutlich zu erkennen. Plötzlich rief Beth: »Sandbank voraus!« Ich wußte, daß ich nicht mehr ausweichen konnte, deshalb gab ich Vollgas, und wir schrammten über die Sandbank hinweg.

Der Strand war keine fünfzig Meter mehr entfernt, und ich fing an, mir ernsthafte Hoffnungen auf ein Weiterleben zu machen.

Doch dann rammte das Formula etwas weit Massiveres als eine Sandbank, und ich hörte das unverkennbare Splittern seines Glasfaserrumpfs. Im nächsten Augenblick wurde das ganze Boot hochgerissen und klatschte schwer ins Wasser zurück.

Ich sah zu Beth hinüber und stellte fest, daß sie noch auf ihrem Platz war.

Im Geiste sah ich, wie sich der Rumpf des Bootes mit Wasser füllte. Die hereinkommenden Wellen katapultierten uns in Richtung Strand, aber die Unterströmung zog uns wieder auf See hinaus. So kamen wir dem Strand nur sehr langsam näher, während wir immer tiefer sanken.

»Wir sitzen fest!« rief Beth aus. »Komm, wir schwimmen an Land!«

»Nein! Bleib im Boot. Wir müssen die richtige Welle abwarten.«

Wir warteten, bis wir schließlich eine besonders große Welle auf uns zurollen sahen; ich stellte den Ganghebel rasch auf N. Das fast vollgelaufene Boot glitt ein Stück nach hinten und traf die Welle knapp unterhalb des hochsteigenden Kamms. »Ducken und festhalten!« rief ich laut.

Beth rutschte nach unten und umklammerte kniend ihre Sitzhalterung.

Die Kraft der Welle, auf deren Kamm wir wie mit einem Surfbrett ritten, war so gewaltig, daß sie das dreieinhalb Tonnen schwere Formula 303, das bestimmt mehrere Tonnen Wasser enthielt, mitriß wie ein Wildbach einen Weidenkorb. Ich hatte mit einer Amphibienlandung gerechnet, aber dies würde ein Luftlandeunternehmen werden.

Während wir in Richtung Strand geschleudert wurden, besaß ich die Geistesgegenwart, die Motoren abzustellen, damit das Formula – falls wir tatsächlich überlebten – nicht explodieren konnte, falls noch ein Rest Treibstoff in den Tanks war. Außerdem machte mir die Vorstellung Sorgen, von den Doppelschrauben geköpft zu werden. »Festhalten!« brüllte ich.

»Was du nicht sagst!« antwortete Beth.

Wir prallten mit dem Bug voraus auf den überfluteten Sandstrand. Das Formula legte sich auf die Seite, und wir sprangen aus dem Boot, als bereits die nächste Welle auf uns zugerollt kam. Ich fand eine Felsennase und schlug den Arm um sie, während ich mit meiner freien Hand Beth am Handgelenk festhielt. Die Welle brach sich und flutete zurück. Wir kamen auf die Beine und rannten über den leicht ansteigenden Strand um unser Leben.

Wir erreichten eine erodierte Steilwand, die wir mit letzten Kräften erklommen, wobei nasser Sand, Tonerde und Eisenoxid in großen Klumpen nach unten fielen. »Willkommen auf Plum Island«, sagte Beth keuchend.

»Danke.« Irgendwie schafften wir die Klippe, brachen auf dem höhergelegenen Grund zusammen und blieben einige Minuten lang erschöpft im Gras liegen. Dann setzte ich mich auf und blickte zum Strand hinunter. Unser Boot war gekentert, so daß deutlich zu erkennen war, wo der weiße Rumpf aufgeplatzt war. Jetzt richtete sich das Boot kurz auf, kenterte nochmals und wurde von der nächsten Welle an den Strand zurückgeworfen. »Da möchte ich nicht an Bord sein«, sagte ich zu Beth.

»Richtig«, antwortete sie, »und ich möchte auch nicht auf dieser Insel sein.«

»Vom Regen in die Traufe«, meinte ich.

»Du nervst mich«, beschwerte sie sich.

»Das wäre eine Idee für ein T-Shirt«, sagte ich. »Plum Island – nichts für schwache Nerven. Kapiert?«

»Macht's dir was aus, mal fünf Minuten lang die Klappe zu halten?«

»Durchaus nicht.«

Tatsächlich war mir die relative Stille nach soviel Wind, Regen und Motorenlärm durchaus willkommen. Ich hörte, wie mein Herz hämmerte, das Blut in meinen Ohren rauschte und meine Lunge pfiff. Und ich glaubte auch, eine innere Stimme zu hören, die warnend sagte: »Nimm dich vor kleinen Männern mit großen Gewehren in acht.«

35. Kapitel

Wir saßen im Gras, sammelten uns sozusagen und kamen allmählich wieder zu Atem. Ich war naß, müde, durchgefroren und mit Prellungen übersät; außerdem tat meine verletzte Lunge weh. Ich hatte meine Bootsschuhe verloren und sah nun, daß Beth ebenfalls barfuß war. Unverkennbar positiv war jedoch, daß wir lebten und mein Revolver noch im Schulterhalfter steckte. Ich zog ihn, um mich zu vergewissern, ob die letzte Patrone wirklich als nächste an der Reihe war. Beth tastete ihre Taschen ab, dann sagte sie: »Okay… hab' meine.«

Wir trugen noch immer Seglerjacken und Schwimmwesten, aber Beth hatte ihr Fernglas verloren. Es regnete immer noch, aber ist man erst mal naß bis auf die Haut, ist ein bißchen Regen keine große Affäre. Ich fürchtete nur Unterkühlung, falls wir zu lange stillsaßen.

Ich sah zu Beth hinüber und erkundigte mich: »Was ist mit der Platzwunde an deiner Stirn?«

»Die ist in Ordnung.« Sie fügte hinzu: »Ich hab' sie mit Salzwasser ausgespült.«

»Gut. Und was ist mit deinem Streifschuß?«

»Dem geht's einfach klasse, John.«

»Und deine sonstigen Schnittwunden und Prellungen?«

»Jede einzelne fühlt sich wunderbar an.«

War da nicht eine Spur von Sarkasmus in ihrem Ton? Ich stand auf und merkte, daß ich ziemlich weiche Knie hatte.

»Bei *dir* alles in Ordnung?« fragte Beth.

»Mir geht's gut.« Ich streckte ihr eine Hand hin, die sie ergriff, um leichter aufstehen zu können. »Nun«, sagte ich, indem ich zwei sprichwörtliche Redensarten vermischte, »aus der Traufe sind wir glücklich draußen, aber man soll den Tag nicht vor dem Abend loben.«

Beth erklärte mir ernsthaft: »Ich glaube, Tom und Judy Gordon wären stolz auf deine Seefahrerkünste.«

Ich äußerte mich nicht dazu. Zwischen uns hing ein weiterer unausgesprochener Satz, der vielleicht hätte lauten können: »Emma wäre erfreut und würde sich geschmeichelt fühlen, wenn sie sähe, was du für sie getan hast.«

»Ich denke, wir sollten in Richtung Hauptlabor marschieren«, sagte Beth.

Ich gab keine Antwort.

»Die Lichter können wir nicht verfehlen«, fuhr sie fort. »Wir bitten den hiesigen Sicherheitsdienst um Hilfe. Ich setze mich telefonisch oder per Funk mit meiner Dienststelle in Verbindung.«

Ich gab auch diesmal keine Antwort.

Sie sah mich an. »John?«

»Ich habe mich nicht bis hierher durchgeschlagen, um zu Paul Stevens zu laufen und ihn um Hilfe zu bitten«, entgegnete ich.

»John, wir sind am Ende unserer Kräfte und haben gemeinsam noch ungefähr fünf Schuß und nicht mal mehr Schuhe. Es wird Zeit, die Cops zu rufen.«

»Du kannst meinetwegen zum Hauptgebäude laufen. Ich schnappe mir Tobin.« Ich wandte mich ab und folgte der Klippe nach Osten zu der Stelle, wo Tobins Kabinenkreuzer in etwa einer halben Meile Entfernung vor Anker gelegen hatte.

Beth rief nicht hinter mir her, aber nach kurzer Zeit war sie plötzlich neben mir. Schweigend gingen wir weiter. Unsere Schwimmwesten behielten wir an, weil wir uns einbildeten, sie könnten uns wärmen, vielleicht auch, weil man nie wissen konnte, ob man wieder im Wasser landete.

Die Bäume wuchsen bis an den Rand der erodierten Klippe, und das Unterholz war dicht. Da wir barfuß waren, kamen wir nicht schnell voran. Als wir die Herumstolperei satt hatten, bogen wir ins Inselinnere ab und stießen auf die Schotterstraße, auf der uns Paul Stevens' Rundfahrtbus zur Ostspitze der Insel gebracht hatte. Die schmale Straße war mit abgebrochenen Ästen und umgestürzten Bäumen übersät, so daß nicht zu befürchten war, von einer motorisierten Streife überrascht zu werden.

Nach einiger Zeit blieb ich stehen. »Hier sind wir ungefähr auf der Höhe von Tobins Ankerplatz«, flüsterte ich Beth zu. »Ab jetzt heißt's vorsichtig und leise sein.«

Sie nickte. Wir verließen die Straße, um durch den Wald zu den Klippen zurückzukehren. Tatsächlich lag etwa fünfzig Meter vom Strand entfernt das Chris-Craft. Das unter uns am Strand liegende Ruderboot bewies, daß er an Land gekommen war. Die verlängerte Bugleine des Whalers führte über die Klippe herauf und war an einem Baum festgemacht, in dessen Nähe wir jetzt kauerten.

Wir warteten, ohne uns zu rühren, horchten und starrten in die Dunkelheit. Ich war der Überzeugung, Tobin sei ins Inselinnere marschiert, deshalb flüsterte ich Beth zu: »Er ist unterwegs, um den Schatz zu holen.«

Sie nickte. »Aufspüren können wir ihn nicht«, stellte sie fest. »Also warten wir hier, bis er zurückkommt. Dann verhafte ich ihn.«

»Alles streng nach Vorschrift.«

»Was zum Teufel soll das wieder heißen?«

»Das heißt, Ms. Penrose, daß man jemanden, der einen dreimal umbringen wollte, nicht *verhaftet*.«

»Du wirst ihn nicht eiskalt umbringen.«

»Willst du wetten?«

»John, ich habe mein Leben riskiert, um dir auf dem Boot zu helfen. Dafür bist du mir etwas schuldig. Das ist mein Fall, ich bin ein Cop, und wir machen, was ich für richtig halte.«

Ich hielt es für überflüssig, über etwas zu diskutieren, das für mich längst feststand.

Beth schlug vor, die Leine loszumachen und das Ruderboot aufs Meer hinaustreiben zu lassen, um Tobin den Rückzug abzuschneiden. Ich wandte ein, falls Tobin den Strand entlangkomme, werde er sehen, daß der Whaler verschwunden sei, und sofort umkehren. »Warte hier und gib mir Feuerschutz«, forderte ich Beth auf.

Ich ließ mich an der Bugleine die fünf Meter zu dem Wahler hinunter, der mit angebautem Außenbordmotor auf dem felsigen Strand lag. In seinem Heck stand die Plastikkiste, die ich schon im Bootshaus gesehen hatte. Sie enthielt alle möglichen Kleinteile, aber mir fiel auf, daß die Druckluftfanfare fehlte. Fredric

Tobin ahnte offenbar, daß ich ihm auf die Schliche gekommen war, und hatte angefangen, Belastungsmaterial zu beseitigen. Aber das spielte keine Rolle, denn er würde sich ohnehin nicht vor zwölf Geschworenen verantworten müssen.

In der Kiste fand ich eine Kneifzange, mit der ich den Sicherungssplint herauszog, mit dem die Schraube des Außenbordmotors auf ihrer Welle fixiert war. Die Ersatzsplinte aus der Kiste steckte ich ebenfalls ein. Außerdem fand ich in der Kiste ein sehr scharfes Anglermesser, das ich ebenfalls an mich nahm. Ich sah mich auch nach einer Taschenlampe um, aber an Bord des Whalers war keine zu finden.

Dann kletterte ich an der Leine wieder nach oben, wo Beth mir ihre Hand entgegenstreckte, um mir über die Kante zu helfen.

»Ich habe den Splint rausgezogen, der die Schraube hält«, berichtete ich.

Sie nickte. »Gut. Hast du ihn für den Fall aufgehoben, daß wir ihn später brauchen?«

»Ja – ich habe ihn verschluckt. Wie dumm sehe ich eigentlich aus?«

»Du siehst nicht dumm aus. Du machst Dummheiten.«

»Das gehört zu meiner Strategie.« Ich gab ihr die Splinte und behielt das Messer.

»Entschuldige, daß ich so kratzbürstig bin«, sagte Beth zu meiner Überraschung. »Aber ich bin müde und etwas nervös.«

»Schon in Ordnung«, wehrte ich großmütig ab.

»Was hast du vor?« erkundigte sie sich.

»Ich versuche, mich in Tobins Lage zu versetzen«, antwortete ich. »Er ist ins Inselinnere unterwegs, um den Schatz zu holen. Richtig?«

»Warum landeinwärts? Warum nicht den Strand entlang?«

»Der Schatz mag ursprünglich am Strand, vielleicht in einer dieser Klippen gewesen sein, aber die Gordons haben ihn bestimmt verlagert, denn die Grube hätte leicht einstürzen können – und dann hätten sie nochmals graben müssen. Richtig?«

»Vermutlich.«

»Ich denke, daß die Gordons den Schatz in der Nähe von Fort Terry versteckt haben – oder in dem Labyrinth aus Geschützstellungen, das wir bei unserem Besuch gesehen haben.«

»Möglich.«

»Falls Tobin weiß, wo der Schatz liegt, muß er ihn jetzt durch die Wälder bis hierher zum Strand schleppen. Je nachdem, wie schwer die Beute ist, muß er zwei- bis dreimal gehen. Richtig?«

»Vielleicht.«

»An seiner Stelle würde ich den Schatz hierhertransportieren und zum Whaler hinunterschaffen. Ich würde nicht versuchen, bei diesem Seegang zum Chris-Craft hinauszufahren – und erst recht nicht, den Schatz umzuladen. Richtig?«

»Richtig.«

»Er wartet also in seinem kleinen Boot, bis der Hurrikan sich legt. Andererseits will er vor Tagesanbruch verschwinden, bevor wieder Hubschrauber und Patrouillenboote unterwegs sind. Richtig?«

»Wieder richtig. Also?«

»Also müssen wir versuchen, seiner Fährte zu folgen, damit wir ihn uns schnappen können, während er dabei ist, den Schatz abzutransportieren. Richtig?«

»Richtig… nein, *nicht* richtig. Mit deiner Schlußfolgerung bin ich nicht einverstanden.«

»Sie ist kompliziert, aber logisch.«

»Sie ist Bockmist, John. Logischerweise bleiben wir hier. Tobin kommt auf jeden Fall hierher zurück, und wir brauchen nur zu warten.«

»*Du* kannst meinetwegen auf ihn warten. Ich spüre den Hundesohn auf.«

»Nein, das tust du nicht. Er ist besser bewaffnet als du, und meine Pistole bekommst du nicht.«

Wir starrten einander an, und ich sagte: »Ich muß ihn aufspüren. Du bleibst hier, und falls er aufkreuzt, solange ich unterwegs bin…«

»Dann hat er dich wahrscheinlich umgebracht. Bleib hier, John. Zu zweit sind wir stärker.« Eindringlich fügte sie hinzu: »Sei endlich vernünftig!«

Ich ignorierte ihre Aufforderung. »Du gehst am besten zum Ruderboot hinunter. Dort siehst du ihn, falls er den Strand entlangkommt oder an der Leine nach unten klettert. Versteck dich zwischen den Felsen. Sobald du Tobin deutlich erkennen kannst, schießt du ihn in Brust oder Bauch, dann gehst du hin und erledigst ihn mit einem Kopfschuß. Okay?«

Beth schwieg ein paar Sekunden lang, dann nickte sie. »Und danach sage ich: ›Hände hoch, Polizei!‹, stimmt's?«

»Genau. Du lernst es allmählich.«

Sie zog ihre 9-mm-Glock und hielt sie mir hin. »Falls er hierher zurückkommt, brauche ich nur einen Schuß. Nimm meine Pistole. Im Magazin sind noch vier Schuß. Laß mir deinen Revolver da.«

Ich schüttelte lächelnd den Kopf. »Mit dem metrischen System komme ich nicht zurecht. Laß mir meinen echt amerikanischen sechsschüssigen Revolver Kaliber achtunddreißig.«

»Fünfschüssigen.«

»Richtig. Das muß ich mir merken.«

»Kann ich dir dein Vorhaben ausreden?«

»Nein.«

Nun, vielleicht wäre ein rascher Abschiedskuß angebracht gewesen, aber dafür waren wir wohl beide nicht in der richtigen Stimmung. So drückte ich ihr nur die Hand, und sie drückte mir die Hand, dann wandte ich mich ab und ging durch den Wald davon – weg von der sturmumtosten Klippe, weg von Beth.

Keine fünf Minuten später war ich wieder auf der Schotterstraße. Okay, ich bin jetzt Fredric Tobin. Vielleicht habe ich einen Kompaß, aber unabhängig davon bin ich clever genug, um zu wissen, daß ich hier eine Markierung anbringen sollte, die mir zeigt, wo ich von dieser Straße abbiegen muß, um auf dem kürzesten Weg zu meinem Boot zurückzukommen.

Ich sah mich also um und entdeckte tatsächlich eine zwischen zwei Bäumen gespannte etwa drei Meter lange weiße Leine. Ich vermutete, daß sie Tobins Marschrichtung bezeichnete, und wußte auch ohne Kompaß, daß er fast genau nach Süden unterwegs war. Ich verschwand wieder im Wald und bemühte mich, diese Richtung einzuhalten.

Hätte ich nicht durch einen glücklichen Zufall diese Markierung entdeckt, die mir zeigte, wohin Tobin unterwegs war, wäre ich wahrscheinlich umgekehrt und zu Beth zurückgegangen. Aber ich hatte das Gefühl – fast die Gewißheit –, irgend etwas ziehe und schiebe mich mit magischer Gewalt zu Fredric Tobin und Captain Kidds Schatz hin. Vor meinem inneren Auge stand ein Bild, das Tobin und mich mit dem Schatz zeigte, und in den Schatten um uns herum standen die Toten: Tom und Judy, die Murphys, Emma und sogar Kidd selbst.

Das Gelände stieg an, und wenig später erreichte ich den Rand einer Lichtung. Jenseits der Lichtung sah ich die Umrisse von zwei kleinen Gebäuden, die sich von dem dunklen Horizont abhoben. Ich erkannte, daß ich am Rand des verlassenen Fort Terry stand.

Ich sah mich nach einer weiteren Markierung um und fand auch diesmal ein Stück einer weißen Leine, das an einem Ast festgemacht war. An dieser Stelle hatte Tobin den Wald verlassen, hier würde er ihn auf dem Rückweg wieder betreten. Das Trägheitsnavigationssystem in meinem Kopf schien ziemlich gut zu funktionieren. Wäre ich ein Zugvogel auf dem Flug nach Süden gewesen, hätte ich Kurs auf Florida genommen.

Daß Tobin zum Fort Terry unterwegs war, überraschte mich nicht. Praktisch alle Straßen und Wege auf Plum Island liefen dort zusammen, und in den verlassenen Gebäuden und den in der Nähe liegenden Geschützstellungen gab es Hunderte von guten Verstecken. Ich wußte, daß ich nur hier zu warten brauchte, damit Tobin mir bei seiner Rückkehr in die Arme lief. Aber ich war in der Stimmung, auf die Pirsch zu gehen und zu jagen, anstatt mich geduldig auf die Lauer zu legen.

Ich wartete noch ein paar Minuten, während ich festzustellen versuchte, ob mich jemand auf der anderen Seite der Lichtung mit einem Gewehr im Anschlag erwartete. Wie ich aus unzähligen Kriegsfilmen wußte, durfte ich diese Lichtung nicht einfach überqueren, sondern mußte sie am Rand umgehen. Aber dabei konnte ich Tobin verfehlen oder mich verlaufen. Ich mußte auf seiner Fährte bleiben.

Ich trat auf die Lichtung hinaus und überquerte das freie Gelände Richtung Süden. Der Regen war wieder stärker geworden, und der Sturm heulte. Meine nackten Füße waren geschwollen und bluteten aus vielen Schnittwunden. Ich zitterte vor Kälte und fühlte mich verdammt elend, aber ich sagte mir immer wieder, daß ich zäher war als Lord Tobin und nichts weiter brauchte als eine Kugel und ein Messer.

Jenseits der Lichtung bildete ein Waldstreifen die äußere Begrenzung des weitläufigen Geländes von Fort Terry. Ich hatte keine Ahnung, wohin Tobin sich gewandt hatte, und würde keine weiteren Markierungen finden, weil er sich hier an den Gebäuden orientieren konnte. Ich konnte nur weitersuchen.

Ich bewegte mich im Zickzack von einem Gebäude zum anderen und suchte nach einer Spur. Nach ungefähr zehn Minuten fand ich mich in der Nähe der alten Kommandantur wieder. Ich erkannte, daß ich seine Fährte verloren hatte, daß er in alle möglichen Richtungen weitergegangen sein konnte – nach Süden zum Seehundstrand, nach Westen in Richtung Forschungslabor oder nach Osten auf die lange Inselspitze hinaus. Er konnte aber auch auf der Lauer liegen und darauf warten, daß ich näher kam. Oder ich hatte ihn irgendwie verfehlt, und er war wie auf dem Wasser hinter mir. Nicht gut.

Ich beschloß, die restlichen Gebäude des Forts zu durchsuchen, und rannte tiefgeduckt zur Kapelle hinüber. Dann hörte ich plötzlich einen Schuß. Ich ging in Deckung und blieb bewegungslos liegen. Kurz darauf fiel ein zweiter Schuß. Aber die Schüsse klangen merkwürdig gedämpft, und ich hörte auch keine Kugel über mich hinwegpfeifen. Ich wußte, daß die beiden Schüsse nicht mir gegolten hatten.

Ich spurtete zu der Holzkapelle hinüber und starrte in die Richtung, aus der die Schüsse gekommen waren. Ungefähr fünfzig Meter von mir entfernt stand das Feuerwehrhaus, und ich vermutete, daß die eigenartig gedämpften Schüsse im Inneren gefallen waren.

Ich schlich geduckt weiter, warf mich aber sofort wieder in Deckung, als sich eins der großen Rolltore langsam öffnete. Es ging ruckweise nach oben, als bediene jemand einen Flaschenzug, weil der Strom ausgefallen war. Tatsächlich war hinter den Fenstern im ersten Stock ein schwacher Lichtschein zu erkennen – Kerzen oder eine Petroleumlampe.

Bevor ich Zeit hatte zu entscheiden, was ich als nächstes tun würde, kam ein großer Krankenwagen ohne Licht aus der Fahrzeughalle und bog auf die Straße nach Osten ein, wo an der Inselspitze die ehemaligen Geschützstellungen lagen.

Der geländegängige Krankenwagen rollte mühelos über die

auf der Straße liegenden Äste hinweg und war bald in der Dunkelheit verschwunden.

Ich rannte so schnell zum Feuerwehrhaus hinüber, wie meine schmerzenden Füße es erlaubten, zog meinen Revolver und stürmte in die Fahrzeughalle, in der noch drei Löschfahrzeuge standen.

Ich war so lange im Regen gewesen, daß sein Fehlen mir ungefähr zehn Sekunden lang irgendwie seltsam vorkam, aber dann war alles wieder normal.

Als sich meine Augen an die Dunkelheit gewöhnt hatten, sah ich an der Hallenrückwand eine Rutschstange. Aus dem Schlafraum im ersten Stock fiel durch das runde Loch in der Decke ein schwacher Lichtschein. Links neben der Rutschstange sah ich eine breite Treppe. Ich durchquerte die Halle und stieg mit schußbereitem Revolver die knarrenden Stufen hinauf. Aber ich wußte, daß mir dort oben keine Gefahr drohte, und ahnte, was ich vorfinden würde.

Oben an der Treppe lag ein mit Petroleumlampen beleuchteter Schlafraum. Im Lichtschein dieser Lampen sah ich zwei Männer in ihren Kojen liegen und brauchte nicht an sie heranzutreten, um zu wissen, daß beide tot waren. Damit hatte Tobin nachweislich sieben Menschen ermordet. Um diese Rechnung zu begleichen, brauchten wir wirklich keinen Mordprozeß.

Vor beiden Kojen standen Gummischnürstiefel, neben denen Socken lagen. Ich setzte mich auf eine Bank, zog dicke Wollsocken an und schlüpfte in ein Stiefelpaar, das ziemlich gut paßte. An einer Wand standen Spinde, und an der gegenüberliegenden Wand hingen an Kleiderhaken Sweatshirts und Regenmäntel. Ich verzichtete, denn obwohl ich an sich nicht abergläubisch bin, wollte ich nicht noch mehr Sachen tragen, die einem Toten gehörten.

Ich stieg die Treppe hinunter und trat aus dem Feuerwehrhaus auf die in Ost-West-Richtung verlaufende Straße hinaus. Ich folgte der leicht ansteigenden Asphaltstraße nach Osten. Zersplitterte große und kleine Äste zeigten deutlich, wo der Krankenwagen gefahren war.

Ich marschierte ungefähr eine halbe Meile weit auf dieser Straße, an die ich mich von Stevens' Rundfahrt noch erinnerte.

Der Regen wurde wieder stärker, und der Wind heulte und tobte. Ab und zu erschreckte mich ein Knall, der wie ein Gewehrschuß klang, wenn es in Wirklichkeit nur ein dicker Ast war, den der Wind abbrach.

Ich kämpfte mich gegen die reißende Flut, die mir entgegenkam, vor und mußte noch dazu schlammige Erdrutsche und auf die Straße gestürzte Baumteile überwinden. Das hier war entschieden schlimmer als Schneematsch vor meinem Apartmentgebäude. Die Natur ist ehrfurchtgebietend. Manchmal ist sie auch echt ätzend.

Dabei vergaß ich, den Blick nach vorn zu richten, und als ich aufsah, stand der Krankenwagen direkt vor mir – keine fünf Meter weit weg. Ich blieb sofort stehen, zog meinen Revolver und ließ mich auf die Knie nieder. Trotz des Regens sah ich, daß ein umgestürzter riesiger Baum die Straße vor dem Fahrzeug blockierte.

Der Krankenwagen nahm fast die gesamte Straßenbreite ein, so daß ich in den Straßengraben ausweichen und durch knietiefes Wasser waten mußte. Ich erreichte die Fahrertür und sah durchs Fenster, aber der Fahrersitz war leer.

Ich wollte den Wagen lahmlegen, aber die Türen waren abgesperrt, und die Motorhaube ließ sich nur von innen öffnen. *Verdammt.* Ich kroch unter das hohe Fahrgestell, zog mein Messer und zerschnitt ein paar Schläuche, aus denen Wasser und Bremsflüssigkeit lief. Um ganz sicherzugehen, durchtrennte ich noch ein paar Elektrokabel. Dann kroch ich unter dem Fahrzeug hervor und marschierte im prasselnden Regen weiter.

Wenig später erreichte ich die alten Befestigungsanlagen: mit Ranken, Schlingpflanzen und Buschwerk überwucherte mächtige Ruinen aus Naturstein, Stahlbeton und Ziegelmauerwerk, die mich stark an die verfallenen Bauten der Mayas erinnerten, die ich einmal im Regenwald außerhalb von Cancún besichtigt hatte. Tatsächlich war das in meinen Flitterwochen gewesen. Aber dies war kein Honigmond. Meine Flitterwochen waren auch keiner gewesen.

Ich blieb auf der Hauptstraße, obwohl ich auf beiden Seiten Stichstraßen und Betonrampen und -treppen sah. Natürlich hatte Tobin jeden dieser Zugänge zu den alten Befestigungsanlagen benutzen können. Mir wurde klar, daß es wahrscheinlich aussichtslos war, ihn in diesem Labyrinth aufzuspüren. Ich blieb stehen und ging hinter einem auf die Fahrbahn hinausragenden Stahlbetonpfeiler in Deckung.

Als ich eben resigniert umkehren wollte, sah ich einen Lichtschein aufblitzen. Oder vielmehr einen Lichtstrahl, der rechts von mir eine Sekunde lang über den Horizont huschte, bevor er wieder verschwand.

Ich ging in diese Richtung weiter und entdeckte einen fast zugewachsenen schmalen Durchgang, der ziemlich steil nach unten führte. Deutliche Spuren ließen erkennen, daß jemand ihn vor nicht allzu langer Zeit benutzt hatte. Ich bahnte mir einen Weg durch die üppige Vegetation und erreichte schließlich einen tieferliegenden Innenhof zwischen Stahlbetonwällen mit Eisentoren, die zu den unterirdischen Munitionslagern führten. Als ich über mir einen Kranz von Geschützstellungen sah, erkannte ich, daß ich bei meinem ersten Besuch dort oben gestanden und in diesen Innenhof geblickt hatte.

Ich blieb hinter einigen Büschen in Deckung und suchte die von Rissen durchzogene Betonfläche ab, ohne jedoch eine Bewegung wahrzunehmen. Auch der Lichtschein zeigte sich nicht wieder.

Ich zog meinen Revolver, trat vorsichtig auf den Innenhof hinaus und begann, mich im Gegenuhrzeigersinn die dick mit Flechten bewachsenen Betonwände entlangzuschieben.

Nach kurzer Zeit erreichte ich das erste der in den Beton eingelassenen schweren Stahltore. Die beiden Torflügel waren geschlossen, und ich sah an den Angeln, daß sie nach außen zu öffnen waren. Aber das Geröll und die Betonbrocken auf dem Boden zeigten, daß dieses Tor lange nicht mehr geöffnet worden war.

Als ich meinen Weg fortsetzte, begriff ich voller Entsetzen, daß ich erledigt war, falls jemand mit einem Gewehr über mir auf den alten Befestigungsanlagen war. Ich erreichte das zweite Tor, das aussah wie das erste: ein altes, stark verrostetes Stahltor, das vermutlich seit Jahrzehnten nicht mehr geöffnet worden war.

Ich arbeitete mich zur dritten Wand, zur Südwand des Innenhofs, vor und sah, daß dort eines der zweiflügligen Tore einen

Spalt weit offenstand. Das Geröll auf dem Betonboden war zur Seite geschoben worden, als jemand diesen Torflügel geöffnet hatte. Ich spähte durch den etwa zehn Zentimeter breiten Spalt, ohne etwas zu sehen oder zu hören.

Als ich den Torflügel etwas weiter aufzog, kreischten die rostigen Angeln laut. *Verdammt!* Ich erstarrte und blieb reglos stehen, aber außer dem Heulen des Sturms und dem Prasseln des Regens war nichts zu hören.

Ich holte tief Luft und schlüpfte durch den Torspalt.

Ich blieb mindestens eine Minute lang unbeweglich stehen, während ich alle fünf Sinne anstrengte, um meine Umgebung zu erspüren. Wie vorhin im Feuerwehrhaus war es ein Genuß, aus dem Regen herauszukommen. Aber ich war mir ziemlich sicher, daß dies der einzige Genuß war, den ich hier zu erwarten hatte.

Die Kasematte fühlte sich feucht an und roch feucht – wie ein Verlies, in das nie ein Sonnenstrahl dringt.

Ich machte lautlos zwei große Schritte nach links und berührte eine Wand. Als ich sie abtastete, zeigte sich, daß sie aus Beton bestand und leicht gewölbt war. Nach vier Schritten in entgegengesetzter Richtung stand ich wieder vor einer gewölbten Betonwand. Daraus schloß ich, daß ich mich in einem Tunnel befand, der Ähnlichkeit mit dem hatte, den wir bei unserem ersten Besuch besichtigt hatten – mit dem Tunnel also, der zu den Außerirdischen von Roswell oder den Nazi-Wissenschaftlern führte.

Aber ich hatte keine Zeit für Nazis und kein Interesse an Außerirdischen. Ich muß mich entscheiden, ob Tobin diesen Weg genommen hatte oder einen anderen. Und war er zu dem Schatz unterwegs? Oder hatte er gemerkt, daß ich ihn verfolgte, und mich in diese Falle gelockt? Was er vorhatte, war mir eigentlich egal, solange er nur hier war.

Vor mir sah ich nicht den geringsten Lichtschein, sondern nur die für unterirdische Räume charakteristische tiefe Dunkelheit. Da kein menschliches Auge sich an dieses Dunkel gewöhnen kann, würde Tobin – falls er hier war – seine Taschenlampe einschalten müssen, um mich ins Visier zu bekommen. Und sobald er das tat, würde mein Schuß dem Lichtstrahl folgen. Unter diesen Umständen würde kein zweiter Schuß mehr fallen.

Da meine Seglerjacke und die Gummistiefel bei jeder Bewegung quietschten, zog ich sie mitsamt der längst überflüssigen Schwimmweste aus. Meine Bekleidung bestand jetzt aus einem modischen Schulterhalfter, Polohemd und Jeans, einem Anglermesser im Gürtel und den Wollsocken eines Toten. So ausgerüstet marschierte ich in die pechschwarze Dunkelheit hinein und machte dabei übertrieben hohe Schritte, um etwaigen Hindernissen auf dem Tunnelboden auszuweichen. Ich dachte an Ratten, Fledermäuse und Schlangen, verdrängte den Gedanken aber sofort wieder. Ratten und ähnliches Geschmeiß waren nicht mein Problem; mein Problem war ein bewaffneter Psychopath, der irgendwo im Dunkel vor mir lauerte.

Heilige Maria… Ich bin immer sehr gläubig, sogar richtig fromm. Ich denke nur nicht viel darüber nach, solange alles gut läuft. Ich meine, als ich im Rinnstein dem Verbluten nahe war, habe ich nicht nur zu Gott gebetet, weil ich dringend Hilfe brauchte. Es war vielmehr so, daß mir Ort und Zeit für ein Gebet geeignet schienen, weil gerade nicht viel anderes lief… *Mutter Gottes…*

Mein rechter Fuß trat auf etwas Glitschiges, und ich hätte beinahe das Gleichgewicht verloren. Ich ging in die Hocke und tastete den Boden um meine Füße herum ab. Ich berührte einen kalten Metallgegenstand, der sich nicht bewegen ließ, fuhr mit der Hand darüber und identifizierte ihn endlich als eine in den Tunnelboden eingelassene Schiene. Ich erinnerte mich daran, daß Stevens uns von einer Schmalspurbahn für Munitionstransporte von Frachtern im Hafen zu den Küstenbatterien erzählt hatte. Dies war offenbar ein Bahntunnel, der zu einem der Munitionslager führte.

Ich ging weiter und hielt dabei mit einem Fuß Fühlung mit der Schiene. Nach einigen Minuten bog sie nach rechts ab; zugleich stieß ich an ein niedriges Hindernis, das ich mir nicht gleich erklären konnte. Ich kniete nieder, tastete es ab und entschied, daß es sich um eine Weiche handelte. Ich blieb knien und schaute und horchte in beide Richtungen, ohne etwas sehen oder hören zu können.

Falls Tobin glaubte, er sei hier unten allein, hätte er bestimmt seine Taschenlampe eingeschaltet oder sich zumindest nicht bemüht, geräuschlos aufzutreten. Da ich ihn weder sehen noch hören konnte, zog ich eine meiner berühmten Schlußfolgerungen und schlußfolgerte, er wisse, daß er nicht allein war. Oder vielleicht war sein Vorsprung einfach nur zu groß. Oder vielleicht war er überhaupt nicht hier… *bitte für uns Sünder…*

Vor mir hörte ich plötzlich ein Geräusch, als sei ein Stein oder ein Betonbrocken auf den Tunnel gefallen. Ich horchte angestrengter und glaubte, Wasser rauschen zu hören. Das brachte mich auf die Idee, dieser Tunnel könnte wegen der sintflutartigen Regenfälle irgendwo vor mir eingestürzt sein… *jetzt und in der Stunde…*

Ich richtete mich auf und folgte der Schiene nach rechts. Das Wasserrauschen wurde lauter, und die Luft schien besser zu werden.

Einige Minuten später spürte ich, daß ich den Tunnel verlassen hatte und mich in einem viel größeren Raum befand – in einem Munitionsmagazin. Als ich den Kopf hob und nach oben blickte, sah ich hoch über mir ein kleines Stück Nachthimmel. Durch ein rundes Loch fiel Regen bis auf den Betonboden. Ich sah auch eine Art Eisengerüst, das bis zu dem Loch aufragte, und erkannte, daß dies ein Munitionsaufzug war, der Granaten zu den Küstenbatterien hinaufbefördert hatte. Hier war also die Strecke zu Ende, und ich wußte, daß Tobin hier war, daß er hier auf mich wartete *… unseres Todes. Amen.*

36. Kapitel

Fredric Tobin schien es nicht eilig zu haben, seine Anwesenheit zu verraten. Also wartete ich, während ich auf das herabtropfende Regenwasser lauschte. Nach einiger Zeit hätte ich fast geglaubt, daß ich hier unten allein war, wenn ich nicht die Gegenwart eines weiteren Menschen in diesem Raum gefühlt hätte. Eines bösen Menschen. Wirklich.

Ich griff langsam mit der linken Hand an meinen Gürtel und zog das Anglermesser heraus.

Er wußte natürlich, daß ich hier war – wie ich wußte, daß er hier war und daß er mich in diese Katakombe gelockt hatte, die mein Grab werden sollte.

Er wußte auch, daß ich schießen würde, sobald er eine Bewegung machte, einen Laut von sich gab oder seine Taschenlampe einschaltete. Er war sich darüber im klaren, daß sein erster Schuß ins Dunkel ein Treffer sein mußte, weil er keinen zweiten würde abgeben können. Deshalb standen wir beide wie erstarrt, gewissermaßen wie Katz und Maus, nur daß noch nicht klar war, wer die Katze war.

Der kleine Scheißer hatte Nerven wie Drahtseile, das mußte ich ihm lassen. Ich war bereit, notfalls eine Woche lang so dazustehen, und er war es auch. Ich horchte auf Sturm und Regen, vermied es aber, zu dem Loch in der Decke aufzusehen, weil das meine Nachtsichtfähigkeit beeinträchtigt hätte.

So vergingen schätzungsweise fünf Minuten, vielleicht weniger, aber nicht mehr. Tobin mußte sich inzwischen fragen, ob ich lautlos den Rückzug angetreten hatte. Ich stand jedenfalls zwischen ihm und dem Tunneleingang hinter mir. Ich bezweifelte, daß es ihm gelingen würde, an mir vorbeizukommen, falls er die Nerven verlor und fortwollte.

Schließlich blinzelte Tobin gewissermaßen: Er warf einen Betonbrocken an eine weit entfernte Wand. Das Geräusch hallte durch das riesige Munitionsmagazin. Es ließ mich zusammenzucken, aber ich dachte nicht daran, blindlings ins Dunkel zu schießen. *Ein dämlicher Trick, Freddie.*

Und so standen wir beide in nachtschwarzer Dunkelheit, und ich bemühte mich, Tobin zu sehen, sein Atmen zu hören, seine Angst zu riechen. Ich glaubte, in dem schwachen Lichtschein, der durch das Loch in der Decke über uns fiel, das Weiße seiner Augen oder Stahl blinken zu sehen. Das Blinken war irgendwo links von mir, aber die Entfernung ließ sich unmöglich abschätzen.

Da ich erkannte, daß auch mein Messer den schwachen Lichtschein reflektieren könnte, verbarg ich es hinter meinem Rücken.

Ich versuchte, das Blinken wiederzufinden, aber es blieb verschwunden. Sollte es erneut sichtbar werden, war ich entschlossen, darauf zuzustürmen und wild mit dem Messer zuzustechen, bis ich Fleisch und Knochen traf. Ich wartete.

Es war schwierig, lautlos zu atmen. Wären Sturm und Regen über uns nicht gewesen, hätte Tobin mich hören müssen – und ich hätte ihn hören müssen. Ich spürte einen Hustenreiz, den ich erfolgreich unterdrückte.

Wir warteten. Ich vermutete, daß er wußte, daß ich allein war. Außerdem vermutete ich, daß Tobin wußte, daß ich mindestens eine Handfeuerwaffe hatte. Ich glaubte zu wissen, daß er eine Handfeuerwaffe hatte – jedoch nicht die Pistole Kaliber 45, mit der er Tom und Judy erschossen hatte. Hätte er ein Gewehr gehabt, hätte er versucht, mich im Freien aus sicherer Entfernung zu erschießen, sobald feststand, daß ich ihm auf den Fersen war. Jedenfalls war ein Gewehr hier nicht besser als eine Pistole. Womit ich nicht gerechnet hatte, war eine Schrotflinte.

In dem geschlossenen Raum war das Krachen der Schrotflinte so ohrenbetäubend laut, daß ich heftig zusammenfuhr. Aber als ich begriff, daß er nicht getroffen hatte, als mein Gehirn registrierte, wo dieser Schuß gefallen war – etwa fünf Meter zu meiner Rechten –, und bevor Tobin seine Feuerstellung wechseln konnte, gab ich meinen einzigen Schuß auf die Stelle ab, wo ich das Mündungsfeuer hatte aufblitzen sehen.

Ich ließ meinen Revolver fallen und stürmte mit erhobenem

Messer los, aber ich stieß auf kein Hindernis und stolperte über keinen menschlichen Körper auf dem Betonboden. Sekunden später traf mein Messer eine Wand. Ich blieb stehen und erstarrte.

In einiger Entfernung hinter mir sagte eine Stimme: »Sie hatten nur einen Schuß, nehme ich an.«

Ich gab natürlich keine Antwort.

»Los, reden Sie schon!« forderte mich die Stimme auf.

Ich drehte mich langsam zu Fredric Tobin um.

»Ich glaube, ich habe gehört, wie Ihre Waffe zu Boden gefallen ist«, sagte er.

Ich merkte, daß er bei jedem Satz, den er sagte, die Stellung wechselte. Ein cleverer Kerl.

»Ich sehe Sie in dem Licht, das durch das Loch in der Decke fällt«, behauptete er.

Ich merkte jetzt, daß mein Sturmlauf auf die Schrotflinte mich etwas näher an diesen schwachen Lichtschein herangebracht hatte.

Die Stimme ertönte wieder aus neuer Position: »Keine Bewegung, sonst erschieße ich Sie!«

Ich verstand nicht, warum er nicht längst geschossen hatte, konnte mir aber denken, daß er irgendwas von mir wollte. Ich nutzte diese Tatsache aus, wich von der Wand zurück und sagte: »Zum Teufel mit Ihnen, Freddie.«

Plötzlich flammte hinter mir Licht auf, und ich erkannte, daß er mich umgangen hatte, und war im Lichtstrahl seiner Taschenlampe gefangen. »Halt, oder ich schieße!« sagte Tobin. »Keine Bewegung!«

Ich stand also da, während er seine Taschenlampe und eine Waffe unbekannten Kalibers auf mich gerichtet hielt. Ich achtete darauf, das Messer so zu halten, daß er es nicht sehen konnte, aber im nächsten Augenblick befahl er mir: »Hände auf den Kopf!«

Ich steckte das Messer in meinen Hosenbund und legte beide Hände auf den Kopf – noch immer mit dem Rücken zu ihm.

»Ich möchte, daß Sie mir einige Fragen beantworten«, fuhr er fort.

»Dann lassen Sie mich leben. Richtig?«

Er lachte. »Nein, Mr. Corey. Sterben müssen Sie auf jeden Fall. Aber Sie werden meine Fragen trotzdem beantworten.«

»*Fuck you!*«

»Sie verlieren nicht gern, was?«

»Jedenfalls nicht mein Leben.«

Er lachte wieder.

»Sie verlieren ebenfalls nicht gern«, bemerkte ich. »Aber in Foxwoods haben Sie das letzte Hemd verloren. Sie sind ein wirklich dummer Spieler.«

»Klappe halten!«

»Ich drehe mich jetzt um. Ich will Ihre Jacketkronen und Ihr Toupet sehen.«

Während ich mich mit den Händen auf dem Kopf umdrehte, zog ich den Bauch ein und wackelte etwas mit den Hüften, damit das Messer vorn in meine enge Jeans rutschte. Dort wollte ich es zwar nicht unbedingt haben, aber zumindest war es so nicht mehr zu sehen.

Wir standen uns in etwa drei Meter Abstand gegenüber. Der Lichtstrahl seiner Taschenlampe war nicht auf mein Gesicht, sondern auf meinen Bauch gerichtet, so daß ich erkannte, daß Tobin in der rechten Hand eine Pistole hielt. Die Schrotflinte war nirgends zu sehen.

Die Taschenlampe war eine dieser Halogenlampen mit scharf gebündeltem Strahl und großer Reichweite. Das Licht streute praktisch nicht, so daß der höhlenartige Raum außerhalb des Lichtflecks auf meinem Bauch so dunkel blieb wie zuvor.

Der Lichtstrahl glitt über meinen Oberkörper und beleuchtete das Schulterhafter. »Wo ist Ihre Waffe?« fragte Tobin.

»Keine Ahnung. Kommen Sie, wir suchen sie gemeinsam.«

»Klappe halten!«

»Dann stellen Sie mir keine Fragen.«

»Reizen Sie mich nicht, Mr. Corey, sonst geht der nächste Schuß zwischen Ihre Beine.«

Nun, wir wollten natürlich nicht, daß Willie der Eroberer erschossen wurde, aber ich wußte nicht, wie ich's anstellen sollte, Mr. Tobin nicht zu reizen. »Wo ist Ihre Schrotflinte?« erkundigte ich mich.

»Ich habe den Hammer gespannt und die Flinte weit weggeschleudert«, antwortete er. »Zum Glück hat sie mich nicht getroffen. Aber Sie sind auf den Trick reingefallen. *Sie* sind wirklich dumm.«

»Augenblick... Sie haben zehn Minuten gebraucht, um sich diesen simplen Trick einfallen zu lassen? Wer von uns ist da der Dumme?«

»Ich habe Ihren Sarkasmus allmählich satt.«

»Dann schießen Sie doch! Es hat Ihnen nichts ausgemacht, die Feuerwehrleute im Schlaf zu erschießen, nicht wahr?«

Er gab keine Antwort.

»Oder bin ich Ihnen zu weit weg? Wie nahe sind Sie an Tom und Judy herangetreten? Jedenfalls nahe genug, um Schmauchspuren zu hinterlassen. Oder wollen Sie mir wie Emma und den Murphys den Schädel einschlagen?«

»Ja, das *wäre* mir lieber. Vielleicht schieße ich Sie erst nieder und schlage Ihnen dann mit dem Flintenkolben den Schädel ein.«

»Nur zu! Versuchen Sie's doch. Einen Schuß haben Sie frei, Sie kleiner Scheißer. Dann falle ich über Sie her wie ein Habicht über ein Huhn. Also los!«

Er ging nicht darauf ein, äußerte sich nicht einmal dazu. Offenbar hatte er ein bestimmtes Anliegen. Schließlich erkundigte er sich: »Wer weiß sonst noch über mich Bescheid? Über diese Sache?«

»Jeder.«

»Ich glaube, Sie lügen. Wo ist Ihre Freundin?«

»Dicht hinter Ihnen.«

»Wenn Sie versuchen, Spielchen mit mir zu treiben, Mr. Corey, sterben Sie viel früher und unter großen Schmerzen.«

»Und Sie landen auf dem elektrischen Stuhl. Ihr Fleisch verbrennt, Ihr Toupet geht in Flammen auf, Ihre Jacketkronen glühen rot, Ihr Bart fängt Feuer, Ihre Kontaktlinsen schmelzen auf Ihren Augäpfeln. Und nach Ihrem Tod kommen Sie in die Hölle und müssen wieder braten.«

Mr. Tobin äußerte sich nicht dazu.

Wir standen uns gegenüber – ich mit beiden Händen auf dem Kopf, er mit der Taschenlampe in der linken Hand und der Pistole in der rechten. So befand er sich offensichtlich im Vorteil. Ich konnte sein Gesicht nicht sehen, stellte es mir aber sehr teuflisch und selbstgefällig vor. Schließlich fragte Tobin mich: »Sie haben die Sache mit dem Schatz herausbekommen, nicht wahr?«

»Warum haben Sie Emma umgebracht?«

»Beantworten Sie meine Frage.«

»Beantworten Sie zuerst meine.«

Er ließ einige Sekunden verstreichen, dann sagte er: »Sie hat zuviel gewußt, und sie hat zuviel geredet. Aber vor allem sollte Ihnen das zeigen, wie stark mir Ihr Sarkasmus und Ihre Herumschnüffelei mißfallen haben.«

»Sie sind ein herzloser kleiner Scheißer.«

»Die meisten Leute halten mich für charmant. Zum Beispiel Emma. Und natürlich die Gordons. Aber beantworten Sie jetzt meine Frage. Sie wissen über den Schatz Bescheid?«

»Ja. Captain Kidds Schatz. Hier auf Plum Island vergraben. Sollte an einen anderen Ort gebracht und dort entdeckt werden. Margaret Wiley, Peconic Historical Society und so weiter. Sie sind nicht so clever, wie Sie glauben.«

»Sie auch nicht. Sie haben einfach bloß Glück gehabt.« Er fügte hinzu: »Aber jetzt ist das Spiel aus.«

»Schon möglich. Aber ich habe noch volles Haar und meine Originalzähne.«

»Sie legen es wirklich darauf an, mich zu ärgern.«

»Und ich bin größer als Sie, und Emma hat gesagt, daß ich ein viel besserer Liebhaber bin.«

Mr. Tobin zog es vor, nicht auf meine Hänseleien einzugehen. Er wollte offenbar etwas aus mir herausbekommen, bevor er mir eine Kugel durch den Kopf jagte.

»Haben Sie eine unglückliche Kindheit gehabt?« fragte ich. »Eine dominante Mutter und einen herzlosen Vater? Haben die anderen Jungs Sie ›Feigling!‹ geheißen und Sie wegen Ihrer Kniestrümpfe verspottet? Erzählen Sie mir davon. Ich möchte Ihren Schmerz teilen.«

Diesmal schwieg Mr. Tobin auffällig lange. Ich sah die Taschenlampe in seiner Hand zittern und konnte mir vorstellen, daß auch seine Rechte mit der Pistole zitterte. Ein hoffnungslos Unterlegener hat zwei Verhaltensmöglichkeiten – er kann sich entweder schüchtern und kooperativ stellen, oder er kann den Kerl mit der Waffe aufbringen, ihn beschimpfen und so lange reizen, bis er einen Fehler macht. Die erste Möglichkeit ist heutzutage das Standardverfahren der Polizei. Die zweite Theorie gilt als gefährlich und verrückt. Natürlich bevorzuge ich die zweite.

»Warum zittern Sie?« fragte ich.

Als er beide Hände hob – die linke mit der Taschenlampe, die rechte mit der Pistole –, wurde mir klar, daß er auf mich zielte. *Oh-oh*. Zurück zu Theorie eins.

Wir standen uns gegenüber, und ich glaubte ihm anzusehen, daß er angestrengt überlegte, ob er abdrücken sollte. Ich dagegen überlegte angestrengt, ob ich einen gellenden Schrei ausstoßen und mich auf ihn stürzen sollte, bevor er wirklich abdrückte.

Dann ließ er Taschenlampe und Pistole wieder ein Stück sinken. »Sie können mich nicht provozieren«, behauptete er.

»Schön für Sie.«

»Wo ist Ms. Penrose?« fragte er nochmals.

»Sie ist ertrunken.«

»Nein, das stimmt nicht. Wo ist sie?«

»Vielleicht ist sie ins Forschungslabor gegangen, um Verstärkung anzufordern. Vielleicht sind Sie erledigt, Freddie. Vielleicht sollten Sie mir Ihre Pistole geben, Kumpel.«

Er dachte darüber nach.

Während er nachdachte, sagte ich: »Übrigens habe ich die Aluminiumkiste mit dem Skelett und dem übrigen Zeug in Ihrem Weinkeller unter den Flaschenkartons gefunden und dann die Cops gerufen.«

Er äußerte sich nicht dazu. Falls er noch gehofft hatte, ich würde seine Geheimnisse mit ins Grab nehmen, sah er sich jetzt enttäuscht. Ich erwartete jeden Augenblick eine Kugel, aber Fredric Tobin, der immer auf einen Deal aus war, fragte mich: »Wollen wir halbe-halbe machen?«

Ich mußte beinahe lachen. »Halbe-halbe? Die Gordons haben geglaubt, sie bekämen die Hälfte … und was haben sie statt dessen von Ihnen bekommen?«

»Sie haben bekommen, was sie verdient haben.«

»Wie das?«

»Sie haben plötzlich Gewissensbisse bekommen. Unverzeihlich. Sie wollten den Schatz dem Staat übergeben.«

»Nun, dem gehört er schließlich.«

»Wem er gehört, ist unwichtig. Es kommt darauf an, wer ihn findet und behält.«

»Die Goldene Regel, wie Fredric Tobin sie auslegt – wer das Gold hat, macht die Regeln.«

Er lachte glucksend. Manchmal ärgerte ich ihn, manchmal brachte ich ihn zum Lachen. Da kein weiterer Cop anwesend war, mußte ich den guten Cop, aber auch den bösen Cop spielen. Dabei konnte man glatt schizophren werden.

»Die Gordons sind zu mir gekommen«, fuhr Tobin fort, »und haben vorgeschlagen, einen Deal mit dem Staat auszuhandeln: Wir sollten einen fairen Teil des Schatzes als Finderlohn bekommen, während der größere Teil für soziale Einrichtungen auf Plum Island, eine Tagesstätte in Orient Point für Kinder von Angestellten, Sanierungsmaßnahmen auf der Insel und die Sicherheit historischer Bausubstanz verwendet werden sollte. Wir sollten legale Entdecker, Helden und Menschenfreunde sein.« Nach kurzer Pause fügte Tobin hinzu: »Ich habe natürlich mitgespielt. Aber ab diesem Augenblick waren sie so gut wie tot.«

Armer Tom, arme Judy. Einem eiskalten Verbrecher wie Fredric Tobin waren sie nie gewachsen gewesen. »Der Kinderhort ›Fredric Tobin‹ hat Ihnen also nicht gefallen?«

»Kein bißchen.«

»Ach, Freddie, Sie spielen bloß den harten Burschen. Ich möchte wetten, daß Sie ein Herz für Kinder haben. Sie wollen es nur nicht so deutlich zeigen.«

Er lachte wieder halblaut. Es wurde Zeit, ein anderes Thema anzuschneiden, um sein Interesse an unserem Gespräch wachzuhalten. »Übrigens hat der Sturm Ihr Weingut und Ihr Bootshaus vernichtet«, sagte ich. »Und ich habe Ihren Weinkeller und Ihr Apartment im Tobin Tower in Trümmer gelegt. Das wollte ich Ihnen nur erzählen.«

»Danke für diese Mitteilung. Sie sind nicht sehr diplomatisch, was?«

»Diplomatie ist die Kunst, ›braver Hund‹ zu sagen, bis man einen Stein gefunden hat.«

Er lachte. »Für Sie gibt's keine Steine mehr, Mr. Corey, das wissen Sie.«

»Was wollen Sie von mir, Tobin?«

»Ich will wissen, wo der Schatz ist.«

Das überraschte mich doch ziemlich. »Ich dachte, er sei hier«, sagte ich.

»Das habe ich auch gedacht. Als die Gordons mich im August zu einem privaten archäologischen Rundgang auf die Insel mitnahmen, lag er hier – unter alten Munitionskisten versteckt. Aber da ist er nicht mehr. Statt dessen habe ich einen kurzen Brief gefunden.«

»Einen Brief? Von den Gordons?«

»Ja. Sie teilen mir mit, daß sie den Schatz anderswo versteckt haben und er für mich verloren ist, falls sie vorzeitig aus dem Leben scheiden sollten.«

»Dann haben Sie sich also selbst reingelegt. Gut.«

»Ich kann nicht glauben, daß sie dieses Geheimnis niemandem anvertraut haben«, fuhr er fort.

»Vielleicht haben sie's ja getan.«

»Zum Beispiel Ihnen«, sagte Tobin. »Haben Sie deshalb gewußt, daß ihre Ermordung nichts mit biologischer Kriegführung zu tun hatte? Sind Sie deshalb über Captain Kidds Schatz informiert gewesen? Haben Sie deshalb über meine Rolle Bescheid gewußt? Heraus mit der Sprache, Corey!«

»Das habe ich alles selbst rausgekriegt.«

»Sie haben also keine Ahnung, wo der Schatz jetzt liegt?«

»Keinen blassen Schimmer.«

»Schade.«

Die Pistole kam wieder in Schußposition nach oben.

»Nun«, sagte ich, »vielleicht habe ich verschiedene kleine Hinweise erhalten.«

»Das habe ich mir gedacht. Haben die Gordons Ihnen einen Brief geschrieben, den Sie nach ihrem Tod bekommen haben?«

Nein, aber ich wollte, sie hätten's getan. »Sie haben bestimmte Andeutungen gemacht, die für mich rätselhaft sind – aber für Sie vielleicht nicht.«

»Zum Beispiel?«

»Nun … hey, wieviel ist er Ihrer Meinung nach wert?«

»Für Sie wert? Oder insgesamt wert?«

»Insgesamt. Ich will nur zehn Prozent, wenn ich Ihnen helfe, ihn zu finden.«

Er richtete seine Taschenlampe auf einen Punkt unterhalb meines Kinns und musterte mich prüfend. »Versuchen Sie etwa, ein Spielchen mit mir zu treiben, Mr. Corey?« fragte er mich.

»Ich doch nicht.«

Tobin schwieg eine Zeitlang. Er war hin- und hergerissen zwischen dem brennenden Wunsch, mich sofort zu durchlöchern, und der schwachen Hoffnung, ich könnte tatsächlich etwas über den Verbleib des Schatzes wissen. Er war sich darüber im klaren, daß er sich an Strohhalme klammerte, aber er wollte sich nicht eingestehen, daß sein grandioser Plan fehlgeschlagen war, daß er nicht nur pleite und als Geschäftsmann erledigt, sondern auch Captain Kidds Schatz verschwunden war, daß jahrelange Mühen vergebens gewesen waren und daß er sehr gute Chancen hatte, wegen mehrfachen Mordes vor Gericht gestellt, verurteilt und gegrillt zu werden.

»Er ist unglaublich gewesen, wirklich unglaublich«, sagte Tobin schließlich. »Nicht nur Gold, sondern auch Juwelen... Geschmeide des Großmoguls von Indien... Rubine, Saphire und Perlen in exquisiten Goldfassungen... dazu sackweise ungefaßte Edelsteine... Allein die Juwelen müssen zehn bis zwanzig Millionen Dollar wert sein... vielleicht sogar mehr...« Er seufzte leise. »Ich glaubte, das wissen Sie alles. Ich denke, die Gordons haben Sie ins Vertrauen gezogen oder Ihnen einen Brief hinterlassen.«

Ich wünschte mir wirklich, sie hätten eines von beiden getan – am besten ersteres. Leider hatten sie genau das versäumt, auch wenn sie's vielleicht vorgehabt hatten. Aber wie vermutet, hatten die Gordons ihrem Freund Tobin offenbar zu verstehen gegeben, John Corey, NYPD, sei teilweise eingeweiht. Das hatte sie am Leben erhalten sollen, hatte sollen wohlgemerkt. Im Augenblick hielt es *mich* am Leben, aber auch meine Augenblicke waren gezählt. »Sie haben über mich Bescheid gewußt, als ich Sie in der Weinkellerei besuchte«, sagte ich.

»Natürlich. Oder halten Sie sich für den einzigen cleveren Menschen?«

»Ich weiß, daß ich der einzige clevere Mann in diesem Raum bin.«

»Nun, wenn sie so verdammt clever sind, Mr. Corey, warum

stehen Sie dann mit Ihren Händen auf dem Kopf da, während ich die Pistole habe?«

»Gute Frage.«

»Sie vergeuden meine Zeit. Wissen Sie, wo der Schatz ist?«

»Ja und nein.«

»Genug. Sie haben fünf Sekunden Zeit, mir alles zu erzählen, Eins …» Er zielte wieder auf mich.

»Was kümmert Sie's, wo der Schatz liegt? Sie können weder mit dem Schatz noch vor der Anklage wegen Mordes flüchten.«

»Mein Boot ist für eine Fahrt bis nach Südamerika ausgerüstet. Zwei …«

»Denken Sie doch realistisch, Freddie. Den schönen Traum, irgendwo am Strand zu liegen und sich von einheimischen Mädchen mit Mangos füttern zu lassen, können Sie vergessen. Kumpel. Geben Sie mir Ihre Waffe, dann sorge ich dafür, daß Sie nicht gegrillt werden. Ich schwöre Ihnen, daß Sie nicht gegrillt werden.« *Ich bringe Sie selbst um.*

»Falls Sie etwas wissen, sollten Sie's mir lieber sagen. Drei …«

»Ich glaube, daß Stevens die Geschichte teilweise rausbekommen hat. Was meinen Sie?«

»Das halte ich für möglich. Glauben Sie, daß er den Schatz hat? Vier …«

»Freddie, hören Sie doch auf, von dem beschissenen Schatz zu reden! Der nützt Ihnen doch nichts mehr. Aber ich schlage Ihnen einen Deal vor.«

»Welchen Deal.«

»Sie geben mir Ihre Waffe und kommen freiwillig mit. Ich erzähle dem Staatsanwalt, daß Sie sich ergeben haben, und Sie kommen gegen Kaution frei, und nächstes Jahr um diese Zeit beginnt die Verhandlung, bei der jeder die Chance hat, nach Kräften zu lügen. Okay?«

Tobin schwieg zunächst.

Natürlich waren die Aussichten, als Mehrfachmörder gegen Kaution freizukommen, gleich Null; zu bemerken war auch, daß ich keine Negativausdrücke wie Verhaftung, Gefängnis und dergleichen gebrauchte. »Ergeben Sie sich jetzt, setze ich mich wirklich für Sie ein.« *Versteht sich, Kumpel.* »Wirklich. Ehrenwort!«

Tobin schien ernsthaft über dieses Angebot nachzudenken. Das war ein kitzeliger, schwieriger Augenblick, denn er mußte sich zwischen Kampf, Flucht und Kapitulation entscheiden. Ich mußte daran denken, daß Tobin ein miserabler Glücksspieler war, weil sein übersteigertes Selbstbewußtsein verhinderte, daß er rechtzeitig ausstieg, solange sich noch eine Chance bot, seinen Verlust zu mindern.

»Meiner Überzeugung nach sind Sie nicht als Kriminalbeamter hier«, meinte er.

Ich hatte befürchtet, daß er das merken würde.

»Ich glaube, Sie nehmen die ganze Sache sehr persönlich. Sie möchten mir antun, was ich Tom, Judy, den Murphys und Emma angetan habe ...«

Er hatte natürlich vollkommen recht, und weil ich damit ohnehin tot war, warf ich mich nach links, tauchte aus dem Lichtstrahl ins Dunkel und schloß eine Schulterrolle über den Betonboden an. Tobin schwenkte die Taschenlampe und schoß, aber ich war viel weiter entfernt, als er geschätzt hatte. Außerdem wälzte ich mich sofort in die entgegengesetzte Richtung, als das Schußecho durch die Kaverne hallte und das Geräusch meiner Bewegungen tarnte. Dabei zog ich das Messer aus meinen Jeans, bevor es mir wertvolle Teile abschnitt.

Der scharfgebündelte Lichtstrahl zuckte hektisch durch den Raum, und Tobin schoß mehrmals blindlings, so daß die Kugeln als Querschläger davonsurrten, während das Schußecho im Dunkel verhallte.

Einmal erfaßte mich der Lichtstrahl, aber bevor Tobin das begriff und ihn zurückschwenkte, war ich längst wieder fort. Mit einer Taschenlampe und Kugeln Fangen zu spielen, ist weniger lustig, als es vielleicht klingt, aber es ist viel einfacher, als man glaubt – vor allem in einem so großen Raum ohne Hindernisse.

Ich tastete bei jeder Rolle, bei jedem Abwälzen nach der Schrotflinte, ohne sie in die Finger zu bekommen. Obwohl ich minder bewaffnet war als er, lag der Vorteil jetzt auf meiner Seite, und solange der Idiot seine Taschenlampe eingeschaltet ließ und um sich ballerte, wußte ich immer, wo er war. Der coole Freddie war offenbar ausgeflippt.

Aber bevor er merkte, daß er die Taschenlampe hätte ausschalten sollen, raste ich wie ein Berserker auf ihn zu. Er hörte mich kommen und schwenkte gerade Taschenlampe und Pistole in meine Richtung, als ich auch schon mit ihm zusammenprallte.

Er machte ein Geräusch wie ein platzender Luftballon und kippte wie ein Kegel um. Ohne Gegenwehr. Ich entwand ihm mühelos die Pistole und riß ihm die Taschenlampe aus der anderen Hand. Dann kniete ich auf seiner Brust, leuchtete ihm ins Gesicht und hielt mein Messer an seine Kehle.

Tobin bekam kaum Luft, aber er schaffte es trotzdem, stockend hervorzustoßen: »Also gut … also gut … Sie haben gewonnen …«

»Richtig.« Ich schlug mit dem Messergriff zu und zertrümmerte ihm das Nasenbein. Ich hörte ein Krachen und sah Blut aus seinen Nasenlöchern schießen, während er gellend kreischte. Das Kreischen wurde zu einem Wimmern, und er starrte mich mit weit aufgerissenen Augen an. »Nein … bitte … genug …«, stöhnte er.

»Nein, nein, nicht genug. Nicht genug.« Der zweite Schlag mit dem Messergriff zertrümmerte seine Jacketkronen, bevor ich das Messer am Griff packte, ihm den künstlichen Haaransatz aufschlitzte und sein Toupet abriß. Er schrie, aber er war jetzt in eine Art Schockzustand verfallen und reagierte kaum mehr richtig auf meine Gemeinheiten. Ich hörte mich im Dunkeln kreischen: »Du hast ihr den Schädel eingeschlagen! Du hast sie vergewaltigt! Du verdammter Schweinehund!«

»Nein … o nein …«

Ich wußte, daß ich nicht mehr bei Vernunft war, daß es besser gewesen wäre, einfach zu verschwinden. Aber in der Dunkelheit um uns herum schienen die Gestalten der Toten zu lauern, und nach den Schrecken der Überfahrt, der Verfolgungsjagd über Plum Island und der Angst vor einer tödlichen Kugel hatte John Corey sich in etwas zurückverwandelt, das am besten im Dunkel verborgen blieb. Ich schlug ihm zweimal den Messergriff auf die Stirn, ohne daß ich den Knochen zertrümmert hätte.

Tobin gab einen langgezogenen, erbärmlichen Klagelaut von sich. »Neiiiiin …«

Ich wollte wirklich aufstehen und weglaufen, bevor ich etwas unwiderruflich Böses tat, aber das schwarze Herz, das jeder von uns in der Brust hat, war in mir zum Leben erwacht.

Ich griff mit dem scharfen Messer in der Hand hinter mich und schlitzte durch Tobins Hose hindurch seinen Unterleib auf – mit einem tiefen, quer verlaufenden Schnitt, der Fleisch und Muskeln durchtrennte und die Eingeweide aus der Bauchhöhle treten ließ.

Tobin schrie auf, aber als ich jetzt von ihm abließ, wurde er seltsam stumm und blieb unbeweglich liegen, als versuche er herauszubekommen, was passiert war. Er mußte die Wärme seines Blutes spüren, aber sonst war ihm praktisch nichts anzumerken. Wahrscheinlich dankte er Gott dafür, daß er noch lebte – bis seine suchend über den Bauch gleitende linke Hand die aus dem Körper quellenden Eingeweide ertastete.

Unsere Blicke begegneten sich im Licht der Taschenlampe, und er starrte mich beinahe fragend an. Aber da er sich nicht erklären konnte, was seine Hände ertasteten, brauchte er eine kurze Erklärung von mir. Also sagte ich: »Das sind deine Eingeweide.«

Tobin schrie gellend auf und hörte nicht mehr zu schreien auf, während er versuchte, seine Eingeweide mit beiden Händen zusammenzuhalten.

Ich stand auf, wischte mir die Hände an meinen Jeans ab und ging davon. Hinter mir hallten Tobins Schreie von den Wänden des kalten, kalten Raumes wider.

37. Kapitel

Ich hatte keine große Lust, durch den langen dunklen Tunnel zurückzumarschieren. Außerdem ist's eine gute Taktik, nicht auf demselben Weg zurückzugehen; dort könnte jemand auf einen lauern.

Ich sah zu der Öffnung in der Decke auf. Noch nie war mir ein dunkler, stürmischer Himmel so einladend erschienen. Ich trat an das Stahlgerüst, das vom Boden bis zur Decke des Munitionslagers führte. Dies war, wie schon gesagt, der Aufzug, der früher riesige Granaten, Kartuschen und Treibladungen in die Geschützstellungen hinaufbefördert hatte, so daß er stabil sein mußte. Ich stieg auf die erste Querstange und stellte fest, daß sie hielt. Die nächsten Querstangen waren ebenfalls ziemlich verrostet, aber auch sie hielten.

Von oben kam starker Regen, und von unten verfolgten mich Fredric Tobins gellende Schreie. Aber die Luft wurde besser, je höher ich kletterte. In ungefähr fünf Metern Höhe spürte ich erste orkanartige Windstöße, die in die Öffnung pfiffen. Nach weiteren zwei Metern hatte ich die Öffnung erreicht und sah, daß der Sturm wieder stärker geworden war und den Regen fast waagrecht vor sich hertrieb.

Ich sah, daß die obere Öffnung des Munitionsaufzugs von einem Stacheldrahtzaun umgeben war, der offensichtlich hatte verhindern sollen, daß die früher hier eingestellten Rinder in das Loch fielen. »Verdammt!«

Mein Oberkörper ragte ins Freie, als ich auf der letzten Querstrebe des Stahlgerüsts stand. Wind und Regen übertönten jetzt Tobins Schreie unter mir.

Ich betrachtete den etwa einen Meter hohen Zaun aus Bandstacheldraht, der mich umgab. Ich konnte darüberklettern oder wieder hinuntersteigen und das Munitionslager durch den Tunnel verlassen. Ich dachte an Tobin, der sich dort unten tödlich verletzt die Seele aus dem Leib schrie. Und was war, wenn er sich zusammenriß und die Schrotflinte oder seine Pistole fand? Nachdem ich bis hierher gekommen war, würde ich den letzten Meter auch noch überwinden.

Unempfindlichkeit gegenüber Schmerzen ist reine Willenssache, deshalb stellte ich mich darauf ein, erkletterte den Stacheldrahtzaun und sprang auf der anderen Seite zu Boden.

Ich blieb einige Zeit liegen, bis ich wieder zu Atem gekommen war, rieb die Schnittwunden an Händen und Füßen und war froh, daß die Krankenhausärzte meine Tetanusimpfung für den Fall, daß die drei Kugeln schmutzig gewesen waren, aufgefrischt hatten. Dann biß ich die Zähne zusammen, stand auf und sah mich um. Ich befand mich in einer kreisrunden Geschützstellung mit ungefähr zehn Meter Durchmesser. Die Stellung war in den Hügel eingegraben und von einem schulterhohen Schutzwall für das früher hier stehende Küstengeschütz umgeben. In den Betonboden war noch immer die Schwenklafette eingelassen, auf der das große Geschütz einen Halbkreis vor seiner Stellung hatte beschreiben können.

Auf der anderen Seite dieser vertieft angelegten Stellung sah ich eine Rampe, die zu einer Art Beobachtungsturm hinaufführte. Ich befand mich anscheinend an der Südküste der Insel, und das Küstengeschütz war früher nach Süden – auf See hinaus – gerichtet gewesen. Tatsächlich hörte ich in der Nähe das Tosen der stürmischen Brandung.

Da war ich nun … mit Tobins Stimme, die mich noch lange verfolgen würde, im Kopf, mit Sturm und Regen im Gesicht, vor Kälte zitternd, durstig, hungrig, zerschunden und halbnackt. Trotzdem fühlte ich mich bestens. Ich stieß sogar einen lauten Schrei aus, führte einen kleinen Siegestanz auf und rief in den Wind: »Ich lebe! Ich lebe!«

Dann sagte eine kleine Stimme in meinem Kopf: »Nicht mehr lange.«

Ich brach meinen Siegestanz ab. »Was?«

»Nicht mehr lange.«

Das war nicht wirklich eine kleine Stimme in meinem Kopf; das war eine Stimme hinter mir. Ich drehte mich um.

Auf dem eineinhalb Meter hohen Wall stand eine hochgewachsene Gestalt in dunkler Regenkleidung mit Kapuze, die das Gesicht zum größten Teil verdeckte, und blickte auf mich herab. Die ganze Erscheinung erinnerte stark an den Sensenmann, der dort oben im Sturm stand und vermutlich grinste. *Unheimlich.* »Wer zum Teufel sind Sie?« fragte ich.

Die Gestalt – Größe und Stimme nach ein Mann – gab keine Antwort.

Ich genierte mich ein bißchen, weil mein kleiner Siegestanz im Regen beobachtet worden war. Aber ich hatte den starken Verdacht, daß das im Augenblick das geringste meiner Probleme war. »Wer zum Teufel sind Sie?«

Wieder keine Antwort. Aber ich sah jetzt, daß die Gestalt etwas mit beiden Händen vor ihrer Brust hielt. *Die Standardsense jedes Sensenmanns?* Hoffentlich. Mit einer Sense konnte ich fertig werden. Aber diesmal hatte ich Pech. Der Kerl hatte ein Gewehr. *Scheiße.*

Der Kerl stand einfach nur da und starrte aus etwa zehn Metern Entfernung auf mich herab. Er versperrte mir den Weg zu der aus der Stellung führenden Rampe. Meine einzige Chance war das Loch, aus dem ich soeben heraufgekommen war – aber dazu mußte ich fünf Meter auf ihn zurennen, über einen Stacheldrahtzaun hechten und mich blindlings in die Tiefe stürzen. Das würde ungefähr vier Sekunden dauern, und in dieser Zeit konnte der Kerl mit dem Gewehr zielen und zweimal abdrücken. Aber vielleicht wollte er mir nichts Böses. Vielleicht war er ein Rotkreuzhelfer, der einen Brandy für mich hatte. Ich fragte ihn: »Also, mein Freund, was führt Sie in einer Nacht wie dieser her?«

»Sie.«

»Ich.«

»Ja, Sie. Sie und Fredric Tobin.«

Jetzt erkannte ich die Stimme. »Nun, Paul, ich wollte gerade fort.«

»Ja«, antwortete Mr. Stevens. »Sie *werden* bald fort sein.«

Der Tonfall, in dem er das sagte, gefiel mir nicht. Wahrscheinlich war er noch immer sauer, weil ich ihn auf seinem eigenen Rasen flachgelegt hatte – von den Beleidigungen, mit denen ich ihn überhäuft hatte, ganz zu schweigen. Und jetzt stand er mir mit einem Gewehr gegenüber. Das Leben ist manchmal komisch.

»Sie werden bald fort sein«, wiederholte er.

»Gut. Ich muß ohnehin weiter…«

»Wo ist Tobin?«

»Dicht hinter Ihnen.«

Stevens sah sich tatsächlich rasch um, aber dann konzentrierte er sich sofort wieder auf mich und erklärte: »Vom Leuchtturm aus sind zwei Boote beobachtet worden – ein Chris-Craft und ein Rennboot. Das Chris-Craft ist im Gatt umgekehrt, das Rennboot ist durchgekommen.«

»Yeah, das im Rennboot bin ich gewesen. Auf 'ner kleinen Spazierfahrt.« Dann fragte ich ihn: »Woher wissen Sie, daß das Tobins Chris-Craft gewesen ist?«

»Ich kenne sein Boot. Ich habe ihn erwartet.«

»Warum?«

»Sie wissen, warum.« Er fügte hinzu: »Meine Bewegungssensoren und Mikrofone haben mir in Fort Terry mindestens zwei Personen und ein Fahrzeug gemeldet. Ich habe dort nachgesehen, und jetzt bin ich hier.« Fragend fügte er hinzu: »Jemand hat die beiden Feuerwehrleute ermordet. Sie?«

»Nicht ich«, antwortete ich und fuhr fort: »Hey, Paul, mir ist kalt, und ich kriege 'nen steifen Hals, wenn ich dauernd zu Ihnen aufsehen muß. Ich komme jetzt die Rampe herauf, und dann gehen wir ins Labor, trinken einen Kaffee und…«

Paul Stevens hob sein Gewehr und zielte auf mich. »Keinen halben Schritt, oder ich erschieße Sie!« warnte er mich.

»Verstanden.«

»Ich bin Ihnen noch was schuldig«, erinnerte er mich.

»Sie müssen versuchen, Ihren Zorn zu überwinden und eine konstruktive…«

»Halten Sie Ihre verdammte Klappe!«

»Okay.« Ich wußte instinktiv, daß Paul Stevens gefährlicher war als Fredric Tobin. Tobin war ein Feigling gewesen, der geflüchtet war, sobald er Gefahr gewittert hatte. Aber Stevens war meiner Überzeugung nach jemand, der es im Kampf Mann gegen Mann mit jedem aufnehmen würde. »Wissen Sie, warum Tobin und ich hier sind?« fragte ich.

»Natürlich«, sagte er, ohne sein Gewehr abzusetzen. »Captain Kidds Schatz.«

»Ich kann Ihnen helfen, den Schatz zu finden.«

»Nein, das können Sie nicht. Ich habe ihn längst.«

Pech. »Wie haben Sie …?« begann ich.

»Halten Sie mich für blöd? Die Gordons wollten mich für dumm verkaufen. Aber ich habe genau gewußt, was sie mit ihren dämlichen archäologischen Grabungen bezweckten. Ich habe sie ständig überwacht. Ich habe nur nicht gewußt, wer ihr Partner war – bis Tobin im August als Vertreter der Peconic Historical Society auf die Insel gekommen ist.«

»Gute Ermittlungsarbeit. Ich veranlasse, daß Sie eine Belobigung bekommen und …«

»Halten Sie Ihre verdammte Klappe!«

»Ja, Sir.« In amtlichem Tonfall teilte ich ihm mit: »Keine Straftat, die Sie vielleicht bereits verübt haben, ist so schwerwiegend wie ein Mord.«

»Tatsächlich habe ich noch keine einzige Straftat verübt, und Sie zu erschießen, wird mir ein Vergnügen sein.«

»Einen Polizeibeamten zu erschießen …«

»Sie sind unbefugt hier und meines Wissens ein Saboteur, ein Terrorist und ein Mörder. Tut mir leid, daß ich Sie nicht erkannt habe.«

Ich spannte meine Muskeln an und bereitete mich innerlich auf den Spurt zum Stacheldraht vor. Natürlich hatte ich keine Chance, aber ich mußte wenigstens den Versuch wagen.

»Durch Ihre Schuld habe ich eine aufgeschlagene Lippe und zwei lockere Zähne«, erklärte Stevens mir. »Außerdem wissen Sie verdammt viel. Zu viel.« Langsam fügte er hinzu: »Ich bin reich – und Sie sind tot. Bye-bye, Kumpel.«

»Arschloch!« sagte ich. Dann stürmte ich auf das Loch zu, wobei ich nicht den Stacheldraht, sondern Stevens im Auge behielt. Er zog den Gewehrkolben in die Schulter ein und verfolgte mich über Kimme und Korn hinweg. Aus dieser Entfernung konnte er nicht danebenschießen.

Im nächsten Augenblick fiel ein Schuß, aber ich sah kein Mündungsfeuer und spürte keinen brennenden Schmerz, der meinen Körper durchzuckte. Als ich den Zaun erreichte und gerade über den Stacheldraht hechten wollte, um mich kopfüber in das Loch zu stürzen, sah ich Stevens von dem Wall springen, um mich zu erledigen. Zumindest dachte ich das im ersten Augenblick. Aber in Wirklichkeit fiel er nach vorn und klatschte mit dem Gesicht nach unten auf den Beton. Ich prallte gegen den Stacheldraht und kam zum Stehen.

Ich blieb sekundenlang wie gelähmt stehen und beobachtete ihn. Er zuckte eine Weile, als sei er am Rückgrat getroffen, war also im Prinzip erledigt. Ich hörte auch das unverkennbare Gurgeln, das ankündigt, daß demnächst die Lichter ausgehen werden. Schließlich hörte er auf zu zucken und zu gurgeln. Ich hob den Kopf. Auf dem Wall stand Beth Penrose, die mit schußbereiter Pistole in der Hand auf Paul Stevens hinunterstarrte.

»Wie kommst du hierher?« fragte ich sie.

»Zu Fuß.«

»Ich meine…«

»Ich habe dich gesucht, und da habe ich ihn gesehen und bin ihm nachgegangen.«

»Zu meinem Glück.«

»Nicht zu seinem«, stellte sie fest.

Ich sagte: »Sprich mir nach: ›Hände hoch, Polizei!‹«

»Zum Teufel damit«, wehrte sie ab.

»Ganz deiner Meinung.« Erklärend fuhr ich fort: »Er wollte mich gerade umlegen.«

»Ja, ich weiß.«

»Du hättest ein bißchen früher schießen können.«

»Du willst mich doch hoffentlich nicht kritisieren?«

»Nein, Ma'am. Klasse gemacht.«

Sie fragte mich: »Bei dir alles okay?«

»Yeah. Und bei dir?«

»Mir fehlt nichts. Wo ist Tobin?«

»Er ist… nicht hier.«

Sie blickte wieder auf Stevens hinab. »Was ist mit ihm?«

»Nur ein Aasfresser.«

»Hast du den Schatz gefunden?«

»Nein, aber Stevens hat ihn.«

»Weißt du, wo er versteckt ist?«

»Das wollte ich Stevens gerade fragen.«

»Nein, John, er wollte dich kaltmachen.«

»Danke, daß du mir das Leben gerettet hast.«

»Dafür bist du mir einen kleinen Gefallen schuldig.«

»Richtig. Das war's also – damit ist der Fall abgeschlossen«, sagte ich.

»Bis auf den Schatz. Und Tobin. Wo ist er?«

»Oh, der ist irgendwo hier in der Nähe.«

»Ist er bewaffnet? Ist er gefährlich?«

»Nein«, antwortete ich, »bei ihm ist der Saft raus.«

Ein alter Bunker bot uns Schutz vor dem Hurrikan. Obwohl wir uns wärmesuchend aneinanderdrängten, war uns so kalt, daß wir kein Auge zutaten. Wir redeten miteinander und rieben uns gegenseitig Arme und Beine, um einer Unterkühlung vorzubeugen.

Weil Beth immer wieder nach Tobin fragte, schilderte ich ihr die Konfrontation im Munitionslager in einer redigierten Version, die damit schloß, daß ich ihn mit meinem Messer angegriffen und tödlich verletzt hatte.

»Müssen wir nicht dafür sorgen, daß er ärztliche Hilfe bekommt?« fragte sie.

»Natürlich«, antwortete ich. »Gleich morgen früh als erstes.«

Beth schwieg einige Sekunden lang. »Gut«, sagte sie dann einfach.

Lange vor Tagesanbruch waren wir wieder zum Strand unterwegs.

Der Hurrikan war weitergezogen, und bevor der Hubschrauber und die Partrouillenboote wieder unterwegs waren, ersetzten wir den Splint und fuhren mit dem Whaler zu Tobins Chris-Craft hinaus. Dort öffnete ich das Bodenventil und versenkte das kleine Ruderboot. Dann fuhren wir mit dem Kabinenkreuzer nach Greenport, von wo aus wir Max anriefen. Er holte uns vom Hafen ab und brachte uns ins Dienstgebäude der Southold Police, wo wir duschten und Trainingsanzüge und Wollsachen bekamen. Ein hinzugezogener Arzt untersuchte uns und verordnete Antibiotika und Rührei mit Schinken, was in Ordnung war.

Während wir im Besprechungsraum des Dienstgebäudes frühstückten, erstatteten wir dem Chief Bericht. Max war abwechselnd verblüfft, ungläubig, sauer, glücklich, neidisch, erleichtert, besorgt und so weiter. »Captain Kidds Schatz?« fragte er immer wieder. »Wißt ihr das genau?«

Ich war beim zweiten Frühstück, als Max sich erkundigte: »Dann hat also nur Stevens gewußt, wo der Schatz liegt?«

»Vermutlich«, sagte ich.

Er starrte erst mich, dann Beth an, bevor er fragte: »Ihr würdet mir nichts verheimlichen, stimmt's?«

»Natürlich täte ich das, Max«, antwortete ich. »Wüßte ich, wo zwanzig Millionen in Gold und Juwelen liegen, würdest du's als letzter erfahren. Tatsache ist aber, daß der Schatz wieder verschollen ist.« Nach einer Pause fügte ich hinzu: »Andererseits wissen wir, daß er existiert und daß Stevens ihn für kurze Zeit besessen hat. Vielleicht können die Cops oder die Feds ihn mit etwas Glück aufspüren.«

»An diesem Schatz klebt soviel Blut«, sagte Beth, »als läge wirklich ein Fluch darauf.«

Max zuckte mit den Schultern und meinte: »Fluch hin oder her, ich würde ihn gern finden.« Hastig fügte er hinzu: »Aus historischen Gründen.«

»Natürlich.«

Max schien außerstande, alles aufzunehmen und zu verarbeiten, denn er stellte immer wieder Fragen, die längst beantwortet waren.

»Artet diese Berichterstattung in ein Verhör aus«, erklärte ich ihm, »muß ich meinen Anwalt anrufen oder dich windelweich prügeln.«

Max rang sich ein Grinsen ab. »Sorry ... das ist alles so verwirrend ...«

»Danken Sie uns für die gute Arbeit«, schlug Beth vor.

»Danke für eure gute Arbeit.« Zu mir sagte Max: »Ich bin froh, daß ich dich engagiert habe.«

»Du hast mich rausgeschmissen.«

»Wirklich? Vergiß es.« Er fragte mich: »Habe ich richtig verstanden, daß Tobin tot ist?«

»Nun ... als ich ihn zuletzt gesehen habe, hat er noch gelebt ... ich meine, ich hätte vielleicht betonen müssen, daß er ärztliche Hilfe braucht.«

Max musterte mich prüfend, dann fragte er: »Wo liegt dieser unterirdische Raum genau?«

Ich beschrieb ihm die Lage des Munitionsmagazins, so gut ich konnte, und Max verschwand rasch nach draußen, um zu telefonieren.

Beth und ich sahen uns über den Konferenztisch hinweg an. »Du wirst mal eine ausgezeichnete Kriminalbeamtin«, erklärte ich ihr.

»Ich *bin* eine ausgezeichnete Kriminalbeamtin.«

»Richtig. Wie kann ich mich dafür erkenntlich zeigen, daß du mir das Leben gerettet hast?«

»Wie wär's mit tausend Dollar?«

»Ist das der Wert meines Lebens?«

»Okay, fünfhundert.«

»Gehst du heute abend mit mir essen?«

»John…« Sie sah mich an, lächelte ein bißchen wehmütig und sagte dann: »John… ich habe dich sehr gern, aber… Die Sache ist zu… kompliziert… zu… Ich meine, mit allen diesen Todesfällen… Emma…«

Ich nickte. »Du hast recht.«

Das Telefon auf dem Konferenztisch klingelte. Ich nahm ab, hörte kurz zu und bestätigte: »Okay… ich sag's ihr.« Ich legte den Hörer auf und erklärte Beth: »Ihre County-Limousine ist vorgefahren, Madam.«

Beth stand auf, ging zur Tür und drehte sich noch einmal nach mir um. »Ruf mich in vier Wochen an«, forderte sie mich auf. »Okay? Tust du das?«

»Wird gemacht.« Aber ich wußte genau, daß ich's nicht tun würde.

Unsere Blicke begegneten sich. Ich blinzelte ihr zu, sie blinzelte mir zu; ich warf ihr eine Kußhand zu, sie warf mir eine zu. Dann drehte sich Beth Penrose um und ging hinaus.

Ein paar Minuten später kam Max zurück. »Ich habe Plum angerufen«, berichtete er. »Hab' mit Kenneth Gibbs gesprochen. Du erinnerst dich an ihn? Stevens' Assistent. Die Leute vom Sicherheitsdienst haben ihren ehemaligen Boß inzwischen aufgefunden. Tot. Mr. Gibbs hat nicht sehr aufgeregt oder allzu neugierig gewirkt.«

»Eine unerwartete Beförderung sollte man nie allzu kritisch betrachten.«

»Yeah. Und ich habe ihm gesagt, daß sie Tobin in den unterirdischen Munitionslagern suchen sollen. Richtig?«

»Richtig. Ich weiß bloß nicht, in welchem. Es ist finster gewesen.«

»Yeah.« Max dachte einen Augenblick nach, dann sagte er: »Ein verdammtes Durcheinander. Da gibt's wieder tonnenweise Papierkram zu erledigen…« Er sah sich um. »Wo ist Beth?«

»Ihr Dienstwagen ist gekommen und hat sie abgeholt.«

»Oh… okay…« Mit ernster Miene teilte er mir mit: »Ich habe eben ein amtlich aussehendes Fax vom NYPD bekommen, in dem ich aufgefordert werde, dich aufzuspüren und festzuhalten, bis jemand gegen Mittag eintrifft.«

»Nun, hier bin ich.«

»Hast du vor abzuhauen?«

»Nein.«

»Versprich's mir. Sonst kriegst du ein Zimmer mit vergitterten Fenstern.«

»Versprochen.«

»Okay.«

»Laß mich zu meinem Haus fahren. Ich muß mich umziehen.«

»Okay.«

Er verließ den Raum. Wenig später steckte ein Uniformierter, mein alter Kumpel Bud Johnson, den Kopf zur Tür herein und fragte: »Kann ich Sie mitnehmen?«

»Gern.«

Ich folgte ihm, und er fuhr mich zu Onkel Harry Haus. Ich zog anständige Sachen an, in denen nicht »Eigentum Southold Town PD« stand, holte mir ein Bier, setzte mich damit auf die Veranda und beobachtete, wie der Himmel klar und die Bay ruhig wurde.

Auf dem Rasen sah es nach dem Sturm schrecklich aus, aber das alte Haus stand noch, obwohl es noch immer keinen Strom gab, so daß das Bier warm war, was schlecht war, während es andererseits gut war, daß ich meinen Anrufbeantworter nicht abhören konnte.

Eigentlich hätte ich aufs NYPD warten sollen, wie ich Max versprochen hatte, aber statt dessen rief ich ein Taxi, ließ mich zum

Bahnhof Riverhead fahren und nahm den nächsten Zug nach Manhattan.

Als ich nach so vielen Monaten in mein Apartment in der East 72nd Street zurückkam, hatte ich sechsunddreißig Nachrichten auf dem Anrufbeantworter – das Maximum dessen, was er speichern konnte.

Meine Putzfrau hatte meine Post auf dem Küchentisch gestapelt – ungefähr zehn Pfund Mist.

Zwischen Rechnungen und Drucksachen fand ich das endgültige Scheidungsurteil, das ich mit einem Haftmagneten an die Kühlschranktür hängte.

Ich wollte schon aufhören, den ganzen Postscheiß zu sortieren, als mir ein schlichter weißer Briefumschlag ins Auge fiel. Er war handschriftlich adressiert und trug als Absender die Adresse der Gordons, obwohl der Brief in Indiana aufgegeben war.

Ich riß den Umschlag auf, zog drei Blatt liniertes Briefpapier heraus, das in sauberer Schrift mit blauer Tinte beschrieben war, und las:

Lieber John, wenn Du diese Zeilen liest, bedeutet das, daß wir tot sind – sie sind also ein Gruß aus dem Grab.

Ich legte den Brief weg, ging an den Kühlschrank und holte mir ein Bier. Ich nahm einen Schluck und sagte: »Grüße aus dem Land der lebenden Toten.«

Ich las weiter:

Hast Du gewußt, daß Captain Kidds Schatz in unserer Nähe vergraben gewesen ist? Nun, unterdessen wirst Du das vermutlich wissen. Du bist ein cleverer Mann, und wir würden wetten, daß Du das inzwischen rausbekommen hast. Falls nicht, wollen wir Dir die ganze Geschichte erzählen…

Ich trank wieder einen Schluck Bier und las die drei Seiten mit einer detaillierten Chronik der Ereignisse, die mit Kidds Schatz, Plum Island und dem Verhältnis der Gordons zu Fredric Tobin zu tun hatten. Der Brief enthielt keine Überraschungen, nur verschiedene Details, die ich übersehen hatte. In bezug auf Tatsachen, über die ich Spekulationen angestellt hatte – zum Beispiel über den Schatzfund auf Plum Island –, schrieben die Gordons:

Bald nach unserem Umzug nach Long Island hat Fredric Tobin uns eine Einladung zu einer Weinprobe geschickt. Wir haben die Tobin Vineyards besucht und dort Fredric Tobin kennengelernt. Weitere Einladungen sind die Folge gewesen.

So hatte Tobins Verführung der Gordons begonnen. Irgendwann hatte Tobin ihnen eine auf Pergament gezeichnete primitive Karte gezeigt, ohne zu verraten, wie sie in seinen Besitz gelangt war. Auf der Karte war »Pruym Eyland« mit Himmelsrichtungen in Kompaßgraden, Schrittzahlen, Geländepunkten und einem großen X dargestellt gewesen. Der Rest der Geschichte war vorhersehbar: Wenig später hatten Tom, Judy und Fredric einen Teufelspakt abgeschlossen.

Die Gordons brachten unmißverständlich zum Ausdruck, daß sie Tobin nicht trauten – und daß vermutlich er an ihrem Tod schuld war, selbst wenn er als Unfall, Attentat ausländischer Agenten oder dergleichen getarnt worden sein sollte. Tom und Judy hatten Fredric Tobin endlich verstanden, aber ihre späte Einsicht hatte ihnen nichts mehr genützt. Mit keinem Wort erwähnt wurde Paul Stevens, von dessen Bespitzelung sie offenbar nie etwas gemerkt hatten.

Mir fiel ein, daß Tom und Judy den Tieren glichen, mit denen sie gearbeitet hatten: unschuldig, dumm und zum Tode verurteilt, sobald sie Plum Island betraten.

Der letzte Satz ihres Briefes lautete:

Wir haben Dich beide sehr gern und vertrauen Dir, John, und wir wissen, daß Du alles in Deinen Kräften Stehende tun wirst, um dafür zu sorgen, daß der Gerechtigkeit Genüge getan wird. Alles Liebe, Tom und Judy.

Ich ließ den Brief sinken und starrte lange blind vor mich hin.

Hätte dieser Brief mich früher erreicht, wäre die vergangene Woche anders verlaufen. Emma wäre jedenfalls noch am Leben gewesen, obwohl ich sie wahrscheinlich nie kennengelernt hätte.

Vor einhundert Jahren kamen Menschen in ihrem Leben gelegentlich an einen Scheideweg, wo sie sich für eine Richtung entscheiden mußten. Heute leben wir im Inneren von Mikrochips, in denen sich in jeder Nanosekunde Millionen von Pfaden öffnen und schließen. Aber was noch schlimmer ist: Jemand anders drückt auf die Knöpfe.

Nachdem ich ungefähr eine halbe Stunde lang über den Sinn des Lebens nachgedacht hatte, klingelte es an meiner Wohnungstür, und ich machte auf. Draußen standen die Cops, genauer gesagt zwei Typen aus der Innenrevision, die aus irgendeinem Grund sauer auf mich zu sein schienen. Ich fuhr mit den beiden zur One Police Plaza, um zu erklären, warum ich dienstliche Anrufe ignoriert, meinen Arzttermin versäumt und noch dazu als Cop in Southold schwarzgearbeitet hatte. Mein Boß, Lieutenant Wolfe, war da, was beschissen war, aber Dom Fanelli war auch da, und wir freuten uns über das Wiedersehen und lachten ein paarmal miteinander.

Jedenfalls redeten die Bosse einen Haufen Scheiß über all die Schwierigkeiten, in denen ich angeblich steckte, weshalb ich meinen Anwalt anrief und außerdem meinen Vertrauensmann des Versorgungswerks für Kriminalbeamte, und gegen Abend waren wir kurz davor, einen Deal abzuschließen.

So ist das Leben. Der Sinn des Lebens hat nicht viel mit Gut und Böse, Recht und Unrecht, Pflichterfüllung, Ehre und Vaterland oder so weiter zu tun. Er hat damit zu tun, daß man den richtigen Deal aushandelt.

38. Kapitel

Auf der Zehnten Avenue herrschte leichtes Schneetreiben, und von meinem Platz aus an einem Fenster im fünften Stock konnte ich den Flockenwirbel im Licht der Straßenlampen und Autoscheinwerfer beobachten.

Hinter mir betraten Studenten den Hörsaal, aber ich drehte mich nicht um. Dies war die erste Vorlesung im neuen Semester, und obwohl ich noch keinen Blick auf die Liste derer, die sich eingeschrieben hatten, geworfen hatte, rechnete ich mit etwa dreißig Studenten. Der Kurs hieß *Strafrecht 709 – Mordermittlungen* und bestand aus fünfzehn zweistündigen Vorlesungen – jede Woche am Mittwochabend – sowie mehreren Seminaren. Jeder Absolvent bekam drei College-Anrechnungspunkte. An den letzten vier Abenden würden wir einige sehr berühmt-berüchtigte Mordfälle unter die Lupe nehmen. Nicht befassen würden wir uns jedoch mit der vor kurzem zu Ende gegangenen Mordserie auf der North Fork von Long Island.

Meine Hörer bestanden im allgemeinen aus Leuten, die Cops werden wollten, auswärtigen Kriminalbeamten, die dienstlich in New York waren, ein paar uniformierten Cops aus der City und den Vororten, die nach der Goldmarke eines Kriminalbeamten strebten oder sich eine bessere Ausgangsposition für die Laufbahnprüfungen verschaffen wollten, und gelegentlich einem Strafverteidiger, der von mir lernen wollte, was er tun mußte, damit seine Dreckskerle von Mandanten wegen einer bloßen Formsache freigesprochen wurden.

Ich hatte meinen Namen an die Tafel geschrieben und darunter die Bezeichnung der Vorlesungsreihe gesetzt – für alle die Sherlock-Holmes-Epigonen, die mehr als den Namen des Dozenten und die Hörsaalnummer brauchten, um zu wissen, daß sie am rechten Ort waren.

Bestandteil meines Deals mit dem NYPD war seine Kooperation bei meiner vorzeitigen Pensionierung wegen Dienstunfähigkeit gewesen, sowie sein Verzicht auf alle geplanten Disziplinarmaßnahmen und seine Unterstützung, damit ich am John Jay College of Criminal Justice einen Zweijahresvertrag als außerordentlicher Dozent bekam. Wegen der engen Zusammenarbeit zwischen NYPD und dem John Jay College war das nicht allzu schwierig gewesen. Meine Gegenleistung bestand lediglich darin, daß ich in den Ruhestand trat und mich in der Öffentlichkeit lobend über das NYPD und meine Vorgesetzten äußerte. An diese Verpflichtung halte ich mich. Jeden Tag verkünde ich in der U-Bahn laut und öffentlich: »Das New York Police Department ist großartig. Ich liebe Lieutenant Wolfe.«

Die Klingel schrillte. Ich trat vom Fenster ans Vortragspult und sagte: »Guten Abend. Ich bin John Corey, früher Kriminalbeamter im NYPD. Auf Ihrem Tisch finden Sie eine Zusammenfassung des Lehrstoffs, eine Liste der Bücher, die Sie lesen müssen oder zusätzlich lesen könnten, und einige Themenvorschläge für Seminararbeiten.« Ich fügte hinzu: »Ihre Arbeiten werden wir hier gemeinsam besprechen.« *Weil das mein Vorlesungspensum von dreißig Stunden ganz erheblich verringert.*

Ich schwatzte noch ein bißchen über die Vorlesungen, über Noten, Anwesenheitspflicht und so weiter. Dabei betrachtete ich die Hörer in den ersten Reihen und stellte fest, daß sie wirklich den gesamten Bereich zwischen achtzehn und achtzig abdeckten: etwa die Hälfte Männer, die Hälfte Frauen, Weiße, Schwarze, Asiaten, Latinos, ein Turbanträger, zwei Frauen in Saris und ein Geistlicher mit Priesterkragen. Das gab es nur in New York. Was sie alle gemeinsam hatten, war vermutlich ihr Interesse an Mordermittlungen. Mord ist zugleich faszinierend und erschreckend; er ist das große Tabu und wahrscheinlich das einzige Verbrechen, das in jeder Zeit und in jeder Gesellschaft als schlimmstes Vergehen gegen die Gesellschaft, den Stamm, den Clan und den einzelnen verdammt wurde.

Während ich sprach, sah ich also viele glänzende Augen und nickende Köpfe und hatte den Eindruck, daß alle hier sein wollten, was nicht in jedem Unterrichtsraum der Fall ist.

Ich sprach weiter: »Außerdem werden wir einige nicht wissenschaftlich belegbare Ermittlungsmethoden wie Ahnungen, Instinkt und Intuition untersuchen. Wir werden versuchen, sie zu definieren, um…«

»Entschuldigung, Detective.«

Ich hob den Kopf und sah eine in der letzten Reihe erhobene Hand. Himmelnochmal. *Laßt mich doch wenigstens erst meine Einführung zu Ende bringen.* Die Hand gehörte vermutlich zu einem Körper, aber ihre Besitzerin saß so hinter einem Riesenkerl versteckt, daß ich nur ihre Hand sah. »Ja?« fragte ich.

Beth Penrose stand auf, und ich wäre fast umgekippt. »Detective Corey«, sagte sie, »sprechen Sie auch über Themen wie rechtmäßige Durchsuchungen und Beschlagnahmungen, die Rechte von Verdächtigen bei unrechtmäßigen Durchsuchungen und den Umgang mit einer Kollegin oder einem Kollegen, ohne sie oder ihn gegen sich aufzubringen?«

Die anderen lachten. Ich fand das keineswegs amüsant.

Ich räusperte mich. »Ich… Wir machen jetzt fünf Minuten Pause. Ich bin gleich wieder da.« Ich verließ den Hörsaal und ging den Korridor entlang. Da überall Vorlesungen stattfanden, war der Flur menschenleer. Ich machte am Wasserspender halt und nahm einen Schluck, den ich dringend brauchte.

Beth Penrose blieb in meiner Nähe stehen und beobachtete mich. Ich richtete mich auf und betrachtete sie meinerseits. Sie trug enge Jeans, Schnürschuhe und ein kariertes Flanellhemd mit offenem Kragen und hochgekrempelten Ärmeln. In dieser Aufmachung wirkte sie unerwartet burschikos. »Was ist mit deiner Schußwunde?« fragte ich.

»Alles wieder okay. Bloß ein Kratzer, aber eine Narbe ist geblieben.«

»Von der kannst du deinen Enkeln erzählen.«

»Richtig.«

Wir standen da und sahen einander an.

Schließlich sagte sie: »Du hast mich nie angerufen.«

»Nein, das habe ich nicht.«

»Dom Fanelli ist so nett gewesen, mich über dich auf dem laufenden zu halten.«

»Ach, wirklich? Dafür kriegt er eins auf die Nase, wenn ich ihn wiedersehe.«

»Nein, du läßt ihn in Ruhe. Ich mag ihn. Nur schade, daß er verheiratet ist.«

»Du hast dich für diesen Kurs eingeschrieben?«

»Klar. Fünfzehn Abende, jeweils zwei Stunden, immer mittwochs.«

»Und dafür kommst du bis aus… wo wohnst du gleich wieder?«

»Huntington. Keine zwei Stunden Zug- oder Autofahrt. Deine Vorlesung dauert bis neun, also bin ich zu den Elfuhrnachrichten zu Hause. Und was ist mit dir?«

»Ich bin zu den Zehnuhrnachrichten daheim.«

»Ich meine, was tust du, außer hier zu unterrichten?«

»Das ist genug Arbeit. Drei Tageskurse, ein Abendkurs.«

»Fehlt dir der Job?« fragte sie.

»Ich glaub' schon… yeah. Mir fehlen der Job, die Jungs, mit denen ich zusammengearbeitet habe, das… Gefühl, etwas Nützliches zu tun… aber die Bürokratie und der ganze Bockmist fehlen mir garantiert nicht. Es ist Zeit für was Neues gewesen. Und was ist mit dir? Noch immer draufgängerisch?«

»Klar doch. Ich bin eine Heldin. Alle Welt liebt mich. Ich mache unserer Truppe und meinem Geschlecht Ehre.«

»Ich mache *meinem* Geschlecht Ehre.«

»Das glaubt aber nur dein Geschlecht.« Sie lachte.

Offenbar hatte sie mehr Spaß bei dieser Unterhaltung als ich.

Sie wechselte das Thema und sagte: »Wie ich höre, bist du ein paarmal bei der Staatsanwaltschaft im Suffolk County gewesen, um Aussagen zu machen.«

»Yeah. Sie versucht noch immer rauszukriegen, was eigentlich passiert ist.« Erklärend fügte ich hinzu: »Ich bin so hilfsbereit, wie mir das angesichts meiner Kopfverletzung, die zu selektivem Gedächtnisverlust geführt hat, möglich ist.«

»Das habe ich gehört. Hast du deshalb vergessen, mich anzurufen?«

»Nein. Ich hab's nicht vergessen.«

»Nun, dann…« Beth ging nicht weiter darauf ein, sondern fragte: »Bist du mal wieder auf der North Fork gewesen, seit…«

»Nein. Und ich fahre wahrscheinlich nie mehr hin. Was ist mit dir?«

»Ich habe mich irgendwie in die Gegend verliebt und mir in Cutchogue auf einer Farm ein kleines Wochenendhaus mit einem kleinen Stück Land gekauft. Es erinnert mich an die Farm meines Vaters und meiner Kindheit.«

Ich wollte etwas antworten, besann mich aber eines Besseren. Obwohl ich nicht recht wußte, worauf diese Sache hinauslief, konnte ich mir denken, daß Beth Penrose nicht jeden Mittwochabend drei bis vier Stunden Fahrt auf sich nahm, um die weisen Worte des großen Meisters zu hören – Worte, die sie schon im September gehört und teilweise abgelehnt hatte. Ms. Penrose war offensichtlich an mehr als nur drei College-Anrechnungspunkten interessiert. Ich dagegen hatte gerade angefangen, mich an ein Leben ohne feste Beziehung zu gewöhnen.

»Der dortige Makler hat mir erzählt, daß dein Onkel sein Haus verkauft hat«, sagte sie.

»Yeah. Aus irgendwelchen Gründen hat mich das ein bißchen traurig gemacht.«

Beth nickte. »Nun, du kannst mich jederzeit am Wochenende in Cutchogue besuchen.«

Ich zog die Augenbrauen hoch. »Aber ich sollte vorher anrufen, stimmt's?«

»Ich bin allein«, antwortete sie. »Wie steht's mit dir?«

»Was hat mein Expartner dir erzählt?«

»Er hat gesagt, du seist allein.«

»Aber nicht einsam.«

»Er hat nur gesagt, daß du keine feste Freundin hast.«

Ich gab keine Antwort. Ich sah auf meine Uhr.

Beth wechselte erneut das Thema und teilte mir mit: »Meine Informanten bei der Staatsanwaltschaft meinen, daß der Fall zur Verhandlung kommt. Ohne irgendwelche Absprachen. Sie wollen eine Verurteilung wegen Mordes und werden die Todesstrafe beantragen.«

Ich nickte. Ich habe bisher vergessen zu erwähnen, daß der ausgeweidete und skalpierte Fredric Tobin überlebt hatte. Für mich war das keine allzu große Überraschung, denn ich wußte, daß seine Verletzungen nicht unbedingt tödlich waren. Ich hatte die großen Blutgefäße ausgespart und ihm weder das Messer ins Herz gestochen noch die Kehle durchgeschnitten, was ich vielleicht hätte tun sollen. Vermutlich war ich unbewußt außerstande gewesen zu morden, aber wäre er infolge meiner Zwangsmaßnahmen an Schock oder Blutverlust gestorben, wäre das auch in Ordnung gewesen.

Nun saß Freddie also im Bezirksgefängnis in einer Einzelzelle und mußte sich mit dem Gedanken an ein Leben hinter Gittern oder einen Stromstoß in sein Zentralnervensystem vertraut machen. Oder vielleicht an eine Giftspritze. Ich wollte, der Bundesstaat New York könnte sich endlich zwischen diesen beiden Möglichkeiten entscheiden.

Ich darf den kleinen Scheißer nicht besuchen, aber ich habe dafür gesorgt, daß er meine Telefonnummer hat. Jetzt ruft Freddie mich alle paar Wochen aus dem Kittchen an. Ich erinnere ihn daran, daß sein Leben mit Wein, Weib und Gesang, mit Porsches, Rennbooten und Frankreichreisen vorbei ist und er irgendwann in nächster Zeit vor Tagesanbruch aus seiner Zelle geholt und zur Hinrichtung geführt werden wird. Er behauptet seinerseits, er werde ungestraft davonkommen und ich solle mich vorsehen, denn bald werde er wieder in Freiheit sein. Unglaublich, was für ein monumentales Selbstbewußtsein dieser kleine Scheißer hat!

»Ich habe Emma Whitestones Grab besucht, John«, erzählte Beth.

Ich gab keine Antwort.

»Sie ist auf einem wunderschönen alten Friedhof inmitten von Whitestones beigesetzt. Manche Gräber sind über dreihundert Jahre alt.«

Auch dazu äußerte ich mich nicht.

Beth fuhr fort: »Ich bin ihr nur einmal begegnet – damals in deiner Küche –, aber sie ist mir sympathisch gewesen, und ich habe das Bedürfnis gehabt, ein paar Blumen auf ihr Grab zu legen. Das solltest du auch tun.«

Ich nickte stumm. Ich hätte bei Whitestone Florist vorbeischauen und hallo sagen, ich hätte zur Beerdigung gehen sollen, aber ich habe es nicht getan. Nicht tun können.

»Max hat nach dir gefragt.«

»Das kann ich mir vorstellen. Er denkt, daß ich auf zwanzig Millionen Dollar in Gold und Juwelen sitze.«

»Tust du's denn?«

»Klar. Deshalb bin ich hier, um meine Dienstunfähigkeitsrente aufzubessern.«

»Wie geht's deiner Lunge?«

»Gut.« Mir fiel auf, daß einige meiner Studenten unruhig geworden und auf den Flur gekommen waren, um aufs Klo zu gehen oder eine Zigarette zu rauchen. Ich erklärte Beth: »Ich muß wieder zurück.«

»Okay.«

Langsam gingen wir zum Hörsaal zurück. »Glaubst du, daß Captain Kidds Schatz jemals gefunden wird?« fragte sie.

»Nein. Ich glaube, daß der paranoide Paul Stevens ihn so gut versteckt hat, daß er weitere dreihundert Jahre lang verschollen bleiben wird.«

»Wahrscheinlich hast du recht. Zu schade.«

»Vielleicht auch nicht. Vielleicht ist es am besten, wenn er dort bleibt, wo er ist.«

»Bist du abergläubisch?«

»Ich bin's nie gewesen. Aber jetzt bin ich mir nicht mehr so sicher.«

Wir erreichten die Hörsaaltür.

»Ich habe gesehen, daß es hier im Gebäude ein Hallenbad gibt«, sagte Beth. »Gehst du dort manchmal schwimmen?«

»Manchmal.«

»Nächste Woche bringe ich meinen Badeanzug mit. Okay?«

»Okay… Beth?«

»Ja?«

»Nun… kann das irgendwie kompliziert werden?«

»Nein. Aber ich will deinen Kurs mit Note A abschließen.«

Ich lächelte.

»Ich tue alles, was dafür nötig ist.«

»Ich bin unbestechlich.«

»Was wetten wir?«

Einige Studenten, die uns aus dem Hörsaal heraus beobachteten, tuschelten lächelnd miteinander.

Wir gingen in den Hörsaal zurück – ich nach vorn, Beth in die letzte Reihe.

Ich ergriff wieder das Wort: »Wir haben heute eine Kriminalbeamtin unter uns, die einer Mordkommission angehört: Detective Beth Penrose vom Suffolk County Police Department. Wahrscheinlich kennen Sie Detective Penroses Namen im Zusammenhang mit einer Mordserie, die sich im September auf der North Fork von Long Island erreignet hat und wegen der noch ermittelt wird.« Etwas langsamer fuhr ich fort: »Detective Penrose und ich haben die Ermittlungen in diesem Fall gemeinsam geleitet, und wir haben beide etwas vom charakteristischen Stil und den Ermittlungsmethoden des anderen gelernt. Außerdem hat sie mir das Leben gerettet, und deshalb lade ich sie zum Dank heute nach der Vorlesung auf einen Drink ein.«

Alle im Saal klatschten Beifall.

Danksagungen

Ich bin den im folgenden genannten Personen dankbar dafür, daß sie ihr spezielles Wissen mit mir geteilt haben. Etwaige Fehler und Auslassungen in diesem Roman habe allein ich zu verantworten. Gelegentlich habe ich mir einige schriftstellerische Freiheiten herausgenommen, im allgemeinen aber versucht, mich an die Informationen und Ratschläge dieser Männer und Frauen zu halten.

Mein erster und größter Dank gilt Detective Lieutenant John Kennedy vom Nassau County Police Department, der zu diesem Roman fast genausoviel beigetragen hat wie ich selbst. John Kennedy ist ein pflichtbewußter Kriminalbeamter, ein ehrlicher Rechtsanwalt, ein erfahrener Segler, ein guter Ehemann, ein guter Freund der DeMilles und ein unerbittlicher Literaturkritiker. Vielen Dank für deine Zeit und deine unschätzbare Hilfe.

Erneut danken möchte ich Dan Starer von Research for Writers in New York für seine fleißige Arbeit.

Ebenfalls danken möchte ich Bob und Linda Scalia aus Southold für ihre Informationen in bezug auf Geschichte und Brauchtum auf Long Island.

Mein Dank gilt auch Martin Bowe und Laura Flanagan von der Garden City Public Library für die hervorragende Unterstützung meiner Recherchen.

Vielen Dank an Howard Polskin von CNN sowie Janet Alshouse, Cindi Younker und Mike DelGiudice von News 12, Long Island, die mir ihre Fernsehreportage über Plum Island zur Verfügung gestellt haben.

Danken möchte ich nochmals Bob Whiting von Banfi Vintners dafür, daß er sein Fachwissen und seine Leidenschaft für Wein mit mir geteilt hat.

Mein Dank gilt auch Dr. Alfonso Torres, Direktor des Tierseuchenzentrums auf Plum Island, für seine Zeit und seine Geduld; ich bewundere ihn und seine Mitarbeiter für die wichtige und selbstlose Arbeit, die sie dort leisten.

Dank und Anerkennung gebührt auch meiner Assistentin Dianne Francis für unzählige Stunden harter und pflichtbewußter Arbeit.

Nicht vergessen möchte ich meinen Freund und Agenten Nick Ellison sowie seine Mitarbeiterinnen Christina Harcar und Faye Bender. Ihnen möchte ich danken, weil kein Schriftsteller bessere Agenten und Kollegen haben könnte.

Und last, but not least danke ich nochmals Ginny DeMille – das ist ihr siebtes Buch, und sie arbeitet immer noch mit Liebe und Begeisterung.

Anmerkung des Verfassers

In bezug auf das Animal Disease Center des Landwirtschaftsministeriums auf Plum Island habe ich mir, was die Insel und die dortige Forschungsarbeit angeht, gewisse schriftstellerische Freiheiten herausgenommen.